SV

John Hawkes
Abenteuer unter den Pelzhändlern in Alaska

Roman

Aus dem Amerikanischen von Werner Schmitz

Suhrkamp Verlag

Titel der Originalausgabe:
Adventures in the Alaskan Skin Trade

Zweite Auflage 1988
Suhrkamp Verlag Frankfurt am Main 1988

Druck: Wagner GmbH, Nördlingen
Printed in Germany

Für Sophie

1

Dad?

Wo bist du, Dad?

Im Norden. Im Westen. Im hohen Norden und im schwindenden Westen. Wo die Wasser schwarz sind und die Fische tot. Wo Ströme fließen und Berge ragen. Wo Nebel wallt und Regen fällt. Wo die Vögel vom Kurs abfliegen und das Karibu hinkt und an den Ufern der Vielfraß sich selber jagt. Wo der Wind singt und der Baum fault und Moos auf Gletschern wächst. Wo die Sonne kalt ist und der Eisbär auf seinem weißen Bett die Zähne fletscht und mit den salzigen Fluten kreisend durch die Nächte treibt. Im Norden, der mir gehört. Im Westen, der mir gehört. Bei den Knochen und Zähnen und Gipfeln und Schweignissen des Nordens und des Westens, die mir gehören, Sunny, noch immer mir.

Ho, nach Westen!

2

Französisch spreche ich nicht. Das Reisen liebe ich nicht. Vor Pferden fürchte ich mich. Aber bald werde ich Alaska verlassen. Noch eine Woche, ein Monat, ein paar Monate, und ich werde Alaska verlassen. Ich werde nach Frankreich fliegen, wo ich nie gewesen bin, werde mir einen zwanzigjährigen Jungen suchen – jede Frau an der Schwelle zum Neunundreißigsten hat endlich ihren zwanzigjährigen Franzosen verdient –, und mein Junge, Stallbursche wird er sein, wird mich Französisch und Reiten lehren. In Frankreich werde ich Ruhe finden. Eleganz, die nie gekannte, werde ich finden, meinem Vater verzeihen und meinen Franzosenjungen lieben in einem für seinen Wein, für Pferdezucht und Reiten berühmten Dorf.

Morgen oder übermorgen, noch eine Woche, ein Monat, ein paar Monate, und ich werde nach meiner Winchester greifen und sie von ihrem Halter, einem Geweih, herunternehmen, mit der geladenen Winchester im Arm werde ich meine Hütte verlassen – die zweite der beiden einzigen Luxus-Holzhütten in Alaska – und den Pfad durch Farn und Föhren zum See hinabschlendern, wo ich kurz stehenbleiben und meinen Blick über das Wasser schweifen lassen werde, über den Gletscher am anderen Ufer, den Landesteg vorn, die Benzinpumpe am Rand des Stegs, das kleine grün-weiße, am Ende des Stegs im Geniesel festgezurrte Flugzeug. Ich werde beobachten, wie der Nieselregen kalt die Flanken meines Flugzeugs besprüht und das Wasser um die Schwimmer sprenkelt, als kämen Fische zum Fressen oder Trinken an die Oberfläche, obwohl ich nie einen Fisch in diesem dunklen See, der mein Landeplatz ist, gefangen habe. Ich werde mein Gewehr an mich drücken, Benzin riechen und die pelzbesetzte Fliegerbrille anstarren, die hinter der Windschutzscheibe meines Flugzeugs hängt. Noch einmal werde ich dies kleine Flugzeug in seiner Vertäuung hin und her treiben sehen, den Ruß auf seiner Motorhaube, die Rostspuren auf den Schwimmern, die vom Geniesel herabgedrückten Tragflächen, die sanft hinter dem vergilbten Plexiglas schaukelnde Fliegerbrille.

Dann werde ich das Gewehr behutsam anheben, einen Fuß vor und einen nach hinten setzen, mich derart postiert dem Flugzeug zuneigen und einmal in den vorderen und einmal in den hinteren Schwimmer feuern. Dann noch zwei Schüsse. Und zwei weitere. Die Schüsse werden über den See bis an die Eiswände hallen und verschallen. Sollte ich wartend auf den dicken nassen Planken des Landestegs sitzen, werde ich die Schwimmer untergehen, den Rumpf nach vorn kippen, den Schwanz emporsteigen, das Flugzeug zur Seite sacken und versinken sehen, bis nur mehr die Spitze des Seitenruders aus den schwarzen Wassern ragt. Doch werde ich kein Bedürfnis haben, dem langsamen Verschwinden des Flugzeugs, in dem noch meine Brille hängt und die alte Fliegerjacke, zuzuschauen. Statt dessen werde ich bloß die Winchester an die Benzinpumpe lehnen, mir mit der Hand durch meinen dunklen nassen Haarschopf fahren, mir einen Klaps auf die nasse Hüfte geben, davonschlendern und die Cessna halb unter Wasser und meine Hütte unverschlossen zurücklassen.

Ich werde Alaska-Yukon Gamelands den Rücken kehren, jener Wohnwagenkolonie, zu der auch meine Luxus-Holzhütte gehört; ich werde die neun Mädchen und die neun Mastodon-Wohnwagen unseres Etablissements hinter mir lassen und für immer aus Alaska fort und nach Frankreich ziehen. Schlachtfelder, Kriegerdenkmale, Weingärten, Châteaux, Pferde, der Liebhaber, das elegante Terrain der Vergangenheit meines Vaters – bis zum letzten rubinroten Tropfen werde ich es einsaugen, Sunny in engen Jeans, und zwischen ihren fülligen Brüsten prangt eine *fleur-de-lis* auf ihrem T-Shirt.

Kein BH. Sonnenbrille. Französischer Akzent. Eine Alaskanerin, die sich in Frankreich wohl fühlt in ihrer Haut.

3

Mein Vater nahm meine Mutter und mich kurz nach dem Börsenkrach von 1929 mit nach Alaska. Er hätte Connecticut weder damals noch jemals zu verlassen brauchen, obwohl in diesem Jahr sein jüngster Bruder, der Liebling unter den Deauville-Jungen, als welcher er bei allen Freunden der Familie bekannt war, sich eines frühen Morgens auf dem Tennisplatz erschoß und die beiden engsten Freunde meines Vaters, der eine ein Hobby-Landschaftsmaler und der andere ein Trinker, der Industrieschornsteine durch den Einsatz kleiner sparsamer Apparate ersetzen wollte, die die Abgase höher in die Luft blasen würden, als auch der höchste unansehnliche Schornstein es je vermöchte, sich noch in derselben Woche das Leben nahmen. Der Maler stieß seinen Kopf durch eine unvollendete Leinwand und schoß sich, das zerfetzte Bild wie eine Krause um den Hals, in die Schläfe. Der Erfinder ruderte drei Morgen darauf zu seinem Segelboot, band seinen Hals mit einer Leine an einen Reserveanker und ließ sich, als überm stillen Wasser die Sonne aufging, über Bord gleiten. Der Maler war Junggeselle. Der Erfinder hinterließ ein junges Weib mit straffer Haut und einen Sohn, einen heulenden kleinen Jungen im Alter von acht Jahren, der drei Jahre älter war als ich und mein liebster Spielgefährte, und ferner hinterließ er auf dem Küchentisch ein letztes, halb ausgetrunkenes Quart Whiskey.

Doch waren es nicht dergleichen zerstörte Träume, die meinen Vater nach Alaska trieben. Der Ruin, dem so viele um ihn her anheimfielen, schuf lediglich ein seinem Erfindungsgeist günstiges Klima. Keinen Vorwand – er war allzeit zu heiter und hochgemut und jugendlich, um Vorwände für seine Unternehmungen nötig zu haben –, sondern bloß ein Klima, das ihm die

Idee, als sie ihm dank einer zufälligen Begegnung mit einem Freund in den Sinn kam, angemessen erscheinen ließ. Er war charmant, er war groß, sein gutes Aussehen beruhte teilweise auf seinem scheuen Lächeln. Er brauchte Leitung. Er brauchte irgend etwas Unermeßliches, das er belächeln konnte. Er hatte das Zeug zu einem annehmbaren, ja zu einem heldenhaften Abenteurer. Kurze Zeit nach der Selbstmordserie hörte er von Alaska. Er mag auf den Gedanken verfallen sein, daß es unziemlich sei, fürderhin mit Frau und Kind die Welt der Tennisplätze und Stallungen seines Vaters zu bewohnen – sein Vater züchtete Vollblutpferde und war Franzose von Geburt –, die über schattige Pfade recht eng mit dem Atelier seines toten Freundes verbunden und auch nicht weit von den blauen Wassern war, in denen sein anderer Freund sein schniekes Segelboot liegen gehabt hatte. Aber falls dem so war, wurde dieses Gefühl der Unziemlichkeit seiner Existenz als Ehemann und Vater in dem von ihm noch immer innig geliebten Heim seiner Kindheit mit seinen Pferden und offenen Wagen und zwei noch erhaltenen Pferdekutschen ihm nie zum Anlaß größerer Besorgnis. Im Grunde machte meinem Vater an Alaska nur eines Kummer, nämlich ausgerechnet die Tatsache, daß er weder den Wohnsitz der Deauvilles noch die stattliche schwarzhaarige Matriarchin, seine geliebte Mutter, allein lassen wollte. Der Bruder, der sich ums Leben gebracht hatte, mag ja der Liebling der Familie gewesen sein, mein Vater aber war der Lieblingssohn seiner Mutter. Auf jeden Fall ließen ihn seine Heiterkeit und Entschlossenheit nicht im Stich; rasch und gewandt wurden Weib und Tochter entwurzelt; den letzten Kuß gab er seiner Mutter.

Als wir in einem der offenen Wagen, hochbeladen mit Gepäck, zum nächsten Bahnhof fuhren, trug mein Vater einen modischen hellbraunen Filzhut und einen maßgeschneiderten Kamelhaarmantel; meine Mutter trug ein grünes Kostüm mit langem Rock und einen grünen filzenen Schottenhut, sie weinte; ich hingegen war in Matrosenjacke und -kappe und lederne Gamaschenhosen gekleidet, obwohl ich ein Mädchen war. Auf dem Schoß meines Vaters sitzend, in Sonne und Wind und Lärm, hatte ich das Gefühl, als wäre ich selbst der Chauffeur dieses großen glänzenden Gefährts und nicht der schweigsame bebrillte Mann, der neben uns grimmig das Steuer umklammerte.

Das schöne Gesicht meines Vaters war in diesem Augenblick vor Freude gerötet.

Als ich Jahre später auf den Schwimmer der Cessna hinabstieg, dachte ich plötzlich an meinen lange verlorenen Freund, des Erfinders kleinen Sohn mit seinem kläglichen Gesicht, das wie eine Erdnuß geformt war und naß und rosa vom Weinen. Zu dieser Zeit war meine Mutter schon jahrelang tot, mein Vater verschwunden, und ich, nicht er, war der Abenteurer geworden.

4

Mein Vater erzählte uns, er werde in Alaska riesige Vorkommen an Gold oder exotischen Metallen entdecken oder herrliche Reichtümer unsagbarer Art, obwohl er in Wahrheit einzig nach Alaska ging, um einen Totempfahl zu suchen. Ein Freund aus Washington hatte ihm berichtet, irgendwo in Alaska existiere ein Totempfahl, gefertigt von Indianern, die von der Erzählung eines Missionars über den Präsidenten, der die Sklaven befreit hat, dermaßen bewegt worden seien, daß sie einen Totempfahl mit Lincoln auf der Spitze, Zylinderhut und alles, geschnitzt hätten. Und dieser Totempfahl war es, was meinen Vater nach Alaska gelockt hatte. Alaska und Lincoln auf dem Totempfahl waren für meinen Vater synonym. Immerhin hat mein Vater den hölzernen Lincoln aufgespürt, wenn auch nichts anderes.

5

Einst, als ich noch ein Kind war, erzählte er mir, es habe eine Zeit gegeben, da seien in Alaska Palmen gediehen. Nichts machte ihm mehr Vergnügen als die Vorstellung von Palmen an der Stelle heutiger Gletscher, warm von einer Sonne beschienen, die schon lange vom Regen in seinen unendlichen Spielarten, von Wind und Schnee und Dunkelheit verdrängt worden ist. Nicht einmal der Totempfahl nahm seine Phantasie so in Anspruch. Als ob die verschollenen Palmen unserem unerbittlich nördlichen Klima einen tropischen Touch verliehen oder dies grausame Territorium sensibleren Seelen wie der seinen oder meinen irgend anziehender machten. Doch ein solcher Abenteurer war er – sensibel, optimistisch, erfindungsreich, nie skrupellos. Er war ein Künstler des abenteuerlichen Lebens. Die Erlesenheit des Abenteuers selbst war ihm weit wichtiger als die

Schätze, die er meiner Mutter und mir ohne Unterlaß verhieß. Das Leuchten des Abenteuers – in seinen Augen, in seinem Lächeln – verlosch auch in seinen schlimmsten Bedrängnissen nie.

Die Entdeckung der Skrupellosigkeit war mir vorbehalten, und sie gelang mir bald. Bis zur Mitte meiner Mädchenzeit liebte ich diese ganze monumentale Verschwendung der Natur ebenso wie mein Vater. Dann entdeckte ich, zu meinem Glück, deren wahrhafte Widerwärtigkeit und begann dort Erfolg zu haben, wo mein Vater nur großartig versagt hatte. Mit jungen Jahren war mir bereits klar, daß die Frau, und nicht Alaska, das letzte Neuland ist. Ich habe das Beste daraus gemacht. Im Sex habe ich meines Vaters Goldmine gefunden. Und Palmen gibt es nicht in Gamelands.

6

Seit einem Monat nun bin ich nicht mehr Herrin meiner selbst – trotz meiner Energie, meines zähen Körpers, meines zähen Verstandes. Seit vier langen Wochen, das heißt seit meinem Entschluß, Alaska zu verlassen, ruft mein Vater nach mir – in Träumen. Und in diesen Träumen bin ich zu ihm gegangen, zu ihm zurückgekehrt, habe ihn wiedergefunden, seinem Ruf Folge geleistet. Und das ist schlimmer als Palmen. Viel schlimmer.

Ich fahre stöhnend auf, obwohl ich noch immer schlafe. Nackt und stöhnend löse ich mich von Satinlaken und Hudson Bay-Decken, in einer mit Luxusmöbeln, Tapedecks und Kurzwellensender ausgestatteten Holzhütte, in der nach Kiefern und Zedern, Parfüm und Holzrauch duftenden Kälte und Dunkelheit, und ziehe Jeans, Wollhemd und aufgeschnürte Stiefel an. Dann bin ich auf dem Weg zum Gletscherpfad, wo ich ihn finden werde. Die Wohnwagen hinter mir gleichen schlafenden Walen; in einer Welt ohne Licht glimmt, leuchtet die Cessna, ein riesenhaftes, in Phosphor getauchtes Flügelinsekt. Der Pfad um den See ist mit dünnem Glas überzogen, das kracht und knirscht unter meinen Stiefeln. Er ist vor mir, im Gletscher, der König des Nordens in seinem Grab.

Sunny, ruft er, Sunny.

Ich höre ihn. Ich denke an ihn. Wieder habe ich das Empfinden, Hamlet müsse eine Frau gewesen sein, denn welcher Vater würde von den Toten zurückkehren, außer zu seiner Tochter? Ich lächle vor mich hin und beschleunige meinen Schritt.

Ich stecke meine Hände in meine hinteren Hosentaschen. Ich gehe mit großen Schritten und schwerem Tritt. Der See, den ich nicht sehen kann, ist kalt genug, darin zu erfrieren, und bodenlos tief; die Tannen und Kiefern sind durch Spinnennetze und Rinnsale gefrorenen Safts miteinander verwoben. Ich schreite über ganze Nester von Moskitos, für die es zu kalt zum Schwärmen ist in dieser Hölle für Naturliebhaber, wo das Holz nicht schlagbar und das Land für Mopeds und Motorschlitten unpassierbar ist.

Was ist das für ein Vater, der seine schlafende Tochter in einen solchen Morgen lockt?

Welche Frau, und sei sie noch so technisch veranlagt, vermag die Liebe eines Phantoms zu ignorieren?

Der Aufstieg führt über Felsen, an Felsen hin, Felsen hinauf, ich verwandle mich auf dem Gletscherpfad überm See, werde in einem Atemzug zur geschmeidigen Athletin, die dampft vor Schweiß, im Regen friert, von steilen Anstiegen und jähen Höhen beflügelt. Stetig steige ich und flink; entlang des Wegs habe ich in meinem plötzlichen Eifer Hemd und Stiefel verstreut, bin barbrüstig, barfuß, eine männliche Mänade, die ihrem Phantom näher und immer näher kommt.

Die Höhe ist in meinem Hirn, meinem Blut. Ich bringe Kiesel ins Rollen, klettere mit den Händen, finde sicheren und schmerzlosen Halt mit meinen bloßen Füßen.

Im Schlaf erklettre ich den Gletscherpfad, pausiere, reibe mir gedankenlos die nackten Brüste, treibe mich weiter.

Wo bist du, rufe ich. Dabei weiß ich ganz genau, wo er ist, und bin schon fast da. Der Regen liegt wie Öl auf meiner Nacktheit. Meine Füße sind warm, weich, bluten nicht, obgleich ich mich nun übers mondene Eis an ihn heranschleiche – eifrig, gegen meinen Willen. Ich umgehe schmale Gletscherspalten, gleite über das tückische Eis, ein Chaos von Runzeln, Furchen, kleinen messerscharfen Spitzen, die wie umgedrehte Eiszapfen unter meinen bloßen Füßen krachend zerspringen, und noch immer bin ich immun gegen die mörderische Oberfläche, den halsbrecherischen Weg, die gefährliche Höhe, die meine Verwegenheit nur anstachelt.

Aber jetzt bleibe ich stehn, ich bebe, stehe am Rand meines Ziels – der schwarzen Gletscherspalte. Licht liegt breiig um mich, doch kaum genug, um Luft von Eis, Eis von Fels, die

Schwärze der weiten Spalte von den Schatten der Nacht zu unterscheiden.

Dann blicke ich hinab. Senkrecht hinab. Einen Augenblick bin ich eine ungeduldige, halb blinde, waghalsige Frau, die über eine Gletscherspalte späht, breiter als ein von sechzehn Hunden im vollen Lauf gezogener Yukon-Lastschlitten, und im nächsten Augenblick starre ich hundert Fuß oder mehr abwärts in den Raum zwischen zwei lotrechten Wänden aus reinstem Glas, und nicht ins Finstere. Oben ist nur das Dämmerlicht, der Nieselregen, nicht die geringste Helle kommt aus dem Abgrund; doch unter mir in den Tiefen des Eises überflutet die Sonne sein Lager.

Ich blicke hinab. Und das Eis ist bis zum Grund dieser Spalte kein Gletschereis. Kein bißchen. Sogar im Traum weiß ich, daß Gletschereis schwarz ist, dunkelblau, dunkelgrün, ein Massiv aus Falten und Rissen, Furchen und Riefen, etwas kompakt Unnatürliches, eine ungeheure Wunde dunkler gefrorner Seen, verwandelt in die Farbe und Dichte der Hoffnungslosigkeit. Jene unteren Eisbezirke der Sonne zu meinen Füßen aber sind gläserne Katakomben; der Schlund gähnt mit grimmiger Grellheit zwischen Mauern aus Licht.

Ich blicke hinab. Ich werde nicht ausgleiten noch mich jählings in diese tiefe Weite warmen Lichtes kalter Jahrtausende stürzen. Mein Kopf neigt sich, mein Mund ist voll von dem Geschmack der Nacht; meine Haltung ist so locker, als lehnte ich im Regen an Lincolns Totempfahl. Ich bin im Gleichgewicht, entspannt, ruhig entsetzt, was auch immer. Und mein Name – eigentlich mein Spitzname – ist der Witz des Traums. Sunny entdeckt die begrabene Sonne. Sunny klar im Kopf wie eh und je. Sunny an der Schwelle des Todes. Dad in der Tiefe.

Wo bist du, Dad?

Hier unten natürlich. Der König in seinem Grab.

Und da ist er. Der König des Nordens. Unten am Grund der schwarzen Spalte im hellsten Licht, schwingt seine lange Peitsche überm umgeworfenen Schlitten und verknäulten Hundegespann, da steht er, größer denn je, die Kapuze seines Eichhörnchenfell-Parkas zurückgeschlagen, die Krempen seines Wolfspelz-Hutes jungenhaft hochgeklappt, die Augen glänzend, das lange Gesicht rosig vor Anstrengung, rosig von den Freuden des Nordens, Brauen und Wimpern und die Haare an seinen Ohrläppchen ganz weiß vom Frost bereift. Er ist stark, tapfer, er lacht, ist groß wie ein hölzerner Lincoln. Breitbeinig steht er, ein

Arm erhoben, die Peitsche schwirrt, die verknäulten Hunde kämpfen bis aufs Blut. Da steht er im goldnen Licht seiner letzten Fahrt, seiner gekenterten Fracht.

Ein Yukon-Lastschlitten und seine Ladung kleiner mit Goldstaub gefüllter Säckchen liegt zu seinen Füßen. Die Säcke sind aufgeplatzt, sind leer, und Mann, Hunde und havarierter Schlitten sind mit einer Goldschicht bedeckt; die Wolke goldnen Staubs ist in der sonnendurchfluteten Luft ein Flimmern, ein Dunst, der seine blauen Augen, das rosige Gesicht, die blutigen Fangzähne, den umgekippten Schlitten nur um so größer und klarer erscheinen läßt.

Der Leithund, eine stattliche Bestie, spannt seine Kiefer um eine weiße pelzige Flanke. Das halbe Gespann liegt tot. Die Überlebenden kämpfen in ihren Gurten, verschlingen einander, klettern unablässig übereinander her, tun sich an den roten schleimigen Fetzen und Brocken ihrer Genossen gütlich.

Er streckt seinen Arm. Er sieht zu. Er blickt auf das, was sein eigen ist – dieser phantastische und hoffnungslose Kannibalismus –, und lacht, wirft die Peitsche hin, zieht die Pelzmütze ab und schleudert sie beiseite. Seine Hände sind bloß. Der letzte Hund stirbt.

Dann – und er ist stolz, noch immer ein Held –, dann sieht er zu mir hoch.

Er reckt sich, wirft den Kopf zurück, sieht nach oben, und vor meinen Augen gefriert er da unten. Eine lange rosige Wange wird schwarz, wird schlaff, die rechte Hand schwärzt sich. Drei schwarze Finger fallen von seiner rechten Hand. Noch immer sieht er lachend zu mir auf. Dann hebt er den rechten Arm. Langsam streckt er ihn hoch über seinen Kopf, und jetzt ist sein dichtes schwarzes Haar weiß überfroren, die glücklichen Augen lodern im Schmerz, der Familienring der Deauvilles am letzten schwarz erfrornen Finger seiner rechten Hand ist ein Goldklumpen.

Dann winkt er.

Hallo? Leb wohl?

Denkt er, ich bemitleide ihn? Ich tu es nicht.

Denkt er, ich verzeihe ihm? Aber nein.

In Licht und Eis bringt das Phantom, der König des Nordens, seine Bitte vor, und jetzt schlage ich sie ihm ab. Und abrupt, in diesem Augenblick, wird das helle Licht zu Schwärze, und er ist verschwunden.

Dann sitze ich aufrecht, wach und naß, heiß und kalt, schmiege mich in meine Nacktheit und sauge den Duft der Nadelbäume hinterm offenen Fenster ein, lausche den Moskitoschwärmen, von denen die Dämmerung schwillt.

Wer ist mehr zu verachten, frage ich mich, schüttle den Kopf und patsche mir auf meine festen Arme und Brüste und Schenkel – der König des Nordens oder seine Tochter?

7

Die Familie Deauville ist fast völlig erloschen. Früher gab es einmal neun Brüder, darunter meinen Großvater, die im französischen Chantilly mit ihrem Vater als Anführer Parforcejagden veranstalteten, und keine prächtigeren Männer ritten ihrerzeit in roten Jacken und weißen Kniehosen aus oder bliesen höhere, reinere Töne auf ihren Jagdhörnern. Es waren tapfere, übermütige Männer; ihre Rosse waren feurig, kühn, kräftig gebaut mit breiten Brustkästen.

Das Château der Deauvilles war klein in Anbetracht des reichen Lebens, das es beherbergte, ein Gebäude in Grau und Mostrichtönen mit Schornsteinen, konischen schwarzen Schieferdächern auf anmutigen Türmchen, mit Toren aus Schmiedeeisen und poliertem Messing. Stall und Château galten gleich viel: Es kam vor, daß die neun Brüder und der Alte Herr, wie sie ihren Vater nannten, ihre Mahlzeiten in den Stallungen einnahmen; der Alte Herr bestand darauf, daß sie ihre neun Sättel, neun Zaumzeuge, neun Paar Stiefel und neun samtbesetzten Kappen und Jagdhörner trotz der damit verbundenen Unbequemlichkeiten im großen Saal des Château wie Ausstellungsstücke zu deponieren hätten. Die Deauvilles züchteten und zogen elegante Vollblutpferde und Kinder, die stets männlich waren. Eine geheimnisumwitterte Frau, mit der der Alte Herr anbändelte, war der Anfang ihres Ruins, obwohl der alte Mann und seine schwergeprüfte Gattin und die mysteriöse Frau alle noch lang genug lebten, um meinen Vater, als er als Junge an einem Familientreffen der Deauvilles in Frankreich teilnahm, mit dem Mehltau ihrer Eleganz zu überstäuben.

Der neunte Sohn, mein Großvater, kam zusammen mit einer Ladung junger französischer Mägde, junger französischer Stallknechte und etlicher Stuten und Deckhengste aus dem Stammgut der Deauvilles nach Amerika. In Connecticut erwarb er freies Land, baute Haus und Ställe, heiratete eine Frau, die ebenso groß und stattlich war wie er selbst, eine junge matriarchalische Person, geboren und aufgezogen in Irland. Sie war vom Landadel und erwartete in der Ehe nichts weniger als Liebe und Treue. Mein Großvater, obzwar Aristokrat, oblag der Leidenschaft, Familienzweige zu erschaffen und zu verderben. Sein Vorgehen hing anfangs mit den jungen Mägden zusammen, welche dann später, selbst noch zu meinen Lebzeiten, von einer derartigen Vielzahl von Frauen ersetzt wurden, daß jene ursprüngliche geheimnisumwitterte Frau rein gar nichts dagegen war. An den Frauen meines Großvaters war nichts Geheimnisvolles, während sein Eheweib, von würdiger Haltung, mit langem dichtem schwarzem Haar, ebenso stolz und schwer geprüft war wie ihre Vorgängerin, meine Urgroßmutter in Chantilly. Mein Großvater zeugte, trotz seines ausschweifenden Lebens und schwer gezeichnet von Satyriasis, in seinem Ehestand gleichwohl vier Söhne nacheinander, von denen der zweite mein Vater war.

Die Familie Deauville, bereits in gewissem Sinne zersplittert, geriet schließlich noch näher an den Rand des Verderbens. Der älteste Sohn fiel 1918 im großen Luftkrieg in Frankreich; der jüngste erschoß sich hinterm Steuer seines offenen Stutz Bearcat, den er eines frühen Morgens auf den Tennisplatz fuhr und dort zur tödlichen Tat jählings in verrücktem Winkel parkte; der zweitjüngste verzichtete auf sein Erbe, um sein Leben mit dem Verkauf von Boxkameras zu verbringen, und zwar in sämtlichen Bundesstaaten, nur nicht in seiner Heimat Connecticut; mein Vater begegnete zufällig einem Freund aus Washington und setzte sich mit meiner Mutter und mir nach Alaska ab. Selbst dann noch lief mein Großvater häufiger und tatendurstiger als je zuvor den Frauen nach.

Jetzt ist die Familie Deauville fast völlig erloschen. Ich bin die letzte des Zweiges und kein Mann, sondern eine Frau. Wenn ich sterbe – in vielen Jahren, nehme ich an, und natürlich in Frankreich –, wird der Familienname der Deauvilles mit mir sterben. Ein Familienname, der zu erlöschen verdient. Es war eine Familie von Männern, eine heillose Familie, eine Familie, in der Frauen bestenfalls wie Pferde taxiert wurden, ein Konglomerat von Männern, die keine Ahnung hatten, daß zwischen Unschuld und Satyriasis kaum Wahlmöglichkeiten bestehen, oder es einfach nicht fertigbrachten, Extreme zu überbrücken. Fraglich ist nur, was von beidem den Ruin der Familie herbeigeführt hat: die Unschuld, die in meinem Vater blühte, oder die Satyriasis, die durch das Leben meines Großvaters und Urgroßvaters brauste? Doch sind sie alle gleich, diese falschen Blüten des Mannestums, und meine Aufgabe ist es, herauszufinden, wie und warum es so ist, daß Wollust und Unschuld bloß zwei Gesichter in ein und derselben Pfütze sind, und dem alaskanischen Abenteurer zu verzeihen, wenn ich kann, so wie ich dem alten Weiberhelden seine ganze fröhliche, verschlagene Schürzenjägerei schon längst verziehen habe.

Es kommt nicht von ungefähr, daß ich eine Karriere im ältesten Gewerbe der Welt, wie es heißt, eingeschlagen und aus dem einzigen, was den Männern noch wichtiger ist als Geld, ein Geschäft gemacht habe, ein ungemein erfolgreiches übrigens. Das Träumen selbst ist der Ursprung allen Verderbens. Und vielleicht irre ich mich. Vielleicht war mein Großvater gar kein Träumer. Vielleicht sieht doch nur ein einziges hübsches, verhaßtes Gesicht aus der Pfütze.

8

Kurz nach meiner Geburt im Jahre 1925, da war mein Vater bereits fünfundvierzig, wurde ich zu einer kleinen Steinkapelle in der Nähe des Familienbesitzes der Deauvilles in Connecticut befördert. Auf Beharren meiner Großmutter und über die Einwände meiner Mutter hinweg, die so mild und leise geäußert wurden, daß sie von allen Beteiligten ignoriert wurden, auch von meinem Vater, der sich der Rechtmäßigkeit und Plausibilität der Bitten seiner Frau durchaus bewußt war, sich jedoch in unerschütterlicher Treue sämtlichen Wünschen und Launen seiner Mutter fügte, wie unvernünftig diese auch sein mochten, wurde ich auf den Namen Jacqueline Burne Deauville getauft. So wurde ich gleich von Anfang an, wie auch mein Vater, auf eine Kombination aus dem Familiennamen der Deauvilles und dem irischen Mädchennamen meiner Großmutter festgelegt, während der Mädchenname meiner Mutter, Flowers, ihrer Tochter entgegen dem Brauch bei jener ersten und letzten Besprenkelung mit geweihtem Wasser auf immer versagt wurde – ersten und letzten deswegen, weil ich das einzige Kind meiner

Eltern war, und ein Mädchen obendrein. Meine Mutter, Cecily mit Vornamen, nannte mich Jacky und klammerte sich ihr klägliches, mißhandeltes Leben lang an Musik und Weiblichkeit. Für meinen Vater hingegen, der Freunden und Bekannten, seinen Lieben und sogar sich selbst neue Namen erfand, war ich seit jenem unseligen Regentag meiner Geburt Sunny, während er meine Mutter stets nur Sissy nannte, ein Kosename, den sie in den ganzen traurigen und wirren elf Jahren ihrer Ehe in hilfloser Abscheu ergeben hinnahm. Sie starb unversehens eines Samstagnachmittags in Alaska, da war ich zehn.

Mein Vater war auf den Namen John Burne Deauville getauft, jedoch seit frühester Kindheit nur als Jack bekannt, bis er sich, wenige Monate vor dem Umzug nach Alaska, selbst den neuen Spitznamen Uncle Jake verpaßte. Meine drei Onkel waren dank meinem Vater ohne Widerrede als Billy Boy (der jüngste), Doc (der Kamerahändler) und Granny (der älteste, der 1917 in Frankreich abgeschossen wurde und in seiner geduldigen, übermäßigen Liebe zu seinen drei Brüdern tatsächlich etwas Großmutterhaftes an sich gehabt hatte) bekannt.

Mein Vater hieß also Uncle Jake. Ihn Vater zu nennen, war mir nicht erlaubt. Auch Dad durfte ich ihn niemals nennen. Ja besonders mit Dad durfte ich ihn keinesfalls ansprechen. Aber wenn man schon meinem Vater vorwerfen konnte, daß er die harmlose Bevölkerung seiner kleinen Welt humorvoll mit neuen Namen bedachte und vor allem seiner Tochter nicht verstattete, was ihr zustand – nämlich die gehörige Anrede des Manns, der ihr einziger Herzensbrecher war –, wieviel mehr war dann mir vorzuwerfen, daß ich meine Mutter ebenfalls nur Sissy nannte. In all den Jahren meiner Mädchenzeit war mir gar nicht bewußt, welches Unrecht mir mein Vater damit antat und welches Unrecht er und ich an meiner Mutter begingen. Wie glücklich rief ich Uncle Jake! oder Sissy!, als ich im Regen zur Alaskanerin heranwuchs.

Daß er Weib und Tochter knechtete, hätte mein Vater ebensowenig begreifen können, wie er gemerkt hätte, daß er uns die Anerkennung versagte. Kein Mann war größer, freundlicher, schöner, mutiger oder bewunderter als Uncle Jake. Gleichwohl war er trotz seiner Pracht und Tapferkeit nicht mehr als das: Uncle Jake.

Er hätte es nicht begreifen können.

Manchmal glaube ich, die einzige versöhnliche Tatsache im

Leben meines Vaters war die, daß auch er mit einer geheimnisvollen Frau zu tun bekommen hatte – einer Französin, die ihn sich im Weltkrieg erwählte. Sie hätte damals schon sein Verderben sein und uns das alles ersparen können. Hat sie aber nicht.

Der starke, aber egoistische Geist meiner Großmutter lebt in mir als rücksichtslose Entschlossenheit und gesunder Menschenverstand fort. Die Weiblichkeit meiner Mutter bewahre ich als mein heimliches Ich. Ihr Fleisch lebt in mir weiter, auch wenn mein Fleisch vom Sex und für den Sex geformt ist und ihres das nicht war.

Ich bin dir nichts schuldig, Uncle Jake.

9

Sieben der neun Frauen, die zur Zeit im Alaska-Yukon Gamelands arbeiten, sind nicht hier ansässig: Jenny, Elaine, Marie und Joan, Liz, Susan und noch eine, die sich selbst bespitznamt hat und darauf besteht, daß wir sie Freckles nennen, als ob sie Sommersprossen hätte, dabei ist ihr Teint reiner als der einer Porzellanpuppe, und das einzige, was sie an Sommersprossen aufzuweisen hat, ist ein mattes kleines Muttermal zwischen ihren Schulterblättern. Diese Mädchen sind jung; es macht ihnen Spaß, sich mit Lotionen einzucremen und mit parfümierter Seife zu waschen. Es sind ganz gewöhnlich aussehende Mädchen, die sich unbefangen bis auf die nackte Haut ausziehen. Eine nach der anderen gerieten sie, Vergnügens und Geldes wegen, nach Alaska und haben sich, über ein Jahr ist das jetzt her, bereit erklärt, in Gamelands zu leben und zu arbeiten. Vor ihnen waren andere Mädchen da.

Ich unterstütze und ermutige und berate Jenny und Elaine und Liz und die übrigen, aber ich bemuttere sie nicht. Tatsächlich verbringe ich nicht viel Zeit mit unseren durchreisenden Mädchen, interessiere mich, vom Geschäftlichen abgesehen, nicht sonderlich für sie. Alaska-Yukon Gamelands ist ein zuverlässiger und stets überraschender Ort für die, die darin arbeiten, und die, die kommen, um nach dem letzten Neuland zu suchen.

Ich habe nicht sagen wollen, die durchreisenden Mädchen seien Kinder. Beileibe nicht. Sie sind zwischen siebzehn und zwanzig Jahre alt. Sie haben ihre Wehwehchen, ihre Fehler, schlechten Tage, Gehässigkeiten, Späße. Sie sind nichts Besonderes, nicht anders als alle anderen, und ich weiß ganz genau, wie Joans Vater im Gestänge einer rostigen Egge zu Tode kam und wie Jenny als die Kleine Hure von Idaho berühmt wurde. Ich kenne sie, ich achte sie alle. Mitgefühl, faire Behandlung, gutes Management ist es, was sie von mir brauchen, nicht Bemutterung. Was ich von ihnen brauche, sind zufriedene Stammkunden, ein gerüttelt Maß an Männern, die unserem Angebot die Stange halten (Mädchen, Frauen, Fetischismus, Komfort und Wunderwerke der Technik in der Wildnis), und eine beträchtliche Anzahl von Neulingen, jenen nie versiegenden Strom von Männern und Jungen, die uns besuchen und denen gefällt, was sie finden, die finden, was sie brauchen, und zu uns zurückkommen. Und über all das verfügen wir in Gamelands, im großen und ganzen dank unseren Durchreisenden.

Mit Spooky Ruth und Thelma hingegen ist es etwas anderes. Es sind reife Frauen, Profis, Alaskanerinnen. Sie gehören zur Stammbesatzung. Sie sind meine Freundinnen; sie haben mir bei der Gründung von Alaska-Yukon Gamelands geholfen. Zusammen sind wir drei Frauen im gleichen Alter und mit ähnlichen Interessen. Thelma ist Schützin, Sexphotographin, ein weiblicher Hengst. Spooky Ruth ist Hellseherin. Sie erzählt unseren Willies, wie wir sie nennen, was sie wissen wollen, und ihre schmerzlichsten Wahrheiten sind den Willies ebensoviel wert wie der Saft der verbotenen Frucht oder das, was wir auf Band haben. Sie ist zurückhaltend mit ihrer Hellseherei, und manchmal versagt sie auch. Doch ist es Spooky Ruth, die mit Körper und Geist am meisten zu Gamelands' Ruf beigetragen hat. Die vergessene Vergangenheit, die geheime Zukunft ebenso wie die Säfte des Fleischs, die Musik des Fleischs, aufgezeichnet in einem mit allem Drum und Dran ausgestatteten Mastodon-Wohnwagen und hinterher noch einmal vorgespielt – was konnten unsere Willies mehr verlangen? Es war Spooky Ruth, die mir sagte, daß ich Alaska verlassen werde. Die Prophezeiung war ihre Sache, meine ist der Entschluß.

Und ich? »Lust aufs Lustprinzip«, so lautet mein Motto. Lust aufs Lustprinzip, den eigenen Fähigkeiten treu sein, seinen Vorteil wahren. Ich mag Männer, sogar den Geruch ihres Schweißes, ihres Urins. Ich bin selbst so etwas wie ein Mann, auch männliches Blut rinnt durch meine Adern, wie man sagt, und ich kleide mich wie ein Mann und stehe auf eigenen Füßen. Doch unter meinem dicken, dunkelblau-dunkelgrün karierten Wollhemd trage ich einen pseudo-französischen Halb-BH; und unter meiner dicken Cordhose (braungold, blank im Sitz, in meine hochgeschnürten Stiefel gesteckt) trage ich einen durchsichtigen pseudo-französischen Bikinislip aus glänzendem fleischfarbenem seidigem Nylon, bestickt mit kleinen Bögen, der im Schritt drei Rosenknospen vorzuweisen hat. Der Unterwäschekatalog ist ständiger Begleiter meiner Landkarten und Flughandbücher. Mich ergötzt der Gedanke an die Überraschung, die den Mann erwartet, der an meinen steifen Knöpfen fummelt und meine äußere männliche Hülle beiseite oder nach unten zieht – vorausgesetzt, ich gestatte ihm das. Rauhe Kleidung, ein störrischer Flecken Schamhaar, eine Falbel aus Kunstseide, ein heißer Hintern und ein kühler Kopf, weithin bekannt, doch selten entdeckt, reif zum Nehmen, doch selten gegeben – das ist Sunny Deauville, die Frau hinter den Mythen Der Frau. Ich habe wirklich Lust aufs Lustprinzip und helfe anderen hier draußen, es mir gleichzutun, zusammen mit neun unterhaltsamen, reizvollen, begehrenswerten Mädchen und Frauen im Alaska-Yukon Gamelands.

Mitten unter uns steht ein großer, in hellen Farben frisch bemalter Totempfahl.

10

Unsere Niederlassung liegt acht Meilen guter Schotterstraße außerhalb der Stadt auf einem ebenen halben Morgen Land, gerodet aus dunkelroten Kiefern, deren Durchmesser nach Jahrhunderten zählen und die höher sind als die höchsten Masten der alten Walfänger, die durch die Beringsee in die Arktis gesegelt sind. Der See, mein Wasserlandeplatz, ist nur ein kurzes Stück durch Kiefern und Tannen entfernt; das schmutzige Weiß des Gletschers schimmert durch diese dunkelgrünen und purpurnen Tiefen, und dieser Gletscher läßt die Gesichter der Männer und Jünglinge, die zu uns herauskommen, in jungenhaftem Vergnügen ebensosehr erstrahlen wie die Mädchen und Frauen, die sie in Gamelands erwarten. Die meisten Männer fühlen sich wohler mit einem Gletscher jenseits eines Sees als etwa mit einer Elaine oder einer Jenny, die unverkennbar dabei ist, ihre Kleider abzulegen. Doch die Verlockungen, die wir bieten, sind heiß und kalt, nah und fern, winzig und riesig, publik und pittoresk, privat und pornographisch. Unsere berühmten Plakate mit dem Elchgeweih und dem schwarz bestrumpften Bein hängen an prominenter Stelle in Ladenfenstern und in den Foyers der beiden örtlichen Banken und der drei Motels und am Empfang des alten Baranof-Hotels, wo ich als Kind gewohnt habe. Jedermann weiß, daß Alaska-Yukon Gamelands nicht dem Angeln, Jagen oder unschuldigen Studium der Tierwelt dient. Man weiß aber auch von der Cessna und meinen Künsten als Führerin und Pilotin und daß ich jedem, der sportliche Betätigung im Freien oder im Hause sucht, zur Verfügung stehe.

Unser großer Parkplatz für ihre Wagen und Motorräder ist mit drei Abfalleimern ausgestattet und mit einem langen, massiven, dunkel gefleckten Zedernholzgeländer eingezäunt. Ein roter Holzpfeil weist direkt den Weg über einen Pfad durch die Bäume. Der Pfad, ein weicher dicker Streifen Kiefernnadeln für die, die nicht zu aufgeregt sind, dies zu bemerken, schlängelt sich ein kurzes Stück durch die Düfte und Schatten des Waldes und endet dann abrupt, nachdem er den eiligen Besucher an den Rand unserer Lichtung gebracht hat, wo er sich einem Torbogen aus zwei hohen dicken Zedernstämmen gegenübersieht, die von einem fünfzehn Fuß langen sichelförmigen Brett aus hellem Kiefernholz verbunden werden, auf welches mit einem Brenneisen in großer blumiger Schrift, quer über die ganze geschwungene Fläche dieser enormen Holztafel, das Wort *Gamelands* eingebrannt ist. Der eilige Besucher betritt unseren erstaunlichen Platz genau so, wie wir es von ihm erwarten. Er schreitet durch unseren Torbogen, da der Totempfahl, groß wie kein anderer und von frischer Farbe glänzend, hinter dem Bogen steht wie der Stab hinter dem Tor eines von Riesen aufgebauten alaskanischen Crocketspiels. Unser Willie wird von dem Totempfahl angezogen; er will die zornigen Schnäbel und ausgebreiteten Flügel aus der Nähe sehen. Also schreitet er durch den Torbogen und bleibt ehrfürchtig vor dem Totempfahl stehen. Er kann nicht anders. Der Totempfahl ruft ihn wie der Gletscher.

Was sieht er dann, unser scheuer oder gieriger Willie? Einen Viertelmorgen Rollsplitt; neun Mastodon-Wohnwagen in der Größe und Form von Düsenflugzeugrümpfen, in Regenbogenfarben bemalt und beliebig innerhalb der drei Mauern aus Bäumen abgestellt; einen Trinkbrunnen; zwei Holzhütten, größer als die Wohnwagen. Die Hütte zur Rechten ist meine, sie ist gekennzeichnet durch ein großes Holzschild mit der simplen Aufschrift *Privat*. Vor der anderen Hütte steht ein noch größeres Holzschild mit der Aufschrift *Willkommen – Nur für Männer*. Das *Nur für Männer* soll Belustigung, Neugier, einen Anflug von Stolz wecken. Jedenfalls besitzen unsere Willies den Mut hereinzukommen und steigen oder stapfen auf die Veranda, stoßen die schwere Holztür auf und betreten unsere Kombination aus Bar, Imbiß und Rezeption. Die Poster an den Wänden sind lebensgroß: Willie grinst oder errötet. Unter anderen Willies sitzt er auf einem der mit Leder bespannten Aluminiumstühle oder cremefarbenen Kalbsledersofas, tief und weich wie Schnee, liest eilig in einem der auf den niedrigen Glastischen gestapelten Magazine und hat entweder Schwierigkeiten beim Umblättern der Seiten oder leckt sich vor Vergnügen die Lippen. Will er nach andersartigen Magazinen greifen, hat er keinen Erfolg. Es sind alles die gleichen. Vielleicht hat er solche Magazine noch nie gesehen, sicher noch nie in solcher Fülle und so zwanglos ausgebreitet, schicke und schockierende Schwestern all der Wartezimmerzeitschriften, die er in Augenblicken der Pein, Langeweile oder Beunruhigung gleichgültig überflogen hat. Die Beunruhigung, die er jetzt empfindet – falls überhaupt –, ist mit hochgestimmter Erwartung verwandt.

»Probier lieber erstmal die Dusche aus«, sagt Marie oder Elaine oder Liz und kneift ihm zwinkernd in den Oberschenkel. »Na komm, wir seifen uns gegenseitig ein.« Und ab durch den Flur gehen sie zu unsern warmen und wohlriechenden Waschräumen, die blau und smaragdgrün gekachelt und durch Oberlicht beleuchtet sind. »Hinterher«, sagt sie, »gibt's die Sauna«, und zusammen entschwinden sie im Dampf, aus dem Gelächter schallt und wo das Klatschen auf nasses Fleisch passende Geräusche zu der auch dorthin noch verlegten Musik liefert.

Das ist der Anfang. Oder erst der Anfang. Unsere Einrichtung ist extrem raffiniert, sie garantiert Sex rund um die Uhr, Sex zu allen Jahreszeiten. Einstmals, lange bevor Uncle Jake Deauville sich nach Norden wagte, kam die erste Flut weißer Frauen, die, wie die alten Goldgräber sagten, weder Ehefrauen noch Schwestern waren. Sie brachten auf neue Gedanken, wie die Alten sagten. Ihre Kleidung war als weiblicher Flitterkram bekannt. Ein Porträt (Kopf und Schultern) einer aus diesen zahllosen

Scharen hängt in einem großen vergoldeten Rahmen über der Gamelands-Bar. Ich gleiche ihr, sie und ich gleichen Amelia Earhart. Die Ähnlichkeit gefällt mir. Auf weiblichen Flitterkram lasse ich mich nicht ein. Keine von uns tut das.

Und wer steht da oben auf dem Totempfahl, Uncle Jake? Der Befreier der Sklaven im schwarzen Gehrock vielleicht? Ich wünschte, nur einen Augenblick lang könntest du hiersein, wie irgendeiner unserer Willies, und es dir selber ansehen.

11

Sex ist mein Lieblingswort. Ein hübsches Wort, ein niedliches Wort, eine winzige grüne steife Schlange im Mund. Eine in der Mitte zerzwickte Zischsilbe, und das leise Nachströmen des hinter den Zähnen, in der rosa Höhlung zwischen fleischiger Zunge und glänzendem Gaumen noch übrigen Luftstroms wird zum verführerischsten Geräusch schlechthin für den, der hören kann. Alles andere als ein bloßes Zischen, da der Luftstrom beim Aussprechen wie durch ein Ventil geregelt wird, ist es eine feste Bank und bleibt sich stets gleich, wann immer man es sagt. Und doch klingt er nach, dieser Luftstrom, dieser leise Wind, der nicht strömen könnte, wäre die Zunge nicht vor Wohlgestalt geschwollen, an die Zähne gebettet, und seine Dauer variiert unendlich, sooft dieses Wort, mein Wort ertönt. Sex, das Wort, geht ohne Wohlklang seinen Weg, meidet den Wohlklang, ist Süße ohne Musik, das Beste, was es gibt. Nicht blutvoll noch sonor, ohne die Tiefe eines Seufzers, eines Wortes wie Leidenschaft etwa – könnte es angesichts dessen, was es bedeutet, was es erregt, unerwarteter kommen? Und ist Sex nicht der Kern des Unerwarteten? Es ist so kurz, dieses Wort, so klein, kaum daß sein Vokal diesen Namen verdient, kommt so rein aus dem Mund, daß es unweigerlich das Ohr betört. Das Kleine und Enge des Ohrs wird zu diesem Geräusch hingezogen wie zu keinem anderen. Sobald jemand es ausspricht – Sex –, möchte man ihm das Ohr an seinen Mund legen. Oder ihr. Tatsächlich hört es sich am besten an, wenn es von einem jungen Mädchen zu einem anderen gesagt wird. Aber wer es auch sagt, ob Mädchen, Mann, Frau, Junge, kein anderes Wort stößt mich so nah an den Rand des Abgrunds, sozusagen, abgesehen vielleicht von seinem Vetter zweiten Grades, dem Zweitplazierten, nämlich *sucks*.

Um diese beiden Wörter – Sex und *sucks* – machte mein Vater sein Leben lang einen Bogen. Das eine hörte ich nie über seine Lippen kommen, bei dem anderen geriet er in endlose Weitschweifigkeiten, um einen Ersatz zu finden, erwies sich als Meister des Euphemismus, wenn *suck* oder *sucks* zur Debatte standen. Das Ehrgefühl verbietet den Gebrauch harter schlüpfriger Wörter, die notwendig die weichen heraufbeschwören. Selbst das Wort weich machte ihm Schwierigkeiten.

Ehrgefühl ist an der Wurzel des Verderbens – jedenfalls für meinen Vater.

Aber wir in Gamelands sprechen mit unseren Willies, schenken ihnen Aufmerksamkeit, lehren sie neue Wörter, alte Wörter, sind gute Zuhörer, brauchen freizügig Tabuwörter, tabuisierte Ausdrücke, demonstrieren nach Art von Experten, daß das Wort Sex nicht bloß ein trockener Terminus aus einem Hochschullehrbuch ist, sondern den Kiefer schnappen läßt, die Lippen zum Küssen bereitmacht.

Gamelands ist mit Rhythmus bekränzt. Wir sprechen unsern Sex ebensogut, wie wir ihn machen.

12

Der erste Eintrag im Tagebuch meiner Mutter lautet: »Juneau, Alaska. 17. August 1930. Vorige Nacht wie üblich in den Schlaf geweint.«

Sie wurde 1900 geboren und war demnach gerade erst dreißig Jahre alt, als sie diese Zeile schrieb, während Uncle Jake fünfzig war und ich fünf. 1924 lernten sie sich kennen, spielten Tennis, heirateten. Ihr Lächeln war lieb und breit, ihr Haar glich meinem, ihr kleiner gertenschlanker Körper war typisch für die begeisterte Athletin und hätte die Männer verrückt machen müssen, wie man ihrerzeit sagte, doch tat er das nicht. Dunkel begriff sie, daß niemand ihr die Cour machte, wie ihre Schwestern sich ausdrückten, begriff dunkel, daß ihr Mangel an bewundernden Courmachern etwas mit ihren Schwestern zu tun hatte, die sie zu Hause bloß am Piano duldeten oder für ihren gütigen Vater sorgen ließen, welchen sie innig liebte. Auf gesellschaftlichen Empfängen, an deren Teilnahme sie sie nicht hindern konnten, schoben diese Schwestern sie ins Abseits und machten sich kurzerhand mit jedem jungen Mann aus dem Staube, der meiner Mutter auch nur einen Blick zuwarf. Im allgemeinen war sie es zufrieden, zu Hause zu bleiben und ihrem todkranken Vater vorzulesen oder lange Stunden am Piano zu verbringen und ihre flinken Finger fliegen zu lassen, wie sie das gern nannte. Aber sie begriff auch, zumindest dunkel, daß sie sich die ewige Verachtung und Verbitterung ihrer Schwestern irgendwie zugezogen hatte, taten sie doch alles, was sie konnten, sie zu isolieren und sich minderwertig fühlen zu lassen. Vergebens wandte sie alle Zeit, die sie erübrigen konnte, darauf an, sich ihre Vergebung für Verfehlungen zu verdienen, die niemand ihr deutlich vorhielt, sich von einer Anklage freizusprechen, die nie erhoben wurde. Sie waren zehn Jahre älter als sie, diese unbarmherzigen Schwestern, die ihre stumme Verfolgung ernstlich begannen, als meine Mutter mit neun Jahren von einer Krankheit heimgesucht wurde, durch die ihr sämtliche Haare ausfielen. Die Gouvernante suchte des Kindes Kahlheit täglich durch Umbinden eines breiten seidenen Kopftuchs mit großer plumper Schleife zu verbergen. Und hier, auf dem Höhepunkt ihrer ersten Demütigung, lächelten jene zwei Schwestern – offen, doch wie hinter vorgehaltener Hand. Schließlich wuchs das Haar meiner Mutter wieder nach, dichter und von glänzenderem Kastanienbraun als zuvor, wenn auch ziemlich kurz geschnitten. Aber sie wußte, daß sie getroffen war. Dunkel hatte sie dies Lächeln begriffen.

Als meine Mutter vierundzwanzig war – wie stets hell erfreut über das Zusammenfallen ihres Alters mit der Jahreszahl und trotz ihres Elends davon überzeugt, daß sie bei ihrer Geburt dem besonderen Schutz der Gestirne unterstellt worden war –, gab es eine einzige Einschränkung, die sie nicht dulden, ein Verbot, das sie nicht hinnehmen wollte: Sie weigerte sich, ihr Tennisspiel aufzugeben. Tanzvergnügen, Picknicks, Spaziergänge mit jungen Männern, Kanufahrten im silbrigen Dämmerlicht – all das ließ sie sich untersagen, allein das Tennisspielen nicht. Sie war klein, ihre Muskeln elastisch, wohlgeformt, sie hatte einen kraftvollen Aufschlag, sie war zu gut in dem geliebten Spiel, um es aufzugeben, selbst als ihr Vater im Sterben lag und ihre Schwestern erklärten, sie müsse vom Tennis lassen und im Hause bleiben, um für ihn mit zu sorgen.

Der Sommersitz der Flowers lag in der Nähe der Deauville-Farm. Eines Samstagnachmittags Mitte Juli 1924 erschien meine Mutter als Teilnehmerin eines Tennismatchs in einem der zwei örtlichen Sportklubs, den sie in den vorangegangenen Sommern weder als Gast noch als Tennisspielerin besucht hatte. Mein Vater, der selber gerne Tennis spielte, war zugegen, um den Dameneinzeln zuzusehen.

Vier Paare kurzberockter Frauen boten meinem Vater alles an Unterhaltung, was er nur wünschen konnte, ehe meine Mutter und ihre Partnerin den Platz betraten. Mein Vater erkannte das Dilemma meiner Mutter mit einem Blick.

Es war ein kühler Tag für Juli, der Himmel vom Blau ehrlicher Augen, die kleine Tribüne mit dankbaren Zuschauern in Segelkluft oder bedruckten Kleidern gefüllt. Der Efeu an der Klubhausmauer war grüne Dekoration. Die Einzel waren bis dahin für bestes Damentennis exemplarisch gewesen, die Stimmung war prächtig, die Brise frisch, das Licht blaßrosa getönt. Doch beim ersten Anblick meiner Mutter, damals nichts als eine hübsche Fremde, die irgendein seltsames, offenbar von niemandem außer meinem Vater wahrgenommenes Unbehagen quälte, und beim ersten Anblick ihrer Partnerin, einer merkwürdig selbstsicheren Rothaarigen, war meinem Vater auf der Stelle klar, was da nicht stimmte und warum meine Mutter ihm so niedergeschlagen vorkam. Nur um so mehr bewunderte er daher das breite Lächeln, die kleine gertenschlanke Figur und all das, woran er erkannte, daß sie schnell, entschlossen und eine außerordentlich talentierte Tennisspielerin war.

Mein Vater war sechs Fuß und vier Zoll groß, mit vierundvierzig noch unverheiratet und trug wie die anderen Männer in der Menge weiße Flanellhosen, ein weiches weißes Hemd und blauen Blazer. Sein schwarzes Haar war in der Mitte gescheitelt. Die Deauvilleschen Züge – lange kräftige Kinnlade, hohe Stirn, schmale Adlernase – zeigten sommerliche Farben und gute Laune. Er hatte sich amüsiert. Er hatte gelächelt. Er sah Frauen gern beim Tennisspielen zu.

Jetzt runzelte er die Stirn. Sandplätze, sagte er zu sich. Sandplätze.

Damit wollte er sagen, daß dieser spezielle Sportklub über Rasenplätze verfügte, was die junge Frau mit dem Kastanienhaar vor Antritt des Wettkampfs nicht gewußt haben dürfte, und daß die arme junge Frau an andere Plätze, nämlich solche mit Sandboden, gewöhnt war. All das las mein Vater an den Schuhen der jungen Frau ab. Diese hatten glatte Gummisohlen, die kleinen weißen Schuhchen, geeignet für Sand, aber nicht für Rasen. Auf Rasen brauchte man andere Schuhe, solche mit Sohlen, die guten Halt verliehen. Das alles erkannte mein Vater. Er runzelte die Stirn. Er beugte sich unbehaglich vor. Er fühlte mit dieser hübschen Frau, die, kaum dem Mädchenalter entwachsen, mit solchem Recht bekümmert und in der Menge so einsam war mit ihrer Verzagtheit. Er wußte, daß nur er und die rothaarige Gegnerin sich über das Problem der jungen Frau im klaren waren. Die Gegnerin hatte offenbar vor, ihr Wissen zum alles entscheidenden Vorteil anzuwenden. Was mein Vater wußte, augenblicklich erkannt hatte, rief unmittelbar völlig unvertraute Sehnsüchte der tiefsten Art in ihm wach. Er hatte nur den einen Wunsch, das Spiel zu stoppen, noch ehe es anfing, und sie auf seinen Armen in Sicherheit zu bringen. Das war freilich nicht möglich.

Die junge Frau mit dem hoffnungslosen Problem gewann den Aufschlag. Sie ging in Stellung, ihr Lächeln verschwand, sie zog die schmalen Schultern ein, bog sich mit der letzten Geste der Tennisspieler vorm Angriff zurück, warf den weißen Ball hoch, holte aus und drosch mit der ganzen Kraft und Schnelligkeit eines Mannes los. Aber ihr Stand war nicht sicher. Ihr Aufschlag kam nicht perfekt, und die ausdruckslose rothaarige Gegnerin schmetterte den Ball, scheinbar mit einem Minimum an Kraftaufwand, mit einer Geschwindigkeit zurück, die ihre Reserviertheit, ja ihre Lustlosigkeit und ihre schlaksige Gestalt Lügen strafte. Die kleinere Frau, im Gegensatz zu ihrer Gegnerin insofern bewundernswert, als sie von der ersten Sekunde des Matches an frohgemut alles, was sie hatte, in ihr Spiel legte, machte einen Satz, um den Ball zurückzuschlagen, auf ihrem hübschen herzförmigen Gesicht flackerten Überraschung und Bestürzung. Offenbar war ihr bereits ganz genau bewußt, was an diesem Nachmittag auf sie zukam, Spiel um Spiel, und sie geriet ein wenig ins Schlingern und schlug den Ball ins Netz. Die Menge schwieg eher betreten als vor atemloser Spannung; schon schwitzte die kleine gertenschlanke Spielerin mit dem Kastanienhaar, biß sich die Lippen, straffte die schmalen Schultern, auch wenn ihr Gesicht die traurigste Sorte mädchenhafter Verwirrtheit widerspiegelte.

Mein Vater beugte sich entflammt vor und schaute zu. Er sah, daß sie an einem grünen Band um ein Handgelenk einen kleinen Elfenbein-Elefanten trug – ein glückbringender Talisman, der an diesem strahlenden Nachmittag zum Versagen verurteilt war. Das Lächeln, sah er, wurde breiter, etwas schief, hilflos. Adrett war sie, bemerkte er nochmals, eine ehrliche, verletzliche Person von seltener Liebenswürdigkeit, gleichwohl unter günstigeren Umständen fähig, mit Geschick, unsentimental und aggressiv Tennis auf Sieg zu spielen. Wieder fühlte mein Vater mit ihr. Jetzt schwitzte er selbst. Deutlich hörte er jemanden husten, jemanden mit den Füßen scharren.

Noch zweimal schlug sie auf, beide Male mit jenem verunsicherten und unbeholfenen Tänzeln, das an Panik grenzte. Sie steckte nicht auf. Ihre Wangen waren muschelrosa gerötet. Beide Punkte gab sie ab.

Ihre selbstsichere Gegnerin beobachtete sie unverhohlen, abwartend, anscheinend gelangweilt – oder war das Verstellung? –, den Vorteil so sehr auf ihrer Seite zu sehen. Nun hatte die Rothaarige Aufschlag, und mein Vater konzentrierte sich, die kleine Frau, für die er sich engagierte, nahm die resolute, erwartungsvolle Haltung des Verteidigers ein – Füße weit auseinander, Knie eingezogen, Rumpf vorgebeugt, Kinn hoch, den Schläger waagrecht zwischen der rechten Hand, die den Griff umklammerte, und der linken, die leicht die Schlagfläche hielt.

Der Aufschlag kam, und zwar erstaunlich sachte, offenbar von fairem Sportsgeist motiviert, ein langsamer Ball, gelassen und dicht auf die kleine Frau plaziert. Es gelang ihr, den Ball zurückzuschlagen, was der Menge einen befriedigten Seufzer entlockte. Kaum hatte sie sich wieder gefangen, als der Ball zurückkam, ein schwer erreichbarer Lob, so daß sie wiederum einige Schritte laufen mußte, um den Ball zu retournieren, und dabei fast aus dem Gleichgewicht geriet, auf ihrem Gesicht zeigten sich Streß, Verwirrung, Verzweiflung. Woraufhin die schlaksige Gegnerin den Ball mit berechneter Grausamkeit und rascher, müheloser Geste in die Ecke des Spielfeldes trieb, aus der die Kleinere gerade herausgelockt worden war und wo sie jetzt, sichtlich taumelnd, Halt zu gewinnen und die Laufrichtung zu ändern versuchte. Sie rannte dem sausenden Ball tapfer nach, holte aus, verfehlte ihn um drei Schlägerlängen, fiel auf ein Knie und ruderte mit dem kläglichen freien Arm ums Gleichgewicht.

Ruhig wartete die Gegnerin, zurrte den Bund ihres kurzen weißen Röckchens fest, verlagerte ihr Standbein, sah nach der goldenen Wetterfahne auf der Klubhauskuppel, bis es der Kleineren gelungen war, außer Atem, verzweifelt aufzustehen, sich zu sammeln und die Grundhaltung einzunehmen. Das arme Knie war grün vom Gras gefleckt, der Schläger zitterte in ihren Händen. Mein Vater stöhnte. Aus der Menge hustete es plötzlich allenthalben.

Die Gegnerin, deren lange wohlgeformte Beine in diesem Moment in meinem Vater jäh und hitzig Zorn aufsteigen ließen – gegen seinen Willen hatte er ihre schlaksigen goldbraunen Beine ins Auge gefaßt –, wischte sich jetzt eine Strähne ihres feurigen Haars zurück, eine herrliche orangefarbene Mähne, wie mein Vater sich eingestand. Sie ließ sich Zeit, betrachtete die aufgelöst hinterm Netz stehende Frau von Kopf bis Fuß und schlug zum zweitenmal auf, noch immer sachte, um sodann die Kleinere mit jetzt schon rüder, fast beleidigender Taktik durch einen langgezogenen, in den Augen meines Vaters schier endlosen Volley zu überlisten und kopfscheu zu machen. Er sah das Zucken, das Wegrutschen, die linkischen kleinen balancierenden Bewegungen, die langsame Zerstörung der Koordination der Kleineren. Wieder zog die Rothaarige den Arm zurück, drosch, plazierte den mörderischen Ball außer aller Reichweite der Kleineren, die denn auch planmäßig nach dem Köder schnappte und einem ungelenken Schlittschuhläufer gleich über das kühle Grün dem weißen Ball hinterdreinstürzte, der noch, als sie ihm nachjagte, sich von ihr wegdrehte. Sie holte aus, hieb daneben, geriet ins Stürzen; und nur indem sie mit ihrem beängstigenden vorwärtstaumelnden Schwung weit vom Spielfeld lief und schließlich deprimiert zum Stillstand schlitterte, verhinderte sie, daß sie zu Boden ging.

Einen äußerst unangenehmen Augenblick lang fand sich mein Vater auf der Seite der Rothaarigen: Er sah sie ihr kleines, falsch beschuhtes Opfer seinem raschen, wohlverdienten Ende zutreiben, wußte, was es bedeuten würde, diese große teilnahmslose Frau noch an diesem Abend beim Tanz im Freien unter bunten Laternen im Arm zu halten. Dann faßte er sich wieder, empfand angemessene Beschämung, fühlte sich aufs neue überwältigt von seiner Sehnsucht nach jener hübschen, entnervten Kreatur, die nun schon dreimal geschlagen war, verdientermaßen, wie alle außer ihm in der jetzt murrenden Menge meinten.

Er wartete. Eine Schwalbe sauste tief über den grünen Rasen. Das würde nie mehr aufhören. Jetzt feuerte mein Vater tatsächlich die Frau mit dem starken Knochenbau an, dem flammenden Haar, der planvollen Teilnahmslosigkeit – doch nur, um das Spiel zu beenden, es hinter sich zu bringen, seiner kleinen zerzausten, aber heldenhaften Freundin, wie er sie jetzt bei sich nannte, Weiteres zu ersparen.

Bereit. Gesammelt. Das heißt, so gesammelt, wie es ihr nur möglich war. Warten. Herabsinkende Schatten. Zuschauer, die sich regen wie Papierschnipsel im Wind. Erwartung. Verzweiflung. Und wieder der Aufschlag. Dieser Aufschlag. Aber nichts mehr von trügerischer Sachtheit, perfid schikanierenden Volleyschlägen. Bedächtig, noch immer ausdruckslos, dabei aber mit einem ganz leisen Anflug von Boshaftigkeit in sämtlichen Sehnen ihres Körpers, warf jetzt die Gegnerin den Ball empor und trieb ihn mit einem wendigen Schlag übers Netz und auf die Kleine zu, die gequält zusammenfuhr und aus ihrer Kauerstellung aufsprang, ausglitt, nach dem Ball schlug, ihn verfehlte, zu Boden ging. Ja, zu Boden ging sie, lang hingestreckt, Beine und Schläger in der Luft, den weißen Rock um ihre Hüfte hochgeschlagen, die weißen Tennisshorts vom Grün des abscheulichen Rasens beschmiert, die Augen weit offen, den kläglichen Mund in blindem Lächeln erfroren, den linken Arm jämmerlich vorgestreckt, ohne jedoch den Sturz mildern zu können. Der Aufprall war hörbar. Alle hörten ihn; niemand war fähig, den Blick von dem Fleck zu wenden, wo das kleine Opfer am Boden lag – hilflos, reglos, im vollen Licht ihrer Demütigung.

Die Rothaarige kreuzte die Füße, ließ den Schläger baumeln, wartete. Bis die Kleinere endlich wieder zu Atem kam und sich hochrappelte, ihren Schläger wieder aufnahm und sich ans Netz begab, wo die Rothaarige wartete, um ihr die Hand zu schütteln. Das kleine Opfer lächelte. Die Siegerin nicht. Dann floh die Kleinere vom Platz, ihr weißer Rock war grün bestreift, in ihren Augen glänzten ungeweinte Tränen.

Mein Vater sah sie gehen. Er wollte ihr nachstürzen, sie in seine Arme heben, sie forttragen, denn nur die Errettung durch einen weißen Ritter, als welchen er sich jetzt betrachtete, konnte eine derart vernichtende Niederlage überhaupt noch wettmachen. Er war aber auch mit vierundvierzig noch schüchtern und ziemlich langsam und verlor sie daher fürs erste. Aber sein Herz, das wußte er jetzt immerhin, war für sie entflammt.

Und noch am selben Nachmittag, noch in dem ländlichen Klub leitete mein Vater auf die ihm eigene Weise und in dem ihm eigenen Tempo seine Werbung ein. Er fand heraus, daß es da drei Schwestern gab, eine alte Gouvernante, obwohl die Mädchen bereits erwachsen waren, und einen Vater, von dem vermutet wurde, daß er im Sterben liege. Er erfuhr, daß ihr Sommersitz von der Deauville-Farm aus leicht über Seitenpfade zu erreichen war, die von Trauerweiden überschattet und mit weißen Zäunen gesäumt waren. Darauf faßte er seinen Entschluß und ging, ehe das nächste Spiel begann. Am Tanz im Klub nahm er diesen Abend nicht teil wie sonst womöglich, sondern blieb zu Hause, ging früh zu Bett, verbrachte den größten Teil der Nacht in ernstem, schlaflosem Nachdenken über die Art und Weise, in der sich sein Schicksal, wie er dachte, gewendet hatte. Ein einziges Mal, als er so im sommerlichen Dunkel lag und zerstreut einer kleinen Eule in einem Baum nahe seinem Fenster zuhörte, kam ihm der Gedanke, daß die große rothaarige Siegerin vermutlich in eben diesem Augenblick im Klub das Tanzbein schwinge. Schließlich fiel er in seinen gewöhnlichen unbeschwerten Schlaf.

Vor dem Sommersitz der Flowers befand sich eine kreisförmige Auffahrt, ein Kiesweg, der einen beträchtlichen Bogen um ein riesiges Astern- und Petunienbeet beschrieb, und am folgenden Spätnachmittag beobachteten die beiden älteren Flowers-Schwestern, die auf der ausladenden Veranda beieinandersaßen, von wo die Auffahrt und das reizende Rund des Gartens zu überblicken waren, wie ein überaus großes offenes Automobil, weiß lackiert und von einem Mann gesteuert, der, wie sie auf Anhieb wußten, in Frage kam, auf ihr Anwesen fuhr und geräuschvoll, aber mit denkbar langsamstem Tempo auf sie zukam. Sie legten ihre Bücher ab, ihre Fächer, ihre gewagten Zigaretten. Gierig musterten sie den nahenden Besucher. Der große Wagen rumpelte heran, der Fahrer, natürlich war es mein Vater, der da glücklich hinterm Steuerrad des Stutz Bearcat seines Bruders saß, bot den beiden Frauen ein Antlitz von betörendem, wunderbarem Reiz. Der Wagen schwang wie eine imposante Lokomotive prachtvoll in den Kreis um die Blumenbeete. Die beiden Frauen erhoben sich gleichzeitig, jede glaubte, er sei ihretwegen gekommen. Glücklich verstrahlten sie ihr selbstsüchtiges Lächeln, diese beiden schon von Jüngferlichkeit Angewehten, und traten vor, eine jede sich wappnend, den Besucher, wer immer er sei, zu grüßen und mit ihm davonzufahren. Aber dann Bestürzung, Enttäuschung, Fassungslosigkeit, da der offensichtlich mutig gewordene Mann hinterm Lenkrad nicht mit Gedröhn und Gloria bei der Veranda vorfuhr, nicht sein großes Gefährt anhielt und parkte, nicht die breiten Stufen hinanstieg und eine von beiden an der Hand nahm, sondern statt dessen bloß ohne Pause, ohne das Tempo zu verringern weiter im Kreis herumfuhr. Immer im Kreis, und wieder und wieder, im ganzen fünf langsame, geheimnisvolle Runden, während die beiden Frauen gekränkt und ohne sein Benehmen irgendwie zu begreifen die Köpfe hochwarfen und zu ihren Büchern und Fächern und Zigaretten zurückstolzierten.

Fünfmal im Kreis herum fuhr er, und dann fuhr er langsam, ohne auch nur einmal zu lächeln oder mit der Hand zu winken, in der Richtung davon, aus der er gekommen war. Die Schwestern waren sprachlos vor Wut; ein solch exzentrisches Eindringen ging vollständig über ihre Begriffe. Die jüngste Schwester aber, die hinter einem Vorhang an einem abgedunkelten Fenster oben gespinxt hatte, begriff sofort und sah atemlos, mit innigstem Vergnügen die stattliche sportliche Maschine ihre Kreise ziehn – für sie. Er brauchte gar nicht zu ihrem Fenster heraufzusehen. Er brauchte nicht zu winken. Mit dem Instinkt derer, die lange unterdrückt und falschen Anschuldigungen ausgesetzt sind, wußte sie, daß der feierliche Mann, der da sein feines Fahrzeug mit höchstens Schrittgeschwindigkeit rollen ließ, obwohl es sicherlich neunzig Meilen oder mehr die Stunde machen konnte, beim gestrigen Turnier zugegen gewesen sein mußte (hatte sie ihn nicht wirklich unter den Zuschauern wahrgenommen?), ihr sofort auf den Grund ihres Herzens gesehen haben mußte, hinter ihrer gräßlichen Vorstellung (ach, wie sie diese Schuhe jetzt haßte!) ihren guten Kern erkannt haben mußte, die in lebenslanger ungerechter Behandlung so scharf geschmiedet worden war. So war er endlich zu einer gekommen, die bis zu diesem Augenblick auf einen Erlöser nicht einmal zu hoffen gewagt hatte. Sie ließ den Vorhang fallen, lauschte aufmerksam der Stille, die er hinterlassen, und wandte sich dann wieder der Pflege ihres jetzt sanft lächelnden Vaters zu. Auch er hatte intuitiv das Geschehen erfaßt und drückte ihr die Hand.

Beharrlich wiederholte der Unbekannte drei Wochen lang die erste Phase seiner Werbung – erschien jeden Nachmittag, umkreiste fünfmal die Blumenbeete, verschwand, wie er gekommen war, in der Gewißheit, daß sie ihn beobachtet und volles Verständnis für seine Schüchternheit habe und begreife, was er ihr unter dem Deckmantel des Unkonventionellen und Humors seiner Annäherung mitteilen wollte. Nach drei Wochen dann hielt er an, stieg aus, kam auf die von den beiden älteren Schwestern wütend geräumte Veranda, wo die jüngste, ungeniert breit lächelnd und schon leger, attraktiv zur Ausfahrt gekleidet, seiner wartete. Er nahm sie mit auf eine Stunde schwärmerischer Raserei über Landwege, die für Pferdekutschen gedacht waren und nicht für diese dröhnende weiße Maschine, die jetzt forsch und draufgängerisch im Gefühl der Freiheit, der Gelöstheit des glücklichen Paares dahinbrauste, das wegen des Lärms nicht sprechen konnte. Aber sie lachten zusammen in all der Sicherheit und Geborgenheit dessen, was zumindest mein Vater als ihren Hochzeitswagen betrachtete, obwohl er Billy Boy, seinem jüngsten Bruder, gehörte. Tag für Tag erschien mein Vater in dem weißen Wagen. Tag für Tag rasten sie zusammen durch das Dämmer und die grünen Felder, auf denen erschreckte Stuten mit ihren Fohlen das Weite suchten und die Lerchen auseinanderstoben.

Dann weiteten sie ihre Aktivitäten aus. Sie aßen zusammen Pralinen. Sie begingen die Wege, die sie bisher befahren hatten, zu Fuß. Sie verbrachten täglich eine gewisse Zeit im Krankenzimmer. Sie besuchten Tanzveranstaltungen, nicht in dem Klub, in dem sie sich kennengelernt hatten, sondern in dem anderen Klub, bei dem die Familie Flowers Mitglied war. Und vor allem spielten sie Tennis – auf den Plätzen der Deauville-Farm, die einen Sandboden hatten. Roten Sandboden. Er gab ihr nichts vor, sie gewann immer, jagte pfeilschnell umher, schrie vor Vergnügen, und ihr kraftvoller Aufschlag ließ seine Zuneigung zu ihr nur noch wachsen. Da waren sie also zusammen, der große Mann und die kleine junge Frau. Und doch war von Hochzeit noch immer keine Rede. Die älteren Schwestern erklärten, das Paar sehe aus wie Vater und Tochter und werde niemals heiraten. Aber die beiden lächelten nur, der derzeit älteste Deauville-Junge und das jüngste der Flowers-Mädchen, und gingen wieder auf den Tennisplatz.

Einmal beschlossen sie spontan, für einen Abend wieder in jenen Klub zu gehen, den sie seit dem Tag des Debakels, wie mein Vater das zu nennen pflegte, nicht mehr besucht hatten. Der Klub veranstaltete einen Tanz zum Ausklang der Saison. Sie beschlossen, verständlicherweise, zwecks Rehabilitation und Feier daran teilzunehmen, und das taten sie auch.

Sie trug ein hellgrünes Kleid, passend zu dem Band an ihrem Handgelenk; er trug einen sommerlichen Gesellschaftsanzug. Sie wünschten ihrem Vater eine gute Nacht, der drückte seiner Lieblingstochter die Hand, küßte sie, als sie sich hinabbeugte, auf die Wange, schüttelte dem stattlichen Jack Deauville, wie er damals noch genannt wurde, die Hand, gab sie noch einmal mit jenem sanften Segen zusammen, der das Geheimnis dieser drei geblieben war, dann ließ er sie gehen. Die Schwestern schlichen an diesem Abend um das langgestreckte flache Gebäude herum, ließen sich aber nicht blicken.

Der weiße Wagen. Ein Mantel um ihre Schultern. Ein Augustmond. Ihr Kopf an seinem Oberarm, während er fuhr.

Das Fünf-Mann-Orchester des Klubs hätte auch an Deck eines Kreuzfahrtschiffes in den Tropen spielen können. Mein Vater war ein guter Tänzer. Seine Partnerin genoß das Gefühl zu wissen, wie gut sie ihm folgte, wie gut sie seine Art von Anmut, die bei einem großgewachsenen Mann von ganz besonderer Wirkung ist, ergänzte. Um elf Uhr beteiligten sie sich an einem Spiel auf dem Tanzboden und gewannen einen Preis. Um Mitternacht, als die Musik in eine Stimmung holder Schläfrigkeit verfiel, tanzten sie ihren letzten Tanz. Dann tranken sie auf der Terrasse Champagner und gingen.

Die Nacht war kalt geworden, und mein Vater merkte, daß er zwar nicht tollkühn, aber schneller fuhr, als er sollte. Die Hitze des Motors wärmte ihnen die Beine, der Lärm des Motors war lauter als je zuvor und rüttelte sie immerfort wach und sandte sein knallendes, verhallendes Geknatter weit über die schwarze Landschaft, die sie durchbrausten. Noch immer ahnte sie nichts, sie schmiegte sich an ihn in der kühlen Luft, der Wärme, dem Lärm des Motors, der die nachklingende Musik noch nicht ganz übertönt hatte. Diese Nacht hatte ihr gehört. Nie zuvor hatte sie einen ganzen Abend in seinen Armen verlebt, und noch immer schauderte sie wohlig bei dem Gedanken, daß er ihr heute verweigert hatte, mit irgendeinem anderen Mann zu tanzen – und viele hatten sie aufgefordert. Wo sollte ihre Lust jemals enden?

Als sie geräuschvoll aus der Nacht vorgefahren kamen, glich das Haus ihres Vaters einem Schiff in Seenot, einem großen Schiff, das im schwarzen Ozean unterging. Sämtliche Fenster in diesem Haus waren erleuchtet.

Der Kies spritzte auf. Sie parkten und stürzten hinein. Die beiden Schwestern, in weißen Schürzen, Schalen und Handtücher in den Händen, versperrten ihnen den Weg. Im Zimmer ihres Vaters sei der Arzt, sagten sie, und der habe strikte Anweisungen erlassen: keine Besucher, keinerlei Störung. Du kommst zu spät, sagten sie, und das ist der Preis. Er hat nach dir gerufen. Du warst nicht da. Und jetzt wartet ihr am besten unten mit Nanny.

Sie gehorchten. Sie war außer sich, sein Antlitz war weiß, das grüne Kleid und der elegante Gesellschaftsanzug wurden schlagartig faltig, hingen formlos an den Körpern ihrer Träger. Sie wandte sich ab. Er griff nach ihrem Arm. Die Düfte ihres unschuldigen Parfüms und seines kühlen Kölnischwassers mischten sich mit dem Geruch von Karbolsäure. Kein Geräusch war zu hören, trotz all der grellen Lichter. Und sie gehorchten, gehorchten den Schwestern, die so lange warteten, bis die jüngste und ihr Beau die Treppe hinuntergegangen waren, ehe sie sich wieder ins Zimmer ihres Vaters begaben.

Logisch? Unlogisch?

Aber sie gehorchten, kaum glaublich, ohne zu fragen, zu betäubt, zu erfüllt von Kummer und Schuldgefühlen, zu unschuldig, die Lüge zu erkennen. Allein, ausgeschlossen, zerschmettert gingen sie hinab und warteten mit der alten Gouvernante, die weinend die jüngste Schwester nach Kräften tröstete. Die jüngste Schwester wurde vor Schmerz ohnmächtig; der Begleiter ihres Abends stand hilflos daneben mit offenhängendem Galajackett, den Rücken zum kalten Kamin. Einmal drehte er sich um und betrachtete lange das Porträt über dem Sims. Das Ölbild zeigte das Gesicht der Frau, die bei der Geburt ihrer jüngsten Tochter gestorben war. Jetzt aber war da kein Gesicht zu sehen überm Kamin; in der unnatürlichen Beleuchtung war das Porträt nichts als ein großes schwarzes Oval.

Um halb vier morgens vernahmen sie die langsamen Schritte eines einzelnen Menschen auf der Treppe, und einen Augenblick darauf blieb der alte Hausarzt, mit Tasche und Stutzbart, auf seinem Weg zur Vordertür stehen und sah in das Zimmer. Langsam trat er ein, stellte die Tasche ab und zeigte trotz seiner Abgespanntheit Überraschung.

»Sie sind hier«, sagte er und breitete ihr die Arme entgegen. »Aber er hat nach Ihnen verlangt. Er hat auf Ihre Rückkehr gewartet. Und jetzt«, sagte er mit noch sanfterer Stimme, »jetzt ist es zu spät.« Der Arzt warf der Deauville-Erbin einen vielsagenden Blick zu.

Aber der Blick des Arztes ließ meinen Vater wachwerden. Mit einem Schlag durchschaute er die Lüge. Begriff des Arztes Zorn; er bebte einmal mächtig auf, bezwang sich dann aber. Er knöpfte sein Jackett zu, trat an den Arzt heran und wartete, bis dieser ihm die jüngste Tochter überlassen und in seine Arme, an seine Brust geführt hatte. Er hielt sie, zog sie an sich, sagte einmal etwas zu der Gouvernante. Dann verließen der Arzt und er und Sissy, wie er sie fast den ganzen Sommer genannt hatte, das Haus.

Mein Vater nahm sie mit nach Hause zu seiner Mutter. Tags darauf ging er die Gouvernante holen. Genau einen Monat später heirateten Sissy und mein Vater in der Steinkapelle, in der elf Monate später ich getauft wurde. Anwesend waren mein mißbilligender Großvater, meine matriarchalische irische Großmutter, Doc und Billy Boy und die Gouvernante. Sissy ganz in Weiß. An ihrem linken Handgelenk trug sie am grünen Band den winzigen Elfenbein-Elefanten und um ihren Hals ein schwarzes Band. Sichtbar für alle überstrahlte ihre Wonne ihre Verzweiflung.

Verwaistes Kind. Verzauberte Braut. Weißer Ritter, Erretter.

Fast sechs Jahre lang lebte Sissy ein unsicheres, übermütiges, unwirkliches Leben als Gast, genau das war sie nämlich im Grunde, ihrer irischen Schwiegermutter und als Braut, ewige Braut des Lieblingssohnes dieser Matriarchin. Jeden Abend beschenkte ihr stolzer Gatte sie mit Blumen. Glücklich stillte sie ihre Tochter, sah sie wachsen, saß am Piano ihrer Schwiegermutter, sonnte sich in der Liebe ihrer Gouvernante, ging ihrem Schwiegervater nach Möglichkeit aus dem Weg, harrte der allabendlich schüchtern dargebotenen Blumen. Im Tennis steigerte sie sich, falls das noch möglich war; sie genoß ihre täglichen Trainingsstunden mit Billy Boy, mit denen sie sich auf ihre samstäglichen und sonntäglichen Spiele mit ihrem Mann vorbereitete, dem niemand das Wasser reichen konnte.

Dann ward das Gespinst abrupt zerrissen, gleichsam von der Klinge der Zeit zerfetzt. Die Gouvernante starb; auf dem Tennisplatz, den sie inzwischen als ihr Eigentum betrachtete, stand eines Morgens der Stutz Bearcat mit seinem schaurigen Insassen, und Mitte Mai 1930 fand sie sich in Alaska wieder.

»Vorige Nacht wie üblich in den Schlaf geweint.«

13

Zu seinem Glück ahnte mein Vater nicht, daß sie ein Tagebuch führte. Ich aber habe dies Tagebuch gelesen, und zwar mehr als einmal, und kenne aus diesen kläglichen Seiten, die sie niemanden sehen ließ, die ganze Wahrheit, auf die mein Vater nie gekommen ist: nämlich daß die welke Blume, wie sie sich im Tagebuch nannte, im Leben ein mutiger Mensch war, auch wenn sie selbst von ihrer Kraft, ihrem Mut nichts gewußt hat. Wie auch immer, das Wagnis war seine Sache, die ihre das Leid.

14

Es hatte einen Bug von Eisen, einen salzüberkrusteten Rumpf, unser dunkles Schiff, langsam fuhr sie aus der Dämmerung, die S. S. *Alaska* mit ihrer kleinen Schar leichtfertig in die Nacht des Nordens reisender Passagiere.

Es war sechs Uhr morgens am Sonntag, dem 11. Mai 1930, unserem fünften und letzten vollen Tag auf See, ehe wir in Juneau anlegten. (1800 Einwohner, plus 900 Siwash-Indianer.) Die meisten Passagiere waren weisungsgemäß an Deck, denn am Abend zuvor war angekündigt worden, in zehn Stunden werde das Schiff etwas von seinem Kurs abgehen, damit diejenigen, die noch nie einen Gletscher gesehen hätten, dies dann nachholen könnten. Tony, der Käptn, wie mein Vater ihn nannte (Uncle Jake besaß die Gabe, unmittelbare Vertrautheit – noch so eins seiner Lieblingswörter – mit Leuten herzustellen, die höhere Positionen bekleideten, auch war er dank seines Marinedienstes im Weltkrieg selbst ein erfahrener Seemann), hatte sie alle bedrängt, früh aufzustehen und zur Stelle zu sein, sich diesen Anblick nicht entgehen zu lassen, und die meisten hatten Folge geleistet.

Sechs Uhr morgens, Geruch salziger Fluten in der Dämmerung, eine unermeßliche, kalte Atmosphäre, die schwarze Riffs, unbewohnte Küsten, Wracks im Meer umhüllte. Die hölzerne Steuerbordreling, an der unsere kleine Schar in Bugnähe wartete, faßte sich feucht an, und die Eisenplatten unter unseren Füßen zitterten und bebten zum Takt der Maschinen, die tief unter uns verborgen sich unablässig mühten, uns durch die Tükken des Ozeans, jähe Gegenströmungen und düstere Wogen mit einer Geschwindigkeit von etwa acht Meilen pro Stunde voranzutreiben. Dies Monstrum von Schiff unternahm kolossale Anstrengungen und brachte uns doch nur im Schneckentempo vorwärts. Ab und zu roch die nasse neblige Dämmerung nach Dieselabgasen oder irgendwelchen heißen Küchendämpfen, die aus dem Abzug oder der offenen Luke traten; wir fuhren, standen still, nichts war zu sehen, schaudernd warteten wir an der Steuerbordreling, daß die Welt ihr Maul aufrisse und ihr Mirakel präsentierte.

Alle, die für die Wache nicht zureichend gekleidet waren, gingen nach unten und kamen zurück mit Mänteln, Jacken, Hüten und Schiffsdecken, die sie sich wie Überlebende auf einem treibenden Wrack um die Schultern oder über ihre Köpfe drapierten. Alle, das heißt bis auf Uncle Jake, der gegen die Kälte immun war, dem Wind, Schnee und Regen ganz einfach nichts anhaben konnten und der jetzt als Größter unter den Leuten an der Reling stand in seinem grauen Zweireiher, weißen Hemd und blaugepünktelter Krawatte, in der Brusttasche seines Jacketts ein gestärktes weißes Taschentuch. Hut, Regenmantel oder Decke kamen für meinen Vater nicht in Frage. Um fünf Uhr hatte er Toilette gemacht, sein dunkles Haar war in der Mitte gescheitelt, steif und glänzend vom Bürsten und der Brillantine, die er jeden Morgen auflegte. Seine große Hand auf meiner Schulter drückte mich schützend an sich; auf der anderen Seite klammerte sich Sissy an seinen Arm, obwohl das Schiff fest wie eine Tonne im Wasser lag und keinerlei Risiko bestand, in dieser kleinen Schar verlorenzugehen. Mein Kopf reichte gerade an Uncle Jakes Oberschenkel; mit meinem linken Arm hielt ich sein enormes Bein umfaßt, glücklich, rhythmisch schwingend zum mühsamen Pulsschlag der alten Maschinen. Neben mir an der Reling hing ein großer weißer Rettungsring. Glitschig von Nebel und gelegentlichem Regen, verkündete er in schwarzer Farbe: *S. S. Alaska.*

»Da«, sagte Uncle Jake zu der ganzen Gruppe, »Tony hat den Kurs geändert. Spüren Sie's? Zwanzig Grad nach Steuerbord. Und er hat die Geschwindigkeit herabgesetzt. Wir sind in die Taku Bay eingelaufen. In etwa fünf Minuten wird es hell, und dann wird Tony uns das Schauspiel unseres Lebens bieten.«

Er sprach, als sei er Schiffsoffizier, als reise er häufig mit diesem Schiff, als sei der Kapitän des Schiffs ein alter Freund von ihm, als habe er all dies schon früher einmal miterlebt und gesehen – was ich auch tatsächlich annahm. Jetzt ließ er meine Schulter los und legte seine große warme Hand auf die Matrosenmütze auf meinem Kopf. Ich drückte sein Bein. Von der Brücke weit hinter uns kam das leise blecherne Klingeln einer Glocke – entfernt, mechanisch, unpersönlich. Unregelmäßig klatschte Seewasser an die Schiffswände. Ich löste mich von Uncle Jake, trat um ihn herum, nahm Sissys Hand in meine und lehnte mich an sie.

»Schatz«, sagte sie, »ist es dir auch warm genug?«

Und ob.

Und glich ich nicht meinem Vater? Abgesehen von Größe und Geschlecht, war ich seine Kopie. Ich war beim Drei-Mann-Orchester des Schiffs als Schlagzeuger eingestiegen, hatte bei hohem schwerem Wellengang mit Uncle Jake an Tonys Tisch gesessen, als alle anderen unten in ihren Kojen lagen, hatte mit Uncle Jake Tony auf der Brücke besucht und das Schiff gesteuert. Ständig hatten mich Matrosen in nassen Unterhemden und fadenscheinigen blauen Hosen auf ihre Schultern gehoben; ich hatte den öligen Männern im Maschinenraum zugelächelt; ich hatte mit dem Funker Freundschaft geschlossen, seinen Kopfhörer aufgesetzt, Botschaften gemorst; war Hand in Hand mit dem Zahlmeister übers nasse Deck spaziert und war der Liebling des Kochs, des zweiten Offiziers, des Obermaschinisten. Das Schiff gehörte Uncle Jake ebensogut wie mir. Und ich war die erste beim Probealarm, der Sissy angst machte, die erste bei den Mahlzeiten, bei denen ich, und nicht Sissy, zu Tonys Rechten saß (auf drei dicken Büchern aus der Schiffsbibliothek), und ich war die erste, die Tümmler oder andere interessante Dinge, die auftauchten, zu sehen bekam. Ich war das Mädchen-Maskottchen der alten *Alaska* und war mir dessen wohl bewußt.

»Jetzt«, sagte Uncle Jake plötzlich und noch immer zu der ganzen Gruppe, »wird es hell.«

In diesem Augenblick hob sich der Nebel, der Tag brach an, wie ein weißer Kontinent stieg der Nebel von seinem Lager auf dem Meer und schwebte dann über uns, wurde durchlässig, ließ auf das uns nun enthüllte Panorama ein totes, aber willkommenes Licht fallen, das ohne Wärme, ohne Helle war, als ob über dem Nebel gar keine Sonne schiene. Aber immerhin lag all das jetzt sichtbar ausgebreitet vor uns, und selbst dieses erste Tageslicht, das nichts als drohenden Regen anzukündigen schien, war der Schwärze vorzuziehen, in der diese Handvoll Passagiere gestanden und gewartet hatte: Der breite Eingang der Taku Bay lag bereits hinter uns; fern zur Linken die felsigen, unbewaldeten Landzungen. Zur Rechten, steuerbords achtern, sacht auf der langen Dünung schaukelnd und so nah, daß wir es wohl überfahren hätten, wäre der Nebel nicht aufgestiegen und das Schiff langsamer geworden, der überraschende Anblick eines indianichen Fischerboots, in dessen Heck ein Mann und eine Frau nebeneinandersaßen, Kaffeebecher in den Händen. Und direkt vor uns, eine halbe Meile entfernt, die grauweiße Wand des Taku-Gletschers.

»Da, da«, sagte ein kurzer fetter Mann dicht neben uns, »das ist ein Gletscher!« Und er stemmte lächelnd die Hände auf seine Hüften, als die anderen nun an seiner Ehrfurcht, seiner Begeisterung teilzunehmen begannen und zum erstenmal auf dieser Fahrt ihre Kameras betätigten, trotz des schlechten Lichts.

»Der Taku-Gletscher«, sagte mein Vater. »In den alten Zeiten hat man solche Gletscher noch zu Pferd überquert.«

»Und sehen Sie nur, die Leute in dem kleinen Boot«, sagte der Fette. »Wir haben eine Eskorte!«

»Das sind Siwash-Indianer«, sagte Uncle Jake, »aus Juneau. Rund zweihundert Meilen von ihren gewöhnlichen Fischgründen entfernt. Sind hinter Kabeljau her.«

Die S. S. *Alaska* steuerte direkt auf das Zentrum der Eiswand zu, fuhr langsam, schwerfällig voran, schwarzes Eisen, gefährlich von schmutzigem Eis angezogen. Wieder ertönte die Glocke, die Maschinen wurden noch langsamer, das Schiff trieb weiter dem immer höher sich türmenden Eis entgegen, auf dessen Oberfläche jetzt gezackte senkrechte Risse zu erkennen waren, und wo die Mauer aus Eis ans dunkle Meer stieß, schaukelten kleine Brocken und Tafeln auf dem Wasser.

Der Indianer glotzte zu uns hoch, kippte dann den Rest seines Kaffees über Bord, beugte sich nieder, warf seinen mickrigen kleinen Benzinmotor an, begann uns in Richtung Eis zu folgen. Eine Möwe, die auf dem Dach des Steuerhauses gehockt hatte, stieg auf und schwirrte ab, segelte kreischend durch die matte Dämmerung. Die Indianerin bückte sich und geriet in dem finstren verräucherten Loch von Kajüte außer Sicht. Aus dem hohen, schmalen, verrosteten Schornstein, der über die Kajüte ragte, kam eine dünne, hellblaue Abgasfahne. Das kleine Boot krängte, lag tief im Wasser, erstickte in Haufen von Netzen, Rollen zerfranster Taue, rostigen Ketten, Seetang.

»Ich denke, wir werden auf der Brücke verlangt«, sagte Uncle Jake jetzt leise und nur zu Sissy und mir, nicht mehr an die ganze Gruppe gewandt. »Tony erwartet uns da oben. Er hat eine Überraschung für Sunny.«

Bei diesen Worten lächelte er Sissy und mir zu, befreite sich von Weib und Kind, die noch immer an ihm gehangen hatten, und schritt auf langen Seemannsbeinen in Richtung der Eisentreppe, die auf die Brücke führte. Wir folgten, Sissy hielt mich am Handgelenk, ich zog und zerrte der verheißenen Überraschung entgegen.

Quer vor der Treppe hing an nasser Kette ein Holzschild mit der Aufschrift *Kein Zugang.* Uncle Jake hakte es los und kletterte voraus.

Die Brücke war Gischt und Sturm, Schloßen und Regen preisgegeben, und hier oben also stand der Kapitän des Schiffs, um etwa die Feinheiten des Anlegens zu überwachen oder seine Mannschaft zu befehligen, wann immer die Sicherheit des Schiffs und aller an Bord gefährdet war oder wann immer das Schiff ein nicht bloß routinemäßiges Manöver auszuführen hatte, wie zum Beispiel das, was jetzt im Gange war. Wir aber stiegen auf die Brücke, trafen Tony (der über seiner weißen Uniform einen Regenmantel trug), ließen unsere Blicke über den vorderen Teil des Schiffes schweifen, über die Passagiere unten im Bug, die Aussicht auf die weite, bis auf uns und das abnorme Fischerboot leere Bucht und den jäh aufragenden Gletscher.

»O Jake«, schrie Sissy und klammerte sich an das brusthohe Eisengeländer, das die Brücke auf drei Seiten umschloß. »O Jake, wir sind viel zu dicht dran! Wir werden anstoßen!«

Er lächelte, schüttelte Tony die Hand, hob mich auf seine Arme, damit auch ich etwas sehen konnte.

»Sissy«, tuschelte er lachend, »es besteht keine Gefahr. Und ist es nicht ein prachtvolles Schauspiel?«

Dann legte ihr Tony, der Kapitän der S. S. *Alaska*, seine Hand auf die Schulter. »Guten Morgen, Sissy«, sagte er ruhig. »Sie müssen wissen, das machen wir auf jeder Fahrt in den Norden. Sie brauchen sich nicht zu beunruhigen.« Darauf wandte er sich, die Hand noch immer auf ihrer Schulter, der offenen Tür des Steuerhauses zu und sprach mit seiner leisen Stimme zu einem der Männer darin. »Hart achtern«, sagte er, und der Mann legte flink ein paar Hebel um und läutete die Messingglocke.

Hoch in meines Vaters Armen, versunken sein schwarzes glänzendes Haar mit beiden Händen plattdrückend, hoch über allen anderen starrte ich die ungeheuer ragende Masse des Gletschers an. Flüchtig bemerkte ich die Panik auf Sissys herzförmigem Gesicht, reckte mich, um ins Steuerhaus zu sehen, als Tony seine Anweisung gab. Als ich wieder zu der zottigen Weiße hinschaute, war sie schon höher als die Masten der S. S. *Alaska*, und backbords an der Wasserkante war eine dunkle Höhle, groß wie die *Alaska* selbst, und die Höhle wurde, während ich hinsah, immer größer und dunkler und blauer. Rings um uns her bildeten sich Strudel in dem schwarzen Wasser, da unsere Schiffsschrauben sich jetzt andersherum drehten, und ich sah einen großen sichelförmigen Vogel über die grauen Eiszacken gleiten, spürte Uncle Jakes Vergnügen durch seine Hände und Arme, die mich so hoch hielten. In seinen Armen hatte ich das Gefühl, Uncle Jake und ich bestaunten ganz alleine das Wunderbare vor uns.

»Maschinen halt«, sagte Tony über die Schulter, und das Schüttern erstarb, das Wirbeln im Wasser erstarb, durch die abrupte Stille drang das Klappern von Kellen und Kesseln aus der Kombüse und lauter als je zuvor das Knattern des Fischerbootmotors. Reglos lagen wir vor dem Gletscher, trieben nicht einmal. Das kleine Boot an Steuerbord schwankte und stampfte noch im Echo unseres donnernden Stopps, der Indianer starrte zu Tony hoch. Ich roch Teer und dicke weiße Bleifarbe, Salz in der kalten klammen Luft, Uncle Jakes Kölnischwasser, den Gestank vom Fischerboot unter uns. Direkt vor uns schwebte der Vogel über der riesigen Eiswand.

»Na dann, Jake«, sagte Tony, »jetzt geht's los. Sunny darf die Honneurs machen.«

»O Jake«, sagte Sissy, »bitte, kannst du sie nicht runtersetzen?« Aber Uncle Jake lächelte nur – ich spürte sein Lächeln mit meinen Fingern – und trat mit mir hoch auf den Schultern zu dem knapp vorstehenden Dach des Steuerhauses hinüber.

»Sunny«, sagte er und drehte sich so, daß er mir seine blauen Augen, sein leicht gerötetes Gesicht, seine Adlernase, seine sinnlichen lächelnden Lippen zuwenden konnte, »siehst du dieses Taljereep da vom Dach des Steuerhauses hängen? Zieh fest daran und laß erst los, wenn ich dich zweimal ordentlich kneife.«

Ich nickte, streckte die Arme aus, packte den roten Griff, der am Ende der kurzen Leine baumelte, zog ihn dann mit beiden Händen so fest ich konnte herab, klammerte mich daran und hielt den roten Griff mit meinem Gewicht unten.

Es war natürlich die Schiffssirene, und ihr monströses Lärmen schrie um Hilfe, kreischte Gefahr, ließ ihr langes gebieterisches Gebrüll meilenweit dissonierend widerhallen. Stags, Geitaue, Decksplatten, die ganze S. S. *Alaska* vibrierte zu diesem mächtigen Mißton. Wir waren in dem Krach, waren in einem furchtbaren Aufmarsch von Leuchttürmen mit Nebelhörnern, die mitten im Sturm alle auf einmal loshupten. Rings um uns her hätten Schiffe zusammenprallen können; das Verhängnis dröhnte. Das Baßgetöse fraß die Atmosphäre. Und weiter brauste es, unaufhaltsam, zerrte an meinen Armen, riß mir das entsetzte Lächeln aus meinem kleinen Gesicht, schlug mir die Matrosenmütze vom Kopf aufs Deck. Sissy warf es beinahe um, nur Tonys starker Arm bewahrte sie davor. Unter uns krümmten sich die Passagiere, Handgelenke an den Ohren, und das kleine Indianerboot schlingerte unter der Wucht des Lärms. Wir aber hielten durch, Uncle Jake und ich, und ich wußte, daß ich allein die Ursache des sengenden, häßlichen Krachs der elektrischen Sirene war und daß Uncle Jake tonlos unter mir lachte. Zusammen genossen wir, er und ich, in vollen Zügen die ungeheure Lähmung dieser tiefen schrecklichen Stimme, die nur auf See zu hören ist und die ich allein über uns alle ausgoß.

Dann kniff er mich zweimal, und ich ließ die Leine los.

Es hörte auf. Hinterließ eine Stille, die noch majestätischer, noch schmerzhafter, noch betäubender war als der vorangegangene Lärm. Und in diese Stille hinein hörten wir plötzlich ein Knacken antworten, ein Splittern von oben, ein tiefes Bersten, so abrupt, so laut, als sei durch die grauen Dunstschichten direkt über uns ein gewaltiger Blitz geschlagen, aber es war natürlich eine Reaktion auf die furchtbare Erschütterung durch die Schiffspfeife. Aller Augen waren offen. Alle sahen hin. Und vor uns und für alle sichtbar erzitterte zur Begleitung dieses lauten Knackens ein mächtiges eisiges Stück des Gletschers, spaltete sich von diesem hohen weißen Hindernis ab, kippte nach vorn, fiel und tunkte langsam in die schwarze, wartende See. Gischt sprühte auf, die Spitze dieses riesigen gezogenen Zahns tauchte aus den kalten Tiefen, in die sie versunken war, wieder empor; die lange niedrige Höhle an Backbord war plötzlich nicht mehr zu sehen, gefüllt von den schwarzen Wassern, die das Volumen des spitzen Eiszahnes verdrängt hatte, der da vor unseren Augen aus dem geschundenen Gesicht des Gletschers ausgerissen worden war.

Unter uns, vor uns im Bug begannen die Passagiere zu klatschen.

»Ein dicker Brocken, Tony«, sagte mein Vater. »War das nicht schön, Sissy? Sunny hat wahrlich große Verwüstung angerichtet.«

»Naja, den Touristen gefällt's halt«, sagte Tony.

»Aber es war doch etwas Besonderes«, sagte mein Vater. »Es war ein Schauspiel für Sunny.«

Dann tönte ein kleines wütendes Piepen durch die Stille und Verlassenheit der Taku Bay: Unter uns, an Steuerbord, hielt der Indianer seine Bootshupe an den Mund, stieß mehrmals in dieses blechern näselnde Horn hinein und drohte dabei Tony mit seiner freien Faust. Der Indianer hatte das Steuer losgelassen, ziellos schwang das Fischerboot im Kreis herum, und auf seinem Steuerhaus hockte der kantige schwarze Vogel, der vorhin über den Gletscher geflogen war.

»Viertel Kraft voraus«, sagte Tony, umfaßte Sissy fester und blickte zu dem Indianer hinunter, der inmitten rostiger Haken und wirrer Netze und von Blut und Schleim glitschiger Fischköpfe noch immer in sein Horn stieß und die Faust schüttelte.

»Hart Backbord«, sagte Tony mit seiner leisen milden Stimme, und dann rumpelten wir wieder, wendeten, sammelten den Schwung, der uns auf unseren Kurs zurückbringen würde. Hinter uns war die Taku Bay schon wieder mit dickstem Nebel erfüllt, und nichts war mehr zu sehen.

In dieser Nacht, der letzten unserer Fahrt, da wir zu den sechs Passagieren gehörten, die in Juneau an Land gingen, und das Schiff am Morgen des 12. Mai um sechs Uhr in Juneau eintreffen sollte, träumte ich, daß Wind aufkam, daß die Dunkelheit mit Sternen übersät war, daß der Ozean mutwillig, immer mutwilliger wurde und das Schiff durch krachend sich ineinanderschiebende Treibeisfelder steigen und fallen und wieder steigen ließ. Und ich träumte, wie Uncle Jake und ich, barfüßig und in Pyjamas, Seite an Seite ganz vorn im Bug des Schiffes standen und durch unsere gewölbten Hände einen gespenstisch mitten auf unserem Weg liegenden Eisberg anjohlten. Wir tanzten auf und nieder und klammerten uns bei jeder Eistafel, die wir durch die Gewalt unserer Stimmen zertrümmert ins Meer rauschen ließen, fest aneinander. Ich hörte das Eis zerknirschen, sah die Sterne untergehen, klatschte, als Uncle Jake den riesigen Rettungsring losmachte und ihn mit seiner ganzen großartigen Güte den Indianern zuschleuderte, die mitten in dem Tumult auf einem krängenden Eisblock gefangensaßen.

Meine Seemannsbeine standen denen von Uncle Jake in nichts nach, die gefahrvolle Nacht verlieh unseren klaren Rufen einen kräftigen und lyrischen Klang, der dem Messing der alten Jagdhörner der Deauvilles entschlüpft sein könnte. Er hob mich hoch, ließ mich über die Schiffswand baumeln, so daß ich den Indianern zuwinken konnte; hinter uns auf dem dunklen und rollenden Schiff war kein einziges Licht zu sehen – weder Ankerlichter, um uns anderen Schiffen kenntlich zu machen, noch Lichter in den Salon- oder Kabinenfenstern, und doch glitten matt phosphoreszierende Ströme von Funken durch die Drähte und um die Spitzen der Schornsteine, Feuerkronen gleich, und über die ganze schwarze nasse Oberfläche unseres Schiffs in der Nacht. Mein kleiner Schädel war ein Leuchtturm. Ich war betäubt von dem selbstgemachten Lärm, und jetzt sang Uncle Jake den Gletscher an, zerstörte ihn, bevor wir frontal mit ihm zusammenkrachten.

Da erwachte ich. Wir stiegen, fielen und rollten tatsächlich immer noch, und gerade als ich mich in meiner oberen Koje hinkniete und Gesicht und Brust an das Bullauge preßte, türmte sich eine Woge, entrollte sich und zerbarst am Glas. Ich schauderte wohlig, sicher hinter dem dicken Glas und in dem blauen Licht, das die Kabine erhellte. Wieder rollten wir, wieder wurde das Bullauge überschwemmt, und glücklich sog ich den Geruch von schwerem Leinen, frischer Farbe, warmen Decken und Salzwasser ein. Ich drückte mich wie ein Seestern an das Bullauge, verlor das Gleichgewicht, fiel zurück, rollte auf die Seite und blickte über die gefährliche Kante meiner hohen Koje. An der gegenüberliegenden Wand der schmalen Kabine saß mein Vater in voller Kleidung auf dem Rand der unteren Koje, in der Sissy schlief. Sie war nicht aufgewacht, konnte nicht wissen, wie rauh es war, und doch saß Uncle Jake neben ihr, zog ihr das Bettzeug über die Schultern, streichelte ihr Haar, deckte sie zu, wie er auch mich zugedeckt haben könnte.

Wir rollten, wir wühlten uns ins Bett der tiefen See, ich beobachtete weiterhin meinen Vater, bis ich jemanden an die Kabinentür klopfen hörte. Uncle Jake erhob sich, stützte sich ab, öffnete die Tür auf den rot und gelb beleuchteten Korridor und nahm von Jim, unserem Steward – denn er war es –, einen mit einer stark gesteiften weißen Serviette bedeckten Teller in Empfang. Sie flüsterten ein paar Worte, gerieten plötzlich ins Taumeln – ich hörte sie lachen –, dann gab mein Vater ihm eine Münze und verschloß die Tür.

Unter unseren Kojen waren wie graue Holzklötze die Schwimmwesten verstaut. Unsere Koffer waren zum größten Teil schon gepackt und zugeschnallt und rutschten und kippten draußen auf dem Korridor, wo sie für unsere Ausschiffung gestapelt waren, im Rhythmus des mutwilligen Ozeans hin und her – wie ich, bevor die Tür geschlossen wurde, gehört und gesehen hatte. Sissys grüner Morgenmantel schwankte an seinem Haken. Wir rollten runter, tauchten rauf, es gab einen jähen Aufprall, wir blieben in einem Wellental stecken, kamen schmerzhaft, in Zeitlupe wieder hoch und begannen uns von neuem gegen den Sturm voranzukämpfen.

Mit drei leichten Schritten durchquerte Uncle Jake die Kabine und stand dann, den Teller in der Hand, neben meiner Koje, sein Kopf war mit meinem genau auf gleicher Höhe, als ich mich da so über das niedrige Schutzgeländer des Bettes beugte und die Hand nach ihm ausstreckte. In dem blauen Licht, das für den Notfall brannte und mich daher auf die ernsteste Gefahr gefaßt machte, zugleich aber nur um so mehr von unserer Sicherheit überzeugte, wirkten das Haar meines Vaters gepflegter, seine Schultern eckiger, seine Züge entspannter und beruhigender denn je, als wäre es sein Leben, das da in dem leichenfahlen Schimmer des blauen Lichtes hervorleuchtete.

Er gab mir den Teller, lächelte, bedeckte mir kurz den Kopf mit einer warmen Hand, die so groß war, daß sie meinen Kopf wie einen bloßen Softball in ihrem sanften Zugriff hielt, dann kehrte er an Sissys Koje zurück und setzte sich neben sie, zog ihr die Decke hoch, stopfte ein Kissen zwischen ihre schlanke Gestalt und die Schottwand.

Es war ein Sandwich. Ein Sandwich mit Huhn. Das mußte er schon viel früher mit Jim verabredet haben, mir auf dem Höhepunkt des Sturms ein Sandwich mit Hühnersalat zu bringen, mußte gewußt haben, wie ich meinen kleinen Mund mit weichem Weißbrot füllen würde, mit goldenen Krusten, kühlem

Kopfsalat, unübertrefflich cremiger Mayonnaise, festen feuchten Würfeln Hühnerfleischs, gewürzt mit der prallen Frische einer heimlichen Kindermahlzeit auf dem Höhepunkt eines Sturms. Und so lag ich da, auf einen Ellbogen gelehnt, stützte mich mit nacktem Fuß, Knie und Ellbogen ab und genoß, so wie er es vorausgesehen, mein dickes weißes Sandwich zum Schwanken der Kabine, zum Vollschwappen des Bullauges, zum Heulen des Orkans. Der Sturm stieß mein Gesicht in das Sandwich, schmierte weiche Butter und noch weichere Mayonnaise auf meine Lippen, meine Nase, meine Brauen, meine Wangen, die ich mir mit dem Handrücken abwischte und dann ableckte. Aus dem Kauen wurde Wiederkäuen und geruhsame Seligkeit. Ich war die Kopie meines Vaters, meines Vaters Kind, ich versenkte den Geschmack des köstlichen Sandwichs tief in mir, in den traumlosen Schlaf meiner friedvollen Wonne.

Dann hörte ich ihn »Raus aus den Federn, Sunny!« sagen und erwachte wieder, war sofort wach, verwandelte mich im Handumdrehn von dem im tiefsten Schlaf zusammengerollten Kind in das aufrecht inmitten zurückgeschlagener Decken kniende Kind, hurtig und heiter in dem Wissen um das uns nahe bevorstehende Ereignis – endlich die Ankunft.

»Runter mit dir!« sagte er. »In einer halben Stunde legen wir an.«

»Guten Morgen, Schatz«, sagte Sissy. »Wir sind fast da!«

Die ganz in Weiß gehaltene Kabine war voller Sonnenlicht, kein Wind wehte, ruhig lag die See. Zum ersten Mal, seit wir mit dem Schiff die Fahrt nach Norden angetreten hatten, waren Nebel und Regen, düstere Dünste und stürmische Böen zur Dämmerung, zum Aufdämmern dieses Tages der Sonne gewichen, die wir schon ganz vergessen hatten. In dieser Wärme und Helle war Uncle Jake die Gelassenheit selbst und dabei doch offenbar ebenso ungeduldig wie ich auf das Ereignis, das wir seit Antritt unserer Schiffsreise herbeigesehnt hatten. Eine neue Heimat, eine Landschaft, anders als alle, die wir je gesehen, die Verheißungen des letzten Neulandes, wie er es nannte – all das kam in den Bügelfalten seines beigefarbenen Anzugs, in dem fest geknoteten rot und weiß gepünktelten Schlips, dem Kamelhaarmantel, den Sissy zusammen mit meiner Matrosenjacke und ihrem hellgrünen Cape mit den silbernen Knöpfen in ihren Armen bereithielt, zum Ausdruck. Im Licht der Sonne war Sissy ebenso ungeduldig und zufrieden wie Uncle Jake und ich und trug ihren dunkelgrünen schottischen Hochländerhut (mit den dunklen Bändchen hinten am Hals) flott und keck auf dem Kopf.

Zum letzten Mal drückte ich mich an das salzüberkrustete Bullauge, sah in das unerwartete Licht hinaus, über die unerwartete Glätte der See hin, auf der wir uns jetzt mit einer Geschwindigkeit bewegten, wie wir sie anscheinend bisher noch nie erreicht hatten. Dann sprang ich meinem Vater in die Arme, und er setzte mich ab. Sissy, die noch immer die Mäntel hielt und fröhlicher war als je seit jener verregneten Mitternacht, da die S. S. *Alaska* aus ihrem Heimathafen in den Staaten, wie Uncle Jake das von uns vielleicht für immer verlassene Vaterland nannte, ausgelaufen war, ging in die Knie und umarmte mich, spielte mit ihren schmalen wohlgeformten Fingern ein Liedchen auf meiner Wirbelsäule, legte ihre Wange an meine Wange und teilte mir wortlos ihr liebevolles Einverständnis mit.

»Du riechst nach Mayonnaise«, sagte sie lachend, der Hauch ihrer Worte wärmte meine Wange. »Imbiß um Mitternacht? Hat Uncle Jake dich mal wieder verzogen?«

Ich nickte, gab ihr einen Kuß, sie rückte von mir ab, sah mich mit ihrem gewinnendsten Ausdruck an: Kinn leicht angehoben, Augen heiter und lebhaft, ein vertraulicher und doch verträumter Blick, als ob sie in der Ferne irgendein allen anderen verborgenes Bild erblickte, eine Verheißung aufgehen sähe, der sie glücklich folgen und die sich womöglich ihr allein erfüllen könnte.

Rasch zog ich mich an, beobachtet von den beiden, die bereits angekleidet waren (Uncle Jake hatte inzwischen seinen Filzhut aufgesetzt), plötzlich und merkwürdigerweise fühlte ich mich nicht nur von dem jetzt bevorstehenden Abenteuer zur Eile getrieben, sondern auch von dem vagen Gefühl, ich könnte zurückgelassen werden, obwohl ich schon damals ganz genau wußte, daß ich der Mythos unseres Trios war, der Mythos ihres Lebens, die Verkörperung des Mythos vom einzigen Kind, und ein Mädchen obendrein.

»Alles an Deck!« sagte Uncle Jake, und Sissy reichte uns beiden unsere Mäntel, wir verließen die Kabine, vorn und achtern ertönten Gongschläge. Jim, der Steward, hatte unseren Berg von Koffern aus dem schmalen Korridor auf Deck gebracht, wo die Gangway für die Passagiere schon darauf wartete, hinuntergelassen zu werden.

Uncle Jake voraus, stiegen wir im Gänsemarsch forsch zum

Oberdeck, von wo aus wir unsere Ankunft am besten mitverfolgen konnten, die ersten Vorboten des neuen Ortes, zu dem Uncle Jake uns gebracht hatte, am besten beobachten konnten. Wir standen zusammen an der Reling, hielten uns an den Händen, unsere Körper berührten sich, aber aus irgendeinem seltsamen Grund waren wir drei die einzigen, die das vor uns ausgebreitete Panorama betrachteten, die langsam heranschwebende grüne Welt mit ihren Blicken bedachten. Weder andere Passagiere noch Leute von der Mannschaft, nur wir allein standen in dem klaren Licht beieinander, sogen die endlich wieder frische Luft ein, blickten mit vollster Zufriedenheit dem Land entgegen, das bald das unsere sein würde. Uncle Jake drückte meine Hand, und ich wußte, daß er Sissys ebenfalls drückte; die Sonne schien herab, das Deck war trocken, ein steter sanfter Wind wehte uns in die Gesichter.

»Gleich«, sagte Uncle Jake, und zum erstenmal klang seine Stimme nüchtern, nüchterner, als ich sie je vernommen, »gleich werden wir Juneau sehen – direkt vor uns.«

»Ach, ist das herrlich, Jake«, sagte Sissy, aber mein Vater – groß und unerschütterlich, mit spähendem Blick und vorgerecktem Kinn – schien ihre Stimme nicht gehört zu haben, schien auch das funkelnde pittoreske Panorama vor uns nicht wahrzunehmen, sondern nur die sich vor ihm entrollenden Szenen all seiner künftigen alaskanischen Unternehmungen.

»Abgesehen von uns«, sagte er wie zu sich selbst, »gehen in Juneau nur Fitzgibbon und seine Freunde an Land. Und die Fitzgibbon-Leute bleiben nur einen Monat. Wollen einen Monat lang auf Jagd gehen. Dann reisen sie wieder ab.«

»Aber es ist ganz anders, als ich erwartet habe, Jake«, sagte Sissy und beschrieb mit einem Arm unbekümmert einen Halbkreis, »es ist hinreißend. Herrlich. Und du bist der geborene Jäger. O, du wirst viel länger als einen Monat auf die Jagd gehen können, Jake. Wir sind da. Ich freue mich so, daß wir da sind.«

Bei diesen Worten muß sie sich noch unbeschwerter an ihn gedrängt haben, denn obwohl er ihr keine Antwort gab, reckte er sein Kinn noch weiter vor, blickte interessierter in die Richtung, in die sie zeigte, erlaubte seiner knabenhaften Gutmütigkeit, sich der Strenge, der Festigkeit, der Zuverlässigkeit seiner gefälligen Züge wieder hinzuzugesellen. Wieder ruhte eine Hand auf meinem Kopf, und ich wußte, alles war gut.

Wir fuhren einen breiten Korridor zwischen baumgesäumten

Felsküsten und kleinen Fjorden hoch, das grüne und schwarze Land kam uns von beiden Seiten allmählich näher. Glänzende Felsen, Möwen auf Felsen, springende Fische. Dann wechselte das Schiff plötzlich den Kurs, und durch eine fast unsichtbare Öffnung, die unmittelbar ins Land zu führen schien, glitten wir in unseren Kanal, der aussah wie ein riesiger umgedrehter Trichter mit noch ruhigerem Wasser, in dem sich das kühle, rauschende Licht spiegelte, und da, am engsten Abschnitt des Trichters, lag Juneau. Zweimal ließ Tony die Schiffssirene hupen, und hinten im hellen Sonnenschein war die kleine Stadt zu sehen.

»Berge!« rief Sissy. »O Jake, Berge hatte ich hier gar nicht erwartet!«

Er lächelte. Richtete sich noch höher auf. Er begann, eine wilde, ursprüngliche Welt wieder in Besitz zu nehmen, die er bis jetzt, bis zu diesem Augenblick noch nie gesehen, sondern nur erträumt, erdacht hatte. Der Anblick dessen, was er sich herbeigeträumt hatte, gefiel ihm offensichtlich.

Gongschläge ertönten, Glocken, und jetzt waren sämtliche Matrosen um uns und werkelten fleißig mit Tauen und Ketten, und in meiner Aufgeregtheit schien es mir ganz natürlich, daß sie mir nicht zuwinkten, uns nicht erkannten, Uncle Jake keine kameradschaftlichen Grüße zuriefen. Jetzt waren wir nicht mehr Uncle Jake und Sunny, sondern bloß noch zwei Passagiere, die an diesem Ort, an dem die S. S. *Alaska* nur für eine Stunde haltmachte, das Schiff für immer verlassen würden. Und nun hob Uncle Jake mich noch einmal hoch, setzte mich in die Beuge seines rechten Arms, legte den linken Arm um Sissys Schultern. Sie schmiegte sich in seinen Arm, an seine Seite, ich beugte mich von meinem Hochsitz der prächtigen Aussicht entgegen, die sich mir darbot.

»Diese Berge«, sagte Uncle Jake, »sind Mount Juneau und Mount Roberts. Der da hinten links hat keinen Namen. Der Gipfel des höchsten, der in der Mitte, liegt fast fünftausend Fuß über Meereshöhe. Sollen wir den besteigen, Sunny?«

Ich nickte, lachte, und immer schneller rückte all das näher, das Trio der Berge, die Überbleibsel der aufgegebenen Stadt Douglas zu unserer Linken, zur Rechten eine schwarze Schlakkenhalde vom Alaska-Juneau-Goldbergwerk, und jetzt Kaianlagen, Fischerboote, mehrere Wasserflugzeuge, die an einer Schwimmplattform festgemacht waren.

Höher stiegen die Berge, kamen immer näher. Die unteren

Hänge des Berges zur Linken waren mit wie abgemäht daliegenden Baumstämmen und einigen wenigen rostfarbenen Holzhäusern bedeckt, den Überresten des verlassenen Treadwell-Schachts; Mount Roberts zur Rechten war hübsch grün, freundlicher, und trug auf seiner Flanke eine blendende Kolonne von Blechdächern, äußere Wahrzeichen für all das Graben und Buddeln, das sich dank des Wirkens des seinerzeit größten, aber wenig ergiebigen Goldbergwerks der Welt im Innern dieses Berges abspielte. Direkt vor uns erhob sich Mount Juneau, schwarz an den Rändern, mit spitzen Gipfeln und langen grauen vornehmen Narben, die von Lawinen in seine Hänge geschrammt worden waren. Und sogar jetzt, Mitte Mai, waren alle drei Berge mit Streifen und Einsprengseln und Hauben weißen Schnees verziert – unerreichbar, für Skiläufer nicht geeignet, reine Weiße, wie von der kalten Sonne selbst auf diese erhabenen Höhen abgelegt.

Halbe Kraft. Viertel Kraft. Winden schwenkten bedächtig. Über uns auf der Brücke Tony, überall um uns Teer und Öl, die in der warmen Sonne weich wurden. Die Mannschaft eilte umher. Auf dem Wasser landeten Möwen. Zwei Männer beobachteten unser langsames Nahen von einem langen Kai, auf dem sich nichts befand außer ihnen selbst, einem Ladeschuppen, einem halben Dutzend Indianer, das an einem Ende des Schuppens herumlungerte. Irgendwo jenseits des Kais sprang ein Auto an. Durch den Sonnenschein trieben unvermittelt Gerüche von Holz, von Kartoffeln, die in eisernen Pfannen brieten, von den fetten feuchten Seetangklumpen, die sich wie dicke goldene Binden um das krumme Pfahlwerk des Piers wickelten.

»O Jake«, sagte Sissy, Freude und Unternehmungsgeist klangen leise in ihrer süßen Stimme, »es ist wunderbar. Und alles so anders. Diese seltsamen Häuser und die schönen Berge. Nur, Jake«, sagte sie und sah sich um, beschattete ihre Augen und blickte suchend in die Ferne, »wo ist die Stadt? Wann kommen wir nach Juneau?«

»Aber Sissy«, sagte er lachend, ließ mich auf seinem Arm hochhüpfen und schüttelte gutmütig Sissys Schulter, »wir sind da! Das ist Juneau! Da vorne! In ein, zwei Minuten legen wir an. Und siehst du dieses große Gebäude da, etwa vier Blocks hinter dem Ladeschuppen? Das ist das Baranof-Hotel. Unser Hotel. Nur noch ein paar Minuten, und wir sind auf unserem Zimmer. Die Reise ist vorbei, Sissy. Wir sind am Ziel!«

Wie war es möglich, fragte ich mich in meiner kindlichen Begeisterung und Unwissenheit, daß sie die Stadt nicht gesehen hatte? Klar und deutlich lag sie doch vor uns, war schon tadellos sichtbar gewesen, als wir noch weit draußen den Kanal hochfuhren. Daß dies Juneau war, hatte ich schon gewußt, als es zum allerersten Mal auftauchte, warum sie nicht? Die kleine Häusergruppe links von uns auf der anderen Hafenseite konnte unmöglich Juneau sein: Die Gebäude waren eingestürzt, die Fenster waren schwarze, glaslose Löcher, Teile alter Maschinen, die so hoch waren wie die verfallenen Dächer, standen unerklärlich in leeren Straßen. Keinen Menschen konnte ich da sehen, keinen Hund in diesem kleinen Ort, aus dem rötliche Holzkonstruktionen ein Stück den kahlen Hang hochstiegen. Das war doch nicht Juneau. Wohingegen auf dem Dock, dem wir jetzt (mit achtern rumpelnden und rudernden Maschinen) zutrieben, Menschen waren, und hinter dem großen grauen Holzbau des Hotels stand deutlich sichtbar eine Holzkirche mit russischer Turmspitze. Gardinen hingen in allen Fenstern der ungestrichenen Holzhäuser, die sich vom Fuß des Berges bis herunter an die Docks, wo die Indianer ihre Boote festmachten, wie ein Feld grauer Erdbeeren erstreckten. Und was war mit den Flugzeugen, die wie glänzende Holzenten auf dem Wasser schwammen? Und was mit den schwungvoll gepinselten schwarzen Buchstaben auf dem schrägen Dach unseres Ladeschuppens: *Alaska Dampfschiffgesellschaft*? Was war das alles, wenn nicht Juneau, genau wie mein Vater es gesagt hatte?

»Aha«, sagte Uncle Jake, der die Gruppe schweigend herumlümmelnder Indianer bemerkte, »der arme Kerl aus der Taku Bay muß ihnen schon Bescheid gesagt haben, daß wir kommen. Sehr glücklich über unser Erscheinen sehen sie nicht aus. Aber wozu sollten sie auch? Den Indianern hier oben wird übel mitgespielt. Ich sage dir, Sissy, die Indianer Alaskas bedeuten mir sehr viel. Ich werde sie unterstützen, wann immer ich kann. Mit einem von ihnen werde ich mich anfreunden. Aber sieh mal, Sunny, wir legen an!«

Und als habe er gehört, was Uncle Jake gesagt hatte, warf der junge Seemann, der vorn im Bug rauchend gewartet hatte, seine Zigarette ins Wasser, richtete sich auf, nahm seinen Fuß vom Dollbord und schleuderte die Taurolle, die er in der Hand gehalten, mit einer einzigen plötzlichen, schnellen Bewegung in die Luft. Es flog davon, dieses Tau mit dem bleibeschwerten Ende, und einen Augenblick lang hing es schwebend (gelblich, locker und doch auch straff) in der klaren Luft, und dann segelte das Gewicht perfekt seinem ihm von dem Matrosen bestimmten Ziele zu und schlug mit einem harten Geräusch, das ich ganz deutlich hören konnte, genau in der richtigen Entfernung von dem Hafenarbeiter auf.

»Da«, sagte Uncle Jake, »wir sind mit dem Land verbunden, jetzt sind wir nicht mehr auf See«, und plötzlich stellte er mich wieder auf die Füße, nahm seinen hellbraunen Filzhut ab, zog Sissy in seine Arme und küßte sie. »Und jetzt«, sagte er, »jetzt gehen wir zur Gangway runter und an Land.«

Dampf puffte aus dem Zusatzaggregat, die Schiffswinden kurbelten, spulten die triefenden Trossen auf und zogen sie stramm, und wir bewegten uns seitwärts, bis die ganze träge Masse des Schiffes, ohne daß auch nur der geringste Anprall zu spüren gewesen wäre, am Pfahlwerk des Piers ruhte. Und doch bewegten wir uns noch immer, langsam, unmerklich, und der ganze Pier begann zu verrücken, zu ächzen, sich durchzubiegen, während die Hafenarbeiter herumstanden und die Indianer in der Sonne lagen oder hockten, als würde der Pier da nicht stumm und stetig zermalmt, als türme sich da gar kein Schiff aus südlichen Gefilden vor ihnen auf. Dann setzten wir zurück, und auch ich hockte mich hin, spähte durch die Reling nach unten, starrte auf den unterm Pier im schwarzen Wasser treibenden Unrat, sog glücklich die Ausdünstungen dieses finstren Raumes ein, in dem die Abfälle der Stadt und der Eisbrei des Meeres sich sammelten und schwappten. Aus Öffnungen in der Schiffswand platschten dicke Sturzbäche; hinter einem offenen Bullauge tief unter mir sang jemand.

An der Gangway, wo unser umfängliches Gepäck hoch aufgestapelt stand, trafen wir die Fitzgibbon-Leute, und aufs neue bemerkte ich flüchtige Entmutigung bei Uncle Jake, denn es schien, als hätten die drei Jäger ihre Fahrt nach Norden bloß mit neuen Zelten, neuen Rucksäcken und einer haarsträubenden Menge offenbar neuer Großwildbüchsen in festen, glänzend polierten Lederkästen angetreten.

»Weidmannsheil!« sagte Uncle Jake, aber Fitzgibbon und seine Freunde waren entweder so früh am Morgen zu schlecht gelaunt oder zu sehr ins Abzählen ihrer Waffen vertieft, um etwas darauf zu erwidern.

Dann erschien Tony in frischer weißer Uniform und goldenen Tressen und schüttelte meinem Vater die Hand; und da war Uncle Jake wieder, da es im allgemeinen nur wenig brauchte, das Selbstvertrauen meines Vaters wiederherzustellen, da war er also wieder Ehemann, Vater, Familienoberhaupt und stolz darauf, ein Chechaqua zu sein (ausgesprochen: tschietscho-ka, heißt soviel wie Neuankömmling im Territorium Alaska) und kein durchreisender Jäger, der Whiskey trank (mein Vater hielt nichts vom Trinken) und vermutlich auch noch ein schlechter Schütze war.

»Danke«, sagte er zu Tony. Und dann – gefolgt von mir, Sissy und Jim mit der ersten Ladung unseres Gepäcks, in dieser Reihenfolge – schritt Uncle Jake die steile Gangway hinunter, nickte den Indianern zu, die sich abwandten, und hieß sich selbst willkommen, indem er noch einmal mit nobler Geste den Hut zog. Der lange Pier roch wie ein planierter Wald; an dem lecken Boot klebten Goldnuggets von Krebsen; als die alte Hündin aufstand, um uns zu begrüßen, bemerkte ich, daß eins ihrer rosa Augen wie mit einem großen schwarzen Kreis ummalt aussah.

»Diese alte Bullterrierin«, sagte Uncle Jake, bereits bewandert in der Heimatkunde von Juneau, »diese alte Bullterrierin heißt Patsy Ann. Sie kommt jedes einlaufende Schiff begrüßen, egal zu welcher Tages- oder Nachtzeit, und ist immer schon zur Stelle, noch ehe das Schiff in Sicht kommt oder die Schiffspfeife ertönt. Patsy Ann ist allen ein unbegreifliches Rätsel. Niemand weiß, wen sie eigentlich erwartet. Aber sie ist das Maskottchen von Juneau, der Stolz der Stadt und längs der ganzen Küste von Alaska berühmt.«

Jim trug unsere letzten Koffer herunter, über uns schwenkte ein Ladebalken aus dem Frachtraum des Schiffes empor, und endlich standen wir drei Deauvilles, neben einem Gepäck, das für ein ganzes Leben reichte (die glänzenden Valisen, der leuchtend schwarze Überseekoffer mit den Messinggriffen), auf dem langen grauen, fast leeren Kai, und um uns im klaren Licht, in der warmen Sonne lagerte die Stadt Juneau. Hinter den am höchsten gelegenen Häusern standen die krummen Finger der Nadelbäume, der Verlauf der Stromleitungsdrähte ließ unsere Blicke nach oben schweifen, zu dichtem Wald und nacktem Fels, zur Baumgrenze, zum Schnee auf dem Gipfel des Mount Juneau. Aus einem Fenster im Baranof-Hotel lehnte ein Mann im Nachthemd, beschattete seine Augen, beobachtete uns. Einer der Indianer schnellte sein Messer in ein vor seinen Füßen auf den massiven Holzplanken des Piers liegendes Stück Papier. Wieder sprang irgendwo ein Automotor an.

»Wo ist er denn, Patsy Ann?« sagte Uncle Jake zu Sissys Belustigung. »Wo ist dein Herrchen? Auf dem nächsten Schiff?«

Dann seufzte Sissy leise auf, schaute rasch nach links, nach rechts, nahm alles, was hier von Juneau zu sehen war, in sich auf, blickte zu mir hinunter, die ich glücklich auf dem größten und goldensten unserer Koffer saß, ging plötzlich wie einer der Indianer in die Hocke, streckte der alten Hündin eine durchsichtige, anmutige Hand entgegen und sagte mit ihrer klaren lieben Stimme: »Ach, das arme Ding, das arme Ding . . .«

Das betagte, kränklich wirkende Stadtmaskottchen erging sich vor unseren Augen in seiner tiefen Niedergeschlagenheit. Ihre rosa Augen, ihr staubig weißes Fell, ihr uns unverwandt angestrengt musternder Blick, all das ließ das ganze Ausmaß der Trauer dieser Hündin ahnen. Sie sank in sich zusammen, versank sichtlich in ihrem Gram. Sie beobachtete uns. Sie sah uns an mit ihren kleinen rosa Augen, deren eines aus jenem schwarzen Kreis herausspähte, in ihrem Weh schwang eine matte, betrübte Anklage mit: Die Schuld lag bei uns, auch wir waren bloß Fremde, nicht unseretwegen war sie heute morgen an den Kai geschlichen. Nicht unseretwegen.

Als sie dann die Fitzgibbon-Leute zusammen mit Jim und zwei anderen Stewards, die ihre ganzen Zelte und Gewehre trugen, die Gangway herunterpoltern hörte, lebte die alte Bullterrierin jählings auf, zitterte und bebte und tänzelte in neu entfachter Erwartung und tapste los, mit wackelndem Knochenkopf und Stummelschwanz die zweite Enttäuschung dieses Morgens zu begrüßen.

»Braves Hundchen!« rief Uncle Jake. »Braves Hundchen!«

Langsam stand meine Mutter wieder auf, richtete ihre kecke Schottenkappe, wartete.

12. Mai 1930. 6 Uhr 45. Ankunft.

Später, in unserem finsteren und muffigen Zimmer im Baranof-Hotel (zwei Einzelbetten, für mich eine Kinderliege, ein Fenster, das Gepäck), hörten wir einmal tief und laut eine Schiffssirene, und noch später, nachdem wir in einem Lokal namens Doug's Steak und Eier gefrühstückt, einen Stadtrundgang gemacht und uns erlaubt hatten, noch einmal Hand in Hand an den fesselnden

Pier zurückzugehen, fanden wir uns ganz allein am Ufer, der Pier war leer, die S. S. *Alaska* bereits außer Sichtweite. Ob sie diesen leeren Kanal jemals wieder hochgedampft käme?

15

Mehr als ein volles Jahrzehnt lang war Uncle Jake Deauville ein stadtbekannter Einwohner Juneaus. Und doch hat er in dieser ganzen Zeit nie erfahren, worüber die meisten männlichen Besucher des Baranof schon Witze rissen, noch ehe sie vom Schiff gegangen waren: daß nämlich das alte Hotel mit seinen Spucknäpfen und Linoleumböden, dem Kalender mit Elchköpfen und Pin-up-Mädchen über der Empfangstheke ganz natürlicher Weise der Hauptgeschäftsplatz jener Handvoll Frauen war, die ihrerzeit, 1930 in Juneau, Alaska, sich als weder Ehefrauen noch Schwestern anpriesen. Wenn damals auch keiner von uns ihren Einfluß hat wahrnehmen können, so waren es doch eben diese Frauen, die im Verlauf meiner ersten Kindheitstage im Baranof-Hotel (wie die Geschichte erwies) mein künftiges Leben in Alaska bestimmten und inspirierten.

Ich denke auch jetzt noch an sie, die unbekannten Ahninnen, welche dem ahnungslosen Kind die Saat ihrer Zunft einpflanzten, und erfreue mich an der Vorstellung, daß im Alaska-Yukon Gamelands die kurzen Stunden in ihren gemieteten Betten endgültig zur Blüte gelangt sind. Ich wünschte, sie hätten sehen können, welche Früchte ihre Mühen tragen sollten; ich wünschte, sie könnten heute in Gamelands anheuern, um mich des nautischen Jargons von Uncle Jake zu bedienen, und im üppigen Überfluß mit der ewig dankbaren Frau zusammenarbeiten, zu der sich das seit langem verschwundene Kind entwikkelt hat.

Heute, nach fast fünfunddreißig Jahren, steht das Baranof-Hotel noch immer, ist mehr oder weniger das alte, wenn man von der oberflächlichen Renovierung und den Frauen einmal absieht. Neuerdings ist das strahlend erleuchtete Foyer bar jeglicher Frauen, bis auf rechtmäßig reisende Damen und eine verheiratete Handkosmetikerin; das einzige, was sich heutzutage noch an weiblichem Flitterkram im Foyer dieser ehemals dumpfigen und antiquierten Absteige für eine fast durchgehend männliche Kundschaft findet, ist das auf unserem Plakat zusammen mit einem Elchgeweih abgebildete wohlgeformte, schwarzbestrumpfte Bein, schön auffällig hängt es an der Rezeption. Unser altmodisches Poster lädt ein zum Sex, zu Lust und Liebe, wie wir sagen, inmitten modernistischer Pracht; in dem modernen Baranof gibt's keine altbacken verbotene Lust und Liebe mehr. Gamelands ist schließlich ein Monopolbetrieb.

Aber damals, im Frühjahr 1930, ging eine Handvoll Frauen im Baranof der Arbeit nach. Sie plauschten mit dem Empfangschef, trugen lange Hosen und Blusen und tiefroten Lippenstift aus dem Versandhaus, waren gute Billardspielerinnen, aber wenn sie mit ihren Kaufleuten und Bergwerks-Kärrnern auf Freischicht an dem Tisch im Hintergrund des Foyers saßen, heuchelten sie mädchenhafte Unbeholfenheit. Im Lauf der Woche, die wir im Baranof-Hotel wohnten, kam gelegentlich eine von ihnen auf den großgewachsenen Oststaatler und sein Töchterchen zu und staunte stets nicht schlecht über die Höflichkeit meines Vaters, über seine vornehmen Manieren, seine Bereitschaft, des langen und breiten und vertraulich mit einer fremden Frau zu sprechen, während er ihre Gebärden, ihre Absichten, den offenbaren Sinn ihrer dreisten Annäherung vollständig ignorierte. Da stand er dann und erzählte von Sissy, die sich während dieser ganzen Zeit auf unserem Zimmer oben erholte, von mir, wobei er seine Hand auf meinem Kopf ruhen ließ, von der Deauville-Farm und unserer Fahrt mit der S. S. *Alaska*, von Chantilly und seinem in Frankreich begrabenen älteren Bruder und von dem Totempfahl, dessen Ruhm sich bis in die Staaten, ja bis in die Hauptstadt der Nation herumgesprochen habe – dergleichen Dingen, bis endlich seine Zuhörerin, deren ganzes Aufgebot an Verführungskünsten von meinem Vater bei seinem liebenswürdigen Monolog restlos übersehen worden war, ihm lächelnd auf den Arm klopfte und sich verlegen und ärgerlich von uns an die Bar zurückzog, wo sie, ein Bier in der Hand, nach und nach verbissen ihre Selbstachtung wiederfand.

Hätte Uncle Jake erkannt, was sie war und was sie wollte, er würde es nicht geglaubt haben; wäre er überhaupt fähig gewesen, dem Sinn ihrer provokanten Aufführung auf die Spur zu kommen, dann hätte er sie bemitleidet und vielleicht der Hotelleitung einen Wink gegeben; wäre sie so hartnäckig geblieben, daß selbst er sich über die Einladung, die sie an den Mann zu bringen versuchte, nicht mehr im unklaren hätte bleiben können, wäre er aus dem Hotel ausgezogen – widerstrebend, höflich, aber bestimmt, stirnrunzelnd und mit geblähten Nüstern, unfähig, den Verrat des Hotels an seinem Vertrauen und seinem Verstand zu begreifen oder zu akzeptieren. Doch Uncle Jake war taub gegenüber sexuellen Signalen, immun gegen die Einwirkung sexueller Stimulantien und hielt das Baranof-Hotel für eine klassische Pension des Nordwestens, auf ihre Weise vergleichbar mit jedem kleinen und wohlangesehenen Hotel in irgendeinem Urlaubsort Frankreichs. Das Baranof sagte ihm zu, er schätzte es, obwohl er weder rauchte noch trank, noch Billard spielte, und er glaubte Sissy dort beruhigt allein lassen zu können, wenn er mich auf seine Besorgungsgänge mitnahm. Irgendwie gelang es ihm, von dem Kalender überm Empfangstisch keine Notiz zu nehmen.

Aber wenn Uncle Jake nicht der Mann war, der sich von fremden Frauen verführen ließ, so zog es ihn um so schneller zu gewissen neuen männlichen Bekanntschaften hin. Womit gesagt sein soll, daß mein Vater bei Männerfreundschaften, besonders frischen Freundschaften, mit eben der obsessiven Energie zu Werke ging, die die meisten Männer um ihn herum auf ihre Affären mit Frauen verwandten. Mein Vater mißbilligte es, wenn alleinstehende Männer den Frauen nachliefen; er mochte es nicht, wenn seine Freunde von Frauen redeten; er weigerte sich, gewagte Geschichten anzuhören, wie er das nannte. Er verabscheute es, wenn verheiratete Männer anderen Frauen nachsahen, ohne ein Hehl daraus zu machen. Die Schürzenjägerei, wie mein Vater sich ausdrückte, welche sich in der Regel nur als plötzliches Aufflackern von Ehrlichkeit auf den Gesichtern seiner Freunde offenbarte, war für ihn der wesentliche Anlaß zum Abbruch der meisten seiner Freundschaften mit denselben Männern, denen er bis zu ihrem Verrat so treu die Stange gehalten hatte. Tatsächlich hat mein Vater im Lauf seines Lebens die meisten seiner Freundschaften abgebrochen, bis auf diejenigen, die auf andere Weise zerfielen. Von anderen verraten zu werden war das Rückgrat seiner Moralität, der finstre Gott seines Himmels, der Dämon in den elysischen Gefilden seines Gerechtigkeitssinns, sein ganzes Leben litt er daran, immer wieder, unaufhörlich. Der schlimmste Sünder und seine Nemesis war sein eigener Vater.

Frank Morley war der perfekte Freund. Frank Morley aus Juneau, Alaska, wohin es ihn aus einer ähnlich kleinen Stadt in

Colorado verschlagen hatte, war, wie sich herausstellen sollte, einer der letzten zwei treuen Freunde meines Vaters. Der andere war Sitka Charley.

Frank Morley, den mein Vater noch am Tage unserer Ankunft in Juneau kennenlernte, war ein reiner Mann. Damals war er achtundfünfzig und genauso groß wie mein Vater, allerdings hatte er krumme Schultern, was Uncle Jake gleich für ihn einnahm, denn seine eigene aufrechte Haltung zog zwar die Bewunderung aller auf sich, die ihn sahen, Männer und Frauen gleichermaßen, stürzte ihn aber fortwährend in Verlegenheit. Ob im oder außer Haus, Frank Morley trug immer dieselbe Kleidung, einen schwarzen Hut mit ziemlich breiter Krempe, eine schwarze Weste, ein kragenloses graues Hemd, dunkle Wollhosen, die oben zu lang und unten zu kurz waren und so seine weichen, schwarzen, über den Knöcheln zugeschnürten altjüngferlichen Stiefeletten sehen ließen, und breite Hosenträger von einer Farbe, die an in winterlicher Sonne verblichenen Tabakssaft gemahnte. Er hatte lange Hängebacken, traurige Augen, seine Haut war weich wie die einer Frau geworden, obwohl er jahrelang als Jäger und Goldsucher gelebt, endlos elende Zeiten in Zeltstädten durchharrt hatte. Vor seiner Brust trug er an goldener Kette einen Elchzahn in goldener Fassung. Er trank nicht, sprach wenig, dachte nie an Frauen, ob tote oder lebendige oder solche, die auf Photographien oder Gemälden dargestellt waren, aber dafür rauchte er selbstgedrehte Zigaretten. Er überlebte sämtliche Herausforderungen, die mein Vater nur ersinnen mochte, um seine Freundschaft zu belasten oder auf die Probe zu stellen; nach Sissys Tod wurde er mein zärtlicher Beschützer und später mein alleiniger Vormund, nachdem wir, Frank Morley und ich, uns der unausweichlichen Tatsache nicht mehr verschließen konnten, daß Uncle Jake für immer verschwunden war.

Frank Morley war in unscheinbare Männlichkeit gewandet und war doch so sanft und duldend, so hilfsbereit und verletzlich, wie man es sonst nur von Frauen erwartete. Er kam regelmäßig ins Foyer des Baranof-Hotels, um rauchenderweise alte Ausgaben von Zeitschriften aus den Staaten zu lesen, wurde aber niemals von einer jener Frauen, die meinem Vater den Kopf zu verdrehen suchten, anzüglich angegangen. Frank Morleys Abgeneigtheit war unverkennbar. Respektvoll hielten sie sich fern.

Sitka Charley war meinem Vater ein ebenso treuer Freund

wie Frank Morley, jedoch nicht ganz so wichtig, denn er war jung und Indianer. Er war in einer Person Pflegekind, Faktotum und munterer Gefährte Frank Morleys, der, als Sitka Charley noch ein Junge gewesen war, mit dem verwaisten reinblütigen Siwash-Indianerjüngling Freundschaft geschlossen und ihm die Arbeit in Waffen-Kleider-Zubehör, Frank Morleys Geschäft, beigebracht hatte. Sitka Charley glich seinem Mentor Frank Morley (wortkarg, keine Frauen, ob weiße oder eingeborene). Man konnte ihm Geld anvertrauen; er konnte lesen und beschäftigte sich lange Zeit mit Frank Morleys Büchern; er behandelte die Waren in Waffen-Kleider-Zubehör mit demselben aufgeklärten Respekt, mit dem seine Vorfahren zum ersten Male Gewehre und dünne Decken im Austausch für ihre Töchter entgegengenommen hatten. Schon als Knabe hatte er sich als schweigsamer und einzelgängerischer Handwerker mit weit größeren Fertigkeiten im Umgang mit Schnitzwerkzeugen als die meisten seiner Kameraden erwiesen, und jetzt, im Mai 1930, waren seine langen Messer und breiten Ledergürtel im Schaufenster von Waffen-Kleider-Zubehör ausgestellt und brachten Frank Morley die höchsten Preise ein. Die Griffe der Messer waren Tiere aus Elfenbein, und auf den Gürteln waren in leuchtenden Farben Farne und Fische und Bäche und Bäume dargestellt. Mitte Zwanzig, in Größe und Hautfarbe und Zügen kein bißchen anders als die öffentlich verspotteten Siwash-Männer und -Jungen, die sich ständig im Hafenviertel herumtrieben und in Pfahlhütten hausten (er war dünn, dunkel, nicht groß, ausdruckslos und daher für weiße Fremde ohne Reiz), war Sitka Charley sich seines Privilegs vollkommen bewußt: zusammen mit Frank Morley in ihrem Heiligtum über Waffen-Kleider-Zubehör wohnen zu dürfen und wie kein Siwash je zuvor bei einem weißen Mann in Gunst zu stehen. Es gab Leute in Juneau, die von Sitka Charley keine gute Meinung hatten und ihm mißtrauten. Frank Morley focht das nicht an, er arbeitete mit ihm, aß mit ihm, jagte und fischte mit ihm, erlaubte ihm, in seiner Dachwohnung über dem Laden zu schlafen.

Als Uncle Jake und ich am frühen Nachmittag des 12. Mai 1930 in Waffen-Kleider-Zubehör eintraten, erlitt Sitka Charleys Treue zu Frank Morley schlagartig einen Sprung, als habe sie ein mächtiger goldener Blitz getroffen. Uncle Jake war jünger, größer, dank seiner aufrechten Haltung breiter in den Schultern und hatte ein stärkeres und lebhafteres Mienenspiel als Frank Morley, und er kam, nach seiner Krawatte, seinem Straßenanzug, seinem Kamelhaarmantel – den Filzhut hatte er bereits aufgegeben, er war barhäuptig –, aus den Oststaaten, eine Tatsache, die beide, Frank Morley und Sitka Charley, auf einen Blick erkannten, die aber nur Frank Morley in Worte zu fassen gewußt hätte. Mit seiner kräftigen und doch jungenhaft schlaksigen Figur, mit seinem schwarzen, in der Mitte gescheitelten Haar, mit seiner rosa Gesichtsfarbe und den blauesten Augen, die Frank Morley und Sitka Charley jemals gesehen hatten, hielt Uncle Jake an jenem frühen Nachmittag wie ein Gott, eine Erscheinung, eine männliche Galionsfigur am Bug eines Geisterschiffs seinen Einzug in Waffen-Kleider-Zubehör. Im gleichen Augenblick hatte er mit Frank Morley feste Freundschaft geschlossen und bei Sitka Charley den Rang eines zweiten Prinzen eingenommen.

Mein Vater war von den zwei Männern in dem Laden auf der Stelle angetan, ebenso wie sie von ihm, und die Bande wurden geschmiedet. Frank Morley und Sitka Charley waren an diesem Tag für meinen Vater das, was mir die Frauen im Baranof-Hotel waren; gemeinsam entschieden der mittelalterliche Inhaber von Waffen-Kleider-Zubehör und der junge Siwash-Indianer, zwei Parzen gleich, über das künftige Leben meines Vaters in Alaska. Frank Morley, Sitka Charley und mein Vater bildeten während des ganzen legendären Jahrzehnts meines Vaters im letzten Neuland ein im Geiste vereintes Trio.

Keine Vereinigung im Fleische konnte fester sein.

Das Schiff war fort, aber die Leere, die es in seinem Kielwasser hinterlassen hatte, war nicht in mir. Juneau bestand im wesentlichen aus ein paar steilen Straßen und auf Baumstümpfe gebauten Holzhäusern, dazu kam die täglich vom öden Meer gebeizte Hafengegend, und doch sah ich die Stadt mit den Augen meines Vaters und projizierte eifrig meine Pläne auf sämtliche Bretter und Baumstümpfe. In den Möbeln, den dünnen Wänden und losen Tapeten, im staubigen Komfort des Baranof-Hotels hingen die Gerüche von Fremden, aber es war mein erstes Hotel und ich das einzige Kind unter den Gästen; seine Wirkung auf meine Eitelkeit wurde nur noch von seiner Wirkung auf Uncle Jakes Eitelkeit übertroffen. Waffen-Kleider-Zubehör, direkt gegenüber dem Baranof gelegen, war ein Geschäftshaus für Männer, ein Reich zur Befriedigung maskuliner Bedürfnisse, ein Herrenausstattungsunternehmen, und der Zauber dieses vollkommen Fremdartigen bestürzte mich von Anfang an. Denn einen solchen Laden gab es für Frauen nicht.

Kein Mann konnte in den Norden ziehen, kein Mann konnte in Juneau haltmachen, ohne die Höhlen von Frank Morleys Laden zu durchwandern. Und als wir am frühen Nachmittag des 12. Mai 1930 bei Waffen-Kleider-Zubehör eintraten, betraten wir die dunklen Grotten männlichen Strebens, männlichen Wagemuts, einen finsteren Raum von solcher Ruhe und Kargheit, mit einem solchen Vorrat an allen zum Überleben auf Entdekkungsreisen und zur Bezwingung von Naturgewalten erforderlichen Gegenständen ausgestattet, daß Frauen hier einfach fehl am Platze waren; all diese Dinge leugneten schlichtweg ab, daß aus Adams Rippe etwas anderes als ein weiterer Meisterschütze geformt worden sein konnte, wie Uncle Jake es später Sissy gegenüber sagte – und doch war ich plötzlich darin, wo ich nicht hingehörte, inmitten der dunklen Schatten männlicher Gewißheit, in die keine Frau sich wagte und in denen sich vermutlich auch keine Frau je auskennen würde, von einem kleinen Kind ganz zu schweigen. Hingerissen klammerte ich mich in dieser Unterwelt des vollkommen Fremdartigen an Uncle Jakes Hand.

Wir schritten unter der riesigen Nachbildung eines Schlüssels durch, die über der Eingangstür hing, und gingen hinein. Eine Glocke klingelte, als wir in das geheimnisvolle Dämmer traten, ein Mittelding aus Jagdhütte und dem Innern eines alten Walfangschiffs, es roch nach Union Leader, Frank Morleys Tabak, und Fellen und Tierhäuten. Frank Morley, der sich sogleich vorstellte, erhob sich aus seinem alten hochlehnigen Schaukelstuhl neben dem auch jetzt, Mitte Mai, noch leise glühenden Eisenofen und kam uns mit ausgestreckter Hand entgegen. Es war durchaus nicht Frank Morleys Art, jeden Kunden, der Waffen-Kleider-Zubehör betrat, per Handschlag zu begrüßen, aber in diesem Fall und an diesem Tag tat er es, und ganz genauso selbstverständlich erwiderte Uncle Jake den Gruß und stellte sich und mich vor, während aus dem Dunkel im Hintergrund des Ladens der junge Sitka Charley langsam auf uns zukam. Er wurde an diesem Nachmittag zwar nicht in die Bekanntmachungen und Unterhaltungen einbezogen, aber er war da. Er tat, was Frank Morley ihm auftrug, er verfolgte jede Bewegung seines Mentors und des fremden Besuchers aus dem Osten, er hörte ihnen zu, hielt sich immer in ihrer Nähe und starrte dann und wann gebannt das Kind des Fremden an.

»Frank Morley«, sagte der freundliche, krummschultrige Mensch in Schal und Hut, ohne den kein Geschäft unternommen, keine ernsthafte Expedition gestartet werden konnte und der Uncle Jake mit der Nennung seines Namens als erster offiziell in Alaska willkommen hieß.

»Jake Deauville«, sagte mein Vater, er stand voll in der durch das staubige Fenster hinter ihm einfallenden Sonne, in seinem sinnlichen, elegant geschnittenen, aufgeknöpften Kamelhaarmantel, dem ersten und letzten derartigen Kleidungsstück, das Frank Morley jemals zu Gesicht bekam und an welchem er unter anderem auch meinen Vater als den Mann erkannte, der er war – als einen Mann, soll das heißen, von moralischer Haltung, der sich aber gleichwohl hin und wieder nicht zweckmäßig, sondern nach der fernen Autorität der Mode zu kleiden wußte. »Und das«, sagte mein Vater und schob mich demonstrierend an der Schulter vor, »das ist Sunny.«

Frank Morley nickte und erlaubte sich, die Hand nach mir auszustrecken und mich mit weichem ledrigem Daumen und Zeigefinger freundlich in die Wange zu kneifen.

»Eben angekommen?« fragte Frank Morley.

»Mit dem Morgenschiff«, sagte mein Vater in einem fröhlich prahlerischen Ton, der auf das einging, was er und Frank Morley bereits wußten, daß nämlich die Ankunft meines Vaters in Alaska ein zufälliges, bemerkenswertes und schicksalhaftes Ereignis war und mit dem Kommen und Gehen anderer Männer überhaupt nicht zu vergleichen.

»Für länger?« fragte Frank Morley beiläufig, als ob er tatsächlich im unklaren wäre, was er nicht war, und als ob ihre Kameradschaft nicht einen Augenblick zuvor in den Essen des hohen Nordens geschmiedet worden sei. »Oder bloß auf der Durchreise?«

»Für immer«, versetzte Uncle Jake, und auch ich empfand die Bedeutung dieser knappen Erklärung, die so ausgesprochen worden war, daß sich selbst mir die ungeheure Befriedigung meines Vaters über das mitteilte, was ihn von den meisten Männern, die in Juneau an Land gingen, unterschied.

Frank Morley nickte, dann wandte er sich um und führte uns an Regale und Stapel und Gestelle mit diversen Waren und Kleidungsstücken, obwohl mein Vater kein Wort von Kaufen gesagt, nichts darüber hatte verlauten lassen, was er denn möglicherweise brauchen oder benötigen könnte. Dessenungeachtet schritt Frank Morley durch die Gänge, öffnete Kartons, ging wortlos an alte Geheimvorräte und kramte aus sämtlichen Winkeln und Ritzen und Glasvitrinen in Waffen-Kleider-Zubehör eine Unmenge nordländischer Artikel zusammen, die samt und sonders zu dem Mann im Kamelhaarmantel, der, wie Frank Morley sofort erkannt hatte, ebenso demokratisch gesinnt wie umgänglich war, paßten und unentbehrlich für ihn waren.

Garnituren langer weißer Unterwäsche für den Winter und Wollhemden und ein Mackinaw-Mantel und der Parka aus seidigem Eichhörnchenfell und die Wolfspelzmütze, die aussah wie ein Bischofshut, und dicke Handschuhe und Gummistiefel, wie mein Vater seine Knobelbecher später zu nennen pflegte, und Axt, Beil, Messer, Zelt, Schlafsack, Tragegestell, Nadel und Faden und blaue Halstücher – all das hatte Frank Morley zum Entzücken meines Vaters vorrätig, und die Gegenstände glänzten, und die Größe jedes Kleidungsstückes stimmte genau. Haargenau. Es war unheimlich, wie Uncle Jake später bemerkte, als er seine Anschaffungen auf unserem Zimmer im Baranof für Sissy und mich anprobierte, unheimlich, wie Frank Morley über Größe und Gewicht und Vorlieben seines neuen Freundes von vornherein aufs genaueste im Bilde war, obwohl sie darüber kein einziges Wort verloren hatten. An dieser Stelle erklärte Uncle Jake Sissy dann auch, daß Frank Morley nun der Freund unserer Familie sei. Daß Frank Morley aus einem ganz anderen Milieu entstammte als wir, sagte Uncle Jake, war vollkommen nebensächlich. Er war unser Freund.

Dabei hatte Frank Morley noch das Beste für den Schluß aufgespart, und wenn die jungenhafte Seligkeit meines Vaters durch das umfangreiche Warenlager, mit dem Frank Morley den Oststaatler bereits überladen hatte, erstaunlich gesteigert worden war, so wich eben diese Seligkeit nun unvermittelt einem Ernst, der jedes Mannes hehrstes Gut und höchstes Glück bedeutet, denn dieser Ernst ist Selbstgewißheit in reinster Form und, mehr noch, eine Art geheimer Hochstimmung von ganz anderem Gewicht und Rang als die Gefühle, die man gemeinhin bei der Entgegennahme unerwarteter Geschenke empfindet – und das alles, weil Frank Morley das Beste für den Schluß aufgespart hatte und uns jetzt zu den Schußwaffen führte.

Reihen und Regale stummer und glänzend geölter Gewehre, neuer und gebrauchter, und ganze Familien langläufiger Revolver mit Holzgriffen, groß genug für Uncle Jakes graziös markige

Hand – es war dieser Anblick, der jetzt in Uncle Jake jenes so hart an Rausch grenzende Gefühl von Ernst hervorrief. Die Gewehre schimmerten in dem Dämmerlicht, sie hingen, sie standen, sie warteten darauf, in die Hand genommen zu werden, sie repräsentierten ein komplettes Arsenal des Mannestums. Wir gingen zwischen ihnen herum, blieben ehrfürchtig stehen, gingen weiter, indes Sitka Charley voller Bewunderung das Gebaren meines Vaters verfolgte. Da gab es Gewehre mit polierten Walnußschäften, deren leuchtend blaue Läufe Bravourstücke an Mut und Geschicklichkeit im Kampfgetümmel ahnen ließen. Da waren Kammerstengelbüchsen und Schlagbolzenbüchsen und Schrotflinten, die uns nichts angingen, auch wenn Uncle Jake in seinem ganzen Leben noch keinen Schuß getan hatte, allenfalls einmal auf Tontauben mit einer Schrotflinte vom Kaliber sechzehn, mit der sogar Sissy mühelos hätte umgehen können. Während wir so die Reihen durchschritten und Frank Morleys schwerer Entscheidungen harrten, wußte Uncle Jake bereits, daß eine dieser Großwildbüchsen ihm gehören sollte. Frank Morley war natürlich schon zu einer Entscheidung gelangt, hatte die Büchse schon ausgewählt, noch ehe sie ihre Namen genannt und sich die Hand gegeben hatten. Aber welche würde es sein? Hatte sie nicht schon jetzt seine Bedeutung verändert, ja erhöht? Uncle Jake grübelte, studierte die Gewehre, er war in Ernst gehüllt, ein Mann, der die besondere Gunst eines anderen Mannes genoß und in einer bedeutsamen Angelegenheit bevorzugte Behandlung erfuhr – bevorzugt selbst vor solch herausgehobenen Männern wie Robert Fitzgibbon, der seine Gewehre und Ausrüstung, wie mein Vater wußte, in einem großen Kaufhaus voller Kronleuchter und dicker Teppiche in einer Stadt im Osten zusammengekauft hatte.

Frank Morley blieb stehen. Wir mit ihm. Sitka Charley rückte näher, um zuzusehen. Und dann streckte Frank Morley, einem gedemütigten Joseph der Ernährer gleich, seine Hand aus und nahm von einem eigenen Gestell an der Wand die Büchse herunter, die meinem Vater gehören sollte. Einen Augenblick lang hielt Frank Morley sie, wog sie, taxierte ein letztes Mal ihr Gewicht, ihre Ausgewogenheit, und legte sie dann behutsam meinem Vater in die Hände.

»Eine Winchester .405«, sagte Frank Morley. »Die einzige, die ich am Lager habe. Zu Distanzschüssen taugt sie nichts, aber auf kurze Entfernung hält sie einen Bären besser auf als alle anderen amerikanischen oder europäischen Büchsen. Genau so eine brauchst du.«

Schweigend hielt Uncle Jake die schwere, kurzläufige Vierhundertfünf, wie er sie von da an nannte, quer vor seiner Brust, und eine Zeitlang wetteiferten Gewehr und Kamelhaarmantel um den Besitz des Mannes. Dann strafften sich die Finger an seinen großen Händen, und das Gewehr hatte sich durchgesetzt. Der Lederriemen bildete einen hängenden Bogen, hell blitzte das Korn am Ende des Laufs, dessen schwarze todbringende Seele einen größeren Durchmesser hatte als Uncle Jakes Daumen.

»Nur zu«, sagte Frank Morley. »Probier sie aus. Aber achte auf den Rückstoß.«

Mit den langen, weichen, weit ausgestellten Schößen seines maßgeschneiderten Rocks und der rotseidenen gepünktelten Krawatte als unverkennbarem Signum der Deauville-Farm, der er für immer abgeschworen und den Rücken gekehrt hatte, den funkelnden Familienring der Deauvilles an seinem Finger, kam Uncle Jake der Aufforderung Frank Morleys bedachtsam nach, setzte einen Fuß vor den anderen, holte Luft und hob das Gewehr, welches jetzt, da wir es ganz und im besten Licht zu sehen bekamen, eindeutig als die bedrohlichste Jagdwaffe von allen erschien. Noch langsamer, mit der Bedächtigkeit des wahren Schützen, schmiegte er den schwer gepolsterten Schaft an seine rechte Schulter, gewann Halt, indem er sich aus der Hüfte stark nach vorne beugte, um beim Abfeuern nicht aus dem Gleichgewicht zu geraten, suchte sich ein Ziel, nahm sorgfältig Maß. Dann drückte er ab.

Zweifellos hatte er in Waffen-Kleider-Zubehör Fitzgibbons Bären anvisiert, hatte inmitten der Seehundlederstiefel und Mackinaw-Mäntel und Hemdhosen mit aufknöpfbarem Latz im Sitz gelauert, bis das Untier, nahezu acht Fuß hoch auf den Hinterbeinen, schon fast über ihm war. Der Bär krachte in monströser und bösartiger Mordlust turmhoch auf ihn zu, und dann hatte er, ruhig und ohne zu wanken die tödliche Schußbahn berechnend, losgefeuert und Fitzgibbons knurrenden Bären mit einem Schuß niedergestreckt.

»Guter Schuß!« kicherte Frank Morley kopfschüttelnd und betrachtete seinen neugefundenen Freund und Jäger mit einer bewundernden Wärme, die er, Frank Morley, seit seiner Ankunft im Territorium als junger Mann nicht mehr empfunden hatte.

»Ein Prachtstück«, sagte Uncle Jake. »Aber es schlägt ganz schön zu!« Und er lachte und senkte die Vierhundertfünf und übergab sie Sitka Charley, der, ebenfalls den imaginären Schuß bewundernd, die Mammutbüchse in ihrem Futteral aus weißem Segeltuch und poliertem Leder verstaute. »Und jetzt«, sagte Uncle Jake, packte mich wieder an der Schulter und drehte mich ein paarmal herum, »jetzt zu Sunny!«

Frank Morley nickte, Sitka Charley entschwand postwendend zu den staubigsten Regalen in den Tiefen des Lagers, während Uncle Jake sich niederbeugte und mir die Matrosenmütze, den Mantel, die Gamaschenhosen auszog. Gleichmütig, mit dem freundlichsten Interesse sah Frank Morley zu, wie Uncle Jake mich bis auf meine weiße Unterhose und meine magere Nacktheit entkleidete. Als Sitka Charley mit meinen Klondike-Kleidern beladen zurückgekommen war, zog Uncle Jake mich wieder an, dicke Wollsocken, ein rotes Holzfällerhemd, zurechtgeschneidert für den kleinen Jungen, zu dem ich mich rasch mauserte, und eine goldbraune Cordkniehose, die in die hohen Lederstiefelchen gesteckt wurde, die Uncle Jake mir eigenhändig bis an die Knie zuschnürte. Drei erwachsene Männer, einer davon mein Vater, die mir Nackter, neu Eingekleideter schweigend aufwarteten; große Männer standen um mich herum, ganz dicht, die Hände in den Hosentaschen (Sitka Charley), eine Zigarette drehend (Frank Morley) oder an meinen Knöpfen fummelnd (Uncle Jake), warteten sie mir mit einem Respekt und einer huldvollen Neugier auf, wie ich es noch nie zuvor erfahren hatte, dunkle Gestalten, die bei meiner Verwandlung assistierten, wenn freilich auch nur Uncle Jake es war, der Hand an mich legte, während Sitka Charley ihm die neuen Kleidungsstücke einzeln anreichte und Frank Morley mich rauchend mit scheuer Aufmerksamkeit beobachtete. So ward mir in dem Dunkel und in dem süßen Duft des Union Leader eine besondere und ungewöhnliche Behandlung zuteil, und obwohl nichts von dem, was mein Vater da gebückt oder hockend tat, unsere kurze Vorstellung irgendwie in schlechtem Licht erscheinen lassen konnte, denn schließlich besaß er die Autorität des männlichen Elternteils und war ich so jung, daß mir kein Geschlecht eignete, spürte ich in diesem Moment genau, daß sie mich ansahen, und während ich meine Socken hochzog oder ein dünnes nacktes Bein der hingehaltenen Hose entgegenhob, mich dabei auf Uncle Jakes Schultern stützte und in kindlichem Vergnügen die Stirn in

Falten legte, hätte mir nicht deutlicher bewußt sein können, daß ich der Mittelpunkt ihrer stummen Blicke war, als wäre ich eine kleine Diana, umhegt von leicht betretenen Mannsbildern anstelle von Kammerjungfern.

»Fertig«, sagte Uncle Jake, erhob sich, trat zurück und musterte mich, die ich stolz in der Lache meiner abgelegten Kleider stand. Noch nie war er so zufrieden mit mir gewesen.

»Na, du hast 'nen alten Mann glücklich gemacht«, murmelte Frank Morley lächelnd und schüttelte den Kopf.

»Demnächst«, sagte Uncle Jake, »bringen wir ihr das Schießen bei.«

Bei diesen Worten warf Frank Morley wieder einen bedeutsamen Blick in Richtung Sitka Charleys, der auch jetzt Frank Morleys Begehr erfaßte und seinem Auftrag nachkam. Der junge Indianer, in engen Jeans, die mit einem breiten, verzierten und bemalten Gürtel um seine Hüfte gebunden waren, trat an eine der Glasvitrinen, griff hinein, kam wieder zu uns und reichte Frank Morley den Gegenstand, den er der Vitrine entnommen hatte. Darauf übergab Frank Morley diesen Gegenstand meinem Vater, der ihn bewundernd in der Hand hielt und dann an mich aushändigte. Es war ein Messer in einer Scheide. Der geschnitzte Elfenbeingriff stellte einen Bären auf den Hinterbeinen dar; die Klinge war eine schmale stählerne Sichel; in das helle Leder der Scheide hatte der Künstler einen zweiten aufrecht stehenden Bären geschnitten, der einen Fisch in seinen Pranken hielt. Ich nahm das Messer von meinem Vater entgegen, untersuchte es, zog die Klinge aus der Scheide.

»Vorsicht, Sunny«, sagte mein Vater. »Es ist scharf.«

Langsam schob ich das Messer in die Scheide zurück, umklammerte mein Geschenk dankbar mit beiden Händen und sah allen dreien in die Gesichter.

»Morgen macht Sitka Charley ihr einen Gürtel«, sagte Frank Morley. »Die wir dahaben, sind zu groß.«

Ich sah das dunkle junge Gesicht, die schlichte schlanke Gestalt, und begriff, daß dieses Messer das Werk Sitka Charleys war, und irgendwie ging mir auf, daß es die ganze Zeit über er gewesen war, der mich stumm gemustert, stumm umsorgt hatte, und daß es seine unstatthafte Anwesenheit gewesen war, die den Reiz des Fremdartigen in mir erregt hatte. Ich versuchte ihm durch die Art, in der ich sein Geschenk an meine Hemdbrust drückte und ihn dabei ansah, meine Dankbarkeit zu zeigen. –

»Jake!« rief Sissy aus, als er mich in unser Zimmer im Baranof paradieren ließ, »was hast du mit ihr gemacht! Mein kleiner Pionier«, sagte sie, zog mich lachend zu sich heran und streichelte mir das Haar. Als Uncle Jake von der Toilette am Ende des Flurs zurückkam, wohin er sich zum Umkleiden verzogen hatte, und für sein künftiges Leben ausstaffiert vor uns stand, war er das leibhaftige, umwerfende Porträt dessen, wovon ich bloß ein amüsantes Spottbild war. Leidenschaftlich, anbetend sah sie ihn an, trotz ihrer Kümmernisse.

16

Sitka Charleys Messer besitze ich noch immer. Sitka Charley wohnt nach wie vor in Juneau – treu, zurückgezogener denn je, geschmeidig mit sechzig. Gelegentlich kommt er nach Gamelands heraus, ab und zu besuche ich ihn in seiner Dachwohnung über dem ehemaligen Waffen-Kleider-Zubehör. Er hat ein Boot, er angelt. Die Vierhundertfünf besitzt er.

Sunnys Indianer.

17

Uncle Jake hatte keinerlei Anlaß, sich Rex Ainsworths Bergungsaktion anzuschließen, keinen Grund, uns, Sissy und mich, gerade zehn Tage nach unserer Ankunft in Juneau allein zu lassen und mit Rex Ainsworth davonzufliegen, um Robert Fitzgibbon und seine Freunde zu retten. Uncle Jake hatte nicht mehr Anlaß, sich eines nebligen und nieselregnerischen Nachmittags in Rex Ainsworths Flugzeug aufzumachen, als er für seine Fahrt nach Alaska als solche gehabt hatte – jenen überstürzten nomadischen Aufbruch nach Norden, von dem es keine Rückkehr gab. Keinen Grund beziehungsweise so gut wie keinen, denn Uncle Jake hatte wenig oder keinen Glauben an Ursache und Wirkung, oder er gab die Wirkungen, die er verursachte, nicht zu, oder er nahm die Ursachen, die ihn bewegten, nicht wahr, oder er lebte außerhalb des normalen Zirkels von Ursache und Wirkung. Er handelte vernünftig, er handelte unvernünftig. Er folgte seinem Willen, er gab Launen nach; er war unerschütterlich und diktatorisch, ein zufällig hingeworfenes Wort eines Freundes oder

Fremden konnte alles umwerfen. Er behauptete, ein Feind der Vernunft zu sein, wenn er darüber nachdachte. Und dennoch war er durchaus berechenbar, und tief verborgen im Chaos seiner Eitelkeiten und guten Absichten lag etwas Nachvollziehbares, ein dunkler Kern von Sinn, der erfaßbar war und an dem selbst er nicht immer vorbeigehen konnte.

Nie hatte er je ein Gewehr auf ein Lebewesen abgefeuert, ob klein oder groß, kaum hatte er Erfahrung mit Verbandszeug oder dem Einrichten von Knochen. Und dennoch zog er mit Rex Ainsworth davon, im Gepäck eine hölzerne Arzneikiste und seine Vierhundertfünf. Warum kein Arzt? Warum kein Führer? Warum kein alteingesessener männlicher Einwohner Juneaus, der mit der warmen Losung eines alaskanischen Braunbären etwas anzufangen gewußt hätte? Warum nicht die örtliche Amtskrankenschwester mit ihrem Rotkreuzabzeichen und ihrer schwarzen Tasche? Warum Uncle Jake? Wozu diese erste unsinnige Fütterung seines Dünkels?

Frank Morley hatte keinen Grund, es zu tun, aber es war Frank Morley, der Uncle Jake veranlaßte, an jenem Nachmittag Rex Ainsworths Fairchild zu besteigen und abzuschwirren.

Sissy überlebte ihre erste Nacht im Baranof-Hotel trotz ihres anfänglichen Kummers bei der Ankunft. An den folgenden Regentagen spielte sie ihren Part als faire Mitspielerin weiter, denn als solche betrachtete sie sich, schlüpfte also wieder in ihre Rolle bei dem klassischen, noch unvergessenen Tennismatch zurück. Sie las auf unserem abgedunkelten Zimmer oder plauderte mit einer der Frauen im Foyer und blieb genauso ahnungslos wie Uncle Jake. Sie ließ sich auch nichts von ihrer Mutlosigkeit anmerken, die sie empfand, als Frank Morley und Uncle Jake uns zu dem einstöckigen, dreizimmrigen Holzhaus führten, das Frank Morley ganz oben am Rand der Stadt für uns ausfindig gemacht hatte. Sie hatten ihr etwas von einer prächtigen Aussicht erzählt, und die bot es wirklich, denn von dieser Höhe aus konnte man den Blick weit und völlig ungehindert über den Kanal schweifen lassen, den die S. S. *Alaska* vor etwas mehr als einer Woche hinaufgefahren war; wann immer sie wollte, konnte sie die ganze lange Wasserstraße überblicken, auf der die S. S. *Alaska* verschwunden war. Aber Sissy war einsam und hatte Höhenangst. Sie sagten ihr, unser neues Heim biete als eines der letzten Häuser über der Stadt Ungestörtheit und eine unverfälschte rustikale Lage, und auch das stimmte. Eine hohe, halb kahle Tanne erhob sich über das Dach, und die letzten Mieter hatten winterfeste, farnähnliche Pflanzen in Blechbüchsen zurückgelassen, die mit Draht am Geländer der schmalen Veranda befestigt waren. Sissy machte die Abgeschiedenheit angst, sie fürchtete sich vor Bären; als es soweit gewesen war, als Uncle Jake uns von der Deauville-Farm einem eigenen Heim zuführen sollte, hatte sie nur den einen Wunsch gehabt, in eine sichere und geräumige Wohnung in einer großen Stadt im Osten zu ziehen. Jetzt war sie dazu verurteilt, in Furcht vor marodierenden Bären zu leben. Und doch war sie es, die sich eins von Uncle Jakes neuen blauen Halstüchern ums Haar band und fegte, staubwischte, schrubbte, war sie es, die gebrauchte Möbel auftrieb und einen fetten Kerl, der schon frühmorgens Bier trank, dazu überredete, uns mit seinem rostigen Lastwagen neue Propangasflaschen anzuliefern. Und sie war es auch, die darauf beharrte, daß der einzige Schlafraum im Haus mir zugeteilt werde und daß sie und Uncle Jake ohne weiteres im Wohnzimmer auf dem schon ziemlich altersschwachen Klappbett schlafen könnten, das sie voll Stolz erstanden hatte. Es war schmal, unbequem und viel zu kurz für Uncle Jake, und an sämtlichen Morgen meiner frühen Kindheit, wenn er nicht gerade von Juneau abwesend war, hingen Uncle Jakes große weiße Füße über die Kante dieses Apparats, wie er es nannte. Außer diesem Apparat enthielt unser Wohnzimmer ein paar hölzerne Apfelsinenkisten, die als Sofatischchen dienten, einen gepolsterten Schaukelstuhl für Uncle Jake nach dem Vorbild von Frank Morleys, und an den Wänden hing Sissys langsam wachsende Sammlung von alaskanischem Trödelkram.

In blauem Halstuch, altem Sweater und attraktiver Hose, vor sich hinsingend und von innen die Fenster putzend, die außen immer wieder vom Regen verschmiert wurden, empfing Sissy Frank Morley und Uncle Jake an jenem Vormittag, als sie auf unseren Berg gestiegen kamen, um ihr die schlechte Nachricht von Robert Fitzgibbon und seinen Freunden zu überbringen. Plötzlich hörten wir die vertrauten Stimmen leise und ernst; Sissy war freudig überrascht. Und schon traten sie ein, Frank Morley mit seinem schwarzen Hut und dem alten Jagdmantel aus Segeltuch, Uncle Jake in seinem zweireihigen Straßenanzug und dem hellbraunen Wendemantel, und beim Anblick ihrer bedenklichen Mienen nahm Sissys Gesicht sofort einen schmerzlich ahnungsvollen Ausdruck an. Sie war treu; sie hatte Uncle Jake nach Alaska begleitet; sie hatte weder über das Holzhaus noch über Juneau Klage geführt. Wir lebten in Geborgenheit, sie verschönerte das Heim, das Frank Morley für uns gefunden hatte, mit ihrem Einrichtungstalent – und sie konnte sich einfach nicht vorstellen, was da jetzt nicht in Ordnung sein sollte.

»Was gibt es?« fragte sie, ließ den nassen Lappen in den schäumenden Eimer fallen und sah erst Frank Morley, dann Uncle Jake an, der die Stirn runzelte und ihrem Blick auswich.

»Fitzgibbon«, sagte Frank Morley.

»Fitzgibbon?«

»Die sind in Schwierigkeiten«, sagte Frank Morley und sah mit aller Verdrießlichkeit, die er aufbringen konnte, auf Sissy hinab.

»Und?« sagte Sissy. »Ich verstehe nicht.«

»Sie haben Notsignale gesetzt«, sagte Frank Morley. »Chippy Smith überflog das Gebiet, wo man sie vermutete, und hat die Signale gesehen. Er hat mich dann gleich über Kurzwelle informiert.«

»Chippy ist Buschpilot«, sagte Uncle Jake. »Er ist gut, aber leichtsinnig.«

»Aber was haben wir mit Fitzgibbon zu tun?« fragte Sissy, an Frank Morley gewandt, und ignorierte so zum ersten Mal in ihrem Leben Uncle Jake.

»Einiges«, sagte Frank Morley. »Es ist ernst.«

»Ich verstehe immer noch nicht«, sagte Sissy.

Sie zögerten. Frank Morley zog Beutel und Blättchen hervor, drehte aber keine Zigarette. Uncle Jake studierte den nackten Boden, den erloschenen Holzofen mit seinem in der Wand verschwindenden Blechrohr, das Bündel Gazegardinen, die Sissy noch aufzuhängen hatte. Ebenso wie Sissy und Frank Morley nahm er meine Anwesenheit nicht zur Kenntnis, obwohl ich doch mitten auf dem Boden auf einer der Apfelsinenkisten hockte mit meinen frisch eingefetteten Stiefeln und meinem roten Hemd, das leuchtete wie an dem Tag, da sie es mir in Waffen-Kleider-Zubehör angezogen hatten. Ich genoß die Neuheit, ignoriert zu werden, die Neuheit schlechter Nachrichten und einer Unstimmigkeit zwischen Sissy und Uncle Jake und Frank Morley.

»Also«, sagte Uncle Jake, »ich gehe.«

»Was soll das heißen?« fragte Sissy. »Wohin gehst du?« Sie

zauderte, begann sich einzugestehen, was Uncle Jake schon die ganze Zeit für sie auf Lager hatte und sich selbst, wie sie wußte, nie eingestehen würde: daß sie nicht begreifen würde, was überhaupt geschah, nie, und daß sie nur hier in Juneau war, um zu leiden, was nur sie allein wissen konnte. Es nieselte, ich lächelte, die beiden Männer warteten.

»Sag's mir«, forderte sie dann. »Was soll das heißen?«

»Sie brauchen Hilfe«, sagte Uncle Jake hastig. »Man muß sie retten. Rex Ainsworth ist der angesehenste Pilot der Stadt, trotz seines Namens.« Uncle Jake lächelte, verfinsterte sich aber gleich wieder, kam sofort wieder zur Sache. »Rex hat sich bereit erklärt zu fliegen, trotz des Wetters. Ich fliege mit.«

»Du?«

Er nickte.

»Aber warum? Warum du? O Jake, tu's nicht.«

»Frank sagt, ich muß.«

Darauf wandte sie sich bebend an den neuen Freund der Familie. »Frank Morley«, sagte sie, »was willst du uns da antun?«

Er wich ihr aus, steckte seine Utensilien weg, wie er das nannte, und ließ die Traurigkeit der Lage Sissy zuliebe auf seinem Gesicht erscheinen. »Rex besitzt eine Korbbahre«, sagte er bedächtig. »Wenn er vier Sitze herausnimmt, um Platz für die Bahre zu schaffen, kann er gerade noch einen Passagier mitnehmen. Er braucht einen Mann wie Uncle Jake für die Sache.«

»Stimmt«, fiel Uncle Jake ein. »Wir kommen eben vom Hafen. Ich habe Rex getroffen, er ist schon dabei, die Sitze aus der Fairchild auszubauen. Ich habe gesagt, daß ich ihn begleite.« Und dann: »Mach dir keine Sorgen«, sagte er, »Frank ist ja hier. Auf Frank kannst du dich verlassen.«

Sie sahen sich an, diese beiden, und dann endlich mich, und wischten sich den Regen aus den Gesichtern. Die Nebel, die aus dem Meer aufstiegen und sich über die Berghänge herabsenkten, umhüllten unser Haus; Sissy machte mit einer Hand eine Geste, wie um ihr Haar zurückzustreichen, das freilich schon in das blaue Halstuch gebunden war, und hob ihr herzförmiges Gesicht. Augenblicklich akzeptierte sie die ganze Kette sinnloser und schrecklicher Episoden, von denen diese nur die erste war, und im selben Augenblick war die ganze Glut ihrer Treue zu Uncle Jake wieder entfacht.

»Na dann«, sagte sie lächelnd und sah mit Vertrauen und

Nachsicht, auf die er gebaut hatte, zu Uncle Jake auf, »wann geht's los?«

»Auf der Stelle« sagte er schnell und teilte mit einem zweiten Blick Frank Morley seine Erleichterung und Freude mit. »Rex wartet schon. Sobald ich fertig bin, fliegen wir ab.«

»Jetzt gleich?« fragte sie schwankend, fing sich, hob ihm ihr breites Lächeln, ihre reine Stirn entgegen.

Er nickte.

»Während du dich umziehst«, sagte sie nach einer langen Pause, »setz ich den Kaffee auf.«

Sie klopfte ihm auf den Arm, sie wischte die Nässe vom Revers seines Wendemantels; dann entschwanden sie beide, sie an den Herd, er in mein Schlafzimmer, wo er seinen Knappsack packte und die Kleider wechselte. Frank Morley setzte sich in den Schaukelstuhl und nahm mich auf seinen Schoß. Wir rochen den Kaffee, den Sissy bereits wie ein Goldgräber zuzubereiten wußte, das heißt mit Eierschalen, die sie in den schwarzen siedenden Topf mit Kaffeemehl warf, und wir hörten Uncle Jake sich hinter der geschlossenen Tür meines Zimmers hastig bereitmachen. Aus Frank Morleys feuchtem Jagdmantel und seiner Wollhose stieg mir der kalte Dunst verschwiegener Wälder, das maßlos karge Leben der Tundra in die Nase, und ich kuschelte mich noch tiefer in die Wildnis, die diesen steifen und sanften Menschen umdampfte.

»O Jake«, sagte Sissy, als er endlich auftauchte, »du siehst wunderbar aus!« Und hier, in unserem fast leeren Haus, wirkten sein schwarz-grün kariertes Hemd noch strahlender, die Kniehosen noch glänzender, die dicken Stiefel noch öliger und seine gesamte Erscheinung noch rauher als seinerzeit im Baranof-Hotel, da er zum erstenmal in dieser neuen Kluft vor uns getreten war. Er lachte, er trank seinen Kaffee, er schwang sich seine Ausrüstung auf den Rücken, packte die Vierhundertfünf und stapfte uns voran aus dem Haus, den Berg hinunter zum Hafen, dem wartenden Rex Ainsworth entgegen.

Frank Morley schritt gebeugt und männlich an Uncle Jakes Seite. Sissy und ich trotteten hinter ihnen her den hölzernen Gehsteig hinunter, vorbei an Waffen-Kleider-Zubehör und dem immer wachsamen Sitka Charley, hinein in die drückenden Tiefen des Nebels, der nach Benzin und toten Fischen stank.

Wir scharten uns auf dem schwankenden Steg, an dem die gelbe Fairchild festgemacht war und wo Rex Ainsworth uns erwartete. Sissy stand mit verschränkten Armen und ich als breitbeinige Miniaturausgabe des schlaksigen Seemanns, der Uncle Jake im Weltkrieg gewesen war. Wir lächelten Rex Ainsworth zu. Er nickte. Er nahm Uncle Jakes Gewehr und Ausrüstung, trat auf den Schwimmer des vielmals geflickten Flugzeugs und verstaute die Sachen. Dann wandte er sich bedeutungsvoll zu Uncle Jake und hielt die klapprige Tür weit offen, während Uncle Jake Frank Morley die Hand schüttelte und Sissy einen Klaps auf die Schulter und mir einen auf den Kopf gab.

Die frischen Flicken auf dem dünnen Stoff des Rumpfs und die Drähte, die aus den hohen Tragflächen und dem schwarzen öligen Motor der alten Fairchild baumelten, machten Sissy angst, und das mit Recht. Aber Rex Ainsworth entsprach ganz und gar nicht Sissys Erwartungen und hatte gleich beim ersten Anblick Vertrauen und Erleichterung machtvoll in ihr emporkeimen lassen. Er war so groß wie Uncle Jake, so schweigsam wie Frank Morley und dem Piloten eines Flugzeugs so unähnlich, wie sie nur denken konnte. Rex Ainsworth trug weder Fliegerbrille noch Overall, weder fellverbrämte Stiefel noch Lederjacke mit Pelzkragen. Nichts von dem, was sie etwa bei Chippy Smith erschaudern ließ, von dem Sissy sich natürlich schon ein Bild gemacht hatte. Nichts Draufgängerisches, Arrogantes oder Tollkühnes an diesem stillen, intelligenten Mann, der unsern Uncle Jake entführen wollte. Im Gegenteil, Rex Ainsworth war, wenn überhaupt etwas, noch würdevoller als sein Passagier und auch eine Spur größer. Er hatte keinen Hut auf, er trug einen schwarzen Straßenanzug, ein weißes Hemd und eine dunkelblaue Krawatte. Er gehörte in eine Bank, wie Sissy dachte, und nicht auf den Pilotensitz eines uralten Flugzeugs. Er hatte einen klaren Blick, er war ernst. Zuversichtlich überantwortete Sissy den geliebten Gatten Rex, wie sie ihn jetzt bei sich nannte, da es ihr nun einmal bestimmt war, ihren Mann einem anderen anvertrauen zu müssen.

Wie zwei Brüder stiegen sie gemeinsam in die Maschine. Der Motor schnaubte, knallte, der Holzpropeller begann sich zu drehen. Über uns, unter den schwabbelnden Tragflächen und hinter den kleinen beschlagenen Fenstern, saßen sie Seite an Seite wie auf einer undeutlichen Photographie oder so, als ob sie schon Tausende Fuß hoch durch Nebel, Wind und feuchte Luft flögen. Uncle Jake winkte, Rex Ainsworth saß kerzengerade und hätte ebensogut ein Buch lesen können.

Sie legten ab. Wir verloren sie, den weißen Ritter und den priesterlichen Piloten. Frank Morley schwenkte seinen schwarzen Hut in weiten Bögen hin und her, bis das Motorengeräusch über uns verschollen war, während Sissy leise weinte und unsichtbare Möwen sich im Nebel um uns herum ankreischten. Die Sitze, die Rex Ainsworth aus der Fairchild ausgebaut hatte, kauerten unter einer Persenning am Ende des Stegs wie vier Leichen, die ihre Knie umklammert hielten.

18

Rex Ainsworth verdiente meine Ehrfurcht und Sissys Vertrauen wohl. Er war kein Frank Morley, ja er war Uncle Jake viel zu ähnlich, um je ein Freund unserer Familie werden zu können. Aber ein Jahrzehnt lang, wann immer Uncle Jake die Schnelligkeit und Direktheit des Fluges den weiterreichenden Möglichkeiten von Schiff oder Boot vorziehen zu müssen glaubte, wandte er sich unvermeidlich an Rex Ainsworth, der Uncle Jake während dieser ganzen Zeit praktisch ohne Zwischenfälle herumkutschierte. Und schon bald begann Rex Ainsworth, zu Sissys beträchtlichem Entsetzen, auch mich, wie anfangs Uncle Jake, mit sich und seiner Fairchild in die Lüfte zu tragen und mich ebenso sicher gen Himmel zu befördern, wie die Frauen des Baranof-Hotels mich, ohne es zu wissen, zum Sex gebracht hatten. Ich flog mit ihm, ich steuerte die Fairchild; kurz vor meinem fünfzehnten Geburtstag war ich eine von denen, die unter Uncle Jakes Leitung seine Leiche aus dem Wrack der Fairchild bargen. Gemeinsam schufen Uncle Jake und Frank Morley die Legenden um Rex Ainsworth. Doch auch ohne ihre Erzählungen von seinem Mut, seinen Heldentaten, seiner kultivierten Art mußte er eines Tages abstürzen, und er stürzte ab. Freilich erst, nachdem er meine jungen Sehnsüchte mit Silberglanz überzogen und mich eine rein pragmatische Ansicht vom Fliegen gelehrt hatte. Rex Ainsworth war kein Romantiker, trotz Frank Morleys und Uncle Jakes Erzählungen. Und ich bin auch keine.

19

Jeden Nachmittag, wie Uncle Jake es versprochen hatte, stattete Frank Morley uns einen Besuch ab; er ließ sich in den Schaukelstuhl fallen, rauchte, erzählte Sissy, es bestehe keine Gefahr, und mühte sich, ihr zu helfen, die Fassung zu bewahren. Am vierten Tag dann kam er schwer atmend, die Schultern weniger gebeugt als sonst, zu uns und berichtete, Rex Ainsworth sei soeben zurückgekehrt. Vor einer Stunde sei Rex Ainsworth bei rauhem Seegang und fast ohne Sicht gelandet, habe dabei nur knapp einen Pfahlbau verfehlt, was die Fairchild zweifellos im Augenblick des Zusammenstoßes zur Explosion gebracht hätte, er habe angelegt, seinen Passagier ausgeladen – den Dicken von den Fitzgibbon-Leuten, den Uncle Jake schließlich in die Korbbahre geschnallt hätte – und sei eben jetzt damit beschäftigt, die fehlenden Sitze wieder in die Kabine des Flugzeugs einzubauen.

Dank der Fürsorge Uncle Jakes und Rex Ainsworths Mut werde der Verletzte, der von einem siebzehnhundertpfündigen alaskanischen Braunbären übel traktiert und zugerichtet worden sei und bereits für tot gehalten, überleben, eben jetzt werde er im staatlichen Krankenhaus in der Stadt operiert. In etwa einer halben Stunde, sagte Frank Morley, werde Rex Ainsworth wieder losfliegen, um die übrigen Fitzgibbon-Leute und Uncle Jake abzuholen, der sich als der Held von Rex Ainsworths Rettungsaktion erwiesen habe, genau wie von Frank Morley vorhergesagt.

Schaudernd, aber lächelnd, eine Hand an der Wange, leuchtenden Blicks ließ Sissy ihn ausreden. Die Düfte von Kaffee und Union Leader zogen durchs Haus. Mit einemmal fuhr der Lärm des Fairchild-Motors mit Vollgas direkt über uns hin, ließ Wände, Boden, Fenster und Eisenofen erzittern, um gleich wieder abrupt zu verstummen. Frank Morley, trotz seiner netten Art und der optimistischen Worte mehr oder weniger niedergeschlagen, blickte Sissy unter seinen buschigen Brauen hervor an und nickte. Sissy ihrerseits war auch ermutigt. Der Freund unserer Familie war bei uns, und bis jetzt war Uncle Jake, der bald im Triumph nach Juneau zurückkehren würde, kein Unglück zugestoßen.

In dieser Nacht kam Wind auf, Regen fiel, die Tropfen klopften wie Nagelköpfe auf die Teerpappe, mit der unser dünnes

Bretterdach überzogen war, und während all dieser dunklen Stunden ging Sissy auf und ab, hielt Wache, tapfer, naß vor Angst, achtsam auf die Geräusche des grusligen Bären, der nach ihrer Überzeugung zu uns kommen würde, um Schutz vor dem Sturm zu suchen oder aus irgendeinem ihr unbegreiflichen Grund die Menschen zu drangsalieren, die schutzlos am Rand der Stadt in diesem Haus, das sie unmöglich verbarrikadieren konnte, allein gelassen worden waren. Kein Frank Morley war zur Stelle, um Sissy in ihrer Bärenfurcht beizustehen.

»Er ist zurück!« erklärte Frank Morley, noch keuchend von der Anstrengung, unseren steilen Hügel im schnellsten Tempo, das er aufbringen konnte, hinaufzuklettern. »Eben angekommen, vor knapp einer halben Stunde!«

»Und unverletzt?« fragte Sissy. »Es fehlt ihm doch nichts?«

»Du wirst Augen machen«, sagte Frank Morley, ein rares Lächeln zwischen seinen Hängebacken. »Er hat den Bär!«

Sissy hatte gewartet. Sissy hatte im Regen die Fenster geputzt, hatte mit Dämonen gerungen, die niemand von uns je zu Gesicht bekommen würde, hatte ihr Bestes getan, Frank Morleys Besuche mit Trapperkaffee und selbstgebackenen Kuchen auszudehnen, und jetzt war sie auf Uncle Jakes Ankunft vorbereitet. Sie hatte den Ofen im Küchenherd angezündet, dabei Brandwunden und Schlimmerem getrotzt, da Uncle Jake den alten defekten Ofen, obwohl er zweifelsfrei eine Gefahr darstellte, bis jetzt noch immer nicht repariert hatte, sie hatte den eingefrorenen Truthahn gestopft, den sie zu diesem Anlaß gekauft und bereits, als hätte sie es vorausgeahnt, aufgetaut hatte, und vier Teller auf den behelfsmäßigen Tisch gestellt. Dem Eisschrank entnahm sie vier Flaschen Ginger Ale, Uncle Jakes Lieblingstrunk, wie er es nannte, welchen er nächtelang trinken konnte, wenn er Geschichten erzählte, und arrangierte sie in der Mitte des Tischs zu einer festlichen Gruppe. Dann entschwand sie zwischen den Tannen hinterm Haus und rauchte glücklich, hastig eine halbe von ihren kostbaren Zigaretten, denn seit Uncle Jakes Abflug war sie zu einer heimlichen Raucherin geworden, und zumindest dieses Vergnügen sollte sie für den Rest ihres kurzen Lebens für sich behalten, ohne daß er je davon erfuhr.

»Er ist da!« rief ich und warf mich Uncle Jake in die Arme, während Sissy und Frank Morley dabeistanden und gemeinsam schweigend den Mann bewunderten, der sich so gewaltig verändert hatte – »O, wie er sich verändert hat!« flüsterte Sissy mit verhaltenem Atem –, nur um noch verwegener der zu werden, der er schon immer war.

»Sissy!« sagte er. Sein Hemd war zerrissen, die Stiefel abgewetzt, die Kniehose mit Saft und Blut des toten Bären besudelt. Er hatte einen Bart, sein schwarzes Haar war zerzaust, er roch nach Jod und erloschenen Feuern. Er stand in seiner bevorzugten Seemannshaltung, breitbeinig, seine Augen glänzten fiebrig von dem, was er gesehen hatte, und um ihn herum lagen sein Gewehr, seine jetzt ziemlich zerschlissene Ausrüstung und, in dicke Seile verschnürt, ein mächtiger Haufen, Kopf und Fell des Bären, den er getötet hatte.

»Jake«, flüsterte Sissy. »Wie geht es dir, Jake?«

Nun setzte er mich ab und ging zu ihr, umarmte sie, preßte an die kleine und schlanke Sissy die ganze verwandelte Festigkeit dessen, der überm offenen Feuer gekocht und auf dem Erdboden geschlafen hatte.

»Es war furchtbar«, sagte er. »Grauenhaft. Man sollte Fitzgibbon auspeitschen oder einsperren.«

»Armer Jake«, flüsterte Sissy.

»Einer von ihnen, Harry Harrison, war schon fast tot, als Rex und ich hinkamen, und Johnson, ihr Führer, war blau vor Schmerzen. Das Lager ein einziges Chaos, Johnson im Delirium und Harrison bewußtlos, und dazu Fitzgibbon voll wie eine Haubitze, als ich auf ihn stieß. Er wäre an seinem eigenen Erbrochenen erstickt, wenn ich nicht gekommen wäre. Sogar der Bär traute sich nicht an ihn heran, so wie der aus dem Mund gestunken hat. Und jetzt hockt er schon wieder in Billy's Bar und läßt sich vollaufen.«

»Ah ja«, sagte Frank Morley, »das dachte ich mir. Alle hatten Bedenken wegen Fitzgibbon.«

»Eine ganze Kiste Whiskey«, sagte Uncle Jake. »Eine Kiste Whiskey! Du weißt ja, was passiert, wenn man Schnaps in ein Jägerlager bringt.«

Sie lauschten, sie zogen ihn zum Schaukelstuhl, Sissy und Frank Morley, setzten ihn hinein und mich auf seinen Schoß, gaben ihm ein Glas Ginger Ale und baten ihn inständig zu erzählen. Jenseits unseres Kreises wurde die feuchte Luft dunkel, und aus dem verhüllten Hafen unten stiegen die Schreie der Möwen auf.

»Es war haarsträubend«, sagte Uncle Jake, trank sein Ginger

Ale aus und hielt sein Glas zum Wiederauffüllen hin, fuhr sich mit seinem wettergegerbten Handrücken vor den Augen hin und her und begann zu lachen, denn je katastrophaler die Geschichte, die er erzählte, desto mehr lachte er, eine Eigenheit, die er in seiner schüchternen Jugend angenommen hatte.

»Fang ganz von vorne an«, sagte Sissy, die dicht vor seinen schlammbedeckten Stiefeln kniete, während Frank Morley einen Stuhl heranzog, sich darauf niederließ und es sich bequem machte, indem er buckelte, die Hände faltete und sich in die lange Geschichte hineinlehnte, die nun sicher bevorstand. Er rauchte, tippte seine Asche in eine angeschlagene Untertasse, der Truthahn briet, und Uncle Jake schwadronierte los.

»Zunächst einmal«, sagte er, drückte mich und ließ das Ginger Ale in seinem schräg gehaltenen Glas kreisen, »konnten wir beim Abflug nichts sehen. Rein gar nichts«, sagte er und lachte. »Wenn die S. S. *Alaska* in dem Nebel da draußen gewesen wäre, hätten wir ihr glatt in die Breitseite rauschen oder die Brücke herunterreißen können, samt Tony und allem«, fuhr er fort, lachte noch lauter, um die Wasser des Entsetzens durch seine Belustigung zu glätten. »Es war rauh, Fallwinde tobten, wir waren noch keine fünfzig Fuß hoch, als der Sturm schon wie mit gekreuzten Klingen über uns herfiel. Ich dachte, wir würden gleich auf der Stelle abstürzen, und das wären wir auch ohne Rex und seinen sechsten Sinn. Aber wir kamen hoch. Wir stiegen, ratterten Meter um Meter höher. Und was Sturm? Tja, ein Sturm jagte den nächsten, und nichts war zu sehen als ab und zu mal eine Felswand, die plötzlich aus dem Regen und Nebel so nah vor uns aufschoß, daß ich unseren Aufprall geradezu schon sehen und hören konnte – aber Rex zuckte nicht ein einziges Mal mit der Wimper, hielt mit seiner eleganten Hand immer leicht den Joystick fest, so nennen die das nämlich, Sissy, auch wenn ich beim besten Willen nicht weiß, warum, und schaffte es jedenfalls, uns auf Kurs zu halten. Wäre ich für Luftkrankheit anfällig, was ich natürlich nicht bin, hätte ich in diesen ersten zehn Minuten da oben Rex' Achtung ein für allemal verloren. Aber ich war voll auf dem Damm, und ich spürte, daß er froh war, mich dabeizuhaben.

Ich nehme an, Rex hat nach den Sternen navigiert. Er muß imstande gewesen sein, die Sterne durch Tageslicht, Regen, Nebel und schwarze Wolken zu sehen, muß imstande gewesen sein, unseren Weg nach den Sternen zu bestimmen, denn auf die kleine Karte, die um seinen Oberschenkel geschnallt war, hat er nicht einen Blick geworfen. Wir hüpften, wir fielen, wir konnten nicht sprechen beim Krach der Maschine, und ich hatte nicht die leiseste Ahnung, wo wir waren oder wann wir ankämen. Aber Rex wußte es. Nach diesem Flug würde ich mit Rex überallhin fliegen. Ich sage euch, Chippy Smith kann Rex nicht das Wasser reichen. Da bin ich sicher, auch wenn ich den Mann noch nie gesehen habe.

Dann gingen wir runter. Eben noch karriolten wir da oben in fünftausend Fuß Höhe herum, laut Rex' Höhenmesser, den er gar nicht beachtete und den ich wie die Uhr des Schicksals pausenlos beobachtete, während wir ruckend hierhin und dorthin schossen in dieser alten Fairchild, die mich an Granny erinnerte und an Grannys himmlischen Sarg, der auch unserer hätte sein können, wenn ich so darüber nachdachte, und dann glitten wir auch schon runter. Rex ging in Schräglage. Er legte die Fairchild einfach auf die Seite und stellte uns schräg – ziemlich steil. Tja, die Tragflächen standen senkrecht, vollkommen senkrecht, und noch während wir runtergingen, einem schnellen endgültigen Ende entgegen, soweit ich es absehen konnte, dachte ich, niemand sonst kann so mit einem Flugzeug umgehen wie Rex Ainsworth. Je tiefer wir fielen, desto höher stieg meine Bewunderung für diesen Mann. Wenn er, was ich freilich für ausgeschlossen hielt, sich verkalkuliert und uns Grannys Schicksal bereitet hätte, wäre ein glücklicherer Tod, für mich jedenfalls, nicht denkbar gewesen. Das kann ich euch sagen.«

Er hielt ein, er lachte, er rollte meinen Kopf an seiner Brust. Er trank das nächste Glas hinunter. Er wartete, und Sissy und Frank Morley rückten in seinem Schweigen, wie er sich auch gedacht hatte, unbehaglich hin und her.

»Jake«, sagte Sissy, »so etwas darfst du nicht sagen.« Aber er war ja hier, er war zu Hause in all seiner verdreckten und zerzausten Pracht, und die mädchenhafte Zufriedenheit in Sissys Stimme strafte ihren Einspruch Lügen.

»Na«, sagte Uncle Jake, meinen Kopf halb in seinen Händen begrabend, »es wird noch schlimmer. Es wird noch viel schlimmer. So etwas wie das, was uns in Fitzgibbons Lager erwartete, habe ich noch nie gesehen. Es gibt keine Strafe, die für Fitzgibbon angemessen wäre. Keine. Die waren noch keine fünf Minuten im Lager, da fing er schon an zu trinken. Aus der Flasche! Einfach aus der Flasche! In Rex Ainsworths Flugzeug hat er sich übergeben; er hatte in seinem ganzen Leben noch keinen Schuß mit einem Gewehr abgegeben, sich noch nie im reinen eiskalten Wasser eines Bachs gewaschen. Er hatte keine Ahnung, wie man Feuer macht oder mit einem Kompaß umgeht. Tja, er hat dem armen Johnson nicht einmal das Bein abgebunden. Den Druckverband hat Johnson sich selbst anlegen müssen, und das bei seinen Schmerzen. Und er hat Harry Harrison mit Seiner Unheiligkeit alleingelassen, wie ich Fitzgibbons Bär getauft habe, sobald ich das erstemal von ihm hörte. Natürlich war es ein großer Bär. Nachgewiesenermaßen einer der größten überhaupt, stimmt's, Frank?«

Frank Morley nickte, runzelte die Stirn, rutschte hin und her, lehnte sich noch weiter vor in den Fluß der Erzählung.

»Siebzehnhundert Pfund«, sagte Uncle Jake. »Und acht Fuß hoch auf den Hinterbeinen. Ausgestattet mit dem Verstand eines Menschen. Und einem unbezwingbaren Mut. Und diese ganzen siebzehnhundert Pfund waren durchflossen vom Blut der Grausamkeit, schwammen im Fett der Zerstörung, hüllten und wikkelten sich in den Pelz der Wildheit. Dieser Bär hätte jedem Angst eingejagt. Aber Fitzgibbon hatte nicht bloß Angst. Er benahm sich einfach ehrlos. Wirklich schade, daß der Bär Harry Harrison und nicht Fitzgibbon angefallen hat –«

»Jake«, sagte Sissy noch einmal mit zärtlichstem Tadel in der Stimme, beugte sich vor und legte eine scheue Hand an eine seiner bestiefelten Waden. Aber er beachtete sie nicht, er starrte in die Trümmer von Fitzgibbons Lager, streichelte mir den Kopf, die Wange, die Schultern, und erzählte weiter. An den Truthahn dachte inzwischen niemand mehr, auch Sissy nicht.

»Nun«, sagte Uncle Jake, »wir sind gelandet. Rex ging so flach runter, daß die Schwimmer eine Schneise durch die Kiefernwipfel zogen, wie zwei Sensen im Weizen, und setzte dann im letzten Augenblick auf. Der See da oberhalb von Icy Inlet ist zu kurz für die Fairchild, und jedesmal, wenn Rex darauf landete oder startete, schrumpfte der See nochmal um hundert Yards oder so. Es war schon riskant, sogar für einen Mann wie Rex.

Niemand kam aus dem Wald, uns zu begrüßen. Niemand rief, obwohl die den Motor der Fairchild nicht überhört haben konnten. Wir trieben an einen schmalen Uferstreifen, kletterten heraus, machten die Fairchild fest und brachten die Arzneikiste und die Korbbahre an Land. Ich nahm gleich dort die Vierhundertfünf aus ihrem Futteral und hängte sie mir über die Schulter. Ich sagte Rex, er solle beim Flugzeug warten und mich alleine vorgehen und sie suchen lassen, aber er wollte nichts davon hören, obwohl er für den Wald ganz unpassend angezogen war. Wir trugen die Arzneikiste zwischen uns; die Bahre hatte ich mir unter den linken Arm geklemmt, so leicht war die. Es hatte aufgehört zu regnen, aber der Wald war oben und unten quitschnaß, kann ich euch sagen. Finster und triefend. Und schlüpfrig? Das ganze Bruchholz am Boden war mit einer Schleimschicht bedeckt. Alle paar Minuten rief ich, aber es kam keine Antwort. Ich weiß nicht, wie Rex das geschafft hat, aber er kam genauso glatt durch dieses Gewirr, wie er seine Maschine geflogen hatte. Im Wald war er so gut wie in der Luft, und das sagte ich ihm auch.

Schließlich entdeckten wir ihr Lager auf einer Lichtung beziehungsweise das, was davon noch übrig war. Und ich kann euch sagen, was uns auf dieser Lichtung erwartete: Verwüstung! Oder nicht bloß Verwüstung, sondern so etwas wie ein unnatürlicher Trümmerhaufen, durch den noch der heiße Atem purer Boshaftigkeit waberte. Die Zelte lagen flach, nagelneue Hemden und Hosen und Unterhosen und Stiefel und Jagdmützen lagen verstreut herum, als ob die Fitzgibbon-Leute allesamt von der Verderbtheit höchstpersönlich nackt ausgezogen worden wären – als hätte die Verderbtheit ihnen in einem Tobsuchtsanfall die Kleider vom Leib gerissen und dann aus Jux und Spaß die ganzen Sachen in dem Lager umhergeschleudert, das sie auf der Lichtung hatten aufschlagen wollen. Säcke mit getrockneten Aprikosen und gequollenen Bohnen, genug, um zwanzig und nicht bloß vier Männer zu ernähren, lagen aufgeschlitzt und aufgedunsen zwischen den Kleidungsstücken und in der Asche, als sei der böse Sensenmann selbst dort umgegangen. Ein nacktes Stück Schinken – gut und gerne achtzehn Pfund wird es gewogen haben – lag auf einem zertrampelten Leinwandhaufen, der mal ein Zelt gewesen war, und dieser Schinken war dermaßen zermatscht und zerfetzt und plattgestampft, als ob irgendein Mastodon aus der Eiszeit darauf herumgewalzt wäre, ihn zerkaut, umhergeschleudert und weggeschmissen hätte. Und Fitzgibbons Dusche, das war es nämlich – könnt ihr euch vorstellen, daß jemand nach Alaska eine tragbare Dusche mitnimmt? –, selbst diese bemerkenswerte Vorrichtung war hinweggefegt worden und hing wie tot, biegsame Schläuche und Kessel und Brause baumelten von dem Ast herunter, an dem Fitzgibbon seinen Badeapparat angebracht hatte. Es war widerlich, auf diese Überreste von Fitzgibbons Eitelkeit und Schande zu stoßen; noch widerlicher, all das geplündert vorzufinden; und am widerlichsten war der Anblick seiner leeren Flaschen, die aus den Trümmern wie tödliche Juwelen im Abfall glänzten. Und um dem Ganzen die Krone aufzusetzen, war dieser wüste Ruinenhaufen endlos, erbarmungslos niedergetrampelt worden, wie wir auf den ersten Blick feststellten, denn überall waren Fußabdrücke zu sehen, Abdrücke von Krallen, lang und dick wie ein Virginia-Schinken. Tja, er hatte sogar seine eigenen Hinterlassenschaften breitgetreten, dieser Bär, den zu jagen Fitzgibbon von so weither gekommen war.

Wenn Exkremente etwas Widerwärtiges sind, und das möchte ich meinen, dann hätten die Exkremente dieses Bären einem Heiligen den Magen umdrehen können. Seine Losung gab sichere Kunde von seiner ungeheuren Größe, seinem Zorn, seiner Ausdauer, genau wie der irre Tanz seiner Fußabdrücke. Und dieser Bär war sogar noch schlimmer, als ich gedacht hatte, wie ich nur zu bald erfahren sollte.

Ich verlor keine Zeit, die Vierhundertfünf von der Schulter zu nehmen, kann ich euch sagen, entsicherte sie und hielt sie mit beiden Händen in Anschlag, mehr um Rex Ainsworth zu schützen als mich. Ich war entschlossen, Rex Ainsworth um jeden Preis vor diesem marodierenden Bären zu schützen.

Und Fitzgibbon? Und Johnson? Und Harry Harrison und der andere Bursche? Versteckt! Versteckt hatten sie sich! Zumindest Fitzgibbon und sein Trinkgenosse – denn das war er natürlich – hielten sich versteckt, so wie es diesen beiden Feiglingen ähnlich sah, denn der arme Harrison war bewußtlos und Johnson vor Schmerzen nicht in der Lage, sich vor dem Tier zu verstecken, das einer von denen, Fitzgibbon oder der andere, sofort bei seinem Auftauchen im Lager hätte erschießen müssen. Wir fanden sie, Rex und ich, das heißt, wir stolperten beinahe über Fitzgibbon und seinen memmenhaften Kumpan, die sich in ihren Schlafsäcken halb im Wurzelwerk einer umgestürzten Fichte verkrochen hatten. Noch ehe wir sie aber sahen, rochen wir sie schon; der Whiskey, den sie getrunken, und der Whiskey, den sie in Panik um sich herumgeschlottert hatten, stank zum Himmel und übertäubte, kann ich euch sagen, den herrlichen Atem der Natur, wo die armen Schlucker in ihrer Benommenheit lagen. Wir ließen sie liegen und gingen weiter, bis wir Johnson und

Harrison unter einer Wetterschutzplane fanden, die Johnson trotz seiner Schmerzen professionell hatte aufbauen können. Mit Entsetzen nahmen wir wahr, daß auch sie in einem Berg von Flaschen lagen, wenn man freilich auch Johnsons Bestrebungen, seine Schmerzen mit Whiskey zu lindern, kaum Trunksucht nennen konnte, und man sah auch gleich ganz deutlich, daß er nüchtern war, schwere Zunge hin, schwere Zunge her. Johnsons Gewehr lag neben ihm – du hast es ihm verkauft, stimmt's, Frank? –, also konnte ich Rex bei den beiden lassen, während ich zurückging, um die Arzneikiste und die Bahre zu holen, die wir in dem völlig verlassenen Lager abgestellt hatten.

Bei Einbruch der Dunkelheit hatten wir ein gehöriges Zelt aufgeschlagen, ein ordentliches Feuer entfacht und Johnson so viel Morphium gegeben, daß er nicht mehr auf Fitzgibbons Whiskey angewiesen war. Die alte Vierhundertfünf griffbereit an einen umgestürzten Baum gelehnt, kümmerte ich mich mindestens eine Stunde lang kniend um Johnson und dann um Harrison – verbissen und mehr als großzügig Jod applizierend, das den armen Johnson röter färbte als sein eigenes Blut, aber immerhin dem Whiskeygestank, der einer der ekelhaftesten Gerüche ist, die ich kenne, ein Ende bereitete.

Harrison war so gut wie tot. Johnson hatte natürlich sein Bestes getan, aber er konnte ja kaum kriechen und hatte die ganze Zeit gegen das Delirium zu kämpfen. Trotzdem war es Johnson, der Harrison sozusagen aus den Ruinen gezogen hatte, obwohl Harrison besser nicht bewegt worden wäre, aber das erzwang ja Seine Unheiligkeit, und obwohl Johnson sich nicht daran erinnern konnte, Harrison so weit von der Stelle, wo der Bär ihn liegengelassen hatte, gezerrt oder getragen zu haben. Aber Johnson ist ein Mann von Charakter, und irgendwie hat er es fertiggebracht, Harrison umzulagern, den Windschutz aufzubauen, die Notsignale abzufeuern und überhaupt ein sauberes Behelfslager einzurichten, in dem die beiden eine Chance zum Überleben hatten – falls Harrison nicht in der Nacht verblutete oder sich eine Lungenentzündung zuzog.

Ich kann euch sagen, Harry war ein gebrochener Mann unter all den Decken und Kleidungsstücken, die Johnson benutzt hatte, um seine Blutungen zu stillen. Wie eine Mumie sah er aus unter diesem ganzen blutverschmierten Zeug, das Johnson um ihn herumgepackt hatte. Er war zerkratzt, er war zerquetscht, ein einziger Hieb hatte ihm hinten die halbe Kopfhaut weggefetzt. Tja, ich habe mir die Finger an den Spitzen der abgebrochenen Rippen des armen Harrison wundgestoßen, die dem bedauernswerten Kerl wie elfenbeinerne Zacken das Fett durchstochen hatten. Aber ich habe seine Wunden gereinigt und verbunden, ihn bandagiert und zugenäht und noch mehr als Johnson mit Jod getränkt. Rex hat mir zu dieser Leistung gratuliert.

Die erste Nacht verbrachten wir wachend am Feuer, Rex und ich, ich mit der Vierhundertfünf auf den Knien und Rex noch immer abgeklärt in seinem dunklen Anzug und einer von Johnsons Decken um die Schultern. Und wir hörten ihn: Sogar bei finsterer Nacht griff dieser Bär das leere Lager an. Durch Regen und Dunkelheit und ächzende Äste hörten wir schwach, weit entfernt, wie er Sachen herumwarf und zum hundertsten Mal die Trümmer niedertrampelte, in die er Fitzgibbons Lager bereits geschlagen hatte. Unnatürlich? Ich kann euch sagen, was Unnatürlicheres als Fitzgibbons Bären hat es noch nicht gegeben.

Harrison atmete am nächsten Morgen noch, und Johnson war wieder so weit lebendig, daß er eine Tasse Kaffee trinken konnte – als ich ihn zubereitete, habe ich an dich gedacht, Sissy, und es stand der Löffel drin, wie Johnson und Rex bestätigten – und in der Lage war, uns zu erzählen, wie es zu dieser Katastrophe gekommen war.

Es war am Morgen ihres ersten Tages im Lager, die neuen Zelte waren hübsch aufgeschlagen und die ganze glänzende Ausrüstung aufgebaut, einschließlich eines komplizierten Benzinofens, den Fitzgibbon zusammen mit der Dusche angeschleppt hatte. Alles war in Ordnung, Fitzgibbon nur leicht angetrunken, sie besprachen, wie sie an ihren Bären kommen sollten. Es hatte aufgehört zu regnen, und ihre Stimmung war, mit Johnson zu reden, auf Drachenhöhe geklettert.

Na, Johnson wurde auf der Pirsch geboren und ist mit Wölfen aufgewachsen. Er besitzt alle Eigenschaften eines Indianers, obwohl kein Tropfen Indianerblut in seinen Adern fließt, wie er selbst beharrlich erklärte, und Fitzgibbon hätte keinen tüchtigeren und umsichtigeren Führer als Johnson anheuern können. Natürlich hatte Johnson Fitzgibbon von Anfang an richtig eingeschätzt: als reichen, verwöhnten, egoistischen Amateurjäger ohne das kleinste bißchen moralischer Festigkeit im Leibe. So ziemlich das Gefährlichste, was einem im Wald begegnen kann, und Johnson wußte es. Trotzdem willigte Johnson ein, ihnen den Führer zu machen – für Geld. Eine so hohe Gage war ihm noch nie versprochen worden, und er akzeptierte, obwohl er bereits einen Hauch von Fitzgibbons Atem abbekommen hatte. Johnson stand also von Beginn an unter einem schlechten Stern, und er wußte auch das. Und dann geschah an diesem ersten Morgen, was einem erfahrenen, geübten und besonnenen Mann wie Johnson nie hätte passieren dürfen. Tja, Johnson hatte in seinem Leben schon mindestens zehntausend Klafter Holz geschlagen, kein Fitzelchen weniger. Er kannte sich mit Holz aus wie kein zweiter und setzte die Sicherheit stets obenan. Trotz alledem rutschte er ab – an diesem ersten Morgen. Schon als er die Axt hochschwang, wußte er, daß er abrutschen würde und daß er selbst das Werkzeug seines Unglücks war.

Fitzgibbon hatte auch eine nagelneue Axt mitgenommen, ein herrliches Werkzeug von beträchtlichem Gewicht, das prächtig in der Hand lag. Ihr Stiel aus hellster Eiche war lang und sanft geschwungen, die Schneide aus funkelndstem Stahl. Und scharf? Tja, mit dieser Axt konnte man ein Haar der Länge nach vierteln, wie Johnson sagte.

Johnson also stand am Rand des Lagers, drauf und dran, einen Stapel grünes Holz zu hacken, das er am Abend zuvor gleich nach ihrer Ankunft geschlagen und aufgeschichtet hatte. Er hatte es nicht anders verdient, was mußte er auch Fitzgibbon begleiten – erst bei schlechtem Licht einen Haufen Brennholz zu schlagen und dann am Morgen, frisch und bester Laune und bei klaren Lichtverhältnissen, mit der Axt auszurutschen. Dabei wußte er, daß es passieren würde, sobald er die Axt hob, konnte aber nicht einhalten. Und es passierte.

Hoch schwang er Fitzgibbons Axt und ließ sie niedersausen – streifte das Holz aber nur, so daß die Klinge von dem Klotz abglitt und statt dessen dem armen Johnson blitzsauber die Kniescheibe spaltete. Einen Augenblick lang sah er die mächtige rasiermesserscharfe Klinge funkelnd in der Rundung seines kostbaren Knochens stecken, dann schrie er auf und brach zusammen. Einer der besten Führer in Alaska, und da lag er, hingestreckt in Schmerz und Demütigung, neben sich die blutige Axt.

Fitzgibbon fluchte.

Und das war das Zeichen, diese Vereinigung von Fluch und Schrei, denn genau jetzt tauchte der größte alaskanische Braunbär, den Johnson je gesehen hatte, aus den triefnassen Bäumen auf, walzte mitten auf den neuangelegten Lagerplatz und richtete sich langsam wie ein Ringer auf seinen stummligen Hinterbeinen in die Höhe. Johnson versuchte wieder auf die Füße zu kommen und nach seiner Büchse zu greifen, aber er spürte, daß ihm die Sinne schwanden, und war zu nichts anderem fähig, als die blutspritzende Kniescheibe zusammenzudrücken und zuzusehen, wie dieses Mammut von einem argwöhnischen Bären mit ihnen umspringen würde.

Fitzgibbon und sein Trinkgenosse begannen übereinander herzustolpern, während Harry Harrison, der die Partie zu retten gedachte, sich Johnsons Büchse schnappte, auf den Bären losging und, ohne Johnsons Protestgestöhn zu beachten, seinem kolossalen Ziel aus nächster Nähe eins auf den Pelz brannte.

Ich weiß nicht, was über Harrison gekommen war, diesen molligen munteren Burschen, der es sich hätte versagen sollen, als Marionette in Fitzgibbons Alptraum mitzuwirken, der es nicht hätte auf sich nehmen sollen, diesen trostlosen Haufen zu verteidigen, wo er doch gewußt haben mußte, daß er selbst genauso ungeschickt war wie die anderen, und der schlau genug hätte sein sollen, sich ruhig zu verhalten und den Fitzgibbon-Bären, der jetzt der Deauville-Bär ist, sich selbst zu überlassen. Aber vielleicht wollte Harry ein Beispiel geben, oder er erwartete, Fitzgibbon und sein trüber Kumpan würden nach ihm ebenfalls zu ihren Waffen greifen. Vielleicht wollte er auch den verletzten Johnson beschützen, der gerade ohnmächtig wurde. Jedenfalls handelte Harry spontan, auf seine klägliche Verantwortung – und feuerte aus nächster Nähe auf den Bären und brachte mit diesem einen Schuß die Katastrophe, die der stöhnende Johnson ausgelöst hatte, zu ihrem Höhepunkt.

Als der Schuß fiel, schrie Fitzgibbon auf, sein Trinkgenosse kreischte, und dann flohen sie wie auf Kommando, diese Hasenfüße, und gaben Harry der Gnade des Bären und Johnson dem Verbluten preis, wenn nichts dazwischengekommen wäre. Und Harry, der in diesem Augenblick begriff, was er mit seiner hanebüchenen Unbesonnenheit angerichtet hatte, warf in seiner Bestürzung das Gewehr von sich – als ob er die selbst heraufbeschworene Katastrophe durch das Wegwerfen des Gewehrs rückgängig machen könnte.

Na, Johnson sagte, es war ein fürchterlicher Anblick. Mit schwindendem Bewußtsein und unter diamantscharfen Schmerzen nahm er das alles wahr und hielt sich für den todgeweihten Zeugen einer Szene des Grauens.

Harry versuchte gar nicht erst wegzulaufen, sondern blieb einfach stehen, blickte wild herum nach dem rettenden Wunder, das natürlich nicht eintraf, bis der Bär ihm einen Klaps gab, ihn umstieß, wartete, ihn ein paarmal herumrollte – Harry weinte inzwischen wie ein Kind –, ihn dann aufhob, ihm das Hemd zerfetzte und eine Masse Fleisch aus seiner rechten Seite und den Schultern riß, ihn an sich preßte, ihm mindestens sechs Rippen zerknackte und ihn dann fortschleuderte. Als die Klauen ihn zum erstenmal ritzten, schrie Harry auf, dann wurde er ohnmächtig. Und während Johnson sich bemühte, es ihm nicht gleichzutun, beobachtete er, wie das erzürnte Tier sich in Zeitlupe, ganz bedächtig daranmachte, das Lager Stück für Stück, Yard um Yard auseinanderzunehmen. Einmal, sagte Johnson, war der wütende Bär ihm so nahe, daß sein heißer Hauch ihn fast zu Tode erstickte. Er sah seine blutigen Krallen, die winzigen Augen, den dunklen Pelz, der dicker und zottiger war als die klobigen Anzüge, die die jungen Männer in der alten Heimat bei ihrem Footballspiel tragen. Die Erde bebte, tief unten in seiner Kehle schien der Bär mit sich selbst zu sprechen oder an seiner Wut zu würgen, die er nicht bezähmen konnte. Und das Schreckliche war, wie Johnson sagte, daß dieses arme Untier während seiner ganzen Attacke, während seines ganzen methodischen Zerstörungswerks unablässig den Kopf hin und her drehte und die Kiefer schnappen ließ, sein dickes Haupt, so planmäßig es auch vorging, wie in konfuser Raserei hierhin und dorthin wandte, als ob das Wesen von Harrys Schuß tödlich verwundet oder doch wenigstens zur Rache angestachelt worden sei – dabei hatte Harry es sogar aus nächster Nähe noch verfehlt.

Das letzte, was Johnson sah, bevor ihm die Lichter ausgingen, wie er sich ausdrückte, war, wie der Bär einen tüchtigen Hieb gegen Fitzgibbons Dusche führte, sich dann auf alle viere niederließ und den hingestreckten Harrison beschnüffelte, was zuviel war für Johnson, dem in diesem Moment endlich wie einem Mädchen die Sinne schwanden.

Nun«, sagte Uncle Jake in das zunehmende Abenddunkel und den stetig dichter werdenden Regen, während Sissy ihren Kopf an sein Knie lehnte und Frank Morley sich räusperte und wartete, »nun, das Weitere wißt ihr. Da ich fest entschlossen war, mit Harry allein zu warten, bis er im Flugzeug transportiert werden konnte, und da ich durchaus in der Lage war, es mit dem allmählich zu sich kommenden Fitzgibbon und seinem Kumpan aufzunehmen, bedrängte ich Rex, ohne mich zurückzufliegen. Wenigstens Johnson sollte Rex schon mal zurückbringen. Aber Johnson weigerte sich zu gehen, bevor der Bär tot war, und Rex erklärte, er werde bis zum Ende dableiben, und er duldete keine Widerrede. Ich gab mich drein, wir gestatteten Fitzgibbon und seinem trüben Freund, mit uns in Johnsons Lager zu kommen, obwohl zwischen uns und denen nur wenig gesprochen wurde, das kann ich euch sagen.

Drei Tage lang pflegte ich Harry Harrison, wie eine Krankenschwester es auch nicht besser hätte machen können. Immer wenn er schlief, kehrte ich zum Aufräumen an den ursprünglichen Lagerplatz zurück, schaffte Fitzgibbons Unrat beiseite, wobei ich jedesmal frische Spuren des Bären bemerkte. Und zwischen meinen Besuchen, wenn die anderen mir zusahen, wie ich Harrys Verbände wechselte, oder wir herumsaßen und Johnsons Katalog von Mißgeschicken während eines ganzen Lebens voller Jagdabenteuer lauschten, deren keines diesem hier gleichkam, wie er mehrmals betonte, konnten wir immer wieder den Bären hören – er knurrte, er kratzte, suchte vergebens nach seinem Opfer oder irgendwelchen Resten des verschwundenen Trümmerhaufens, und das zog die arme Kreatur beharrlich auf die jetzt leere Lichtung zurück. Gelegentlich, wenn wir schweigend ihn so sich austoben ließen, ließ er seine rastlose Masse gegen einen erzitternden Baum krachen. Gewiß konnte keine Verbitterung größer sein als die, mit der Seine Unheiligkeit darauf wartete – ich bin nämlich zu dem Schluß gekommen, daß er tatsächlich darauf wartete –, von mir erschossen zu werden.

Gegen Mittag des dritten Tages, also erst vorgestern natürlich, wußten wir, daß es keinen Zweck mehr hatte, noch länger zu warten, und beschlossen, daß Harrison noch eine Nacht zum Schlafen bekommen und Rex ihn am nächsten Morgen nach Juneau zurückfliegen würde, Rex nur eben auftanken und eine Tasse Kaffee trinken und dann Johnson und mich und die anderen abholen sollte, für die sich die ganze Geschichte nicht peinlicher hätte entwickeln können. Das heißt, schlimmer als die Peinlichkeit seiner Lage war für Fitzgibbon, daß ich seinen ganzen übrigen Flaschenvorrat ausgeschüttet hatte. Alles ausgeschüttet. Er hatte mir dabei zugesehen und wußte unumstößlich, daß im Umkreis von sechzigtausend Quadratmeilen Wildnis kein einziger Tropfen Whiskey mehr zu haben war.

Am dritten Tag also, kurz nach Mittag, sobald Harrison in

sein Mittagsschläfchen weggedämmert war und sobald wir Seine Unheiligkeit auf der leeren Lichtung herumrumoren hörten, begaben wir uns dorthin, um den Bären zu erlegen. Wir sagten Fitzgibbon und seinem Genossen, sie müßten zurückbleiben und bei dem schlafenden Harry Wache halten, was sie natürlich nur ungern taten, da sie den Spaß, nämlich die Tötung des Bären, nicht versäumen wollten, sie schmollten und grollten wie zwei Schuljungen und bettelten darum, uns begleiten zu dürfen. Aber da ließ ich nicht mit mir reden. Ich wollte sie einfach nicht meinen Schuß auf diesen Bären besudeln lassen.

So zogen wir los, Rex und Johnson und ich, Johnson benutzte den Ast, den ich für ihn geschlagen hatte, als Krücke, ich trug die bisher noch nicht abgefeuerte Vierhundertfünf schußbereit und gut gewichtet in meiner Rechten. Es nieselte, überall um uns hing Nebel in Fetzen und Fähnchen und Streifen wie Haarsträhnen herum, aber für Johnson und Rex und mich war es, als ob die Mittagssonne im Triumph auf uns niederstrahlte, in solche Hochstimmung versetzte uns die Aussicht auf meinen ersten Bären. Nicht daß einer von uns lächelte oder durch unziemliche Bemerkungen Stolz oder Leichtsinn kundtat, aber uns dreien kribbelte es, kann ich euch sagen, und wir waren wortlos übereingekommen, daß niemand würdiger sei als ich, Seiner Unheiligkeit das Leben zu nehmen.

Schweigend rückten wir heran. Schweigend machten wir am Rand der Lichtung halt. Schweigend hatten wir vereinbart, daß Rex und Johnson sich unmittelbar hinter der Deckung aus triefenden Zweigen und bis zu den Knien in Stinkender Zehrwurz stehend zurückhalten sollten, während ich allein auf die Lichtung träte. Sie hätten perfekte Sicht, aber die Bühne wäre mein – es durfte nicht anders sein.

Ich rieb mir den Bart – mein Bart war gewachsen wie bei einem Toten, Frank –, und ich wußte, daß Rex und Johnson mir in ihrem kameradschaftlichen Schweigen Glück wünschten. Ich war nicht furchtlos, weit lag es von mir, mich in den Mantel der Vermessenheit zu hüllen, trotz unserer Hochstimmung beim Aufbruch. Für Furchtlosigkeit war die Gefahr viel zu groß, das war mir sehr bewußt, und jetzt, da ich die Zweige auseinanderschieben und endlich dem Bären entgegentreten sollte, den Fitzgibbon schon als sein Eigentum betrachtet hatte und der nun bald das meine sein würde, bekam ich tatsächlich auf einmal einen so trockenen Mund, daß ich das Gefühl hatte, meine

Zunge und Zähne gehörten jemand anderem, während mein Herz raste und hämmerte, als ob ich Seine Unheiligkeit schon im Visier gehabt hätte.

Ohne ein Wort an Rex oder Johnson trat ich sodann auf die Lichtung.

Er rieb sich knurrend den mächtigen buckligen Rücken an einem Baum. Ich fuhr zusammen, Frank, und spielte kurz mit dem Gedanken, aufzugeben oder Johnson herbeizuwinken, denn der hielt seine Dreißig-Null-Sechs schußbereit im Arm. Plötzlich wünschte ich mir, Johnson stünde an meiner Seite, für den Fall, daß ich danebenschoß, so unwahrscheinlich diese Annahme auch sein mochte – denn bis zu diesem Augenblick hatte ich das Untier, das Fitzgibbon seine Quittung verpaßt und Harry beinahe ums Leben gebracht hatte, ja noch nicht leibhaftig vor mir gesehen. In den drei ganzen Tagen seit unserer Ankunft war Seine Unheiligkeit zu einer Legende geworden: Ich hatte ihn gehört; ich hatte ihn im Schlaf und vor meinem inneren Auge gesehen. Jetzt aber stand er keine zehn Yards von mir entfernt, und nichts, was während unserer dreitägigen Wache passiert war, und nichts von dem, was Rex und mir erzählt worden war, hatte mich in irgendeiner Weise auf die leibhaftige Bestie vorbereitet. Sogar auf allen vieren war der Bär größer als ich; sein Fell war länger und zottiger, als Johnson mich hatte glauben machen, auch wenn kahle Hautflecken an den Stellen durchschimmerten, wo er von anderen seiner Gattung, die nicht stark oder boshaft genug gewesen waren, es mit ihm aufzunehmen, gekratzt oder gebissen worden war. Und der Geruch? Selbst dort, wo ich stand, war sein Geruch stärker, schärfer, übler, als Johnson angenommen hatte, und die ganze Lichtung war so davon erfüllt, daß ich wußte, ich roch hier eine wahre Geschichte von königlicher Wildheit, von Prankenhieben und Zähnefletschen, von Gräsern und Farnen und Rehkitzen, die er verschlungen und in all den dampfenden Haufen, die ich gesehen, ausgeschieden hatte.

Vor meinen Augen, das wurde mir bei seinem Anblick sofort klar, ging ein langes Leben ziellosen Umherstreifens, Marodierens und Plünderns auf einer Lichtung zu Ende, die er dank meiner Sorgfalt kaum wiedererkennen, aber dennoch nicht mehr, jedenfalls nicht für längere Zeit, verlassen konnte, ein gequälter Gefangener ewig wacher, ewig verleugneter Instinkte. Während er sich noch an dem schon hauchdünn abgewetzten Baumstamm wund rieb, seine Kiefer arbeiten ließ und den Kopf hin und her drehte, stellte ich mir aus irgendeinem Grund vor, er sei bereits seit Äonen tot, eine bloße Ansammlung mächtiger Knochen wie die der Mastodons, die man in dieser Gegend über Icy Inlet zuweilen ausgräbt.

Daß es kein reines Jagdvergnügen war, Seine Unheiligkeit zu erschießen, war mir zwar bewußt. Aber wer konnte sicher sein, daß es mir trotz all unserer Unterschiede in Charakter, Körperbau und Kinderstube anders als Harrison ergehen sollte und nicht womöglich noch schlimmer als ihm, daß ich nicht in ein paar Sekunden in diesen zottigen, stählernen Zwingen gleichen Armen sterben würde?

So ging es mir durch den Kopf, Frank, ich kann dir sagen. Ich fühlte meinen Schädel zwischen den vergilbten daumenlangen Zähnen zerknacken, spürte die Klauen, die schärfer waren als Sitka Charleys Klingen. Ich war nicht furchtlos, Frank, nicht furchtlos. Welcher anständige Mann würde unter solchen Umständen nicht um sein Leben fürchten?

Aber soll ich dir sagen, daß dieser alte Bursche mich die ganze Zeit über anstarrte? Daß er zwar knurrend hin und her wankte, mich dabei aber nicht eine Sekunde aus seinen kleinen rosa Augen ließ? Natürlich wußte ich, daß Bären über ein schlechtes Sehvermögen verfügen und daß ihre winzigen Augen das einzige Merkmal sind, durch das sich ihr unedles Wesen verrät. Aber ich spürte genau, daß er mir durchtrieben und direkt in die Augen blickte und daß er mich ebenso deutlich sah wie ich ihn. Seine Augen waren schlimmer, als ich mir ausgemalt hatte – kleiner, feuchter, röter, als ich gedacht hatte, sie paßten eher zu einem Schwein als zu einem Bären, waren ein Fehlschlag der Evolution und ließen jedenfalls nur zu klar erkennen, was im Innern dieses zottigen Kolosses lauerte.

Schließlich wurde ich des Wartens überdrüssig und begann, jetzt etwas gefaßter, Dinge nach ihm zu werfen – kleine Steine und Holzstücke. Aber er ließ sich nicht in seiner ausführlichen und nicht unfreundlichen Musterung seiner Nemesis stören, und ich war, muß ich gestehen, ein wenig beunruhigt, als ich bemerkte, wie die von mir erwartete Abschlachterei in ein amüsantes Spielchen ausartete.

Und dann, als ich mich gerade nach einem neuen Stein bückte und am wenigsten darauf gefaßt war, hatte er sich blitzschnell auf die Hinterbeine erhoben, wie ein Ringer, hat Johnson gesagt – du weißt, wie sehr ich Ringer verabscheue, Sissy, diese dumpfen Karnickel, die sich ja nur von Kopf bis Fuß aneinander reiben wollen, diese ganzen formlosen und widernatürlichen Kerle, die sich da gegenseitig aneinander abwischen –, er streckte seine Vorderbeine wie gebogene pelzige Arme von sich und krümmte die Krallen.

Und eh ich's mich versah, ging er auf mich los. Vermutlich muß ich ihn doch endlich an Harrison erinnert haben, muß seinen Tötungsinstinkt in Gang gesetzt haben, muß mich ihm plötzlich als etwas Lebendiges dargestellt haben, das umarmt und zerquetscht sein wollte. Anmut und Schnelligkeit des ansonsten linkischen Bären sind ebenso berühmt wie sein dürftiges Augenlicht, und doch war ich auf diese seine fürchterliche Gewandtheit nicht vorbereitet – wie er die Entfernung zwischen uns zurückgelegt hat, werde ich niemals wissen; jedenfalls hatte ich ihn nicht einmal zu einer Bewegung ansetzen sehen –, und noch weniger war ich auf seine imponierende Größe vorbereitet. Acht Fuß ist riesig, Sissy, ein Drittel über der Durchschnittsgröße der Deauvilles, und ein Tier, das aussieht wie ein prähistorischer Mensch, so riesig, so dicht und grimmig vor einem – das kann einen ohne weiteres lähmen, wenn man den Verstand verliert, kann ich euch sagen. Und er war so nah, daß ich sehen konnte, wie sein Pelz sich sträubte und ihm der Geifer aus den Lefzen troff. Er schien zu wissen, daß ich seine neuerliche Anwesenheit auf der leeren Lichtung rechtfertigte; sein Grimm war so vollkommen, ließ die in ihm aufgestaute Wut auf so schöne Weise heraus, daß ich nicht anders konnte, als diesem trotz alledem perfekten Exemplar seiner Gattung meine Bewunderung zu zollen. Er war edel. Und wie edel er war. Und doch sah ich eben jetzt ganze Kolonien geflügelter Insekten im Pelz des armen Wesens nisten.

Naja, Johnson wußte, daß es fehl am Platz war, konnte aber nicht anders, wie er hinterher erzählte. ›Schieß!‹ hörte ich ihn hinter mir durch die triefenden Zweige sagen, ›schieß!‹ Ich aber lächelte in mich hinein und wartete, überzeugt, daß Johnson meinetwegen nicht die Nerven verlieren und vor mir auf Seine Unheiligkeit abfeuern würde, denn die Verlängerung dieses Augenblicks, dem kein anderer je gleichkommen konnte, war das Wagnis wert – selbst auf die Gefahr hin, dabei mein Leben zu verlieren oder meine erste Gelegenheit, einen Bären zu erlegen.

Aber Johnson biß sich auf die Zunge und verzichtete auf einen Schuß. Ich rückte nicht von der Stelle. Ich stand in korrekter

Körperhaltung, einen Fuß vor den anderen gesetzt, den Rumpf dem Ziel entgegengebeugt und die Vierhundertfünf gut an die Schulter angelegt. Ein Zwerg gegen Seine Unheiligkeit, wartete ich ab.

Wenn ich jetzt so darüber nachdenke, Frank, glaube ich, daß ich ihn in diesem letzten Augenblick am liebsten hätte laufenlassen. Ich glaube, ich wollte ebensosehr sein Leben schonen wie ich die Freude spüren wollte, es zu vernichten. Aber der Augenblick kam, da gab's kein Haar mehr zu vierteilen, um mich Johnsons Pionierausdruck zu bedienen, und wenn ich nicht abgedrückt hätte – langsam, als sei die Büchse nicht geladen, oder als erwartete ich nicht, daß sie jetzt oder jemals losgehen würde –, hätte das riesige stinkende Tier mich gepackt und mit mir den Todeswalzer des Bärenhäuters getanzt, Johnson hin, Johnson her. In diesem Augenblick waren Tod oder Verstümmelung die einzigen Alternativen.

Aber wie beeindruckend er war, Frank, wie beeindruckend! Ich wollte schier lachen über mein glückliches Geschick!

Aber ich war nicht gelähmt und tollkühn auch nicht. Beiläufig bemerkte ich die schwarze triefende Schnauze, die winzigen Augen, die aus dieser Nähe winzig bloß im Verhältnis zu seinem riesigen Schädel waren, und während noch sein Atem rumpelte wie das Wasser im Bauch eines der Pferde meines Vaters, traf ich meine Wahl: nicht das Herz, was zwar am sichersten war, aber den Pelz zerreißen würde, sondern den Kopf, da dies das gefährlichste war, die Trophäe aber auch am wenigsten beschädigen würde – wie wir alle wissen, Frank, sogar wir Chechaquas.

Gott sei Dank beugte er sich zu mir hinunter, denn sonst hätte auch das massige Geschoß der Vierhundertfünf von diesem langen und schiefen Schädel abprallen können und mich am Ende wünschen lassen, ich hätte Johnson den Schuß doch besser abgetreten. Aber er bot mir einen günstigen Winkel – absichtlich, Frank? –, und ich zielte genau auf das Fünfzig-Cent-Stück zwischen seinen Augen. Das war eine praktische Metapher, und später bedankte ich mich bei Johnson, daß er sie mir, natürlich ohne jede Herablassung, nur Minuten vor unserem Aufbruch zur Befreiung der Welt von Seiner Unheiligkeit mit auf den Weg gegeben hatte.

Sie knallte, Frank! Die alte Vierhundertfünf ging los! Feuer flammte aus ihrer Mündung, der Schuß fuhr ins Ziel. Meine

Schulter ist jetzt noch voller blauer Flecke, die Ohren klingen mir noch immer. Vorgestern aber empfand ich nur Klarheit bei dieser Erschütterung, fühlte mich, als sei ich selbst, und nicht das Gewehr, der Ursprung dieser Detonation. Es war ein prachtvoller Knall, die Lichtung erbebte davon. Und doch war es, als sei ich mit Seiner Unheiligkeit in eine gewaltige Glasglocke eingeschlossen, denn außer uns beiden existierte in diesem Knall nichts. Obwohl er sich, während ich zitternd dastand, noch höher aufrichtete, waren wir durch etwas zusammengeschlossen, das ich nur als die reinste Art gegenseitiger Konzentration beschreiben kann. Ich hatte geglaubt, die Vierhundertfünf würde ihm glatt die Schädeldecke wegsprengen. Aber mitnichten. Ich sah das runde schwarze Loch zwischen seinen Augen und die Rauchkrone, sah kleine Teilchen seines Hirns austreten und den unbewegten Blick seiner Augen, die noch immer auf mich geheftet waren.

Ich rührte mich nicht. Ich war entschlossen, mich nicht zu bewegen. Und als er umstürzte, schnappte er mit Zähnen und Klauen nach mir, behielt mich fest im Blick, der sich nicht trübte, und hätte ich nicht meinen Mann gestanden oder weniger Glück gehabt, hätte er mich immerhin noch unter seinem furchtbaren Gewicht begraben können. Aber das gelang ihm nicht. Als ich wieder zu mir fand, lag er der Länge nach ausgestreckt vor mir, die Krallen in den Waldboden eingegraben und den Kopf keinen Yard – keinen Yard, Frank! – von meinen Stiefelspitzen entfernt. Acht Fuß lang und rund und dick wie ein Faß und absolut waagrecht und restlos tot. Ich hörte Rex und Johnson schreiend gratulieren, aber in meinem Kopf war nur der eine Gedanke, Frank, daß ich ihn ebensogut in Waffen-Kleider-Zubehör hätte erschießen können, so einfach war es gewesen. Dabei war ich naß bis auf die Haut, kann ich euch sagen, und wahrlich nicht vom Regen.

Naja, Rex schüttelte mir die Hand, und Johnson ging seine Kamera holen, die er schußbereit im Gepäck hatte, da er damit gerechnet hatte, nach dem üblichen Verlauf der Dinge Fitzgibbon photographieren zu müssen, und jetzt hopste er trotz seines Knies auf beiden Beinen herum vor Freude, statt dessen mich ablichten zu können. Ich versuchte mich zu sammeln, entschlossen, nie mehr in diese noch immer offenen Augen zu blicken, obwohl ich doch noch ein letztes Mal hinschielte, und da kamen sie mir vor wie lebendige Murmeln aus klarem Glas. Ich stellte mich neben ihm in Positur, die Vierhundertfünf quer vor meiner Brust, ich kniete an seinem Kopf, die Büchse aufgestellt und das Kinn hochgereckt, und jedesmal, wenn ich auf ihn niedersah, grinste er mich an.

Johnson versprach mir Abzüge der Bilder, sobald sie fertig sind.

Nun, wir häuteten ihn an Ort und Stelle ab, und am nächsten Morgen – also gestern früh – schnallte ich Harrison auf die Korbbahre, und wir brachten ihn sicher an Bord des Flugzeugs. Am späten Nachmittag – gestern nachmittag natürlich – war Rex wieder zurück. Und am nächsten Morgen – heute morgen – flog unser ganzer Verein mit der Fairchild ab. Und da sind wir, Sissy, erst fünf ganze Tage nach unserem Abflug.

Aber was meint ihr – Frank? Sissy? –, sollen wir uns Seine Unheiligkeit mal ansehen? Also dann, wickeln wir ihn aus!«

Aber Uncle Jake besaß ein Talent zum Schweigen. Er genoß seine dramatischen Schweigeminuten ebensosehr wie die Verzögerungstaktik seiner, wie er das nannte, akkordeonhaften Erzählweise. Und so verstummte er abrupt in der eisigen Dunkelheit, nur daß er nach einigen Minuten ins Zimmer hinein bemerkte, meine Augen glichen denen eines Füchsleins in der Nacht, und trotz seiner Verheißung, uns seine Trophäe, das Angebinde, das er von seinem Aufenthalt in dem finsteren Land über Icy Inlet mitgebracht hatte, zu präsentieren, machte er keine Anstalten, sich dem massigen, unförmigen, neben ihm aufgetürmten Bündel zuzuwenden. Er wußte, daß Sissy und Frank Morley sich jetzt für eine Weile ihrer Betäubung durch seine Erzählung hingeben wollten. Er wußte, daß es noch ein paar Minuten dauern würde, bis sie ihre Stimmen wiederfanden, während sie in dem kalten Schweigen noch immer auf seine horchten, und daß sie sich nicht rühren konnten, obwohl sie ganz steif vom Sitzen waren. Er wußte, daß die Macht des Geschichtenerzählers nie größer ist als am Ende der Geschichte, und niemand kostete seine Macht oder seine Freude über ein sprachloses Publikum genußvoller aus als Uncle Jake – auch wenn das Publikum so klein war wie dieses. Also wartete er, ließ Stimme und Bilder in aller Ruhe abklingen, berechnete den Augenblick, da Sissy und Frank Morley bereit wären, Icy Inlet zu verlassen, um sich den ganz anderen Realitäten der Kälte und des dunklen Zimmers und dessen, was er ihnen vorführen wollte, zu widmen.

»Nun, Frank«, sagte er endlich mit einer Stimme, die deutlich ihr Behagen verloren hatte, »hilfst du mir mal?«

Sissy rührte sich und machte ein Licht an, und dieses enthüllte, so trübe es auch war, den dreien doch die Kahlheit des Zimmers und die Tristesse des Festtagstischs, der mit Blechgeschirr und Papierservietten gedeckt und seiner vier von Uncle Jake ausgetrunkenen Flaschen Ginger Ale beraubt war. Frank Morley und Uncle Jake räumten Sissys Möbelstücke beiseite, wie Uncle Jake die wichtigeren von Sissys häuslichen Anschaffungen gern zu nennen pflegte, rückten Tisch und Schaukelstuhl und Klappbett und die beiden hölzernen Klappstühle an die Wände. Unten auf dem Kanal bimmelte eine Glockenboje, also käme diese Nacht Wind auf und starker Regen. Es gab keine Geschichte, die Sissys Heim oder die weiträumig unseren steilen Hang bis an die Docks hinunter verteilten Reihen elektrischer Laternen irgend schöner machen konnte, keinen Hoffnungsschimmer, der die hinter uns aufragenden schwarzen und regendurchtränkten Berge irgend weniger furchtbar erscheinen lassen konnte. Kein Geschichtenerzähler konnte Sissy diese Trostlosigkeit je erträglich machen, obwohl sie sie ja zweifellos ertrug. Und der Wind machte ihr schreckliche Angst.

Frank Morley wußte, daß Uncle Jake sich beim Aufschnüren seines Bündels nicht helfen lassen wollte, und stellte sich daher achtungsvoll neben Sissy und mich, als Uncle Jake das Bündel in die Mitte des kahlen Zimmers zog und mit Johnsons Knoten zu kämpfen begann. Die Seile fielen herab; Uncle Jake sah auf, um die Erwartung auf unseren Gesichtern abzulesen, und entfaltete dann stolz, was von dem Bären übrig war.

Da lag sie, die pelzige Haut, flach auf den nackten Boden gebreitet, die dicken Beine nach beiden Seiten ausgestreckt, wie wenn das Wesen den toten Mann markierte, das mächtige schwarze Haupt stumm wie ein Stein, die Augen offen, starr das Kinn auf den Dielen. Es grinste, eins seiner toten Ohren war eingerissen, das zottelige Fell erfüllte den Raum mit staubiger Schwärze und greulichem Gestank.

»Riecht ganz schön angegangen«, sagte Uncle Jake, breitbeinig stand er da, Hände akimbo, geschwellter Brust. »Aber dem werde ich abhelfen. Und das machen wir beide zusammen, ja, Frank? Dann hat Sissy einen prima Läufer für ihr Wohnzimmer. Und haben wir nicht gute Arbeit geleistet? Das meiste an Fleisch und Knorpel haben wir weggekratzt, Johnson und ich, aber den

Kopf haben wir natürlich noch so gelassen, damit ihr ihn genau so sehen konntet, wie ich ihn auf der Lichtung gesehen habe. Aber keine Sorge, Sissy, Frank und ich werden uns um seinen Schädel und die Augen schon noch kümmern.

Nun«, sagte er dann mit einer Stimme, die Heiserkeit und Erschöpfung verriet, »Seine Unheiligkeit wird keinen Jäger mehr belästigen, das kann ich euch sagen.« Und dann, nach einer Pause, die weder beabsichtigt noch dramatisch war: »Was Robert Fitzgibbon betrifft«, sagte er nachdenklich zu sich selbst und in rarer Zurschaustellung zumindest partieller Selbsterkenntnis, »das hat er nun davon, daß er uns beim Verlassen der S.S. *Alaska* keinen guten Morgen gewünscht hat.«

Nun fragte Sissy Uncle Jake, ob es ihm etwas ausmache, seinen Bären wieder zu verschnüren, bis er und Frank soweit seien, damit zu machen, was auch immer sie damit vorhaben mochten. Und ob er ihn nicht statt im Haus draußen auf der Veranda lagern könne? Es sei ein schöner Bär, sagte sie, aber wenn sie aufwache, wolle sie ihn wahrhaftig nicht so ausgebreitet daliegen und sie angrinsen sehen.

In dieser Nacht begann der Wind ums Haus zu pfeifen, dabei hatten wir Mai, und es regnete auf Juneau und auf die leere Lichtung im Wald nahe dem See über Icy Inlet. Wie Uncle Jake liebte ich den Wind, und in der Mitte dieser Nacht verließ ich mein Doppelbett und stieg zu Sissy und Uncle Jake in das Klappbett. Ich legte mich zwischen sie und drängte mich an Uncle Jakes weichen nackten Arm, der mir damals so groß wie anderer Leute Beine vorkam – er schlief immer in Unterhemd und Unterhose –, und so verbrachte ich die lange Nacht seiner Rückkehr Seite an Seite mit Uncle Jake im Sturmwind schaukelnd.

In den nächsten Tagen arbeiteten Frank Morley und Uncle Jake an Sissys Läufer, wie Uncle Jake es von nun an nannte. Sie entfernten den Schädel aus dem Kopf und das Hirn aus dem Schädel, schabten ihn innen und außen sauber und weichten ihn in Sissys Fensterputzeimer mit etwas Lauge ein, die Frank Morley zum Haus mit hochgebracht hatte. Nachdem der Bärenschädel knochenblank gescheuert war, behandelte Uncle Jake das Ganze mit Schellack, und eines Nachmittags machte er ihn mir mit viel Trara zum Geschenk. Ich bewahrte ihn in meinem Zimmer, schaukelte ihn in meinen Armen oder nahm den mächtigen

Unterkiefer von diesem glänzenden Schädel ab – Uncle Jake war dagegen gewesen, den Kiefer mit Draht zu befestigen. Ich klappte den Bärenkiefer spielerisch auf und zu und bildete mir ein, er gleiche einem riesigen Wünschelknochen voller Zähne. Aber am meisten gefiel mir das Loch zwischen den Augenhöhlen, und immer wieder untersuchte ich es und fuhr mit sorgsamen Fingern über die Glätte dieser schwarzen Öffnung.

Ich besitze den entblößten Schädel Seiner Unheiligkeit noch immer. Der Schellack hat die dunkle Farbe gebrannter Umbra angenommen, der Schädel ist kleiner, als er mir als Kind vorkam. Aber da liegt er neben Sitka Charleys Messer auf meinem imposanten Schreibtisch.

Warum behalte ich ihn? Wie kann ich seinen Anblick ertragen? Andererseits zeige ich so meine unerschütterliche Treue zu meiner alaskanischen Kindheit und den Sünden meines Vaters.

Was Sissys Läufer anbetraf, so verbrachten Frank Morley und Uncle Jake Stunden damit, Steinsalz in die Unterseite des Fells einzureiben, über Uncle Jakes ersten Bären zu reden und seinen steifen schwarzen Pelz zu bewundern. Dann nagelten sie ihn zum Trocknen außen ans Haus, wo er nach ein paar Tagen Nieselregen und schweren Schauern zu verfaulen begann. Nie war Uncle Jakes Antlitz so finster, so stumm, nie waren seine Hoffnungen auf so unfaire Weise zunichte gemacht worden wie an dem Tag, da er und Frank Morley das Bärenfell, das inzwischen von Maden wimmelte und schlimmer stank als je zuvor, wieder abnahmen und Frank Morley es zu Sissys großer Erleichterung aus dem Weg räumte. Immerhin konnte Uncle Jake sich mit Johnsons Photographien trösten – diesen zerkratzten Schnappschüssen, die ich hinten in Sissys Tagebuch aufbewahre.

Es war nicht die von Uncle Jakes erstem alaskanischen Abenteuer ausgelöste Sorge, die den Rhythmus von Sissys allnächtlichem Weinen in Gang brachte. Es brauchte mehr als die furchteinflößende Stadt, das schlechte Wetter, das kleine, im Wind erbebende Haus, die vier Nächte, die sie mit mir allein war, während Uncle Jake draußen seine männlichen Manieriertheiten erwarb, mehr als ihre Angst vor Bären und ihre Angst um Uncle Jakes Sicherheit – mehr als all das, um ihr allnächtliches Weinen auszulösen. Schließlich begann sie ihr Tagebuch erst drei Monate, nachdem Uncle Jake in der ersten seiner wütenden Depressionen sein Werk von unserer Hauswand abgerissen, der ganzen

Affäre den Rücken gekehrt und es Frank Morley überlassen hatte, das zu beseitigen, was Uncle Jake als gewaltige Verschönerung des Wohnzimmers in Sissys Heim geplant hatte.

Zu der Zeit, da Sissy mit ihrem Weinen begann, war Uncle Jakes gute Laune längst mit allen Schikanen zurückgekehrt.

Aber ungeachtet seiner verräterischen Unschuld und irregeleiteten Männlichkeit; ungeachtet seiner alaskanischen Entwicklung immer brutaler abhebender eingebildeter Höhenflüge, die endlich Sissys Lebenswillen brachen und ihren Tod verursachten; und ungeachtet dessen, daß er mich mit seinem ganzen Leben verführt und enttäuscht hat – Uncle Jake, wenn man all das beiseite läßt, war ein Geschichtenerzähler. Er lachte und lärmte und schwang sich auf in seiner seltsamen Rhetorik, pries sich und schmähte andere, machte Witze und moralisierte und blieb mit keiner Verleumdung auf dem Teppich. Die Pointen seiner Geschichten verpatzte er im allgemeinen, doch knechtete er uns mit diesen endlosen Erzählungen, bis Sissy plötzlich genug davon hatte und starb, und bis er mich schließlich der stümperhaften Obhut Frank Morleys überließ. Kein Wunder, daß ich in meinem fortgeschrittenen Alter mich darauf eingelassen habe, seine und meine Geschichte zu erzählen. Kein Wunder, daß ich seine Geschichte so gut kenne und die Worte dafür habe.

Das muß ihm der Neid lassen.

20

Spaß am Leben, Niemand ergeben, steht auf dem Aufkleber an der Stoßstange meines umgebauten ehemaligen Armee-Jeeps, welcher, mein Jeep, dem normalen Militärfahrzeug weitgehend entspricht, abgesehen von den neun Schichten olivgrünen Lacks, die mein Freund Hank Laramie auf Motorhaube und untere Karosserie gestrichen hat, und abgesehen von dem Fahrerhaus aus glänzend schwarzem Fiberglas, das Hank als wetterfesten Ersatz für das übliche plumpe Leinwandverdeck anmontiert hat, und von der sechs Fuß langen Antenne, dem Kurzwellenradio und den Spezial-Sitzbezügen aus dem weißesten Fell der Schneeziege – all das infolge des Geschmacks und Einfallsreichtums von Hank Laramie, den ich vor fünfzehn Monaten kennengelernt –

das heißt Mitte August 1963 – und genau neun Monate später wieder verloren habe.

Was den Aufkleber an der Stoßstange betrifft, so gibt er meine Privatansichten nicht ganz exakt wieder, entspricht mir nicht so exakt wie mein Wahlspruch »Lust aufs Lustprinzip«. Ich will *Spaß am Leben* haben, wie es auf dem Aufkleber heißt, doch angesichts meiner Situation und meines Engagements für das Alaska-Yukon Gamelands bin ich den Männern in meinem Leben, zu denen ich auch Jimmy rechne, obwohl er nur ein Junge war, bemerkenswert ergeben gewesen. Sitka Charley habe ich nicht im Stich gelassen, seit wir 1940, auf meine Initiative, unsere Unschuld aneinander verloren haben, er im Alter von fünfunddreißig, ich mit fünfzehn. Und neun Monate lang war ich Hank Laramie und Jimmy treu, bis ich sie beide verlor. Meine Arbeit in Gamelands und die Willies, mit denen ich mich in Gamelands gelegentlich vergnügte, haben meine Treue gegenüber Hank und Jimmy und Sitka Charley nie beeinträchtigt.

Genau wie von Spooky Ruth prophezeit, ist nun für mich die Zeit der Veränderung gekommen, meine letzten Tage in Alaska, die hohe und schmale Brücke zu meinen verfrühten Wechseljahren, die sich, laut Spooky Ruth, an meinem Horizont abzeichnen, ob meine Eileiter nun zugebunden sind oder nicht, und trotz meines relativ jungen Alters. Zum Geschichtenerzählen mag ich alt sein, doch für die hormonellen Veränderungen, die manche erfreuen, andere niederschlagen, bin ich jung. Auf alle Fälle bin ich Jimmy und Hank Laramie zum erstenmal Mitte August 1963 begegnet; drei Monate später las Spooky Ruth mir aus der Hand, dem Herzen, dem Sinn, und erklärte mir auf ihre farbige Art, Alaska sei für mich ein Sumpf, der auszutrocknen beginne, und ich würde bald an einen Ort ziehen, wo ranke Reben wüchsen. Mitte Mai trat Martha Washington auf den Plan, deren Name, wie sie beharrlich versicherte, nicht von ihr erfunden war. Genau zu diesem Zeitpunkt faßte ich den Entschluß fortzugehen, und seither versucht Uncle Jake mich im Traum zurückzuhalten.

Kann eine derart trockene Chronologie wie Gamelands selbst mit Sex geladen sein? Und ob.

21

Es war ein ungewöhnlich warmer, trockener und klarer Spätnachmittag Mitte August. Die Tür meiner Hütte stand offen; wieder einmal, und nicht zum letztenmal, saß ich an meinem Luxusschreibtisch und las in Sissys Tagebuch. Zu dieser Stunde und an diesem Tag schwamm Gamelands in einem Meer von Feuerkraut. Auf allen Feldern, die unser dunkles Waldland umgaben, und an dem Ufer des Sees blühte hektarweise das Feuerkraut, kniehoch und rosa, erfüllte den ganzen Raum, den ich nicht sehen konnte, mit seinem hellrosa Leuchten. Die Tannen und Sitkafichten, die Birken und Erlen, die Preiselbeeren und Prachtbrombeeren und Schneebeeren, ganz zu schweigen von den tassengroßen Hagebutten – all diese Üppigkeit der Natur war in das rosa Leuchten des Feuerkrauts getaucht. Die Vögel sangen, die Fische laichten. Bei alldem fiel es mir leicht, mir Alaskas Erhabenheit einzugestehen, trotz dem tränenreichen Tagebuch der armen Sissy und dem alten Bärenschädel, der mich von meinem Schreibtisch angrinste.

Dann plötzlich leises Klopfen, die mädchenhafte Stimme.

»Sunny«, sagte Jenny, denn sie war es, die da barfuß auf den Bretterdielen meiner Veranda stand, »hey, Sunny, wir brauchen dich.« Ich drehte mich um und sah die nackten Füße, die engen Jeans, das grüne Jagdhemd, hastig übergestreift und offen wie zwei duftige Blütenblätter um den schlanken Körper hängend, der im übrigen so nackt war wie ihre schmalen Füße. Trotz meiner Weigerung, die Rolle einer Mutter zu spielen, hatte und habe ich eine Schwäche für die »kleine Hure aus Idaho«, wie sie sich selbst nannte. Mir gefiel, wie sie sich das Haar schnitt – kurz und ausgefranst, auf den Friseursalon im Baranof verzichtete sie –, und mir gefiel das Päckchen Zigaretten, das sie, Streichhölzer in die Cellophanhülle gesteckt, gewöhnlich in ihrer Hemdtasche trug. Sympathisch war mir ihre Absage an Kosmetika, nur einen knallroten Lippenstift benutzte sie, mit dem sie ihr kleines Mäulchen in einen Kußmund verwandelte.

»Wir haben da einen Willie«, sagte sie, »bei dem läuft überhaupt nichts.«

Sie lehnte schwer am Türpfosten; Kinn und Unterlippe waren, sah ich, völlig mit Lippenstift verschmiert.

»Ich hab's versucht, Elaine hat's versucht, Joan hat's versucht, und Liz auch. Bleiben nur noch Sue und Marie und Freckles, denn wir trauen uns nicht, Spooky Ruth und Thelma damit zu belästigen. Sue versucht gerade ihr Bestes, wird aber auch schon lahm wie wir anderen. Und Freckles und Marie sagen beide, sie fänden seinen Anblick abscheulich und wollten nichts mit ihm zu tun haben. Sein Name ist Jimmy«, sagte sie gähnend und zog sich das Hemd um ihre magere nackte Brust, als sei sie eine der Frauen aus dem alten Baranof und das Hemd ihr Kimono.

»Und er ist noch ein Kind. Ich weiß gar nicht, was er hier draußen eigentlich zu suchen hat.«

Als wir in Susans Mastodon-Wohnwagen kamen, rosa und weiß gestrichen, so komisch wie kein anderer unserer Wagen, war sofort klar, daß auch Susan ihre Versuche mit dem armen Jimmy aufgegeben hatte.

»Hallo«, sagte ich. »Ich bin Sunny.«

»Jungejunge«, sagte Susan und verdrehte die Augen.

Die Aluminiumeinrichtung ihres Wohnwagens gleißte im rosa Leuchten des Feuerkrauts; rosa und rot der Plüschteppich; flach und weich der mit Satin bezogene Diwan, auf dem die beiden wie zwei klägliche Teenager beim ersten Rendezvous hockten und der, übersät wie er war mit dicken Nackenrollen und parfümierten Kissen, nicht einladender hätte sein können. Durch die offenstehende Lamellentür zum Schlafzimmer konnte ich das zerknautschte Bett sehen und einen von Jimmys verschabten schwarzen Schuhen, der ziemlich deplaziert auf einem prallen Kopfkissen stand: Das Schlafzimmer hatten sie also schon ausprobiert. Den Diwan offenbar auch, denn die Nackenrollen waren verrutscht oder lagen auf dem Boden, und der breite Raum zwischen den beiden war so mit seidenen Negligés bedeckt, als ob Susan ihm in ihrer Verzweiflung ihre komplette Garderobe weiblichen Flitterkrams vorgeführt hätte. Zwischen zwei Kissen eine halbleere Flasche mit Mandelmilch; Wolken von Susans Körperpuder, die sich langsam setzten. Nach alldem hätten sie eigentlich eng umschlungen, die Körper noch leicht gerötet von der rosa Glut der Sättigung, daliegen müssen. Aber da hockten sie, Jimmy kerzengerade auf seiner Seite des Diwans, Susan gelangweilt im Schneidersitz, Jimmy schon wieder beim Ankleiden, das knochige Weiß seines schmalen Oberkörpers stak, verschämt ob seiner Nacktheit, aus der noch offenen schwarzen Hose; sein Gesicht ein kalkiger Keil, dünn und spitz, seine Lippen verkniffen, die eng zusammenstehenden Augen finster vor Stolz und Mißmut. So wie er den zweiten abgewetzten schwarzen Schuh in beiden Händen hielt, schien er nicht fähig, sich fertig anzukleiden. Susan trocknete sich bedächtig mit einem flauschigen zitronengelben Handtuch.

»Susan, Jenny«, sagte ich, die Hände in meinen engen Hosentaschen, lehnte mich an den unechten französischen Wandbehang, auf dem junge Menschen und Rosen dargestellt waren, »ich möchte mit Jim reden. Okay?«

Die beiden warfen sich bedeutsame und offensichtlich erleichterte Blicke zu und verzogen sich in den hinteren Teil des Wohnwagens. Gleich darauf ertönte der Plattenspieler und im Hintergrund das Rauschen und Zischen der Dusche.

»Jim«, sagte ich, bückte mich und nahm ihm Hemd, Unterhose und schmutzige Socken ab, »ich möchte dir eine Frage stellen.«

Er fuhr zusammen, wurde blaß, dabei war er bereits totenbleich, sah zu mir auf und dann schnell weg. Wenn ihm schon Jenny und Elaine und Joan und Liz und jetzt Susan angst gemacht hatten – und Susan war jung und lüstern wie selten eine –, wieviel einschüchternder mußte ihm dann erst der Anblick meiner geballten Weiblichkeit erscheinen, wieviel bedrohlicher als alles, was diese Mädchen mit ihm angestellt hatten. Er zitterte, die Spitze seiner Zunge klemmte zwischen seinen schmalen Lippen und grauen Milchzähnen.

»Jim«, sagte ich nach einer langen Pause, »jetzt kommt die Frage. Bist du schon jemals mit einem Flugzeug geflogen?«

Überraschung. Erleichtertes Aufatmen. Zaghafteste Entspannung seines Mißtrauens. Er schüttelte den Kopf, runzelte die Stirn, starrte auf seinen Schoß, den er jetzt erst bemerkte und mit beiden Händen zu verbergen suchte.

»Und?« fragte ich. »Möchtest du mal fliegen? Ich bin Pilotin.«

Wieder traf sein Blick meinen, und er nickte; seine Augen waren so groß und so nah am Wasser wie die eines Mädchens. Ich drehte mich um, während er sich anzog.

Dann gingen wir also zum Steg hinunter, Jimmy und ich, und von überall her drangen die Stimmen und Geräusche von Gamelands auf uns ein – ausgelassen, überwallend, gedämpft – beim Vorspiel, auf dem Höhepunkt, im gemurmelten Wirrsal des Danach; alles küßte, fummelte, lachte, trank kaltes Bier. Und hier gingen Jimmy und ich mit raschen Schritten auf meine Cessna zu, die in dem rosa Licht auf uns wartete und den armen Jimmy harmloser und einladender dünkte als alle Mädchen und Frauen zusammen. Ich ließ ihn auf die Tragfläche steigen und das Schlauchende halten, während ich die Pumpe bediente, ein kalkuliertes Ritual, bei dem er aussah wie ein Vogel, der da oben auf der Cessna hockte.

Wir kletterten an Bord. Ich bot ihm meine Lederjacke an, er schlug sie aus; er saß neben mir so kerzengerade wie vorhin auf Susans Diwan, aber jetzt war er angezogen, aufmerksam, wirkte plötzlich attraktiv, wie er seine schmalen Schultern einzog und die kläglichen Hände fest auf seine Knie preßte. Sobald der Motor ansprang, blickte er mich kurz und prüfend an, während ich durch das vom langsamen Kreisen des Propellers gestückelte Licht nach vorne starrte und wir auf den See hinaus und in den leichten Wind hineinglitten. Ich sah, daß er Schuppen hatte und ein Loch in seinem Hemd und eine hohe Stirn, weiß und glatt trotz seiner Gespanntheit. Er blickte rasch um sich, auf die Instrumente, die Steuerung, den Griff der Richtantenne, der aus dem Dach der Kabine nach unten ragte. Ich fuhr mit einer Hand in den engen Schoß meiner Jeans; er erlaubte sich einen kurzen verstohlenen Seitenblick. Dankbar sog er die Gerüche von Gummi, Benzin und muffigem Stoff ein, reckte sich glücklich nach links und nach rechts – und welches Boudoir konnte es wohl mit Sunnys Cessna aufnehmen? Kurz bevor wir von der Wasseroberfläche abhoben, griff er nach der alten pelzbesetzten Fliegerbrille, die wie immer am Armaturenbrett hing – mein Talisman, wie Sissys Elefant oder wie die in den schnellen Autos von Oberschülern im Führerscheinalter baumelnden grünäugigen Plastikschädel –, und setzte sie abrupt und selbstverloren auf. Sein Gesicht war schmal, aber seine Hirnschale hatte einen Umfang wie bei einem Mann, und die Brille paßte. Als er mir den Kopf mit Grannys Fliegerbrille zuwandte – denn es war tatsächlich die Brille meines schon lange toten ältesten Onkels –, sah er aus wie eine junge Eule, und ich lächelte, riskierte es, die Hand nach ihm auszustrecken und sein armes dünnes Knie zu drücken.

Dann stiegen wir auf und gingen in Querlage, er preßte sein Gesicht an das Plexiglas und blickte hinunter – unerreichbar für mich und doch mein, in fünfhundert Fuß Höhe eher mein, als wenn wir jetzt unten in meiner Holzhütte gewesen wären.

Wir gingen tiefer. Ich drosselte den Motor und flog dicht über den Gletscher hin, umkreiste dann Juneau und glitt im Leerlauf über dem Kanal zwischen den Bergen zu beiden Seiten, nickte einem Schleppnetzdampfer mit den Tragflächen zu. Ich beschloß, ihm den Gipfel von Mount Juneau zu zeigen. Jimmys Hals und Wangen röteten sich stärker, als unter uns das Licht der Sonne von den Schneeflecken und kahlen Felstafeln zu schwinden begann.

»Jim«, sagte ich dann, beugte mich zu ihm und hob meine Stimme, »wie alt bist du?«

»Vierzehn«, sagte er, ohne den Blick von den Gipfeln und Bergrücken, die wir umkreisten, abzuwenden.

»Als ich vierzehn war«, sagte ich, »konnte ich schon fliegen. Willst du mal das Steuer übernehmen?«

Noch glücklicheres Staunen, noch mehr Überraschung, und nun verwandelte sich der atemlose Passagier schlagartig in den begeisterten Flugschüler, er bog sich nach vorn, starrte durch die fleckigen Linsen von Grannys Fliegerbrille, umklammerte mit seinen dünnen Nagetierpfötchen das Steuer und flog uns so diese wenigen Sekunden lang der dicken orangenen Masse der Sonne entgegen, die bereits halb hinterm Horizont versunken war. Seine schmalen Lippen waren gespitzt, seine glatte grauweiße Stirn gefurcht, ab und zu wandte er den Kopf scharf in meine Richtung – die alte pelzbesetzte Fliegerbrille ließ ihn noch mehr wie ein Nagetier aussehen und machte ihn auch älter –, und ich nickte, lenkte seine Aufmerksamkeit auf den Kurven- und Drehungsanzeiger, auf unsere Fluggeschwindigkeit.

»Sehr schön, Jim«, sagte ich und drehte mich so, daß mein ausgeschnittenes Hemd an mir klebte wie die nassen Tücher, mit denen Aktmaler ihre Modelle behängen, »nächstes Mal versuchen wir ein paar Starts und Landungen.«

Dann übernahm ich wieder, das Licht ging in Grün und Purpur über, der an den Gletscher grenzende See wurde eine schwarze Perle. Einen Augenblick lang glitten wir über das Wasser, die Nase der Cessna oben, der Schwanz unten, Gischt schoß hinter uns auf als weißer Fächer, und dann verloren wir den größten Teil unseres Schwungs und tuckerten so ruhig und friedlich auf den Landesteg zu wie ein altes, von einem Außenbordmotor getriebenes Ruderboot. Jim schob sich die Fliegerbrille auf die Stirn, seufzte, nahm sie widerwillig ab und hängte sie dorthin zurück, wo er sie gefunden hatte. Auf meinen Vorschlag stieg er zuerst aus und machte uns fest; dann bat ich ihn, mir herunterzuhelfen, und stand in der Stille des jetzt abgestellten Motors und der sich sammelnden Moskitos neben ihm auf dem schmalen Schwimmer, eine Hand auf eine Verstrebung gestützt, die andere warm um seine gelegt.

»Die Lehrerin bekommt einen Kuß«, sagte ich lachend, bot meine weiche Wange seinen schmalen kalten Lippen dar. »Und jetzt«, sagte ich, »gibt's wie nach jeder ersten Stunde ein Bankett. Also ab mit uns in meine Privatbude, Jim, dort werde ich dir ein Festmahl kochen, wie's einem jungen, frisch ins Pantheon aufgenommenen Gott zukommt.«

Ich führte ihn zur Hütte zurück, wo ich ihn bat, den Kamin anzuzünden, während ich das Essen kochte, was ihn wieder zutraulicher machte und mir erlaubte, mein wachsendes Verlangen hinter den geforderten Verrichtungen am Herd zu verbergen.

»Steak und Eier, Jim, ist das was?« rief ich über die Schulter und erntete zur Antwort nur Schweigen und jähe Rauchschwaden aus dem Feldsteinkamin, der zweimal so groß war wie mein mächtiger Herd aus Aluminium und Gußeisen. Gab es denn sowas, dachte ich, ein Mensch in meinem Alter und mit meiner Erfahrung, am ganzen Leibe zitternd wegen eines mageren Käsegesichts von Knaben mit beklommenem Blick, fleckiger Unterwäsche und dreckigen Socken? Aber wie unwahrscheinlich es auch sein mochte, sagte ich mir, genau dies war der Fall, und ich mühte mich, nicht ganz so übertrieben mit Töpfen und Tiegeln zu klappern, nicht allzu hastig vom Herd zum Hackblock zur Stahlspüle zu eilen, nicht allzu eifrig mit braunen Eiern, Butterklumpen und rotem Fleisch herumzuhantieren. Ich fühlte mich wie Jimmy in der Cessna; ich versuchte meinen Atem zu beherrschen, die Hitze zu dämpfen, die wie die osmotische Wärme in einer Pflanze in meiner geballten Weiblichkeit aufstieg. Sachte, redete ich mir zu, sonst rennt er dir mit flatternden Hemdzipfeln in die Nacht und davon.

Ich goß mir einen Becher Rotwein voll und trank ihn runter, machte dann den Salat, briet die Eier, grillte die Filets englisch an, tappte dabei die ganze Zeit durch den wallenden Qualm von Jimmys Feuer. Selbstverständlich war dies seine erste Gelegenheit, ein Feuer in irgendetwas anderem als einem verbeulten kleinen Blechofen anzuzünden, dachte ich bei mir und lächelte.

»Okay, Jim«, rief ich, »fertig. Hilf mir auftragen!«

»Das Feuer qualmt«, sagte er, als er seinen Teller zum Tisch trug und zurückkam, um den Wein zu holen.

»Macht nichts«, sagte ich, »riecht doch gut.«

Mein Porzellan ist schwer, weiß, wulstig gerändert, unverziert, ein Geschirr, wie es in den Kombüsen von Hochseeschiffen zu finden ist, meine Bestecke hingegen sind aus Sterlingsilber, meine Gläser aus reinstem Kristall, obwohl ich im allgemeinen einen Satz Becher benutze, die so schlicht und praktisch sind wie mein Porzellan. Mein Leben ist voller Widersprüche, ich habe mir einen eigenen Typ alaskanischer Eleganz geschaffen, wobei ich zweifellos ständig bemüht war, französische Raritäten, französische Formen des Luxus zu imitieren. Jetzt nahm ich für den Wein die schweren Bechergläser und anstelle des Silbers gewöhnliche Küchenmesser und Gabeln. Aber auch so machte Jimmy keine Anstalten zu essen oder zu trinken.

»Hunger?« fragte ich, spülte gewohnheitsmäßig den Wein in meinem Mund herum, legte die Arme auf den Tisch und schnüffelte wie ein Connaisseur an meiner maskulinen Cuisine.

Er schüttelte den Kopf, machte wieder ein finsteres Gesicht.

»Also«, sagte ich, »Spiegeleier und Steak sind nach einem Flug das einzig Wahre. Und nichts geht über ein Steak von Sunny.«

Damit krempelte ich mir die Ärmel auf, schob mein kurzgeschorenes Haar zurück, riß ein Stück Brot ab, sah auf meinen Teller, bohrte das Brot langsam in das große gelbe Auge meines Spiegeleis, ließ es sich vollsaugen und stopfte es mir dann triefend in den Mund. Jim glotzte, seine Miene entspannte sich, er warf einen Blick auf seinen Teller – ich hatte ihm vier Eier gegeben, mir eins, und auch sein verkohlter Ziegelstein von Steak war größer als meiner –, während ich, noch ehe er sich regen konnte, mir einen riesigen Bissen von dem roten Fleisch absäbelte und zu dem dottergetränkten Brot in den Mund schob. Ich blinzelte und begann angestrengt zu kauen. Ich war nach vorne gebeugt, mein Gesicht zu Jim erhoben, mein Kinn troff vom Dotter und dem rosa Saft des Steaks, prallvoll waren meine Backen. Mir war ein wenig der Schweiß ausgebrochen, und meine Augen waren, wie seine, von dem Rauch gerötet.

»Komm«, sagte ich dann, »iß doch auch.«

Ich konnte kaum sprechen durch den Brei aus Fleisch, Brot und Ei, der mir den Mund verstopfte, und diese meine gedämpfte Aufforderung brachte uns beide plötzlich zum Lachen, wie von mir geplant, und veranlaßte Jim, betreten, schüchtern Messer und Gabel aufzunehmen und mit Essen anzufangen. Er steckte sich die Serviette ins Hemd, wischte sich bei jedem Mundvoll die komplette untere Gesichtshälfte ab. Offenbar genoß er meine Vorführung, hatte er noch nie eine Frau gesehen, die einen ausgehungerten Lastwagenfahrer spielte, und doch wurde er, je hemmungsloser ich mich gab, immer scheuer und reservierter, auch wenn er seine vier Eier und das ganze Steak tatsächlich aufaß.

»Auf deinen ersten Alleinflug«, sagte ich und hob mein Glas. Er sträubte sich gegen den Wein, ahnte instinktiv die Verführungskraft meines edlen Claret, nippte aber dennoch im Lauf des Essens immer häufiger daran. So am Tisch sah Jimmy aus wie ein kleiner alter Mann, den eine Witwe in ihrem schwülen Bau schon fast umgarnt hat. Er fuhr sich sogar mit den Fingern um die Innenseite seines Kragens, wie um ihn zu lockern, dabei war der Kragen schon aufgeknöpft. Armer Jimmy.

Wir begaben uns an den Kamin, der jetzt nicht mehr qualmte. Ich ließ ihn an meinem Cognac schnüffeln und nippen, ermunterte ihn, sich eine Schale eisgekühlter Pfefferminzschokoladeplätzchen mit mir zu teilen. Wir saßen in unseren Mies van der Rohe-Sesseln, die auf meinem zwölf Fuß langen Eisbärfelläufer vorm Kamin standen – Sissy hatte nie einen Bärenfelläufer, aber ich hatte einen –, und ich erfuhr, daß Jimmy in Anchorage geboren war, daß er in Juneau bei einem Onkel wohnte und daß er nach der Schule in der Konservenfabrik arbeitete, um seinen Lebensunterhalt zu bestreiten. Da saß er, vorgebeugt auf der Sesselkante, die Hände gefaltet zwischen seine Beine geklemmt, und starrte trübsinnig in mein romantisches Kaminfeuer.

»Wie bist du hier herausgekommen, Jim?« fragte ich.

»Zu Fuß«, antwortete er.

»Niemand hat dich mitgenommen?«

Er schüttelte den Kopf.

»Nun«, sagte ich, »du wolltest Gamelands also unbedingt besuchen. Wie bist du darauf gekommen?«

»Durch das Plakat«, sagte er sofort. »Ich hab's in einem Ladenfenster gesehen und mich gleich entschlossen.«

»Ah ja«, sagte ich sanft, »das bestrumpfte Bein. Aber, Jim, was hast du denn hier erwartet?«

»Mädchen«, sagte er hastig, »was sonst?«

»Nun, Jim«, sagte ich so lind und leise, wie ich konnte, »ich bin eine Frau.«

»Das weiß ich«, sagte er schlicht.

Im Schein des Kaminfeuers präsentierte ich ihm die perfekteste Silhouette, die er je gesehen hatte, dann ging ich ohne ein

Wort ins Schlafzimmer und zog mir die Stiefel aus, das Hemd, die engen abgetragenen Jeans und schließlich den dreieckigen rosa Schild, der mich so mollig umschloß wie meine Handfläche. Wie in einem Stummfilm machte ich mich so schnell ich konnte als eine Frau zurecht, die unbedingt befriedigt werden will, streifte Nylonstrümpfe über und mein hauchdünnes Negligé – weder Hüftgürtel noch schwarze Netzstrümpfe, nichts, was an den Prunk altfränkischer Gekünsteltheit erinnern konnte, nur das dezente Negligé und gewöhnliche Strümpfe, und eben damit gab ich das Bild einer echten, liebebedürftigen Frau ab. Und ich war ja auch wirklich nichts anderes als eine echte Frau, Bild hin, Bild her.

»Hallo«, sagte ich, als ich mich wieder in das warme Leder meines Mies van der Rohe-Sessels setzte. »Ich bin Sunny.«

Er lachte nicht, aber er verfinsterte sich auch nicht, noch wandte er sich ab oder verfiel in schiere Unterwürfigkeit. Ich hatte mich sorgfältig in das Negligé eingehüllt und die unteren Falten so arrangiert, daß es nur ein Bein bis zum oberen Rand des Strumpfs sehen ließ.

Ja, ich war das Inbild des ältesten aller Männerträume – und warum auch nicht? Weder hatte ich etwas gegen weibliche Listen, noch war Jimmy gegen meinen Anblick immun. Susans oder Jennys Anblick mochte ihn verletzt haben, meiner aber tat dies nicht.

Mit ihren Wänden aus fußdicken Bohlen, hier und da mit Chilkat-Decken behangen, den Sparren am Plafond und dem echten Kajak, das waagrecht überm Kamin hing – so groß war der Raum –, dem Fell des Eisbären und dem in der arktischen Dunkelheit des Abends pulsierenden Feuer – was anderes war meine Privathütte als eine Zitadelle des Sex? Als habe die Königin der Frauen vom Baranof sich selbst in einem Museum ausgestellt. Alaskanische Folklore und zeitgenössischer Luxus – was für ein Ambiente für den ältesten aller Männerträume, dachte ich, was für eine Welt für eine Frau.

Die leere Weinflasche lag neben meinem Sessel, meine Brüste waren voll, Jimmy warf einen längeren Blick in meine Richtung. Jetzt, dachte ich bei mir, jetzt oder nie.

»Jim«, sagte ich mit einer Stimme, in der ich mich kaum erkannte, »wirst du mir einen Gefallen tun?«

Er nickte.

»Gut«, sagte ich, und mein Flüstern klang schneidend, »ich

möchte, daß du zu mir kommst und mir die Strümpfe runterrollst.«

Ich hatte die Hände auf meinen Hüften. Ich saß zurückgelehnt, ein Bein angewinkelt, das andere gestreckt. Ich sah ihm voll ins Gesicht, so daß ihm nicht entgehen konnte, daß auch ich verletzbar war. Ich beobachtete ihn. Ich hörte es trocken in seiner Nase, in seiner Kehle schnaufen – großer Gott, fragte ich mich, heult er jetzt etwa los? –, und dann erhob er sich endlich, und ich konnte mich nicht enthalten, einen Blick zwischen seine Beine zu werfen.

»Jim«, wisperte ich, »roll mir die Strümpfe runter.«

Er kniete zu meinen Füßen. Ich hielt den Atem an. Und langsam, ohne den Geruch der Konservenfabrik in seinen Kleidern und die flagranten Ausdünstungen der knabenhaften Einsamkeit seines Körpers zu ahnen, zog er langsam die unteren Falten meines Negligés auseinander, stöhnte auf und hockte sich auf seine Hacken.

»Jim«, wisperte ich, »tu, was du möchtest.«

Mein vorgeschobenes Becken glich einem Bruch in der Erdkruste unterm Meer, einem tropischen Plateau, das sich der Sonne entgegenreckt. Meine Beine waren ausgestreckt, sie bebten; ich löste mein Negligé, sah zu, wie Jimmy, der einer Frau noch niemals offen auf die Brüste geschaut hatte, jetzt mit dem zweiten und letzten meiner Strümpfe in seinen beiden Händen innehielt und meine anstarrte. Der Anblick meiner fraulichen Brüste quartierte sich, wie ich deutlich sehen konnte, in seiner jungfräulichen Leistengegend ein.

Spät am nächsten Morgen briet ich ihm noch einmal vier Eier und brachte ihn dann wieder zu Susan, die überrascht und fiebrig erfuhr, was für einen Spaß man mit Jimmy haben konnte. Binnen drei Tagen war der geduschte und geschniegelte Jimmy zum Liebling aller geworden. Sie prahlten mit ihm vor ihren Willies herum, sie zogen ihn den meisten Willies vor, sie konkurrierten offen um ihn. Und er akzeptierte seine Rolle als Sex-Maskottchen von Alaska-Yukon Gamelands.

Aber er blieb mein Liebling.

22

Hank Laramie. Mein Freund Hank Laramie.

Kaum eine Woche, nachdem Jimmy sich Zuneigung und Bewunderung aller bei Gamelands erworben hatte, tauchte Hank, scheinbar aus dem Nichts, plötzlich auf und versetzte sie alle mit seiner Ausdauer in Erstaunen. Er war auf den Tag genauso alt wie ich; sympathisch, offenherzig, selbstsicher, ein geschmeidiger braungebrannter Mann von sechs Fuß Größe. Die letzten fünf Jahre hatte er in Montana verbracht als, wie er es nannte, professioneller Gatte einer kastanienbraunen Frau, die ihr stämmiger schwarzbärtiger Mann mitsamt ihren drei Kindern hatte sitzenlassen, um sich ausschließlich seiner Karriere als Stock-Car-Rennfahrer zu widmen. Die Frau war ebenso blond wie kastanienbraun, hatte eine entsprechend weiche und milchige Haut, und sie war klein – etwas kleiner als ich –, ihr Körper an den richtigen Stellen so vollkommen gerundet, wie Hank sagte, daß sich ihm bei ihrem Anblick jedesmal die Haare auf den Handrücken aufrichteten, ganz gleich, ob sie voll bekleidet oder nackt war. Ihre Kinder waren so schön, sagte Hank, daß er den Jungen immer erst dann von den beiden Mädchen unterscheiden konnte, wenn er sie alle drei zusammen zum Baden in die hölzerne Wanne gesteckt hatte. Hank selbst war, je nach dem Licht, kastanienbraun oder blond, und er schien viel eher der Vater dieser Kinder zu sein als der eigentliche Vater; freilich war er es nicht, wünschte sich dies aber stets.

Der stämmige schwarzbärtige Ehemann hatte seine Familie in einem kleinen Holzhaus zurückgelassen, das in trostloser Baufälligkeit auf einem Flecken kahlen Bodens stand, der übersät war mit Autoteilen – alten Reifen, Kotflügeln, Scheinwerfern, rostigen Fahrgestellen –, die der massige, gedrungene Gatte für seine Rennkarriere gehortet hatte. Mit Gipsplatten, Sperrholz und Farbe restaurierte Hank das Haus für die Frau und ihre Kinder. In die meisten Zimmer baute er Holzöfen ein, er reparierte den Keramik-Kamin im Salon, und am Ast eines fast abgestorbenen Baums in dem übersäten Hof hängte er eine Schaukel für die Kinder auf. In eins der Wohnzimmerfenster setzte er buntes Glas ein; die Wrackteile im Hof aber ließ er liegen, damit sie alle nie vergäßen, wie er sie angetroffen hatte, und außerdem hatte er selbst viel für Autos übrig, auch wenn's nur ihre Bestandteile waren.

Die Familie drehte sich um diese goldene Frau. Die Kinder liefen ungebeten hierhin und dorthin, um ihrer Mutter zu helfen, machten die Betten, standen um ihren Sessel, wenn sie sich ausruhte, und rannten, um ihr eine neue Packung Zigaretten oder eine Tasse Tee zu holen. Hank hielt im großen und ganzen das Haus instand, stopfte undichte Stellen, verlegte neue Fußböden, und meistens kochte er auch. Tag und Nacht hielt er auf dem Ofen einen Zehn-Liter-Kessel Kidneybohnen am Brodeln und Kochen, las den Kindern Märchen vor und brachte der Frau ihren Weißwein oder manchmal auch Wodka, wenn sie dazu in der Stimmung war. Die Frau selbst beschenkte sie alle mit ihrer Schönheit, ihren Plänen für den Tag, ihrer nervösen Liebe, und stärkte sich für ihre Mutterrolle mit Pillen – die je nach ihren weiblichen Augenblicksbedürfnissen ihre Stimmung hoben oder senkten.

Mit dieser Frau Sex zu treiben war, wie Hank sagte, als ob man einen kernlosen Pfirsich verzehre oder in einem See aus Honig schwimme. Stets war sie es, die ihn, wenn sie dazu aufgelegt war, zum Sex aufforderte, nie geschah dies auf die andere, konventionellere Weise. Aber ihre Bedürfnisse waren die seinen und seine die ihren, sagte er, und wann immer ihn der Trieb bedrängte, rief sie ihn herbei, obwohl er sein Verlangen gar nicht zeigte, und wann immer sie ihn rief, spürte er Verlangen. Harmonie, sagte er, könne es einzig und allein in einem Matriarchat geben, und mit dieser Frau lebte er wie Ehemann und Vater in einem, auch wenn er in Wirklichkeit nur ihr Hausmeistergatte war, wie er mir mehr als einmal mit einem bedauernden Lachen erklärte.

Als die Frau schließlich mit ihren Kindern fortging, um mit einem nicht verbeamteten Professor für Asiatik an der nahegelegenen staatlichen Universität eine Dienstwohnung zu beziehen, begab Hank Laramie sich mit dem Stock-Car-Rennfahrer auf eine einwöchige Sauftour, von der er klaren Kopfes erwachte, bereit zum Aufbruch nach Alaska.

Jimmy war Hank Laramies Vorbote, der junge Mann, der den jungenhaften Mann ins Dasein rief. Wenn Jimmy mein Liebling war, war Hank mein Freund.

Hank Laramie. Mein Freund Hank Laramie.

»Sunny«, sagte Jenny, denn wieder war sie es, und diesmal stand sie grinsend und völlig nackt bei mir im Eingang, das heißt, eine Unterhose trug sie und ein weites offenes Hemd, das ihre kleinen Brüste in voller Pracht sehen ließ. »Hey, Sunny, komm und sieh dir an, was wir da haben!«

Fünf Tage lang, oder seit die junge Jenny das letztemal auf meiner Veranda gestanden hatte, hatten wir nichts als Nebel, Geniesel, Regen, typisches Wetter, wie Schwärme von Raben und böse Geister es anziehen. Jetzt dampfte zum zweitenmal binnen einer Woche die heraldische Sonne durch die Kiefern ringsum, erwärmte den klaren Himmel oben und tauchte Gamelands in warmes Licht. Und wieder stand hier, dieselbe und doch nicht dieselbe, Jenny – erschöpft, munter, mit dem Schweiß eines neuen Willie bedeckt, wie ich mit einem Blick feststellte, und so gesättigt, daß sie nicht die geringsten Anstalten machte, die Spuren dessen, was sie eben getrieben hatte, zu verbergen – das Haar zerzaust von den Fingern des Fremden, die Unterhose nur teilweise über die glänzenden Hüften hochgezogen, den roten Abdruck einer kosenden Männerhand auf dem Oberschenkel –, und so zufrieden mit sich selbst, daß sie es kaum erwarten konnte, mir die Neuigkeit mitzuteilen.

»Wir haben da einen Willie«, sagte sie, schüttelte den Kopf und stützte sich steif mit ausgestrecktem Arm an den Türpfosten, »der hört einfach nicht auf.«

»Ach?« sagte ich und drehte mich lächelnd zu ihr herum.

»Die Sache ist die«, sagte sie, ließ mich den Glanz in ihren schläfrigen Augen sehen, putzte sich die Nase, verlagerte ihr Gewicht auf den anderen Arm und schüttelte den Kopf. »Die Sache ist die: Er ist jetzt schon den ganzen Tag hier und geht einfach von einer zur anderen, von einer zur anderen, und dann fängt er wieder von vorne an. Bis jetzt war er bei jeder von uns dreimal. Tja. Da können wir nicht mithalten. Um die anderen Willies kümmern wir uns schon gar nicht mehr, dabei sind eine ganze Menge hier. Wir können uns nicht von Hank losreißen – so heißt er nämlich –, aber wir sind fertig. Er hat uns geschafft. Alle neune. Aber das Wichtigste«, sagte sie, »er ist wunderbar! Hank ist einfach wunderbar, Sunny. Komm's dir ansehen!«

Ich folgte ihr nicht ungern zu dem himmelblauen Mastodon, in dem Joan, neunzehn Jahre alt und aus Illinois, ihr Privatleben führte beziehungsweise ihre Willies empfing und wo sie augenblicklich alle – Elaine, Susan, Spooky Ruth und die anderen – versammelt waren. Nie zuvor hatte ich die Frauen von Gamelands so beieinander gesehen. Nie hatte ich sie so erschöpft und bewundernd gesehen. Sie alle waren nackt, das ganze Ensemble, bis auf Marie, die die Stiefel des Fremden angezogen hatte. Hinter der weit offenen Lamellentür des Schlafraums räkelten sich vier zusammen auf Joans Bett; zwei waren zu beiden Seiten des Fremden auf dem Diwan drapiert, lehnten die Köpfe an ihn und hielten ihn locker in ihren verschlungenen Armen; und zwei, Liz und Susan, saßen an den Diwan gelehnt zu seinen Füßen, schmeichelten seine Knie mit ihren Wangen und zeichneten absichtslos imaginäre Linien auf seine Waden. Sie alle wirkten träge, lachten leise und waren ganz untypisch verlegen.

»Also du bist Sunny«, sagte dieser Parade-Willie, hob sein Gesicht und lächelte mich von unten her an, wo er, Susan und Elaine in den Armen, auf dem Diwan lag; ich konnte ein ungewohntes Prickeln mädchenhaften Stolzes nicht unterdrücken bei der Vorstellung, daß sie, die Mädchen und Frauen von Gamelands, sämtlich verführt, den ganzen Tag mit ihrer Sunny herumgeprahlt hatten.

»Ich bin Hank«, sagte er mit seiner netten gewöhnlichen Stimme. »Hank Laramie.«

Er war attraktiv, das sah ich sofort, und nicht im geringsten das, was ich erwartet hatte. Klotzigkeit, Muskeln, dröhnendes Lachen – nicht damit hatte Hank Laramie unser Gamelands erstürmt. Er war im Verhältnis zu seiner Größe ebenso dünn wie Jimmy, und er war locker, gutmütig und gewöhnlich. Seine jungenhafte Männlichkeit, die machte seinen Charme aus. Er trug einen alten hellbraunen Filzhut mit einer Feder im Band, und bis auf diesen Hut und ein blaues Hemd, das aufgeknöpft gleichwohl lässig sein Gemächt verbarg, war er genauso nackt wie Liz, Joan, Elaine und alle anderen. Selbst im Liegen war er noch lang genug, um gertenschlank, und dünn genug, um mager zu sein; seine Züge waren entspannt, aber energisch genug, um Vertrauen einzuflößen, und jungenhaft genug, um Mitgefühl zu erwecken, und kantig genug, einen gewinnenden Hauch männlicher Schönheit anzudeuten. Er trug einen Ehering, den er, wie ich später erfuhr, bei seiner Abreise aus Montana erstanden hatte, weil er zwar seine Frau verloren hatte, aber nicht mit ihr verheiratet gewesen war.

»Oh, ich bin nicht verheiratet«, sagte er, als er mich nach dem Ring schielen sah. »Ich habe mich bloß mit all diesen Frauen hier vermählt.«

»Mädchen«, sagte ich darauf, »habt ihr was dagegen, wenn ich mir Hank Laramie mal kurz ausleihe?«

Sie rutschten beiseite, hoben die Köpfe und murmelten in gespielter Verzweiflung ihre offensichtliche Zustimmung. Also ergriff ich seine wartende Hand, zog ihn hoch und behielt die magere Hand in meiner, während wir einander gegenüberstanden und ich ihn offen musterte, offen den schlanken sonnengebräunten Körper, die klaren Augen bewunderte.

»Sunny«, sagte er, »ich wußte, daß sie dich holen würden, wenn ich lange genug wartete.«

Seine Haltung war gerade und doch nachlässig; er schien sich seines nackten, vom offnen Hemd umrahmten Gehänges gar nicht bewußt zu sein.

»Na, was sagt man dazu?« tönte Spooky Ruth aus dem Schlafraum. »Wir neun haben bloß für Sunny die Kanone geladen!«

»Aber, meine Damen, der Tag ist noch nicht zu Ende«, sagte er, holte sich von Marie seine Stiefel wieder und folgte mir nach draußen über den Kies zu meiner stattlichen Hütte.

»Bring ihn zurück!« rief Liz.

»Bring ihn zurück, Sunny!« schrie Elaine.

Wir lachten händchenhaltend, sein Körper sah aus wie ein Fluß im Sonnenschein. Nie hatte ich solch männliche Nacktheit gesehen, dank des offenen Hemds, des alten, über das jugendliche Gesicht gezogenen Huts und der weißen hochhackigen Stiefel mit ihren hellroten Ziermustern. Nie hatte ich einen Mann gesehen, der mehr als nackt vor aller möglichen Leute Augen so herumspaziert war, und ich sagte ihm, wie sehr mir sein Anblick gefalle.

Als wir zur Tür kamen, die noch offenstand, ließ ich seine Hand los, packte ihn beim Hemdzipfel und zog ihn hinter mir her geradewegs ins Schlafzimmer, in dem es nach Holz, Leder, Wolle und meinem Cachet Noir duftete. Mein Bett war das einzige seiner Art in Alaska; es hatte einen sechs mal acht Fuß großen Rahmen aus sechs Zoll dicken lackierten Hölzern, straffe weiße Laken und rote, mit großen schwarz-weißen Karos gesäumte Decken. Die beiden weißen Kopfkissen lagerten auf zwei weiteren Kissen in roten Bezügen. Hank gab keinen Kommentar zu meiner üppigen Einrichtung – dem Bett, den Chilkat-Läufern, dem Hirschschädel überm Bett, der Lampe aus rostfreiem Stahl auf ihrem schwarzen Sockel –, und ich ließ ihn stehen, während ich zurückging, um die Tür zu schließen und aus der Küche das Nötige zu holen. Ich stellte Gläser und Flasche auf ein kleines schwarzes Tablett, das glänzte wie Kohle, wartete und fuhr mir mit der Hand durchs Haar. Ich konnte mich nicht erinnern, wann ich das letztemal ein solches Verlangen gespürt hatte – nicht einmal bei Jimmy war es so stark gewesen.

»Was bringst denn da?« fragte er, »Alaska-Gesöff?«

»Hudson Bay-Rum«, sagte ich und stellte das Tablett auf den Nachttisch aus Holzklötzen und meergrünem Glas. Ich hatte mich gefragt, was er wohl in meiner Abwesenheit machen würde, und jetzt wußte ich es. Er erwartete mich lang ausgestreckt auf meinem Bett; es wirkte, als sei er die Kurtisane und ich der vornehme alte Besucher in Frack und schwarzem Binder. Seine Stiefel hatte er auf dem Boden neben dem Bett gelassen, Hemd und Hut aber trug er noch immer. Seine Hände waren hinterm Kopf verschränkt. Ich goß den schwarzen Rum in die Gläser, ließ ihm seins in Reichweite, nahm meins mit rüber zu dem Ledersessel und setzte mich.

»Seit wann bist du hier?« fragte ich ihn.

»Komme gerade vom Schiff.«

»Und dann schnurstracks nach Gamelands.«

Er nickte.

»Den ganzen Weg nach Alaska auf der Suche nach Frauen.«

Wieder nickte er.

»Na«, sagte ich, »Jenny und Liz und all die anderen können sich nicht vollständig irren.«

»Sie irren sich nicht«, sagte er mit seiner ehrlichen unbeschwerten Stimme.

»Was ist dein Geheimnis?«

Hier erzählte er mir nun die Geschichte von seinen fünf Jahren in Montana. Ich hörte zu, trank den Rum, stellte mir vor, seine Brustmuskeln zu berühren, seine schmalen Flanken, seine Kniescheibe, seine Wangen, und wünschte, die Frau mit den drei Kindern wäre ich gewesen.

»Ich vermisse sie«, sagte er. »Aber ich bin nicht darauf aus, mich für ihren Verlust zu entschädigen.«

»Aber«, sagte ich, »sie war's doch, die dich so gut bei Frauen gemacht hat?«

Er zögerte. Wortlos ballte er meine frischen Kopfkissen zusammen, um seinen Kopf weiter nach vorn zu bringen, streckte seinen Arm aus und nahm einen bedächtigen Schluck von dem Rum.

»Vielleicht haben sie dich ja doch fertiggemacht«, sagte ich. »Oder wie?«

Aber Hank Laramie und ich wußten es besser. Keine Frau jemals zum Weinen gebracht; keine Frau, die nicht dankbar gewesen wäre, Hank Laramie zu sehen, ihm nachgelaufen und seine Freundin geworden wäre. Die Muskeln auf seiner Brust bewegten sich wie Blätter.

»Ich bin nicht wie deine Montana-Lady«, sagte ich. »Ich werde niemals heiraten.«

»Ich auch nicht«, sagte er sofort.

»Spaß am Leben, ist mein Motto«, erklärte ich. »Niemand ergeben.«

»Das ist schön«, meinte er. »Gefällt mir. Spaß am Leben ...«

Dann stand ich auf, ging ans Fenster und sah eine ängstlich wirkende Gestalt aus den Koniferen treten und glotzend vorm Eingang zu Gamelands stehenbleiben. Mit dem Rücken zu Hank beobachtete ich den Mann, während ich mein Hemd auszog und meine Hose abstreifte.

»Bei dir ist es doch so«, sagte er hinter mir, »daß du heiratsfähig bist. Ganz gleich, was du sagst von wegen nicht heiraten. Natürlich, alle Frauen kommen dem Ideal nahe. Aber ich kenne keine, die ganz und gar Frau ist, weiß, was jede Frau weiß, und die doch noch heiratsfähig ist, so wie du es bist. Man hat mir von deiner Fliegerei erzählt und wie du diesen Laden hier betreibst. Man nannte dich die härteste und erotischste Frau von ganz Alaska. Und das bist du! Dabei hätte ich einen Körper wie deinen allenfalls bei einer jungen Basketballspielerin erwartet. Und doch gibt es kein junges Mädchen im heiratsfähigen Alter, dessen nackter Körper sich mit deinem messen könnte.

Eine Professionelle«, sagte er mit seiner leisen gutmütigen Stimme, »und doch heiratsfähig. Ja, das bist du.

Paß auf«, sagte er dann, während ich lächelnd unsern neuen Willie auf die Empfangshütte zuhasten sah, »ich werd für dich Marihuana anbauen. Für dich kochen. Und ich kenne mich mit Autos aus. Bin ein prima Autobastler.«

Ich drehte mich um. Musterte ihn. Seine graublauen Augen sahen mich an, sie erinnerten mich an die Augen im Kopf eines traurigen alten Hundes.

»Nun denn«, sagte ich, »erstmal kannst du an mir herumbasteln, und dann sprechen wir von dem Wagen.«

Ich legte mich neben ihn.

»Heiße Lava«, sagte er, »heiße Lava.«

Und für den Rest dieses Nachmittags ergaben wir uns dem, was zu Uncle Jakes Zeiten damals in Juneau für uneheliche Beiwohnung erklärt worden wäre. Es war die längste Klondike-Hundeschlittenfahrt, die ich je mitgemacht hatte. In meinem Innern blätterte alles ab, und das Bett, mein großes Alaska-Bett, war voller mexikanischer Sättel und kleiner goldener Babys, die überall auf uns herumkrabbelten. Aber ich war nicht die Frau aus Montana. Ich war Sunny.

In der Dämmerung trollten wir uns nach draußen und gingen über den Kies in die aufkommende Nacht. Aus einem Impuls heraus führte ich ihn an den Eingang von Gamelands und hielt vor dem Gamelands-Totempfahl an. Er war noch neu und doch bereits das bekannteste Wahrzeichen im Südosten Alaskas, wenn nicht sogar im ganzen Staat. Wir reckten die Hälse vor meinem feierlichen Totempfahl, der nach meinen Entwürfen, aber unter Sitka Charleys Leitung geschnitzt worden war, und obwohl die Sonne sich verzogen hatte, leckten noch immer kleine Lichtzungen an meinem frisch bemalten hohen Denkmal auf und ab. Volle dreißig Fuß hoch ragte es in die Luft, und bis auf die traditionellen Flügelwesen indianischer Legenden, die ihn in vier Abschnitte teilten, und bis auf die krönende überlebensgroße Figur oben war der ganze Totempfahl von den Körpern nackter Frauen umschlungen. Rundherum umgaben sie meinen Totempfahl, schlängelten sich empor, kletterten einander auf die Schultern, klammerten sich an die Flügel der heiligen Vögel, schmiegten sich an die grausamen Schnäbel.

»Tja«, sagte er und legte seinen Arm um meine Schulter, »das nenn ich einen Totempfahl. Aber wer ist der Kerl da oben auf der Spitze?«

Ich zögerte, sah die Frauen sich wie die Spiralstreifen an einer Zuckerstange aufwärtswinden, schreiend die Hände von meinem hölzernen Regenbogen nach dem stattlichen barhäuptigen Manne ausstrecken, der da über uns in den dunkelnden Abend ragte. Er trug seinen hölzernen Parka, hielt sein Holzgewehr empor. Er zeigte nach Norden, ins Abenteuer.

»Mein Vater«, sagte ich schließlich. »Er hatte Angst vor Frauen.«

23

Sieben Monate im Traum. Volle sieben Monate. Und meine Träume liegen an den Küsten meines schlafenden Ich wie angespülte tote Fische. Oder meine Träume gleichen Gänsen, die über bleierne Himmel treiben, dem Blick entschwinden, wieder auftauchen, unter die Baumwipfel sinken, hinter den Horizont aus weißem Eis fallen. Und ich habe niemanden, dem ich von ihnen erzählen könnte, nicht einmal Spooky Ruth kann ich sie erzählen.

Ich bin nicht Herrin meiner selbst.

Ich will nicht wieder in einen anderen Traum hineinerwachen, will meinen Vater weder in diesem Traum noch im nächsten sehen. Warum erfüllt er meinen Schlaf mit Träumen? Warum segelt er durch meine Träume wie ein grauer Vogel an kalten Tagen zwischen den Jahreszeiten? Warum muß ich ihn allnächtlich dulden und jeden Morgen mühsam abschütteln? Aber genau das muß ich.

Ich bin nicht Herrin meiner selbst.

Sunny, ruft er. Sieh doch, Sunny. Robbenbabys!

Ich weigere mich hinzusehen. Ich berge mein Gesicht in meinen Armen. Ich verschließe mein Herz, verstopfe meine Ohren. Ich verleugne den Keil aus Licht, der sich in meinen tiefsten Schlaf getrieben hat.

Uncle Jake schiebt sich näher, aufdringlich, heischt meine Aufmerksamkeit, als sei dies das Natürlichste von der Welt. Sunny, sagt er, und ich spüre, wie meine Nackenhaare sich sträuben. Sieh sie dir an. Großer Gott, hast du je so viele Robbenbabys gesehen?

Ich wälze mich herum, aus meinem pelzigen Kokon gerissen, gebündelt und eingewickelt in meine Pelzhüllen, auch ich könnte ein Robbenbaby sein – wenn man von meinem Alter absieht, von meinen hundertachtundzwanzig Pfund, von der Größe und Gestalt meiner Weiblichkeit. Ich liege auf dem Bauch, meine Arme gleichen Flossen, und selbst mit fest zugekniffenen Augen weiß ich, daß ich am Rand einer flachen Welt aus weißem Licht liege. Ja, ich werde mir der Gewißheit seiner bald klaren und optimistischen, bald schmeichelnden Stimme bewußt, der Gewißheit, in Pelze gehüllt zu sein: Ohne die Augen aufzuschlagen, sehe ich mich gekleidet in Pelz, Seehundlederstiefel und plumpe Fäustlinge, pelzgefütterte Hosen; die Kapuze meines Parka umschließt meinen Kopf, der seidige Pelzwulst verdeckt fast mein ganzes rosiges Gesicht mit seinen bereiften, vereisten Wimpern und Haarsträhnen. Ein Eskimo-Wickelkind. Ein großes Robbenbaby.

Hörst du sie, Sunny? fragt er. Das sind Tausende. Hörst du sie schreien? Schreien sie nicht genau wie kleine Kinder?

Ich stütze mich mit den Unterarmen hoch, öffne schließlich die Augen, und eher spüre denn sehe ich den weißen Horizont, den weißen Himmel, die Weiße der aus dem Nichts des Lichts gemeißelten Eisschollen. Hinter mir schwarzes Wasser, ein Kajak, der aufs Eis gezogen wurde, und Uncle Jake, der halb nach Norden, halb mir zugewandt auf mich hinuntersieht und die Polarluft mit dem unschuldigen Atem seines Narzißmus erfüllt. Er trägt keinen Hut, die Kapuze seines Parka ist zurückgeschlagen, markant sind seine Züge. Keine Spur von Frost ist in dem jetzt wirren Haar, schwarz wie der Flügel einer Krähe. Hinter ihm lagern in qualvoll zusammengedrängten Haufen die Robbenherden auf einem Strand aus Eis – und sie bewegen sich, bewegen sich langsam. Ich höre sie, höre die Robbenbabys schreien. Mit Menschenstimmen erfüllen sie die kalten Regionen, mit ihren schmächtigen Schreien, die sich ballen zum Gesang von Hunger, Verwirrung und Furcht, zu Tausenden erzeugen sie Töne, süß und kläglich und lärmend, die ebensogut Worte sein könnten. Das Kinderzimmer des hohen Nordens, denke ich und halte mich auf Händen und Knien und sehe sie an – die Bullen, die Weibchen, die Jungen, wie sie auf dem Eis rutschend herumzappeln.

Uncle Jake trägt eine mächtige Keule.

Stell dir vor, Sunny, sagt er und fuchtelt mit seiner freien Hand zu den ausgestreckten Robben hin, während er auf mich hinuntersieht und mich mit seinem Lächeln, dem blassen Blau seiner Augen beschenkt, stell dir bloß vor, sagt er, die Babys schreien nach ihren Müttern. Robben muß man auf festem Boden erschlagen. So macht man das. Robben auf festem Boden erschlagen ist fair, solange man dazu Keulen benutzt. Aber es gibt halt diese Schurken, die Robbenjagd im offenen Wasser betreiben. Schurken, die schwimmende Robben mit Schrotflinten abknallen. Und hauptsächlich sind es eben Mutterrobben, die da draußen im schwarzen Wasser schwimmen. Die Mutterrobben gehen da draußen auf Nahrungssuche und lassen sich von diesen Schurken abschießen. Und genau das ist es: Kein Robbenweibchen säugt ein fremdes Junges. Stell dir vor! Jede das ihre, das ist das Gesetz der Mutterrobbe! Die Natur hat den Robbenweibchen strenge Regeln gesetzt; Aufzucht verwaister Junger verboten! Also hungern sie, all diese Robbenbabys. Das ist mit ihnen los, Sunny. Sie sind Opfer der grausamen Natur. Dem Menschen ist das unangenehm, besonders wenn eins solche Stimmen hat wie Robbenbabys. Aber so ist das nun mal.

Er ist nahe bei mir, und jetzt streckt er seine freie Hand zu mir herunter, als wolle er mir auf die Beine helfen. Die Keule schwingt in seiner anderen Hand, ich starre sie an, sehe sie schwingen und frage mich, wo er eine solche Waffe herhaben mag. Schwer ist sie. Und der Lederriemen, der durch ein Loch am dünneren Ende, am Griff also, gezogen und fest um sein Handgelenk gewickelt ist, hat etwas an sich, das mir nicht gefällt. Komm jetzt, Sunny, sagt er schließlich, wir müssen los!

Ohne mich weiter zu beachten, schreitet er davon, er schwingt seine Keule wie ein Polizist. Ich folge ihm, und ich bin schwerfällig, voller Angst, zu pelzig und geblendet, und mit ihm Schritt halten zu können.

Dann sehe ich die Männer, eine Schar stämmiger Männer. Die Totschläger. Sie sind in Umiaks gekommen, die sie am Rand der Eisscholle liegengelassen haben. Es ist die Leere dieser Boote, was mir Angst einflößt vor den stämmigen Männern und ihren Keulen. Robbenjäger! ruft Uncle Jake über die Schulter. Robbenjäger von den Pribilof-Inseln, Sunny. Profis. Nicht bloß so'n Haufen Diebsgesindel. Die Jungs wissen, wie man an Felle kommt, paß auf. In ein paar Wochen sind die Felle, die sie heute machen, bei C. E. Lampson & Sons in London! Von Alaska nach London, so arbeiten die!

Er schreitet vor mir her; ich taumle ihm nach. Er winkt den Robbenjägern zu, die winken nicht zurück. Und jetzt drängen wir uns zwischen den scheuen Robben voran, und die kleinen Jungen zappeln herum und schreien und streifen mich, und ich, die ich mit Mutterschaft, mit Babys nichts im Sinn habe, stoße sie fort, stoße sie beiseite. Ihre fetten und formlosen kleinen Flossen sind mir bloße Deformitäten; ihre Köpfe einzige Mäuler. Und naß sind sie, glitschig, mit wildem Blick. Einem gebe ich mit dem Fuß einen heftigen Stoß, und tölpelhaft rutscht es über das Eis davon. Und ich schleppe mich durch diesen arktischen Kindergarten voll kläffender weinender Robbenbabys, Sunny, die selbst keinen Deut besser ist als eine fette Robbe, und folge den Wilden.

Hallo! ruft Uncle Jake. Ich helfe euch, Leute!

Er winkt auf seine freundliche Art, für ihn steht fest, daß er zu den Robbenjägern gehört und sie ihn mit Schulterklopfen und freudigen Rufen in ihrer Mitte begrüßen werden. Wieder winkt er, wieder ruft er, aber die Männer von den Pribilof-Inseln geben nicht das kleinste Zeichen des Erkennens. Einen Augenblick lang, nur einen Augenblick lang ist er geknickt. Plötzlich beugt er sich nieder, greift eins der Robbenbabys heraus und packt, als wolle er mich lehren, sie nicht zu treten, oder einfach in einer seiner typischen zärtlichen Gesten, das strampelnde Wesen an einer Flosse und hebt es auf. Er drückt das Robbenbaby an sich, die dicke Keule baumelt frei an ihrem Riemen, und er lächelt matt auf den zuckenden Schnauzbart mit seinen Rosinenaugen hinab. Oh Sunny, sagt er, die Robbenjäger tun nur ihre Arbeit. Wirklich. Und sie werden keinen Überlebenden zurücklassen. Keinen einzigen. Nicht einmal diesen kleinen Racker. Aber, sagt er, während er in die Hocke geht und das Robbenbaby freigibt, die Reichtümer des Landes müssen ja geerntet werden! C. E. Lampson & Sons darf man nicht abweisen! Er lacht, hoch aufgerichtet, und packt seine Keule mit festem Griff. Wieder läßt er mich hinter sich. Wieder folge ich ihm.

In dem schonungslosen Licht sehe ich, daß die Robbenjäger ihre Ausrüstung an Land gebracht und zahlreiche ordentliche Stapel von Messern, Äxten und zusammengerollten Tauen angelegt haben. Es sind Seeleute, diese Pelzjäger, und ihre Parkas und gelben Ölhäute glitzern juwelen vom gefrornen Salz der See. Gemeinsam bewegen sie sich über das Eis mit der gleichen Präzision, mit der sie ihre Umiaks paddeln. Ihre Bewegungen sind harmonisch und zielbewußt; ich sehe ihre schwarzen Keulen. Das Schweigen, in dem sie ihre Arbeit verrichten, ist noch schlimmer als die Leere, die ihre wartenden Umiaks erfüllt. Methodisch fangen sie die Nachzügler ein; methodisch teilen sie die Herde und treiben die Robbenbabys hordenweise in kleinen Gruppen zusammen, die leichter zu bewältigen, leichter zu erledigen sind. Ich höre das Schweigen ebenso deutlich, wie ich das Schreien der zusammengetriebenen Robben höre.

Wartet! ruft Uncle Jake. Wartet! Und weiter hastet er mit erhobener Keule, berufen, hofft er jedenfalls, am Töten teilzunehmen, auch wenn ihm in seiner Erregung und gleichsam nachträglich noch einfällt, in meine Richtung zurückzubrüllen: Erschlagen ist schmerzlos, Sunny! Schmerzlos! Vergiß das nicht!

Die Robbenjäger beginnen ihre Keulen einzusetzen. Im Gleichklang und wie in Zeitlupe heben und senken sich die schwarzen Keulen, schwingen stumm auf und nieder, als ob die Jäger Holz fällten oder Wege durch hohes Gras bahnten, und während sie sich durch die Herde schlagen, wird das Schreien der Robbenbabys immer leiser. Das Schweigen dehnt sich aus, das Schreien erstirbt Stimme um Stimme, Ton um Ton. Selbst Uncle Jake ist erschüttert. Wäre es denn besser, wenn wir die Schläge hören könnten? Die Rufe der Männer hören könnten? Ja, sage ich mir, laß mich die Rufe und Schläge hören, laß sie diesem ordinären Treiben ordinäre Töne verleihen. Aber das tun sie nicht, und jetzt verringert sich die Zahl der schwingenden Keulen, nur wenige Robbenbabys schreien noch, und das Eis rötet sich von purpurnen Rinnsalen, die kreuz und quer darüber hinlaufen, soweit das Auge reicht. Das Eis, tote Robben, Robben bei Fluchtversuchen, die Robbenjäger – alles nimmt diesen roten Farbton an, der keinem anderen gleicht: das feuchte Rot des Bluts beim ersten Austritt an die Luft, das glänzende Rot des Bluts, bevor es schwarz wird.

Mein eigenes Blut versickert.

Langsam wendet er sich zu mir zurück, an seiner Keule klebt Blut, und jeder seiner Züge zeugt krampfhaft vom Selbstbewußtsein des heroischen Männchens. Sunny, ruft er, das ist das Schlachten der Unschuldigen, genau das ist es!

Meine Nackenhaare sträuben sich, meine Augen brennen, und ich sehe sein verwirrtes Lächeln, höre seine tapfere Stimme. Ich will ihm eine Antwort zuschreien. Doch nichts geschieht. Ich kann meine Lippen nicht bewegen. Ich bringe keinen Ton heraus. Hinter ihm spreitet sich ein blutiger Fächer über den Horizont, und nichts als Schweigen bleibt und der Geruch dessen, was die wieder abgefahrenen Robbenjäger in ihrem Kielwasser zurückgelassen haben.

Oh Sunny, ruft er und sieht mich hilfeheischend an. Oh Sunny, das ist das Schlachten der Unschuldigen. Genau das ist es.

Wenn ich, wie aus meinen anderen, aus diesem Traum erwache, weiß ich, daß ich im Schlaf geweint habe. Sunny weint. Sunny nicht besser dran als Sissy. Aber um wen oder was habe ich geweint? Um Robbenbabys? Meinen verschollenen Vater? Mich selbst? Wie kann ich das wissen?

24

Kein Jimmy. Kein Hank Laramie. Sitka Charley mißmutig in seinem Kabuff über dem ehemaligen Waffen-Kleider-Zubehör. Mein Entschluß war richtig, trotz der Träume: Frankreich und ein französischer Freund. Sechs Jahre älter als Jimmy, neunzehn jünger als Hank Laramie, so unverbraucht zum Sex wie Jimmy und so zärtlich und stark wie Hank – das ist er, mein französischer Freund, von beiden das Beste. Er wird größer sein als Jimmy, eine Spur kleiner als Hank, noch so ein reizender Bursche mit ungekämmtem schwarzem Haar, das um die Ohren und am Kragen Löckchen bildet. Seine Stimme wird mich an Paris denken lassen, an kleine Bars, Sexkinos, an Rosen, die hinter eisernen Zäunen aussamen. Ich sehe ihn vor mir, ich kenne ihn schon, meinen zwanzig Jahre alten französischen Freund.

Sex ist der Sirup in seinen Adern, die Reiterei aber wird sein Handwerk sein. Er liest Bücher, ist der vielgeliebte Sohn eines alten, noch lebenden Charmeurs und einer nach Lavendel duftenden, lang verstorbenen Mutter. Dichtkunst, temperamentvolle Mädchen mit Lorgnetten, Flipperautomaten in unterirdischen Passagen – er ist ein junger Roué, mein süßer Dilettant, und alt für seine Jahre.

Aber in Paris lebt er nicht. Seine intellektuellen jungen Damen, seinen alten Vater, das Läuten der Domglocken über der Stadt hat er aufgegeben, ist nach Südfrankreich gezogen und mönchisch geworden, von einer gelegentlichen jungen Witwe oder Dorftochter abgesehen, und hat sich schließlich entschlossen, ein einsames, ganz seiner Pferdeliebe geweihtes Leben zu führen. Er ist bloß Reitknecht, bloß Stallbursche, bloß Mietling auf einem riesigen Gut. Aber nie zuvor hat sich ein solch kosmopolitischer junger Mann mit solch niederer Arbeit abgegeben. Und ob er gleich sein aristokratisches Erbe und seine allzu anspruchsvolle erotische Vergangenheit gut zu verheimlichen weiß, ist doch der Charme dessen, was er verbirgt, augenfällig genug, um bei dem Besitzer des riesigen Gutes erfreute Verblüffung auszulösen und ihn – meinen Freund – bei allen Leuten auf dem Gut und in dem nahegelegenen Dorf überaus beliebt zu machen. Bis jetzt hat er den Annäherungsversuchen der Gutsdame widerstanden, und das so formgerecht, ohne ihren Zorn zu erregen, daß sie ihm noch immer in den Stallungen oder beim Morgendämmern zu Pferde nachstellt.

Sein Name ist Pascal.

Nicht irgendsoein frankokanadischer Pascal, der mit einem Gespann ausgehungerter Hunde über den Nizina-Gletscher marschiert oder vom Skorbut geschwächt auf einem Bett in einer mit einer dünnen Eisschicht bedeckten Holzhütte darniederliegt. Kein alaskanischer Pascal, kein Yukon-Pascal, kein verschlagener Pascal mit Stoppelbart und gelben Zähnen, am ganzen Tanana bekannt für sein kanadisches Französisch und gebrochenes Englisch.

Mein Pascal ist aus Paris, auch wenn er in einem Dorf in Südfrankreich lebt.

Begegnen werde ich ihm unter Platanen an der staubigen Straße, die in das Dorf aus rougefarbenen Steinhäusern führt, oder im Café auf dem Dorfplatz. Natürlich wird er Englisch mit mir reden, perfektes Englisch, durchsetzt mit der saloppen, kultivierten Tonart seines parisischen Französisch. Auf dem Steinsoldaten in der Mitte des fast ganz leeren Platzes wird eine Taube hocken; nebenan wird ein fetter Mann in Schürze Fleisch hacken. Ich werde die einzige Ausländerin im Dorf sein, die einzige Alaskanerin, die sich jemals im orangenen Licht einer Sommerdämmerung zu Pascal an einen Tisch des Straßencafés setzen wird. Von ferne werden wir eine Glocke läuten hören, die Taube wird sich aufschwingen, der Wein wird nach Fässern und Weingärten duften, ein Mädchen wird ihr vibrierendes französisches Lachen lachen.

Und dann wird Pascal sich zu mir vorbeugen.

»Laß mich meinen kleinen Heiligen in deine Kapelle stellen«, wird er sagen, mein zwanzigjähriger Pariser mit seinem provenzalischen Einschlag.

Und so werde ich mein Französisch lernen, auf Pascals Kopfkissen.

In dem kleinen rougefarbenen Dorf werde ich nicht so wie mein Vater in Chantilly an den Folgen französischer Eleganz zu leiden haben. Und ich werde nicht das Frankreich meines Vaters, sondern mein eigenes entdecken. Endlich werde ich sein: Jacqueline Flowers im Süden Frankreichs, und in sechs Monaten oder ein oder zwei Jahren wird kaum noch eine Spur von Alaska an mir sein und nicht die geringste Spur der Deauvilles. Dem Vater verziehen, Alaska geläutert, Sissys Familienname der meine geworden.

Ich bin unterwegs.

25

Schon wenige Tage, nachdem Frank Morley das verfaulte Bärenfell fortgeschafft hatte, war zu Sissys großer Erleichterung Uncle Jakes gute Laune wieder zurückgekehrt und erlaubte ihm, seinen Plan zu entwickeln, unseren ersten Sommer in Juneau sich gestalten zu sehen. Ohne umfassenden Plan war er zu nichts in der Lage, und jetzt kam es ihm: Er brauchte mehr Geld, er brauchte ein Boot. Groß etwas zu planen war nicht nach Uncle Jakes Geschmack, und zum Glück für ihn ergab sich eine weitere Rettungsaktion, ein weiteres Abenteuer in einem Flugzeug, was ihn in die Lage versetzte, sich mit der langweiligeren Arbeit dieses Sommers abzufinden.

Uncle Jake fiel es schwer, über Geld nachzudenken. Noch schwerer fiel es ihm, seinen Vater, vor dem er keinen Respekt hatte, um Geld zu bitten, und noch viel schwerer fiel es ihm, sich einzugestehen, daß das Geld, das er von seinem Vater, der von dem ganzen Alaska-Projekt wenig hielt, angenommen hatte, nicht reichte. Und es reichte nicht, obwohl Uncle Jakes Besorgnis wegen der Knappheit der Mittel, wie er das nannte, nichts mit Sissy und den kargen Ansprüchen unserer Familie zu tun hatte. Nie hat es Uncle Jake berührt, daß Sissy unter dem Geldmangel litt oder daß nicht genügend Geld für unsere Bedürfnisse vorhanden war. Nur wenn es darum ging, seinen Visionen Nahrung zu geben, interessierte er sich dafür, neue Mittel zu beschaffen. Ihm war klar, daß die praktische Verwendbarkeit von Flugzeugen ihre Grenzen hatte, so gern er auch in ihnen herumflog; ihm war klar, daß er ohne Boot nirgendwo hinkommen würde. Sein Geld reichte nicht, er brauchte mehr.

Aber wenn Uncle Jake auch Bedenken trug, von seinem Vater Geld, selbst in unzulänglicher Menge, anzunehmen, von Frank

Morley nahm er es bedenkenlos an. So war mein Vater eben: machte sich Sorgen um sein Ansehen bei Leuten, für die er keine Verwendung hatte, wie er es ausdrückte, und blieb zugleich dem Wohlergehen seiner Lieben gegenüber schamlos gleichgültig. Darin bestand seine ganze Ehre, und er war stolz darauf, daß sein Ehrbegriff dem der Allgemeinheit entgegengesetzt war. Er war stolz darauf, daß für Privatangelegenheiten, wie er das nannte, kein Platz in seinem Denken war. Überdies, nach allem, was er mit Frank Morley gemeinsam erlebt hatte, war dieser es wert, mehr als nur ein Freund der Familie zu sein. Mit einemmal, als er auf unserer Veranda stand, an einem Tag, da immer wieder einmal die Sonne durch den Nieselregen hervorkam, und auf den Gastineau Channel hinausstarrte, kam es Uncle Jake, zu seiner ungeheuren Erleichterung: Frank Morley war es wert, nicht bloß sein engster Freund zu sein, sondern sein *Partner*.

Partner retteten sich gegenseitig das Leben, kochten füreinander, verteidigten sich gemeinsam gegen Bären, Wölfe und Claim-Räuber.

Die Bande der Partnerschaft waren enger als die der Ehe. Keine Treue war fester als die zwischen zwei Partnern. Die Ehe war geheiligt, aber anders als Leute, die einfach bloß heirateten, schlossen Männer lebenslange Partnerschaften, um den wüsten Geheimnissen der Wildnis zu trotzen, ihre Claims abzustecken, die übermächtigen Ängste zu bezwingen. In Kälte und Dunkelheit, von Moskitos in den Wahnsinn getrieben – Frank Morley hatte Uncle Jake von den Moskitos erzählt –, trugen Partner einander leibhaftig, wenn es nötig war, halfen einander auf einsamer Fährte, verarzteten einander ihre Wunden. Partner teilten ihren ganzen Besitz.

Also forderte Uncle Jake Frank Morley feierlich auf, sein Partner zu werden. Frank Morley akzeptierte. Unverzüglich gingen sie zu Doug's und feierten, was sie einander über Kaffeebechern gelobt hatten. Sie sprachen über ihr gemeinsames Bankkonto, das binnen Stunden eingerichtet wurde und auf das binnen Stunden die Hälfte von Frank Morleys Ersparnissen und der spärliche Rest des Geldes eingezahlt war, das Uncle Jake, der damals, wie er sagte, stark auf die einundfünfzig zuging, von seinem alten und bärbeißigen Vater geliehen hatte. Im Verlauf desselben Gesprächs, das leise und vertraulich in einer Nische bei Doug's geführt wurde, brachte Uncle Jake auch das Boot zur Sprache. Frank Morley schlug sofort ein: Doc Haines, der einzige Zahnarzt von Juneau, ein junger Spund, der vorübergehend in der Patsche sitze, weil er zu viele Monate lang über seine Verhältnisse gelebt habe, biete ein Boot zum Verkauf an. Klugerweise verkniff Frank Morley sich jede Anspielung auf die Frauen im Baranof, die Doc Haines veranlaßt hatten, über seine Verhältnisse zu leben. Uncle Jake wollte wissen, wie lang Doc Haines' Boot wäre. Oh, sehr lang, sagte Frank Morley und pustete auf seine zweite Tasse Kaffee, lang und ungewöhnlich breit gebaut. Uncle Jake nickte. Das einzig Dumme mit dem Boot sei nur, sagte Frank Morley, daß Doc Haines, der von Hochseeschiffen überhaupt nichts verstehe, an einem Felsen, der deutlich durch eine Boje markiert gewesen sei, den halben Schiffsboden aufgerissen habe. Es sei unten am Kai festgemacht, Tag und Nacht arbeite eine alte Pumpe. Uncle Jake runzelte die Stirn. Er blickte durch das Tafelglasfenster und sah Patsy Ann in Richtung Hafen hasten: Ein Schiff kam herein. Seine Stirn furchte sich noch tiefer, er nahm einen Umschlag aus der Innentasche seines Jacketts und begann Zahlen daraufzukritzeln, obwohl Frank Morley noch gar nichts vom Preis des Bootes gesagt hatte. Er schüttelte den Kopf. Und dann, woher ihm da Fortuna lächelte, würde er selbst nie erfahren, kam ihm plötzlich und beiläufig die Idee, nach dem Namen von Doc Haines' Boot zu fragen. *The Prince of Wales*, sagte Frank Morley, und Uncle Jake lächelte, steckte seinen Umschlag wieder ein und beschied Frank Morley, daß sie das Boot selbstverständlich kaufen würden.

»*The Prince of Wales*«, sagte Sissy, als sie auf unseren Hügel gestiegen kamen, um ihr die Neuigkeit mitzuteilen. »Ach Jake, was für ein wunderbarer Name für ein Schiff!«

»Es gehört uns«, sagte Uncle Jake, und Frank Morley nickte. »Und Doc Haines ist mit dem Preis heruntergegangen. Und wie. Wir haben ihn gerupft, stimmt's, Frank?« Wieder dieser Ausdruck auf Frank Morleys Gesicht, ein Ausdruck, der seine Hängebacken, seinen teigigen Teint, seine Augen, die den braunen und leicht blutunterlaufenen Augen eines Bluthundes glichen, in einem Stolz aufleuchten ließ, der etwas mit Liebe zu tun hatte und bestätigte, daß Uncle Jake jetzt zu Recht wieder glücklich war. »Und, Sissy«, fuhr Uncle Jake fort, »Frank und ich sind Partner.«

»Partner?« sagte Sissy und zeigte ihr süßes und einigermaßen verblüfftes Lächeln.

»Genau«, sagte Uncle Jake. »Partner. Wir sind beide daran beteiligt, stimmt's, Frank?«

Die zwei Männer, die sich bereits bei Doug's einig geworden waren, sahen sich lange und freundlich an, Sissy bebte, eine Schiffssirene ging los, die Glocken der alten russischen Kirche begannen zu läuten, was den dreien erlaubte, verlegen zu lachen über die Wege des Schicksals.

An diesem Nachmittag zogen wir gemeinsam los, um einen ersten Blick auf die *Prince of Wales* zu werfen. Es nieselte; auf dem Wasser lag Sonne in bleichen Streifen. Sissy trug ihren Schottenhut und einen Mantel, den sie sich über die Schultern geworfen hatte. An einem im übrigen leeren Kai, zu dem wir nur auf einem Umweg über die verrufenen Docks gelangten, wo die Indianer ihre Boote festmachten – den Schandfleck von Juneau, wie Uncle Jake sich bereits auszudrücken beliebte –, fanden wir den einsamen Liegeplatz der *Prince of Wales*. Es war Ebbe, und das alte Boot, den Bauch voll Wasser und mit dem Kiel auf dem schlammigen Grund aufsitzend, war nicht bloß auf die übliche Weise am Pfahlwerk festgemacht: Es war mit dem morschen Kai durch zahllose Taue verbunden, die stramm vom Bug, vom Heck und selbst von der Mastspitze zu Ringbolzen und Klampen, zu einem Telefonmast an der Straßenseite des Kais, schlicht zu allem hingespannt waren, was das alte Boot nur festhalten konnte. Eine schlappe Trosse hatte man sogar um das Steuerhaus gewickelt und das andere Ende an das rostige Wrack eines Lastwagens gebunden, der am Rand des baufälligen Kais abgestellt worden war.

»Sunny«, sagte Uncle Jake mit seiner stolzesten Stimme, obwohl er eigentlich Sissy meinte, »Doc Haines ist gar nicht so dumm, wie ich dachte. Schau«, sagte er und taxierte den nicht gerade vielversprechenden Anblick der *Prince of Wales*, die da grotesk in ihrem Netz von Tauen gebunden lag, »wenn er nicht so schlau gewesen wäre, sie so festzumachen, wäre sie nämlich umgekippt. Glatt umgekippt! Ihre Aufbauten sind ziemlich hoch, oder?, und ihr Boden ist aufgesprungen und voll Wasser. Deshalb liegt sie bei Ebbe auf Grund, anstatt zu schwimmen, und hätte man also nicht dieses ganze Tauwerk aufgeboten, um sie festzuhalten, tja, dann wäre sie einfach umgeschlagen. Glatt umgeschlagen! Schöner Schlamassel!« sagte er glücklich, hob stolz das Kinn und musterte das alte Boot in der ganzen Pracht seiner noch einmal abgewendeten Katastrophe. »Aber Doc

Haines hat gewußt, was er tat, und sie haben gute Arbeit geleistet. Gute Arbeit, sehr ordentlich. In etwa zehn Tagen werde ich sie seetüchtig haben.«

Sissy hörte zu, nickte nüchtern und besah mißtrauisch den hohen rostigen Schornstein, das Steuerhaus, in dessen zerschlagenes Fenster Zeitungen gestopft waren, die von Möwendreck überkrustete Reling, das oben am Steuerhaus angebrachte Brett, auf das der stolze Name geschnitzt und gemalt war: *The Prince of Wales*. Das alte Boot war in zwei kräftigen Farben gestrichen, schwarz und weiß, was schon für sich allein das abergläubische Wesen der armen Sissy aufwühlte, und jetzt blätterte die Farbe vorn und achtern ab, vom Steven zum Heck und von oben bis unten, schälte sich in kleinen Flocken und Kringeln von der Fahlheit des alten unansehnlichen Schiffs, und Sissy erschauerte.

»Aber, Jake«, sagte sie so heiter, wie sie konnte, »ist es auch sicher?«

Er lachte, er stieß seine Hände in die Taschen seines Kamelhaarmantels und warf einen anerkennenden Blick auf das aus dem schwarzen Wasser ragende rostige eiserne Ruder. »Die *Prince of Wales*? Also, mit so einem Namen würde ich um die ganze Welt mit ihr fahren. Überallhin. Und aus dir machen wir auch noch einen Matrosen, Sissy. Wart's nur ab!«

Er brauchte zwei Monate, um die dem alten Boot zugefügten Schäden zu beheben, es in Ordnung zu bringen und im August die Jungfernfahrt, jene monatelange Aufhäufung von Mißgeschicken und Unfällen, anzutreten. Er wußte noch nicht, was Doc Haines bereits für sich herausgefunden hatte: daß nämlich der Bauplan des Bootes verpfuscht war und daß man ihm nicht zutrauen durfte, rauhen Seegang oder Sturm abzuwettern. Aber Uncle Jake hatte sein Boot und seinen Partner, und in den zwei Monaten, die er dazu brauchte, verrichtete er die meisten Reparaturarbeiten selbst, lachte, stapfte bei Ebbe knietief im Schlamm herum. Trotz aller künftigen Katastrophen, das alte Boot hielt länger als er, so unzuverlässig es auch sein mochte, und versank nicht eines Tages in den Fluten, wie es Doc Haines sicher angenommen hatte. Was Sissy betraf, so verwünschte sie bald genug den Tag, wie Uncle Jake es ausgedrückt haben würde, an dem wir vier im Nieselregen und im Gestank der Ebbe standen und die schäbige und düstere Pracht der *Prince of Wales* anstaunten.

26

Zu seiner zweiten Hilfsaktion wurde Uncle Jake ziemlich auf die gleiche Weise berufen wie zu seiner ersten. Wieder lief bei Frank Morley ein Funkspruch ein; wieder stieg Uncle Jakes Laune himmelhoch, als er sich aufs neue bereitmachte, seine Fähigkeit zur Selbstaufopferung auf die Probe zu stellen; wieder erforderte die Rettungsaktion den Einsatz eines Flugzeugs, und dank Rex Ainsworth hielt Uncle Jake sich jetzt fliegerisch für einen alten Hasen. Aber Uncle Jakes Ausflug zum Icy Inlet war gar nichts gewesen gegen seinen Besuch der Disillusionment Bay, wohin ihn seine zweite Mission führte. Am Icy Inlet mochte er ein deplazierter Moralprediger und ein guter Schütze gewesen sein, mochte sich auf Robert Fitzgibbons Kosten amüsiert haben, doch in der Disillusionment Bay richtete er verheerenden Schaden an und hatte dafür zu büßen. Zu Anfang schwante selbst ihm dunkel, daß die Aussichten seiner zweiten Mission sich erheblich von denen der ersten unterschieden, und er ließ sich seine Bedenken auch anmerken. Trotzdem kurbelte er seinen Enthusiasmus an und konnte den Aufbruch kaum erwarten.

»Schon wieder? Nein, nicht schon wieder!« sagte Sissy, als die beiden Partner an jenem frühen Morgen auf unserer Veranda auftauchten, schweigend eintraten und Sissy durch ihr Schweigen mitteilten, daß es wieder einmal zum Schlimmsten kommen sollte. Sissy hatte hinterm Haus ihre Morgenzigarette geraucht, sich das Haar wieder mit einem von Uncle Jakes Halstüchern hochgebunden und summte vor sich hin. Die Fenster waren, was selten vorkam, geöffnet, um ein paar Stunden warmen Sonnenscheins und den schweren Duft der Nadelbäume, die unser Haus umstanden, hereinzulassen. Sissy hatte gerade das Klappbett und mein Doppelbett gemacht, die Ecken klinikmäßig eingeschlagen, wie sie es von ihrer neuen Freundin, der amtlichen Krankenschwester, gelernt hatte, und die Überdecken straffgezogen. Ich saß auf dem Boden und schnürte mir die Schuhe. Da traten sie ein, Frank Morley und Uncle Jake, und noch nie hatten sie so ernst und zugleich so kleinlaut dreingeblickt – auch eins der Lieblingswörter in Uncle Jakes schillerndem und unerschöpflichem Lexikon –, und zwar zu Recht.

»Schon wieder?« sagte Sissy und sank auf einen der Klappstühle.

Uncle Jake nickte, zupfte sich am Kinn, wies Frank Morley den Schaukelstuhl, der zögerte und dann Platz nahm, auch wenn er während dieses ganzen kurzen Besuchs seine Füße platt auf dem Boden stehenließ, die Unterarme auf den Knien und den Schaukelstuhl vollkommen reglos hielt.

»Wieder eine Jagdexpedition?« fragte Sissy.

Uncle Jake runzelte die Stirn und räusperte sich. Frank Morley schüttelte den Kopf, starrte auf die schmalen Spitzen seiner hochstulpigen Stiefel, blickte dann auf und Sissy in die Augen.

»Nein«, sagte Uncle Jake. »Hat nichts mit Jagd zu tun.«

»Es ist so«, sagte Frank Morley, »eben kam der Funkspruch rein. Von Olaf Olafson, unten in der Disillusionment Bay.«

»Er züchtet Füchse«, fügte Uncle Jake hinzu.

»Stimmt«, sagte Frank Morley. »Er ist der einzige weiße Mann da unten, und er hat den einzigen Kurzwellensender in der ganzen Gegend. Ohne Funkgerät wär's da für einen Fuchszüchter ziemlich gefährlich.«

Sissy runzelte die Stirn.

»Also«, sagte Frank Morley, versuchte, sich für seine Geschichte zu erwärmen, »einer von ihnen ist heute morgen rübergerudert –«

»Rübergerudert?« fragte Sissy und sah bestürzt und verständnislos von einem Partner zum andern. »Was soll das heißen?«

»Olaf Olafson wohnt und betreibt seine Fuchsfarm auf einer Insel«, sagte Uncle Jake hastig. »Mit dem Skiff sind's nur fünfzehn Minuten von White Eye, dem Indianerdorf an der Küste direkt ihm gegenüber. Auf dem Festland.«

»Skoots«, sagte Frank Morley. »Die Indianer in White Eye sind Skoots.«

Sissy runzelte die Stirn.

»Also, es war heute morgen«, sagte Frank Morley, »da ist einer von den Skoots, ein Bursche namens Too-Much Jackson, zu Olafson rübergerudert, um per Funk einen Hilferuf durchzugeben.«

»Sissy«, sagte Uncle Jake plötzlich, stellte sich neben sie und sah fest auf sie herab, »du verstehst das nicht. Die Sache ist ernst. Da ist ein Mann durchgedreht und könnte gefährlich werden –«

»Wegen den Moskitos«, sagte Frank Morley.

»Moment noch, Frank«, sagte Uncle Jake, »sie versteht das

nicht. Sissy«, sagte er so ruhig er konnte, »es stimmt, was Frank von den Moskitos sagt. Die Leute hier oben, die ihr Leben allein im Busch verbringen, Pickel und Packen und Schaufeln schleppen, an schlammigen Bachufern Gold waschen, wo noch kein Mensch vor ihnen war, die werden von den Moskitos bei lebendigem Leibe aufgefressen. Bei lebendigem Leibe. Der Moskito ist in Alaska eine Landplage. Eine echte Landplage. Genauso schlimm wie der Vielfraß, die Kupferkopfschlange. Ach was, der Moskito ist noch viel schlimmer: Er macht die Wildnis zur reinsten Folterkammer. Die Prospektoren suchen sich daher da draußen, so gut sie können, dagegen zu schützen, und das sehr einfallsreich. Aber Jahr für Jahr gibt's zwei oder drei Prospektoren, die's doch nicht aushalten – das unaufhörliche Gesumse, das schwarze Gewimmel, die Schmerzen, das Jucken, die Unmöglichkeit, dem zu entkommen. Jahr für Jahr wird mindestens ein Prospektor von den Moskitos in den Wahnsinn getrieben. Dann muß sein Partner ihn fesseln und aus dem Busch bringen. Tagelang, meilenweit taumeln sie dahin, der Wahnsinnige tobt und heult immer abwechselnd, der andere müht sich nach Kräften, nicht den Verstand zu verlieren, die Moskitoschwärme zu überleben, durchzuhalten, bis er seinen Partner sicher in die Zivilisation zurückgeschleppt hat. Verstehst du jetzt?«

Uncle Jake hatte unwillkürlich immer lauter gesprochen, sein glattrasierter Kiefer zuckte; sein Lächeln, gewöhnlich nett und jungenhaft, war so barsch wie nur irgend möglich, gewissermaßen fixiert auf die Zerrüttung, die er gerade beschrieben hatte. Sein Blick schien garstigen Schwärmen unsichtbarer Raubvögel zu folgen. Die arme Sissy lauschte ergeben, angsterfüllt nicht um ihrer selbst willen, nicht wegen Uncle Jakes schroffer Vehemenz und seiner Worte, die freilich ihre innersten Gefühle betäubten, sondern angsterfüllt um Uncle Jakes willen und von dem, was er da mitzuleiden schien. Sie lächelte matt. Ich saß noch auf dem Boden, vergessen baumelten meine Ledersenkel herab, und ich beobachtete, wie Sissy sich zu fassen und Uncle Jake zu beschwichtigen suchte, sah ein unruhiges Zucken über Frank Morleys Gesicht flackern, vor allem aber blickte ich mit unbemerkter Hingabe zu meinem Vater empor, der jetzt langsam errötete. Nie hatte ich ihn so prächtig leidenschaftlich gesehen.

»Verstehst du?« fragte er noch einmal, freundlicher, und legte ihr die Hand auf die Schulter. »Ja? Sissy?«

Sie nickte und lächelte unüberzeugt.

»Olaf Olafson hat mir berichtet«, sagte Frank Morley, der den Kampf trotz der plötzlich finsteren Blicke Sissys und Uncle Jakes noch nicht aufgab, »vorige Nacht wären zwei Prospektoren in White Eye aufgekreuzt. Sie heißen Jones und Brewster, und Brewster ist der, der durchgedreht ist. Und jetzt haben die Skoots ihn in einem Räucherhaus angebunden, und wir müssen ihn nach Juneau zurückholen.«

Nichts von dem, was die beiden gesagt hatten, war Sissy verständlich erschienen, und sie wußte, daß sie im Grunde Frank Morley für das, was da vorging, verantwortlich zu machen hatte. Aber sie konnte es nicht, und während unzusammenhängende Frühsommergeräusche unser Haus erfüllten – das Krächzen einer Krähe in der hohen Tanne neben der Veranda, das Poltern frischgeschmolzenen Schnees, der am steilen Hang des Berges hinter uns in eine Schlucht stürzte, das Hupen eines 1928er Chevrolet-Zweisitzers in den Straßen tief unter uns –, schenkte Sissy Frank Morley ihr sanftestes Versöhnungslächeln, konnte sich aber zugleich nicht enthalten, in einem letzten Versuch ihre Bedenken in bezug auf Olaf Olafson, Too-Much Jackson, Brewster, die Moskitos, diese ganze bedrückende, beängstigende, unsinnige Affäre, wenn auch nur in einem oder zwei Sätzen und ob Frank Morley und Uncle Jake ihr Gehör zu schenken geruhten oder nicht, zu äußern.

»Nun«, sagte sie heiter, »es hat wohl keinen Zweck, darüber zu diskutieren. Ihr beiden seid nicht fähig, mir zuzuhören oder nachzugeben.«

Sie protestierten unverzüglich, ergingen sich in einem Gewirr von Dementis und brachten sie damit unabsichtlich zum Lachen.

»Seht ihr«, sagte sie, »ihr laßt mich nicht zu Wort kommen. Kein Wort laßt ihr mich reden.«

»Aber natürlich«, sagte Uncle Jake.

»Nun«, sagte Sissy, »du willst diesen armen gefesselten Mann nach Juneau zurückholen.«

Uncle Jake nickte.

»Aber warum?«

»Großer Gott, Sissy«, sagte Uncle Jake. »Wir können ihn doch nicht als Gefangenen in einem indianischen Räucherhaus lassen. Wo sein Partner sich schon solche Mühe gemacht hat, sein Leben zu retten, müssen wir uns jetzt um seinen Verstand kümmern. Es ist schlicht ein Akt der Nächstenliebe, Sissy. Es muß sein.«

»Und er könnte gefährlich werden«, sagte Frank Morley. »Wahrscheinlich werden wir ihn in die Staaten zurückschicken müssen.«

»Nun, ich will auch nicht fragen, warum du und nicht Hilda«, sagte Sissy, womit sie auf ihre neue Freundin, die amtliche Krankenschwester, anspielte.

Sie warteten.

»Aber warum«, fragte Sissy und ließ ihre Augen aufblitzen, »warum fliegt Rex Ainsworth nicht einfach allein?«

Schweigen. Uncle Jake und Frank Morley sahen sich an, Uncle Jake runzelte die Stirn, zog bedächtig seinen Kamelhaarmantel aus und hängte ihn sich über den Arm, während Frank Morley, noch immer vorgebeugt im Schaukelstuhl, abwesend die rechte Hand hob und mit gelbem Daumen und Zeigefinger an dem Elchszahn herumrieb, der von der Uhrkette baumelte, die sich über seine vorhängende schwarze Weste spannte. Dann zog Frank Morley seine Uhr heraus – es war eine große Eisenbahneruhr, eine Hamilton in goldenem Gehäuse, die er 1910 von seinem Vater geerbt hatte –, studierte sie, schloß den Deckel und schob die Uhr in ihre warme Tasche in seiner Weste zurück.

»Sissy«, sagte er und starrte sie mit einem Blick an, den Uncle Jake seinen schmerzlichsten Ausdruck genannt haben würde, »kein Buschpilot würde es wagen, allein mit einem dieser Burschen zu fliegen, die von den Moskitos zum Wahnsinn getrieben worden sind. Der Kerl könnte sich losreißen. So was ist schon vorgekommen. Mir sind drei Buschpiloten bekannt, die geglaubt haben, sie wären gut genug, alleine einen durchgedrehten Prospektor abzuholen. Und in jedem Fall ist der Bursche, der den Verstand verloren hatte, losgekommen. Und dann gab's ein fürchterliches Gerangel, und sie sind abgestürzt.«

Langsam, aber immer noch lächelnd sah Sissy zu Uncle Jake empor. »So«, sagte sie, »du sollst also diesen Brewster festhalten? Oben in einem Flugzeug sollst du versuchen, einen Irren davon abzuhalten, euch alle drei umzubringen?«

»Aber Sissy!« rief Uncle Jake. »Das schaff ich!«

»Oh, bestimmt schaffst du das«, sagte sie und griff nach seiner Hand.

»Er hat den Bären erschossen«, sagte Frank Morley mit fröhlicherem Tonfall.

»Nun ja«, sagte Sissy kopfschüttelnd und lachend, »immerhin kann ich Rex Ainsworth vertrauen.«

Schweigen. Heimliche Verständigung zwischen den Partnern. Blicke finsterer als je zuvor.

»Naja«, sagte Frank Morley schließlich, »das ist es ja eben –«

»Sissy«, sagte Uncle Jake und richtete sich vor ihr auf, als stünde er im Weltkrieg vor einem Marinetribunal, falls Schande auf jemanden wie Uncle Jake je hätte fallen können, »Rex' Maschine ist kaputt.«

»Stimmt«, sagte Frank Morley im selben Atem. »Rex ist unten an den Docks und arbeitet an seiner Maschine.«

»Genaugenommen«, sagte Uncle Jake, »ist er noch dabei, sie auseinanderzubauen. Er hat noch nicht angefangen, sie wieder zusammenzusetzen.«

»Stimmt«, sagte Frank Morley, schüttelte den Kopf und rieb finster den krummen Elchszahn zwischen seinen Fingern. »Die Fairchild wird tagelang nicht einsatzbereit sein.«

Sissy stand auf. Und von meinem Platz auf dem Boden zwischen den dreien sah ich, wie hübsch Sissy aussah in ihrer adretten blauen langen Hose, dem alten grünen Sweater und Uncle Jakes Halstuch um ihr Lockenhaar. Plötzlich hatte ich nur noch Augen für Sissy, sie war jung und zierlich und, wie sie so neben Uncle Jake stand, praktisch kaum größer als ich, sie hätte meine Schwester sein können. Aber war sie zornig, von Furcht ergriffen, zur Kapitulation bereit? War sogar Sissys Treue zerstörbar? Oder war sie noch immer die gleiche, noch immer nachgiebig, vertrauensvoll, mädchenhaft, egal, was Uncle Jake und Frank Morley ihr anzutun versuchten? Einen Augenblick fürchtete ich, sie werde aus dem Haus gehen. Was, wenn sie nach draußen ginge, eine ihrer Zigaretten ansteckte und daran paffte, bis Uncle Jake den Rauch durchs offene Fenster hineinwehen röche? Ich hatte sie heimlich beobachtet, wie sie die Streichhölzer anzuzünden versuchte und dann hustend ihre Zigarette rauchte, bis sie ihr die Finger ansengte, eine Angewohnheit, die Uncle Jake schon bei männlichen Rauchern mißbilligte, und ich wußte, die Raucherei war ihr Privatvergnügen. Ich wollte auf keinen Fall, daß Uncle Jake sie dabei erwischte und ihr den heimlichen Genuß verdarb. Aber sie tat nichts dergleichen, sondern stand einfach da und sah erst zu Uncle Jake auf, dann zu Frank Morley nieder. Ich konnte das Parfüm riechen, das sie sich neuerdings immer hinter die Ohren kleckste.

»Soll das heißen«, sagte sie, »soll das heißen, daß du nicht mit Rex Ainsworth fliegen wirst?«

Sie nickten.

»Aber wenn nicht mit Rex«, fragte sie, »mit wem dann?«

»Sissy«, sagte Uncle Jake, »es geht nicht anders.«

»Ist ja nur ein kurzer Flug«, sagte Frank Morley, »und das Wetter ist günstig.«

»Chippy ist kein schlechter Mensch«, sagte Uncle Jake. »Ich glaube nicht mal die Hälfte der Geschichten, die man sich von ihm erzählt.«

»Stimmt«, sagte Frank Morley zu seiner eigenen Verwirrung, »er ist schon eine Persönlichkeit.«

Sie warteten.

»Chippy Smith«, sagte sie.

Sie sahen sie an.

»Soll das etwa heißen«, sagte sie, »daß du mit Chippy Smith in einem Flugzeug fliegen wirst? O Jake, wie kannst du nur? Ausgerechnet mit Chippy Smith. Du kennst den Ruf dieses Mannes. Du selbst hast mir erzählt, daß er leichtsinnig und unzuverlässig ist. Du selbst hast mir erzählt, daß er mehr als einmal seine Konzession verloren hat und daß Rex Ainsworth ihn für den übelsten Piloten hält, der je in Alaska geflogen ist. O Jake, du weißt, wenn es nach dir ginge, würde Chippy Smith aus dem Verkehr gezogen. Hast du selbst zu mir gesagt. Wie kannst du nur? Als ob es nicht schon schlimm genug wäre, zusammen mit einem Amokläufer in einem Flugzeug zu sitzen.«

Sie hielt inne. Sie holte Luft. Keiner von ihnen, auch Sissy selbst nicht, hätte geglaubt, daß sie bei ihrem sanften Wesen zu solcher Leidenschaft und Vernunft fähig gewesen wäre, und während die beiden Männer sie in bestürzter Überraschung ansahen, umklammerte Sissy ihre Ellenbogen, runzelte die Stirn und kam sich plötzlich wie Kassandra vor – für alle Zukunft schöpfte Sissy Trost daraus, sich mit Kassandra zu vergleichen – und verschloß ihr herzförmiges Gesicht, als wolle sie nie wieder ein Wort sagen. Sie hatte nicht beabsichtigt, Uncle Jake die Wahrheit zu sagen, aber es freute sie, recht zu haben.

»Sissy«, murmelte Frank Morley.

»Sissy«, sagte Uncle Jake.

»Ach, ist schon gut«, sagte Sissy.

»Jake«, sagte Frank Morley, »du kannst es nicht machen.«

»Natürlich nicht«, sagte Uncle Jake. »Sissy«, sagte er, »es ist nicht deine Art, so aufzubrausen. Verzeih mir.«

»O Jake«, sagte sie, »entschuldige dich nicht. Es ist ja nur, daß

Chippy Smith ... daß du nie ein gutes Wort für ihn übrig hattest ... es ist ja nur, weil du mir einen so schlechten Eindruck von ihm vermittelt hast, daß ich nie gedacht hätte ... Aber natürlich, es ist ja schon gut. Das weißt du doch. Du brauchst nicht zu sagen, daß du nicht mitfliegst.«

»Übrigens«, sagte Frank Morley, »ist Chippys Curtis ein besseres Flugzeug als Rex' Fairchild.«

»Stimmt«, sagte Uncle Jake. »Es ist ein Flugboot.«

»Ein Flugboot?« heuchelte Sissy Interesse, während sie mit ihrem abwesenden Blick eine Katastrophe nach der anderen herannahen sah.

»Es hat keine Schwimmer wie die Fairchild«, sagte Uncle Jake schnell und legte seine Hand wieder auf ihre Schulter. »Sondern einen Rumpf wie ein Schiff, obendrauf die Tragflächen, und auf den Tragflächen steht ein nach hinten gerichteter Motor. Wirst's ja sehen.«

Er unterbrach sich. Weit unter uns röhrte der Fahrer des Chevrolet einem Freund zu. Frank Morley hustete.

»Jake«, sagte Sissy, »diesmal werde ich dich nicht zum Hafen begleiten, wenn du nichts dagegen hast.«

Er nickte und lächelte zerstreut. »Weißt du, Frank«, sagte er, »ich wollte schon immer mal mit einem Flugboot fliegen.«

Frank Morley nickte.

»Also«, sagte Uncle Jake, »ich ziehe mich dann mal um. Aber ich schätze, die alte Vierhundertfünf werde ich nicht mitnehmen müssen, was, Frank?«

Uncle Jakes kariertes Wollhemd war noch immer zerrissen und roch noch immer nach Rauch, seine Kniehosen waren noch matt mit dem Blut Seiner Unheiligkeit befleckt, und seine Lederstiefel, hoch bis an die Knie geschnürt und um seine starken Waden gewölbt, trugen noch immer die Kratzer seines Aufenthalts am Icy Inlet. Glücklich schritt er Frank Morley und mir voraus, schwang seinen Knappsack und wandte sein Gesicht der Sonne entgegen – obwohl sein starres Kinn jetzt zum erstenmal verriet, was er Sissy angetan hatte. Hätte er eine andere Möglichkeit gehabt, würde er sich ihrer Bitte nicht verschlossen haben. Was Frank Morley und mich betraf, so keuchte der Partner meines Vaters in seiner Freude vor sich hin – zu Beginn bedenklich männlicher Unternehmungen trat sein leichtes Asthma meist deutlicher zutage –, während ich Frank Morleys Hand umklammert hielt, die trotz ihrer Größe weich und warm war wie die einer Frau, und meine Begierde, das Flugboot zu sehen, kaum bezähmen konnte.

»Jake«, rief Frank Morley, »gehen wir noch Charley abholen. Sollten wir ihn nicht mit zu den Docks nehmen?«

Uncle Jake war sofort einverstanden, warf sich den Knappsack auf die Schulter, ging uns über die Straße voraus und führte uns von den zwei Totempfählen, die das Portal des alten Baranof-Hotels bewachten, in den Schatten des riesigen Schlüssels über dem Eingang von Waffen-Kleider-Zubehör. Eine Frau mit Lockenwicklern im Haar lehnte an einem der Pfähle, lächelte uns zu und wünschte Uncle Jake einen guten Morgen, der sich beim Vorbeigehen in die Brust warf und ihren Gruß erwiderte.

»Diese Frau heißt Nancy«, sagte Uncle Jake zu Frank Morley. »Eine nette Person.«

Doch kaum ahnten die Partner, was die müßige Nancy da am Anfang von Uncle Jakes zweiter Rettungsmission zu bedeuten hatte; kaum ahnten sie, daß in ihren weiblichen Attributen und in ihrer Nähe zu dem für die Touristen aufgestellten Totempfahl eine Botschaft enthalten war, wenn sie nur so klug gewesen wären, sie zu verstehen. Wer hätte Nancy an einem Dienstagmorgen vor dem alten Baranof herumlungern sehen können, ohne sich um seine Zukunft zu sorgen? Einzig Uncle Jake. Früher hatte er einmal die etwas forsche Nancy verprellt, so wie er die meisten Frauen im Baranof verprellt hatte, und auch jetzt mißdeutete er den Tonfall ihrer Stimme und die Art, wie sie ihn anblickte. Frank Morley war sogar noch blinder für Nancy als Uncle Jake, auch wenn er sie immerhin nicht für nett hielt.

Sitka Charley indessen gab sorgfältig acht, nicht auf die andere Straßenseite zu sehen, als Frank Morley ihn aus dem Dunkel von Waffen-Kleider-Zubehör hervorrief. Bedachtsam vermied er jeglichen Blick in Nancys Richtung, als hätte er im voraus gewußt, daß sie da stand, und schloß sich den Partnern grußlos an und ohne erkennen zu lassen, ob es ihn freute, für diesmal in unseren Kreis mit einbezogen zu sein. Und obwohl Sitka Charley nicht, wie er es gewöhnlich tat, Notiz von mir nahm, war ich doch froh, daß ich mein Messer an meinem neuen Gürtel bei mir trug, verziert mit Sitka Charleys kunstreichen Talismanen – Bär, Vogel, Baum.

»Schlecht gelaunt, Charley?« fragte Frank Morley mit plötzlich besorgter Stimme.

»Ach was«, sagte Sitka Charley.

»Wieso sollte er auch«, sagte Uncle Jake über die Schulter. »Aber, Charley, kennst du irgendwelche von den Indianern unten an der Disillusionment Bay?«

»Kenne ich«, sagte Sitka Charley.

»Gut«, sagte Uncle Jake. »Ich will nämlich nicht als völliger Fremdling da auftauchen.«

»Die wissen, wer du bist«, sagte Sitka Charley. »Keine Sorge.«

Die beiden Flugzeug-Landestege Rex Ainsworths und Chippy Smiths lagen nebeneinander in den kalten Fluten, und genau wie Frank Morley gesagt hatte, war Rex Ainsworth da, Anzug und Krawatte steckten in einem weißen Overall, und ihm gegenüber auf dem anderen Steg saß Chippy Smith auf einer leeren Öltonne und rauchte eine Zigarette. Er war klein, unrasiert und trug enge Jeans wie Sitka Charley, eine alte lederne Fliegerjacke mit Pelzkragen und an seinen ansonsten nackten Füßen ein paar schlapprige Mokassins, an denen ein Hund herumgekaut hatte.

Verschiedener als Rex Ainsworth und Chippy Smith hätten zwei Buschpiloten nicht sein können, und genauso verschieden wie ihre Piloten waren die beiden Flugzeuge. Konventionell und vertrauenerweckend ragte die gelbe Fairchild aufrecht auf ihren Schwimmern aus dem Wasser, während das Flugboot – welch Oxymoron hätte ein Kind vergnügter stimmen können? – kleiner als die Fairchild war und tief wie ein gründelnder Vogel auf dem Wasser lag. Sein kleiner Rumpf war aus dünnem Holz von hellbrauner Farbe und spiegelblank poliert; von den Flügelspitzen hingen an Streben zwei Mini-Schwimmer; der Motor, aus glänzendem, von Auspuffgasen geschwärztem Metall, stand wie eine kleine Windmühle hoch über der Tragfläche. Und an der Spitze des Rumpfs hatte Chippy Smith mit Messinglettern den Namen seines Flugboots angebracht: *Mabel*. Die Fairchild hatte keinen Namen; die Fairchild, der meine ersten Flugträume gegolten hatten, hielt, was die Erschütterung meiner Erwartungen betraf, keinem Vergleich mit dem Flugboot stand. Nur daß die Fairchild heute ohne Motor war. Rex Ainsworth hatte den Motor ausgebaut, und da schwebte er nun, ein großes metallenes Herz, an Ketten und Flaschenzügen in einem stählernen Dreibein aufgehängt. Und eben der teilweise zerlegte Motor und die klaffende Vorderseite der Fairchild mit ihren abgetrennten Rohren und Schläuchen und Drähten ließen mir die Fairchild genauso wunderbar erscheinen wie das Flugboot. Begeistert klammerte ich mich an Frank Morleys Hand.

»Rex«, sagte Uncle Jake, als wir ihm nach über die abschüssige Laufplanke dorthin marschierten, wo in der klaren Luft Rex Ainsworths Schraubenschlüssel funkelten, »eine prima Zeit hast du dir da zum Basteln ausgesucht!«

Rex Ainsworth sah Uncle Jake gemessen an und nickte, zog einen Gummischlauch heraus und fing den jähen Ölerguß in einer Blechdose auf.

»Du wärst mir lieber«, sagte Uncle Jake mit leiser Stimme, »als Smith. Ich werd von Glück sagen können, wenn dieser Kerl nicht mit uns abstürzt.«

»Das ist unwahrscheinlich«, sagte Rex Ainsworth und wischte seine Finger an einem Lumpen ab.

»Trotzdem«, sagte Uncle Jake, »würde ich lieber mit dir als mit ihm fliegen.«

Rex Ainsworth beugte sich nach vorn in seinen Motor und setzte langsam, vorsichtig seinen Ratschenschlüssel auf einen Bolzen, der wie ein Silbernugget glänzte.

»Tja«, sprach Uncle Jake in das Schweigen weiter, das nur vom leisen Schlürfen der Schwimmer der Fairchild und dem Klingeln von Rex Ainsworths Werkzeugen unterbrochen wurde, »schöne Bescherung, aber ich muß jetzt wohl los.«

Sie gaben sich die Hände.

Dann stieß Uncle Jake einen Seufzer aus und ging voran über die zwei Planken, die die beiden Stege miteinander verbanden, und Chippy Smith erhob sich, um uns zu begrüßen.

»Dachte schon, Sie kämen gar nicht mehr!« sagte er lachend, kniff die kurze glimmende Kippe seiner Zigarette zwischen Daumen und Zeigefinger, führte sie an die Lippen und inhalierte. Uncle Jake warf einen finsteren Blick auf die gelben Finger, die bleichen Lippen, die glimmende Asche.

»Ist es nicht gefährlich, in der Nähe von Flugzeugen zu rauchen?« fragte Uncle Jake.

»Keine Sorge«, sagte Chippy Smith. »Ich hab einen Feuerlöscher an Bord.«

»Also«, sagte Uncle Jake, »das ist mein Partner Frank Morley, und das ist Sitka Charley. Und das«, sagte er, warf einen Seitenblick auf das Flugboot und zerzauste mir das Haar, »das ist Sunny.«

»Hallo, Sunny«, sagte Chippy Smith zwinkernd.

Sitka Charley regte sich hinter mir, Frank Morley räusperte sich. Aber Chippy Smith war bereits in die Hocke gegangen und hielt mich mit beiden Händen um die Taille gefaßt – an einem seiner Handgelenke hing ein goldenes Armband mit Namensschildchen –, er roch nach Zahnpasta, Benzin, Zigaretten und Bier, und in der Brusttasche seiner Fliegerjacke stak eine bernsteinfarbene Brille, in der sich die Sonne spiegelte. Das Leder seiner Jacke war rissig und blätterte ab; der Pelzkragen war muffig und verschimmelt; unter der offenen Jacke trug er nur ein T-Shirt und eine Kette mit einer blechernen Heiligenmünze. Auf einer seiner eingefallenen Wangen schimmerte der weiße Wurm einer Narbe durch seinen Zweitagebart. Er war jung und lebhaft und drückte mich spielerisch, meine Taille umfassend.

»So«, sagte Uncle Jake rasch und in scherzendem Ton, während er mich an der Schulter zu sich zog, »das Ding soll also wirklich fliegen können?«

»Mabel?« sagte Chippy Smith, der aufsprang und seine Zigarette wegwarf. »Und ob sie kann. Als ich sie unten in Seattle gekauft habe, war sie nichts als ein Haufen Holz und Drähte. Bei dem Absturz sind drei Leute in ihr ums Leben gekommen. Aber Flugboote sind was Seltenes, und selbst als sie als Wrack an dem Kran schwankte, mit dem man sie geborgen hatte, war sie noch schön. Das sah ich sofort. Also kaufte ich sie mit etwas Geld, das ich von meiner Mutter bekommen hatte, und baute sie selbst wieder zusammen. Ainsworth kann seine alte Fairchild ruhig behalten. Ich bleibe bei meiner Mabel.«

»Sie selbst wieder zusammengebaut«, wiederholte Uncle Jake, verkniff die Brauen und legte eine Handfläche auf den Tragflügel.

»Ja sicher«, sagte Chippy Smith.

»Und dann haben Sie sie hier nach Juneau raufgeflogen? Nun«, sagte Uncle Jake, »ich kenne mich mit Schiffen aus. Ich hab Schiffe gern. Und dieses hier ist gut geschnitten, wie ich sehe. Es ist gepflegt, gut in Schuß. Ha, sieht aus wie ein Fisch mit Flügeln. Ich denke, das wird schon alles gutgehen. Jedenfalls bin ich soweit, Chippy, wenn Sie können. Kann's losgehen?«

Uncle Jake drückte Frank Morley an sich, gab Sitka Charley die Hand, versah mich mit einer seiner Bärenumarmungen, wie er das nannte, und reichte dann Chippy Smith seinen Knappsack, als ob er ein Gepäckträger und nicht der Besitzer und Pilot des Flugbootes wäre. Hier trat nun Sitka Charley vor und sprach kurz und leise auf Uncle Jake ein. Er sagte, Uncle Jake solle sich vor Too-Much Jackson in acht nehmen. Too-Much Jackson sei ein gefährlicher Mann, auch wenn er ein Skoot sei. Uncle Jake hörte zu, runzelte die Stirn, dankte Sitka Charley für seine Warnung, grinste Frank Morley breit zu und ließ sich dann von Chippy Smith in das Flugboot hineinhelfen.

»Bis morgen, Sunny«, rief Chippy Smith, setzte seine getönte Brille auf und warf den Motor an, der lauter war als der der Fairchild und aus dessen Auslaßschlitzen starke Stichflammen schossen.

Langsam fuhren sie in den Hafen hinaus, bebten und stampften im Rhythmus der Wellen unter ihnen und des tobenden kopflastigen Motors über ihnen. Das kleine Flugzeug färbte sich bronzen im Morgenlicht, schlingerte durch ein Wellental, umfuhr eine Ansammlung von Pfählen, kämpfte sich aus einer jähen Kreuzung von Gegenströmungen heraus, sank beinahe außer Sicht im Kielwasser eines Schleppnetzdampfers, der es ums Haar über den Haufen gefahren hätte. Und dann heulte das Flugboot vor seiner perlmuttnen Rauchfahne auf, schrammte über die Wasseroberfläche und stieg empor. Noch keine hundert Fuß hoch ging es in Querlage, raste vor und zurück über die kabbelige See, verfehlte nur knapp das Wellblechdach des Ladeschuppens der Alaska Dampfschiffgesellschaft. Dann fiel es abwärts und jagte grimmig über den Bug des unverschämten Schleppnetzfischers, der wie wild seine Schiffspfeife aufjaulen ließ. Es ging noch tiefer, noch schneller kam es auf uns drei auf dem jetzt leeren Steg zu und schoß dann mit wippenden Tragflächen dicht über unsere Köpfe hinweg, Uncle Jakes angstverzerrtes weißes Gesicht an eins der kleinen, noch von salziger Gischt und Schaumflecken bespritzten Kabinenfenster gepreßt. Und dann waren sie in einem Schwall von Wind und Feuer verschwunden. Frank Morley schüttelte keuchend den Kopf. Sitka Charley sagte etwas in einer Sprache, die ich nicht verstand. Langsam gingen wir rüber auf Rex Ainsworths Steg.

»Der Mann ist der schlimmste Pilot von Alaska«, sagte Rex Ainsworth zu Frank Morley, als wir kurz haltmachten, bevor wir loszogen, um auf Uncle Jakes Rückkehr zu warten. »Und wenn er abstürzt, wird's der schlimmste Absturz in der Geschichte der alaskanischen Luftfahrt.«

In dieser Nacht hörte ich Sissy im Dunkeln ständig zwischen dem Wohnzimmer, wo das aufgeschlagene Klappbett stand, in dem sie aber nicht schlafen konnte, und der leeren Küche hin und her gehen. Auf und ab ging sie, kontrollierte die Vordertür, die Hintertür, die Fenster in beiden Räumen. Ich hörte das leise Rappeln, das sie veranstaltete, um sich zu vergewissern, daß sie und ich in Sicherheit waren und daß sie nicht vergessen hatte, die Hintertür, die Vordertür, eins der Fenster zu schließen. Sie hielt nicht inne, um sich in der Küche eine Tasse warme Milch zu machen; sie legte zwischen ihren Runden keine Ruhepausen auf dem Klappbett ein. Ich hörte ihre irrlichternden ängstlichen Bewegungen, mit denen sie meinen Schlaf nicht durch ihre Entschlossenheit, uns beide vor Eindringlingen zu schützen, stören wollte. Ich hörte sie stehenbleiben, um ungewohnten Geräuschen zu lauschen; ich wußte, sie suchte in den Schatten nach etwas, das sich bewegte.

Dann gab sie abrupt ihre Wache auf. Ich hörte sie vor meiner Tür stehen, hörte die Tür aufgehen, und in diesem Augenblick vergaß sie ihre Vorsichtsmaßregeln, vergaß ihre Ängste, kam in mein Zimmer und setzte sich neben mich aufs Bett, als wäre sie nicht die ganze Zeit über in ihrem Morgenrock und ihren Pelzpantoffeln umgegangen, um uns zu bewachen, und als habe sie es plötzlich nicht mehr nötig, vor sich und auch vor mir zu verbergen, was sie tatsächlich schon die ganze Zeit gewußt hatte, daß nämlich auch ich wach in der Dunkelheit lag.

Sie faßte mich nicht an. Sie ließ nicht den Kopf hängen, seufzte nicht. So wie sie da saß, wußte ich, daß ihr Blick klar und sie selbst wachsam war und gefaßt. Dem munteren Klang ihrer Stimme nach, als sie schließlich sprach, hätte es Nachmittag sein können und nicht vier Uhr früh. Ihren kleinen Elefanten konnte ich zwar nicht sehen, aber ich wußte, er war da, an ihrem Handgelenk. »Ach, Liebling«, sagte sie endlich, den Blick in die Nacht hinter meinem Fenster gerichtet, »wenigstens habe ich dich als Partner!«

Doch Uncle Jake kam nicht wie versprochen zurück. Für den Ausflug zur Disillusionment Bay brauchte er nicht bloß vierundzwanzig Stunden, wie er angenommen hatte, sondern drei Tage. Aber als Frank Morley an jenem ersten Morgen auf unsere Veranda trat, Sissy und ich beendeten soeben unser Frühstück, wußte Sissy sofort, daß Uncle Jake aufgehalten worden war, genau, sagte sie zu Frank Morley, was sie erwartet hatte. Frank Morley setzte sich an unseren Küchentisch, den Hut noch auf dem Kopf, und klagte wie immer darüber, ihr schlechte Nachricht bringen zu müssen, doch Sissy tätschelte ihm die Hand und sagte, sie gewöhne sich allmählich an schlechte Nachrichten. Während er sich eine seiner feuchten Zigaretten drehte und anzündete, stellte Sissy die Bratpfanne wieder auf den Herd und briet Frank Morley drei Spiegeleier und eine ordentliche Portion Cornedbeef aus der Dose. Olaf Olafson zufolge, berichtete Frank Morley, sei das Problem ein Motorschaden, nichts Ernstes. Sissy erwiderte, so etwas habe sie schon geahnt, und fuhr dann fort, sie wisse, daß Uncle Jake nicht in Gefahr sei. Sie gebe ohne weiteres zu, sagte sie, während sie Frank Morley einen zweiten Becher Kaffee eingoß, sie habe nie daran gedacht, Uncle Jake könnte bei einem Flugzeugabsturz ums Leben kommen, ganz gleich, was sie gestern über Chippy Smith gesagt habe. Gewiß, sagte sie, könne auch sonst nichts vorgefallen sein, worüber sie sich zu sorgen habe.

Der Motorschaden zog sich hin. Die Sonne brannte weiterhin den Nebel und den drohenden Regen weg. Bei seinem Besuch brachte Frank Morley sein Fernglas mit, und Sissy ergötzte sich am Anblick von zwei Bärenjungen, die auf dem Hang über uns spielten, weigerte sich aber, die Stärke von Frank Morleys Fernglas durch einen Blick über den ganzen Gastineau Channel hin zu erproben. Sissy und Hilda Laubenstein, die Krankenschwester, die fast zehn Jahre lang für das Amt für Indianerangelegenheiten tätig gewesen war, saßen zusammen und legten Doppelpatiencen, während Frank Morley neben ihnen hockte und zusah. Am zweiten Nachmittag beschloß Sissy, die russische Kirche zu besichtigen, und überredete Hilda Laubenstein, ihr für einige Augenblicke in das duftgeschwängerte Dunkel unmittelbar hinter den massiven Türen zu folgen. Sissy graulte sich vor orthodoxen Gottesdiensten, wie sie Frank Morley erklärte, und gehörte nicht zu den Leuten, die sich in Dinge einmischten, die sie nichts angingen. Frank Morley lehnte es ab, sie in die Kirche zu begleiten, willigte aber ein, mit ihr hinzugehen und draußen zu warten, wenn sie unbedingt wolle. Selbstverständlich hätte Uncle Jake sich nie auch nur in die Nähe der russischen oder überhaupt irgendeiner Kirche begeben, nicht einmal Sissy zuliebe.

Wir warteten.

27

»Jake!« rief Sissy. »Willkommen daheim!«

Sie hatte Uncle Jake und Frank Morley von unserer Veranda aus erspäht, wie sie die hölzernen Treppen und hölzernen Gehsteige heraufkletterten, die auf unseren hohen Hügel führten – ganz Juneau war mit solchen Gehsteigen überzogen, die wie schmale wacklige Brücken aus nackten verwitterten Brettern, ausgepfählt auf Zwei-mal-vier-Zöller, über den Schlamm hinweghalfen –, und gemeinsam winkten Sissy und ich zu ihnen hinunter.

»Sissy«, sagte Uncle Jake, »da bin ich wieder!«

»O Jake«, sagte Sissy und stopfte ihre Bluse rein, »und nichts passiert? Du bist nicht verletzt?«

»Springlebendig!« sagte Uncle Jake, küßte sie auf den Kopf und schwang mich hoch in seine Armbeuge. Frank Morley hatte es sich nicht nehmen lassen, Uncle Jakes Knappsack zu tragen, und hielt ihn noch immer an den Gurten, Erleichterung und Anhänglichkeit saßen dick wie Staub in allen Falten seiner gekrümmten Gestalt, obwohl er es trotz seinem heftigen Verlangen zu lächeln fertigbrachte, keine Miene zu verziehen, um mich des Jargons Uncle Jakes zu bedienen. Es war früh am Nachmittag, warm schien die Sonne, um die halbkahle Tanne neben der Veranda kreisten ein paar Möwen.

»Und Brewster?« fragte Sissy. »Geht's ihm gut?«

»Brewster?« sagte Uncle Jake, plötzlich unnahbar in der Herrlichkeit seiner Rückkunft. »Ah, Brewster. Ja, den haben wir gut versorgt. Deine Freundin Hilda Laubenstein hatte uns schon erwartet und hat ihm eine Spritze gegeben.« Und dann, zu Frank Morley gewendet: »Stell den Knappsack doch irgendwo hin, Frank«, sagte er. »Und warum bringen wir nicht ein paar Stühle nach hier draußen? Wir können uns die Geschichte doch auch auf der Veranda genehmigen.«

Sissy und Frank Morley arrangierten Schaukelstuhl und Faltstühle, und Sissy brachte das Ginger Ale und Gläser heraus. Sie bewegte sich schnell, sie freute sich, beschäftigt zu sein, sie bedachte Uncle Jake mit einem ihrer raschen liebevollen Blicke und faßte Frank Morley am Arm. Uncle Jake kam mir größer vor als je zuvor mit seinem stattlich erhobenen Haupt und seinen kräftigen und kühlen Augen, die felsenhart funkelten von all dem, was er gesehen hatte und nun gleich berichten würde. Er roch so wie immer, wenn ich zwischen ihnen schlief – nach Seife, nach männlichem Talk –, und sein Gesicht war frisch rasiert und frisch von der Sonne gebräunt, sein schwarzes Haar perfekt in der Mitte gescheitelt und steif und peinlich genau mit der Pomade eingesprüht, die er in seinem Knappsack mitgenommen hatte. Unter uns lagen die Dächer von Juneau – glitzernd oder grün überschimmelt, still.

»Du siehst prächtig aus, Jake«, sagte Sissy. »Und du hast eine gute Fahrt gehabt!«

Er wartete. Wir hörten das ferne scharfe Pfeifen, das den Schichtwechsel im Alaska-Juneau Goldbergwerk verkündete. Frank Morley drehte sich eine Zigarette und riß mit seinem gelben Daumennagel eine Flamme aus dem Schwefelkopf eines Streichholzes. Vom Bergwerk her rumpelte es. Uncle Jake lehnte sich in seinen Schaukelstuhl zurück, legte einen bestiefelten Knöchel auf einen strammen Oberschenkel und drückte mich heimlich. Er wußte, daß Sissy und Frank Morley in seinen geblähten Nüstern, seiner aufgewühlten Stirn, seinem starren Kiefer, seinen Augen, die, als er sich zu sprechen anschickte, wilder aufleuchteten, lauter sichere Zeichen dafür sahen, daß er etwas Außerordentliches erlebt hatte, und er lachte.

»Wir haben uns Sorgen gemacht«, erklärte Uncle Jake mit abrupter und unerwarteter Nüchternheit. »Wir alle haben uns Sorgen gemacht. Oder, Sissy? Oder, Frank? Die ganze Sache schien von Anfang an unter einem schlechten Stern zu stehen. Ich dachte, ich hätte einen Fehler gemacht, kann ich euch sagen. Ich habe in meinem Leben selten dunkle Ahnungen gehabt, aber da unten an den Docks bei Chippy Smith hatte ich welche. Am liebsten wäre ich noch in letzter Minute ausgestiegen. Das wißt ihr.«

»O Jake«, lächelte Sissy in ihrer Bestürzung, »jetzt ist es ja vorbei.«

»Allerdings«, sagte Uncle Jake, »ist es vorbei. Und ich kann dir sagen, Sissy, der Ausflug war erfolgreich! Der erfolgreichste Ausflug, den ich je gemacht habe! Und die Vorstellung, daß ich ihn hätte verpassen können. . . . Aber hab ich ja nicht. Und Sorgen hätten wir uns keine zu machen brauchen. Ich habe richtig gehandelt, kann ich euch sagen, trotz unserer Befürchtungen.«

»Natürlich hast du das«, sagte Sissy.

»Das soll nicht heißen, daß es einfach war«, sagte Uncle Jake schnell. »Weiß Gott, es war nicht einfach. Aber ich hätte nie gedacht, daß ich das schaffen könnte, was ich da unten in der Disillusionment Bay geschafft habe. Ich bin in eine ziemlich kitzlige Lage geraten, Sissy, aber es ist alles gutgegangen. Ich war dem gewachsen. Ja mehr als das, wenn man bei der Wahrheit bleiben wollte.«

»O Jake«, sagte Sissy, »wir sind stolz auf dich ... und der Motorschaden war auch nichts Ernstes?«

»Nein«, sagte Uncle Jake, »nichts Ernstes. Aber dieser Chippy Smith ist vielleicht eine Marke. Wir waren noch keine zwei Minuten in der Luft«, stürzte Uncle Jake sich jetzt in seine Erzählung, »als ich ihm zuschrie, er solle sich benehmen und die Angeberei sein lassen. Ich mußte mich ums liebe Leben festklammern, und ich wußte, ich war weiß wie ein Bettlaken – du hast ja gesehen, Frank, wie er auf euch zugerast ist, auf dich und Sunny und Sitka Charley –, also brüllte ich ihn an, er solle wenigstens auf mein Leben Rücksicht nehmen, wenn schon nicht auf seins. Aber davon wollte er nichts wissen. Kein bißchen. Er griff bloß zwischen seine Beine – du hast ja seine Mokassins gesehen, Frank, großer Gott! – und brachte eine kalte Flasche Bier zum Vorschein. ›Auch eine?‹ schrie er zurück und hebelte den Deckel mit einem Öffner ab, der an einer Schnur vom Armaturenbrett baumelte. ›Sie werden hier oben nicht trinken!‹ brüllte ich, aber er nahm einfach einen langen Schluck und schüttelte den Kopf. Und dieses Flugboot – tja, also so wie das hab ich noch nie was rappeln und rütteln und wackeln erlebt. Daß dies ein besseres Flugzeug als die Fairchild ist, Frank, dürfte wohl ein Irrtum sein. Tja, alles war locker – die Sitze, die Steuerpedale, das kleine halbrunde Lenkrad –, ich dachte, es würde mir schier die Zähne aus dem Schädel schütteln. Die Stichflammen aus dem Motor über unseren Köpfen waren so lang wie mein Arm. Ich roch Rauch – dicken schwarzen ranzigen Rauch – und glaubte, wir würden jeden Augenblick Feuer fangen. Ich sah mich nach dem Feuerlöscher um, aber Chippy Smith ist ein Lügner, Frank, ein ausgemachter Lügner, und es war keiner da. Zu dem Rauch und Benzin – der Benzingestank war fürchterlich – kamen die Gerüche von Salz und Tang und Meerwasser, was nur natürlich war, denn es war ebenso Boot wie Flugzeug. Aber großer Gott, es stank, als habe es eine Woche unter Wasser und nicht an

Chippys Steg angebunden gelegen. Später erfuhr ich, daß er hinter uns unter einer Decke fünf 10-Gallonen-Kanister Treibstoff gelagert hatte, demnach hätte es kein Feuer gegeben, Frank, sondern eine Explosion.

Dann fing er an, mir Geschichten zu erzählen. Ich will sie nicht wiederholen, Sissy, aber sie handelten alle von einer Frau namens Nancy, und sowas von Schmutz hab ich mein Lebtag noch nicht gehört. Natürlich versuchte ich ihn zu unterbrechen, aber er redete immer weiter, wobei er, wie mir jedenfalls schien, dem Schiff freien Lauf ließ und mir die scheußlichsten Dinge von dieser Nancy berichtete. Ihr würdet es nicht glauben, daß irgendein Mann solche Ausdrücke benutzen könnte oder daß irgendeine Frau zulassen könnte, was diese Frau zugelassen hat. Es war abscheulich. Mir fiel die Namensgleichheit auf, Frank, aber natürlich war mir klar, daß jene nette Frau unmöglich mit der Person identisch sein konnte, über die Chippy Smith sich da auf so unflätige Weise ausließ.«

»Jake«, sagte Sissy sanft. »Was für eine Frau?«

»Frau?« fragte Uncle Jake, noch immer roten Gesichts hoch in der Luft mit Chippy Smith. »Ach, einfach eine nette Person, die uns im Baranof immer gegrüßt hat. Erinnerst du dich nicht? Sie heißt Nancy. Jedenfalls, Frank«, sagte Uncle Jake, gleichzeitig lachend und finster dreinblickend, »gerade als ich von Chippy Smith allmählich genug hatte, hörten wir ein ungeheures Gesprotzel, und der Motor gab den Geist auf. Das unterbrach ihn. Er vergaß seine Nancy gründlich, kann ich euch sagen.

Na, Gott sei Dank hatte es nichts zu bedeuten. Aber er brauchte ewig, um auf den Reservetank umzuschalten – mehr war nicht nötig –, und wir, wir waren dem Wind ausgeliefert wie eine Taube den Klauen eines Falken, und ich konnte nichts tun, als ihn wie betäubt anzustarren, vollkommen betäubt, während er in sich hineinkicherte und nach dem Dingsda tastete, mit dem von dem leeren auf den vollen Tank umgeschaltet wurde – wenigstens hoffte ich, daß er daran gedacht hatte, den Reservetank zu füllen, und das hatte er. Wir verloren rund dreitausend Fuß bei diesem kleinen Manöver, aber dann sprang der Motor mit einem Knall wieder an, und ich dachte natürlich, er würde uns jetzt auf eine sichere Höhe zurückschießen, wie jeder vernünftige Mensch es tun würde. Aber von wegen. Chippy Smith doch nicht. Im Gegenteil, er schob das Steuer nach vorn und jagte uns runter, senkrecht runter, jedenfalls kam es mir so vor, bis unser Schatten auf dem Wasser fast so groß war wie das Flugzeug, das ihn warf.

Das Merkwürdige daran ist, daß ich, obwohl ich ihm nicht traute – wie sollte wohl jemand Chippy Smith trauen können? –, trotzdem allmählich seine tollkühne Einstellung zu teilen begann. Vergib mir, Sissy. Er hatte so etwas an sich, das ich einfach bewundern mußte, auch wenn er rundherum abstoßend war. Der Grund, warum er uns so tief runtergebracht hatte – wir dürften höchstens fünfzig Fuß überm Wasser gewesen sein –, war der, daß wir jetzt über den Candle Creek Inseln waren – du kennst sie doch, Frank? –, die sich meilenweit über diese schwarzen und trügerischen Gewässer erstrecken. Die Candle Creek Inseln sind klein, unzählig, unbewohnt und wüst, wüst und leer, nichts als winzige schartige Juwelen von Wildnis, dicht an dicht über diese Binnenseen gestreut. Und die wollte Chippy Smith mir zeigen, das war alles, und ich konnte ihm das Wagnis nicht gerade übelnehmen. Unsere Fluggeschwindigkeit war einhundertvierzig Knoten, so ungefähr jedenfalls, und Chippy ging in Schräglage und kurvte und jagte und flog uns durch dieses Labyrinth von Inseln, als ob er es genausogut mit verbundenen Augen hätte machen können. Ich mußte den Mann einfach bewundern, kann ich euch sagen. Das Licht veränderte sich jetzt, es kam waagrecht und blendend, und über jede einzelne dieser Inseln legte sich ihre eigene dunkle Nacht. Wir flogen so schnell, daß wir bei jedem Atemzug zwischen drei oder vier hindurchschossen, und doch erkannte ich deutlich die an ihren Steilufern wie Schädel aufgehäuften Steine und die Massen schwarzer und zersplitterter Bäume, die uns überragten. Als wir da so beim schwindenden Licht im Zickzack durch die Candle Creek Inseln rasten, also da entschied ich, daß Chippy Smith etwas von einem Künstler an sich hatte, und wenn ich bedenke, wie er sich später die meiste Zeit unseres Aufenthalts bei Olaf Olafson aufgeführt hat, ist das auch das einzige, was ihn in meinen Augen rettet, Frank. Das ist der Grund, warum ich den Mann nicht schlankweg verurteile, wie Rex Ainsworth es tut. Man kann keinen Mann so einfach vollkommen verdammen, wenn er etwas von einem Künstler an sich hat, das ist meine feste Überzeugung.

Vor seinem Timing konnte ich nur den Hut ziehen. Er lenkte uns aus den Candle Creek Inseln hinaus und auf die im Sonnenuntergang liegende Disillusionment Bay zu, und zwar exakt Schlag Sonnenuntergang, als das Wasser der ganzen Bucht rot und grün und violett in Flammen stand und sich eben die schwarze Nacht herabsenkte. Der Anflug war atemberaubend, das mußte ich zugeben. Chippy stieg auf, flog einen weiten Kreis, dann geradeaus, fing das Flugzeug ab, und ehe ich mich versah, waren wir über der Bucht, und unter uns lag die dunkle Küste des Festlands, das Häuflein Hütten, in denen die Skoots Brewster in Gewahrsam hielten, und direkt vor der Küste Olafsons Insel – eine große Insel, Frank –, die aussah wie eine geöffnete Hand im Wasser.

›Da ist er!‹ schrie Chippy. ›Der Schwede höchstpersönlich. Und warten Sie, bis Sie erst mal seine Frau sehen!‹

Nun, es gefiel mir nicht, wie er von Olaf Olafsons Frau sprach, aber ich ging nicht darauf ein. Chippy fing wieder seine alten Tiefflugpossen an, und als er uns nach rechts kippte und einen engen Bogen flog, folgte ich seinem Fingerzeig und war doch beeindruckt von dem, was ich da sah: einen Mann, fast doppelt so groß wie ich, Sissy, der am Ende eines hölzernen Landestegs stand und langsam winkte. Er war ein Ungeheuer, kann ich euch sagen, und neben ihm standen zwei der schärfsten Hunde, die ich je gesehen habe. Ich erkannte auf den ersten Blick, was für welche das waren: Eskimohunde. Sie hatten viel von Wölfen an sich, Frank, und es waren riesige Burschen. Olafsons Boot war längsseits an dem Steg festgemacht, sah aus wie ein Diesel und genauso verläßlich wie der Mann selbst. Aber da täuschte ich mich, Frank. Schlimmer hätte ich mich nicht täuschen können, wie ich schon bald einsehen sollte.

Dann schoß Chippy, der Olafson offenbar ein ordentliches Schauspiel bieten wollte, dermaßen scharf runter, daß ich dachte, wir würden glatt auseinanderbrechen, jagte den Motor so hoch, wie er konnte, als ob wir mit irgendeinem unsichtbaren Schnellboot ein Rennen veranstalteten, und dann drosselte er ihn ebenso plötzlich wieder von einem Heulen zu einem brummenden Flüstern. Ich konnte wegen des Gischts nichts sehen. Aber wir bremsten ab, und die triefenden Fenster wurden allmählich frei. Chippy öffnete die Luke und kletterte auf den Bug; Olafson warf ihm ein Tau zu und machte ihn fest.

›Gute Arbeit, Chippy‹, sagte ich, als er mir eine Hand hinhielt und ich aufstand, sie faßte und auf Olafsons Landesteg runtersprang.

Von Angesicht zu Angesicht war Olafson nicht beeindrukkend. Kein bißchen. Er war einfach bloß groß. Wir schüttelten uns die Hände, und sowie er mir seine riesige Pranke hinstreckte, spürte ich seinen Widerwillen, sein unfreundliches Wesen, und konnte ihn augenblicklich nicht leiden. Ich hatte geglaubt, er wäre ein Mann von Format, einer dieser blonden Schweden mit klaren Zügen und redlicher Stärke. Blond war er schon, Schwede auch, aber das war auch alles. Er war einfach bloß groß. Mindestens einen Kopf größer als ich, Sissy, und Schultern wie ein Ochse. Man könnte meinen, wir hätten uns auf Anhieb verstehen müssen, aber keineswegs. Er war so groß, daß sein Charakter einfach schwach sein mußte, und das war er, und als ich mich vorstellte, grunzte er nur und zog seine Pranke so schnell wie möglich zurück. Er war ganz und gar nicht mein Typ. Aber Chippy grinste er an, und die beiden begrüßten sich aus vollem Halse grölend, und ehe ich mich versah, war Chippy ins Flugzeug zurückgetaucht und reichte Olafson ein paar große Holzkisten hoch, die, wie ich mir hätte denken können, bis obenhin voller Bierflaschen waren. Da wußte ich, wie es weitergehen würde, und dann sah ich in den leuchtenden Farben des schwindenden Lichts zu Olafsons Boot hinüber. Du wirst es nicht glauben, Frank, aber dieses Boot war bei einem Brand zu Schaden gekommen, übel zu Schaden gekommen, eine Hälfte war rein verkohlt. Olafson machte sich so wenig aus seinem Boot, daß er nicht einmal die simpelsten Instandsetzungsarbeiten durchgeführt hatte – so einer war er. Und das war es, worin ich mich in bezug auf das Boot und den Mann getäuscht hatte. Sie waren einfach nicht in Ordnung, Frank. Kein bißchen. Immerhin, Olafsons Hunde waren wirklich scharf. Wenigstens vor seinen Hunden konnte ich Respekt haben.

›Erzählen Sie uns von Brewster‹, sagte ich, als wir uns auf den Weg zu Olafsons Hütte machten. ›Geht's ihm gut?‹

›Sicher‹, sagte der Schwede, seine Bierkiste an die Brust gepreßt. ›Sicher. Dem geht's gut.‹

›Nun‹, sagte ich, ›wie geht's weiter? Holen wir ihn rüber?‹

›Teufel, nein‹, sagte der Schwede, und du weißt, wie sehr ich diese Flucherei verabscheue, Frank. ›Teufel, nein. Der setzt keinen Fuß in mein Haus. Der ist doch verrückt.‹

›Olafson‹, sagte ich, ›soll das heißen, daß wir Brewster erst morgen sehen werden?‹

›Stimmt genau‹, sagte er. ›Morgen.‹

›Aber er hat schon eine Nacht da drüben in diesem Eingeborenendorf verbracht‹, sagte ich. ›Dies wird jetzt seine zweite

Nacht bei den Skoots. Wer weiß, in welcher Verfassung er ist, Olafson? Jetzt, wo Chippy und ich hier sind, sollten wir tun, was wir können, damit er sich wohl fühlt, bis wir ihn morgen früh von hier wegfliegen können.‹

›Wohl fühlt zum Teufel‹, sagte der Schwede. ›Ist doch nicht meine Sache. Außerdem ist es zu dunkel, um irgendwas zu unternehmen.‹

So unverschämt war dieser Mann, Frank. Unverschämt, faul, nichtsnutzig. Und natürlich hatte er Angst vor Brewster, soviel war klar.

Olafson trat die Tür auf, und wir gingen hinein, und Sissy, den Gestank kannst du dir nicht vorstellen. Die Hütte bestand aus einem einzigen Raum, primitiv aus Baumstämmen gezimmert, mit Holzpritschen an zwei Wänden und einem Kanonenofen in der Mitte. Die Stämme waren ungeschält, und wer immer das gebaut hatte, hatte Moos und nicht Mörtel benutzt, um die Ritzen zwischen den Stämmen zu verstopfen. Im Dunkel an der Hinterseite des Raums stand ein Kochherd, an dem sich Olafsons Frau zu schaffen machte, und von den Dachsparren hingen Kerosinlampen, die um die Wette qualmten und flackerten. Und der Gestank? Er kam teils von dem Kerosin, teils von dem Rauch aus Herd und Ofen, teils von den schmutzigen Dekken, die in Haufen auf den Pritschen lagen, teils von dem Fisch, den Olafsons Frau kochte, teils von den Hunden. Aber es war noch mehr als all das. Es war ein schlüpfriger Geruch, ein scharfer Geruch, ein Duft, der zum Himmel stank, kann ich euch sagen. Und das war natürlich nichts anderes als der Geruch von Olafson und seiner Frau selbst, und ich konnte die verpesteten Atemzüge kaum runterwürgen, die ich in dieser Hütte zu mir nehmen mußte.

›Mach schon‹, sagte Chippy und stieß den Schweden an, ›sag ihr, sie soll herkommen, damit wir sie sehen können. Jake will mal einen Blick auf sie werfen, stimmt's, Jake?‹

Selbstverständlich wollte ich nichts dergleichen und dachte inzwischen an kaum etwas anderes, als daß wir vier und die beiden Hunde – zwei riesige Eskimohunde – diese Nacht in einem Raum gemeinsam und ohne die geringste Möglichkeit, sich zurückzuziehen, verbringen würden. Unter einer der Pritschen ragte ein dicker altmodischer Nachttopf hervor, der eher in einen Antiquitätenladen gehörte, dachte ich, als in die Hütte eines Fuchszüchters, und bei dem allen und beim Anblick dieses

Nachttopfs wurde mir übel, kann ich euch sagen. Aber der Schwede stieß ein Grunzen aus, und die Frau unterbrach ihre Tätigkeit am Herd und kam zu uns in die Mitte des Raums.

›Sieh sie dir bloß an!‹ sagte Chippy und puffte den Schweden. ›Was für ein Weib!‹

›Mrs. Olafson‹, brachte ich heraus und versuchte zu lächeln.

›Sie brauchen sie nicht so anzureden‹, sagte der Schwede. ›Sie ist eine Skoot.‹

Und deswegen kam ich ins Schwanken, Frank. Olafsons Frau war eine Indianerin. Eine Vollblut-Indianerin. Und damit hatte ich nicht gerechnet. Kein bißchen. Und hatte ich nicht schon infernalisches Pech genug gehabt, daß ich mit einem Mann fliegen mußte, dem ich nicht trauen konnte? Und von einem Mann empfangen wurde, den ich verabscheute? Und dann erfahren mußte, daß die Frau dieses Kerls eine Indianerin war? Da stand sie also, die erste alaskanische Indianerin, die ich je gesehen hatte – von dieser Frau in der Taku Bay abgesehen, Sissy, aber die zählt nicht –, und diese Nacht würden wir drei zusammen mit ihr in einem Raum verbringen müssen. Ich kam ins Schwanken, sag ich. Wer käme das nicht? Jede Frau sollte sich zurückziehen können, das gilt auch für Olafsons Frau.

›Na komm!‹ sagte Chippy und drängte das arme Wesen, eine seiner Bierflaschen anzunehmen. ›Feiere mit uns, Passuk!‹

›Tu, was er sagt‹, brummte der Schwede.

Ich bemerkte ihr Unbehagen, Sissy, und fragte mich, ob sie ihrerseits mein Unbehagen registrierte, das ich freilich zu verbergen suchte. Falls ja, ließ sie sich nichts davon anmerken und hob statt dessen, während wir zusahen, einfach die Flasche an ihre Lippen und trank, und dann wischte sie sich wie ein Mann den Mund mit dem Ärmel ab. Du weißt ja, was die für platte Gesichter haben, Frank, und Passuk machte da keine Ausnahme. Rund wie ein Tortenblech, platt wie dein Handrücken, glänzend wie eine fettige Bratpfanne. Ein Walroß könnte so ein Gesicht haben, Frank, dabei war sie noch jung, und als ich so ihre Wangen und ihre dunklen Augen sah, dachte ich, wahrscheinlich ist sie – oder war sie – eine der Schönheiten von White Eye uns gegenüber. Aber es war ihre Größe, wie ich sofort erkannte, ihre beträchtliche Größe, die sie für Chippy Smith zu einer solchen Kuriosität und für Olafson zu einer so guten Partie machte. Ihr Gesicht war fast auf gleicher Höhe mit meinem, und das Hemd des Schweden und eine seiner Hosen, die sie trug, paßten ihr so ziemlich. Das Hemd war hier und da etwas locker und die Hose ein bißchen zu lang, weshalb sie sie unten aufgerollt hatte. Aber die Hose lag ihr eng an, Frank. Im Grunde war sie ihr sogar ein wenig zu klein, womit dir klar sein dürfte, was für eine große Frau das war! An den Füßen trug sie nichts als ein Paar von Olafsons dicken Wollsocken, so verwahrlost war die. Zweifellos war sie eine gute Arbeiterin, ein Mädchen von solcher Größe, und Gott allein weiß, was Olafson für ihre Hand bezahlt hat. Nicht viel, dachte ich bei mir. Irgendeinen Bettelbetrag. Und da begann ich unwillkürlich Zuneigung für Passuk zu empfinden und dachte, daß sie, und nicht Olafson, durch diese Ehe erniedrigt worden war.

Zu Anfang war mir an diesem Abend nur leicht unbehaglich, obwohl nicht zu übersehen war, daß sie Passuk von vorn bis hinten ausnutzten. Sie lief zwischen Herd und Tisch hin und her und bediente uns; sie servierte den Fisch und eine Art Maismehlkrapfen; ab und zu wurde sie von ihnen genötigt, sich zu uns zu setzen und eine Flasche Bier zu trinken. Ich fragte Olafson nach seiner Fuchszucht und erhielt wieder eine seiner rüden Antworten. Chippy fing an, Olafson von dieser Nancy zu erzählen, und da ging ich nach draußen, stand unter dem klaren Himmel und lauschte dem Bellen der Füchse. In dem Dorf gegenüber brannte kein einziges Licht; einen Augenblick lang überlegte ich, ob ich versuchen sollte, in dem Flugboot zu schlafen, entschloß mich aber dagegen. Ich ging ein paar Schritte in Olafsons Wald hinein, blieb stehen und lauschte. Er und Passuk hatten ihre Felle im vorigen Dezember eingebracht, kurz nachdem die Jungen geboren waren – so machen die das nämlich, Sissy –, und jetzt bellten die jungen Füchse im Chor mit den Zuchttieren. Sie hören sich nicht richtig wie Hunde an, Sissy, und doch ist Bellen das einzige Wort für die prächtig schrillen Töne, die sie hervorbringen. Ich lauschte, und ich wußte, daß überall auf der Insel ihre Augen funkelten.

Der Lauf der Dinge war nicht mehr aufzuhalten, und als ich mich dazu zwang, in die Hütte zurückzugehen, waren sie schon mitten im Gange. Chippy und Olafson und sogar Passuk – überrascht vernahm ich ihr Gelächter, eingezwängt zwischen die betrunkenen Stimmen der beiden Männer – durchzechten die ganze Nacht im hinteren Teil der Hütte. Ich räumte das Bettzeug von einer der Pritschen und machte das Beste daraus.

›Hey‹, rief Olafson mir auf dem Höhepunkt ihres Gelages zu,

und das in einem Ton, der nicht allzu freundlich klang, ›hey, sie will, daß du ein Bier mit uns trinkst!‹

Ich reagierte natürlich nicht darauf, bemerkte aber, daß Passuks Einladung bestätigte, daß ihr mein Mitgefühl für ihre Lage nicht entgangen war, wie ich ja auch schon vermutet hatte. Eine Zeitlang glaubte ich, sie würden es mit ihrem betrunkenen Gejohle noch schaffen, die Hütte über uns zum Einsturz zu bringen, aber dann wurden sie ruhiger, und ich konnte etwas schlafen.

Ihr könnt euch vorstellen, in welcher Verfassung die beiden am nächsten Morgen waren. Als der erste Lichtstrahl durch die Pergamentfenster fiel, fand ich mich hellwach und eigenartig erfrischt und lauschte Passuk, die bereits draußen war und Holz hackte. Daß sie es war, wußte ich daher, daß nur Männer dermaßen laut schnarchen konnten wie die beiden da im hinteren Teil der Hütte. Ich beschloß, unten am Pier auf sie zu warten, wo ich mir Olafsons Boot betrachtete, das aussah wie ein Wrack, und Chippys mit Tau bedecktes Flugzeug, das aussah, als ob es nie wieder fliegen würde. Die Sonne wälzte sich über das eisengraue Wasser empor, und ein Falke segelte von White Eye herüber, wo schon die ersten Fahnen von Holzrauch aufzusteigen begannen. Passuk brachte mir eine Tasse Java, wie Johnson das am Icy Inlet genannt hat – und so verging mir die Zeit, ich schlürfte meinen Kaffee und starrte übers Wasser, bis diese beiden endlich zu mir an den Pier kamen, grantig und so rotäugig, wie ich mir eher den armen Brewster drüben in seinem Räucherhaus vorgestellt haben würde. Selbst Chippy hatte etwas von seiner Dreistheit verloren, und der Schwede hatte sich, wie ich sah, erbrochen und war dermaßen grämlich, daß er mir anfing, leid zu tun, trotz der Art und Weise, in der er Passuk mitgespielt hatte.

Sie schöpften Olafsons Dingi leer und fummelten so lange an einem alten Außenbordmotor herum, bis sie ihn angeworfen hatten. Endlich legten wir ab, und mein einziger Gedanke war, Sissy, zu dir und Sunny nach Hause zu kommen. Ah, es freute mich, daß wir nur wenige Minuten von Brewster, dem armen Teufel, entfernt waren und daß wir jetzt unsere Arbeit beginnen und hinter uns bringen konnten. Aber weißt du was, Sissy, als ich da so im Bug von Olafsons Dingi saß und die Sonne auf meinen Schultern spürte und das Geräusch unseres Außenbordmotors lostuckern und in der Ferne verhallen hörte – tja, da kam mir plötzlich der Gedanke, daß wir ja das Flugzeug hinter uns ließen und ich vielleicht nie mehr den Weg zurück zu dir und Sunny finden würde.«

Hier unterbrach sich Uncle Jake, wohlbedachterweise, hob mich auf seinen Schoß und wartete, daß Sissy von ihrem Platz im Dunkel, das sich während Uncle Jakes Erzählung herabgesenkt hatte, aufstand, sich zu ihm niederbeugte und ihre Wange an seine legte, und genau das tat sie auch.

»O Jake«, flüsterte sie, »was für ein schreckliches Gefühl muß das gewesen sein.«

Uncle Jake nickte, und Frank Morley strich ein weiteres Streichholz an seinem Daumennagel an. Wir warteten.

»Es war irrational«, sagte Uncle Jake, während Sissy still zu ihrem Stuhl zurückging und überm Gastineau Channel die Sterne aufblinkten. »So ein Gefühl habe ich noch nie zuvor gehabt und rechne auch so bald nicht wieder damit. Aber als ich da nach dem Flugzeug zurückblickte und mich dann umdrehte und im Morgenlicht die Hütten dieses Eingeborenendorfes näherkommen sah, da wußte ich plötzlich, wie weit weg von dir und Sunny und Frank es mich verschlagen hatte, ganz gleich, wie wenige Stunden Luftlinie wir nur auseinander waren und daß Olafsons Haus praktisch in Rufweite von dem Dorf entfernt war. Was ich da empfand, war Schmerz, Sissy, purer Schmerz um dich und Frank und Sunny. Aber das war wie gesagt irrational, und ehe ich auch nur eine Sekunde weiterträumen konnte, erhielt ich einen Stoß, der mir die Flausen austrieb, kann ich euch sagen.

›Mister‹, ertönte hinter meinem Rücken die Stimme des Schweden. ›Mister, ich hab Neuigkeiten für Sie.‹

Drohte er mir? Versuchte er, leutselig zu sein? Seine eher förmliche Art der Anrede war beleidigend, und seine Freundlichkeit, falls es eine hatte sein sollen, war sogar noch beleidigender. Ich bin in meinem Leben selten zusammengezuckt, Frank, aber als ich da seinen mir ohnehin verhaßten schwedischen Akzent hörte, so lahm und dumm von seiner durchzechten Nacht, ich sage dir, bin ich zusammengefahren und erstarrt vor Argwohn.

›Mister‹, sagte er, als ihm aufging, daß ich ihm nicht antworten würde, ›da drüben ist eine junge Squaw, die sich von ihrem Mann scheiden lassen will. Sie will, daß Sie die Ehe auflösen.‹«

»Aber Jake«, sagte Sissy, unfähig, sich zu beherrschen, »was sollte denn das heißen? So was Seltsames ...«

»Ja«, sagte Uncle Jake, »seltsam war es. Mir hat's die Sprache verschlagen, kann ich euch sagen. Erst wartete ich noch, daß Chippy oder der Schwede selbst in Gelächter ausbrechen würde. Aber es kam nichts, und da wußte ich, daß ich auf der Hut sein mußte, und auch, daß ich Olaf Olafson wegen dieser Stichelei oder Unverschämtheit oder was das sein sollte noch abscheulicher fand als eh schon.

›Olafson‹, sagte ich schließlich, ohne mich zu ihm herumzudrehen, ›ich weiß zwar nicht, wovon Sie sprechen. Aber es gefällt mir nicht.‹

›Ach‹, sagte er. ›Was ist denn los?‹

›Warum erzählen Sie mir solche Sachen?‹ fragte ich. ›Soll das ein Witz sein?‹

›Nein‹, sagte er. ›Das ist kein Witz. Wozu sollte ich Witze machen?‹

›Das weiß der Himmel‹, sagte ich. ›Sie sind ein komischer Kauz.‹

›Hören Sie‹, sagte er. ›Sie sind neu hier oben. Sie sind ein Chechaqua. Sie wissen ja nicht, wie das hier oben zugeht.‹

›Ich weiß genug, um mit Ehescheidung keine Späße zu treiben‹, sagte ich. ›Das ist ja grotesk.‹

›Also dann‹, sagte er, und ich hörte deutlich genug den Hauch von Triumph in seiner Stimme, ›wer soll sie dann scheiden?‹

›Weiß der Himmel‹, sagte ich. ›Ich jedenfalls nicht.‹

›Sie!‹ sagte er. ›Sie!‹

›Es gibt Gesetze, Olafson‹, sagte ich. ›Sogar in Alaska gibt es Gesetze.‹

›Teufel, nein‹, lachte er. ›Nicht hier draußen. Hier auf Olaf Olafsons Insel oder nach White Eye kommt niemals einer hin. Kein Mensch. Was soll's dann also?‹

›Nun‹, sagte ich, ›wenn Sie unbedingt wollen, können Sie ja dieser Frau die Scheidung gewähren, Olafson. Aber ich tu's nicht.‹

›Och‹, sagte er, ›ich bin mit einer von denen verheiratet. Die betrachten mich nicht mehr als Weißen. Außerdem liegt auf meiner Insel ein Friedhof mit lauter toten Skoots. Meine Fuchszucht auf dieser Insel gefällt denen nicht. Die haben mich gefressen.‹

›Olafson‹, sagte ich und nahm meine ganze Geduld zusammen. ›Wie haben Sie Passuk geheiratet?‹

›Sie nach Juneau gebracht‹, sagte er. ›Was dachten Sie denn?‹

›Na denn‹, sagte ich, ›schicken Sie diese Frau halt auch nach Juneau.‹

›Herrgott‹, sagte er. ›Sie hat kein Boot!‹«

»O Jake«, unterbrach Sissy ihn aufs neue, »hast du es etwa getan? Hast du diese Frau von ihrem Mann geschieden?«

»Das gefällt mir nicht«, platzte Frank Morley heraus und beugte sich in die Dunkelheit vor. »Könnte Ärger geben, Jake.«

»Nun«, sagte Uncle Jake, »ich war platt, und außerdem hatte ich keine Zeit mehr, in Olafsons Dingi zu einer Entscheidung zu kommen, denn jetzt schoben wir uns schon auf eine weiche Schlammbank – es war Ebbe – und gingen an Land. Wie der Zufall es wollte, stand Too-Much Jackson da persönlich im Matsch, um uns zu begrüßen. Olafson hatte kaum noch Zeit, mir zu sagen, daß dieser Too-Much Jackson der Mann wäre, den die junge Squaw loswerden wollte und daß dieser Mann einen schäbigen Charakter hätte, genau wie Sitka Charley gesagt hat, und nicht das geringste von den Plänen seiner Frau wußte. Dann stellte sich heraus, daß Brewster gar nicht in dem Räucherhaus war, wie wir gedacht hatten, Frank, sondern in der Hütte von Too-Much Jackson, weshalb dieser Indianer uns auch entgegengekommen war. Kaum waren wir am Ufer hochgestiegen und in ganze Wolken frisch geschlüpfter Moskitos geraten – wenn das keine Ironie ist, Frank –, als es mich durchfuhr, daß die toten Skoots auf Olafsons Insel sich langsam zu rächen anfingen, aber nicht an Olafson, sondern an mir.

Too-Much Jacksons Hütte war die heruntergekommenste von ganz White Eye, und das war nicht gerade ein wohlhabendes Dorf, kann ich euch sagen. Gras wuchs fußhoch auf dem Dach, vor die Fenster waren Jutesäcke genagelt. Neben der Tür, die mit einer zerlumpten Decke verhängt war, rostete ein Haufen Bisamrattenfallen vor sich hin, und auf einem Faß neben den Fallen hockte der arme Jones, dem die Moskitos nichts auszumachen schienen und der jetzt aufsprang und mich wie einen lange vermißten Bruder begrüßte. Und dünn? Tja, einen so dünnen Mann wie Jones habe ich noch nie gesehen, mit Ausnahme Brewsters natürlich, und ich konnte mir beim besten Willen nicht vorstellen, wie Jones derartig abgemergelt so lange hatte überleben können. Aber er war ein lebhafter kleiner Kerl und scheuchte uns gleich hinein, damit wir uns Brewster ansähen, und da bekam ich meinen zweiten Schreck an diesem Tag. Ein paar Schrotsäcke, ein Blechofen, in einer Ecke eine Frau auf einem kaputten Stuhl – ich bemerkte den Blick, den sie mir zuwarf, Frank – und ein altes Messingbettgestell ohne Matratze, auf dem Brewster lag, an Händen und Füßen gefesselt – das war der komplette Inhalt von Too-Much Jacksons Bretterbude. Die Hütte war das reinste Sieb, trotz dem Gras auf dem Dach, und es war grauenhaft, wie die Sonne durch die Ritzen und Spalten hereinschien und das Elend dieser Bruchbude beleuchtete und warm und hell auf Brewster fiel, als ob der nicht das Inbild der Verzweiflung geboten hätte. Aber was mich erschreckte, waren nicht seine Fesseln, seine Kleider – oder was davon noch übrig war – oder Brewsters Ausgezehrtheit. Sondern sein Gesicht. Sein Gesicht war nichts als eine graue Maske, eine feste graue Maske, rissig und leer, bis auf die zwei irren Augen, die mich daraus anstierten, und zwei Löcher anstelle der Nase.

›Großer Gott‹, sagte ich, den Blick abwendend, ›was ist denn mit seinem Gesicht?‹

Ich konnte nicht anders, Frank. Ich konnte diesen Ausruf nicht unterdrücken. Schließlich war ich nicht darauf gefaßt gewesen, daß Brewster nicht wie ein Mensch aussah. Verstört, ja. Aber doch wie ein Mensch. Na, das alles wird für dich nichts Neues sein, Frank. Aber, Sissy, die Sache ist die, wie Jones mich sogleich aufklärte, wenn die Männer im Busch nicht mehr weiterwissen und die Plackerei mit den Moskitos sie an den Rand der Verzweiflung treibt, lassen sie alles stehn und liegen und suchen so lange, bis sie einen Bach finden, und dann hocken sie sich hin und schaufeln ganze Hände voll Schlamm – stell dir ihre Erleichterung vor, Sissy! – und packen ihn sich als letztes Mittel aufs Gesicht. Dann ziehen sie wieder los und suchen den nächsten Bach. Mit den Moskitos kann kein Gold es aufnehmen, sag ich dir. Jones hatte sich den Schlamm aus dem Gesicht geschrubbt, sobald sie aus dem düsteren Dickicht nach White Eye hereingetaumelt waren, aber Brewster hatte jedesmal geschrien, wenn sein Partner Anstalten gemacht hatte, ihn zu säubern, und deshalb war Brewsters Gesicht noch immer so eine entstellte Maske aus getrocknetem Schlamm. Ein gräßlicher Anblick, Sissy. Einfach gräßlich.

Das Erschütternde an der Geschichte, wie Jones es darstellte, bestand darin, daß sie anfangs noch alte Filzhüte getragen hätten, an deren Krempen zum Schutz ihrer Gesichter Netze befestigt waren, und obwohl diese Kopfbedeckung keineswegs todsicher war, war sie doch gar nicht so übel, wie Jones sagte. Als aber

Brewster die Beherrschung verlor – es war Mittag im schlimmsten Moskitoland, das Jones je gesehen hatte –, blieb er plötzlich stehen, nahm vor den Augen des armen Jones seinen Hut ab und riß das Moskitonetz schnell wie der Blitz mit seinen bloßen zehn Fingern in Fetzen. Dann zerrte er Jones den Hut vom Kopf und tat damit das gleiche. Ist das zu fassen, Frank? Ich nehme an, der arme Teufel dachte, nach alldem, was er schon durchlitten habe, habe er jetzt die totale Heimsuchung verdient, und daß seine einzige Zuflucht darin bestünde, sich ein für allemal in den Wahnsinn zu treiben und den armen Jones mit sich da reinzuziehen. Jetzt hatten sie also selbst diesen kläglichen Schutz verloren, mit dem sie losgezogen waren, und da dämmerte es Brewster wohl, was er angerichtet hatte, und er fing an zu heulen, und Jones wickelte irgendwie ein Seil um ihn herum und schleppte ihn auf der Suche nach ihrem ersten Bach hinter sich her.

Jones hatte eine Menge Mut, kann ich euch sagen. Er war ein aufopferungsvoller Partner.

Gerade als Jones seine Geschichte beendete, stellte ich fest, daß Chippy Smith verschwunden war.«

»Nein!« flüsterte Sissy in der Dunkelheit.

»Doch, Sissy«, sagt Uncle Jake. »Gerade als ich ihn am dringendsten brauchte, war er weg. Ich war so mit Jones' Erzählung und dem ersten Eindruck Brewsters und der jungen Indianerin, die ihren Blick von Anfang bis Ende nicht von mir abwandte, beschäftigt gewesen, daß ich gar nicht bemerkt hatte, wie Chippy Smith davongeschlichen war. Aber so war's.

Er war mit Too-Much Jackson weggegangen. Und wißt ihr, warum?«

»Ja«, sagte Frank Morley und regte sich in der Dunkelheit, »ich kann's mir denken.«

»O Jake«, sagte Sissy. »Weshalb?«

»Zum Trinken«, sagte Frank Morley und scharrte mit den Füßen.

»Genau!« rief Uncle Jake. »Du hast's getroffen, Frank! Hoochinoo! Du kennst Hoochinoo nicht, Sissy, aber es ist ein fürchterliches Zeug. Schlechter Whiskey. Die Indianer stellen ihn her, indem sie einen vergorenen Brei aus Melasse, Mehl, Zucker und weiß Gott was sonst noch in einen Kerosinkanister füllen – so geht's doch, oder, Frank? Dann nehmen sie einen langen Stengel Tang als Leitung und führen den aus dem Kerosinkanister durch ein zweites Faß, das mit eiskaltem Meerwasser gefüllt ist. Unter dem Kerosinkanister wird Feuer gemacht, Dampf steigt hoch, und aus dem anderen Ende des Tangstengels kommt Hoochinoo getropft. Ein Glas von diesem Zeug kann einen Mann dazu bringen, sich die Riemen von seinen eigenen Schneeschuhen zu stehlen, wie Olafson die Frechheit hatte mir zu erklären, als wir Chippy schließlich platt auf dem Rücken liegend fanden, Too-Much Jackson, die Flasche in der Hand, schwankend über ihm. Es war das einzige Mal, daß Olafson einen bildlichen Ausdruck benutzte, aber da hatte ich kein Verständnis dafür. Nicht nur, daß Chippy sich mit Too-Much Jacksons Hilfe außer Gefecht gesetzt hatte, sondern Olafson hatte auch gesehen, wie die beiden sich verdrückten, und ganz genau gewußt, was sie vorhatten. Er hat nichts unternommen, sie davon abzuhalten, und obendrein noch mich getäuscht. Und machte ihm das was aus? Aber nicht die Spur! Ich konnte nur denken, daß die Sache mit Fitzgibbon und seinem Verein dagegen ein Picknick gewesen war und daß kein Schwede je so tief gesunken war wie Olafson.

Nun, das Problem war, daß Chippy nicht aufwachte.«

»Das war also der Motorschaden«, sagte Sissy ängstlich. »Der Hoochinoo.«

»Genau«, sagte Uncle Jake. »Das war's. Ich brachte es nicht über mich, selbst mit Frank zu sprechen, sorgte aber dafür, daß der Schwede Frank diese faule Ausrede übermittelte, damit ihr euch keine Sorgen machtet.

Um also die Wahrheit zu sagen, wir brauchten fast sechsundzwanzig Stunden, bis wir Chippy wieder zur Besinnung gebracht hatten, und ich glaube nicht, daß ich mir jemals um einen Mann solche Sorgen gemacht habe wie um Chippy Smith. Tja, er hatte genug Eichhörnchen-Whiskey getrunken, so wird Hoochinoo auch genannt, Sissy, um daran zu sterben, und mir kam es so vor, als ob er nie mehr zu Bewußtsein kommen und einfach in seinem Koma abtreten würde. Jedenfalls waren wir kaum auf den halbtoten Chippy und den über seiner hingestreckten Gestalt schwankenden Too-Much Jackson gestoßen, als Too-Much Jackson, während wir hilflos daneben standen, stehenderweise ohnmächtig wurde und niedersank, bis auch er flach auf dem Boden lag und ebensowenig ansprechbar war wie Chippy. Wie er da so zusammensackte, das hätte komisch sein können, hätte ich nicht schon so eine heftige Abneigung gegen Too-Much Jackson gefaßt gehabt. Die Skoots sind eine üble Bande, Sissy. In früheren Zeiten pflegten sie sich einen Spaß daraus zu machen, einen ihrer Sklaven in einen Ledersack zu stecken und auf dem Sack herumzuspringen – der Reihe nach der ganze Stamm –, bis der elenden Kreatur in dem Sack bei lebendigem Leibe sämtliche Knochen gebrochen waren. Olafson brauchte mir gar nicht zu erzählen, daß Too-Much Jackson auch so einer war. Das sah man dem Kerl an den Augen an.

Jedenfalls brachten wir Chippy zu Olafsons Hütte zurück – wie eine Leiche lag er auf dem Boden des Dingi, kann ich euch sagen –, wickelten ihn in Decken und ließen ihn von Passuk bewachen, bis ich zurückkommen und selbst die Wache übernehmen konnte. Dann setzte mich Olafson wieder nach White Eye über, wo ich Jones erzählte, was passiert war, und darauf drängte, daß wir Brewster die Fesseln abnehmen sollten. Mir war ein alter Schafsfellmantel aufgefallen, der an einem Haken neben dem Blechofen hing, und ich erklärte Jones und Olafson, daß wir diesen Mantel anstelle der Stricke benutzen könnten. Sobald wir ihn entfesselt hatten, fing er wüst zu toben an – und stumm, Frank, ohne einen Muckser –, aber es gelang uns, ihn unten zu halten und verkehrt herum in den Mantel zu stopfen, wobei seine Arme am Körper anlagen, anstatt in den Ärmeln zu stecken. Der alte Schafsfellmantel gab eine ganz gute Zwangsjacke ab, wißt ihr, und die leeren Ärmel knüpften wir mit einem Seil am Bettrahmen fest. So hatte Brewster es etwas bequemer.

Hier nun beredete mich Olafson, ich solle Sipsu ihr Anliegen vortragen lassen, wie er es ausdrückte – Sipsu war der Name der armen jungen Frau, Sissy –, worin ich widerstrebend einwilligte. Schließlich waren wir nun schon mal da, und ich hatte ihren auf mir ruhenden Blick wahrgenommen und nicht das Herz, ihr das abzuschlagen. Olafson führte Jones nach draußen. Brewster lag ruhig da. Sipsu erhob sich – sie war eine kleine Person, Sissy –, sah zu mir auf und erklärte mir, während Brewster uns beobachtete und zuhörte, was natürlich nichts zu bedeuten hatte, mit einer Schlichtheit und Würde, auf die ich nicht gefaßt war, warum sie nicht mehr Too-Much Jacksons Frau sein wollte. Ich war ganz förmlich zu ihr, Frank, denk bloß nichts anderes, aber Sipsus Gebaren rührte, und was sie hatte durchmachen müssen, erzürnte mich. Passuk hat zwar in meiner Gegenwart kein Wort Englisch gesprochen, aber ich spürte, daß Sipsu besser englisch sprach als Passuk. Und Sipsu war eine nette Person, was ich sofort wußte, als sie zu sprechen anfing, und sie war von völlig anderer Klasse als Passuk.

Sipsu hatte niemand, Sissy, von ihrem grauenhaften Ehemann abgesehen, es gab keinen, der ihr Gerechtigkeit angedeihen lassen konnte, und keine Möglichkeit, der Verlassenheit zu entfliehen, die ihr Schicksal war. Sie bat lediglich darum, von Too-Much Jackson befreit zu werden und aus seiner Hütte ausziehen zu dürfen, und sie hatte reichlich Grund, die Scheidung zu wünschen. Dann sagte sie, es würde bestimmt nie mehr ein weißer Mann nach White Eye kommen, außer Olafson, dem aber nicht erlaubt sei, das zu tun, was ich tun dürfe. Sie sagte, meine Macht sei größer als die des Missionars, der sie mit Too-Much Jackson verheiratet habe. Sie bat mich, ihren Wunsch zu erfüllen.

Ich sagte, ich würde ihre Worte überdenken, und dann verließ ich sie.

Nun, eine Minute wünschte ich nichts sehnlicher, als daß ich mit der ganzen Affäre nichts zu tun hätte, und in der nächsten Minute war ich bereit, sozusagen den Hammer niedersausen zu lassen und der armen Sipsu die Scheidung zu gewähren. Ich weiß nicht, wie ich durch diese sechsundzwanzig Stunden gekommen bin. Wenigstens wurde in dieser Nacht nicht mehr gezecht, weil das Bier alle war und Chippy noch im Koma lag und Olafson so vernünftig war, sich des Eichhörnchen-Whiskeys zu enthalten. Einmal – es muß kurz vor Anbruch der Dämmerung gewesen sein – hörte ich Brewster drüben in White Eye heulen, falls ich das nicht geträumt habe.

Im Laufe des nächsten Vormittags kam Chippy allmählich wieder zu sich, und nun begannen Passuk und ich ihn zu bearbeiten. Wir flößten ihm siedendheißen Java ein; jede Stunde schleiften wir ihn pudelnackt zu Olafsons Regentonne und tauchten ihn ordentlich rein; den ganzen Vormittag gingen wir mit ihm, immer noch nackt, auf und ab. Er zitterte, hing schlaff zwischen uns, und langsam kam er zu sich. Um Chippys Schamgefühl brauchte ich mich nicht zu sorgen, da es keinem von uns auch nur das geringste ausmachte, daß Passuk mir dabei half, ihn im Adamskostüm vor Olafsons Hütte hin und her marschieren zu lassen. Wäre sie eine Weiße gewesen, hätte die Sache natürlich anders ausgesehen.

Ihm eine Standpauke halten? Und ob ich ihm eine Standpauke gehalten habe, Frank. Während ich ihm heißes Essen in den Mund schaufelte, ihn draußen herumstützte, ihn in das Regenwasser tauchte – während all dieser Stunden ließ ich ihn wissen, was ich von ihm hielt, und daß ich nicht erwartet hätte, daß er es so weit treiben würde. Die ganze Unternehmung und das Leben der ihm anvertrauten Männer zu gefährden war eine Schandtat, und das habe ich ihm gesagt. Er lachte bloß und meinte, dieses Feuerwasser, wie er es nannte, sei das beste Zeug von der Welt. Aber ich habe noch nie einen Mann dermaßen bleich gesehen, Frank.

Den Rest des Tages verbrachten wir damit, ihn wieder auf die Beine zu bringen und sich ausruhen zu lassen. Einmal beschlossen Olafsons Hunde plötzlich zu kämpfen, und Olafson prügelte sie mit einem Zwei-mal-vier-Zöller auseinander. Gegen Ende des Tages hörte ich wieder Brewster übers Wasser heulen. Am Abend lauschte ich dem Bellen der Füchse. Die Nacht war wieder ruhig.

Am nächsten Morgen war Chippy noch immer groggy, meinte aber, zum Fliegen sei er fit genug. Natürlich nieselte es inzwischen, und es war kalt geworden. Olafson schrie ständig seine Hunde an. Aber schließlich setzten wir mit dem Dingi nach White Eye über und holten Brewster ab. Too-Much Jackson ließ sich nicht blicken – wahrscheinlich liegt er noch immer da im Gras in White Eye –, aber während Jones und Olafson Brewster in das Dingi verfrachteten, ging ich zurück und erklärte Sipsu ohne große Umschweife, sie könne sich als geschieden betrachten.«

»O Jake«, kam Sissys Stimme durch das Dunkel, »das ist nicht wahr!«

»Doch«, sagte Uncle Jake, »es ist wahr. Es war eins der schwierigsten Dinge, die ich je in meinem Leben getan habe, aber ich hatte mich entschieden. Ich werde nie vergessen, wie sie mich angesehen hat, als ich ihr das sagte.

Nun, wir fuhren direkt zu Olafsons Pier und beförderten Brewster in das Flugboot. Wir halfen ihm auf den Sitz, auf dem ich während des Hinflugs gesessen hatte – also auf den gleich neben Chippy –, und ich setzte mich hinter ihn, so daß ich ihn notfalls festhalten konnte. Chippy hatte bereits seine Tanks aus den mitgebrachten Treibstoffkanistern nachgefüllt, und endlich sprang der Motor an. In letzter Minute, gerade als Chippy die Luke schließen wollte, beugte Olafson sich runter und brüllte, Passuk wolle noch einmal mit mir sprechen. Ich hatte die Nase voll von diesem Schweden, kann ich euch sagen, und beinahe hätte ich zurückgebrüllt, daß Passuk und nicht Sipsu die Scheidung nötig gehabt hätte und daß sie von mir aus auch eine haben könnte. Aber ich bezwang mich und sagte nichts, und Olafson machte uns los.

Während des Rückflugs heulte Brewster nur einmal. Diesmal leistete Chippy sich keine Entgleisungen, kann ich euch sagen, und wir schwebten in zehntausend Fuß Höhe durch die Wolkenklüfte. Meine Hände ruhten links und rechts auf der Rücklehne von Brewsters Sitz, bereit zum Zupacken, als ich plötzlich Chippy auflachen hörte – ein ziemlich scheußliches Lachen, Frank – und ihn genau geradeaus zeigen sah. Ehe ich noch wußte, was los war, hörte ich ihn schreien – ›Gans!‹, nur dieses eine Wort: ›Gans!‹ –, und da kam sie uns auch schon entgegengeschossen, eine große fette Graugans, Flügel gespreizt, Füße angezogen, den Kopf an dem langen Hals nach vorn gereckt. Brewster heulte, Chippy lachte, und wir krachten mit der armen Gans zusammen. Ich spürte den Aufprall, packte Brewster bei den Schultern und war davon überzeugt, daß die Gans ein Loch in die Tragfläche oder den Rumpf geschlagen hätte und wir abstürzen würden. Tatsächlich war sie weiter oben gegen die Motorgondel geknallt und hatte keinen nennenswerten Schaden angerichtet, außer an sich selbst. Und Brewster, der heulte, als er die Gans auf uns zukommen sah, rührte sich nicht. Er saß einfach da, so still wie eine Kirchenmaus, vollkommen zufrieden in seinem Schafsfellmantel, und ich brauchte ihn nicht festzuhalten.

Dann waren wir unten, fuhren zum Steg und legten an. Und deine Freundin Hilda Laubenstein wartete schon, um Brewster seine Beruhigungsspritze zu geben. Und das war's, Sissy. Ich hatte getan, wozu ich aufgebrochen war, und mehr, und hatte endlich den Weg zu dir und Sunny zurückgefunden. Das nenne ich einen erfolgreichen Ausflug. Du nicht auch, Frank?«

Uncle Jake unterbrach sich, lehnte stolz und erschöpft den Kopf zurück und bat Sissy, mir etwas zum Überziehen zu holen. Später, nachdem Frank Morley Sissy gute Nacht gesagt und sich auf den Weg bergab zu Waffen-Kleider-Zubehör begeben hatte, saßen wir drei noch schweigend in der Dunkelheit, bis wir die Pfeife den Schichtwechsel in der Grube ankündigen hörten. Dann sahen wir den langen Gänsemarsch der Minenarbeiter sich den Bergpfad hinabwinden, beziehungsweise wir sahen das helle Geflacker der Karbidlampen, die sie an ihren Helmen trugen. Sissy fand, sie sähen aus wie Glühwürmchen. Dann sagte sie, ganz leise, daß Uncle Jake ein edler Mann sei.

28

Spät in der Nacht erwachte ich vom Klang ihrer Stimmen. Uncle Jake war seit drei Tagen von der Disillusionment Bay zurück und hatte bereits wieder an der *Prince of Wales* zu arbeiten begonnen. Es war jetzt ganz früh am Morgen, und ihre Stimmen – gereizt, tröstend, einmal laut, einmal leise, belegt – hoben und senkten sich jenseits meiner Tür, Oktavenwechsel wie von nächtlichen Brisen, und noch im Klang ihrer Stimmen schwangen die entsetzlichen Folgen dessen mit, was an der Disillusionment Bay geschehen war. Hellwach setzte ich mich auf und lauschte.

»... Fiasko«, sagte Uncle Jake gerade. »Zwei Monate in Alaska, und alles schiefgegangen. Ein erbärmliches Fiasko.«

»O Jake«, sagte Sissy. »Das stimmt nicht.«

»Aber sicher doch«, sagte Uncle Jake.

»Du hast getan, was du konntest«, sagte Sissy.

»Es ist meine Schuld«, sagte Uncle Jake. »Alles meine Schuld. Was für eine Vorstellung, daß ich mich in das Leben dieser armen Frau eingemischt habe und daß Too-Much Jackson sie umgebracht hat.«

»Das konnte gar nicht anders kommen«, kam Frank Morleys Stimme, traurig, mutlos, belegt vor Schlaflosigkeit.

»Nein«, sagte Uncle Jake. »Ich bin's schuld. Ich kann mir nicht länger was vormachen.«

»O Jake«, sagte Sissy, »bitte ...«

»Und du sagst, Rex fliegt morgen früh da hin? Mit dem Marshal?«

»So ist es geplant«, sagte Frank Morley.

»Und sie wollen nicht, daß ich mitkomme.«

»Der Marshal nimmt seinen Stellvertreter mit, Jake«, sagte Frank Morley. »Den jungen Cuthbert.«

»Aber sie hätten noch einen Mann brauchen können«, sagte Uncle Jake.

»Glaub ich kaum«, sagte Frank Morley.

»Na schön«, sagte Uncle Jake. »Ich habe meine Vierhundertfünf. Ich geh die Vierhundertfünf holen.«

»Red nicht so, Jake«, sagte Sissy. »Das ist doch dumm.«

»Ich nehme mir die Vierhundertfünf!« fuhr Uncle Jakes

Stimme wütend heraus, »und ... benutze sie! Ich werde die Sache erledigen! Ich hab's nicht anders verdient.«

»Nein«, sagte Frank Morley. »Das wirst du nicht tun.«

»Merkst du denn nicht, Jake? Du tust uns weh«, sagte Sissy. »Du tust uns allen nur weh.«

»Großer Gott, Sissy«, sagte Uncle Jake. »Ich bin fertig. So fertig, wie man nur sein kann.«

»Partner«, sagte Frank Morley, und es entstand eine lange Pause, »jetzt hör mal auf den alten Frank Morley.«

»Aber die arme Frau«, sagte Uncle Jake. »Diese arme Frau.«

»Jake«, sagte Sissy, »du bist ein ehrenwerter Mann. Das weißt du doch.«

»Die Sache war nicht aufzuhalten«, sagte Frank Morley. »Es mußte so kommen.«

»Ich war da«, sagte Uncle Jake, »und habe versagt.«

»So kann man das doch nicht sehen«, sagte Sissy.

»Und was ist mit dem Marshal? Was wird der Marshal sagen? Tja, vermutlich bin ich an dem Verbrechen mitschuldig!«

»Nein«, sagte Frank Morley. »Der Kerl hat einen üblen Ruf. Mir war klar, daß das früher oder später passieren würde.«

»Großer Gott«, sagte Uncle Jake. »Jake Deauville mitten in der Skandalgeschichte einer Indianerehe. Tja, Sitka Charley hat mich gewarnt. Warum habe ich nicht auf ihn gehört? Sitka Charley hat mir gesagt, daß ich mich vorsehen sollte.«

»Nein, Jake«, sagte Frank Morley. »Charley wollte nur, daß du dich vorsiehst, deinetwegen. Er wollte nicht, daß du ein Messer in den Rücken kriegst. Das hat er damit gemeint. Charley ist ein Siwash, Jake. Die Skoots bedeuten ihm überhaupt nichts, weder tot noch lebendig.«

»Es ist eine Tragödie«, sagte Uncle Jake, »genau das ist es. Eine Tragödie.«

»Jake«, sagte Sissy. »Bitte ... Wir sollten Frank nach Hause gehen lassen und versuchen, etwas zu schlafen.«

»Ich werde nicht schlafen«, sagte Uncle Jake. »Schlafen kommt gar nicht in Frage. Jedenfalls nicht für mich.«

»Keine Sorge«, sagte Frank Morley. »Wir bleiben mit dir auf. Wir werden damit fertigwerden.«

Schweigen. Das Geräusch ihrer Bewegungen in dem dunklen Wohnzimmer. Der Geruch von Kaffee.

Ich sank in mein Bett zurück, döste weg, wurde plötzlich wieder wach.

» ... also gut!« sagte Uncle Jake eben. »Also gut! Wir werden Schadensersatz leisten!«

»Genau«, sagte Frank Morley.

»Und zwar so. Wir werden dafür sorgen, daß der Kerl freigesprochen wird.«

»Aber er ist schuldig, Jake.«

»Wenn ich Schadensersatz leiste, dann muß dieser Kerl freigesprochen werden. Dann werden wir Olafson auszahlen und mitsamt seiner Frau von dieser Insel vertreiben und die Insel den Skoots zurückgeben. Die brauchen ihren Friedhof doch, Frank. Das ist das ganze Problem. Und als letztes tun wir folgendes: Wir machen Sitka Charley zu unserem Partner! Wir nehmen Sitka Charley mit auf und machen ihn zu unserem dritten Partner! Damit sollte dann alles geregelt sein!«

Es gab eine lange Pause. »Er wird sich freuen, Jake«, sagte Frank Morley. »Einen treueren Menschen als Charley gibt es nicht.«

»Und, Jake!« rief Sissy. »Ich helfe dir auf der *Prince of Wales*! Ich werde Matrose!«

»Sissy«, sagte Uncle Jake, »du wirst unser Kapitän.«

Am Morgen fand ich Uncle Jake und Frank Morley mit roten Augen am Küchentisch, Sissy stand heiter wie je am Herd und belud die Teller ihrer beiden Männer, wie sie sie jetzt bei sich nannte. Uncle Jake und Frank Morley waren unrasiert, gramgezeichnet, erleichtert, und sahen aus, als ob sie in ihren Kleidern geschlafen hätten. Sissys Gesicht war bleich und leicht verquollen, aber sie war in ihrer reinlichen Küche auch jetzt eine flinke und energische Köchin, obwohl sie wie so oft den Toast anbrennen ließ. Eine große blaue Platte, voller Risse und Sprünge, stand bereits warm auf dem Ofen mit Spiegeleiern, Schinken, Wurst, Cornedbeef und soviel Bratkartoffeln, daß ihre hungrigen Männer sich noch ein zweites und drittes Mal bedienen konnten.

»Schatz!« rief sie, als ich in die Küche trat, »Guten Morgen! Möchtest du heut morgen ein paar Pfannkuchen?«

»Genau das braucht sie«, sagte Frank Morley und häufte sich mit seinem Messer einen Mundvoll Cornedbeef auf den Gabelrücken, »eine Riesenportion von deinen Pfannkuchen, Sissy, mit Log Cabin-Sirup.«

»Sunny«, sagte Uncle Jake, »gib Küßchen ... auf die Stoppeln! Und Frank, sobald du fertig bist, können wir los und Charley die Neuigkeit mitteilen.«

29

Der Mord, geschehen im Juni 1930 in White Eye, jenem bis dahin selbst den meisten Einwohnern von Juneau unbekannten Skoot-Dorf, überlebte einige Wochen als Gesprächsstofflieferant, das heißt bis nach der Erhängung des Schuldigen. In diesem kurzen Zeitraum diente er dazu, die Einwohner von Juneau daran zu erinnern, daß ihre Stadt noch immer ein vorgeschobener Posten war. Die Stadtbewohner und ein paar Touristen, die ihr Glück kaum fassen konnten, drängten sich bei Doug's, im Red Dog Saloon, im Foyer des Baranof-Hotels und anderen öffentlichen Lokalitäten, hoben die Gläser und die Stimmen und verbreiteten sich über diese Geschichte, schmückten sie aus, mit Uncle Jake zu reden, und stritten darüber, wie die Bluttat genau sich abgespielt habe und welche Art der Bestrafung dem Verbrechen am angemessensten sei, obwohl sie alle wußten, daß sie ihre Erhängung geliefert bekämen. Einige riskierten die Meinung, das ganze Getratsche wäre lohnender, wenn der Mörder der weiße Fuchszüchter gewesen wäre, der nach den Meldungen der Lokalzeitung und des Lokalsenders da unten lebte, und das Opfer dessen Frau, diese Eingeborene. Ein von einem betrunkenen Indianer verübter Mord war doch nichts so Ungewöhnliches, auch wenn man von White Eye noch nie etwas gehört hatte. Nichtsdestotrotz war ein Mord, war jegliche Art von Mord nicht zu verachten, zumal da jeder wußte, daß im Namen der alaskanischen Gerechtigkeit zwei Augen für ein Auge verlangt wurden, zwei Zähne für einen Zahn. Die neunhundert Indianer von Juneau wagten sich nicht auf die Straße.

Uncle Jake hielt das Ganze für einen Skandal und machte sich, wie er es ausdrückte, für den Angeklagten stark. Er stolzierte aus Doug's hinaus, wenn er drei Männer die Köpfe zusammenstekken sah und sie laut und in dem Ernst der Sache unangebrachtem Ton über die Vorgänge von White Eye herziehen hörte. Er beharrte darauf, daß es, wenn schon für das Opfer nichts getan werden könne – und dieser armen Frau war ja nun wirklich nicht mehr zu helfen –, dann um so wichtiger sei, das Leben des Angeklagten zu retten. Er beharrte darauf, daß es mildernde Umstände gebe und sogar so etwas wie eine Herausforderung stattgefunden habe; er behauptete, schon allein die Tatsache, daß der

Mörder alaskanischer Eingeborener sei, sei ein hinreichender Grund für das Verbrechen und müsse erheblich zu seiner Entlastung beitragen. Tag für Tag diskutierte Uncle Jake den Fall mit Sissy und Frank Morley, die auf seiner Seite waren und von der Trefflichkeit seiner Ausführungen gar nicht erst überzeugt werden mußten, auch wenn sie wußten, daß er unrecht hatte. Beim einzigen asiatischen Schneider Juneaus, ihm als das Schlitzauge bekannt, ließ Uncle Jake seinen hellbraunen Anzug bügeln, um dreißig Minuten in dieser seiner förmlichsten und stattlichsten Kleidung beim Gouverneur des Territoriums Alaska zuzubringen, der es jedoch ablehnte, nach den von Uncle Jake vorgebrachten Grundsätzen zu handeln. Darauf schickte Uncle Jake seinem Freund in Washington ein Telegramm mit der Bitte, der Freund möge den Fall an geeigneter Stelle vortragen und sich für den Mörder verwenden. Doch blieb seine Kampagne ohne Erfolg. Der Hinrichtungstermin wurde festgesetzt, und mit seinem zurückkehrenden Trübsinn geriet Uncle Jakes Entschlossenheit ins Wanken.

Schließlich gestand er Sissy und Frank Morley ein, daß er die Schlacht verloren habe; er hatte sein möglichstes getan, die da oben, wie er sich ausdrückte, dazu zu bewegen, das Leben des Skoot aus White Eye zu schonen. Das Schreckliche daran sei, sagte er, daß er sich im Irrtum befunden habe und es gar nicht die Skoots gewesen seien, die sich in der Frühzeit der Geschichte Alaskas so grausam und barbarisch benommen hätten, sondern die Metlakatlas. Die Skoots seien immer ein liebenswürdiges Volk gewesen. Dieser Fehler käme also, sagte Uncle Jake, auch noch zu dem Fiasko seiner Fahrt nach White Eye hinzu. Aber er habe noch eine letzte Karte im Ärmel, und er werde sich nicht davon abhalten lassen, diesen Trumpf auszuspielen. Ihm bleibe nichts weiter übrig, als der Hinrichtung beizuwohnen. Wenn es ihm schon nicht gelungen sei, dem armen Teufel zu einer Strafmilderung zu verhelfen, könne er, Uncle Jake, dem Tod des armen Teufels durch seine Anwesenheit wenigstens eine gewisse Würde verleihen und ihn quasi mit ihm teilen. Uncle Jake verkündete dies mit Stolz; Sissy und Frank Morley hörten es mit Entsetzen. Sissy und Frank Morley argumentierten und protestierten, sie beknieten Uncle Jake, er aber blieb fest. Treu stand Uncle Jake zu seinem Entschluß. Aufgrund eines zweiten Telegramms an seinen Freund in Washington wurde ihm beschieden, daß er zur Hinrichtung zugelassen würde, falls er ihr beizuwohnen wünschte. Sissy und Morley wurden ebenso trübsinnig wie Uncle Jake.

Die Hinrichtung sollte im Freien neben dem Föderationsgebäude stattfinden, das außer ein paar Büros und einem kleinen Gerichtssaal im Keller drei Zellen enthielt, in deren einer der Verurteilte einsaß. Kurz vor dem für die Hinrichtung bestimmten Tag wurden dort schwere Planen hochgezogen und so angeordnet, daß sie drei hohe Zeltwände bildeten, hinter denen, ungeschickt genug den Augen der Öffentlichkeit entzogen, die Erhängung vonstatten gehen sollte.

Der festgesetzte Morgen brach an. Vor den Zeltwänden sammelte sich eine Menschenmenge. Uncle Jake erfüllte, wie er es auffaßte, seine Pflicht und nahm seinen Platz unter der Handvoll Zeugen ein, die sich innerhalb der Zeltwände drängten. Die Leute draußen konnten nichts sehen, aber hören konnten sie, und sie lauschten aufmerksam und erlebten so die Hinrichtung als Ohrenzeugen mit, von den letzten Ritualen bis zum abschließenden dumpfen Knall, der vom Aufspringen der Falltür und dem Sturz des Körpers kündete. Kurze Zeit vor dem Vollzug der Erhängung hatte es zu regnen aufgehört, und als die Arbeiter das Gerüst abbauten und die Planen herunterzogen, fing es wieder an.

In den ersten drei Tagen nach diesem elementaren Ereignis konnte Uncle Jake weder schlafen noch essen, noch sprechen, aber schließlich ließ er es doch zu, daß Sissy und Frank Morley sein Selbstvertrauen wieder aufpäppelten. Er erzählte ihnen, daß er ein unerschütterlicher Zeuge gewesen und ihm nicht wie anderen in dieser unangenehmen Lage das Blut aus dem Kopf gewichen sei und daß er sich nicht wie die übrigen habe erbrechen müssen. Er sagte, dies sei der schwärzeste Tag in seinem Leben gewesen, und nie, wie wenig oder viele Jahre ihm auch bleiben mochten, werde er ihn vergessen.

Weißer Ritter. Weißer Gott mit der Seele eines Sundown-Kriegers. Einmischer.

30

Trotz seiner gegenteiligen Behauptungen war Uncle Jake stolz auf die Verheerungen, die er in White Eye angerichtet hatte, und auf die Art und Weise, in der er sich selbst bestraft und Wiedergutmachung geleistet hatte. Nicht viele seines Schlages würden so konsequent handeln wie er; nicht viele seines Schlages würden einen Siwash-Indianer als Partner willkommen heißen und ohne jegliche Verpflichtung oder Aufgabe der Erhängung eines Skoot beiwohnen. Katastrophe und Triumph waren Zwillinge im Haus des Schicksals, wie er häufig sagte, und es brauchte ebensoviel Mut, die eine herbeizuführen, wie den anderen zu erringen. Und die *Prince of Wales* wartete.

Was Sissy betraf, die war ihrem Wort genauso treu wie Uncle Jake seinem. Sie, die noch nie ein Werkzeug angefaßt oder irgend etwas mit dem Meer zu tun gehabt hatte, von ihrer Fahrt auf der S. S. *Alaska* abgesehen, krempelte die Ärmel hoch und lernte Hammer, Säge, Pinsel und Zange gebrauchen. Sie fegte den Unrat aus dem Steuerhaus der *Prince of Wales*, spritzte die Decks ab, brachte die Kombüse in Ordnung und munterte Uncle Jake stündlich zu seinen Reparaturarbeiten auf. Sie war es, die lachend den Schlauch auf seine Wasserstiefel richtete, wann immer er schlammbedeckt die morsche Leiter heraufgeklettert kam. Sie war es, die Uncle Jake Krüge voll Limonade bereitete, die er fast ebenso schätzte wie sein Ginger Ale, und sie war es, die mit Hilfe Frank Morleys die *Prince of Wales* für ihre Jungfernfahrt mit Proviant ausstattete. Die beiden kauften und verstauten sechs Pfund Kaffee, zehn Pfund Zucker, zwei Dutzend Büchsen *Carnation*-Milch, fünfundzwanzig Pfund Mehl, sechs Pfund Butter, sechs Dutzend Eier, fünfundzwanzig Pfund Kartoffeln, zwölf Laibe Brot, fünf T-Bone-Steaks und vier Stück gelber *Lenox*-Seife, was alles ganz und gar nicht für die Fahrt ausreichte, wie Uncle Jake bald leidvoll erfahren sollte.

Und als Uncle Jake seine Mannschaft anheuerte – einen drahtigen Schwindsüchtigen namens French Pete als Maat und einen kleinen dicken schmierigen Koch, dem Uncle Jake auf der Stelle den Spitznamen »der Bauchbandit« verpaßte –, war es Sissy, die diese beiden in ihr Haus am Hang über Juneau aufnahm und sie in ihrem Wohnzimmer bezauberte und in ihrer Küche ver-

köstigte, bis die Prince of Wales endlich ablegte – obwohl sie, wie sie Frank Morley anvertraute, sich vor dem Schwindsüchtigen fürchtete und von dem Koch angewidert fühlte. Und sie war es auch, die sie alle verabschiedete, ohne eine Träne zu vergießen.

»Weißt du was«, sagte Frank Morley, als Uncle Jake das alte schwarzweiße Boot in die Fahrrinne hinaussteuerte und zweimal die Schiffspfeife zog, »ich glaube, es hat immer noch Schlagseite.«

31

Uncle Jake wurde als vermißt gemeldet. Die *Prince of Wales*, hieß es, sei untergegangen. Uncle Jake hatte für die Jungfernfahrt acht Tage veranschlagt. Am neunundzwanzigsten Tag nach ihrem Auslaufen kam Frank Morley mit der Lokalzeitung des Tages zu uns in die High Ridge Street hinaufgestiegen. In Sissys Gegenwart schalt Frank Morley sich wieder einmal, daß er ihr immer nur schlechte Nachrichten bringe. Aber er wußte, daß sie lieber das Schlimmste erfuhr, als daß man ihre Gefühle schonte, und zeigte ihr daher die kurze Notiz in der örtlichen Zeitung. »Sorge um Verbleib längst überfälliger Bürger Juneaus« lautete die kleingedruckte Überschrift auf der letzten Seite. Die folgende kurze Meldung, die Sissy laut vorlas, obwohl Frank Morley mit ihrem Inhalt schon recht vertraut war, besagte, daß Jake Deauville, vormals aus Sound Beach, Connecticut, zusammen mit Peter Barnou und Wesley Pitts schon längst beim Killisnoo-Kohlenbergwerk hätten eintreffen müssen. In einem Bericht an den US-Beauftragten J. F. Mullen, fuhr der Artikel fort, habe Zahlmeister David Ramsey von der *Estebeth* erklärt, der Postmeister von Angoon, Frank Brandes, sei benachrichtigt worden, daß die drei Männer Juneau vor einiger Zeit mit Ziel Killisnoo verlassen und schon längst dort hätten eintreffen müssen. Der Posten in Killisnoo habe keine Spur von den Männern, die durch die William Henry Bay hätten kommen sollen, beobachtet. Mrs. Deauville, schloß der Artikel, wohne dem Vernehmen nach in Juneau.

»Aber natürlich wohne ich in Juneau«, sagte Sissy. »Wissen die denn nicht einmal, daß ich hier wohne? Warum haben die mich nicht gefragt?«

Frank Morley hatte keine Antwort auf ihre Frage.

»Aber was sollen wir jetzt tun, Frank? Ist es aus mit ihm?«

»Ihm wird schon nichts passiert sein«, sagte Frank Morley. »Dieser Posten da in Killisnoo weiß doch nicht, wovon er redet. Sie wollten ja gar nicht nach Killisnoo, Sissy. Das weißt du doch.«

»Aber wo sind sie dann, Frank?«

»Keine Sorge. Denen wird schon nichts passiert sein.«

»Ach, Frank, ich halte diese Männer, die er da mitgenommen hat, für Taugenichtse. Werden sie zurückkommen?«

»Natürlich kommen sie zurück«, sagte Frank Morley. »Nur keine Sorge.«

In dieser Zeit begann Sissy ihre Freundin Hilda Laubenstein zu wäßrigen Highballs, wie Sissy das nannte, in die High Ridge Street einzuladen und sich so ihr zweites Laster anzugewöhnen, wie sie Hilda im Vertrauen gestand. Hätte Uncle Jake von Sissys Tagebuch gewußt, hätte er auf dessen Seiten jede Menge vergnügter Anspielungen auf Highballs und Zigaretten finden können, nur daß Uncle Jake Sissys Tagebuch selbst dann nicht gelesen hätte, wenn er zufällig auf sein Versteck gestoßen wäre, was aber nie geschah. Lange vor ihrem Tod legte Sissy Frank Morley ein scherzhaftes Geständnis ihrer Laster ab, und der, hoch ist's ihm anzurechnen, hat Uncle Jake nie etwas davon verraten.

32

»Nimm deinen Hut!« rief Frank Morley, der eben unangemeldet auf unsere Veranda gekommen war. »Wir gehen runter zu den Docks!«

»O Frank«, sagte Sissy und eilte ihm entgegen, »er ist zurück!«

»Nunja, nein«, sagte Frank Morley, »er ist nicht zurück. Aber wir gehen trotzdem zu den Docks. Wo ist Sunny?«

»Aber, Frank«, sagte Sissy und verbarg wieder einmal ihre Enttäuschung, »was ist denn?«

»Wart's ab«, sagte Frank Morley; er stand schüchtern beiseite und sah zu, wie sie sich hastig den Mantel um die Schultern drapierte.

»Sunny«, rief Sissy, »Frank hat eine Überraschung!«

Ich aber hatte von meinem Schlafzimmer aus zugesehen und gelauscht und hatte Frank Morleys Hand schon gepackt, noch ehe Sissy den Satz zu Ende gesprochen hatte.

Vier Tage waren vergangen, seit Frank Morley mit der gefalteten Zeitung unterm Arm zu uns gekommen war, und das Wetter hatte teilweise aufgeklart. Jetzt kicherte er bei dem, was er für Sissy auf Lager hatte, in sich hinein. Mehr denn je glich er mit seinem alten Hut, dem kragenlosen Hemd, der schwarzen Weste und seinem gebeugten Rücken einem längst abgehalfterten Colorado-Sheriff, und er suchte in Sissys Gebaren Anzeichen dafür zu entdecken, daß sie wußte, daß er ihr den Tag aufhellen würde.

Vom Gipfel unseres Hügels bis zu den abfallenden Straßen der Innenstadt Juneaus waren es sechshundert hölzerne Stufen, die wir, auf Frank Morleys gichtige Gelenke Rücksicht nehmend, so schnell wie möglich hinabstiegen.

»Ach, sieh nur!« sagte Sissy. »Das Schiff ist zurück.«

»Hat eben angelegt«, sagte Frank Morley.

»Na, so was«, sagte Sissy. »Ich habe gar nicht die Sirene gehört.«

»Tja, da ist sie«, sagte Frank Morley. »Die S. S. *Alaska.*«

»Wie lange her mir das schon vorkommt, Frank«, sagte sie, und er verstand, was sie meinte.

Das Dock war leer bis auf Patsy Ann, die naß und zitternd in der Sonne lag, und ein paar bejahrte Schauerleute neben einem Stapel Rollwagen und einem kleinen Traktor.

»Du weißt ja, Frank«, sagte Sissy, »hier unten gefällt's mir nicht. Ich steh nicht gern so nah bei einem Schiff – ist der Anblick nicht furchtbar? –, und ehrlich gesagt, ich mag auch diese arme Hündin nicht. Ach, Frank, es gibt nichts Einsameres als ein großes Schiff im Hafen.«

»Nur Mut«, sagte Frank Morley. »Gleich fangen sie mit dem Entladen an.«

Hoch über uns auf dem Deck der *Alaska* begannen sich kreischend die Winden zu drehen. Ladebäume schwenkten ein, Netze mit Frachtgut stiegen empor und sahen aus, als ob sie jeden Moment abstürzen und die Planken, auf denen wir standen, zerschmettern würden, dann senkten sie sich langsam auf die wartenden Rollwagen. Das Dock bebte, aus den Hilfsaggregaten zischte Dampf in die Luft, Maschinen ratterten.

»Ah«, sagte Frank Morley, »da ist es.«

Aus dem dunklen Schiffsbauch schwebte Sissys Prise, eine einzelne Holzkiste in Form eines Sargs, groß genug, um ein Pferd zu bergen, wie Frank Morley sagte, und schwankte da oben gefangen in einem Ladenetz, das von einem Eisenhaken am Ende einer rostigen Trosse hing.

»Frank«, sagte Sissy nervös, »was ist das?«

»Ein Geschenk«, sagte Frank Morley. »Für dich.«

»Für mich?«

»Ja«, sagte Frank Morley. »Den ganzen Weg von Seattle her.«

Eine einsame Stimme rief etwas vom Deck des Schiffes herunter; gleichgültig balancierten die Schauerleute die fast ganz herabgesenkte Kiste aus, bis sie sachte auf dem Dock aufsetzte. Patsy Ann wandte ihren Kopf dem bedrohlichen Kasten zu und begann zu winseln. Frank Morley schielte zu Sissy hinüber, die ihrerseits so auf das Rätsel reagierte, wie er gehofft hatte – indem sie nervös an ihn heranrückte und sich bei ihm einhakte. Dann dröhnte zu ihrer weiteren Überraschung ein Motor auf, und ein vertrauter Lieferwagen setzte rückwärts auf die beiden alten Männer zu, die jetzt lässig an der Kiste lehnten. Der Fahrer des Wagens, derselbe dicke frühmorgendliche Biertrinker, den Sissy gleich nach unserer Ankunft in Juneau zur Anlieferung neuer Propangasflaschen angeworben hatte, stieg aus, gesellte sich zu den Schauerleuten und half unter Frank Morleys Leitung den Männern, Sissys Geschenk auf die Ladefläche zu hieven.

»Frank«, sagte Sissy, »du hast das alles arrangiert. Stimmt's?«

»Komm«, sagte Frank Morley, »wir wollen einsteigen und mit Karl zu eurem Haus hochfahren, zur Enthüllung.«

Sissy gab ihrer Besorgnis Ausdruck, daß der Lieferwagen den steilen Anstieg zur High Ridge Street nicht schaffen könnte; sie sorgte sich, daß der Biertrinker und Sitka Charley, der uns bei unserem Eintreffen erwartete, die Kiste nicht würden abladen können; sie lachte ängstlich, als Sitka Charley sein Brecheisen in die Kiste stemmte, die den ganzen schmalen Raum unserer Veranda ausfüllte.

»Charley«, sagte Frank Morley. »Sei vorsichtig.«

»Den ganzen Weg von Seattle her, Frank«, sagte Sissy. »Stell dir das vor!«

Frank Morley nickte glücklich und sagte Sitka Charley, er solle behutsam zu Werke gehen.

»Aber es ist schrecklich groß, Frank«, sagte Sissy. »Was auch immer es ist.«

Sitka Charley stemmte das nächste Brett heraus, die Nägel quietschten, das Brett ächzte, Sissy zitterte und zog sich den Mantel fester um die Schultern.

»Sachte«, sagte Frank Morley.

Das Sonnenlicht flimmerte, schwer hing der Geruch bevorstehenden Regens in der Sommerluft. Wir hörten das ferne Gepolter des Gesteinsabfalls, der von der Alaska-Juneau-Grube in den Gastineau Channel gekippt wurde. Sitka Charley warf ein weiteres Brett beiseite, und Sissy mahnte mich, ich solle Sitka Charley nicht im Weg stehen. Und Sissy selbst, die Überraschungen nicht mochte und Veränderungen nicht mochte und die unsere drei Zimmer bereits genauso eingerichtet hatte, wie sie sie eingerichtet haben wollte, wappnete sich jetzt, um sich der unausweichlichen Tatsache zu stellen, daß dieser eingekistete Gegenstand sich aus dem Nichts, Seattle hin, Seattle her, in ihr Leben gedrängt hatte und in wenigen Augenblicken, ungeachtet ihrer eigenen Wünsche und Interessen, irgendwie in ihr Haus einquartiert werden sollte. Sie war nicht gefragt worden. Sie konnte sich nicht vorstellen, wie sie dieses sperrige Ding, das da in ihr Haus eindrang, unterbringen sollte. Auch ich bemerkte den entsetzten Ausdruck in Sissys Gesicht.

Sitka Charley trat zurück und fuhr sich mit einem Ärmel über die Wange. Überall lagen weggeworfene Planken und zersplitterte Bretter umher, funkelten spitze, verbogene Nägel. Vor uns stand Sissys Geschenk, verschnürt und mit schützendem Wattezeug umwickelt. Frank Morley schwitzte ebenso hemmungslos wie Sitka Charley.

»Du hast doch an die Drahtzange gedacht, Charley?« fragte Frank Morley.

»Armer Charley«, sagte Sissy, »so viel Arbeit.«

»Immer sachte«, sagte Frank Morley. »Laß mich das machen, Charley.«

Stille. Die Sonne badete uns alle in verbranntem orangenem Licht.

»O Frank«, sagte Sissy.

Wir warteten.

»O Frank«, sagte Sissy. »Ein Klavier ...«

Er nickte.

»Ein Steinway. O Frank.«

Halb abgestorbene Tanne. Regengeruch. Orangenes Licht. Und da, unsere Veranda versperrend, stand Sissys neues Piano, ein Klavier von glänzend polierter goldener Mahagonifarbe. Stumm in den Trümmern seiner Verpackung, so makellos und massiv wie ehmals in seinem Schaufenster, stand Sissys neues

Klavier und wartete auf die erste schnelle Berührung ihrer Finger, ihren ersten donnernden Akkord – dies Musikinstrument, das unser Haus mit seiner Größe und Pracht glatt ausstach und reichlich deplaziert war in Alaska.

»Gefällt es dir?« fragte Frank Morley.

Sie nickte. Sie klatschte in die Hände.

»Jake hat gesagt, du brauchst hier oben ein Klavier«, sagte Frank Morley schließlich. »Natürlich hat Jake erwartet, schon wieder hier zu sein, wenn es angeliefert würde. Er wird ziemlich enttäuscht sein. Aber er hat dafür gesorgt, daß Charley und ich das Klavier aufstellen könnten, falls er nicht hier wäre.«

Er unterbrach sich. Er lächelte Sissy an. Die Sonne ließ den Elchszahn an der goldenen Kette vor seiner Brust aufblitzen.

»Jake wollte also, daß ich ein Klavier bekomme«, sagte Sissy.

»Ja«, sagte Frank Morley, »das wollte er.«

»Ein Steinway«, sagte Sissy.

»Ja«, sagte Frank Morley. »Er hat deswegen nach Seattle geschrieben. Schon vor Wochen.«

»Und, Frank«, sagte Sissy, »es ist gar nicht zu groß. Es wird gut in die Ecke neben dem Bücherschrank passen.«

»Das einzige in ganz Juneau«, sagte Frank Morley. »Bis auf den alten Kasten in der presbyterianischen Kirche und das eine in der Schule.«

»Und weißt du was, Frank, als Mädchen hatte ich auch so ein Steinway.«

»Ich habe ihm gesagt, daß du dich freuen würdest. Jetzt kannst du wie früher im Osten Klavier spielen.«

»O Frank«, sagte Sissy, »danke.«

»Bedank dich nicht bei mir«, sagte Frank Morley. »Aber willst du uns was vorspielen?«

»Jetzt? Heute? Nein, das kann ich nicht, Frank«, sagte Sissy. »Es muß noch gestimmt werden, ich bin aus der Übung, ich habe meine Noten nicht mitgebracht ...«

»Wenn du soweit bist«, sagte Frank Morley. »Los, Charley, bringen wir Sissys Klavier nach drinnen, wo es hingehört.«

In dieser Nacht hat Sissy sich in den Schlaf geweint, und am nächsten Morgen erwachte sie mit roten Augen, roten Nasenlöchern, wunden Lippen und der Gewißheit, daß sie von nun an jede Nacht weinen würde. Sie wußte, sie hatte geweint, weil Uncle Jake ihr ein Klavier geschenkt hatte, und nicht, weil Uncle

Jake im Gebiet des Killisnoo-Kohlenbergwerks vermißt wurde, und auch nicht wegen irgendwelcher anderen Dinge, die bereits geschehen waren oder bestimmt noch geschehen würden. Frank Morley und Sitka Charley hatten uns mit dem Klavier allein gelassen. Endlich war es dunkel geworden. Endlich konnte Sissy ins Bett gehen. Aber schlafen konnte sie nicht. Sie dachte an Uncle Jake. Sie wußte, daß sie sich jetzt erst einmal wochenlang nicht würde überwinden können, das Klavier anzurühren. Aber während sie so im Dunkeln lag, hörte sie sich für den Rest ihrer Tage in Alaska stumm musizieren und wußte, daß sie mehr nicht besaß – nur das Klavier – und daß sie zum einsamen Genuß der einstmals geliebten Musik verurteilt war und allein mitten in einer Sonate, die sie als Mädchen gelernt hatte, sterben würde.

Als Uncle Jake schließlich zurückkehrte, eine Woche später, hatte Sissy sich heiter an ihren Kummer gewöhnt und wußte ihn meisterhaft zu verbergen.

33

»Juneau, Alaska. 17. August 1930. Vorige Nacht wie üblich in den Schlaf geweint. 22 Uhr von Frank Morley geweckt. Jake unten im Hafen! Gesund und munter! Sunny in ihre Kleider gepackt und ab zum Rendezvous bei Doug's. Jake heißhungrig. Die andern zwei im Red Dog Saloon, trinken. Sunny auf meinem Schoß in der Nische eingeschlafen. Klopse für uns drei. Mein zweites Abendessen! Jake verächtlich über die Geschichte von den längst ›überfälligen Männern‹. David Ramsey und Frank Brandes seien Idioten. Hätten die ganze Zeit in der Mündung des Beardslee River vor Anker gelegen. Maschinenschaden. Gefahrlos, aber trotzdem grauenhaft. Peter Barnou habe Gehorsam verweigert. Wesley Pitts die ganze Zeit unflätig. Habe in den ersten zehn Tagen alles Eßbare aufgekocht. Noch dicker als früher. Gejammert. Jake ihnen das Angeln beigebracht. Ein Ren geschossen. Ständig Ärger mit Peter Barnou. *Estebeth* schließlich zurück mit dringend benötigtem Maschinenteil. David Ramsey habe US-Beauftragten nicht von den Tatsachen unterrichtet. Alle Stroh im Kopf außer Jake.

Noch mehr Kaffee. Noch mehr Klopse für Jake. Jake sagt, er habe von Barnou die Nase voll. Schmeiß ihn raus, sagt Frank. Den Bauchbanditen auch, sagt Jake. Ich danke Jake für den Steinway. 2 Uhr morgens im Bett. Bis Sonnenaufgang geredet.«

In Sissys Tagebuch, das sie fünf Jahre lang in ihrem Telegrammstil geführt hat, findet das Klavier keine weitere Erwähnung. Aber gespielt hat sie darauf in späteren Zeiten, zuerst aus dem Gedächtnis, dann nach Noten, die sie sich aus Seattle bestellt hatte. Sie erwarb einen Stuhl und ein Kissen, und jeden Nachmittag saß sie vor den glänzenden Tasten und spielte. Wenn Sissy sich ans Klavier setzte, schob sie die Ärmel hoch und nahm die Haltung eines Konzertpianisten vor vollem Hause ein, Rückgrat durchgedrückt, Schultern gestrafft. So klein und leicht sie war, gefiel sie sich dennoch am besten darin, schrille und schokkierende Akkorde anzuschlagen, die ihr Kinn und Ellbogen erzittern ließen. Sie spielte Klavier so, wie sie Tennis spielte, wie ein Mann. Nieder fuhren beide Hände, ungestüm, entschlossen, und augenblicklich gab es den Triumph des schaudernden Akkords und dann die selbstkritische kleine Grimasse wegen des einen falschen Tons. An manchen Tagen unterbrach sie sich bei jedem Fehler, an anderen rauschte sie darüber hinweg. Sie war stolz auf die Gelenke ihres Daumens und kleinen Fingers an beiden Händen, die es ihr möglich machten, mit lockerem Anschlag ganze Oktaven zu greifen, obwohl ihre Hände so schmal und zerbrechlich waren wie die eines Kindes. Sie war stolz auf ihre natürliche Begabung zum Klavierspiel. Sie war stolz auf die Kraft ihrer Finger und darauf, wie sie ihre Fingerspitzen zu kleinen Hämmerchen einbiegen konnte, wie sie sich gerne ausdrückte. So also spielte Sissy Klavier, voller Verdruß, daß sie sein Eintreffen nicht so ganz zu würdigen gewußt hatte, verblüfft, daß sie sich je eingebildet hatte, die Musik sei ihr Schicksal, obwohl sie wußte, daß es so war.

Wenn es regnete und der Taku-Wind mit achtzig Meilen pro Stunde den Kanal hochsauste – den Taku-Wind fürchtete Sissy besonders –, und wenn Uncle Jake auf der *Prince of Wales* war oder es sich zuweilen erlaubte, als Ehrengast des Küstenwachenkutters *Haida* in der Gegend herumzufahren, dann leistete Sissy auf den Tasten hartnäckig Widerstand. Für Frank Morley spielte sie auf Bestellung, für Uncle Jake kaum einmal. Hilda Laubenstein, einen Highball in der Hand, war ihr dankbarstes Publikum.

Sissy ist nicht über einer Sonate gestorben, mit dem kleinen, am Handgelenk baumelnden Elefanten. Und sie starb auch nicht allein. Aber das Klavier stand für alles, was sie getötet hat.

34

»Großer Gott«, sagte Uncle Jake stirnrunzelnd und steckte den Brief in die Innentasche seines Jacketts zurück, wo er seine Papiere aufbewahrte, »Mutter schreibt, Robert McGinnis sei in Schwierigkeiten und wolle nach Alaska kommen. Und ich soll ihm helfen.«

»Wer ist Robert McGinnis?« fragte Sissy.

»Ach, er war so was wie ein Kumpel vom armen Barney Lewis, diesem Erfinder, mit dem ich befreundet war und der sich umgebracht hat. Ich habe den Mann nie kennengelernt.«

»Tja«, sagte Sissy, »du darfst deine Mutter nicht enttäuschen.«

»Aber ist dieser Robert McGinnis für das Leben in Alaska geeignet? Du weißt, das ist nicht jeder.«

»Wollen wir's hoffen«, sagte Sissy.

»Mutter nennt ihn Bobby. Ich werde es nicht über mich bringen, einen erwachsenen Mann mit einem solchen Namen anzureden. Ich werde ihn Robert nennen. Seine Frau heißt Annie.«

»Ach«, sagte Sissy, »eine Frau hat er auch.«

»So schreibt Mutter jedenfalls.«

»Nun«, sagte Sissy, »wird schön sein, ein paar neue Freunde zu haben.«

»Da bin ich nicht so sicher«, sagte Uncle Jake.

Aber von Sissy ermuntert und erfreut, daß seine Mutter bei ihm Hilfe gesucht hatte, und im vollen Bewußtsein der Tatsache, daß ein Lieblingssohn seiner Mutter nie etwas ausschlägt, ließ Uncle Jake sich auf einen langwierigen Briefwechsel mit Robert McGinnis ein und entwickelte im Verlauf des Herbstes ein immer stärkeres Interesse, die Verantwortung für Robert McGinnis und seine Frau zu übernehmen. Feuchter Nebel legte sich über Juneau, um nie wieder, wie Sissy dachte, zu weichen. Eines späten Septemberabends erhob sich dann auch der Taku-Wind, und kaum hatte er wie mit Hammerschlägen an unser dünnes Dach gepocht, schrie Sissy auch schon nach Uncle Jake, der gefälligerweise aufwachte und ihr sagte, sie solle sich keine Sorgen machen. Der Taku-Wind, sagte er, sei der stärkste Wind der Welt und kälter als der Gletscher gleichen Namens. Aber, sagte Uncle Jake, der Taku-Wind werde das Haus nicht aus seiner Verankerung reißen, auch wenn es einem so vorkommen wolle.

Im Oktober hatten Sissy und Hilda Laubenstein von ihren Doppel-Patiencen genug und überredeten Frank Morley und Uncle Jake, zweimal die Woche mit ihnen Herzen zu spielen, ein Kartenspiel, dem Uncle Jake sich nur mit größtem Widerwillen hingab. Monat für Monat wartete Uncle Jake, bis die S. S. *Alaska* so lange im Hafen gelegen hatte, daß die Post im Postamt angekommen sein mußte, und eilte dann zu seinem Schließfach, um das Neueste, wie er sich ausdrückte, von Robert McGinnis abzuholen, welches er noch im Postamt für sich alleine las und dann Sissy und schließlich noch einmal bei der nächsten Herzen-Partie laut vorlas, wobei die Belustigung, die er im Postamt empfand, sich bis zu dem entscheidenden Augenblick steigerte, da Sissy und Frank und Hilda ihre Karten hinlegten und ihm zuhörten. Uncle Jake sagte, McGinnis schreibe schöne Briefe, aber er sei der pingeligste Bursche, mit dem er je zu tun gehabt habe. McGinnis, sagte Uncle Jake, wolle aber auch alles wissen, von der Größe der Alaska-Juneau-Mine bis zu den Eierpreisen. Und das Schlimmste sei, daß der Bursche nach all der Zeit, die Uncle Jake zur Beantwortung seiner Fragen aufgewandt habe, sich noch immer nicht entscheiden könne, nach Norden aufzubrechen.

»Wir könnten ihm da ein paar Sachen vom Wetter erzählen«, sagte Uncle Jake lachend und warf eine weitere Herzkarte ab. Und drei Wochen später rief er: »Hört euch das an! Er will wissen, ob man hier oben orthopädische Schuhe bekommt! Sagt, er habe schlechte Füße! Sehr witzig, was, Frank?«

»Der arme Mann«, sagte Sissy. »Du darfst dich nicht über ihn lustig machen, Jake.«

»Großer Gott«, sagte Uncle Jake, »der wird's keinen Tag lang hier aushalten, stimmt's, Frank. Falls er sich jemals dazu herabläßt, zu uns zu kommen.«

»Schreibt er nichts von seiner Frau?« fragte Sissy.

»Nein, kein Wort«, sagte Uncle Jake, »aber mir ist schleierhaft, wie sie es mit ihm aushält.«

Hilda Laubenstein vertraute Sissy an, sie wünschte, sie könnten ihre Highballs in Gegenwart der Männer trinken, was Sissy als vollkommen ausgeschlossen bezeichnete, und klagte darüber, daß Uncle Jake ständig beim Herzen gewinne, wo er das Spiel doch gar nicht möge. Sissy erwiderte, Uncle Jake warte ungeduldig auf das Erscheinen Robert McGinnis' in Juneau, und das sei der Grund für seine Prahlerei, daß er sie beim Herzen alle schlage. Hilda, eine große und knochige Frau mit unverblümten Beinen und einem Haarschopf von der Farbe verblichener Erdbeeren, sagte, sie könne nicht begreifen, wieso Uncle Jake sie alle unablässig mit diesem Robert McGinnis bombardiere. Sissy meinte, das sei nun einmal seine Art.

»Tja«, verkündete Uncle Jake mitten während ihres letzten Samstagabendspiels im November, »er hat die Überfahrt gebucht.«

»Wie schön für ihn«, sagte Hilda.

»Er kommt also wirklich?« fragte Sissy, während sie Frank Morley eine Untertasse mit Cashew-Nüssen reichte. »Das ist eine erfreuliche Nachricht, Jake. Jetzt bist du sicher erleichtert.«

»Die *Alaska* läuft am einundzwanzigsten Dezember ein«, sagte Uncle Jake.

»Rechtzeitig zu Weihnachten!« rief Sissy.

»Frank«, sagte Uncle Jake, als Hilda ihren Stuhl zurückschob und aus dem Zimmer ging, »wir machen folgendes. Wir werden Olafson auszahlen, aber anstatt seine Insel den Skoots zurückzugeben, werden wir sie behalten und McGinnis und seine Frau dort hinschicken. Wir machen die McGinnises zu Fuchszüchtern. Wenn das keine gute Idee ist?«

»O Jake«, sagte Sissy. »Meinst du wirklich?«

»Füchse züchten ist nicht so schwierig«, meinte Frank.

»Als Fuchszüchter«, sagte Uncle Jake, als Hilda wiederkam, und zupfte sie am Rock, »hat er ausgesorgt!«

Am späten Nachmittag des einundzwanzigsten Dezember, zu pechschwarzer, von Wind und nassem Schnee durchpeitschter Stunde, holten Uncle Jake und Frank Morley Robert und Annie McGinnis von der *Alaska* ab und geleiteten sie ins Baranof-Hotel. Uncle Jake war noch nicht zurück, als Sissy den Spanischen Reis, das Hauptgericht meiner Kindheit, fertig zubereitet hatte, und als er dann endlich kam, war er allein.

»Aber, Jake«, sagte Sissy, »was ist passiert?«

Groß und triefend und blaß stand er in der Mitte unseres Wohnzimmers, wo Sissy den Tisch für sieben anstatt wie üblich für uns drei gedeckt hatte. Von den Nachwirkungen der Ereignisse in White Eye hatte er sich zwar längst erholt, aber jetzt stand er wieder stumm und starrte vor sich hin. Ich fragte mich, ob er uns wieder mit der Vierhundertfünf drohen würde, aber das tat er nicht.

»Komm«, sagte Sissy, »gib mir deine Sachen.«

Das Haus schwankte so stark, daß sein leerer Schaukelstuhl ganz von alleine leicht und unregelmäßig mitschaukelte.

»Wo sind sie?« fragte Sissy.

»Im Baranof«, sagte er schließlich.

»Sie kommen nicht zum Abendessen?«

»Nein«, sagte er und hob eine Hand vor sein Gesicht. »Ich habe sie nicht eingeladen.«

»Und Frank und Hilda kommen auch nicht?«

»Nein, die auch nicht.«

»Aber, Jake«, sagte Sissy, »was ist denn los?«

Draußen war nichts als Dunkel und dünnes nasses Schneegeriesel. Drinnen wartete Sissys leerer Tisch. Ich wußte, daß ihre Angst vor dem Wind sich bei Uncle Jakes erschreckendem Anblick verflüchtigt hatte.

»Jake«, sagte sie. »Setz dich doch, ja?«

Er schüttelte den Kopf.

»Was ist denn?«

Er wartete. Er sah aus, als könne er das Haus zertrümmern, uns drei, die Nacht selbst erschlagen, falls er auch nur den Mund zum Sprechen aufmachte. Aber dann antwortete er.

»Sie sind taub.«

»Was?«

»Stocktaub. Alle beide.«

»O Jake ...«

»Orthopädische Schuhe«, sagte er, und schwarzer Qualm kräuselte sich um seine langsame Artikulation dieser Worte. »Schreibt dieser Kerl mir von orthopädischen Schuhen, dabei ist er taub. Stocktaub! Möcht wissen, für was für einen Idioten der mich hält.«

»Und seine Frau auch, Jake?«

»Alle beide. Konstitutionell taub, von Geburt an. Und sprechen können sie auch nicht. Jedenfalls nicht wie normale Menschen.«

»Nicht sprechen?«

»Gaumenspalten. Angeboren. Hängt mit der Taubheit zusammen.«

»Wie seltsam.«

»Seltsam«, wiederholte Uncle Jake bitter. »Ich verstehe kein Wort von dem, was diese Frau sagt, so seltsam ist das. Bei ihm ist es etwas besser.«

»Aber was machen wir denn nun?«

»Sie können Lippen lesen«, sagte Uncle Jake, und sein Zorn brach sichtlich zusammen. »Aber den möcht ich sehen, der einem Kurzwellenradio was von den Lippen ablesen kann. Und kannst du dir den armen Frank vorstellen, wie er versucht, jemand über Radio zu verstehen, der eine Gaumenspalte hat? Bei den ganzen Störgeräuschen? Großer Gott.«

»Aber soll ich sie denn nicht kennenlernen, Jake? Wir dürfen nicht unhöflich sein.«

»O, die wirst du schon noch kennenlernen. Am Heiligabend.«

»Mit Frank und Hilda? Das ist nett.«

»Toller Heiligabend«, sagte Uncle Jake. »Und eine schöne Bescherung, kann ich dir sagen.«

Der Wind ließ nicht locker. Schnee fiel und schmolz, fiel und schmolz und gefror. Um die Totempfähle vor dem Baranof wanden sich Weihnachtslichter. Groß und glühend glomm der Ofen in Waffen-Kleider-Zubehör. Keine fünfzig Schritt von der Stelle, wo Sissy selbst beim allerschlimmsten Wetter ihre Zigaretten rauchte, fällte Uncle Jake die größte Fichte, die er und ich finden konnten – Sissy fürchtete sich vor Feuer und wollte einen kleinen Baum, den sie auf einen Tisch stellen konnte –, und sammelten ganze Armladungen dicker grüner Zweige, die wir überall im Haus anbrachten. Am Tag vor Heiligabend kam Uncle Jake mit zwei braunen Papiertüten aus der Stadt und arrangierte ihren Inhalt würdevoll auf dem Küchentisch.

»Schnaps?« sagte Sissy lächelnd und hob in gespieltem Entsetzen die Augenbrauen. »So kenne ich dich ja gar nicht, Jake.«

»Ich werde einen Punsch bereiten«, sagte Uncle Jake. »Du und ich trinken selbstredend nichts davon. Und Frank wohl auch nicht. Aber es könnte helfen.«

»Nur ein Schlückchen?« fragte Sissy. »Zu Weihnachten?«

Uncle Jake lächelte und sagte, daß sie vielleicht ein Glas von seinem Feuerwasser-Punsch, wie er das zu nennen beschlossen hatte, trinken dürfe, aber nur um sich gegen diesen Robert McGinnis und seine kleine Frau zu wappnen.

Der Taku-Gletscher. Der Taku-Wind. Frank Morley, dessen weiche Arme und eingesunkene Brust mir fast ebenso vertraut geworden waren wie Uncle Jakes Umarmung. Hilda Laubenstein mit ihrer Rot-Kreuz-Anstecknadel und ihrem kirschroten Lippenstift und ihren Juno-Beinen, wie Uncle Jake sie des Wortspiels wegen mehr als einmal bezeichnet hat. (Nichts mochte ich lieber, als während ihrer Herzen-Partien rückwärts auf ihrem Schoß zu sitzen, nach vorn gebeugt meine Hände auf ihren bestrumpften Knien abzustützen und dabei unaufhörlich ihr warmes Fleisch sich unter mir regen zu spüren, während sie sich auf ihre Karten konzentrierte.) Und Sitka Charley, der mir Legenden vom Stamm der Siwash erzählte. Und das Messer, das er mir geschenkt hatte. Und meine Stiefel, mein Gürtel. Was war das? Was war das alles im Vergleich zu einem Mann, der Lippen lesen konnte und nicht sprechen konnte?

Am Heiligabend 1930 dachte ich an nichts anderes als an Robert McGinnis. Mein einziger Wunsch war, Robert McGinnis zu sehen. Je mehr Uncle Jake aus seinen Briefen vorgelesen, sich um ihn gesorgt, ihn in Gegenwart Frank Morleys und Hilda Laubensteins verspottet hatte, desto mehr empfand ich für diesen Mann, der bestimmt war wie kein anderer. Drei Tage und Nächte lang war Uncle Jake jetzt über die Taubheit des Robert McGinnis hergezogen, und jetzt wollte ich Robert McGinnis' Schuhe sehen, mehr aber noch seine Augen beobachten, während er mir von den Lippen las. Ich war davon überzeugt, daß dieser Mann, den Uncle Jake solcher Tiraden würdigte, kraftvoll war, bärenhaft runde Schultern besaß. Ich war davon überzeugt, daß ich die Wunder seiner Gebrechen in seinem Antlitz erkennen würde. Uncle Jake hatte gesagt, Robert McGinnis spreche wie ein Tier, das in eine Falle geraten sei, und vor allem anderen wollte ich diese Geräusche hören, den dicken Kopf sich drehen sehen, das Haar auf seinen Händen berühren. Sitka Charley hatte Sissys Einladung zum weihnachtlichen Abendessen ausgeschlagen. Aber der Taube würde an diesem Abend unser Gast sein. Was konnte ich mehr verlangen?

Sissy trug ihre Schürze und ihr dunkelgrünes Kleid und die Perlenkette, die Uncle Jake ihr kurz vor ihrer Hochzeit geschenkt hatte. Hilda, die eben mit Frank Morley angekommen war, hatte ein dunkelblaues Samtkostüm an, das ihr rotes Haar betonte und ihre Knie sehen ließ. Frank Morley hatte sich die Haare schneiden lassen und trug schwarze Hosen, eine Lederweste, ein neues grünes Hemd und als Krawatte eine Lederschnur, die nach Westernart durch eine Scheibe aus gehämmertem Silber gezogen war. Uncle Jake, der bereits unterwegs war, um die McGinnises abzuholen, hatte für diese besondere Gelegenheit seinen marineblauen Anzug, ein weißes Hemd und einen blau gepünktelten Schlips angelegt. Und ich – die Maßgebliche, wie Uncle Jake mich zu nennen begonnen hatte –, ich trug ein rotes Kleid, schwarze Schuhe, ein rotes Haarband und roch nach Sissys Parfüm, das sie mir hinter die Ohren gekleckst hatte. Dies also unser Putz für die festliche Zeit und für unsere besonderen Gäste, und nun bot der Taku-Wind alle seine Kräfte auf, wie Uncle Jake gesagt hatte, bevor er zum Baranof abmarschiert war, und wir waren sicherer denn je vor den Stürmen der Nacht mit unserem rotglühenden Küchenherd und dem Kerosinofen, unseren Fichtenzweigen und dem würzigen Duft des Reisauflaufs und der zwei Büchsenschinken, die Sissy in der Backröhre garte.

»Nun«, sagte Hilda, die mit dem Rücken zum Ofen stand und sich den Rock hochzog, »wo bleibt der Krüppel?«

»Jake holt die beiden gerade ab. Aber, Hilda«, sagte Sissy und lachte, ohne es zu wollen, »du darfst diesen armen Mann nicht einen Krüppel nennen. Das ist ja schrecklich!«

»Jake nennt ihn den Krüppel. Also nenn ich ihn auch den Krüppel«, sagte Hilda.

»Ach, Jake ist schrecklich«, sagte Sissy. »Find ich nicht nett.«

»McGinnis war heute im Laden«, sagte Frank Morley. »Hat mich fast leergekauft. Und es bei Jake anschreiben lassen.«

»Oje«, sagte Sissy.

»Er ist kein übler Bursche«, sagte Frank Morley. »Verstehe fast jedes zehnte Wort von ihm.«

»Plattfüße«, sagte Hilda. »Und taub und stumm, um Gottes willen, ich kann's nicht erwarten, ihn zu sehen.«

»Wir wissen doch gar nichts von ihm«, sagte Sissy. »Sei lieb, Hilda.«

»Er ist ungewöhnlich«, sagte Frank Morley. »Mehr will ich nicht sagen.«

»Frank«, sagte Sissy. »Du hast dir die Haare schneiden lassen!«

»Elektrisch«, sagte Hilda und legte ihre Hand auf Frank Morleys Arm.

»Frank sieht schön aus«, sagte Sissy. »Ehrlich, Frank.«

Sie lachten, sie alle drei. Ich aber war die Maßgebliche, die wartete und sich damit zufriedengab, den berauschenden Duft des Haarwassers auf Frank Morleys Haut zu bewundern, Sissys Perlenkette zu bewundern, Hildas rotes Haar zu bewundern, das sie locker hochgesteckt trug wie die Frauen im Baranof, zufrieden, in Sissys und Hildas und Frank Morleys Pracht auf Robert McGinnis warten zu dürfen. Der Krüppel, der Krüppel, der Krüppel, sagte ich bei mir und lächtelte mein Spiegelbild in dem klappernden scheppernden Fenster an.

»Ah«, sagte Sissy, »da sind sie!«

Der Wind an der Tür. Drei nasse Gestalten aus der Nacht. Durcheinander. Vorstellerei. Robert McGinnis, der ausdruckslos hinter seinen beschlagenen Brillengläsern blinzelte und das Aroma des auf dem bratenden Schinken schmelzenden Farinzuckers einsog.

»Kommt rein, kommt rein«, wiederholte Uncle Jake. »Wären fast nicht mehr den Berg hochgekommen, Sissy. Der gute alte Taku-Wind.«

Sissy und Hilda nahmen ihnen die Mäntel ab. Frank Morley versperrte mir die Sicht.

»Sunny«, sagte Uncle Jake, und ich ging zu ihm. »Das ist Sunny. Sie ist hier bei uns die Maßgebliche.«

»Sag Mr. McGinnis guten Tag«, sagte Sissy.

Und da standen wir endlich voreinander. Und obwohl Uncle Jake etwas zu Sissy sagte und obwohl links von mir erstickte Nasallaute quarrten, als ob jemand mit einem Knebel im Mund zu sprechen versuchte – es war Annie McGinnis, die Hilda Laubenstein eine Frage stellte –, und obwohl mir nicht entging, daß Sissy davoneilte, um sich um ihren Herd zu kümmern, und ich vage bemerkte, daß Frank Morley seinen Tabaksbeutel und das orangene Päckchen Zigarettenpapier hervorgezogen hatte, war ich gleichwohl plötzlich allein, völlig allein mit diesem Mann, der war wie kein anderer. Ich blickte zu ihm empor. Ich öffnete meinen Mund. Ich dachte an meine Lippen. Ich konnte nicht sprechen. Und zu meiner überwältigenden Freude gewahrte ich, daß ich auch nicht hören konnte. Taub! sagte ich zu mir, genauso stocktaub wie Robert McGinnis! In dieser Stille, um die nur wir beide wußten, starrte ich ihn an, und Robert McGinnis war alles, was ich mir erhofft hatte, und mehr. Verglichen mit Uncle Jake war er klein, sein Brustkasten war stark und rund wie ein Faß, seine Schultern fetter und breiter als die Uncle Jakes und seine

Beine dick und krumm, als ob er nie richtig gelernt habe, darauf zu stehen. Sein Kopf war rund, ein Hals nicht erkennbar, sein Haar war kurz und stoppelig geschoren – wie das Haar eines deutschen Onkels, sagte Uncle Jake, als der Abend vorbei war –, und sein Mondgesicht war so eingedrückt, daß ich mich danach sehnte, meine Finger über all die Wunder dieses großen eingesunkenen Antlitzes laufen zu lassen. Er war, wie Frank Morley gesagt hatte, bei Waffen-Kleider-Zubehör gewesen und hatte sich für diesen Abend in Schale geworfen, er trug ein neues helles Wollhemd, neue enge Hosen und glänzende Stiefel, die bis zu seinen klobigen Knien zugeschnürt waren.

»Großer Gott«, hörte ich Uncle Jake von ferne sagen, als mein Hörvermögen mit einem Schlag wiederkehrte, »was für ein Aufzug. Was glaubt der, wo er ist? In einem Holzfällerlager?«

»Psch, Jake«, kam Sissys Stimme, »sie hören dich noch.«

»Unsinn«, sagte Uncle Jake. »Ich seh ja gar nicht zu ihnen hin.«

Aber ich hatte Uncle Jake gesehen, als er selbst zum ersten Mal solche Kleider getragen hatte, und jetzt wußte ich, wie Robert McGinnis aussah: wie ein aufgeblähter Uncle Jake, ein geheimnisvoller Uncle Jake, ein Uncle Jake, der seine neue Jagdkleidung noch bereitwilliger vorführte, als Uncle Jake es getan hatte. Ich roch noch den Kampfer in Robert McGinnis' neuen Kleidern; ich sah die winzigen Augen hinter den kleinen runden beschlagenen Linsen; ich sah die lädierten Ohren, die nicht hören konnten. Ich beobachtete, wie sein Bulldoggengesicht sich mir zuneigte, beobachtete, wie sein zerknitterter Mund sich zu bewegen begann, lauschte, als seine Gesichtsmuskeln zuckten und das kehlige schrille Gestotter anhub.

»Maßgeblich«, lautete das in die Schleier seiner seltsamen Rede gehüllte Wort. »Maßgeb . . . liche!« Und Robert McGinnis lachte zu mir herunter, es war eher ein Lachen als ein Sprechen, und auch ich lachte.

»Also, Leute!« rief Uncle Jake mit überflüssig lauter Stimme, »jetzt werde ich Jake Deauvilles Feuerwasser-Punsch bereiten! Alles antreten!«

Sissy, Hilda, Frank Morley und Annie McGinnis bildeten einen kleinen Kreis um den Tisch, wo Uncle Jake vor seiner Flaschensammlung und einer Schüssel stand, die er dem Empfangschef des Baranof-Hotels abgeborgt hatte. Majestätisch entkorkte er die Flaschen, packte ein kleines Glas und machte sich pompös bereit, zum ersten Mal sein berühmtes Feiertagsgetränk zu brauen. Dann hielt er inne, das Glas und eine der Flaschen erhoben, und sah Sissy bedeutsam an.

»Punsch«, sagte sie und eilte zu Robert McGinnis herüber, der noch immer mit den Händen auf dem Rücken dastand und auf mich hinunterlachte. »Punsch«, wiederholte sie flüsternd, aber ängstlich bemüht, das Wort so deutlich sie konnte zu artikulieren. Angenehm überrascht starrte er sie an und ließ sich dann an den Tisch führen.

»Zum Feuerwasser-Punsch«, erklärte Uncle Jake, »benötigt man ein Pint Brandy, ein Pint Hudson Bay-Rum, ein Pint verschnittenen Rye-Whiskey und sechs Quart Ginger Ale. Wie hört sich das an, Frank? Dazu kommt ein Schuß Tabasco, ein Schuß Gin, zwei Tassen Zucker und zum Abschluß ein Päckchen getrocknete Pfefferminzblätter. Und eins sag ich dir«, wandte er sich plötzlich an Robert McGinnis, der schon gierig grunzte, »dieser Punsch läßt sich nirgendwo anders als in Alaska herstellen!«

So goß und rührte und lachte Uncle Jake, umdrängt und angefeuert von seiner kleinen Gemeinde, und die Schüssel füllte sich. Respektvoll nahmen sie die funkelnden Gläser entgegen, bedachtsam tranken sie.

»Knüppeldick!« schrie Uncle Jake und sah dabei Robert McGinnis an, der lächelnd die vor Frank Morleys Weste hängende goldende Kette betrachtete. »Was sagt er da?« fragte Uncle Jake, zu Sissy gewandt. »Ich versteh ihn nicht. Kein Wort, Sissy!«

»Elks«, flüsterte Sissy. »Er sagt, er gehört auch zu den Elks, wie Frank.«

»Frag ihn lieber, was er von dem Punsch hält. Er mag ja ein guter Lippenleser sein, aber meine kann er nicht lesen. Und denk dran, Sissy, nur ein Schlückchen von diesem Zeug. Das kann den stärksten Elch umhauen.«

»Jake«, sagte Hilda und legte ihm ihren Arm um die Taille, »dein Punsch gefällt mir. Den solltest du öfter machen.«

»Einmal im Jahr«, sagte Uncle Jake steif, »das reicht.«

»Damals in Colorado«, sagte Frank Morley, »hat mein Vater zu Weihnachten immer seinen schwarzen Teer-Punsch gemacht, wie er das nannte. Der war gut, aber nicht so gut wie dein Punsch, Jake.«

»Trink langsam, Frank. Das ist ein übles Gebräu.«

Genau in diesem Augenblick hörten wir, die wir hören konnten, aus der Küche ein Krachen. Der Wind stockte, die Unterhaltung stockte, wir hörten das unverkennbare scharfe Klirren zersplitternden Geschirrs und einen leisen Schrei. Sogleich verwickelte Uncle Jake Hilda und Frank Morley in das nächste Gesprächspotpourri, als ob es diese beiden kleinen fremdartigen Geräusche, die da den Rhythmus seines Heiligabends unterbrachen, gar nicht gegeben habe. Ich allein nahm die Störung zur Kenntnis, und in der Küche fand ich Sissy auf Händen und Knien neben der zerschmetterten und noch dampfenden Auflaufform. Scherben. Reis. Gekenterte Ananasringe.

»Schatz«, sagte sie und sah zu mir auf, »ich habe die Kasserolle fallen lassen. Hilfst du mir?«

Ich hockte mich hin, sie fuhr sich mit dem Arm über die Stirn.

»Wir müssen vor allem darauf achten«, sagte sie, »die ganzen Scherben rauszusammeln.«

Aber wozu die Zeitung? Ein Stück Zeitung? Ja, da lag es, das Stück Zeitung, das sie erblickt und spontan vor sich auf dem Boden, wo sie kniete, ausgebreitet hatte – in ihrem Bemühen, Ruhe zu bewahren, in ihrem Bemühen, den Auflauf zu retten, in ihrem Bemühen, das Essen auf den Tisch zu bringen, welche Redensart Sissy selten aus dem Kopf ging. Und jetzt sortierte sie hastig den Trümmerhaufen mit bloßen Händen auseinander – Reis und Ananas auf die Zeitung, die Porzellanstücke auf einen extra Haufen auf dem Boden.

»Schaufel den Reis einfach rauf«, sagte sie, »und such die Scherben raus. Und beeil dich, Schatz. Wir wollen uns doch nicht so von denen erwischen lassen, ja?«

Als wir den Inhalt der Zeitung in eine andere Schüssel entleert und einen der gebackenen Schinken auf eine Platte gelegt und endlich alles ins Wohnzimmer getragen hatten, warf Frank Morley, ein halb gefülltes Glas in der Hand, Uncle Jake gerade einen ratlosen Blick zu, während dieser den Punsch mit einem weiteren Pint Hudson Bay-Rum auffrischte.

»Aber nein«, sagte Sissy zu Annie McGinnis, als ob sie den neuerlichen Ausbruch nasaler Erregung der kleinen Frau vollkommen verstanden hätte, »es gibt nichts zu helfen. Wirklich nicht.«

Irgendwie beförderte Sissy uns auf unsere Plätze, während Uncle Jake am oberen Tischende stand und mit seinem Daumen erst die Klinge des einen und dann die des anderen Messers prüfte.

»Sissy«, sagte er, »diese Messer ...«

»Ich habe mein Bestes getan, Jake. Sie werden's schon tun.«

Kunstvoll, wie ein Schwertkämpfer, begann Uncle Jake die Messer aneinander zu schärfen. Robert McGinnis sah aufmerksam zu, Schweiß stand auf seiner Stirn, als könne er das Sirren der blitzenden Klingen ebensogut hören wie ich.

Der Tisch war klein, der glasierte Schinken geschrumpft, wir sieben drängten uns mit Schenkeln und Ellbogen und Schultern aneinander. Und der Schinken, halb verborgen hinter der Punschschüssel, die zu entfernen sich niemand bemüßigt gefühlt hatte, stand fast verloren in einem Wald aus finstren tödlichen Gläsern und Sissys auf gesprungene Untertassen geklebten Kerzen. Uncle Jake konnte nicht gewußt haben, was in der Küche passiert war. Und doch war er auf seine Art ebensowenig wie Sissy auf die ihre immun gegen die ansteckende Unruhe, die die McGinnises in aller Unschuld in unseren Heiligabend getragen hatten. Jetzt zielte Uncle Jake mit einem langen Messer zwischen die Gläser, die Kerzen, die dickrandigen Porzellankrüge. Jäh klang Stahl an Glas. Ein Glas kippte. Uncle Jake stach mit seiner beinernen Gabel nach dem Schinken, und der schlitterte von seiner Platte und über den Tisch, als ob er unbedingt in Hildas Schoß landen wollte.

»Jake«, sagte Sissy, »alles in Ordnung?«

»Ein Tropfen zuviel«, sagte Hilda. »Komm, laß mich dir helfen.«

»Du weißt, daß ich Abstinenzler bin, Hilda«, sagte Uncle Jake. »Aber diese Messer sind stumpf, Sissy. Stumpf!«

Frank Morley schenkte sich noch einen Punsch ein. Annie McGinnis, deren Gesicht schmal und verschrumpelt war wie eine gebackene Kartoffel, schüttelte den Kopf und verteilte weiterhin haspelnd ihre wäßrigen unverständlichen Ratschläge. Sissy fächerte sich mit einer Papierserviette. Und Robert McGinnis nickte Uncle Jake aufmunternd zu, während er gleichzeitig in der Sprache des Fingeralphabets verstohlene Konversation mit seiner kleinen Frau betrieb. Wie flink und geheimnisvoll ihre Finger flogen! Wie beredt die Rede, die niemand sonst hören oder lesen konnte!

»Du liebe Zeit«, sagte Sissy, »möcht wissen, was die sich zu sagen haben?«

Dann legte Uncle Jake seine Gabel nieder, musterte den Tisch – voller Verachtung? Verdruß? Verwirrung? Wut? –, streckte langsam die Hand aus und packte, den Blick nicht auf seine Hand, sondern auf Robert McGinnis gerichtet, den störrischen Schinken mit festem Griff. Frank Morley stöhnte. Schneller fuchtelten Robert McGinnis' Finger, wortreich ward sein Gegrunze. Sissy ächzte, und Hilda, unsere krude kritische Hilda, beugte sich ruhig und bedächtig über den gefangenen Schinken. Und langsam, nur Hand und Schinken im Blick, verstärkte Uncle Jake seine Umklammerung, und roter Fleischsaft und knusprige braune Zuckerglasur quollen zwischen seinen Fingern hervor und um seine Ringe – den Ehering, den Siegelring der Deauvilles –, und dann begann er mit langen raschen rachsüchtigen Schnitten zu tranchieren. Und wie er tranchierte, kein einziges Mal lockerte er seinen Griff um den jetzt chancenlosen Schinken, und plötzlich wünschte ich, die ich neben Uncle Jake hin und her rutschte, kaum fähig, mein kindliches Vergnügen an diesem neuen Zeichen des Unerwarteten für mich zu behalten, plötzlich wünschte ich, Uncle Jake würde sich die Finger ablekken und mir erlauben, meine eigene kleine Hand dorthin zu legen, wo seine geruht hatte. Ich zappelte, ich lachte, ich beobachtete, wie Uncle Jake Hilda in Hypnose hielt, während er Robert McGinnis anstarrte, als gäbe es auf der ganzen Welt keine andere Möglichkeit, einen Schinken aufzuschneiden. Uncle Jake konnte tun, was immer ihm beliebte – so sprachen das triefende Messer, die skrupellos fettige Hand, von denen er selbst keine Notiz nahm.

Sie reichten ihre Teller. Sissy zitterte, als sie den Reis auflegte. Frank Morley erzählte von der Jagd auf wilde Truthähne in Colorado. Hilda sah Uncle Jake beim Essen lang und fragend an, bedächtig kaute sie jeden Bissen des roten Schinkens, leckte sich die Lippen.

»Robert!« rief Uncle Jake in der Mitte der Mahlzeit, drehte sich zur Seite und schlug die Beine übereinander, eine Angewohnheit, die Sissy besonders mißhagte, »die Hauptsache an Alaska ist seine Größe. Stimmt's nicht, Frank? Große Berge. Große Gletscher. Große Männer. Alaska ist nichts für mickrige Wickelkinder! Tja, Schwächlinge werden hier oben entweder verrückt oder sterben. Die Blizzards Alaskas lassen einem das Herz gefrieren, die langen kalten Nächte vereisen das Hirn. Ihr Burschen aus dem Osten wißt ja gar nicht, worauf ihr euch eingelassen habt, Robert. Hier oben überleben nur die größten, stärksten, tapfersten und schlauesten Männer.

Hier oben dröhnt einem zur Dämmerung der Ruf des Elchs in die Ohren. Man riecht das dunkle Unterholz uralter Forste. Im stillen Norden läuft einem der knurrende Grizzly über den einsamen Pfad. Aber die vorherrschende Stimmung hier oben, Robert, ist Trostlosigkeit und Tod, kann ich dir sagen–«

»Jake«, unterbrach Sissy ihn sanft, »ich glaube, Hilda möchte noch etwas Schinken.«

»Trostlosigkeit und Tod«, fuhr Uncle Jake ungerührt fort. »Tja, schon die Namen unserer prächtigen Berge erzählen davon. Starvation Peak. Death's Head Rock. Poverty Point. Mount Weariness. Mount Disappointment. Mount Despair. Ganz zu schweigen von unseren Buchten, unseren Seen, unseren Fjorden – nichts als hoffnungslose Wassermassen.«

»Jake«, sagte Sissy schon unruhiger, »er kann dich nicht hören.«

»Der Tod«, sagte Uncle Jake, indem Hilda langsam zu Sissy hinüberblickte und Robert McGinnis mit dem Kopf wackelte, »der Tod ist hier oben auch etwas anderes als im Osten. Haltlose Alkoholiker wie deinen Freund Barney Lewis, der sich in einer stillen kleinen Bucht in Connecticut vom Bug eines hübschen Segelbötchens ertränkt hat, so was gibt es hier oben nicht. Ich rede nicht vom Tod der Schwächlinge. Ich rede vom alaskanischen Tod, Robert, einem Tod, der so groß und gewaltig ist wie dieses Territorium selbst. Tja, hier oben bekommt man einen ganzen Winter eisigen Schnees als Leichentuch. Das Heulen der Wolfshunde ist das Heulen des Todes. Entbehrung. Elend. Ungemach. Hier oben stirbt man in Schluchten, die mit stinkender Zehrwurz zugewachsen sind, oder auf irgendwelchen kahlen einsamen Bergen. Hier oben, Robert, achten wir den Tod, der uns auf dem herzzerreißenden Weg zum Mißerfolg oder auch in einem namenlosen Grab erwartet. Hier oben nimmt der Mensch den Tod in seine Arme. Er zieht voran, zu Fuß, mit Hundeschlitten, auf Händen und Knien, bis er haltmacht. Und Jahre später findet ein anderer, selbst ausgemergelt und dem Tode nah, die an einem Baum befestigte Botschaft seines Vorgängers: ›Die Hölle kann nicht schlimmer sein als dieser Weg‹, lautet die Botschaft des Toten. ›Ich will ihn wagen.‹

In Alaska weiß selbst noch der, dessen Mut am Ende erlischt«, sagte Uncle Jake und starrte Robert McGinnis an, »und dem nichts anderes mehr bleibt, als sich das Leben zu nehmen – tja, selbst dieser Mann weiß noch, was er tut. Er trinkt nicht einfach ein halbes Quart Whiskey und springt dann mit blödem Grinsen ins Wasser, während sein Weib und sein kleiner Sohn ahnungslos im aufgehenden Licht dessen schlummern, was dieser neue Tag für sie bereithält. Die Barney Lewises dieser Welt sind in Alaska nicht willkommen, das kann ich dir sagen. Wir dulden hier oben keine Schwäche, Robert, keine einzige ...«

Sissy erhob sich abrupt, Frank Morley hielt ihren verlassenen Stuhl fest, und Hilda schob sich vom Tisch zurück. Die beiden McGinnises starrten Uncle Jake an. Verstummt war Annies unverständlicher Monolog; abwechselnd blickte sie vom Gastgeber zum Gatten und wieder zu ihrem stattlichen Gastgeber, erdrückt von der finsteren Leidenschaft seiner Rede und verängstigt von den vergnügten Fältchen, die das runde und sonderbar unförmige Gesicht ihres Mannes noch mehr entstellten. In diesem Moment des Schweigens schob Robert McGinnis, begeistert, wie er war, seinen Teller beiseite und stimmte mit einem an heftig platzende Blasen erinnernden Geknatter eifrig offenbar all dem zu, was Uncle Jake gesagt hatte, worauf dieser gewiß nicht gefaßt war. Und Frank Morley, den hatte Uncle Jake noch nie so wie Luft behandelt, noch nie waren seine Augen so von wehmütiger Liebe zu seinem Partner getrübt gewesen.

»Hilda«, sagte Sissy hastig, »ich glaube, wir sollten die Sachen abräumen.«

»Jake«, sagte Frank Morley, »hast du schon gehört, was drüben in Rangoon vor sich geht?«

Aber Uncle Jake ließ sich nicht aufhalten.

»Und jetzt will ich dir eine Frage stellen«, sagte er, ohne auf Frank Morley und Sissy und die kleine taube Frau und Hilda Laubenstein zu achten, welch letztere sich behutsam vorbeugte, um die Platte mit dem jetzt kalten und halbaufgeschnittenen Schinken herauszuziehen, wo sie wie eine düstere Insel in den Essensresten steckte, »ich will dir nur diese eine Frage stellen. Kennst du dich irgendwie mit Füchsen aus?«

Sissy und Hilda flohen in die Küche, Frank Morley versuchte noch einmal zu intervenieren, das Haus schwankte, die grünen Zweige drängten auf uns ein, der Schmuck und die Popcornschnüre an der riesigen Fichte zitterten, und der Baum selbst schwoll und glitzerte und erfüllte den Raum, als wolle er jeden Augenblick in Flammen ausbrechen.

»Zweihundert Füchse«, dozierte Uncle Jake, »sind eine Menge Füchse. Du wirst Kartoffeln anbauen müssen – massenhaft Kartoffeln –, als nahrhafte Ergänzung zu ihrer Diät aus Vogeleiern und den Mäusen, von denen es auf deiner Insel wimmelt. Du wirst dafür sorgen müssen, daß deine Füchse nicht erschreckt werden. Beim kleinsten Anlaß geraten sie vor Angst aus dem Häuschen und bringen sich gegenseitig um – und mit jedem toten Fuchs verlieren wir rund achthundert Dollar. Und dann wirst du diese Füchse davon abhalten müssen, ihre Jungen zu fressen, das heißt, du wirst ein paar gute Katzen halten müssen, denen du die jungen Füchse zur Aufzucht geben kannst. Katzen fressen keine kleinen Füchse. Dann gibt es Wilderer. Den Skoots da unten ist durchaus zuzutrauen, daß sie schon mal nachts herüberrudern und zwei Füchse mitgehen lassen – sechzehnhundert Dollar! –, und Schweden gibt's da, die legen zweihundert Meilen zurück, um dein Anwesen zu plündern. Eines Nachts wirst du sie hören – beziehungsweise in deinen Knochen spüren, nehme ich an –, und du wirst wissen, daß sie an Land gegangen sind und sich an deine Füchse anschleichen. Dann mußt du dich auf deine Hunde verlassen und auf die Winchester, die zu gebrauchen du halt wirst lernen müssen. Ah, alle sechs Monate werden wir dich besuchen und dir deine Verpflegung bringen. Und einmal im Jahr erledigst du das Fallenstellen, das Töten und Abhäuten, und wir sind dabei, um die Felle gleich mitnehmen zu können. Nur dann wirst du deine Mitmenschen sehen – zweimal im Jahr –, denn von den Skoots in White Eye hältst du dich besser fern, das sag ich dir. Immerhin wirst du ja Annie da unten haben. Und deine Hunde und Katzen. Und die Füchse. Tja, die Füchse werden so zahm, daß du am Ende drei oder vier von ihnen zusammen mit den Katzen bei dir in der Hütte wirst leben lassen, obwohl auch der zahmste Fuchs einen ganz schön böse beißen kann. Aber der Witz an diesen deinen – eigentlich unseren – Füchsen ist der: Es sind blaue. Blaufüchse. Keine roten, wie du wahrscheinlich die ganze Zeit gedacht hast, sondern blaue. Eben diese blaue Farbe – das blasse, seidige Blau unserer alaskanischen Seen im Sommer – erzielt solch stattliche Preise.

Von der Fuchszüchterei hat Mutter wohl nichts erwähnt«, sagte Uncle Jake, hob sein Kinn und zeigte die Zähne, »aber du wirst das Ding schon schaukeln. Wie auch immer, sie hat uns für alle Fälle das Geld für eure Rückfahrkarte geschickt.«

Nun geriet Robert McGinnis plötzlich in Bewegung. Während Sissy und Hilda in der Küchentür lauerten – Sissy kleiner als je in ihrem grünen Kleid und der Schürze, die sie vergessen hatte abzunehmen, Hilda schief lächelnd, erhitzt und massig in ihrem blauen Samtgewand –, und während Frank Morley blinzelte und Annie McGinnis die Augen zukniff und Uncle Jake sichtlich verblüfft zu sprechen aufhörte, stützte Robert McGinnis sich langsam am Tisch hoch. Verlegen quoll er in seinem roten Hemd, schwitzend in die Dünste des Feuerwasser-Punschs gehüllt. Schwerfällig stand er da und spähte auf Uncle Jake hinab. Unbeholfen bewegte er seine Schultern, seine feisten Hände, seine winzigen Augen und sah, wie Uncle Jake später meinte, als wir drei endlich allein waren, platterdings exakt so aus wie der Geist Seiner Unheiligkeit, zurückgekehrt, den Mann heimzusuchen, der ihn erschossen hatte. Robert McGinnis rang mit sich, ob er es unterlassen sollte, Uncle Jake zu berühren, oder ob er den Mut aufbringen sollte, ihn zu umarmen. Er kämpfte, er strahlte, sein Mund verschwamm unter seinem Gestotter.

»Ach«, sagte Sissy schlapp, »er bekommt die Worte nicht heraus. Er will irgendwas.«

Was Robert McGinnis, hilflos mit sich selbst verheddert, wie er war, im Sinne hatte, war Umarmung, die zärtlichste Umarmung, und zu überwältigt, zu tief bewegt, zu sehr geknickt, um seine Versuche, sich seinem strengen Gastgeber direkt verständlich zu machen, noch weiter fortzusetzen, wandte Robert McGinnis sich jetzt von Tisch und Gastgeber weg und tapste mit wenigen Schritten an Sissys Klavier. Noch immer schwankend und tapsig ließ er sich davor nieder, klappte den Deckel auf und begann hinreißend, beschwingt, liebevoll den goldenen Steinway für Uncle Jake zu spielen. Kreisende Sterne, kippende Dominosteine, im klaren Bache wandernde Kiesel – weiter und immer weiter flogen seine Stummel ebenso leicht und flink wie Sissys Finger über die eisigen Tonleitern hin, und in dem ganzen Fluß seiner Akkorde und Triller gab es nicht einen Mißgriff, nicht einen falschen Ton, purzelten nur seine ungestalten Pfoten über die Tasten, erklangen nichts als reine Töne. Am Ende jedes Satzes blickte er seinen kalt lächelnden Gastgeber verstohlen und glücklich über die Schulter an. Und spielte weiter.

»Schumann«, flüsterte Sissy, zu Uncle Jake geneigt, »taub, und spielt Schumann! Ich glaube tatsächlich, er bringt dir ein Ständchen! Wie reizend!«

»Nun«, sagte Uncle Jake, gleichgültig gegen Sissys Nähe und ohne Hildas warme Hand, die seine Wange streichelte, zu beachten, »wenn er nur endlich aufhören würde!«

35

Am nächsten Morgen, am frühen Weihnachtsmorgen, war die linke Seite von Sissys herzförmigem Gesicht so dick und rund geschwollen wie ein frisch aus der Schale gepelltes hartgekochtes Ei.

»Zahnschmerzen«, sagte sie entschuldigend, als ich meine Hand um ihre geschwollene Backe wölbte und Uncle Jake sich in seine Hose kämpfte.

»Das Glück, das dieser Kerl uns gebracht hat«, sagte Uncle Jake.

»Es ist nicht seine Schuld«, sagte Sissy.

»Dieser Mann«, sagte Uncle Jake, während er sein zerknittertes weißes Hemd von gestern abend zuknöpfte und hastig den blauen Anzug glattstrich, dabei aber die Krawatte vergaß, »dieser Mann ist die Wiedergeburt Seiner Unheiligkeit.«

»Ach, Jake, das stimmt doch nicht«, sagte Sissy.

»Die Wiedergeburt Seiner Unheiligkeit. Zurückgekehrt, um mich heimzusuchen.«

»Du wirst ihn ja bald los sein«, sagte Sissy. »Aber könnten wir uns etwas beeilen, Jake? Es tut weh.«

»Keine Bange«, sagte Uncle Jake, unrasiert und bleich im Dunkeln, »wir werden Doc Haines aus den Federn scheuchen und dich im Handumdrehn kuriert haben.«

»Hoffentlich muß er den Zahn nicht ziehen«, sagte Sissy mit einer Stimme, die genauso erstickt klang wie die von Annie McGinnis, und hielt sich die Hand vor den Mund.

»Er wird nichts dergleichen tun«, sagte Uncle Jake. »Wir wollen ihn bloß plombieren lassen.«

»Mach schnell, Jake.«

»Großer Gott«, sagte Uncle Jake und griff nach seinem Kamelhaarmantel, vergaß aber seinen Hut, »ich habe dem Kind noch nicht mal frohe Weihnachten gewünscht!«

Darauf umarmte er mich, aber seine Haut war kalt, seine Bewegungen schroff, sein Atem heftig erregt. Uncle Jake rühmte sich seiner Fähigkeit, Schmerzen zu ertragen. Die Leiden anderer berührten ihn im allgemeinen nicht, und für seine eigenen Verwundungen hatte er nur offene Verachtung übrig, egal, wie ernst sie waren, dabei hat er in Alaska einige Prachtstücke, wie er es nannte, an Verletzungen erlitten. Nichts ging ihm über Gefahr und Schmerzen; Verstümmelungen waren sein Lebenselixier; seit seiner Zeit im Großen Krieg waren rasselnde Säbel und blutüberschwemmte Decks das einzig Wahre für ihn. Halbtote aus ihren Wracks befreien, so was konnte er gut; kein Schmerzmittel war stark genug, prahlte er, seine Sinne zu vernebeln, so scharf waren die, und nichts konnte ihm daher die geringste Schmerzlinderung verschaffen. Aber er wollte gar keine Schmerzlinderung. Er wollte auch nicht mit den Schmerzen anderer verschont werden. Er glaubte, der Schmerz habe eine privilegierte Stellung in der allgemeinen Ordnung der Dinge, und er hieß ihn jedesmal und überall willkommen. Nur nicht bei Sissy. Schon Sissys kleinstes Wehwehchen bedeutete für Uncle Jake Chaos der schrecklichsten Sorte, bedeutete Schweiß und bebende Nüstern und Augenrollen. Uncle Jake war vernarrt in seine eigenen Leiden und in die Leiden der Menschheit, aber noch das kleinste Unbehagen Sissys konnte er nicht tolerieren. Er wollte nichts von ihren Beschwerden wissen, er ertrug es nicht, ihren Klagen zuzuhören. Er sprach bereitwillig von dieser seltsamen Schwäche und äußerte Freunden, Bekannten und manchmal auch Fremden gegenüber ohne Umschweife, die Schmerzen seiner Frau seien die einzigen Schmerzen auf der ganzen Welt, die er nicht ertragen könne, von denen seiner Tochter abgesehen.

Eher erpicht, seine eigenen Sorgen als Sissys Schmerzen zu lindern, eher von seinem eigenen dramatischen Drang getrieben als von Sissys erstickter Bitte um Eile, die er inzwischen längst vergessen hatte, führte Uncle Jake uns jetzt also in die Dunkelheit und den nassen Schnee hinaus – der Wind hatte sich über Nacht gelegt. Wir stiegen in die finstere Grube, das heißt in die schlafende Stadt hinab, gingen durch die schmalen Straßen, bis Uncle Jake uns schließlich vor einem dreistöckigen Holzgebäude in einer Nebengasse hinter dem Baranof-Hotel anhalten ließ und erklärte, daß hier der Zahnarzt wohne und seine Praxis betreibe, falls dieses schäbige Haus nicht in irgendeiner anderen, noch finstereren Nebengasse als dieser hier einen klapprigen Zwillingsbruder habe.

»Hier?« fragte Sissy durch den Schal, den sie sich ums Gesicht gewickelt hatte.

»Ja«, sagte Uncle Jake. »Im ersten Stock, falls wir hier richtig sind.« Er war bereits die glitschige Außentreppe zu der erhöhten Eingangstür hochgestiegen und klopfte, während wir ihm eilig nachkletterten, gegen die dunkle Tür und stampfte mit den Füßen. Wir warteten. Ein Licht ging an.

»Doc«, sagte Uncle Jake, als sich die Tür endlich öffnete, »wir haben hier einen Notfall. Können Sie uns helfen?«

»Was ist denn los?« fragte der junge Doc Haines.

»Meine Frau«, sagte Uncle Jake. »Sie hat starke Schmerzen.«

»Verstehe«, sagt Doc Haines, als Sissy den Schal herabließ und den Zahnarzt hilflos anstarrte, der sie, ohne sich lange mit Ankleiden aufzuhalten – er war in einen purpurroten Morgenrock gehüllt, und sein Gesicht leuchtete jugendlich, obwohl er noch gar nicht richtig wach war –, beim Arm nahm und durch das leere Wartezimmer direkt in seine Praxis führte. Einen Augenblick lang sahen wir die arme Sissy da auf dem, wie Uncle Jake es höhnisch nannte, elektrischen Stuhl sitzen, dann schloß Doc Haines die Tür.

»Großer Gott!« rief Uncle Jake, »wenn er wenigstens die Heizung anmachen würde.«

Kahler Putz, von oben eine Glühbirne, ein großer kalter Kerosinheizkörper, weiß überfroren – das war der Raum, in dem ich saß und der jugendlichen Stimme hinter der geschlossenen Türe lauschte, während Uncle Jake auf und ab schritt und sich für die Tortur zu rüsten suchte.

» . . .Cecily«, hörten wir den Zahnarzt sagen, und Uncle Jake blieb stehen, runzelte die Stirn, schlug seinen Kragen hoch und stopfte die Hände in die Taschen seines Kamelhaarmantels.

»Tz, er nennt sie beim Vornamen«, sagte Uncle Jake. »Beim Vornamen, bloß weil ich ihm das Boot abgekauft habe? Der hat vielleicht Nerven, Sunny. Und dieser Kerl ist der einzige Zahnarzt in ganz Juneau. Er soll angeblich gut sein, aber ich habe da meine Zweifel.«

Wir warteten, wir sahen unserem Atem zu, im Fenster erschien das erste graue Licht des Morgens.

». . . Angst?« kam die Stimme des jungen Zahnarztes, und dann: »Ich werde Ihnen Lachgas geben, Cecily, und wir lassen uns Zeit.«

»Wenn er ihr weh tut . . .«, drohte Uncle Jake vage zum Fenster hin. »Und ich sage dir, Sunny, das mit dem Lachgas gefällt mir gar nicht. Was führt der Kerl da im Schilde?«

In diesem Moment trat eine Frau, nur mit Nachthemd, flauschigen Pantoffeln und einem Pendant zu Doc Haines' purpurrotem Morgenmantel bekleidet, vom Flur aus in das Wartezimmer, warf Uncle Jake ein Lächeln zu, wünschte mir frohe Weihnachten, zog eine Schachtel Streichhölzer aus ihrer Bademanteltasche, bückte sich nieder und machte den Kerosinofen an.

»Am Anfang raucht's etwas«, sagte sie und zeigte auf den Heizkörper, »aber ziemlich bald wird's hier drin so heiß wie im Hades sein.«

Uncle Jake nickte der lächelnden Frau zu. Im Zimmer nebenan begann eine Maschine zu jaulen.

»Ist die Mutter der Kleinen da drinnen bei Doc?« fragte die Frau, strich sich besänftigend über ihre purpurroten Flanken und lauschte dem kleinen zornigen Geräusch der Maschine.

»Allerdings«, sagte Uncle Jake. »Meine Frau.«

»Hoffentlich nichts allzu Schlimmes?« sagte die Frau.

»Och«, sagte Uncle Jake, der die Hände der Frau beobachtete und sich zu einem Lächeln zwang, »ich glaube nicht, daß es allzu schlimm wird.«

». . . weiter, Cecily, weiter aufmachen«, drang die nette junge Stimme durch die Tür.

»Nun«, sagte die Frau, »wir kennen uns aus dem Baranof. Wissen Sie nicht mehr?«

»Aber natürlich«, platzte Uncle Jake lachend heraus. »Sie sind Nancy!«

»Ja«, sagte die Frau, »ich bin Nancy. Als ich Sie und Ihre Kleine das letztemal sah, hatte ich Lockenwickler im Haar. Und jetzt bin ich nicht einmal angezogen.«

»Aber der Tag hat ja auch kaum erst angefangen«, sagte Uncle Jake. »Vermutlich habe ich Sie mit meinem Klopfen aufgeweckt.«

»Nur damit Sie nicht denken, daß ich allzu anstößig aussehe«, sagte die Frau, bückte sich wieder zum Ofen, drehte an einem Knopf und fuhr mit wedelnder Hand durch den rußigen Rauch. Der Kerosinofen verlangte jetzt offenbar ihre ganze Aufmerksamkeit; sie beugte sich aus der Hüfte darüber und wartete, stramm in ihrem roten Morgenmantel gehüllt. Und jetzt schienen die zunehmende Hitze und das heller werdende Leuchten des brennenden Kerosins nicht mehr von dem alten tropfenden Ofen auszugehen, sondern von den breiten roten Hinterbacken der gebückten Frau. Uncle Jake stierte sie verständnislos an und sah dann weg.

»...braves Mädchen!« ertönte die Stimme des jungen Doc Haines, während das winzige Sägegeräusch einer zweiten Maschine in das Jaulen der ersten einfiel, »so ist es gut.«

»Ich sage Ihnen«, fuhr Uncle Jake heraus, »ich kann ihre Schmerzen einfach nicht ertragen!«

»Für Sie ist es schlimmer als für sie«, sagte Nancy, die sich jetzt nicht mehr über den Ofen bückte, sondern Uncle Jake wie eine große prachtvolle Tulpe in wächserner Blüte gegenüberstand. Sie zog mit beiden Händen ihren Morgenmantel zusammen und verbarg so mit einemmal von Kopf bis Fuß die üppige Filigranspitze, die Uncle Jake bereits mit einem Anflug von Unbehagen registriert hatte.

Der Geruch von Desinfektionsmitteln sickerte um die Ränder der geschlossenen Tür. Wir vernahmen einen leisen Schrei.

»Großer Gott«, sagte Uncle Jake, warf finstere Blicke und stemmte sich wie zwischen unsichtbaren Säulen, »was geht da drinnen vor? Was macht er?«

»Hören Sie«, sagte Nancy, »ob Ihre Kleine wohl eine Tasse warme Milch haben möchte?«

»Vielleicht«, sagte Uncle Jake langsam, »vielleicht wäre es besser, wenn Sie bei uns bleiben würden, bis wir das hier hinter uns haben.«

»Aber gern«, sagte Nancy lächelnd und wickelte sich noch fester in ihren Morgenmantel.

Ein Geräusch, als trete jemand in Fahrradpedale, ließ die Tür erzittern. Brach ab. Und wieder hörten wir den leisen Schrei und dann ein rasches Klicken von Schaltern, ein jähes Aufwogen des grausen Duetts der beiden anderen Maschinen.

»Der reißt ihr sämtliche Zähne aus ihrem armen Kopf!« rief Uncle Jake.

»Na, na«, sagte Nancy.

»Also«, sagte Uncle Jake, »haben Sie schon mal einen erwachsenen Mann in Ohnmacht fallen sehen? Ja?«

»Sie sollten sich bewegen«, sagte Nancy und hakte sich bei Uncle Jake ein. »Gehen wir ein bißchen auf und ab.«

»Halt!« schrie Uncle Jake, plötzlich wieder von Entsetzen geschüttelt. »Was ist das?«

Stille wie nach dem Fall des Beils. Stille, die einzig auf den Schrei des Opfers wartete. Uncle Jake machte einen Schritt auf die geschlossene Tür zu, Nancy hielt ihn am Arm zurück. Wir lauschten. Und endlich hörten wir ein spindeldürres stählernes Instrument in eine Porzellanschale klirren. Darauf die sanftesten Säusellaute der schmeichelndsten Worte des jungen Zahnarztes. Und dann leise, unverwechselbar das anhaltende, silberhelle Tremolo von Sissys Stimme.

»Sie lacht!« rief Uncle Jake, schüttelte Nancys Hand ab und starrte auf die Tür. »Meine Frau ist da drin und lacht!«

»Als ob«, sagte Nancy, »als ob Doc Haines ihr auch nur ein Haar auf dem Kopf krümmen würde!«

»Unsinn«, sagte Uncle Jake. »Das ist bloß dieses infernalische Lachgas. Sie hat Schmerzen, sag ich Ihnen!«

»Nun, für mich hört sich das nicht so an«, sagte Nancy.

»Hören Sie doch nur«, sagte Uncle Jake. »Herrje, der Kerl hat irgend etwas falsch gemacht. Das Zahnfleisch durchbohrt! Mitten durch die Wurzel gestoßen! Meine Frau würde nicht so albern lachen, wenn sie keine Schmerzen hätte. Hören Sie das denn nicht?«

Mit einem Schlag, als ob Doc Haines eine Sicherung ersetzt hätte, und das hatte er tatsächlich, wie Sissy uns hinterher erzählte, begannen die jetzt drei Maschinen wieder zu bibbern und zu bohren, und Sissys Gelächter stieg in ausgelassene Höhen, sank in kehlige Tiefen, wechselte in kicherndes Geplätscher und lief dann unaufhaltsam fort. Unterlegt war Sissys neunzig Minuten langes Medley in Doc Haines' Behandlung mit den unvermeidlichen intimen Plaudertönen seiner trostspendenden Stimme.

»Ehrlich«, sagte Nancy, die Uncle Jake aufs neue am rechten Arm packte und ihre Wange die Schulter seines Kamelhaarmantels streifen ließ, »ich glaube nicht, daß sie was spürt. Ehrlich.«

»Sie lacht«, sagte Uncle Jake. »Hilflos auf diesem infernalischen elektrischen Stuhl, und sie lacht.«

»Armer Mann«, sagte Nancy.

»Ich sollte mich lieber hinsetzen«, sagte Uncle Jake, zog einen Stuhl zu meinem, setzte sich dicht neben mich und schlug die Beine übereinander. »Nun, Sunny«, sagte er, »wir werden uns gut um sie kümmern müssen, wenn sie da rauskommt.«

»Sie wird bald kommen«, sagte Nancy, die neben Uncle Jake stand, eine Hand auf seiner Schulter, mit der anderen ihren Morgenmantel festhaltend.

Aber ich wollte gar nicht, daß die geschlossene Tür sich öffnete. Ich wollte nicht, daß Sissy zu lachen aufhörte. Ich wollte nicht, daß die leisen beschwichtigenden Töne der anderen Stimme ausklangen. Ich hatte einen Blick auf den bedrohlichen Stuhl erhascht und gesehen, wie Sissy ihre hübschen Beine hinaufschwang und sich schwach und vertrauensvoll unter Doc Haines' leitender Hand zurücklehnte. Ich hatte sein kleines aufgewecktes Gesicht und seinen eckig geschnittenen kupferfarbenen Bart gesehen; ich hatte die Drähte und die metallenen Arme gesehen, die Sissys wuchtigen Stuhl umgaben, und ich hatte gesehen, wie Doc Haines die Tür mit seinem Ellbogen zugestoßen hatte. Ich wußte, daß er eigentlich einen weißen Kittel tragen müßte und sich statt dessen in einem roten Bademantel über sie beugte. Und der Kerosinofen hier draußen im Wartezimmer hatte sich inzwischen zur Weißglut erhitzt, und diese Nancy – eine sehr gefragte Billardspielerin, wie ich durchaus wußte – war genauso groß wie Hilda und roch, wie nur eine große freundliche Frau am frühen Morgen riechen kann. Und Uncle Jake war jetzt noch gereizter als am Abend zuvor, sein Atem ging schwach, das Blau seiner Augen war blasser denn je, und seine massige Gestalt wirkte nur um so majestätischer in der Schwäche, die sie wie eine dünne Goldader einen Quarzfelsen durchzog. Gestern abend war es der Krüppel, der Krüppel, der Krüppel. Jetzt war es Doc Haines, Doc Haines, Doc Haines. Selbst in dem großen eichenen, stählernen und mit Roßhaar gepolsterten Stuhl zu liegen und selbst, anstelle Sissys, von Doc Haines angesäuselt zu werden, wäre das beste gewesen, aber das zweitbeste war, so wie jetzt in der Wärme eines winterlichen hölzernen Mietshauses zu sitzen und den beiden da drinnen zuzuhören.

»...au!« rief Sissy, erstickte fast an ihrem unterbrochenen Lachen, kam dann wieder zu Atem und segelte aufs neue hinein in das muntere Gluckern einer jungen Frau, die im Sommer auf einer Schaukel hochgestoßen wird oder hinter einem Baum vor unvermutetem Vergnügen losgackert. Doc Haines sagte etwas, legte etwas hin, sprach wieder und stimmte dann zum erstenmal in Sissys Fröhlichkeit mit ein.

»Hört euch das an«, sagte Uncle Jake, er war zusammengezuckt und saß aufrecht auf der Stuhlkante, »jetzt lacht der auch!«

»Warum legen Sie nicht Ihren Mantel ab?« fragte Nancy. »Es ist warm hier drinnen. Ich fange auch schon an zu schwitzen.«

»Mir geht's gut«, sagte Uncle Jake. »Aber ein Vetter von mir ist in einem Zahnarztstuhl gestorben. Der Schurke hat meinem armen Vetter eine funkelnde Klinge in den faulen Zahn gerammt, und da war's aus mit ihm. Es war nur ein einziger Stoß, aber der ist ihm glatt durch den Nerv ins Hirn gefahren und hat ihn getötet. Ich traue Zahnärzten nicht, das sag ich Ihnen. Besonders Ihrem Doc Haines nicht.«

»Aber alle lieben doch Doc Haines«, sagte Nancy.

»Pah, ich nicht«, sagte Uncle Jake.

Die jaulende Maschine verbrummte zu einem häßlichen, entmutigten Ton, das Summen der zweiten Maschine wurde vorübergehend so laut wie all das, was wir bis jetzt gehört hatten, zusammen, das Fahrradgeräusch der dritten Maschine steigerte sich zu einem Geratter. Dann Stille. Dann Wasserplätschern. Dann ein Klopfen, das wir bis dahin noch nicht gehört hatten, ein scharfes Klopfen, das in Dreiergruppen auftrat. Sissy stöhnte und begann sich für ihr Stöhnen auszulachen. Dann seufzte sie.

»Großer Gott!« schrie Uncle Jake und sprang wieder auf, »er benutzt einen Hammer!«

»Schätzchen«, sagte Nancy, »nicht da reingehen!«

Sie hatte ihn mit ihren wachen dunklen Augen beobachtet und ausprobiert, wie weit sie mit ihrer warmen und zögernden Hand gehen könne (auf seiner festen Schulter, auf den festen Muskeln seines stattlichen Nackens), wobei sie jeder seiner Bewegungen zuvorgekommen war. Sie war bereit für ihn. Und jetzt versperrte die purpurn gewandete Nancy die Tür und blieb standhaft vor Uncle Jake stehen, der in seinem Schwung gerade noch vor ihr hatte anhalten können. Sie standen voreinander, berührten sich, berührten sich nicht, der hochragende Mann, elegant, zerzaust, für die Straße gekleidet in seinem beigen, adrett geschnittenen Mantel, und die Frau in Morgenrock und Pantoffeln, gekleidet für warmes Dunkel und Federbetten und Kopfkissen. Sie machte den halben Schritt, der noch fehlte, um an ihn zu stoßen. Sie ergriff seine weichen Aufschläge. Sie sorgte dafür, daß der große Mann den von ihr ausgestoßenen Atem einatmete.

». . . tief durchatmen«, drang die junge und zuversichtliche Stimme durch die Tür, »noch ein paarmal tief durchatmen, Cecily.«

Das Hämmern. Ein Knirschen. Ein Splittern. Geräusch eines Stahlfadens, der von einer silbernen Spule abrollte, sich dehnte, sich straffte und immer wieder um Kopf und Kiefer unserer unsichtbaren Sissy wickelte, ein langes hohes pfeifendes Atemgeräusch, das weder Anfang noch Ende, weder Crescendo noch Diminuendo hatte. Dann stöhnte Sissy, schrie auf und begann wieder zu lachen. Aber jetzt hörte es sich an, als ob sie in Doc Haines' Schulter oder an seiner Brust lachte, unterwürfig klang ihr Lachen, erschöpft, dankbar, überzeugt – überzeugt, daß sie nie wieder so glücklich, so frei oder in solch köstlichem Schmerz lachen würde.

»Das ist doch nichts«, sagte Nancy schnell, die Uncle Jake zu trösten suchte, ihn zu halten und zu stützen suchte, obwohl er sich nicht geregt hatte, sich nicht mehr rührte, dieser Oststaatler, der jetzt über Nancys Kopf hinwegstarrte, entgeistert von dem, was er hörte, entsetzt von dem Drama, in dem ihm keine Rolle zufiel, so ängstlich besorgt um Sissy, wie er es nie wieder sein sollte. »Das ist doch nichts«, wiederholte Nancy. »Das ist doch gar nichts im Vergleich zu dem, was mit Chippy passiert ist.«

Hörte er ihr nicht zu? Verstand er nicht, was sie da sagte? Sah er und spürte er nicht, wie sich ihr Morgenmantel löste und plötzlich ein nacktes Bein sehen ließ? Ich beobachtete, wie Uncle Jake einen langen Augenblick lang bewundernswert immun gegen Nancy blieb und dann seine harte aristokratische Miene aufsetzte.

»Warten Sie!« sagte Nancy, die sich ihm als reizendes fleischenes Bollwerk gegen seine qualvolle Verzweiflung darbot. »Hören Sie! Sie hätten mal hören sollen, wie der arme Chippy gebrüllt hat! Chippy konnte eine Woche lang nicht gradeaus sehen, so sehr hat ihm sein Backenzahn weh getan, und als er trotz des Dauerrauschs, in dem ich ihn hielt – mehr konnte ich nicht tun –, soweit war, daß er sich umbringen wollte, falls das nicht aufhörte, tja, da hat er schließlich doch Doc Haines mit der Zange an seinen scheußlichen Zahn herangelassen, und so haben Sie noch nie einen kreischen und brüllen gehört wie den armen Chippy da in demselben Stuhl, in dem jetzt Ihre Frau sitzt. Er hat gestrampelt, der arme Chippy, und trotz Whiskey und Lachgas geschrien zum Steinerweichen, und das Ganze war so schrecklich, daß ich ihn mit festhalten mußte.«

Stille. Stille, die zu heimlichem Flüstern einlud. Ein langgezogenes leises Glucksen Sissys. Wieder Stille. Und langsam löste sich Uncle Jake von Nancy, zog Nancys Hände von seinen Aufschlägen weg, trat ruhig neben sie und knöpfte seinen Mantel zu, heiß, wie es jetzt war in dem Wartezimmer.

»Was ist los?« fragte Nancy hastig und verbannte das aufsässige bloße Bein mit einer raschen Geste an seinen schicklichen Platz im Innern ihres Bademantels zurück.

»Ich nehme an, Sie reden von Chippy Smith«, sagte Uncle Jake kalt. »Dem Flugzeugpiloten.«

»Ah, das war furchtbar«, sagte Nancy erleichtert und entschlossen, Uncle Jakes gerunzelte Brauen und geblähte Nasenlöcher und seine verkniffene Strenge nicht zu verstehen. »Chippy wollte es sich noch in letzter Minute anders überlegen. Sobald er Docs weißen Kittel sah, wurde er stocknüchtern und strebte dem Ausgang zu. Aber ich hatte ihn fest am Arm gepackt, und sein eiternder Backenzahn blies zur Attacke. Also ließ sich der arme Chippy von uns auf den Stuhl führen und sich von Doc das Tuch vorbinden. Doc war geduldig, er verbrauchte fast eine halbe Flasche Lachgas und erzählte Chippy die ganze Zeit Witze, um überhaupt anfangen zu können. Das Gas strömte in den Raum, und sogar ich begann zu kichern. (Da drinnen ist jetzt alles ruhig, hören Sie?) Aber Chippy behauptete, das Gas wirke überhaupt nicht, und er werde ein andermal wiederkommen. Na, Doc wußte, daß das der allerfaulste Backenzahn war, den er je gesehen hatte, und machte sich darüber her. Und das Blut? Und das Gestrampel? Und das Geschrei? Ich habe in meinem Leben schon manchen ganz schön unglücklichen Mann erlebt, aber der Tag, als dem armen Chippy der Backenzahn gezogen wurde, war der absolute Höhepunkt. ... Stimmt was nicht?«

Nun endlich ward Uncle Jake seiner Verzweiflung Herr. Widerstrebend, höflich, mit nur einem Minimum an Ironie nahm er wieder einmal Abschied von der besten Billardspielerin des Baranof-Hotels, auch wenn er sich nicht im geringsten daran erinnern konnte, daß er ihre Einladung zum Spiel einmal abgelehnt hatte.

»Komm, Sunny«, sagte er, »wir gehen.«

»Aber was ist denn?« fragte Nancy.

»Es scheint«, erwiderte Uncle Jake, »diese Stadt ist bevölkert von Frauen, die Nancy heißen.«

»Nicht daß ich wüßte«, sagte Nancy.

Die Tür. Die geschlossene Tür, die sich öffnete, weit aufschwang. Und da endlich standen Doc Haines und Sissy wie auf einem typisch alaskanischen Porträt Seite an Seite vor uns. Doc Haines schwitzte; in seinem Eifer war ihm das Oberteil seines roten Morgenmantels aufgegangen und enthüllte das haarige

Medaillon seiner knabenhaften Brust. Er trocknete sich die Hände an einem Papierhandtuch; er lachte noch immer und sah nicht uns, sondern Sissy an – Sissy, die trotz ihres feuchten Haars, ihres verrutschten grünen Kleids, ihrer armen Backe, die jetzt noch dicker geschwollen war als bei ihrem Eintritt in Doc Haines' Behandlungszimmer, mit seitwärts geneigtem Kopf ein halbes Lächeln lächelte und Uncle Jake schüchtern die unerwartete Heiterkeit in ihren sanften Augen sehen ließ. Der Stuhl, die Apparate, das bespritzte Tuch, die Schalen, die Wattebäusche, die grelle Lampe, unter der sie sich dem Können und dem Wohlwollen von Doc Haines vertrauensvoll hingegeben hatte – all das war weg, entschwamm in den wehmütigen Nachwirkungen der neunzig Minuten, die Sissy unter Gas verbracht hatte.

»Jake«, sagte sie mit schwerer Zunge in der Tür.

»So, das wär's«, sagte Doc Haines. »So gut wie neu.«

»Jake«, sagte Sissy.

»Der Zahn war so hoffnungslos und so fest eingeklemmt«, sagte Doc Haines, »daß wir ihn praktisch heraussprengen mußten. Stimmt's, Cecily?«

»Sie haben ihr den Zahn also gezogen«, stellte Uncle Jake fest, während er Sissy in den Mantel half.

»Gezogen? Und ob ich den gezogen habe«, sagte Doc Haines. »Aber drei andere habe ich gerettet. Und das Lachgas hat Sissy Spaß gemacht, das steht mal fest.«

»Jake«, flüsterte Sissy, »es ist vorbei.«

»Also«, sagte Uncle Jake, legte seinen Arm um Sissy und nahm mich bei der Hand, »also schicken Sie mir einfach die Rechnung, und ich bezahle dann postwendend.«

»Hat keine Eile«, sagte Doc Haines.

»Schicken Sie sie nur«, sagte Uncle Jake.

»Jake«, sagte Sissy, nachdem wir sie in dem Klappbett hochgestützt und warm eingepackt hatten, »was hast du?«

»Was ich habe?« fragte Uncle Jake.

»Du bist so anders«, sagte Sissy mit ihrer belegten, verträumten Stimme. »Er ist ein wunderbarer Zahnarzt, Jake. Ich mag ja schrecklich aussehen, aber gemerkt habe ich so gut wie nichts.«

»Ich kann nichts dafür, Sissy. Ich werde noch eine Weile brauchen, mich zu beruhigen.«

»Armer Jake.«

»Ich bin außer mir, Sissy. Schon die ganze Zeit.«

»Du solltest dich nicht so sehr um mich sorgen«, sagte Sissy mit demselben glücklichen Lachen wie hinter Doc Haines' Tür.

»Der Kerl hat dir wirklich nicht weh getan?«

»Bestimmt nicht. Ich glaube, ich habe in meinem Leben noch nicht so viel gelacht.«

»Na«, sagte Uncle Jake, »das Essen sagen wir wohl besser ab.«

»Nein, nicht«, sagte Sissy, »wegen mir brauchst du's nicht abzusagen. Ich werd's schon schaffen.«

»Wenn du meinst«, sagte Uncle Jake.

Planmäßig um 11 Uhr 45 versammelte sich die Deauville-Gesellschaft im Speiseraum des Baranof-Hotels zum Weihnachtsessen, womit Sissy erspart werden sollte, zweimal hintereinander für diese ausgehungerte Bande zu kochen, wie Uncle Jake sich ausgedrückt hatte, und außerdem konnte Uncle Jake so seine Großzügigkeit unter Beweis stellen. (Er zahlte die Rechnung und entschädigte sich später aus den Mitteln der Deauville-Morley-Partnerschaft, wogegen Frank Morley nicht das geringste einzuwenden hatte.)

Rote und grüne Luftschlangen von der Lampenhalterung oben. Mitgefühl mit Sissy. Trinksprüche auf Uncle Jake. Scherze über Frank Morley und Hilda Laubenstein und die Nachwirkungen des Feuerwasser-Punschs, dessen Bombenerfolg, wie Hilda sagte, das bißchen Schwanken und ein gedunsenes Gesicht schon wert gewesen sei. Die McGinnises in ihrem Sonntagsstaat, sie sahen aus wie Ehrengäste, als welche Uncle Jake sie sogleich ausrief, womit er seine Haltung von gestern abend aufgab.

Grapefruitsaft mit Blechgeschmack. Filetsteak vom Braunbären. Rebhuhnfrikassee. Karibu en Croute. Vanilleeis mit Erdbeersauce. Dawson City-Kaffee.

Sissy, die ihre Unfähigkeit zu essen geschickt verbarg. Uncle Jakes lange Erzählung von den Weihnachtsessen damals auf der Deauville-Farm.

Dann wieder in High Ridge Street, der Ertrag unserer Riesenfichte: Taschentücher für die Männer; Glacier Vanity-Kosmetika für Hilda Laubenstein und Annie McGinnis; die eigens abgesägte .22-kalibrige Remington-Büchse für mich; und für Sissy »*Old Yukon*«, das zu lesen sie nie über sich gebracht hat.

Am Abend erklärte Uncle Jake, er werde, wenn er die McGinnises erst einmal aus dem Baranof-Hotel geholt habe, nie wieder seinen Fuß in dieses Haus setzen. Sissy äußerte Überraschung.

Ob Uncle Jake das Essen nicht geschmeckt habe? Das Hotel sei doch recht nett, wenn sie so daran denke. Wieso, fragte sie, sei Uncle Jake plötzlich so unzufrieden mit dem Baranof-Hotel? Aber für dies eine Mal in seinem Leben hielt Uncle Jake sich zurück, dachte vorher nach, was er da sagen wollte, sah ein, daß er Sissy ausnahmsweise einmal nicht mit dem schockierenden Lauf der Welt und seinem verletzten Stolz behelligen sollte, und behielt daher seine unbestreitbare und sündhafte Begegnung dieses Morgens für den Rest seiner Tage bei sich. Er murmelte Ausweichendes; Nancys Namen erwähnte er nicht; Sissy ritt nicht darauf herum. Dann fing Uncle Jake an zu schnarchen und Sissy, wie üblich, zu weinen. Die Schwellung auf der einen Seite ihres herzförmigen Gesichts ging über Nacht zurück.

36

Uncle Jake brauchte zwei Monate, um den Erwerb von Olaf Olafsons Insel auszuhandeln und das neue Leben der McGinnises zu organisieren. Olaf Olafson wollte nicht verkaufen. Bei Gelegenheit seiner ersten Rückkehr in die Gefilde von White Eye und in Gegenwart von Rex Ainsworth nannte Olaf Olafson Uncle Jake einen Narren, der sich überall einmische, einen nichtsnutzigen schuftigen Geschäftemacher von außerhalb. Er bezeichnete Uncle Jake als einen überheblichen Oststaatler, der so eingebildet sei, daß er nicht mal der Ehefrau eines Mitmenschen gegenüber höflich sein könnte. Er sagte, er werde sich von niemand, und von Uncle Jake schon gar nicht, seinen Lebensunterhalt, seinen guten Ruf, seinen Frieden zerstören lassen. Niemand, sagte er, werde ihn von seiner Insel verjagen. Niemand werde ihn von seinen Füchsen vertreiben, den besten Blaufüchsen Alaskas. Was sei das für eine Art, fragte Olafson, zusammen mit einem feinen Pinkel von Piloten klammheimlich an einen Ort zurückgeschlichen zu kommen, an dem man nicht erwünscht sei, und zu versuchen, einen armen Schweden in den Ruin zu treiben? Nein, Sir, erklärte Olafson, kampflos würden sie Olaf Olafson nicht los. Uncle Jake sagte ihm, sie kämen wieder. Olafson sagte ihm, die Mühe könne er sich sparen.

Drei Wochen darauf legte Rex Ainsworth wieder eine perfekte Landung hin und machte die Fairchild an Olafsons Steg fest. Uncle Jake sah ruhig zu, wie der Schwede, die Büchse in der

Hand, fluchend aus seiner Hütte kam und Uncle Jake zubrüllte, er und sein aufgeblasener Pilot verzögen sich besser, und zwar ein bißchen plötzlich. Uncle Jake, der nicht gedachte, sich von einem solchen Abschaum wie diesem Schweden, wie er sich ausdrückte, aus der Ruhe bringen zu lassen, nahm von der Büchse, den knurrenden Hunden, dem unflätigen Fluchen, dem verängstigt um die Ecke der Hütte spähenden Gesicht der Indianerin schlicht keinerlei Notiz und überreichte Olafson schweigend eine glänzende neue Ledermappe, die, wie Olafson sofort an Uncle Jakes Miene und dem aufwendigen und ehrwürdigen Äußeren der Mappe selbst erkannte, mehr bares Geld enthielt, als er jemals in der Hand gehabt hatte oder haben würde. Olafson umklammerte mit einer Hand seine Büchse und mit der anderen die ungeöffnete Mappe. Wieder begann er zu fluchen – auf englisch, auf schwedisch, in der Sprache der Skoots. Uncle Jake ließ die Schmähreden des Schweden, wie er das nannte, gelassen über sich ergehen, bis dem Fuchszüchter endlich die Worte ausgegangen waren. Darauf befahl ihm Uncle Jake, die Insel zu räumen und binnen einer Woche nach Juneau zurückzugehen. Und binnen einer Woche lag Olafsons verkohltes Boot an einem der Indianerdocks von Juneau und die ordnungsgemäß unterzeichnete und besiegelte Übertragungsurkunde für die Insel sicher in der kleinen eisernen Geldkassette bei Waffen-Kleider-Zubehör.

Sissy, Frank Morley und Robert McGinnis, obwohl dieser über seine Füße zu klagen begonnen hatte, beluden die *Prince of Wales* mit einem Arsenal neuer Werkzeuge, mit einem Sechs-Monats-Vorrat an Nahrungs- und Arzneimitteln für die McGinnises und, in letzter Minute, mit tausend Pfund Fischköpfen für die Füchse. Uncle Jake war nächtens eingefallen, daß die Juneau-Douglas-Konservenfabrik Tag für Tag Tausende von Tonnen unverwertbarer Fischköpfe in den Kanal kippte und daß er, Uncle Jake, für einen Apfel und ein Ei, wie er sagte, doch soviel Fischköpfe kaufen könnte, daß sich die Füchse der McGinnises – eigentlich unsere Füchse – ein halbes Jahr lang vor Begeisterung die Lefzen lecken würden. Das Wetter sei kalt genug, um die Fracht aus der Konservenfabrik im Laderaum der *Prince of Wales* so lange frischzuhalten, bis er und French Pete und McGinnis und Frank Morley, der vorgeschlagen hatte, diesmal mitzukommen, auf der Insel ein hölzernes Kühlhaus gebaut haben würden. Sorgfältig bestimmten sie den Tag ihrer Abfahrt.

Sissy sagte Uncle Jake, sie sehe Annie McGinnis nur sehr ungern scheiden, und sie, Sissy, würde es nicht ertragen haben, ohne Frank Morley zurückgelassen zu werden, hätte sie nicht noch mich zum Liebhaben und Hilda zur Unterhaltung. Tatsächlich, sagte sie, beginne sie bereits das, was sie ihr Herzflattern nannte, zu bekommen. Aber Uncle Jake bemerkte, Hilda sei ein feines Mädchen, und es werde schon alles gutgehen.

Wider sein besseres Wissen hatte Uncle Jake sich weder French Pete (Peter Barnou) noch den Bauchbanditen (Wesley Pitts) vom Halse geschafft und die beiden am Mittag des Tages vor der für 3 Uhr früh geplanten Abfahrt an Bord der *Prince of Wales* bestellt. Frank Morley, die McGinnises und Uncle Jake wollten die Nacht mit der Zwei-Mann-Crew an Bord verbringen, um so die frühe Abreise zu gewährleisten. In der High Ridge Street gab Sissy, unterstützt von Hilda Laubenstein, ein letztes Abendessen für ihre tapferen Reisenden, wie sie sie nannte, die alle dem Aufbruch entgegenfieberten.

»Frank und ich werden in etwa zwei Wochen zurück sein«, sagte Uncle Jake.

Sissy nickte.

»Wir haben ja unsere Doppel-Patiencen«, sagte Hilda.

»Kümmer dich um Annie«, sagte Sissy.

Uncle Jake erklärte, es sei Zeit zu gehen, und es habe keinen Sinn, sich unten am Kai in der Dunkelheit zu verabschieden. Alle, einschließlich Robert McGinnis, küßten Sissy und mich und schüttelten Hilda die Hand.

»Na komm«, sagte Hilda zu Uncle Jake, »ich krieg auch ein Küßchen!«

Alles lachte, und Sissy überspielte ihre Niedergeschlagenheit. Dann waren sie weg. Sissy und Hilda genehmigten sich je zwei Highballs. Dann war Hilda weg. Ich legte mich zu Sissy ins Klappbett.

Aber mitten während dieser dunklen Stunden kam Uncle Jake zurück. Wir wachten zusammen auf, Sissy und ich, und hörten seine ausholenden Schritte in der Nacht, hörten seine Stiefel auf unseren hölzernen Stufen, waren hellwach und aus dem Bett, als er die Tür weit aufstieß.

»Sissy«, rief er, »ich glaube, dieser verflixte Bauchbandit liegt im Sterben.«

»Im Sterben?« fragte Sissy, während Uncle Jake sämtliche

Lampen anmachte und mich auf seine Arme hob. »Ist das dein Ernst, Jake?«

»Nun«, sagte Uncle Jake, »er hat mich aus dem tiefsten Schlaf geweckt, er war den Tränen nahe und hielt sich völlig verzweifelt seinen kleinen runden Bauch. Er sagte, die Schmerzen seien so schlimm, daß ein Toter davon Kinder kriegen könnte, und es ging ihm offensichtlich so schlecht, daß ich seine Ausdrucksweise durchgehen ließ – er weiß, wie ich solche Redensarten hasse – und ihn so schnell wie möglich zu Hilda beförderte. Er krümmte sich entsetzlich, kann ich dir sagen. Und gestöhnt hat er.«

»O Jake«, sagte Sissy, »kommt er denn wieder auf die Beine?«

»Unters Messer wird er kommen, denke ich. Hilda hat ihn in ein Bett unten in ihrem Indianerlazarett gelegt, und Doc Robinson wetzt schon sein Skalpell.«

»Wesley Pitts wird operiert?«

»Sieht so aus«, sagte Uncle Jake. »Aber vorher sollten sie ihn mal waschen.«

»Du liebe Zeit«, sagte Sissy.

»Nehme an, er hat sich mit seiner Kocherei vergiftet«, sagte Uncle Jake.

»Und was hast du jetzt vor?« fragte Sissy. »Die Fahrt verschieben?«

»Aber nein«, sagte Uncle Jake, drückte mich an sich und warf Sissy einen seiner jungenhaften Blicke zu. »Folgendes. Frank und ich haben die ganze Sache besprochen. Wir möchten, daß du mitkommst.«

»Ich?« fragte Sissy nach einer Pause, sie zitterte in ihrem Nachthemd und lächelte ihr besorgtestes Lächeln. »Ich?«

»Genau«, sagte Uncle Jake mit feierlichster Stimme. »Wir möchten, daß du uns als Köchin begleitest.«

»Jake«, sagte Sissy, »das kann doch nicht dein Ernst sein!«

»Natürlich ist das mein Ernst«, sagte Uncle Jake. »Frank und ich haben unsere Entscheidung getroffen. Ohne dich kommen wir nicht aus, Sissy.«

»Und was ist mit Sunny, Jake? Was machen wir mit Sunny?«

»Die nehmen wir mit!«

»Ach, Jake, bist du sicher, daß wir das Richtige tun?«

»Und ob«, sagte Uncle Jake. »Oder nicht, Sunny?«

»Aber ich bin doch nicht reisefertig«, jammerte Sissy leise. »Ich weiß ja nicht mal, was ich mitnehmen soll!«

»Nimm bloß deinen Hut«, sagte Uncle Jake, »in fünfzehn Minuten sind wir hier weg!«

Als die *Prince of Wales* wie geplant um 3 Uhr früh ablegte, waren Sissy und ich also zusammen mit Frank Morley und Uncle Jake, der am Ruder stand, in dem abgedunkelten Steuerhaus. Unten schliefen glücklich die McGinnises; French Pete, der uns losgemacht hatte und der der dünnste Mann war, den ich je gesehen hatte, mit Koteletten bis zum Unterkiefer und einem Anglermesser im Gürtel, war in der Kombüse und heizte den Herd, um Kaffee zu kochen. Uncle Jake stand breitbeinig, nach Seemannsart, eine Hand an einer Speiche des mächtigen hölzernen Rads. Im schwachen Schein einer grünen Lampe warf er einen Blick auf den Kompaß, starrte durch die breiten nassen Fenster in die Schwärze des Hafens hinaus und nahm eine Vierteldrehung des großen Rades vor. Ernst war er. Hellwach war er. Er führte das Kommando. Er wußte, daß wir ihn im grünen Glimmen des Lichts beobachteten.

»Tja, Frank«, sagte er schließlich und erlaubte sich die kurze Entspannung eines Lächelns und eines leisen Lachens, »wir haben sie schanghait! Die beste Köchin, den besten Schiffsjungen, auch wenn sie ein Mädchen ist. Prima Crew, was, Frank?«

»Ach, Jake«, sagte Sissy.

»Und am Morgen werden wir ein paar glückliche McGinnises zu Gesicht bekommen«, sagte Uncle Jake, »das kann ich euch sagen.«

37

Dieser erste versetzte mich wie alle folgenden Morgen, bis wir schließlich in dem schmalen Streifen Wasser zwischen White Eye und Olafsons Insel vor Anker gingen, beim Erwachen in jenen seltensten und schönsten aller Zustände, in die ein erwartungsvolles Kind nur geraten kann: nicht wissen, wo man ist. Ich schlief wie in einem Nest oder einer Höhle, warm, friedlich, geborgen, träumte von Horden fetter blauer Füchse, die sich an einer öden Küste drängten. Ich erwachte und wußte nicht, wo ich war, erwachte in die Spannung vollkommener Ungewißheit, in jenes leeres Bewußtsein hinein, aus dem der Djinn unvermuteten Lebens hervorspringt. Ich erwachte in einer schmalen Koje, die an den gewölbten hölzernen Schiffsbauch gebaut war, erwachte in einer fließenden Bewegung und in den Gerüchen von Dieselöl, schimmligen Matratzen, Farbe wie geronnener Sahne, jahrealtem Salzwasser und Rost und korrodiertem Kupfer. Was war das für ein Boot? Wohin fuhr es? Wer war ich, und was war mit mir geschehen, was lag vor mir? Ich zögerte meine Desorientiertheit heraus, solange ich konnte, kostete die Handgreiflichkeit eines Ich und einer Umgebung, die nichts besagen wollten, die weder Namen noch Daten assoziieren ließen. Als ich es nicht mehr eindämmen konnte, kam das Erkennen jäh über mich; als ich es nicht länger verschlossen halten konnte, stieß ich mein Fensterlädchen auf in die Welt, und sie gehörte mir. Die *Prince of Wales*, sagte ich dann laut; Sunny, sagte ich dann laut und wußte, daß nur wenige Schritte entfernt Sissys Jungs, wie sie sie nannte, und Sissy selbst waren. Die Schauder der Leere wichen all dem Vertrauten; und alles Vertraute führte weiter zum Unbekannten.

»Aha«, sagte Uncle Jake jeden Morgen, »da sind wir ja in unserer ganzen Glorie.« Und genau so war es.

In den fünfzehn Minuten, die ihr zugestanden worden waren, war Sissy nichts anderes übriggeblieben, als sich in lange Hosen und Bluse zu werfen und nur die nötigsten Dinge in die kleine Leinwandtasche zu stopfen, die Uncle Jake ihr aufgehalten hatte, während er ihr lachend von den Wonnen der Reise vorschwärmte, die sie nun mitmachen werde. Uncle Jake wiederholte, daß er und Frank Morley ohne sie nicht auskommen würden, was alles war, was Sissy je von ihm hatte hören wollen, und mich scheuchte er in meine Stiefel und Kniehosen und mein Hemd und rief: »Auf geht's, Sunny, auf geht's!« Sissy und ich waren bloß mit dem, was wir am Leibe trugen, an Bord der *Prince of Wales* gekommen, wie Uncle Jake Frank Morley erklärte, nachdem wir erst einmal unterwegs waren, und mit wenig mehr. Wir froren, Sissy und ich, wir waren für die Unbilden der Reise nicht richtig ausgerüstet. Also kleideten sie uns ein, Frank Morley und Uncle Jake, und zwar nicht unten in einer der kleinen Kabinen, sondern gleich da oben im Steuerhaus, wo wie immer Uncle Jake am Ruder stand. Uncle Jake bat Frank Morley, ein Paar seiner, Uncle Jakes, festen Entenjagd-Hosen und eine Armladung seiner steifen Wollhemden zu holen. Uncle Jake sagte Sissy, sie solle die Segeltuchhosen über ihre Slacks ziehen, und meinte, sie werde wohl eins seiner karierten Sackhemden über ihre Bluse streifen müssen. Sissy protestierte lachend, sie wolle sich nicht wie ein Mann kleiden oder ihre Tage auf der *Prince of Wales* in viel zu weiten Sachen verbringen, die Uncle Jake gehörten, und wenn er noch so sehr ihr Gatte sei. Aber Frank Morley beschwichtigte sie, Sissy kämpfte sich in Hemd und Hose, und dann krempelte Frank Morley ihr die schlotternden Ärmel und unförmigen Hosenbeine hoch. Was mich betraf, so meinte Uncle Jake, eins seiner Hemden würde eine prächtige Hose für mich abgeben, ich müsse dazu bloß das Hemd verkehrt herum anziehen, also meine bereits bestiefelten und behosten Beine durch die riesigen Ärmel stecken. Nun gesellte Sissy sich zu Frank Morley, und sie hoben mich hoch und zerrten und befestigten die wattierten Hemdschöße um meine Hüfte mit einem Seil, das so dick wie mein kleiner Finger war. Sissy sagte, sie könne sich kaum bewegen, und sie und ich seien das komischste Paar, das sie je gesehen. Ich aber war noch begeisterter als damals bei meiner ersten Verwandlung in Waffen-Kleider-Zubehör, und auch Sissy war deutlich stolz auf das, was Uncle Jake ihren alaskanischen Aufzug nannte.

Das Steuerhaus war Uncle Jakes, die Kombüse Sissys Domäne. Uncle Jake hatte im hinteren Teil des Steuerhauses ein Feldbett stehen, so daß er, wie er sagte, gelegentlich ein Nickerchen machen konnte, während er das Ruder French Pete anvertraute. Sissy hatte Angst, daß sie und ich besonders anfällig für French Petes Schwindsucht wären, ließ sich aber gleichwohl von ihm beibringen, wie das Feuer in dem eisernen Kohleofen der Kombüse zu beschicken und zu kontrollieren sei. Uncle Jake hatte seinen Kompaß, seine Seekarten, seinen Sextanten, sein neu erworbenes Kurzwellenfunkgerät, seine Führungsposition auf der *Prince of Wales*. Jeden Morgen rasierten er und Frank Morley sich im Steuerhaus über einer Porzellanschale, die Frank Morley mit warmem Wasser bereitstellte; jeden Morgen klatschte sich Uncle Jake akkurat sein schwarzes Haar an den Kopf.

Stunde um Stunde, Tag um Tag vermaß und lenkte Uncle Jake unsere Fahrt in Richtung Candle Creek Inseln und zu dem sicheren Ankerplatz, der noch sechzig Meilen weiter nördlich lag. Sissy war die Herrin des Kohleofens, sie schürte und befeuerte ihn, schwitzend und immer fidel, wie Uncle Jake stolz vermerkte, selbst wenn wir rollten und stampften und Sissy sich nur noch mit Hüfte und Ellbogen, keine Armeslänge von dem glühenden Ofen entfernt, abstützen konnte, Verbrennungen so gut es ging vermied und den Töpfen, den abstürzenden Deckeln, den herumfliegenden Brocken der Baked Beans Trotz bieten mußte, die sie nach Uncle Jakes Rezept bereitete und die auf See sein Lieblingsessen waren. Kochendes Wasser schwappte und zischte; ihren beengten Platz in der Kombüse beherrschten Fett und Hitze, dort schwang sie schwere, rasierklingenscharfe Messer, dort rutschte der eiserne Kaffeekessel wie eine gesengte Gans auf der tödlichen Ofenplatte hin und her. Tag für Tag sah ich ihr zu, bis sie mich ins Steuerhaus schickte, wo ich, wie sie sagte, sicherer sei. Tag für Tag lehnte French Pete hustend in der schmalen Tür von Sissys Kombüse, bis sie ihm befahl, sich bei Uncle Jake zu melden, was er nie tat, und sie in Ruhe zu lassen. Einmal, als sie gerade Meerwasser in die Kombüsenspüle pumpte, sagte sie mir, falls Wesley Pitts seine Operation überlebe, und davon sei sie überzeugt, werde sie ihr möglichstes tun, um Freundschaft mit ihm zu schließen, während sie wohl nie imstande sein werde, sagte sie, an French Pete irgendeine Tugend zu entdecken, falls er überhaupt welche habe.

Wann immer ich die Möglichkeit hatte und wenn ich nicht gerade auf meinem hohen Hocker saß, den Uncle Jake mir in seinem Steuerhaus zugewiesen hatte, oder Sissy beim Kochen zusah oder das Mienenspiel von Robert McGinnis beobachtete, der den größten Teil der Fahrt über mit Annie in der Back Cribbage spielte, folgte ich French Pete über die glitschigen Decks oder in den Maschinenraum, nur um mich von Frank Morley suchen und an der Hand von dem schwindsüchtigen Maat wegführen zu lassen. French Petes Lockenhaar und Koteletten glichen dichten Massen kleiner schwarzer Angelhaken, die ich gern berührt hätte. Er war jung; er rauchte trotz seinem Husten Pfeife; er sprach mit mir in seiner franko-kanadischen Mundart, wenn ich ihn darum bat. French Pete nicht verstehen zu können war ein ebenso großes Vergnügen wie Robert McGinnis nicht verstehen zu können. An das Entzücken, ein paar Minuten mit French Pete zu verbringen, reichte nur noch das Entzücken heran, von Frank Morley zurückgeholt zu werden. Sissy brachte Uncle Jake seine Bohnen ins Steuerhaus und versorgte uns andere in der Back. Annie McGinnis rührte keinen Finger, mit Sissy zu reden. French Pete bediente sich, wann immer er Lust hatte, aus Sissys Töpfen und aß für sich allein.

Die *Prince of Wales* hatte noch immer Schlagseite, noch immer ihre Launen, ein altes, achtzig Fuß langes Boot, das hoch aus dem Wasser ragte und mit all der Eleganz, die ihr Name heischte, wie ein betagter Europäer, der erhobenen Hauptes durch einen winterlichen Garten schreitet, von Welle zu Welle schlingerte. Von dem Widerspruch zwischen ihrem Namen und ihrem Geschlecht sprach Uncle Jake nie, Frank Morley gab er zu verstehen, daß sie nie wieder von ihrem vorigen Eigentümer sprechen dürften, und er sagte, nie fühle er sich großartiger als in dem Augenblick, da er von seinem rechtmäßigen Platz in ihrem Steuerhaus Besitz ergreife und die Verantwortung für das Schiff und seine Lieben übernehme. French Pete erzählte Sissy bei jeder Gelegenheit, die *Prince of Wales* sei ein alter Kahn, in dem wir früher oder später allesamt ertrinken würden, eine Meinung, die Sissy Uncle Jake lieber nicht übermittelte.

Sturmböen, Hagelattacken, jähe Flauten, hohe Seen. Die Außenseite der *Prince of Wales* war mit einer Eisschicht überzogen. Beim schlimmsten Wetter stürzten die McGinnises die Kajütstreppe hoch an die nächste Reling und ergaben sich Hand in Hand der Seekrankheit, und zwar in Windrichtung, und kehrten dann bleich und erschöpft an das elfenbeinerne Cribbage-Brett zurück, die einzige Anschaffung, die sie im Raritätenladen von Juneau gemacht hatten. Uncle Jake widmete sich mit nüchterner Aufmerksamkeit seinen nautischen Geräten, sprach beruhigend auf Sissy ein, wenn die Elemente, wie er sich ausdrückte, die *Prince of Wales* mit den ersten Anzeichen von Gewalt bedrohten, und vertraute Frank Morley sein Bedauern darüber an, daß er auf dieser Fahrt verpflichtet sei, seine natürliche Sehnsucht nach einer ordentlich steifen Brise vollständig zu unterdrücken. Aber das Wetter war launenhaft genug, um Uncle Jake zufriedenzustellen – Schnee und eisiger Nebel waren die Herausforderungen, die er am meisten schätzte –, und doch nicht so durchgehend schlecht, als daß es Sissys Entschluß, ihren von den zwei Partnern jüngst entdeckten Wert nun auch unter Beweis zu stellen, hätte zu Fall bringen können.

Unser nördlicher Kurs den Lynn Canal hoch führte durch Dunkelheit und matschiges gelbliches Licht, durch kabbelige, mit Eis bedeckte See. Gefahr drohte, wie Uncle Jake Frank Morley mit ruhiger Stimme erklärte, von treibenden Baumstämmen, die unmittelbar unter der mit Eisbrocken übersäten Wasseroberfläche schwammen, von ohne Licht fahrenden indianischen Fischerbooten oder auch von irgendwelchen vereinzelten Felsen, die nicht in den Karten verzeichnet seien. Frank Morley nickte ernst.

»Pete«, sagte Uncle Jake zuweilen, wobei seine sonst weitschweifige Redeweise knappen und, wie er glaubte, für die Aufrechterhaltung seiner Autorität wesentlichen Kernsätzen Platz machte, »die Pumpen.« Oder: »Pete, noch mal loten«, was bedeutete, daß French Pete sich grummelnd zum Bug begab und mit einem am Ende einer kniehohen Taurolle befestigten Bleilot die Tiefe des Wassers bestimmte. Im Steuerhaus, stets warm und aufgeräumt, roch es nach Pomade und Union Leader.

In der Dämmerung des vierten Tages auf See rief Uncle Jake auf einmal: »Rote Abendsonne, Seemanns Wonne, Sissy!« In diesem Augenblick klarte der Himmel auf, die schwarzweiß gescheckte See glitzerte, und über unserem Bug versank, soweit das Auge reichte, eine gütige und geisterhafte Sonne, die uns heitere und grandiose Tage verhieß.

»Frank«, sagte Uncle Jake so sanft wie selten, »morgen früh sollen alle an Deck kommen, damit sie die Inseln sehen können.«

Am fünften Morgen also säumten im Licht einer aufsteigenden Sonne, die dem alten Sprichwort mehr als gerecht wurde, Sissy und die McGinnises und French Pete die Backbordreling, während die *Prince of Wales* sich ihren Weg durch die kleinen schwarzen überfrorenen Juwelen der Candle Creek Inseln zu suchen begann. Der Wind hatte sich gelegt, nichts rührte die dunkle See außer dem Beiboot, das am Ende eines langen, an einer Klampe am Heck befestigten Taues in unserem Kielwasser schaukelte. Der Schnee auf den langsam vorbeiziehenden Felsküsten und den hochragenden Bäumen sprach nicht von verheerenden Blizzards, sondern nur von den stillen Geheimnissen des Winters. Frank Morley hatte das Backbordfenster des Steuerhauses heruntergeschoben, er lehnte sich mit Kopf und Schultern hinaus und schnupperte die Sonne, bewunderte die Landschaft und vergnügte sich an der redseligen Begeisterung derer an der Reling. Sissy und ich hatten für diesen Tag unsere exotische Kluft abgelegt. Uncle Jake stand in Hemdsärmeln am Ruder; ich kauerte neben ihm auf meinem Hocker. Eine Krähe, groß wie ein Milan, kam ohne Hast von der Insel auf unserer Backbordseite geflogen, um sich zu einer Schar stiller Artgenossen zu gesellen, die die Wipfel der kleineren Insel an Steuerbord bevölkerten. Köpfe wandten sich. Sogar der alte Dieselmotor, der stet und leise mit kleinster Kraft vor sich hin tuckerte, hörte sich an, als ob er nie wieder aussetzen wollte.

Und dann kam's.

Uncle Jakes energisches Gesicht war plötzlich aschfahl. Eine furchtbare Gefaßtheit trat in seinen Blick, obgleich er noch immer lächelte. Mein hoher Hocker begann zu wanken, zu schwanken, auf zwei Beinen langsam nach Steuerbord zu kippen. Eine kräftige Hand verhinderte meinen Sturz. Die *Prince of Wales* rollte, hob sich, hievte sich selbst leibhaftig, langsam, von Back- nach Steuerbord. Höher stieg die Backbordseite. Immer höher. Hoch über unseren Köpfen hingen Sissy und die McGinnises an die Backbordreling geklammert; die Steuerbordreling sackte noch tiefer, holte Brackwasser über.

»Sie kippt um«, sagte Frank Morley.

»Glaub ich nicht«, sagte Uncle Jake.

Und während die *Prince of Wales* ihren ungezügelten Kurs in Richtung Kentern fortsetzte, begann ihr Bug sich aus der stillen See zu heben, so daß das alte Boot sich mit der Schlangenbewegung eines riesigen Meeresungeheuers wand und drehte, das dazu verurteilt ist, im nächsten Moment zu versinken, in all ihrer Würde zu verschwinden, majestätisch in die dunklen Höhlen der Tiefe einzuziehen.

»Jake!« schrie Sissy.

»Teufel auch!« sagte French Pete, lockerte seinen Griff an der Reling und kam mit den Füßen voran durch die offene Tür des Steuerhauses geschlittert, wo er krachend an der Steuerbordwand landete.

»Pete«, sagte Uncle Jake, »das Beiboot.« French Pete erhob sich auf seine Knie, kroch aus dem Steuerhaus und gab sich ausnahmsweise einmal die Mühe, einem Befehl zu gehorchen.

»Was ist los?« fragte Frank Morley.

»Ein halbversunkenes Wrack«, sagte Uncle Jake, er klapperte wild mit seinen vereisten Wimpern und hielt das Steuer gepackt. »Oder ein Fels.«

»Jake!« schrie Sissy.

»Tja«, sagte Frank Morley, »sie kippt um.«

»Noch nicht«, sagte Uncle Jake.

French Pete schrie in seiner franko-kanadischen Mundart um Hilfe. Hoch über uns klebten Sissy und die McGinnises platt an dem fast senkrecht stehenden Deck, nicht mehr an die Reling, sondern an deren Stützpfosten geklammert. Warmer Sonnenschein strömte durch die offene Tür und die Fenster des Steuerhauses. Uncle Jake hatte sich breitbeinig abgestützt und hielt noch immer mit einer Hand das Ruder und mit der anderen mich.

»Wir werden wohl schwimmen müssen?« fragte Frank Morley.

»Zu kalt«, sagte Uncle Jake und warf den Schalter herum, der die tapfere Maschine wie auf immer zum Schweigen brachte.

Und das war's.

Bug und Backbord hingen hoch überm Horizont. Die Steuerbordreling war fast ganz in die eisigen Fluten getaucht. Wir rührten uns nicht. Und in der Stille hörten wir die Krähenschar.

»Jake!« schrie Sissy.

»Bleib, wo du bist, Sissy«, rief Uncle Jake. »Es wird alles gut werden.«

»Tja«, sagte Frank Morley und stieß lang und pfeifend seinen Atem aus, »sieht so aus, als ob du's geschafft hättest, Jake.«

»Werden sehen«, sagte Uncle Jake.

»Soll ich Pete mit dem Beiboot helfen?« fragte Frank Morley.

Uncle Jake nickte, und Frank Morley, ergeben, wie er dem einzigen Partner, den er je in seinen fast neunundfünfzig Lebensjahren gehabt hatte, war, kämpfte sich trotz seiner klapprigen Knochen und gichtigen Gelenke auf Händen und Knien nach achtern, um den angstschlotternden French Pete und das Beiboot zu suchen.

Wir warteten, Uncle Jake, der noch immer das jetzt leblose Steuer hielt, ich, die ich noch immer auf meinem gekippten Hocker kauerte, fest im Griff von Uncle Jakes fleischiger Hand. Er lauschte, denn wie er später, am Ende dieser Zerreißprobe, gestand, wußte er, daß schon die geringste Gewichtsverlagerung die *Prince of Wales* zum Umkippen bringen und geradewegs auf Grund schicken konnte.

»Jake!« schrie Sissy, »was ist denn?«

»Wir sitzen auf einem Felsen fest«, rief Uncle Jake. »Bleib, wo du bist. Frank kommt gleich mit dem Beiboot rum.«

Wir hörten Annie McGinnis. Wir hörten Sissy tröstend auf sie einreden. Wir hörten Dollen knarren und Ruder klatschen. Unsichtbar sagte Frank Morley, er sei soweit. Endlich, und nach nur ganz kurzem Zögern, gab Uncle Jake seinen Posten am Steuer auf und stieg mit mir neben sich und meine Hand in seiner auf Händen und Knien leicht wie eine Katze am Steilhang des Decks empor, bis wir bei Sissy und den McGinnises ankamen.

»Und jetzt, Sunny«, sagte Uncle Jake, »werden wir das Schiff verlassen!«

Wir saßen rittlings auf dem obersten Rand der *Prince of Wales* und sahen jetzt wieder: die zwei Inseln, das schwarze Wasser, in dem das alte Boot aufgelaufen war, den halb freiliegenden runden Rumpf und das leise dagegen klopfende Beiboot, bemannt mit Frank Morley und French Pete. Uncle Jake sagte zu Robert McGinnis, er werde helfen müssen, und ohne irgendein Zeichen zu geben, daß er verstanden hatte, und ohne den Versuch zu machen, etwas zu sagen, tat Robert McGinnis, wie ihm geheißen.

Uncle Jake und Robert McGinnis bildeten eine Zwei-Mann-Kette, indem Robert McGinnis sich an einem Pfosten verankerte und Uncle Jake seine freie Hand fest umfaßte; mit der anderen packte er mich, Annie und Sissy, in dieser Reihenfolge, und reichte uns über die nasse und mit Krebsen bedeckte Schräge des Rumpfs zu Frank Morley hinunter, wobei er lachend sagte, daß wir nur ein paar Stunden auf der Insel würden bleiben müssen.

»Du und Bobby, kommt ihr nicht mit?« fragte Sissy, die sich im Bug des Beiboots an mich klammerte und zu Uncle Jake hinaufspähte, der groß wie eine Statue auf dem hochgekippten Dollbord der *Prince of Wales* stand.

»Später«, sagte Uncle Jake, der ruhig die Sonne genoß und zu ihr herablächelte, »fahrt erst mal mit Frank.«

Frank Morley übernahm die Ruder, während French Pete mit Frank Morleys Hut das Beiboot ausschöpfte und Annie, die jetzt nicht mehr weinte, dafür aber wieder die Schleusentore ihres reißenden Köpfchens geöffnet hatte, ihr winziges Stottergesicht zu Fragen, Ratschlägen und diversen Darstellungen der Geschehnisse verzerrte, wenngleich allein Sissy in der Lage war, ihre Darlegungen zu deuten.

Frank Morley brachte uns mit French Pete an Land und ruderte ohne Aufenthalt wieder zur *Prince of Wales* zurück. Wir sahen ihn abstoßen, Annie und Sissy und ich, kauerten uns zwischen vereisten Felsblöcken und schwabbligen Tangklumpen aneinander und warteten, bis er mit Robert McGinnis und einem feuchten Stapel Decken und Büchsen mit Bohnen und Büchsen mit Pfirsichen wiederkam, das war alles, was Uncle Jake fürs erste für uns tun konnte.

»Frank«, fragte Sissy, die das Beiboot entladen half, »was ist mit Jake?«

»Nun«, sagte Frank Morley, »Jake meint, die alte *Prince of Wales* ist auf einem Riff gestrandet, und er will versuchen, sie da runterzuziehen.«

»Soll das heißen, daß er da draußen bleiben wird?«

»Pete und ich rudern mit dem Beiboot zurück, wollen versuchen, sie damit wegzuziehen. Jake tankt jetzt den Außenbordmotor auf.«

»Es gefällt mir nicht, daß er allein da draußen ist«, sagte Sissy.

»Er weiß, was er tut«, sagte Frank Morley.

»Na«, sagte Sissy, »Bobby wird sich um uns kümmern. Stimmt's, Bobby?«

Ein kurzes Stück oberhalb des schmalen Felsgestades, auf dem wir gelandet waren, und mit guter Aussicht auf die *Prince of Wales* befand sich ein kleiner freier Fleck Humus, Flechten, uralte Erde, auf drei Seiten von Gestrüpp, Bruchholz und hohen Bäumen umgeben, und dort schlug Robert McGinnis unser Lager auf, errichtete das bejahrte Leinwandzelt, das Uncle Jake für den unwahrscheinlichen Eintritt, wie er sagte, eines Notfalls an Bord der *Prince of Wales* aufbewahrt hatte, stapelte sauber die Blechdosen, schnitt Zweige für den Zeltboden zu und hackte Holz, ebenso überrascht wie Sissy und Annie, daß ein Mensch wie er, der früher in Connecticut nie auch nur seinen Rasen selbst gemäht hatte, zu solchen Arbeiten fähig war.

Die Sonne stieg höher. Der Humus, die Flechten, das Gestrüpp, die Bäume – alles begann zu dampfen, obwohl an den Rändern unseres schmalen Strandes noch immer Eissplitter glitzerten. Den ganzen Tag standen oder saßen wir vor dem Zelt, lauschten dem Geräusch des Außenbordmotors und beobachteten, wie das Beiboot am Ende seiner Leine rückwärts hierhin und dorthin zerrte. Uncle Jake war die kleine Gestalt, die im Heck der *Prince of Wales* stand und Anweisungen brüllte; Frank Morley und French Pete waren die beiden kleinen Gestalten in dem Beiboot, das bockte und sackte und ruckte und von seiner hoffnungslosen Aufgabe ablassen wollte. Die drei winzigen Gestalten zogen sich die Hemden aus, der ferne Außenbordmotor kreischte auf und erstarb. Die *Prince of Wales*, in dem stillen Wasser ohne erkennbaren Grund schräg hochgekippt, wirkte wie eine gespenstische bedrohliche Erscheinung. Die für diese Jahreszeit ungewöhnliche Sonne brannte auf das weiße Boot herab und auf die hektischen energischen Bergungsversuche, die den ganzen Tag lang andauerten.

Die warme Sonne begann zu sinken. Die schwarzen winterlichen Wälder rings um uns standen in Flammen. Robert McGinnis schüttelte den Kopf. Durch purpurne und orangene Wasserstriche begab sich das geschlagene Beiboot auf den Weg zu uns.

»Frank«, rief Sissy zitternd am Rand der schwarzen Flut, als das Beiboot sich an Land schob, »wo ist Jake?«

»Tja«, sagte Frank Morley, während er und French Pete ausstiegen und das Boot soweit sie konnten über die Hochwasserlinie zogen, »er wird die Nacht auf der *Prince of Wales* verbringen.«

»Nein!« sagte Sissy. »Das laß ich nicht zu!«

»Jake läßt dir ausrichten, daß es windig werden könnte. Möglicherweise gibt's einen Sturm. Wind oder Wellengang könnten die *Prince of Wales* losreißen, und für diesen Fall muß Jake an Bord bleiben, um sie zu retten.«

»Es könnte umkippen«, sagte Sissy. »Er könnte ertrinken.«

»Nichts zu machen«, sagte Frank Morley.

»Muß er denn allein da draußen ausharren? Könntest du nicht bei ihm bleiben?«

»Er will, daß ich hier bei dir bin«, sagte Frank Morley und schüttelte den Kopf.

»French Pete«, sagte Sissy streng, gleichgültig gegen den jungen mürrischen Maat, der sich gerade seine Pfeife anzündete.

Frank Morley sah Sissy an und sagte nichts.

Trotz der Glasur aus Eis auf dem Strand, den Bäumen und auf dem Dunkel, in dem wir kampierten, war es warm im Zelt, als Sissy und Annie und ich hineinkrochen. Frank Morley hatte Robert McGinnis gezeigt, wie man ein Feuer baut und mit der Axt die Bohnenbüchsen öffnet. Frank Morley und French Pete hatten schweigend geraucht. Dann hatten sich die Männer in Decken gewickelt, und Sissy und Annie und ich hatten uns in die Wärme unseres Zeltes zurückgezogen. Ich hätte lieber in einer Decke zwischen Frank Morley und Robert McGinnis geschlafen, aber das warme Zelt roch wie die Kleider der Männer, wie die ungewaschenen Körper lange verschollener Jäger, und das entschädigte mich hinreichend dafür, daß ich zusammen mit denen unter uns, die man für furchtsam hielt, schlafen mußte. Auch im Zelt hatte ich meinen Frank Morley und meinen Robert McGinnis – so nah waren sie –, und immer, wenn ich im Lauf der Nacht aufwachte und Sissys kleine dunkle Gestalt mit an die Brust gezogenen Knien im Zelteingang hocken und für

Uncle Jake Wache halten sah, dann war es Uncle Jake selbst, der, wenn ich wieder einschlief, nach Union Leader und Pomade roch und mich allein mit sich auf der *Prince of Wales* entführte. Ab und zu schnarchte Annie McGinnis, und sie schnarchte genauso seltsam, wie sie sprach. Ich hörte, wie Frank Morley vorsichtshalber nach Robert McGinnis' bislang noch unerprobter .30-30 griff. Ein Mond schien. Ich legte meinen Kopf in Sissys Schoß, und sie streichelte mir das Haar. Ich legte mich zurück in das warme Zelt, roch den starken Duft der Zweige, auf denen wir ruhten, Annie und ich, und hörte Uncle Jake nach mir rufen, der von phosphoreszierendem Licht umgeben in dem wartenden Beiboot stand.

»Ich verstehe das nicht«, sagte Frank Morley am nächsten Morgen, als wir bei Sonnenaufgang unsere kalten Pfirsiche und warmen Bohnen aßen. »Ich lebe jetzt seit vierzig Jahren hier oben, aber so ein Wetter ist mir noch nie untergekommen – nicht mal im Sommer.«

»Na«, sagte Sissy, die bei Tagesanbruch gesehen hatte, wie Uncle Jake ihr mit beiden Händen zuwinkte, und die zurückgewinkt hatte, bis er verschwunden war, »genau so etwas braucht Jake doch wohl, oder?« Frank Morley nickte.

»Verrückt«, sagte French Pete. »So eine beschissene Hitze.«

Den ganzen Tag zerschmolz die Inselwildnis. Den ganzen Tag zerrte das Beiboot verzweifelt an der *Prince of Wales*. Robert McGinnis zog sein Hemd aus. Die Krähenkolonie in den Wipfeln der Insel uns gegenüber schwieg. Wenige Schritte von unserem Lager entdeckte Robert McGinnis ein Rinnsal frischen Wassers, in dem wir unseren Durst löschten. Wir, die wir ans Land gefesselt waren, die drei Männer, die auf dem Wasser kämpften, das Schauspiel des unbeweglichen Boots – all das schwebte unter der tiefstehenden Sonne in klarem, bedrückendem, flimmerndem Gleichgewicht. In prekärem Gleichgewicht.

»Wir geben's auf«, sagte Frank Morley am Ende dieses Tages.

»Aber was machen wir denn dann?« fragte Sissy.

»Warten«, sagte Frank Morley.

Fünf Tage lang tat sich nichts. Das Licht der Sonne glich dem frischen Licht des Frühlings, die Wärme der Sonne glich der Wärme in weit südlicheren Breiten. Noch immer sahen wir zu, noch immer erfüllte Uncle Jake treu seine Pflicht auf dem alten Boot, das stolz, einsam, hilflos in der heißen Sonne wartete. Sissy setzte ihre Nachtwachen fort.

»Hat er um Hilfe gefunkt?« fragte Sissy.

»Ja«, sagte Frank Morley. »Die *Haida* wird sich zu uns aufmachen, sobald es möglich ist. Kann noch was dauern.«

»Wenn wir nur so lange durchhalten«, sagte Sissy.

Aber ein Vielfraß hatte unsere Anwesenheit entdeckt – Frank Morley zeigte mir seine Spuren –, und jetzt war der Geruch von Holzrauch in meinen Kleidern und Kiefernnadeln in meinen Haaren, und wir waren gestrandet – gestrandet auf den Candle Creek Inseln –, und so genoß ich zwei unvorstellbare Vergnügen, die größten von allen bisher: die Angst, die nur der Schiffbrüchige kennt, die Hoffnung auf Rettung. Und all das, dachte ich, nur wegen Uncle Jake, der mehrmals am Tag auf dem höchsten Punkt der *Prince of Wales* stand, damit wir ihn sehen und sicher sein konnten, daß er noch auf dem Posten war. Er winkte nie, außer bei Tagesanbruch, wenn nur Sissy da war, um ihm zurückzuwinken.

»Schön hat der uns reingeritten«, sagte French Pete.

»Sie sollten besser den Mund halten«, sagte Sissy.

In der Dämmerung des sechsten Tages, still war die Luft und die kaum aufgegangene Sonne wärmer denn je, vernahmen wir ein Motorengeräusch. Wir sprangen auf; wir sammelten uns vor dem Zelt; Uncle Jake, sahen wir, balancierte bereits ganz oben auf dem gefährlich geneigten Steuerhaus, wo er am besten zu sehen war und nicht ignoriert werden konnte.

»Indianisches Fischerboot«, sagte Frank Morley, und da kam es auch schon um die Spitze der Insel gegenüber, ein kleines unansehnliches Boot, schwerbeladen mit getrockneten Netzen und leeren Ölfässern. Es drehte, hielt auf die *Prince of Wales* zu.

»Sie sehen ihn!« sagte Frank Morley. »Sie werden uns helfen!«

»Ach, Schatz«, sagte Sissy, kniete sich hin und umarmte mich, »es sieht genauso aus wie das kleine Boot, das wir in der Taku Bay gesehen haben. Wie schön!«

Es waren tatsächlich zwei Indianer, ein Mann und eine Frau, die im Cockpit des kleinen Bootes standen und jetzt vorsichtig auf die *Prince of Wales* zusteuerten. Wir schrien, wir klatschten, wir hüpften herum – Sissy und Annie und Robert McGinnis und ich –, während Frank Morley und French Pete zu dem Beiboot hinunterhasteten. Uncle Jake legte die Hände an den Mund und brüllte. Der Indianer verlangsamte das Tempo. Schäumender Gischt wirbelte hinter dem Beiboot auf.

Uncle Jake warf dem Indianer eine Leine zu, warf Frank Morley eine Leine zu, und während wir zusahen und warteten, berieten sich der Indianer und Frank Morley mit Uncle Jake draußen auf dem Wasser, das wie eine weiße Blechplatte unter der Sonne lag.

Sie waren bereit. Wir konnten sehen, daß sie bereit waren. Die Leinen waren festgemacht. Uncle Jake sah kurz in Richtung Küste herüber, und dann verschwand er – für immer, dachte er, wie er später erzählte –, und dann begannen das Fischerboot und das Beiboot von der *Prince of Wales* zurückzusetzen und die Taue strammzuziehen. Der Indianer gab Vollgas, helle Gischtwirbel stiegen hinter seinem Schiff und dem Beiboot auf, und dann unternahm Uncle Jake, was er hinterher als das Wagnis seines Lebens bezeichnete. Er ließ seinen Motor anspringen. Wir hörten ihn klopfen, wir sahen um das teilweise versunkene Heck der *Prince of Wales* das Wasser strudeln. Uncle Jakes erhobener Arm schob sich aus dem Fenster des Steuerhauses. Der Indianer und Frank Morley verstanden das Zeichen. Die Motoren brüllten auf. Und die *Prince of Wales* kenterte nicht, blieb den Kräften, die der Fischer und das Beiboot und Uncle Jake auf sie ausübten, nicht unzugänglich, sondern kam wie eine Eisinsel oder wie ein gestrandeter Wal ins Rutschen, bewegte sich, gab der Entschlossenheit von Oststaatler und Weststaatler und Indianer nach, die sie unbedingt retten, wieder flottmachen wollten.

Plötzlich richtete sie sich auf und schwebte ohne einen Spritzer langsam heckwärts, gab ihren Platz auf dem Unterwasserriff auf, und da lag sie vor unseren Augen und schaukelte sanft, als wenn überhaupt nichts geschehen wäre, als hätte sie nicht fast volle acht Tage lang am Rand des Verderbens zugebracht.

Aufruhr. Jubel. Taue flogen. Uncle Jake betätigte dreimal seine Schiffspfeife, der Indianer antwortete mit dreimaligem Tuten und tuckerte dann los, drehte ab und verschwand wieder hinter der Insel, um die er gekommen war und über der jetzt lärmend die Krähenkolonne kreiste.

»Schatz«, flüsterte Sissy, »wir sind gerettet. Du hast den wunderbarsten Vater von der Welt.«

In der Zeit, da Frank Morley zu uns zurückgekehrt war und beim Abbrechen des Lagers geholfen und uns wieder zur *Prince of Wales* übergesetzt hatte, hatte Uncle Jake bereits festgestellt, daß die *Prince of Wales* noch immer so solide wie ein Dollar war, wie er sagte, und dem Küstenwachenkutter *Haida* gefunkt, Hilfeleistung sei nicht mehr erforderlich. Erneut auf Kurs, das Beiboot wieder im Schlepp, versammelten sich bis auf French Pete alle im Steuerhaus bei Uncle Jake. Die von uns, die an Land ausgeharrt hatten, sahen so richtig nach Überlebenden aus – Frank Morley und Robert McGinnis mit ihren kratzigen Bärten, Annie und Sissy unbehaglich in ihren noch nicht gewechselten Kleidern, ich mit den Kiefernnadeln im Haar – und bewunderten Uncle Jake um so mehr, der sich trotz der Anspannung seiner Totenwache, wie er das nannte, jeden Morgen rasiert hatte, und waren um so erleichterter, wieder mit ihm auf der *Prince of Wales* vereinigt zu sein. Sissy ging nach unten und kam mit Kaffee zurück und sagte, bald bekämen wir das feinste Festmahl zu essen, das sie kochen könne; ich saß wieder auf meinem Hocker; Uncle Jake stand aufs neue am Ruder – wachsam, gutgelaunt, umsichtig. Schulter an Schulter erschöpften die McGinnises das Fingeralphabet und traktierten gleichzeitig uns andere glücklich mit der hörbaren Sprache, von der sie wähnten, daß wir sie verstehen könnten. Sissy stand nahe bei Uncle Jake, ohne das Bedürfnis zu sprechen. Einem atemlosen Publikum setzte Uncle Jake die Risiken, die Chancen, die nautischen Einzelheiten auseinander, wie er sie gekannt beziehungsweise gleich nach Eintritt der Katastrophe herausgefunden hatte.

Uncle Jake erklärte, daß wir in etwa acht Stunden vor Olafsons Pier den Anker auswerfen würden. Zwischen hier und dort, sagte er lachend, gebe es keine Riffs mehr.

An dieser Stelle fragte Sissy, was der Geruch zu bedeuten habe.

Frank Morley sah Uncle Jake an. Uncle Jake sah Frank Morley an.

»Die Ladung«, sagte Frank Morley stirnrunzelnd.

Uncle Jake nickte.

»Diese stinkenden Fischköpfe!« schrie French Pete, der mit der Faust vorm Gesicht ins Steuerhaus gestürzt kam, »diese verdammten stinkenden Fischköpfe sind am Verfaulen!«

Uncle Jake sagte nichts.

»Über Bord damit!« schrie French Pete.

»Das ist gar nicht so leicht getan«, sagte Uncle Jake.

»Außerdem«, sagte Frank Morley, »könnte bei Einbruch der Dunkelheit wieder Frost einsetzen. Und auf Olafsons Insel könnte es durchaus Eis geben. Wir brauchen nicht die ganze Ladung zu verlieren, Jake.«

»Stinkende Fischköpfe!« grummelte French Pete und hielt sich die Nase zu.

Sissy sagte, sie bedaure, das Thema aufgebracht zu haben, und nach alldem, was geschehen sei, bräuchte es mehr als den Gestank von toten Fischen, um ihre Laune zu dämpfen, und bis auf French Pete stimmten ihr alle zu. Wir waren gerettet, wir waren ausgelassen, wir waren nur Stunden von unserem Ankerplatz entfernt und waren uns alle einig, daß die freie Fahrt dieses Tages mehr bedeutete als seine Hitze.

Tapfer bereitete und servierte Sissy ihr Mahl; elegant hielt Uncle Jake uns auf Kurs. Sogar die *Prince of Wales* krängte nicht mehr so weit nach Steuerbord wie noch bei unserer Abfahrt aus Juneau. Und doch gab es am frühen Nachmittag düstere Mienen, langes Schweigen, wurden verstohlen finstere Blicke ausgetauscht. Türen und Fenster im Steuerhaus waren fest verschlossen; wir schwitzten. Die McGinnises flohen aus der Back, kehrten verzweifelt dahin zurück, flohen wieder auf das stickige Deck, das keine Linderung bot.

»Tja, Jake«, sagte Frank Morley, als der Tag sich zu neigen begann, »ich muß zugeben, das ist ganz schön scheußlich.«

Der Fischgestank. Der ekelerregende, überwältigende Gestank fauler Fische. Zehn Meilen vor White Eye war der Tatsache nicht mehr auszuweichen, der Gestank nicht mehr zu ignorieren. Zehn Meilen vor White Eye schämten sich alle an Bord für die *Prince of Wales*. Sie war anstößig, unrein, verpestet, ein schwimmendes Grab voller Fäulnisgase. Ihr Laderaum war vollgestopft mit tausend Pfund Fischköpfen, großen und kleinen, die verdorben und zu Brei zerlaufen waren, und obwohl die Luken fest verschlossen, der Laderaum so fest versiegelt war wie nur irgend möglich, nahm doch der Druck dieser Gase zu, schickte der Schiffsbauch sich an zu platzen, schrie der Gestank nach einem Ausweg. Und den fand er. Sprünge und Spalten taten sich auf, die *Prince of Wales* war wie durchlöchert von geheimen Rohren und Düsen, die den Gestank mit gnadenloser Gewalt an jede Stelle des Schiffs strömen ließen. Er stieg durch Risse im Deck; aus den Pumpen, die das Meerwasser abpumpten, quoll jetzt nichts als der Gestank fauler Fische. Selbst der Rauch unseres Dieselmotors stank nach toten Fischen. Wir fuhren nordwärts in den weißen flimmernden Wolken unseres Gestanks.

»Du mußt was unternehmen«, sagte Frank Morley schließlich. »Wir halten das nicht mehr lange aus, Jake!«

»In Ordnung«, sagte Uncle Jake. »In Ordnung. Wir werfen die ganze verflixte Ladung über Bord.«

»Die Idee war ja sehr gut«, sagte Frank Morley. »Aber gegen das Wetter kann man nichts machen, Jake.«

»Wir verschleudern bloß eine halbe Tonne hervorragender Fuchsnahrung«, sagte Uncle Jake. »Wir kippen's einfach über Bord, wie dieser verflixte French Pete gesagt hat.«

»Armer Jake«, sagte Sissy durch das Taschentuch, das sie sich vors Gesicht hielt, »ärgere dich nicht.«

Aber er lachte nur grimmig und reckte den Unterkiefer vor. Er ärgerte sich – nie hatte ich ihn so wütend gesehen. Er verfügte über einen gußeisernen Magen, wie er immer sagte, und von nichts auf der Welt konnte ihm übel werden, außer von jeder Art Fisch oder Fleisch oder Geflügel, die nicht durchgegart war. Schon den Anblick nur einer Spur von Blut in seinem Essen hielt er nicht aus, und so mancher Teller mußte noch einmal auf Sissys Ofen zurück. Und auch die leisesten schlechten Gerüche konnte er nicht ertragen. Ansonsten aber hatte kein Mensch eine kräftigere Konstitution, wie er immer sagte, oder einen größeren Appetit.

»Pete!« rief Uncle Jake durch das Sprachrohr, »der Anker.«

Wir trieben noch, wurden langsamer, kamen schließlich in dem klaren warmen Abendlicht zum Stillstand. Wir waren angekommen. Fünfzig Yards backbords befanden sich die Hütte, die Schuppen und der Steg, die einmal Olaf Olafson gehört hatten, jetzt aber unser Eigentum waren; zweihundert Yards steuerbords lag wie ausgestorben das Dorf White Eye. Wieder waren wir alle, bis auf French Pete, im Steuerhaus versammelt. Die McGinnises mühten sich, die Luft anzuhalten oder nur so wenig wie möglich zu atmen, Sissy und Frank Morley warfen Uncle Jake unruhige und traurige Blicke zu.

»Pete!« brüllte Uncle Jake durch das Fenster, das er eben einen Spalt weit geöffnet hatte, »der Laderaum!«

»Nein, Sir!« brüllte French Pete zurück. »Nein, Sir! Diese Sauarbeit kannst du alleine machen!«

»Also gut«, schrie Uncle Jake mit seiner grimmigsten Stimme, »dann eben ich.«

»McGinnis und ich helfen dir«, sagte Frank Morley.

»Sieh ihn dir doch an«, sagte Uncle Jake. »Der ist ja ganz grün im Gesicht.«

»Dann helf ich dir«, sagte Frank Morley.

»Du kannst den Kran bedienen«, sagte Uncle Jake nach einer Pause. »Ich übernehme den Laderaum.«

Die *Prince of Wales* lag in dem klaren warmen Zwielicht wie ein Schiff in Quarantäne zwischen der stillen Insel und dem Dorf, das verlassen war wie unterm Fluch eines Schamanen. Und hier gab es keine Krähenkolonie, kein fernes Knattern von Benzinmotoren. Wir waren allein, soweit wir sehen konnten, allein in dem hier noch herumgeisternden Zorn der Skoots und des Schweden, und mürbe – weich und mürbe –, wie Uncle Jake mit wütendem Lachen sagte, als er Frank Morley zu den Luken vorausging.

Frank Morley band sich ein Halstuch vor die untere Gesichtshälfte. Er und Uncle Jake zogen sich die Hemden aus. Frank Morley stieg aus seinen schwarzen Halbschuhen und Uncle Jake aus seinen Stiefeln. Gemeinsam machten sie den Ladebaum los und bereiteten den Flaschenzug vor, mit dem sie die randvollen Fässer an Deck hieven wollten.

Dann näherten sie sich den Luken. Sie bückten sich, zogen die Planen beiseite, lösten die Lukendeckel und wuchteten sie hoch. Selbst der treue Frank Morley entfernte sich mit einem Satz von der jetzt offenen Stinkgrube und der stummen, fast unsichtbaren Detonation, die aus den finsteren schleimigen Tiefen hervorbrach, als ob, wie Uncle Jake später sagte, eine große Höhle voller Faulschlammgas plötzlich geplatzt wäre. Uncle Jake wich nicht von der Stelle, Frank Morley verschwand aus dem Blickfeld – selbst der treue Frank Morley – und kam dann schwächer, bleicher zurück, aber entschlossen, seinen Teil der Arbeit zu leisten. Während Frank Morley sich an dem Seil festhielt, das an dem Ladebaum hochlief und von seinem Ende in den noch immer dampfenden Schiffsbauch tauchte, trat Uncle Jake vor und stieg die Eisenleiter hinab, der ihm auferlegten Arbeit entgegen.

»Seht mal«, sagte Sissy durch das vor ihr Gesicht geknäulte Taschentuch, »da sind Leute drüben in dem kleinen Dorf!«

Robert McGinnis brach in aufgeregtes Lärmen aus und zeigte, schüttelte Annies Arm, und wo vorhin niemand gewesen, stand jetzt, wie Sissy als erste bemerkt hatte, die gesamte Einwohnerschaft von White Eye – dreißig oder vierzig Indianer in schwarzen Hüten und Jeanshemden und -hosen – dicht gedrängt am Ufer. Unergründlich beobachteten sie uns, unergründlich starrten sie die *Prince of Wales* an, unergründlich sahen sie zu, wie

Uncle Jake und Frank Morley sich anschickten, verfaulte Fischköpfe in die Gewässer der Skoots zu kippen.

Das in den Laderaum hängende Tau straffte sich; Uncle Jake hatte es an einem Faß festgemacht. Frank Morley wartete; Uncle Jake kletterte aus dem Schiffsbauch heraus, wischte sich die Brust und bezwang seine Wut. Seite an Seite und Hand über Hand zogen Frank Morley und Uncle Jake, bis das erste Faß schwappend und triefend ans Licht kam, und dann zogen sie es im Gleichtakt hoch genug, daß es fast über die Steuerbordreling ging. Sie warteten, Uncle Jake fuchtig und fuchsig, Frank Morley bleich, und dann gaben die Partner dem Ladebaum einen Stoß, so daß die Unterkante der tanzenden Tonne an der Reling zur Ruhe kam. Wir lauerten, Sissy und die McGinnises und ich, lauerten, fürs erste blind gegen die aufmerksamen Indianer, auf den Augenblick, da Uncle Jake den Boden der Tonne umfassen würde, damit sie nicht von der Reling abrutschte, und da Frank Morley behutsam das Seil nachlassen und das Faß sich neigen, weiter neigen und langsam, aber sicher seinen Inhalt über Bord ergießen würde. Aber dazu sollte es nicht kommen.

»Oh!« keuchte Sissy, und das Tau rutschte, das erste Faß rutschte, und Uncle Jake warf sich gegen die plötzlich hin und her pendelnde Tonne und umklammerte, ohne etwaiger Verletzungen zu achten, den stählernen Trumm mit beiden Armen und rang mit der fürchterlichen Last – doch ohne Erfolg. Nieder krachte die Tonne und spie ihren schlabbrigen Inhalt nicht wie geplant ins Meer, sondern übers Deck. Frank Morley kreischte, Uncle Jake sprang gerade noch rechtzeitig weg, um dem mächtigen Schwall von Fischköpfen zu entgehen, die überall zwischen den Partnern herumpurzelten und platschten oder in ihrer ranzig milchigen Soße schwammen.

»Jake!« schrie Sissy, obwohl wir im Steuerhaus eingeschlossen waren, »alles in Ordnung?«

Frank Morley rutschte das Halstuch runter. Mit bloßen Händen fuhr Uncle Jake sich über Brust, Arme, Gesicht. Alles war voller Fischköpfe, weiß und weich wie Seifenstücke – totäugig, die Mäuler aufgeklappt wie zum Entfernen des Hakens. Sie glitschten und lagen an Uncle Jakes nackten Füßen; sie versanken in ihren fauligen Pfützen. Uncle Jake sprach tröstend auf Frank Morley ein. Dann stakste er steif zum Laderaum, um wieder in dessen verderblichen Tiefen zu verschwinden. Langsam zog Frank Morley sein Halstuch wieder hoch.

»Meine Güte«, sagte Sissy, »was für eine Schweinerei.«

Im Schiffsbauch lagerten noch neun weitere solcher Stahlfässer, und ohne weiteres Mißgeschick boten Uncle Jake und Frank Morley den aufmerksamen Indianern neunmal das Schauspiel eines in die stillen Wasser rauschenden Schwalls fauler Fischköpfe. Reibungslos entledigten sie die *Prince of Wales* ihrer kostbaren Fracht, die doch glatt unter Uncle Jakes Nase verdorben war, wie er später lachend und den Rest seiner Wut vertreibend sagte. Unsere ganze Steuerbordseite schwamm von weißen dreieckigen Fischköpfen auf der Suche nach ihren Rümpfen. Das Wasser an Steuerbord färbte sich weiß. Als klar war, daß die letzte Tonne geleert und dies irrationale Ritual der Schändung beendet war, wandten die Indianer sich wie auf Kommando ab und waren verschwunden.

Bei zunehmender Dunkelheit spritzten Uncle Jake und Frank Morley die Fässer aus, spritzten das Deck ab und spritzten, nachdem sie Sissy und Annie rechtzeitig zur Wahrung ihres Schamgefühls gewarnt hatten, sich gegenseitig ab. In dieser Nacht standen Türen, Fenster, Bullaugen, der anrüchige Schiffsbauch allesamt der frischen Luft und einem jähen Kälteeinbruch offen. Gegen Morgen war der Gestank praktisch abgezogen, das Deck vereist. Ich war im Dämmerlicht die erste an Deck, allein und bibbernd, und plötzlich entdeckte ich nahe am Bug einen letzten entwischten Fischkopf, der in einem Speigatt steckte. Ich hockte mich hin, untersuchte meinen Fund, hob ihn auf, diesen flachen Kopf mit seinen Stachelzähnen und Augen wie weiße Gummirosinen. Dann ließ ich ihn behutsam ins Wasser fallen und lauschte, bis ich mit kindlicher Befriedigung das Aufklatschen hörte.

38

»Also seht euch das an!« rief Uncle Jake, der sich von seiner Düpierung durch die Natur wieder ganz erholt hatte und uns jetzt voller Energie von Olaf Olafsons Steg nach oben führte. »Hat dieser elende Schwede doch alles kaputtgemacht, Frank! Nichts als einen Trümmerhaufen hat er uns hinterlassen!«

Uncle Jake und Frank Morley und Sissy eiferten und machten finstere Mienen zu dem, was der niederträchtige Schwede da getan hatte, wohingegen Robert McGinnis und sogar Annie ebenso erfreut waren wie ich, daß wir uns nicht auf irgendeinem gewöhnlichen gepflegten Gut eines Fuchszüchters fanden, sondern inmitten einer Trümmerwüste. Wir drei zuckelten Sissy und Frank Morley und Uncle Jake hinterher, immer wieder aufs neue überrascht und freudig erregt von den in den Fenstern der Hütte hängenden Pergamentfetzen, von der aus ihren ledernen Angeln gebrochenen und zu Boden geschleuderten Tür, von dem über der Tür abgerissenen und zerschmetterten Elchgeweih, von den schwarzen Überbleibseln eines der Schuppen, den Olaf Olafson vorsätzlich niedergebrannt hatte, vom Inneren der Holzhütte, wo wir den eisernen Ofen umgestürzt und die Pritschen und primitiven Möbel dank Olafsons Axt und dem Reißen und Kratzen der Hunde zertrümmert fanden. In einer Ecke der Hütte türmte sich Beweismaterial für Trinkgelage.

»Wie schrecklich«, sagte Sissy und knüllte sich wieder einmal ihr Taschentuch vor Mund und Nase.

»Das ist ein starkes Stück, Frank«, sagte Uncle Jake. »So was von Gemeinheit habe ich noch nicht erlebt.«

»Schätze, er hatte was gegen den Verkauf«, sagte Frank Morley.

»Tja, dieser Mann«, sagte Uncle Jake, »ist ein Reptil. Das steht mal fest.«

»Aber wo sind die Füchse?« fragte Sissy mit schwächlich besorgter Stimme, woraufhin Uncle Jake und Frank Morley in dem zum Einfangen und Schlachten der Füchse gebrauchten fensterlosen Verschlag an eindeutigen Zeichen erkannten, daß Olaf Olafson uns entgegen Uncle Jakes Verbot mit dem Schlachten zuvorgekommen war und sich mit den diesjährigen Pelzen, die uns gehörten, aus dem Staub gemacht hatte.

»So ein Schuft«, sagte Uncle Jake, als er aus dem blutgetränkten Dunkel auftauchte. »So ein nichtsnutziger feiger Schurke, Frank, uns hinterrücks zu berauben.«

Frank Morley nickte.

»Also, das laß ich mir nicht gefallen«, sagte Uncle Jake. »Ich laß mich nicht hinterrücks von einem nichtsnutzigen Schweden ausrauben, der nicht mal eine Weiße als Frau für sich finden konnte. Dem setzen wir nach, Frank. Das tun wir. Das Reptil wird gejagt.«

Sissy zitterte, Frank Morley schlug den Kragen seines Entenjägermantels hoch. Robert und Annie McGinnis und ich spähten in den Verschlag, wo Olaf Olafson unsere Füchse getötet hatte.

»Jake«, sagte Frank Morley bedächtig, »das lassen wir lieber bleiben. Wenn die McGinnises hier gewesen wären, als das alles zerstört wurde, hätte es noch schlimmer kommen können.«

»Willst du damit sagen, er könnte noch mal wiederkommen?« fragte Sissy.

Frank Morley nickte.

»Ich will den Kerl hinter Gitter bringen«, sagte Uncle Jake.

»Nein«, sagte Frank Morley. »Das lassen wir lieber bleiben.«

»Na schön«, sagte Uncle Jake schließlich, »wenn du das sagst, Frank.«

Niemand sprach von den Eiszapfen, die sich an den Ästen, an der Dachkante der Holzhütte oder im Tauwerk der *Prince of Wales* zu bilden begannen. Niemand sprach von dem Schnee, der in den folgenden drei Wochen immer wieder fiel. Olaf Olafson wurde ebenfalls nicht mehr erwähnt. Uncle Jake weigerte sich, French Pete an Land zu lassen, obwohl Frank Morley murmelte, daß eine ganze Menge zu tun sei und sie einen zusätzlichen Helfer bestimmt gut brauchen könnten. Aber Uncle Jake war unnachgiebig. Nachdem er und Frank Morley und Robert McGinnis das Zelt aufgeschlagen und die Hütte ausgeräumt und den ganzen Proviant und die neuen Werkzeuge und Gerätschaften in die zwei von Olaf Olafson unversehrt gelassenen Schuppen befördert hatten, brachte er, Uncle Jake, uns andere an Land und ließ French Pete mit einem höchst kärglichen Vorrat an Nahrung und Wasser allein auf der *Prince of Wales* zurück, welches Schicksal Uncle Jake French Pete angemessen fand. Doch wie Uncle Jake selbst eines Nachmittags gegen Ende unserer der Ansiedlung der McGinnises und der Wiederherstellung der Fuchsfarm gewidmeten drei Wochen herausfand, war es French Pete durchaus zufrieden, müßig an Bord der *Prince of Wales* zu weilen, wo er die meiste Zeit damit verbrachte, vom Heck aus Heilbutt zu angeln und Tag und Nacht in der Wärme des Steuerhauses auf Uncle Jakes Feldbett zu schlafen.

Auf Olafsons Insel, die jetzt uns gehörte, war Uncle Jake fast genauso in seiner Glorie, wie wenn er auf der *Prince of Wales* das Kommando führte. Er und Frank Morley stellten die tragbare Motorsäge auf und brachten Robert McGinnis bei, wie man damit grobe Bretter zuschnitt. Sie bauten den Schuppen wieder auf, den Olafson niedergebrannt hatte. Sie zogen neue Wände und Böden in die Holzhütte, richteten den Ofen auf, fertigten neue Pritschen und Stühle und einen Tisch. Sie konstruierten geräumige Regale für Annie McGinnis' Nahrungsvorräte und erfüllten die Luft drinnen und draußen mit Holzspänen und Hammerschlägen. Uncle Jake bedachte sich sorgsam bei der Auswahl der zum Fällen am besten geeigneten Bäume, und dann bauten er und Frank Morley und Robert McGinnis in weniger als einer Woche aus den Stämmen das Kühlhaus, das Robert McGinnis, sagte Uncle Jake, weit im voraus mit Eis beschicken könnte, wenn die *Prince of Wales* das nächstemal mit einer frischen Ladung Fischköpfe für die Füchse wiederkäme. Uncle Jake und Frank Morley brachten Robert McGinnis das Schießen mit seiner .30-30 bei. Sie errichteten, was Uncle Jake den luxuriösesten Lokus von Alaska nannte – ein luftiger Bau mit eigenem Holzofen und einer kannelierten Kerosinlampe anstelle von Kerzen. Olaf Olafson hatte bei seinem letzten Akt des Vandalismus versucht, den Generator zu zerschlagen, doch Uncle Jake reparierte ihn. Das Kurzwellenfunkgerät fehlte, und widerstrebend brachte Uncle Jake den Sender von der *Prince of Wales* in die vollständig wiederhergestellte Holzhütte hinüber.

Die Wälder schallten, die Späne flogen, die Kreissäge sang ihr brutales Lied, und Uncle Jake und Frank Morley riefen einander durch die jetzt winterliche Luft zu und gewährten Robert McGinnis das Privileg, mit ihnen auf dem Steg, den sie ebenfalls repariert hatten, zu sitzen, wenn sie sich ein paar männliche Verschnaufminuten von ihrer Rackerei genehmigten. Robert McGinnis hackte und stapelte fünf Klafter Holz; Sissy und ich trugen wieder das, was Uncle Jake unsere exotische Kluft nannte; Sissy kochte alle Mahlzeiten, aber Annie, sagte sie, lerne schon. Den ganzen Tag stieg Holzrauch vom reinsten Blau aus dem neuen Blechkamin, der mit robusten rostbeständigen Drähten so sicher an den vier Ecken des Dachs befestigt war, daß selbst der Taku-Wind ihn nicht runterblasen konnte.

Das Cribbage-Brett lag auf dem neuen Tisch bereit. Die neuen Kleider der McGinnises hingen, eine ganze Wand einnehmend, an waagrecht angebrachten, entrindeten jungen Gerten. Uncle Jake sagte Robert McGinnis, er, McGinnis, werde bestimmt einen Kamin samt Abzug aus Feldsteinen bauen können, sobald der nächste Sommer heranrücke. Schließlich schätzte Uncle Jake, daß nur noch eine Woche Arbeit übrig sei, und schlug vor, er und Frank Morley und Robert McGinnis sollten aus dem Zelt ausziehen und für diese letzte Woche, wie er sagte, bei den Damen in der Hütte wohnen. Am Abend teilten sie die Hütte mit einer dicken grauen Hudson Bay-Decke in zwei Hälften und bewahrten so die unerläßliche Trennung der Geschlechter, obwohl Uncle Jake dieses Wort nicht gebrauchte und sich weigerte, die ehelichen Gepflogenheiten auch nur in Erwägung zu ziehen.

»Tja, Frank«, sagte Uncle Jake, die Hände in die Hüften gestemmt und bedauernd lachend, »das einzige, was uns jetzt noch fehlt, ist ein Bärenfell an der Wand.«

»Und ein Geweih«, ergänzte Frank Morley, »über der Tür.«

»Falls McGinnis an dieser Säge keine Hand einbüßt – das ist ein ganz schön heimtückischer Apparat, Frank – und falls er und Annie sich nicht noch vor dem Ende des ersten Monats an den Hals geraten, werden sie überleben, schätze ich.«

»Sie werden überleben«, sagte Frank Morley.

»Mutter wird sich freuen, wenn sie hört, was wir getan haben«, sagte Uncle Jake.

Ein kalter Morgen, ein klarer Morgen, und Robert McGinnis kam unbefugt hinter der Männerseite der Decke hervor. Ich erwachte mit wohligem Schreck und sah sein großes Gesicht dicht neben meinem und einen dicken Finger, der Schweigen gebot.

»Maßgebliche«, flüsterte er, und ich verstand es, »Maßgebliche«, und ich wußte, daß ich mich anziehen und ihm aus irgendeinem Grund, den nur er und ich erfahren würden, stiekum aus der Hütte folgen sollte.

Robert McGinnis hatte einen Pfad entdeckt, einen still und heimlichen Pfad, den selbst Uncle Jake bis jetzt noch nicht bemerkt hatte, jedenfalls dachte ich das, und ich folgte Robert McGinnis immer weiter von der noch schlafenden Hütte weg. Die Zehrwurz, die Igel-Aralien, die Farne und umgestürzten Bäume waren stumm, eisüberzogen, glitzernd besprenkelt, durchsichtig im ersten kalten Licht des Tags. Weiter watschelte mein Führer, sah sich nach jedem zweiten Schritt auffordernd um und nickte, lächelte, ermutigte mich zu folgen. Würde er mir einen Bau von Blaufüchsen zeigen? Einen toten Wolf in einer Falle? Eine Bärin und ihre Jungen? Was konnte er nur entdeckt haben, das uns zwei so weit weg von der Hütte lockte? Das mich – und davon war er offenbar überzeugt – so sehr erfreuen würde?

Plötzlich war das vereiste Unterholz höher als ich selbst. Robert McGinnis machte den Weg frei, erzwang uns einen Durchgang, drückte die Gräser und Nesseln und Äste zur Seite, so daß ich vorbeikam. Sein Gesicht war vor Eifer fleckig und verzerrt. Er zitterte.

Er blieb stehen, lauschte, legte wieder den Finger auf seine Lippen. Hoch oben in den Bäumen blitzte die Sonne auf. Das eisige Dunkel rings um uns her färbte sich blau. Robert McGinnis legte den Kopf schief. Ich nickte und lächelte ihm zu. Als ob er sich plötzlich dem Glück hingebe, das meiner harrte, wandte er sich um und kroch mit hochgerecktem Hintern, ich ihm auf den Fersen, durch eine freie Stelle im Unterholz, bis wir jäh auf einer kleinen Lichtung herauskamen beziehungsweise dem, was von einer Lichtung noch übrig war, uns wieder aufrichteten und Seite an Seite Robert McGinnis' Wunder anstaunten.

Er versuchte zu sprechen. Er sah mich forschend von oben an. Langsam und sorgfältig begann er mit den Fingern einer Hand Buchstaben aus dem Fingeralphabet zu formen, obwohl er genau wußte, daß ich sie trotz seines heimlichen Unterrichts neulich nicht verstand.

Dort vor uns auf der zugewachsenen Lichtung standen im sonnengesprenkelten Dämmer sechs kleine verwitterte Häuser auf schiefen spindeldürren Stelzen. Sie waren groß genug für einen Menschen, diese kleinen Häuser, aber kein Mensch, das begriff ich – Fingersprache hin, Fingersprache her –, hatte je darin gelebt. Sie hatten steile Holzdächer, keine Fenster, und zwischen den verdorrten Holzstreifen, aus denen ihre Wände bestanden, klafften breite dunkle Ritzen. Auf dem Dach glänzend grüne Moospolster. Und was das Beste war, wie ich allmählich erkannte: Diese seltsamen grauen stummen Häuschen waren einmal bunt bemalt gewesen, waren gestreift und getönt mit den leisesten Schattierungen dessen, was einmal kräftiges Rot, kräftiges Blau, kräftiges Grün gewesen war.

Flugs mahnte mich Robert McGinnis, in meiner Begeisterung nicht zu lachen, nicht zu sprechen, mich nicht zu rühren. Er blickte um sich, als würden wir von Füchsen, Wölfen, Schlittenhunden, einem ganzen Heer übelwollender Augen belauert, und näherte sich, offenbar nicht zum erstenmal, dem ersten Haus und starrte den stummen Bau auf seinen Stelzen an. Er nahm das papierene Holzviereck, das einmal eine Tür gewesen, von der Vorderseite des Hauses ab, streckte beide Arme aus, griff so weit er konnte in die Öffnung hinein und zog vorsichtig seine Beute heraus, die er mir dann hinhielt – einen Schädel, einen kleinen Menschenschädel, dem der Unterkiefer fehlte.

Er streckte ihn mir hin, er, der die Gedankengänge eines Kindes ganz genau kannte und selbst wie ein Kind dachte, so begabt er auch am Klavier sein mochte. »Tote... tote...«, sagte er, »oots...oots...«

Da hatte also Robert McGinnis Olaf Olafsons Insel durchstreift, war zufällig auf den heiligen Begräbnisplatz der Skoots gestoßen und hatte an mich gedacht. Er glaubte, das Geheimnis der kleinen Häuser gehöre uns allein, und dies Geheimnis wollte er mit niemandem teilen als mir allein. Hierher würde er kommen, um allein zu sein, hier würde er die Knochen sortieren und die Asche durchwühlen und die dunkel gewordenen Schädel der vor langer Zeit gestorbenen Skoots betrachten, die dieses überwucherte Minidorf der Toten bewohnten. Er würde die Lichtung wieder freimachen. Er würde der alleinige Besitzer der sechs toten alaskanischen Indianer und ihrer Überreste sein.

Er schob mir den Schädel in die Hände.

Ich nahm ihn. Ich hielt ihn wie eine randvoll mit Wasser gefüllte Schale, aus der nichts verschüttet werden durfte. Und wenn mir schon der Schädel Seiner Unheiligkeit, immerhin ja nur ein Bärenschädel, ans Herz gewachsen war, wieviel höher schätzte ich nun erst diesen kleinen verräucherten Schädel, der mir da die Handflächen kühlte. Seine Augenhöhlen waren voller Ruß und schienen trotz der Kleinheit des Kopfs für Augen gemacht, die groß wie Eier waren; oben an der rissigen Hirnschale flatterten noch ein paar Haarsträhnen, obwohl dieser Skoot, wie wir später von Uncle Jake erfuhren, ebenso wie die fünf anderen eingeäschert worden war, bevor man ihn dorthin gebettet hatte, wo Robert McGinnis ihn gefunden. Was gefiel mir besser, fragte ich mich, die leeren Augenhöhlen oder die winzigen Zähne? Nicht ein einziger Zahn fehlte in der Kieferwölbung, und diese Zähne waren kleiner als meine und von einem bläulich-rötlich-grünlichen Schwarz – schwarz von der Fäulnis, die sie schon lange vor dem Ableben dieses jungen Skoot befallen hatte. Wie hartgewordene Maiskörner sahen sie aus.

Trotz der kalten Sonne begann ein eisiger Schnee den heiligen Hain, in dem wir standen, zu berieseln. Robert McGinnis' Kopf war dicht neben meinem. Und dann tat ich etwas, was nur ein Kind fertigbringt und was auch Robert McGinnis, so kindlich und zauberhaft er mir auch erschien, nicht eingefallen wäre. Ich strich plötzlich mit den mittleren drei Fingern meiner linken Hand leicht durch die Wölbung einer der Augenhöhlen dieses Schädels, blickte zu Robert McGinnis auf, stopfte mir die Finger in den Mund und leckte den Ruß ab, das einzige, was von dem Rauch noch übrig war, der einmal das Fleisch des Toten gewesen.

Robert McGinnis schlug sich auf die Schenkel, nickte und lachte, starrte mich mit einer Bewunderung an, die an Ehrfurcht grenzte. Ich schmeckte den uralten Rauch in meinem Mund. Er nahm den Schädel wieder in Empfang und stellte ihn zurück. Er legte sich die Finger auf die Lippen. Wir gingen zum Pfad und der noch schlafenden Hütte zurück, wo niemand etwas von unserem Ausflug bemerkt hatte.

Und was für ein Kind bekommt den Schädel eines Bären von seinem Vater und den Schädel eines Indianers vom Freund seines Vaters zum Geschenk? Ein maßgebliches Kind, wie ich erfahren hatte. Ein beispiellos und in jungen Jahren von Männern geliebtes Kind. Ein Kind, dem in so jungen Jahren die Angst vor dem Tod genommen wurde.

»Frank«, sagte Uncle Jake am frühen Nachmittag desselben Tages; barhäuptig, Axt in der Hand, stand er im Schnee. »Wir haben Besuch.«

Wir hatten weder Dollen knarren hören noch das Klatschen eines Bootsbodens auf dem Wasser. Und doch stand da am Ende unseres Steges jemand, der unverkennbar zu den Skoots von White Eye gehörte. Auch er war barhäuptig, reglos hingen seine Arme, eine Erscheinung, wie dem Meer oder dem Schnee entstiegen, wartete er geduldig, bis er gesehen wurde.

Robert McGinnis packte mich mit einer Hand am Oberarm und machte, obwohl er nicht gehört haben konnte, was Uncle Jake gesagt hatte, eine jähe Bewegung in Richtung des Stegs, und einen schrecklichen Augenblick lang glaubten Robert McGinnis und ich, man wäre uns auf die Schliche gekommen. Doch war dem nicht so. Uncle Jake schlenderte runter, um mit dem Indianer zu sprechen. Er hörte zu, nickte, kam zu uns zurück und ließ den Indianer, noch immer reglos, am Ende des Steges stehen.

»Er sagt, sie hätten ein Problem da drüben«, berichtete er.

»Was denn?« fragte Frank Morley.

»Keine Ahnung«, sagte Uncle Jake. »Aber er meint, sie bräuchten meine Hilfe. Er will, daß ich mit ihm rüberfahre.«

»Tu's nicht«, sagte Frank Morley.

»Ach«, sagte Uncle Jake, »ich glaube nicht, daß wir uns Sorgen machen müssen.«

Frank Morley schüttelte den Kopf. Robert McGinnis versuchte sich einzumischen.

»Wird nicht lange dauern«, sagte Uncle Jake.

Sissy öffnete die Tür der Hütte. »Jake?« sagte sie.

»Ich fahre nur mal kurz nach White Eye rüber«, sagte Uncle Jake.

»Du weißt, was da passiert ist«, sagte Sissy.

»Das hier ist etwas anderes«, sagte Uncle Jake.

»Da bin ich gar nicht sicher«, sagte Sissy. »Es ist gefährlich.«

»Sissy hat recht«, sagte Frank Morley. »Hör lieber auf sie.«

»Frank«, sagte Uncle Jake, »das ist eine Chance, Wiedergutmachung zu leisten. Ich kann das nicht ausschlagen. Außerdem behauptet der Bursche da unten auf dem Steg, er hätte was für uns in seinem Boot. Sehen wir doch mal, was er uns mitgebracht hat.«

Die Spende des Dorfs erwies sich als ein frisch geschossener junger Hirsch, den Uncle Jake und Frank Morley vom Steg herauftrugen und mit dem Kopf nach unten an einem vereisten Ast neben der Hütte aufhängten. Keiner von uns hatte bis dahin je einen toten Hirsch gesehen, außer Frank Morley und Uncle Jake, doch allein Robert McGinnis und mich zog es zu diesem noch warmen Wesen mit seinem weichen flauschigen Stummelschwanz, seinen schlanken Beinen, seinem seidigen Fell, seiner kaum entwickelten Geweihkrone, seinen großen stillen Augen, seiner Anmut und Steifheit, was alles Robert McGinnis und ich sorgfältig musterten, obwohl Robert McGinnis noch immer, wie ich wußte, Angst vor dem Indianer hatte.

»Na bitte, Sissy«, sagte Uncle Jake. »Frank wird ihn abhäuten, und du kannst die Keulen braten und die Steaks zubereiten. Nichts auf dieser Welt geht über ein köstliches Wildbret.«

Und Uncle Jake, ohne zu wissen, was ihn erwartete, wie er sagte, stellte ein Sortiment kleiner Werkzeuge und Arzneimittel zusammen, obwohl das Problem, sagte er, sich durchaus, wie schon einmal, als eines der Moral oder des menschlichen Verstandes herausstellen konnte, eine Erklärung, die Sissy und Frank Morley schweigend hinnahmen. Dann gab Uncle Jake

Sissy einen Kuß, schulterte sein Bündel und begab sich wieder zu dem auf dem Steg wartenden Indianer. Der Schnee fiel inzwischen so dicht, daß wir an Land von ihrer Fahrt übers Wasser nicht das geringste sehen konnten.

Von ferne hörten wir zwei Füchse bellen. Die *Prince of Wales* lag so unsichtbar in dem Schneegestöber, daß French Pete ebensogut den Anker gelichtet und das alte Boot allein nach Juneau zurückgefahren haben konnte.

»Sissy«, sagte Frank Morley, »ich werde jetzt erst mal diesen Bock hier abhäuten. Du und Annie, ihr wartet besser drinnen.«

Und dann war nur noch die stille eingeschneite Hütte, der hängende Hirsch, der bereits sich neigende Tag, das düstre, unausgesprochne Wissen, daß Uncle Jake nicht da war. Frank Morley, so krumm, bedächtig und methodisch er sonst auch sein mochte, arbeitete zügig und konzentriert gegen das Schwinden des Lichts an, gegen die bedrohliche Leere um uns. Robert McGinnis und ich, Frank Morleys stumme Schüler, standen dabei und sahen dem Vordringen seines Messers zu. Die Klinge, geführt von der alten, arthritischen Hand, glitt abwärts, schnitt quer, und so gespannt ich auch das Hervorquellen der Innereien und das langsame Zutagetreten der Geheimnisse des toten Hirschs verfolgte, wünschte auch ich plötzlich nur noch, daß Frank Morley mit seiner Arbeit fertig werde und wir in die Wärme und Geborgenheit der Hütte eingehen könnten.

Der Kopf des Tieres fiel, Geweih und alles, und lag im Schnee, genau wie der Hirschkopf, der im Schaufenster von Waffen-Kleider-Zubehör aufgestellt war. Zerknautscht lag das Fell im Schnee, wie ein alter, abgelegter Mantel. Dann teilte Frank Morley den Rumpf in zwei Hälften – hastig, wie wir bemerkten –, säbelte und hackte und brachte, gefolgt von Robert McGinnis und mir, das Schlachtfleisch in einen der Schuppen, räumte Kopf und Fell beiseite, säuberte den Schnee so gut es ging von den Spuren seiner Metzgerarbeit. Es war schon dunkel, als Frank Morley Sissy ein rundes Dutzend Wildsteaks überreichte, die alle so groß waren wie Robert McGinnis' Hand.

Draußen heulte der Wind durch den Schnee und hämmerte an die Türen der Hütte, die Frank Morley verriegelt hatte. Die stattlichen Kerosinlampen brannten, der Holzofen strahlte gleichmäßige Wärme ab, Sissy briet Kartoffeln auf dem eisernen Herd. Robert und Annie McGinnis saßen einander am Tisch gegenüber, unfähig, das Cribbage-Spiel zwischen sich anzurühren. Wir waren im Warmen, wir waren geborgen, wir rochen die Kartoffeln und den köstlich reinen Duft nicht abgelagerten Holzes. Und doch war uns beklommen zumut.

»Heute abend kommt er nicht mehr«, sagte Sissy.

Frank Morley schüttelte den Kopf.

»Ich hab's aufgegeben, mir Sorgen um ihn zu machen«, sagte Sissy.

»Wenn's nur so wäre«, sagte Frank Morley.

»Ich sollte wohl die Steaks braten«, sagte Sissy und zeigte das Lächeln, das einzig solchen Anlässen und einzig Frank Morley vorbehalten war.

Sissy verbrannte sich, lachte über ihren Leichtsinn, tischte das Mahl auf. Keiner sprach, bis auf Frank Morley, der uns mühsam von seiner Zeit in Dawson erzählte, wo er und ein anderer Bursche einen Bernhardiner davor gerettet hatten, von zwei sibirischen Huskies lebendig in Stücke gerissen und gefressen zu werden. Er und dieser andere, sagte Frank Morley in unsere schweigende Runde, wären dem Bernhardiner mit Äxten zu Hilfe gekommen. Von den Huskies sei nicht viel übriggeblieben, während der Bernhardiner, der einzige, den man je in dieser Gegend gesehen habe, fast unversehrt davongekommen sei.

»O Frank«, sagte Sissy lachend und hielt sich die Hand, »daß du so was mal getan hast?«

Frank Morley nickte und sagte, ja, das habe er. Und noch viel Schlimmeres oder Besseres, je nachdem wie man es betrachte, wenn wir nur wüßten. Der Wind heulte. Aufs neue senkte sich Schweigen um unseren Tisch. Frank Morley und Sissy blickten wieder niedergeschlagen drein.

Noch zwei Tage lang währte der Sturm, wirbelte ab und zu einen Raubvogel durch jähe Lücken im Schnee und verwischte die Konturen der Bäume, der Schuppen, des Stegs, des luxuriösesten Lokus von Alaska. Wir blieben soweit es ging in der Hütte. Wir warteten. Sissy stellte einen großen Topf schwärzlich überkrusteter Baked Beans für Uncle Jakes Rückkehr bereit.

»Kopf hoch, Bobby«, sagte sie und meinte dann traurig zu Frank Morley, sie wisse gar nicht, was mit unserem frischgebakkenen Fuchsfarmer los sei, aber sie habe das Gefühl, daß er sich nicht mal mehr die Mühe mache, ihr von den Lippen zu lesen.

»Der wird schon werden«, sagte Frank Morley, »wenn er erst mal allein ist.«

Noch vor Morgengrauen des dritten Tages nach Uncle Jakes

Fortgang waren Sissy und ich auf den Beinen und angezogen, Sissy wärmte die Baked Beans auf und machte den Teig für die Pfannkuchen, die es, wenn Frank Morley und die McGinnises aufwachten, zum Frühstück geben sollte. So leise sie konnte werkelte sie lächelnd und auf ihre schlanke athletische Art vor sich hin, ab und an öffnete sie die Tür und lauschte, spähte in das Schweigen und das Dämmerlicht auf dem Schnee hinaus. Heute sei es soweit, sagte sie, heute komme Uncle Jake zurück – und zwar noch rechtzeitig, sie sagte, sie spüre es in den Knochen, zum Frühstück. Sie wollte ihm Wildsteaks und seine Bohnen vorsetzen und bat mich, den Tisch für ihn mit zu decken. Sie machte zwei Kannen Kaffee, warf die Eierschalen hinein, damit er sich setzte, und lachte bei dem uns normalerweise versagten Anblick der zwei Jungs, wie sie sie nannte, die in ihren langen Unterhosen vor sich hin schnarchten.

Und dann hörten wir ihn rufen – Uncle Jake vom Pier aus uns zurufen –, Frank Morley und Robert McGinnis sprangen in ihre Hosen, während Annie McGinnis, die sich ihr Gesichtchen rieb und die Hüften schwang, die breit waren wie ein Axtstiel, wie French Pete sich mal ausgedrückt hatte, ihre gewöhnlichen begeisterten Geräusche von sich gab und die Decke abhängte.

»Jake!« sagte Sissy, ließ einen Klumpen Schweineschmalz in die Pfanne fallen und wandte sich der offenen Tür zu, »du kommst gerade richtig!«

»Ich konnte die Bohnen schon bis zum Steg runter riechen«, lachte Uncle Jake, und da stand er – zerzaust, unrasiert, nach geräuchertem Fisch stinkend, dünner als vor seinem Aufbruch, wie Sissy meinte, doch immer noch groß und kräftig, unversehrt, die Augen blauer denn je, gewärtig der Aufregung, die seine Rückkehr jetzt auslöste.

»Alles an den Tisch!« rief Sissy.

»Willkommen daheim, Partner«, sagte Frank Morley.

»Sunny«, sagte Uncle Jake, »gib Küßchen... auf die Stoppeln!«

»Fang aber mit deiner Geschichte erst an«, sagte Sissy, indem sie den einen Teller mit Steaks und Bohnen und die anderen mit je sechs Pfannkuchen belud und den Kaffee einschenkte, »wenn ich sitze und zuhören kann, Jake.«

»Ach«, sagte Uncle Jake, blinzelte Frank Morley zu, setzte sich seitwärts und schlug die Beine übereinander, »da gibt's nicht viel zu erzählen.«

»Aber Ärger gibt's da drüben keinen?« fragte Frank Morley und warf Uncle Jake einen bedeutenden Blick zu.

»Keinen Ärger«, sagte Uncle Jake.

»Die Skoots sind nicht sauer?« fragte Frank Morley, während Robert McGinnis Uncle Jakes Gesicht nach der Antwort absuchte und Sissy endlich Platz nahm, und zwar nicht Uncle Jake gegenüber, wo traditionsgemäß Frank Morley saß, sondern neben Annie McGinnis, wo sie dem Ofen näher war.

»Mit den Skoots war alles in Ordnung«, sagte Uncle Jake, und Robert McGinnis nickte ihm und mir eifrig zu, sein rundes Gesicht furchte und faltete sich vor Erleichterung und Vergnügen, dann machte er sich plötzlich ans Essen.

»Gott sei Dank«, sagte Sissy.

»Na«, sagte Frank Morley, »was gab's also?«

»Zähne!« sagte Uncle Jake, nahm einen heißen Mundvoll seiner schwarzen karamelisierten Baked Beans und genoß die verblüfften Ausrufe und Mienen um sich her.

»Zähne?« fragte Sissy.

»Genau«, sagte Uncle Jake lachend, nippte an seinem Kaffee und blinzelte Frank Morley ein zweites Mal zu. »Zähne.«

»Also, Partner«, sagte Frank Morley und schüttelte lächelnd den Kopf, »ich bin wohl etwas dußlig heute. Ich verstehe dich nicht.«

»Frank«, sagte Uncle Jake, schnitt auf eins seiner Steaks ein und lachte, »so was Verrücktes. Ich konnte mich ja schlecht weigern, mit Nam-Bok mitzufahren – so heißt der Bursche, den sie nach mir geschickt hatten –, aber ich ahnte nicht, was mich da erwartete, kann ich euch sagen. Es hätte mit dieser unerfreulichen Sache zusammenhängen können, wie du und Sissy vielleicht befürchtet habt. Oder mit ihrem Begräbnisplatz.«

»Begräbnisplatz?« fragte Sissy, während Robert McGinnis zusammenzuckte und seine Gabel sinken ließ.

»Ja«, sagte Uncle Jake. »Du erinnerst dich, was dieses Reptil gesagt hat – daß die Skoots ihn nicht auf dieser Insel Füchse züchten lassen wollten, weil einige ihrer Toten hier begraben lägen. Also dachte ich natürlich, es könnte vielleicht darum gehen. Ein indianischer Begräbnisplatz kann eine Menge Ärger machen, das weißt du ja wohl, Frank. Oder es ging vielleicht um etwas Einfacheres – die Fischköpfe«, sagte Uncle Jake und errötete unter seinem Drei-Tage-Bart, »oder daß sie irgend etwas gegen Nahrungsmittel eintauschen wollten oder daß ich ihnen eine Maschine reparieren sollte. Immerhin, eine zweite Destille für ihren Hoochinoo hätte ich ihnen nicht gebaut«, sagte Uncle Jake mit jungenhaftem Lachen, »das stand mal fest. Jedenfalls bin ich mit Nam-Bok durch den Schnee losgefahren. Er ruderte nach Indianerart, also aufrecht im Heck mit Blick nach vorn, während ich mit dem Rücken zum Schneetreiben im Bug saß und Nam-Bok ansah, der aber offenbar nicht sprechen wollte.

Es war ein ziemlich merkwürdiges Gefühl, wieder in White Eye zu sein, kann ich euch sagen, besonders bei dem Schnee und da nirgends Anzeichen von Leben zu sehen waren, ausgenommen ein paar freundliche Fahnen Holzrauch in der Luft. Und noch schlimmer wurde es, als ich merkte, daß Nam-Bok, der mir voranging, mich zu derselben Hütte führte – zu eben der Hütte, Frank –, in der ich den armen Brewster ans Bett gefesselt gefunden und dieser unglücklichen Frau zu helfen versucht hatte.«

»O Jake«, unterbrach ihn Sissy, die gerade wieder am Herd stand, »wie seltsam.«

»Seltsam war es allerdings«, fuhr Uncle Jake fort. »Konnte einen ganz schön kribbelig machen, um mich deines Ausdrucks zu bedienen, Frank. Also, Nam-Bok stieß die Tür auf – am Dachvorsprung daneben hing genauso ein toter Hirsch wie der bei uns hier –, und ich ging rein. Und Luft? Tja, draußen um die Holzwände waren solche Massen von Schnee aufgetürmt, und drinnen hingen die Hirschfelle so dicht und brannte ein so schauderhaftes Feuer im Kanonenofen, daß schlichtweg keine Luft zu kriegen war. Kein bißchen Luft. Und der Gestank? Tja, in der Hütte stank es schlimmer als die Winterunterwäsche des Reptils, kann ich euch sagen. Aber was mich beunruhigte, Frank, waren die vielen Leute in diesem überhitzten und übel stinkenden Loch. Drei alte Squaws, vier jüngere Männer, dazu ich und Nam-Bok, und auf dem berühmten Bett saß mit gekreuzten Beinen ein Skoot, so alt und eingeschrumpft, daß er nicht größer als Sunny war. Sie begrüßten mich nicht, sie sagten kein Wort. Es war unheimlich, Frank. Ganz schön unheimlich. Dann ächzte der alte Skoot plötzlich auf und verzog sein Gesicht vor Schmerzen, und ich dachte, jetzt läßt er den beleidigten Geist des Dorfs sprechen und man hat mich nach White Eye geholt, damit ich Buße tue. Die Hitze war schrecklich, und diese Skoots haben mich nicht grade freundlich angesehen, kann ich euch sagen.

Aber ich hatte mich getäuscht. Gleich sagte der alte Bursche etwas, eine der Squaws fing laut zu reden an, und Nam-Bok fand endlich die Sprache wieder. Nun, was ich als unheimlich empfunden hatte, war bloß mitleiderregend, Frank. Der Name des alten Burschen war Olo – das bedeutet: der Mann, der immer Hunger hat, Sissy –, und die Squaws und die jüngeren Skoots und Nam-Bok waren alles, was von seiner Familie noch übrig war, wie Nam-Bok mir erklärte. Ich wollte natürlich wissen, warum die sich alle in dieser Hütte drängelten, und mit Nam-Boks Antwort wurde die ganze Sache dann mitleiderregend. Zunächst einmal war Olo der Häuptling der Skoots von White Eye – er sah auch ganz wie ein Häuptling aus, Frank, trotz seiner ausgebleichten Jeanskleider und der schäbigen Decke um seine Schultern –, wichtiger aber war, worauf ich auch selbst hätte kommen können, daß Olo der Vater jener unglückseligen jungen Frau war. Als seine Tochter starb, zog der Alte in seinem Kummer in ihre Hütte und nahm seine Squaws und Söhne mit, zu denen selbstverständlich auch Nam-Bok gehört. Auf diese Weise, so Nam-Bok, könne Olo seine letzten Tage am Wohnort des Geistes seiner Tochter verbringen. Nam-Bok behauptete, der Alte fände seine Tochter in allem, was er in dieser erbärmlichen Hütte berühre oder sehe. Ich habe so was noch nie gehört, du vielleicht, Frank? Sobald ich die Situation begriffen hatte und mir klar war, wie sehr der alte Olo an dieser armen unglücklichen jungen Frau gehangen hatte, wußte ich, daß er wegen des Geschehenen keinen Groll gegen mich hegte. Ich bat Nam-Bok, er solle dem alten Burschen sagen, wie sehr ich seinen Verlust bedauerte, und er sagte es ihm. Olos Antwort ging dahin, seine Tochter habe meine Weisheit gesucht und empfangen, und wer könne daran etwas auszusetzen haben? Und gerade, als ich Nam-Bok fragte, was sein Vater von mir verlange, verzog der Alte sein Gesicht aufs neue vor Schmerzen und redete, als ob er meine Frage verstanden hätte, weitschweifig auf seinen vertrautesten Sohn ein, dem ich freilich nicht über den Weg getraut haben würde, kann ich euch sagen.

Naja, du ahnst schon, was jetzt kommt, Frank, aber ich, in der überheizten und verräucherten Hütte dieser jungen Frau und mit dem alten Häuptling schmerzgebeugt im Schneidersitz auf Brewsters Bett vor mir, ich ahnte es nicht und war nicht im geringsten auf das gefaßt, was jetzt kam.

›Zähne‹, sagte Nam-Bok, nachdem der Alte endlich zu reden aufgehört hatte.

›Zähne?‹ sagte ich, genauso verblüfft wie du eben, Sissy. Da hatte ich geglaubt, ich sei zu irgendeiner ernsten Mission, womöglich einer von furchtbarer Tragweite, abgeholt worden, und jetzt fing dieser finstere junge Skoot von den Zähnen seines Vaters an. Ich war selbstredend erleichtert, sogar ein wenig amüsiert. Unklar war mir allerdings noch, was ich mit Olos Zähnen zu tun haben sollte.

›Mein Vater ist alt‹, sagte Nam-Bok mit seiner mürrischen Stimme. ›Sein ganzes Leben hat er Hunger gehabt. Mein Vater tut nichts als essen. Er kaut das Fleisch des Bären, des Wapiti, des Elchs, des Karibu. Olo ist berühmt für seinen Hunger und sein starkes Essen. Niemand ißt so stolz und grimmig wie Olo, obwohl er sehr alt ist.‹

›Und?‹ fragte ich. ›Stimmt was mit seinen Zähnen nicht?‹

Der Alte sagte wieder etwas zu Nam-Bok, und die Squaws nickten mir freundlich zu, wie ich trotz der Tatsache erkennen konnte, daß mir die Augen brannten und der Gestank mich ständig an diese verflixten Fischköpfe erinnerte, Frank.

›Olo‹, sagte Nam-Bok, während der Alte sich plötzlich mit seiner verschrumpelten rauchigen Hand an den Mund fuhr, ›hat gute Zähne und schlechte Zähne. Seine oberen Zähne haben nie weh getan und sind all die Jahre seines Lebens heil in seinem Kopf geblieben. Aber die unteren Zähne waren Verräter. Seine ganzen unteren Zähne sind ihm ausgefallen, bis auf zwei. Und jetzt sind diese beiden letzten unteren Zähne in Brand geraten. Sieh, wie alter Olo leidet.‹

Tja«, sagte Uncle Jake und unterbrach sich, um Sissy wegen der Steaks ein Kompliment zu machen und sie um eine weitere Portion ihrer Baked Beans zu bitten, »inzwischen fühlte ich mich bei dem, was ich von der Notlage des alten Knaben zu begreifen anfing, nicht sehr wohl in meiner Haut. Was aus Nam-Boks Erklärungen zu folgern war, gefiel mir nicht. Ich bin nicht nach Alaska gekommen, um Zahnarzt zu spielen, Frank, selbst wenn der Patient bloß ein alter abergläubischer Skoot ist. Sich an jemandes Mund zu schaffen machen, wenn man darin nicht geübt ist, ist ein riskantes Unterfangen, das wissen wir beide. Normale Verletzungen sind eine Sache. Zähne eine andere.

›Nam-Bok‹, sagte ich schließlich so behutsam ich konnte, ›es tut mir leid, daß Olo Schmerzen hat. Aber wozu hat er mir den Hirsch geschenkt? Wozu hat er mich nach White Eye holen lassen? Was verlangt er von mir?‹

›Wegmachen‹, sagte Nam-Bok prompt. ›Jetzt wegmachen.‹

›Soll das heißen, ich soll Olo zwei Zähne ziehen?‹ fragte ich.

Nam-Bok nickte.

›Aber, Nam-Bok‹, sagte ich, ›ich kenne mich mit Zähneziehen überhaupt nicht aus!‹

›Doch‹, sagte er.

›Die Skoots haben ihre eigenen Methoden, so etwas zu behandeln‹, sagte ich. ›Ich will mich nicht in Stammesbräuche einmischen.‹

›Doch, du‹, sagte Nam-Bok. ›Er will, daß du es machst.‹

›Großer Gott‹, sagte ich und dachte an meinen armen Vetter, Sissy, ›Olo stirbt womöglich, wenn ich ihm diese Zähne zu ziehen versuche. Verstehst du?‹

›Er hat Schmerzen‹, sagte Nam-Bok. ›Das Sterben macht ihm keine Sorge. Er wird nicht sterben.‹

›Nun‹, sagte ich, ›ich kann ja mal einen Blick in seinen Mund werfen. Aber es gefällt mir nicht, Nam-Bok. Es gefällt mir überhaupt nicht.‹

Nam-Bok nickte, und während die herumhockenden Squaws in Bewegung gerieten und das Feuer prasselte, konzentrierte er sich auf den Boden, den er mir soweit abgewonnen hatte. Aber auf einmal wußte ich, daß all das mehr zu bedeuten hatte, als auf den ersten Blick erkennbar war. Ich sah Nam-Bok scharf an, dann den alten Olo, der plötzlich grinste und mit einem runzligen Finger gleichsam auf seinen Kiefer einzustechen begann.

›Wegmachen‹, sagte Nam-Bok, und seine Stimme klang jetzt wie die eines gaunerischen Anwalts, Frank, ›und dann Olo Zähne geben wie weißer Mann. So will es Olo. Er will Zähne wie weißer Mann.‹

›Was!‹ schrie ich, ›ein Gebiß? Der Alte erwartet von mir, daß ich ihm eine Unterkieferprothese anfertige?‹

›Neue Zähne‹, sagte Nam-Bok. ›Unten.‹

Ich war platt, Frank, und ganz schön wütend. Sprachlos starrte ich Nam-Bok an, ohne die Squaws und die vier jungen Männer zu beachten, die jetzt alle lächelnd auf mich eingestikulierten, als ob ich bereits mit der Arbeit fertig wäre.

›Nam-Bok‹, sagte ich, als ich mich endlich wieder gefangen hatte, ›das kann ich nicht. Die zwei schlimmen Zähne ziehen könnte ich vielleicht, aber ich kann Olo unmöglich so was wie eine provisorische Unterkieferprothese machen. Das geht nicht.‹

›Zähne ziehen‹, heischte Nam-Bok, während gerade der Alte, einwandfrei ebenso gelassen wie tapfer, grunzte und Grimassen zog und dann die beiden schmerzenden Zähne packte, als ob er sie sich mit eigener Hand rausreißen wollte.

Nun«, sagte Uncle Jake, hielt seine dritte Tasse Kaffee hoch und schlug seine Beine neu übereinander, »was hätte ich tun sollen?«

Es gab eine Pause, in der Frank Morley über die Frage nachgrübelte. Annie hielt die Hand an einer Backe und starrte Uncle Jake entsetzt an. Sissy stand am Ofen und harrte mutig der Fortsetzung der Geschichte. Ich, inzwischen auf Uncle Jakes Schoß, obwohl er noch immer aß, wartete ungeduldig auf das Fazit. Nur Robert McGinnis hatte es aufgegeben, Uncle Jakes Abenteuer zu verfolgen, und begrub sein glückliches Gesicht in seinen Pfannkuchen.

»Tja«, sagte Frank Morley schließlich, »ich hab schon so manches Märchen gehört in Alaska, Jake. Aber so eins noch nie.«

»Das ist kein Märchen«, sagte Uncle Jake. »Es ist wahr.«

»Ich weiß«, sagte Frank Morley.

»Ich rege dich doch nicht auf, Sissy?« fragte Uncle Jake.

»Ach wo«, sagte Sissy. »Aber was hast du nun mit dem alten Mann gemacht?«

»Tja«, sagte Uncle Jake, »Lachgas habe ich ihm nicht gegeben, das steht mal fest!«

Nachdem Sissy und Frank Morley angemessen auf seinen wohlplazierten Scherz reagiert hatten, schob Uncle Jake seinen Teller weg – auch so eine Angewohnheit, die Sissy immer ungehörig gefunden hatte – und fuhr mit seiner Erzählung fort.

»Nam-Bok wußte, das er mich breitgeschlagen hatte«, sagte Uncle Jake, während er sich mit seinem rasierklingenscharfen Taschenmesser aus einem von Sissys Streichhölzern einen Zahnstocher schnitzte, was er sich, Frank Morleys Beispiel folgend, seit neuestem zum Abschluß jeder Mahlzeit angewöhnt hatte, »und ich bekam jetzt auch wirklich Lust zu versuchen, Olos Schmerzen zu lindern, obwohl ich beim besten Willen noch immer nicht wußte, wie ich dem Alten eine Unterkieferprothese zurechtbasteln könnte. Naja, draußen heulte der Wind, wir waren eingeschneit, mir blieb gar nichts anderes übrig, als es einfach zu versuchen. Also sagte ich Nam-Bok, daß ich einen Ansatzpunkt zum Hebeln bräuchte und Olo vom Bett runter müßte und sich auf einen Stuhl setzen – es gab einen einzigen Stuhl in der Hütte, ein dürres Ding aus grob behauenen Latten und rohem Leder, auf dem einer der vier jungen Männer hockte. Die

Squaws und Nam-Boks andere drei Brüder saßen natürlich auf dem Boden um den Ofen herum. Kaum hatte ich gesprochen, machte der junge Mann den Stuhl frei, und der Alte, der wie gesagt kaum größer war als unsere Sunny hier, begann sich ruck- und stoßweise vorzuschieben – er kam mir eifrig entgegen, Frank, das hatte ich von Anfang an bemerkt –, während die drei Squaws sich aufrappelten und dem Alten zu Hilfe eilten. Einen so kleinen und alten Indianer hatte ich noch nie gesehen, und als er jetzt so schwach zwischen den rührigen Frauen stand, wirkte er sogar noch mumienhafter – mit seiner braunen, bis auf die Sehnen eingeschrumpelten Haut und seinem öligen schwarzen Haar, das glatt hundert Jahre lang gewachsen sein mochte. Das einzige, woran man Olos Häuptlingsrang erkannte, war eine Kette aus Bärenklauen um seinen dünnen Hals, die besagte, daß er einmal, im Zweikampf und nur mit einem Messer bewaffnet, einen Bären getötet hatte. Jedenfalls erklärte ich Nam-Bok, daß ich etwas Wasser benötigte und er mir die Taschenlampe halten müßte, die ich zum Glück mit eingepackt hatte.

Na, sie pflanzten Olo in den Stuhl. Es war leicht zu erkennen, daß der Alte vor Hunger so geschwächt war – traurige Ironie in Anbetracht seines Namens, wie? –, und sie scharten sich um ihn, um zuzusehen. Ich erklärte Nam-Bok, daß ich etwas Ellbogenfreiheit bräuchte, aber die alten Squaws und die jungen Männer wollten keinen Zoll weichen, und so stand ich da also im Gedrängel, im Geschubse, von dem Gestank ganz zu schweigen. Ich hatte die Taschenlampe, das Jod, die Mullbinden und die Zange aus meinem Bündel gekramt, und Nam-Bok hatte einer der alten Squaws einen Eimer Wasser gereicht. Ich bat ihn, seinen Vater zu fragen, ob er nicht vorher noch einen ordentlichen Schluck Hoochinoo haben wolle, aber Nam-Bok meinte, ihren Hoochinoo hätten sie bereits bis zum letzten Tropfen ausgetrunken.

›Nam-Bok‹, sagte ich, ›erkläre Olo, daß es weh tun wird.‹

›Er weiß‹, sagte Nam-Bok. ›Es macht ihm nichts.‹

›Sag ihm, daß er stillhalten muß‹, bat ich.

›Wir werden ihn festhalten‹, sagte Nam-Bok.

Einen Moment lang sahen Olo und ich uns an, er, den kleinen knochigen Kopf nach hinten gekippt, von unten, ich, begünstigt durch meinen in den Augen der Skoots ungewöhnlichen Körperbau, von oben, und soll ich dir was sagen, Sissy, dieser alte Bursche hatte die schönsten Augen, die ich je gesehen habe –

Anwesende ausgeschlossen. Seine Augen waren golden, Sissy, genau wie die Augen von einem von Mutters Cockerspaniels zu Hause, die Schönheit der Augen Olos hat mich richtig erschreckt, kann ich euch sagen. Und während wir einander so mit dem festen Blick einträchtiger Kameradschaft ansahen, klappte der Alte plötzlich, ehe ich ein Wort sagen konnte, seinen Mund weit auf, ermunterte mich ganz offensichtlich, ans Werk zu gehen, und lachte mich mit seinen goldenen Augen an.

›Nam-Bok‹, sagte ich, ›das Licht.‹

Und voilà – der Lichtstrahl fiel in den Mund, auf die oberen Zähne, die genauso unversehrt waren, wie Nam-Bok gesagt hatte, auf die in der Mitte des Unterkiefers nebeneinander stekkenden beiden schartigen Verräter, bereit, wie ich mir einbildete, mir bis zum bitteren Ende Widerstand zu leisten. Sie waren lang und krumm und sahen böse aus, Frank, wie Daumennägel, die einen schweren Schlag mit dem Hammer abbekommen haben. Mir war sofort klar, daß es nicht einfach werden würde.

Weniger schwierig wäre es gewesen, wenn die beiden faulen Zähne aus dem Oberkiefer nach unten gewachsen wären, anstatt aus dem gummiartigen und ansonsten leeren Zahnfleisch des unteren nach oben zu ragen. Das hieß, daß ich einen Arm um den Kopf des Alten legen, seinen Kiefer von unten packen und festzuhalten versuchen und gleichzeitig mit aller Kraft die Zange nach oben reißen mußte. Eine unangenehme Sache, aber da mußte ich nun durch.

›Also dann, Nam-Bok‹, sagte ich, ›auf geht's.‹

Ich fühlte Olos zerbrechlichen Kiefer zwischen meinem Arm und meiner Brust. Ich umfaßte seinen Unterkiefer. Ich hielt die Zange in meiner Rechten und versuchte einen der Zähne zu packen. Die Köpfe der alten Squaws und ihrer finster dreinblikkenden Söhne waren mir im Weg. Prompt glitt die Zange ab, was ich mir hätte denken können, und ich verlor den Halt.

›Nam-Bok‹, sagte ich, ›bitte sie, mir etwas Platz zu machen. So kann ich nicht arbeiten.‹

Aber sie wichen nicht von der Stelle.

Dann versuchte ich's noch einmal, ich fühlte die Zange zupakken, drückte meine Hand zusammen und hatte den schartigen Teufel genau da, wo ich ihn haben wollte, kann ich euch sagen. Aber was nun? Gleichmäßig nach oben ziehen? Ein bißchen drehen, um ihm nachzuhelfen? Oder sollte ich mit meiner ganzen Kraft – und daß ich kein Schwächling bin, weißt du, Frank –

einen einzigen Ruck riskieren, natürlich nicht, um den Zahn einfach rauszurupfen, sondern um ihn schnell und glatt und ein für allemal und ohne großes Theater herauszuziehen? Ich wollte ihn zwar nicht unbedingt im Kiefer des Alten abbrechen, entschied mich aber trotzdem für einen beherzten Angriff ohne viel Getue.

Ich stützte mich ab. Ich atmete aus. Und dann spannte ich meine Faust und riß, während ich gleichzeitig Luft holte, die Zange nach oben wie einer, der einen jungen Baum samt Wurzeln aus dem Boden zu reißen entschlossen ist. Tja, ich hatte das Schlimmste befürchtet, aber ganz unnötig. Kannst du's glauben, Frank? Da stand ich, ein Novize, in einer so ungünstigen Haltung wie noch nie in meinem Leben und hatte guten Grund, auf das Schlimmste gefaßt zu sein. Aber ich muß den richtigen Winkel erwischt haben, muß genau den richtigen Druck ausgeübt haben, denn wider mein Erwarten glitten mein Arm, meine Hand und die Zange alle zusammen nach oben – ewig lange, Frank –, bis ich zu meiner Überraschung den Zahn im Biß der Zange für alle sichtbar in die Luft gestreckt hielt. Ich hatte gar nichts gespürt, Frank. Ich hatte gar nicht gemerkt, daß der Zahn raus war. Diesen Zahn zu ziehen, das war, als ob man einen langen und glitschigen und völlig gefügigen Korken aus einer Flasche gezogen hätte. Ich konnte mein Glück nicht fassen und störte mich nicht einmal daran, wie die alten Squaws mich in ihrer Freude schubsend umdrängten. Ich hatte Blut erwartet, aber da kam kein Blut. Kein Tropfen. Ich reichte Olo den gezogenen Zahn, der nahm ihn, betrachtete ihn, bohrte einen Finger in die Stelle, wo der Zahn gesessen hatte. Und dann, von kleinen Lachanfällen geschüttelt, hielt er wieder eine Rede, die Nam-Bok zu übersetzen nicht für nötig befand. Ich war ganz schön stolz, kann ich euch sagen.

Aber genau in diesem Augenblick befiel mich eine böse Ahnung, Frank«, sagte Uncle Jake und hielt ein.

»Der zweite Zahn«, sagte Frank Morley.

»Getroffen«, sagte Uncle Jake.

»Das Glück konnte dir nicht treu bleiben«, sagte Frank Morley.

»Der zweite Zahn«, sagte Uncle Jake, »leistete Widerstand. Dieser zweite Zahn war so bösartig, wie der erste gutartig gewesen war. Ich hätte es wissen sollen, und irgendwie hab ich's auch geahnt.«

»Jake«, unterbrach ihn Sissy aufs neue und warf besorgte Blicke auf die McGinnises und Frank Morley, »wir verstehen dich.«

»Das weiß ich«, sagte Uncle Jake, »aber es kam sogar noch schlimmer. Die Zange rutschte fünfmal ab. Olos Zunge geriet mir ins Gehege. Und was passierte, als es mir endlich gelungen war, die Zange um diesen Zahn zu klemmen und zum zweiten Mal mein langes langsames Luftholen mit der gleichmäßigen Bewegung meiner Hand und meines Arms zu koordinieren? Ha! Nichts natürlich. Überhaupt nichts. Ich atmete aus, ich wartete, ich versuchte es noch einmal. Die alten Squaws sahen mich unruhig an. Olo verließ der Mut. Nam-Bok redete in seiner Sprache auf mich ein, als ob ich ein Wort davon hätte verstehen können, und ich sagte ihm, er habe lediglich die Taschenlampe zu halten und solle aufhören zu reden und sich lieber um das kümmern, was von ihm erwartet werde.

Ob ich an dem Zahn gedreht habe? Ob ich versucht habe, ihn hin und her zu schaukeln? Ob der Alte gejault hat, während ich an ihm herumzerrte? Ob ich meine Willenskraft an der dieses achtzig Jahre alten Schneidezahns gemessen habe, gegen den jeder Eisenbolzen geradezu locker saß? Aber und wie!«

»Jake«, sagte Frank Morley hastig und beugte sich vor, »sieh sie dir an. Sie wird gleich ohnmächtig.«

»Mir geht's gut«, sagte Sissy.

»Natürlich geht's ihr gut«, sagte Uncle Jake. »Jedenfalls war der zweite Zahn, wie gesagt, ebenso verstockt, wie der erste fügsam gewesen war. Ich dachte gar nicht mehr daran, Atmung und Hand zu koordinieren, dachte nicht mehr an mein Publikum, verlor die Geduld, riskierte alles, um den letzten Verräter mit brutaler Gewalt zu bezwingen. Olo jaulte und rutschte auf seinem Stuhl hin und her, obwohl ich ihn im Schwitzkasten hielt, und der letzte Schneidezahn, fest wie ein Fels, stand immer noch starr, wie wütend ich ihn auch loszureißen versuchte. Na, gewonnen habe ich natürlich. Und wißt ihr, wie? Ich habe den Zahn einfach rausgeschraubt! Wirklich, Frank. Einfach rausgeschraubt! Auf einmal fiel mir nämlich ein, wenn der erste Zahn wie ein glitschiger nachgiebiger Korken im Kiefer des Alten gesteckt hatte, glich der zweite einem Korkenzieher, der bis zum Anschlag in den Knochen gedreht war. Also holte ich Luft und ruckte ihn dann einmal schnell herum, ganz kurz und hart, und siehe da, er bewegte sich. Nicht viel, Frank, der Ruck war kaum zu spüren – aber mehr brauchte ich auch gar nicht. Ich sammelte mich und drehte langsam und gleichmäßig weiter. Das leise Quietschen und Splittern war Musik in meinen Ohren, kann ich euch sagen. Als ich ihn dann schön locker hatte, ließ ich alle Vorsicht fahren und riß den verschlissenen Teufel mit einem triumphalen Zug aus seiner Fassung. Olo kreischte, ich roch die Squaws, ich gab den Kopf des Alten frei. Und jetzt, Frank, kamen die Mullbinden, das Jod und der Eimer Wasser zum Einsatz. Aber als dann die Blutung endlich gestillt war und Olo sich erholte und begriff, was ich getan hatte – die Squaws hatten ihn unterdessen wieder auf die verschimmelte Matratze zu seinen Fellen und Decken getragen –, da war er glücklich wie eine Muschel, kann ich euch sagen. Und der Zahn? Seine Wurzel war knapp einen Zoll lang und genau wie ein Korkenzieher geformt, spiralförmig, ganz wie ich vermutet hatte. Kein Wunder, daß er mir solch einen Kampf geliefert hat. Ich hätte ihn Sunny ja gerne mitgebracht, aber das ging nicht.«

»Jake!« sagte Sissy, »du bist schrecklich!«

»Je nun«, sagte Uncle Jake und lachte auf, »ich brauchte die beiden Zähne noch, wie ihr gleich hören werdet.«

»Für das Gebiß«, sagte Frank Morley.

»Genau«, sagte Uncle Jake.

»Erzähl«, sagte Sissy mit wieder lieber und besänftigender Stimme.

»Als erstes«, sagte Uncle Jake, »nötigten sie mich, einen ganzen geräucherten Lachs zu essen. Ich saß auf dem Boden bei den Squaws und Nam-Bok und seinen Brüdern, die bequem einen Lachs unter sich aufteilten – so groß war der –, während ich unter ihren Augen einen ganzen langen fetten Burschen allein verspeisen mußte, was gar nicht so einfach war. Den Schneesturm habt ihr ja auch mitbekommen – ihr wart davon genauso eingeschlossen wie ich –, und der Rauch und der Gestank wurden auch immer schlimmer. In dieser und den beiden folgenden Nächten schliefen wir alle zusammen in Felle gewickelt auf dem Boden wie Hunde, nur Olo nicht, der ja Brewsters Bett hatte. In der ersten Nacht habe ich nicht gut geschlafen, Olo träumte laut – davon, wie ihm die Zähne gezogen wurden, nahm ich an –, trotzdem waren die Nächte mit Olo und seiner Familie ein Jux im Vergleich zu denen mit dem Reptil damals.

Olo hatte sich am nächsten Morgen wieder gut erholt, und ich beschloß, mich mit der Lösung der Gebißfrage zu beschäftigen.

Ich war vom Sturm abgeschnitten, ich hatte nichts Besseres zu tun, und allmählich bildete ich mir ein, daß ich Olo vielleicht doch noch seine Zähne von weißem Mann geben könnte. Und das Witzige daran ist, Frank, daß gar nichts dabei war. Als ich erst einmal die Idee hatte, war die vermeintlich unlösbare Aufgabe auch schon so gut wie erledigt. Zunächst bat ich Nam-Bok, mir den Hirschkopf zu holen, der da draußen in Eis und Schnee hing. Meine Zuschauer saßen lachend herum und stupsten sich an, und ich verstand ihre Belustigung und lachte mit. Zweifellos hatten sie noch nie gesehen, wie jemand, ob weißer Mann oder Indianer, einem gefrorenen Hirschkopf die Zähne zog. Ich jedenfalls bestimmt nicht. Die zwei Tage verbrachte ich dann hauptsächlich damit, die Wurzeln abzuzwacken, die Kronen glattzufeilen – die Feile hatte ich zum Glück mit eingepackt – und aus einem alten weichen Stück Kiefernholz eine Hohlform von Olos Unterkiefer zu schnitzen. Sah aus wie ein kleines hölzernes Hufeisen und war ausgehöhlt, damit es auf Olos Zahnfleisch paßte, und alles in allem saß es ganz prima. Dank meiner Nähahle, meinem Taschenmesser, der Zange und der Rolle dünnen Drahts hatte ich dann bald sämtliche zur Befestigung der Kronen an der hölzernen Prothese nötigen Löcher gebohrt und die ganzen Kronen mit dem Draht an das Holzgestell montiert. So hab ich das gemacht, Frank, und als es fertig war, ging mein Werk von Hand zu Hand, ja von Mund zu Mund, denn jeder versuchte es sich einzusetzen.

Tja, dann bereitete die Obersquaw den halben Hirsch zu, und Olo konnte zum ersten Mal seit Jahren wieder richtig essen. Freilich konnte er seine Zähne von weißem Mann nur beim Essen tragen, aber das genügte ja. Das Schöne daran war«, sagte Uncle Jake mit stolzem Lachen, »daß ich die Reste von Olos zwei Vorderzähnen genau in der Mitte der Holzprothese befestigt hatte, wo sie hingehörten. Wenn das keine künstlerische Leistung war, Frank?«

»O Jake«, sagte Sissy, »du bist wunderbar!«

»Jedenfalls«, sagte Uncle Jake, »dürfte ich's diesem Doc Haines mal gezeigt haben!«

»Ganz bestimmt«, sagte Frank Morley und schlug sich auf die Schenkel.

»Und jetzt«, sagte Uncle Jake, setzte mich ab, stieß seinen Stuhl zurück, stand auf und streckte sich, »jetzt müssen wir nur noch den Begräbnisplatz verlegen.«

»Wie bitte?« fragte Frank Morley, während Robert McGinnis hustend losstotterte.

»Na, ihren Begräbnisplatz verlegen«, sagte Uncle Jake. »Ich will ihn auf die kleine Insel hinter unserer hier aussiedeln.«

»Jake«, sagte Frank Morley kopfschüttelnd. »Ich weiß nicht so recht. Das einzige, wodurch es richtigen Ärger zwischen uns und den Skoots geben könnte, ist, wenn wir uns an ihren Toten zu schaffen machen.«

»Sie werden nichts davon mitbekommen«, sagte Uncle Jake.

»Das Reptil«, sagte Frank Morley. »Denk daran, was das Reptil dir erzählt hat.«

»Das ist es ja gerade«, sagte Uncle Jake. »Das Reptil hat sich geirrt. Ich habe lange genug mit Olo und Nam-Bok geredet, und daher weiß ich, daß dieser Begräbnisplatz so alt ist wie die Berge und kein einziger Skoot in White Eye überhaupt noch etwas davon weiß.«

»Und wozu ihn dann verlegen?« fragte Frank Morley.

»Weil ich Achtung vor ihnen habe, Frank«, sagte Uncle Jake. »Ich habe Achtung vor ihren Geistern. Es sind die Geister, die uns Ärger machen könnten. Im Augenblick beschmutzen wir die Geister sämtlicher Skoots, ob tot oder lebendig, und früher oder später werden wir dafür büßen müssen – beziehungsweise die McGinnises. Daß die Skoots in White Eye nichts davon wissen, hat gar nichts zu sagen.«

»Es gefällt mir trotzdem nicht«, sagte Frank Morley.

»Nun«, sagte Uncle Jake, »ich will es einfach für den alten Olo tun, Frank. Machen wir uns lieber an die Arbeit.«

Mit einer weiten Handbewegung nahm Uncle Jake so Robert McGinnis den Begräbnisplatz weg, obwohl er nichts von dessen heimlicher Entdeckung gewußt haben konnte, ebensowenig wie Robert McGinnis wußte, daß Uncle Jake die sechs kleinen Holzhäuser bereits untersucht hatte, bevor er selbst darauf gestoßen war, was offensichtlich wurde, als Uncle Jake Frank Morley an diesem Nachmittag zu dem Begräbnisplatz führte, damit er ihn sich ansah und sich über ihr weiteres Vorgehen Gedanken machte. Aber unbeirrbar und zielstrebig wie immer, und ohne es überhaupt gewahr zu werden, nahm Uncle Jake Robert McGinnis seinen kindlichen Traum. Nach kaum zwei Tagen war das Dorf der Toten von unserer Insel verschwunden. Fort waren die Häuser, der verräucherte Schädel; aus war, für Robert McGinnis, der wunderlich egoistische Traum, wie nur ein kindlicher Geist ihn träumen kann. Jetzt blieben ihm nur noch die Blaufüchse zu entdecken.

Bedrückt begleiteten Robert McGinnis und ich Uncle Jake und Frank Morley auf die kleine, unheimliche, baum- und schneebedeckte Insel, die Uncle Jake als neuen Ruheplatz für die heiligen Gebeine und Überreste ausersehen hatte. Bedrückt sahen wir zu, wie Uncle Jake und Frank Morley eine Stelle aussuchten, die der überwucherten Lichtung auf unserer Insel möglichst ähnlich war. Bedrückt sahen wir zu, wie Uncle Jake und Frank Morley schlanke Jungbäume fällten und sie waagrecht an die Stämme der dicht an dicht stehenden Bäume hämmerten, deren untere Äste sie zuvor entfernt hatten. Beklommen fuhren wir auf dem Beiboot mit, als Uncle Jake und Frank Morley unsere sechs alten Häuschen ohne Zwischenfälle auf die neue Insel der Toten, wie Uncle Jake sie nannte, überführten und sie dort auf ihre festen Plattformen in den Bäumen hievten. Wir hörten die Schädel – einer davon war Robert McGinnis' Geschenk an mich – in den Häuschen herumrollen. Wir sahen die sechs gespenstischen Häuser in den Bäumen thronen. Wieder auf unserer Insel, beobachteten wir in stummer Verzweiflung, wie Uncle Jake und Frank Morley die übriggebliebenen dürren Stelzen aus dem gefrorenen Boden hackten, sie halbierten und viertelten und spröden Knochen gleich in unserem eisernen Ofen verbrannten.

»Na also«, sagte Uncle Jake, während uns noch der beißende Rauch in die Nasen stieg, »wir haben unser möglichstes getan, was, Frank? Kein Reptil mehr. Keine toten Skoots mehr. Jetzt liegt's an Robert McGinnis, aus dieser Insel was zu machen.«

Die McGinnises kamen heraus, um uns zu verabschieden. Es war eine kalte Morgendämmerung, die Sonne scharf wie eine Klinge, das Beiboot, beladen mit unserer spärlichen Ausrüstung, wartete am Steg. Ein letztes Mal wuselten wir vor der Hütte herum.

»Robert«, sagte Uncle Jake, »ich bin zu dem Schluß gekommen, daß diese unsere Insel einen Namen haben muß. Ich schlage vor, wir nennen sie Olos Insel. Das ist mein letzter Beitrag«, sagte Uncle Jake und wandte sich an Frank Morley, »zur Wiedergutmachung.«

Frank Morley nickte schweigend.

»Robert«, fing Uncle Jake noch einmal an, »ich glaube, wir können das offiziell bestätigen lassen. Sobald ich nach Juneau komme, werde ich zum Vermessungsamt gehen und die hohen Herren überreden, diese Insel in die Karten aufzunehmen. Buchstäblich. Was bedeutet, daß du und Annie die ersten Leute sein werdet, die je auf Olos Insel gelebt haben. Nun«, sagte er, blickte von einem zum anderen und dann zu dem Rauch empor, der aus dem neuen Blechkamin aufstieg, »ich schätze, wir sollten jetzt auf Wiedersehn sagen.«

»Nur noch eins«, sagte Frank Morley.

Und dann schritt Frank Morley, langsam und bedächtig und mit gebeugten Schultern wie immer, hinter die Hütte und kam mit einer klapprigen Leiter zurück, die er an die Tür der Hütte lehnte. So sehr er auch keuchte und ihm die Gelenke schmerzen mochten, stieg er die Leiter hoch und nagelte das kleine glänzende Geweih über die Tür, das er zu eben diesem Zweck zwei Wochen zuvor heimlich von dem Schädel unseres ersten Hirsches abgetrennt hatte.

Stumm starrten die McGinnises das Geweih an, weder erfreut noch verwirrt, während Uncle Jake und Sissy Frank Morley zu seinem guten Einfall gratulierten. Frank Morley brachte die Leiter wieder weg.

Ich hängte mich an meinen gütigen zauberischen Robert McGinnis. Sissy hängte sich an Annie.

Noch immer schweigend folgten die McGinnises uns an den Steg. Uncle Jake sagte ihnen, das nächste Weihnachtsfest würden sie in der High Ridge Street in Juneau verbringen. Das verspreche er ihnen.

Wir machten das Beiboot los.

Und jetzt legten Robert und Annie McGinnis, Hand in Hand und so nah am Rand des Stegs stehend wie möglich, ihr Schweigen ab, verzogen ihre Gesichter zu jenem qualvollen Ausdruck, der ihnen als Lächeln diente, und brachen plötzlich und gleichzeitig in einen endlosen Erguß eifrigen Gehaspels aus, den wir weder verstehen noch beantworten konnten.

Wir winkten.

Als wir dann schließlich von Olos Insel losfuhren, unterließ es Uncle Jake doch lieber, unsere Schiffspfeife zu betätigen.

39

Sieben Stunden vor Juneau, bei hohem Wellengang und unter schwarzen Wolken, in einem Dämmerlicht wie erstarrtes Fett, und während die *Prince of Wales* schwer von einer Seite auf die andere rollte, ernstlicher in Gefahr zu kentern als selbst in den Candle Creek Inseln, und während Uncle Jake am Steuerruder stand, ohne einen anderen Gedanken im Kopf, als sich und Weib und Kind und Partner wenn möglich zu retten – French Pete hätte von ihm aus zehnmal hintereinander ertrinken können, wie er sieben Stunden später bei Doug's lachend erklärte –, setzte plötzlich der alte, im Bauch der *Prince of Wales* tuckernde Dieselmotor aus. Nach all dem, was Uncle Jake schon wegen dieses Motors durchgemacht hatte, nach all seinen Bemühungen, ihn zu reparieren, und nach all den treuen Diensten, die der alte Motor in letzter Zeit geleistet und die ihm das Vertrauen aller Beteiligten gewonnen hatten, muckte er jetzt wieder – treulos, mausetot, ein stummes nichtsnutziges Ding von Maschine, wie Uncle Jake später bei Doug's über seinem Beefsteak meinte.

Sissy kam aus der Kombüse hochgetaumelt. French Pete, der durch die Tür des Steuerhauses krachte, begann zu fluchen. Frank Morley fing mich auf und drückte mich an sich. Uncle Jakes Feldbett schlitterte durchs Steuerhaus und landete umgekippt an der Wand.

»Was ist?« fragte Sissy, die sich gerade noch rechtzeitig am Kompaßgehäuse festhalten konnte.

»Motor im Eimer«, sagte Uncle Jake.

»Jetzt?« schrie Sissy. »Wo wir fast zu Hause sind? Kannst du ihn reparieren?«

Uncle Jake, außer sich und ratlos, wie er später erzählte, hielt das jetzt nutzlose Steuerrad gepackt und sagte kein Wort. Langsam rollten wir von Back- nach Steuerbord und wieder zurück. Die Fenster des Steuerhauses waren von Gischt überspült. Wir waren hilflos, schwankten, das Boot so tot wie sein Motor, und der lange fettige Strich orangenen Lichts am Horizont verkündete das vollständige Duster einer hoffnungslosen Nacht.

»Moment mal, Jake«, sagte Frank Morley. »Siehst du das?«

»Ich seh's«, sagte Uncle Jake.

»Was?« fragte Sissy.

»Ein Schleppnetzdampfer«, sagte Uncle Jake im selben Augenblick, da French Pete brüllte, daß wir das Beiboot verloren hätten. »Da drüben.«

»Kommt nahe genug an uns vorbei«, sagte Frank Morley.

»Und genau zur rechten Zeit«, sagte Uncle Jake, der mit seiner freien Hand nach oben langte, die Zugleine der Pfeife packte und das Steuerhaus und das uns umgebende Zwielicht in das grell vibrierende Gedröhn unserer Not zu hüllen begann. »Pete«, rief Uncle Jake zwischen den Stößen der Pfeife, »der Bug!« Und ohne ein unflätiges Wort, ohne ein einziges Zeichen von Aufsässigkeit, schneller, als er sich je zuvor bewegt hatte, um Uncle Jakes Kommandos auszuführen, schmiß French Pete den Schraubenschlüssel hin, mit dem er gerade zum Maschinenraum wollte, und begab sich nach vorn, um sich zum Auffangen und Festmachen des Schleppseils bereitzuhalten, das einer der Männer an Bord des Trawlers zu uns rüberwerfen würde.

»Jake!« schrie Sissy, als Uncle Jake die Leine losließ, »sie halten nicht an!«

»Sie hat recht«, sagte Frank Morley.

»Die sind bis oben hin mit ihrem Fang vollgeladen«, sagte Uncle Jake, »und wollen so schnell wie möglich nach Juneau. Beachten einfach unsere Notsignale nicht.«

»Sie sehen uns ganz genau«, sagte Frank Morley. »Sieh dir das an.«

Der Trawler, den langen schwarzen eisernen Rumpf tief im Wasser, war drauf und dran, schräg backbords an der *Prince of Wales* vorbeizurauschen und uns ein für allemal hinter sich zu lassen. Uncle Jake hatte die Steuerhaustür aufgehakt, ihren Rahmen füllte der Dampfer; auf seinem eisernen Mitteldeck standen, Zigaretten rauchend, zwei Männer und beobachteten uns. Der Trawler hielt mit voller Kraft, gnadenlos, gleichgültig Kurs; antriebslos, kaum von der Stelle kommend, rollte in der schweren See die *Prince of Wales*.

»Ein Schiff in Seenot im Stich zu lassen«, sagte Uncle Jake, »ist das schwerste Verbrechen, das man auf hoher See begehen kann.«

»Schätze, das macht denen gar nichts«, sagte Frank Morley in das tiefe ölige Gebrumm des Motors, während die beiden Zigaretten immer wieder in der nahenden Nacht aufblinkten.

»Das wird sich gleich ändern«, sagte Uncle Jake.

Mit diesen Worten, den Mund halb zur Grimasse, halb zu

einem Lächeln verzogen, den Blick plötzlich wild und entschlossen, verließ Uncle Jake seinen Posten am Steuer, schritt zur Rückwand des Steuerhauses, nahm die Vierhundertfünf von ihrem Halter zwischen den Kartenrollen und schob sich an Frank Morley vorbei aufs Deck hinaus. Frank Morley reichte mich an Sissy weiter und folgte Uncle Jake; Sissy umklammerte mich und schaffte es gleichzeitig, obwohl sie sich kaum auf den Beinen halten konnte, mich an die offene Tür zu zerren, wo wir, Wind und zunehmende Dunkelheit im Gesicht, dem jetzt verzweifelten Schauspiel zusehen konnten.

Heran kam der brutale Dampfer auf seinem schrägen Kurs. Noch wenige Augenblicke, und er würde im Dunkel verschwinden.

Uncle Jake stützte sich an die Reling. Auf seine Schulter flog die Vierhundertfünf. Er drückte ab. Und die Büchse, eigentlich dazu gedacht, den Bären auf seiner Bahn zu stoppen, spie ihre Flamme aus, schlug mächtig zurück, stieß Uncle Jake aus dem Gleichgewicht und gab einen jähen Knall von sich, der der armen Sissy den Atem verschlug, wie Uncle Jake später bei Doug's behauptete, und ließ selbst Frank Morley die Augen schließen und ins Wanken geraten.

»Das funktioniert nicht«, sagte Frank Morley, der sich wieder berappelte und den Trawler weiter seine Bahn ziehen sah, »das funktioniert einfach nicht.« Korditgeruch trieb in die salzige Nacht.

»Dieser erste Schuß«, sagte Uncle Jake grimmig und hebelte eine neue Patrone in die Kammer der Vierhundertfünf, »ist ihnen über den Bug gegangen. Dieser zweite wird fußbreit an ihrem Steuerhaus vorbeigehen. Und der dritte wird mitten durch das Steuerhaus schlagen und diesem Kerl am Ruder da den Kopf wegblasen.«

Hoch kam die Vierhundertfünf. Uncle Jake atmete langsam ein, hielt die Luft an, visierte und drückte ab. Die beiden Männer an der Reling des Dampfers warfen ihre Zigaretten hoch, gingen in die Knie und huschten in Deckung, während der Trawler ohne weiteren Aufschub ein paar verzweifelte Kapitulationspfiffe aus seiner Schiffssirene gellen ließ, abrupt langsamer wurde und wendete, um uns Beistand zu leisten. Sie kamen in Brüllweite, dann nah genug, uns ins Schlepptau zu nehmen. Einer der Zigarettenraucher warf French Pete das Schleppseil rüber, und der machte es schnell fest.

»Das hat gewirkt«, sagte Frank Morley und klopfte Uncle Jake zärtlich auf die Schulter.

»Ich werde das Ruder festbinden«, sagte Uncle Jake lachend und hängte die Vierhundertfünf wieder in ihren Halter, »wir können uns ausruhen und die Gratisfahrt nach Juneau genießen!«

Die *Prince of Wales* ergab sich der vollen Kraft des Trawlers, und einmal in Fahrt, rollte und krängte sie nicht mehr und ließ auch ihre sonstigen üblichen Kapriolen. Uncle Jake stellte das Feldbett wieder an seinen Platz; Sissy servierte uns vieren heißes Cornedbeef aus der Dose und Mais dazu. In Decken gehüllt lag ich schließlich auf dem Feldbett, harrte dösig der unausbleiblichen Träume von Uncle Jake, lauschte den in dem grünen Licht leise sich hebenden und senkenden Stimmen.

»Partner«, hörte ich Frank Morley sagen, »bin ich froh, daß du den dritten Schuß nicht abzugeben brauchtest.«

40

Sieben Stunden später erwachte ich auf Sissys Schoß in einer Nische bei Doug's. Um mich Stimmen, Glühbirnen, Torten auf Ständern in Thekentischen, Hitze, Rauch und die Gerüche aus Doug's Küche. Auf unserem wachstuchbedeckten Tisch drängten sich schwere weiße Teller mit Beefsteaks und Püreebällchen, die wie Eiskugeln geformt waren und unter Doug's Bratensoße schillerten, die dick und glänzend war wie flüssige Schokolade. Sissy und mir gegenüber saßen, hungrig wie die Wölfe, Uncle Jake und Frank Morley.

»Aufgewacht, Schatz?« flüsterte Sissy, während sie beobachtete, wie Frank Morley die Ketchupflasche umstülpte und Uncle Jake sein Essen mit Salz und Pfeffer überschüttete. »Hast du Hunger?«

»Ihr knurrt der Magen«, sagte Frank Morley, unterbrach sich, um eine seiner angerauchten Zigaretten anzuzünden, und machte sich dann wieder über sein Essen her.

»Doug!« rief Uncle Jake, »noch ein Beefsteak!«

Stiefel und Hüte und rauhe Stimmen. Männer über Apfelkuchen. Dann brachte Doug persönlich meinen dampfenden Teller an, und Uncle Jake hielt ihn fest.

»Doug«, sagte er, »ich hab vielleicht was Verrücktes erlebt da unten in White Eye. Nimm dir 'n Stuhl.«

Und nachdem der junge blonde und beschürzte Doug sich hingesetzt hatte und die Ohren spitzte, schob Uncle Jake seinen Teller weg und begann zu erzählen.

»Jake«, sagte Sissy mitten in Uncle Jakes Geschichte, mit einer so traurigen und lieben Stimme, daß nur ich es hören konnte, »was wirst du nur ohne mich anfangen?«

Am Morgen darauf erfuhren wir von Hilda Laubenstein, daß Wesley Pitts gleich bei Doc Robinsons erstem Schnitt gestorben war.

»Der Bauchbandit wird mir fehlen«, sagte Uncle Jake, »aber wenigstens habe ich diesen verflixten French Pete gefeuert.«

Sissy ging unauffällig aus dem Zimmer.

41

Uncle Jake hatte Robert McGinnis in die Bedienung des Kurzwellensenders eingewiesen, ihm aber gleichzeitig eingeschärft, daß er den Sender nur im allergrößten Notfall gebrauchen dürfte. Uncle Jake und Frank Morley waren ständig auf irgendeine verzweifelte Meldung von Robert McGinnis gefaßt, aber es kam keine. Sissy fand es schade, daß sie Annie nicht schreiben konnte. Uncle Jake richtete seine Aufmerksamkeit auf drei verlassene Kohlenbergwerke – alles Sackgassen, wie er sagte – und verschwendete achtzehn Wochen in der Umgebung einer weit abgelegenen Ortschaft namens Windy Arm mit der Suche nach Molybdänit – ein Wort, das er liebte, und eine Substanz, die er gern als Grundstoff für die Gewinnung von Molybdän bezeichnete, ein Metall, wie er sagte, für das die Stahlhersteller enorme Preise zahlten –, fand aber nie etwas. Er nahm Frank Morley auf die Jagd nach Schneeziegen und zu regelmäßigen Angeltouren am Mud Lake mit. Die beiden wurden Rex Ainsworths treueste Kunden. Zuweilen, wenn sie in Waffen-Kleider-Zubehör am Ofen saßen, fiel ihnen Olos Insel ein, und sie unterbrachen ihr Gespräch für ein paar Minuten, um sich über Robert McGinnis und seine Füchse lustig zu machen.

Im Dezember 1931 löste Uncle Jake zum erstenmal sein Versprechen ein, die McGinnises zum Urlaub nach Juneau zu holen. Als die *Prince of Wales* zurückkam, hatte sie nicht nur die überglücklichen McGinnises, sondern auch die Pelze von einundzwanzig Blaufüchsen an Bord. Uncle Jake, Frank Morley und Sitka Charley schafften die drei Bündel, Wert laut Uncle Jake knapp siebzehntausend Dollar, vernünftigerweise erst einmal nach Waffen-Kleider-Zubehör, bis die Felle an den Pelzhandelsagenten verkauft und nach Seattle verschifft werden konnten. Schweigend banden Uncle Jake und Frank Morley eines der Bündel auf und inspizierten, was Frank Morley die größten, weichsten und blauesten Felle nannte, die er je gesehen habe. Schweigend ließ mich Uncle Jake die seidigen Pelze mit meinen Fingern kämmen, mein Gesicht in den Duft und die Farbe der Felle tauchen, die Vliese streicheln, die sich anfühlten wie Pergament und geschmeidig waren wie lebendige Haut.

»Siebzehntausend Dollar«, sagte Uncle Jake. »Ich glaube, der bringt's da unten noch zu was, Frank.«

Robert McGinnis zeigte so wenig Interesse an den Pelzen, als ob er an der Erzeugung dieser Reichtümer überhaupt nicht beteiligt gewesen wäre, und während dieses und der folgenden Urlaube begnügte er sich einfach damit, den jährlichen Ertrag Uncle Jake und Frank Morley zu überantworten, und widmete sich ausschließlich Sissys Steinway, Uncle Jakes Feuerwasser-Punsch und dem Ritual des Essens im Baranof. Das Klavier, der Punsch und das Essen waren alles, was er als Entschädigung für sein Exil, wie Uncle Jake es beharrlich nannte, auf Olos Insel brauchte und verlangte – das heißt, neben Sissys Anteilnahme und der Möglichkeit, mit mir auf der Silver Bow Basin Road spazierenzugehen, einem schmalen Weg, der nach zwei abschüssigen Meilen vor den Toren Juneaus an einer Arbeiterwohnbaracke der Alaska-Juneau-Mine endete.

Verdrossen nahmen Uncle Jake und Frank Morley ihr Glück und Robert McGinnis' rätselhaftes Geschick bei der Fuchszucht zur Kenntnis; nichtsahnend setzten sie ihre Jagd auf Fisch und Wild, nach Freiheit und Wagnis und immer erstaunlicheren Eskapaden fort. Noch drei weitere Male wurde die *Prince of Wales* als vermißt gemeldet. In der Glacier Bay knackste Uncle Jake sich vier Rippen an und wurde von Hilda Laubenstein, die ihm den Brustkorb bandagierte und ihren Patienten in das vordem von Wesley Pitts belegte Bett steckte, wieder gesund gepflegt. Hilda erlaubte Sissy und mir einen täglichen Besuch bei Uncle Jake, der trotz seiner Schmerzen und seines Hustens auf Kissen hochgestützt im Bett lag, den hageren nackten Oberkörper in Hildas breite weiße Heftpflasterstreifen gewickelt, und uns Tag für Tag erzählte, wie er zu seiner Verletzung gekommen war – dank einem Baum, einem engen Pfad und einem blinden Elch. Frank Morley begann abzunehmen, nur wenige Pfund im Jahr, aber stetig. Uncle Jake scheiterte mit dem Versuch, ein Gerät zum Absaugen von Goldnuggets an Kieselstränden zu konstruieren. Sitka Charley brachte mir mit einem kleinen, vernickelten, .32kalibrigen Revolver mit Onyxgriff, der, wie er sagte, schon im Ärmel so manches schnauzbärtigen Spielers gesteckt habe, das Schießen bei.

»10. Juli. Juneau. Herzklopfen. Beschwipst mit Hilda. Frank hat sich verändert.« – »19. Juli. Juneau. Wo ist Jake?«

Und während sie ihre Herzenpartien spielten, bellten auf Olos Insel die Geister der blauen Füchse.

42

Dann geschah es. Unausweichlich geschah es. Es war am Donnerstag, dem dritten Oktober 1935.

»Schatz?« fragte Sissy, »vertrittst du mich mal?«

»Bist du am Gewinnen?« fragte ich.

»Deine arme Mutter verliert dieses Spiel«, sagte Uncle Jake. »Und wie.«

»Und dein Vater«, sagte Hilda Laubenstein, die an diesem Tag starken Schnupfen hatte, »ist am Gewinnen.«

»Sunny wird mir mein Glück wiederbringen«, sagte Sissy.

»Sissy«, sagte Frank Morley, »spiel noch das eine Spiel zu Ende.«

»Mein Rücken, Frank«, sagte Sissy. »Sunny wird für mich weiterspielen.«

»Wenn Jake uns alle fertiggemacht hat«, sagte Hilda, »haben Sissy und ich bei mir in der Wohnung noch was zu erledigen.«

»Ihr Mädchen führt auch ständig was im Schilde«, sagte Uncle Jake.

»Darf ich mitkommen?« fragte ich.

»Aber natürlich«, sagte Hilda, griff in ihre Schachtel Papiertaschentücher und leckte sich die gerötete Oberlippe.

»Du hättest im Bett bleiben sollen, bei der Erkältung«, sagte Uncle Jake.

»Keine Bange«, sagte Hilda, »meinen Schnupfen geb ich nicht her, um nichts in der Welt.«

»Sieh sie dir an, Frank«, sagte Uncle Jake. »Von wegen bloß feuchte Augen und verstopfte Nase. Tz, das ist die schrecklichste Erkältung, die ich je gesehen habe.«

»Schatz«, sagte Sissy, »nimm meine Karten.«

»Vier Uhr«, sagte Frank Morley, sah auf seine Hamilton und schob die goldene Uhr dann wieder in seine Westentasche, »wird langsam spät, Jake.«

»Bleib doch noch, Frank«, sagte Uncle Jake. »Ich bring nur noch das Spiel hier zu Ende, und dann lassen wir die Mädchen ihr kleines Tête-à-tête bei Hilda abhalten. Und wir beide bleiben hier und können reden.«

»Kein Tête-à-tête«, sagte Hilda. »Wir nehmen ja auch Sunny mit.«

»Was habt ihr denn da unten vor?« fragte Uncle Jake, ohne Antwort zu erwarten oder zu erhalten.

Ich saß auf Sissys Stuhl, nahm ihr Blatt und merkte, wie Hilda mich unterm Tisch anstieß. Irgendwie hatte Sissy sechs Herzkarten und die Pikdame ausgeteilt bekommen. Die Fenster standen offen, der Regen hatte aufgehört, Uncle Jakes Schaukelstuhl begann langsam in Sissys Rhythmus zu knarren.

»Frank«, sagte Uncle Jake, warf Hilda einen Blick zu und legte eine Hand an seine Krawatte, »meinst du nicht, daß sie Fieber hat?«

»Ich finde schon«, sagte Frank Morley.

»Krankenschwester«, sagte Uncle Jake, »und kann noch nicht mal auf sich selber aufpassen.«

»Stimmt«, sagte Frank Morley.

»Sissy«, sagte Uncle Jake und sah wieder zu Hilda hin, »wo ist dein Thermometer?«

»Hört auf«, sagte Sissy, »Hilda zu veräppeln, ihr zwei.«

»Sieh dir bloß ihr rotes Gesicht an«, sagte Uncle Jake.

»Gehört ins Bett«, sagte Frank Morley.

»Ich könnte ja was sagen«, sagte Hilda, »aber ich tu's nicht.«

Uncle Jake ließ ein paarmal schnell die Augenbrauen hochhüpfen, räusperte sich und studierte sein Blatt. Ich spürte Hildas warmen seidigen Fuß an meinem Bein. Als ich an der Reihe war, drückte ich Uncle Jake zwei Herzkarten und die Pikdame in die Hand. Uncle Jake nahm sein Ginger Ale-Glas und fand es leer. Frank Morleys Atmen klang trocken und ledrig. Er hielt seine Karten wie ein Pokerspieler in gedrängtem Fächer dicht vor der Brust.

»In der Mine stehen Entlassungen bevor«, sagte er.

»Wie fühlst du dich, Hilda«, fragte Uncle Jake, »sollen wir Schluß machen?«

»Sie sieht immer schlechter aus«, sagte Frank Morley.

»Hilda«, sagte Uncle Jake, »hat von Hygiene einfach keinen Schimmer, Schwester hin, Schwester her.«

»Welche Frau«, fragte Hilda, »hat das für euch schon?«

»Nicht mal ihre nassen Taschentücher wirft sie in den Papierkorb«, sagte Uncle Jake und schickte sich an aufzuspielen.

Hilda schnaubte, stupste mich an und lachte auf, als Uncle Jake wichtigtuerisch Karo aufspielte und den Stich nehmen mußte, was er nicht eben vorgehabt hatte. Unter den Karten, die er aufnahm, war eins von Sissys Herzen. Sein Kinn blieb noch immer vorgereckt, doch seine Augenbrauen verrieten sein Mißfallen. Umgehend zückte Hilda eine Karte zum Abwerfen, hielt sie mit zwei Fingern an einer Ecke, eine Angewohnheit, die Uncle Jake überhaupt nicht leiden konnte, und wartete hämisch auf Uncle Jakes nächstes Aufspiel. Er ließ sich Zeit, wollte Hilda und mich austricksen, obgleich er, wie wir alle wußten, noch immer im Besitz der Pikdame war. Schließlich legte er mit großmütig zur Schau gestelltem Selbstbewußtsein eine Kreuzkarte hin. Ich warf wiederum eins von Sissys Herzen ab, wieder war Uncle Jake gezwungen, den Stich zu nehmen, wieder langte er nach seinem leeren Glas.

»Was geht hier vor?« fragte er.

Noch zweimal spielte er auf, noch zweimal impfte ich seine Stiche mit Sissys Herzen. Hilda lachte, ich lachte, Frank Morley sagte, er dächte, das Spiel sei für seinen Partner gelaufen. Hilda zerknäulte ein Taschentuch und verschmierte ihren kirschroten Lippenstift, wischte sich die Augen aus, betupfte ihre rosa Kaninchennase und trat mich zweimal sachte unterm Tisch. Durch die offenen Fenster wehte der ölige Fischgeruch von Juneau.

»Nicht schon wieder!« schrie Uncle Jake und starrte den kleinen Kartenstapel an und Sissys dicke fette Herzneun, die ich darauf gelegt hatte und die jetzt unausweichlich ihm zufiel. »Sissy!« rief er, »komm doch mal her und hol deine Tochter hier weg! Sie macht mir das ganze Spiel kaputt!«

»Sissy«, sagte Frank Morley, »tu lieber, was Jake sagt.«

»Hör nicht auf sie«, sagte Hilda. »Die beiden können einfach nicht verlieren.«

Aber Uncle Jake nahm die Karten nicht auf, obwohl er danach

griff. Er runzelte die Stirn, den Arm noch immer ausgestreckt. Hildas Miene versteinerte. Frank Morley zog ein besorgtes Gesicht. Hilda sah Uncle Jake an. Uncle Jake sah Frank Morley an.

»Sissy?« sagte Uncle Jake.

Hilda und Frank Morley starrten Uncle Jake an. Vollkommene Stille herrschte im Zimmer.

»Sissy?« sagte Uncle Jake noch einmal. »Was hat sie denn nur, Frank? Mitten am Nachmittag einzuschlafen. Seht mal ihren Kopf.«

Ein Bann war uns auferlegt – wir durften uns nicht bewegen, nicht sprechen, mußten durch eben die Fragen, die wir nicht stellten, das Ereignis dieses Tages verleugnen. Wir lauschten, wir wandten unsre Köpfe und sahen Sissy an. Hatte sie den Bann ausgesprochen? Ging von ihr der stumme Befehl aus, nicht zu sprechen, uns nicht zu bewegen, nicht hinzusehen, sondern einfach das, was jetzt passierte, geschehen zu lassen?

Sie saß in dem Schaukelstuhl, die Hände im Schoß und das Kinn auf der Brust. Ihr gesenkter Kopf war zur Seite gekippt. Der Schaukelstuhl stand still.

»Sie schläft nur«, sagte Uncle Jake.

Es gab eine lange Pause.

»Nein«, sagte Hilda mit leiser, kalter, ängstlicher Stimme.

»Sissy!« schrie Uncle Jake zu der stummen Gestalt. »Sissy!«

Nun brachen wir den brüchigen Bann, und Frank Morley taumelte hoch, Uncle Jake war mit einem Satz bei Sissy, Hilda stürzte vom Tisch weg, ich drehte mich um und sah die drei zu meiner Mutter eilen, um meine Mutter kreisen, verzweifelt versuchen, ihre Flucht zu vereiteln.

»Sissy?« sagte Uncle Jake.

»Faß sie nicht an«, sagte Frank Morley.

»Legt sie auf den Boden«, sagte Hilda.

»Was habe ich getan?« schrie Uncle Jake, griff nach ihren Schultern, zuckte zurück, hob sie plötzlich aus dem Stuhl und drehte sich um, machte einen Schritt und starrte mich an, meine Mutter in seinen Armen. »Was habe ich getan, Sunny?«

»Um Gottes willen, leg sie hin«, sagte Hilda, schlug die graue Decke aus, die sie von meinem Bett gezogen hatte, und breitete sie auf den Boden. Ich saß und sah zu, mit dem Rücken zum Tisch, in meiner Linken die eselsohrigen Spielkarten, die wir bereits für immer aufgegeben hatten. Hilda sagte Frank Morley, er solle Doc Robinson holen gehen, und der arme Frank Morley zog los, stieß mit seiner alten dünnen Schulter an den Türpfosten und ließ die Tür weit offen, als er sich zu Fuß auf den Weg in die Stadt machte.

Uncle Jake kniete mit seiner Last nieder. Ihr Kopf und ihre Schultern ruhten in seinen Armen. Er küßte sie auf die Stirn. Vom Beistelltisch kollerte ein kleiner Totempfahl.

»Überlaß sie mir«, sagte Hilda; sie kniete sich hin, rollte Sissy auf den Bauch und mühte sich lange Minuten mit Wiederbelebungsversuchen ab, obwohl sie, wie sie Frank Morley in meinem Beisein bei der Beerdigung erzählte, die ganze Zeit über wußte, daß Sissys Herz in dem Augenblick zu schlagen aufgehört hatte, da der Schaukelstuhl zum Stillstand gekommen war, eine gute Viertelstunde, bevor einer von uns die Stille wahrgenommen hatte.

»Sie ist nicht mehr«, sagte Uncle Jake, der auf seinen Fersen hockte und hilflos zusah, wie Hilda pro forma ihre Wiederbelebungsversuche fortsetzte. »Sie ist nicht mehr, Sunny.«

Dann kam Doc Robinson, kniete sich hin und hörte durch sein staubiges Stethoskop das Schweigen der verlorenen Stimme ab. Noch immer auf ihrem Stuhl am Tisch, sah ich Doc Robinson und Frank Morley betreten, aber so unauffällig wie möglich hinausgehen, und zwischen sich trugen sie die schlanke eingehüllte Gestalt. Ein Automotor sprang an. Frank Morley kam zurück. Dann wurde sich Uncle Jake, dem Hilda bei Doc Robinsons Eintreffen hochgeholfen und der während des ganzen Hin und Her, während der verlegenen Beratungen, des Kopfgeschüttels, des betretenen Abgangs in der Mitte unseres Wohnzimmers gestanden hatte, auf einmal des leeren Flecks auf dem Boden vor sich bewußt, und blinder Zeuge, der er gewesen, packte er Hilda am Arm und stierte im Zimmer umher, als ob das Unmögliche eben erst eingetreten sei und er das wichtigste Ereignis seines Lebens verpaßt habe.

»Frank?« sagte er. »Wo ist sie? Auf Sunnys Bett?«

Frank Morley wartete und erklärte ihm dann, daß sie bereits fort sei.

»Aber wohin?« schrie Uncle Jake. »Wo haben sie sie hingebracht?«

»Zu Franklins Bestattungssalon«, sagte Frank Morley, kaum fähig, die Worte herauszubringen. »Morgen kannst du sie sehen.«

Durcheinander. Glasscheppern in der Küche. Uncle Jake in

Krawatte und beigem Anzug, weißes Taschentuch in der Brusttasche, nicht willens, sich zu beruhigen, nicht willens, Fassung zu gewinnen, wie Frank Morley beim Begräbnis sagte, nicht willens, die Durchsuchung der Küche, meines Schlafzimmers, des Raums, in dem sie gestorben war, nach dem Gegenstand – dem schlanken, sanften, treuen Gegenstand – seines Kummers zu beenden.

»Kaffee«, sagte Frank Morley mit Tränen in den Augen.

»Whiskey«, sagte Hilda.

Wieder zerbrach ein Glas in der Küche. Der Kaffee kochte über. Es wurde dunkel. Uncle Jake verweigerte den Whiskey.

»Beruhige dich, Jake«, sagte Frank Morley.

»Seht euch das an«, sagte Uncle Jake. »Seht euch das nur an.«

Er hielt ihre Handtasche vor sich hin.

»Sunny«, sagte er, blickte plötzlich in meine Richtung und streckte mir die Handtasche entgegen, »sie ist weg.«

»Jake«, sagte Hilda, »du setzt dich jetzt hin.«

Sie und Frank Morley drängten ihn in den Schaukelstuhl und hüllten seine Knie in eine zweite Decke, die Hilda von meinem Bett abgezogen hatte. Plötzlich nahm er sich zusammen, schlug unter der Decke die Beine übereinander und setzte, die Tasche noch immer in der Hand, den Schaukelstuhl in Bewegung.

»Sunny«, sagte er, »komm her.«

»Jake«, sagte Hilda, »du mußt was essen. Sunny und Frank bleiben bei dir. Ich geh bloß in die Küche.«

Er nickte.

Geruch von Rührei und Schinken. Geruch von Whiskey. Gewöhnliches Hereinsinken der Nacht. Frank Morley beim Schließen der Fenster. Ich verließ den Kartentisch und setzte mich zu Uncle Jake. Er schaukelte, reglos saß ich auf meinem Metallstuhl. Er stierte in Richtung eines der offenen Fenster. Ich starrte sein Profil an. Seine Augen waren trocken, doch sein Gesicht sah aus wie mit einer dünnen Glyzerinschicht bedeckt. Meine Augen waren trocken, doch schmerzte mir das Gesicht. Die Knochen unter meiner Gesichtshaut schmerzten. Ich beobachtete ihn.

Hilda brachte den Teller mit Eiern und Schinken, den er in seinen Händen hielt, während die Handtasche auf seinem Schoß liegenblieb. Hilda reichte Frank Morley einen halbvollen Becher Whiskey und goß sich selbst einen ein. Sie zogen ihre Stühle zu Uncle Jake und mir heran und sahen ihm beim Essen zu.

»Arme Sunny«, sagte er.

Ich glaubte, aus der Küche ein Geräusch zu hören.

»Frank«, sagte Uncle Jake, noch immer schaukelnd und essend.

»Es war das beste so«, sagte Frank Morley.

Ich legte meine Hand auf die Armlehne des Schaukelstuhls und spürte die Bewegung. Der Kartenspieler war in seinem Anzug und unter seiner Decke zum Invaliden geworden. Hilda und Frank Morley beugten sich so nah wie möglich zu ihm.

»Frank«, sagte Uncle Jake noch einmal.

»Besser hätte sie's nicht haben können«, sagte Frank Morley.

»Es ist meine Schuld«, sagte Uncle Jake.

»Sie hatte keine Schmerzen«, sagte Frank Morley. »Das ist das Entscheidende, Jake. Keine Schmerzen. Sie hat gar nicht gemerkt, was passiert ist.«

»Hilda«, sagte Uncle Jake, »ich hab's mir anders überlegt mit dem Whiskey.«

»Wird dir guttun«, sagte Hilda, nahm seinen Teller und reichte ihm ihr Glas.

»Ich werde mich anstecken«, sagte er, eine Hand auf der Handtasche, mit der anderen das Glas an den Mund hebend. Der Rand des Glases war ringsum kirschrot verschmiert. Der Schmerz in meinem Gesicht nahm zu.

»Sunny«, sagte er abrupt, »es ist meine Schuld.«

»Es ist nicht deine Schuld«, sagte ich.

»Ich hätte sie nicht nach Alaska bringen dürfen. Wozu bin ich überhaupt hergekommen?«

»Jake«, sagte Frank Morley. »Sie wurde von uns genommen. Dich trifft keine Schuld.«

»Sie hat nur die Augen geschlossen«, sagte Hilda und griff nach Frank Morleys Glas. »Und wir waren alle zusammen.«

»Ihr Vater war ein wunderbarer Mann«, sagte Uncle Jake. »Sie und ich waren im Haus, als er starb.«

»Sie hat dich angebetet«, sagte Frank Morley. »Sie hat dich angebetet, Jake.«

»Du mußt dich zusammennehmen«, sagte Hilda. »Für Sunny.«

Er lächelte, er faßte die Handtasche fester, er schaukelte weiter, als ob er die ganze Nacht durch schaukeln wollte. Einmal erhob sich Frank Morley langsam aus seinem klapprigen Stuhl, umging behutsam die noch immer leere Stelle, an der sie gelegen, und trat dann durch die Küche ins Freie. Ich war mir nicht sicher, ob er und Hilda ihre Stühle absichtlich so hingestellt hatten, daß der leere Fleck auf dem Boden freiblieb, aber ich begriff, daß Frank Morley einen Augenblick dort stehen wollte, wo sie immer geraucht hatte. Dann kam er zurück, und endlich begann Hilda zu weinen. Ihre Knie waren zu sehen.

Plötzlich hörte Uncle Jake zu schaukeln auf. Er schlug seine Beine erneut übereinander, legte seinen Kopf an die Stuhllehne, sah lächelnd zur Decke hoch, wie er vielleicht an einem Sommertag in den Himmel geschaut hätte. Sein Gesicht war trocken, seine Augen klar. Gedankenverloren streichelte er die Handtasche. Mit einemmal war er nicht mehr der fünfundfünfzigjährige gramgebeugte Witwer seit fünf Stunden, sondern wieder Uncle Jake, wie wir ihn kannten. Hilda und Frank Morley hatten versprochen, ihn nicht allein zu lassen. Nichts anderes wollten sie, als die ganze Nacht damit hinbringen, sein und auch ihr Leid zu lindern. Doch was für eine gnädige Erlösung strahlte Uncle Jake jetzt aus? Hilda und Frank Morley wechselten Blicke, die sagen sollten, das hätten sie nicht gedacht, daß sie ihn so gut trösten könnten.

»Frank«, sagte Uncle Jake, die Decke anlächelnd, was auch immer es dort zu sehen geben mochte, »habe ich dir eigentlich schon erzählt, wie mein Vater mit uns nach Frankreich gegangen ist?«

Es gab eine Pause. Eine lange Pause. Hilda schniefte. Langsam hob Frank Morley seinen Kopf. Er und Hilda sahen sich an.

»Wie bitte, Jake?« sagte Frank Morley.

»Frankreich«, sagte Uncle Jake. »Wie ich das erstemal in Frankreich war. Hab ich dir das noch nicht erzählt?«

Der arme Frank Morley runzelte schnaufend die Stirn und sah Hilda an, die jetzt nicht mehr weinte, sondern nur noch eine Handvoll nasser Taschentücher zusammenballte.

»Tja, Frank«, sagte Uncle Jake, indem ich mich an der Armlehne seines Stuhl festhielt und lauschte, »da war ich noch ein Junge. 1892 – sehr lange her – ich war nicht viel älter, als Sunny jetzt ist. Mein Vater also beschloß, uns alle zurück nach Frankreich zu bringen, in sein Heimatland, und das tat er dann auch.«

»Jake«, unterbrach ihn Frank Morley, »du bist müde.«

»Aber nein«, sagte Uncle Jake, »ich bin nicht müde, Frank. Jedenfalls verfrachtete mein Vater uns allesamt nach Frankreich. Mutter – meine drei Brüder – Billy Boy war da noch ein Baby – unsere Mägde – wir hatten damals eine Menge hübscher junger

Mägde – alles mit Mann und Maus. Er wollte seine acht Brüder wiedersehen und den Alten Herrn, wie sie meinen Großvater nannten. Also, du kannst dir das nicht vorstellen, Frank – das Château, die Pferde, die Bankette, die hübschen jungen Mägde...«

»Hört mal«, sagte Hilda, versteifte sich und warf Frank Morley einen scharfen Blick zu, »ich setz noch eine Kanne Kaffee auf.«

»Laß gut sein, Hilda«, sagte Uncle Jake, »ich bin hellwach. Ich kann euch nicht sagen, wie deutlich ich das vor mir sehe – den Alten Herrn, wie er in rotem Mantel und weißen Breeches seinen neun Söhnen voranreitet. Er war so alt, daß sie ihn auf sein Pferd heben mußten. Er zog ein prächtiges Programm auf, und selbst Mutter, der man alles andere als irgendeinen Hang zur Leichtfertigkeit vorwerfen kann, begann sich zu amüsieren. Mein Großvater trug breite Koteletten und wußte seine Gäste zu unterhalten, kann ich euch sagen. Woche für Woche gab es etwas Neues – Konzerte, Besuche in der Umgebung, Dressur-Vorführungen – eine besondere Reitdisziplin bei denen...«

»Jake«, sagte Frank Morley hilflos.

»Das ist eine gute Geschichte, Frank«, sagte Uncle Jake. »Laß mich zu Ende erzählen. Am besten ist mir noch die Weinlese in Erinnerung. Das war eine wundervolle Sache. Der Alte Herr kutschierte uns zu einer riesigen Scheune voller Tret-Tröge, wie die das nennen – flache Steinwannen, in die jeweils gut sechs Leute paßten. Tja, mein Großvater ließ uns in roten Plüschsesseln Platz nehmen, die auf einer eigens für diesen Anlaß gebauten Bühne standen – stell dir vor! Rote Plüschsessel in einer Scheune! –, und befahl seinen alten Pächtern, die frisch geernteten Weintrauben in die Tret-Tröge zu füllen. Ich saß in der ersten Reihe zwischen meinem Vater und Großvater, und nie war ein zwölfjähriger Junge glücklicher als ich damals. Aber der Alte Herr hatte eine Überraschung für uns parat, kann ich euch sagen. Er hielt eine lange Rede über die uralten Mysterien des Weins – er liebte den Wein und besaß einen vorzüglichen Keller, wie mein Vater zu sagen pflegte – und erklärte uns, daß auf seinem Gut nie jemand anderes die Trauben treten dürfe als die jungfräulichen Mädchen, die er jedes Jahr aus dem nahegelegenen Dorf kommen lasse. Dorfjungfrauen, sagte er, seien für die Qualität des Weins entscheidend. Seine Bediensteten reichten Tabletts mit Gläsern vom vorigen Jahrgang herum, und er brachte einen

Toast auf Mutter aus, mitten in dieser Scheune. Dann klatschte er in die Hände, und die ganzen Mädchen, die bis dahin im Schatten gekauert hatten, stürzten mit nichts als blauen Kitteln bekleidet zu den Tret-Trögen. Und wie der Blitz sprangen sie rein, je sechs Mädchen in einen Trog. Na, so was hatte ich noch nicht gesehen. Diese Dorfjungfrauen rissen sich die Kittel vom Leibe – was sagst du dazu, Frank? – und begannen zu tanzen und auf und ab zu hüpfen und die Trauben zu zerquetschen und bespritzten sich dabei so, daß sie aussahen wie ein Haufen blauer Wilder – nur daß sie eben reine junge springlebendige Französinnen waren. Ich saß da zwischen meinem Vater und Großvater, die beide lachten, und sah diesen jungen Mädchen mit solchen Stielaugen zu. Na, Mutter war außer sich. Nachdem das alles vorbei war, kam sie zu meinem Großvater gestürmt und erklärte dem armen alten Mann vor der ganzen Versammlung, daß er meine Unschuld zerstört habe.

Kannst du dir das vorstellen? Meine arme Mutter, um meine Unschuld besorgt? Tz, meine Unschuld habe ich erst verloren, als ich Sissy geheiratet...«

Er stockte. Er brach ab. Plötzlich sah er Hilda und Frank Morley an. Sein Gesicht verfiel. Füllte sich mit Zorn. Verfiel dann wieder.

»Sissy«, sagte er ganz schwach, wieder zu sich kommend. »Großer Gott, Frank, was habe ich getan?«

»Ist schon gut«, sagte Frank Morley.

»Sie ist tot«, sagte Uncle Jake. »Sissy ist tot. Und ich erzähle euch verrückte Geschichten! Ich halte das nicht aus, Frank. Was ist nur mit mir los?«

»Schon gut«, sagte Frank Morley. »Du bist nicht ganz bei dir.«

Hilda nahm die fast leere Whiskeyflasche und trug sie aus dem Zimmer. Uncle Jake wandte sich zu mir und sah ruhig und sanft auf mich herab, als hätte Sissy und nicht Frank Morley eben zu ihm gesprochen. Er nahm meine Hand. Er sah mich an. Dann sprach er.

»Jetzt bist du nicht mehr nur die Maßgebliche, Sunny«, sagte er. »Du bist die einzige.«

Da heulte ich endlich auf, und das furchtbare Schmerzen in meinem Gesicht ertrank in Leid.

Als ihre treue Gefolgschaft, wie Uncle Jake uns nannte, versammelten wir uns am Freitag, dem vierten Oktober, um 11 Uhr in Franklins Bestattungssalon. Wir waren nur zu fünft, aber fünf treue Gefolgsleute waren genug. Bob Franklin persönlich leitete die Zeremonie. Der Sarg war offen. Bob Franklins Schwester spielte auf einem kleinen schwarzen Klavier »In finstrer Nacht, Herr, laß mich nicht allein«. Beim Ankleiden, marineblauer Anzug, Krawatte, schwarze Socken und Schuhe, hatte Frank Morley Uncle Jake geholfen. Auch das steife weiße Taschentuch in der Brusttasche seines Jacketts hatte er nicht vergessen, und er sah, wie Hilda Frank Morley zumurmelte, phantastisch aus mit seinem abgespannten Gesicht und dem in der Mitte gescheitelten schwarzen Haar. Uncle Jake – schmerzerfüllt und aufgewühlt – versuchte mich zu trösten, als wir vor dem Sarg standen, er und ich, und ich zum letzten Mal das grüne Band und den elfenbeinernen Elefanten sah.

Als die Trauerfeier vorbei und Sitka Charley zu Waffen-Kleider-Zubehör zurückgegangen war, sagte Hilda, sie wolle der russisch-orthodoxen Kirche einen kurzen Besuch abstatten und Frank Morley solle sie dorthin begleiten. Sie sagte, Uncle Jake und ich sollten ohne sie beide schon mal nach Hause vorgehen, sie würden nicht lange bleiben. Uncle Jake nickte, wir standen am Rand des Friedhofs hinter der Indianerschule, setzte seinen Hut auf und nahm mich bei der Hand. Eine Möwe flog über uns hinweg. Uncle Jake wartete, bis Hilda und Frank Morley außer Hörweite waren. Dann sprach er.

»Sunny«, sagte er, in das Geniesel starrend, »wenn ich mal gehe – wenn die Reihe an mir ist –, will ich nur dich allein bei meinem Begräbnis haben. Nicht einmal Frank, Sunny. Nur dich.«

Am Abend, nachdem Hilda und Frank Morley gegangen waren und als das Haus dunkel war und Uncle Jake und ich uns auf unsere erste Nacht allein gefaßt machten, kam er in Morgenmantel, Pyjama und Pantoffeln aus dem Badezimmer, blieb stehen, sah im Zimmer umher und hängte dann behutsam die Handtasche an den Knauf meiner Schlafzimmertür, damit sie, wie er sagte, allezeit für ihn sichtbar da sei. Dann sagte er, er glaube nicht, daß er es ertragen könne, den Apparat, wie er das immer nannte, anzufassen, und bat mich, ihn für ihn aufzuklappen und die Decken aufzuschlagen, und das tat ich.

»Tja«, sagte er, indem er das leere Klappbett betrachtete,

»jetzt kann ich Robert McGinnis wieder nach Connectitut zurückschicken, wo er hingehört.«

Am Morgen hörte ich ihn, noch ehe es hell war. »Aus den Federn, Sunny, aus den Federn!« rief er. Er saß auf dem Rand des Klappbetts, und ich lief zu ihm, Haar und Nachthemd flogen, und ich warf mich auf ihn. Er war groß und zitterte trostlos, auch wenn er mich noch so munter gerufen hatte. Wir weinten, als wir, noch in unseren Nachtgewändern, unsere Frühstückssandwiches belegten. Wir weinten, als wir am Küchentisch saßen und zu essen versuchten. Wir weinten, bis er dann endlich lächelte, sich das Gesicht wischte und mir plötzlich begeistert zu erzählen begann, daß hier oben in Alaska früher einmal Palmen gediehen seien.

43

Sunny, ruft er, sieh dir das an. Ein Lynchgericht!

Wieder geschieht es, wieder, und wie immer weiß ich, daß ich träume, und spüre, als ob ich hellwach wäre, den kalten Schleim auf meiner Haut, das gräßlich elektrische Kribbeln in meinen kalten Füßen, den Schmerz in meiner Brust. Ich kenne sogar das Wort für das, was ich empfinde – Angst. Die Angst, die ich nur im Schlaf erlebe, ist mir wie wachend bewußt – die Angst wegen Uncle Jake und der Treulosigkeit seiner alaskanischen Weisheiten –, und doch schlafe ich. Die Angst spinnt mich in lange feine Haarsträhnen, in Seidenfäden. Gleichwohl wandre ich in diesem Traum auf einem heißen ausgetrockneten Pfad, Bündel auf dem Rücken, Büchse in der Hand. Um mich Wolken von Moskitos, Unterholz knackt, die Sommerdüfte des Nordlands. Wie immer ist der Traum die Ursache der Angst oder Wut, die mich allnächtlich im Schlaf befällt. Dabei bin ich jedenfalls in diesem Traum zugleich auch gefaßt, trotz seinem jähen Ruf. Ich bin gekleidet wie ein Mann, ein Prospektor, und trage einen alten zerknautschten Filzhut. Das Netz vor meinem Gesicht ist schwarz von Moskitos. Ich wandre beschwingten Schritts, die Büchse in der Hand.

Sunny, ruft er wieder. Sieh, was die mit mir machen. Ein Lynchgericht!

Ich höre ihn, ich kann nicht atmen. Irgendwo vor mir haben sie Uncle Jake gefangengenommen. Ich schiebe mich auf dem

Weg voran, überzeugt, daß ich endlich erfahren werde, was mit Uncle Jake geschehen ist.

Sunny, ruft er, die wollen mich aufknüpfen!

Ich komme an eine Lichtung, darauf befinden sich eine kleine fensterlose Blockhütte, vierzig oder fünfzig Männer mit Stutzbärten und, neben einer riesigen Fichte auf einem Faß stehend, Uncle Jake. Die Männer haben ein Seil über einen hohen Ast der Fichte geworfen und die Schlinge um seinen Hals fest zugezurrt. Trotzdem trägt er noch immer seinen Hut, der, wie ich bemerke, ebenso alt und verknittert ist wie meiner.

Wie lautet die Anklage? brüllt einer der bärtigen Männer.

Uneheliche Beiwohnung, kommt die Antwort.

Schlimm, sagt der erste. Das ist das schlimmste Verbrechen von allen!

Das kann man wohl sagen, meint der andere.

Ich komme an den Rand des Haufens. Sie machen mir Platz, und ich rieche sie – ihr Fleisch, ihr verfilztes Haar, ihre Zähne, ihre verkniffenen Augen, ihre Kleider. Ich liebe ihren trockenen und sauren Geruch, ich, verkleidet als einer von ihnen, in meinem Hemd, meiner Hose, meinem Hut mit dem Moskitonetz. Sie weichen vor mir auseinander, und ich bewege mich nach vorn. Sie scheinen mir einen ungehinderten Blick auf das Verfahren gewähren zu wollen, und danach verlangt es mich auch. Stolz wie ein Pfau steht Uncle Jake auf seinem Faß – nur um so stolzer ob der Schlinge um seinen Hals und der Mühe, der sie sich unterzogen haben, ihm die Hände auf den Rücken zu fesseln. Er als einziger von allen ist glatt rasiert. Sein Hemd und seine Hosen sind mit angetrocknetem Schlamm bedeckt. Im Band des alten, auf seinen Kopf gestülpten Huts stecken Angelfliegen.

Sunny, sagt er und sieht mir von seinem Faß herab in die Augen, die wollen mich lynchen. Was sagst du dazu?

Wir wollen ihn nicht lynchen, sagt jemand neben mir, wir wollen ihn hängen. Dies hier ist eine Gerichtsverhandlung.

Ich lächle, doch ohne dem Mann neben mir zu antworten oder Uncle Jake ein Zeichen des Erkennens zu geben. Aus der Menge kommt ungeduldiges Knurren, dann Stille. Von weit her sind sie gereist, das sehe ich an den Bündeln und Waffen und Werkzeugen, die sie tragen, und ich frage mich, wie sie Uncle Jake in diesem verlassenen Blockhaus auf dieser leeren Lichtung überhaupt haben finden können. Ich weiß nicht, wo ich bin, aber all diese Männer wissen, wo sie sind. Selbst Uncle Jake scheint sich auf seinem Faß heimisch zu fühlen.

Naß und kalt ist mir im Schlaf. In meinem Traum bin ich endlich einmal Zuschauerin unter vierzig oder fünfzig einsamen Männern, die sich auf einer Lichtung versammelt haben. Ich sehe Uncle Jake an, der seine üble Lage unterhaltsamer zu finden scheint als seine Ankläger. Die kümmerlichen Bäume rings um uns her sind mit verdorrten, abflockenden Flechten bedeckt, die Luft riecht nach dem Staub und der Hitze eines toten Landes.

Uneheliche Beiwohnung! brüllt der selbsternannte Vorsitzende dieses Lynchgerichts. Mit wem?

Three Way Mary! kommt eine zornige Antwort.

Nein! brüllt ungläubig der Vorsitzende.

Moose Neck Betty! schreit ein anderer.

Skagway Lil! schreit noch ein anderer.

Chinless Filly! brüllt ein Mann so dicht hinter mir, daß sein fauchender Atem das Moskitonetz bewegt, das meinen fraulichen Haarschopf verbirgt.

Nein! brüllt wieder der Vorsitzende. Chinless Filly? Hier oben in Thirty Mile? Die Frau vom alten Jack Hampton?

Genau die, brüllt der Mann hinter mir.

Großer Gott, sagt der Vorsitzende.

Und was ist mit Sweet Pea Kate? brüllt jemand von der anderen Seite herüber.

Und Finn Dora, brüllt jemand weit rechts von mir.

Und vergeßt nicht die arme Fighting Belle, tönt eine weitere Stimme. Die hatte er auch!

Aus! brüllt der Vorsitzende. Der Mann ist ein Satan!

Und sogar Short Gertie, die beste Pfannkuchenbäckerin auf der ganzen Strecke! brüllt noch ein bärtiger Mann, der aus der Menge hervortritt, die Fäuste schüttelt und dann seinen Arm herabfallen läßt.

Genug! brüllt der Vorsitzende. Ich habe genug gehört!

Keine Frau mehr unverdorben, kommt eine verbitterte Stimme. Alle hat er sie gehabt.

Am schlimmsten war's mit der kleinen Utah Rose, brüllt ein zweiter Mann, der heraustritt und sich vor die Menge stellt. Auf frischer Tat ertappt von ihrem Bruder, dem alten Calamity Jim. Das steht fest.

In Ordnung! brüllt der Vorsitzende. Seid ihr bereit, das Urteil zu verkünden?

Und ob wir das sind! schreien die vierzig oder fünfzig wie ein Mann.

Doch sie verstummen. Sie rühren sich nicht, das freie Ende des Seils zu ergreifen. Sie zaudern, sie fuchteln herum, sie warten. Senkrecht steigt das Seil von Uncle Jakes Hals zu dem Ast auf, und er steht geduldig, erwartungsvoll, sein großer Körper ist in den dichten Rauch der Moskitos gehüllt und kaum zu sehen – bis auf den Kopf, die Augen, das lange rosa Gesicht, den schief aufgesetzten Hut.

Schuldig oder unschuldig, brüllt der Vorsitzende, sagt schon!

Sie warten, sie knurren, sie drohen Uncle Jake auf seinem Faß. Aber sie sprechen nicht. Meine ungeduldige Erwartung im Traum nimmt zu. Ich spüre jemandes warmen Bauch in meinem Kreuz. Ich rieche die Achselhöhlen der alten Kämpfer. Dann hebt Uncle Jake seine Stimme.

Verurteile mich, Sunny! sagt er. Sei mein Zeuge!

Leute, brüllt der Vorsitzende, sagt es, ein Wort nur!

Sie zaudern, sie rumpeln, ihre Bäuche tönen wie voll Wasser. Aber das eine Wort geben sie dem Vorsitzenden nicht.

Ich lasse mein Bündel fallen, meine Büchse, ich trete vor und wende mich dem Mob dieser alten bärtigen Volksrichter zu. Mit beiden Händen hebe ich mein Moskitonetz und schicke mich an, zu der Menge zu sprechen. Mein Mund ist trocken, ich spüre Nadelspitzen unter meiner Haut, nie habe ich mich so verwegen gefühlt. Ich rücke den Unterkiefer vor, konzentriere mich darauf, meine Stimme tief und ledrig wie die eines Mannes zu machen.

Also, brüllt der Vorsitzende, nun sagt schon!

Ich hole Luft. Ich weiß, daß meine Stimme wie die eines alten Prospektors klingen wird, wenn ich sie höre. Ich hebe meinen rechten Arm und zeige auf Uncle Jake, der mir nickend zulächelt.

Hängt ihn! schreie ich. Er ist unschuldig!

Verdammt! sagt der Vorsitzende. Wer ist das?

Jetzt reiben sie sich die Bärte – ein paar graue sind unter die schwarzen gesprenkelt –, sie stoßen sich an und schütteln die Köpfe. Jemand behauptet, mich in Easter Creek gesehen zu haben. Ein anderer sagt, ich könnte der Bursche sein, der damals endlich den Haftbefehl gegen Jim Glass vollstreckt hätte, diesen Eingeborenen vom Yakekaket River, der andauernd seine Mutter zusammengeschlagen habe. Aus dem Hintergrund der

Menge widerspricht jemand. Sie drängeln und schubsen sich herum und verstummen wieder.

Du selbst wirst mich hängen müssen, Sunny, sagt Uncle Jake. Anders geht es nicht!

Ich spucke mir in die Hände und packe das Seil, ziehe es Hand über Hand, stemme mich zurück. Ich spüre das Gewicht. Nichts geschieht.

Fester, Sunny, sagt er. Fester!

Meine Füße rutschen in Staub und Kiefernnadeln. Meine Handflächen brennen. Seine Fersen haben sich nicht einmal ansatzweise von dem Faßdeckel gehoben. Schwer wie Blei. Unwahrscheinlich schwer.

Los, Leute, brüllt der Vorsitzende. Helft mit!

Und plötzlich klettern sie alle übereinander, um an das Seil zu kommen, und ich gehe unter, ersticke unter den lärmenden Kerlen, schlüpfe hierhin und dorthin, um ihren Knien, ihren Ellbogen, ihrem Kreischen und ihren Kautabakstrahlen zu entgehen.

Endlich krieche ich unter ihnen hervor, Hut und Moskitonetz unverrückt.

Sieh mich an, sagt Uncle Jake, den sie sechs Zoll hoch in die Luft gezogen haben. Sie haben mich aufgehängt, Sunny! Und jetzt werden sie mir mein Grab schaufeln müssen!

»Charley«, sagte ich mit belegter Stimme, verzweifelt, und rollte mich, klammerte mich an ihn, »wieder so ein verrückter Traum. Hilf mir!«

Er grunzte. Ich hielt mich an ihm fest und atmete in langen krampfhaften Zügen den wunderbar vertrauten Geruch seiner Haut und die Luft aus seinem Mund, seiner Lunge. Er roch wie Dörrfleisch. Ich küßte ihn auf die Schulter. Er sagte, ich solle weiterschlafen.

»Dann werde ich wieder träumen«, sagte ich.

»Schlaf weiter.«

Ich gehorchte. Ich ließ ihn los. Ich behielt meine Nacktheit für mich, schlief ein und, wie ich vorausgesehen, träumte wieder. Als ich dem zweiten Traum dieser Nacht entrann – der vorigen Nacht –, war es schon Morgen und ich in Sitka Charleys Bett allein.

Ich kann mich nicht bewegen, Sunny, ruft er mit einer Stimme, die ich kaum hören kann. Hilf mir!

Der Saloon befindet sich in einem geräumigen, primitiv gebauten Blockhaus. Ich sitze an einem der Tische auf dem Schoß einer dick in Pelze vermummten Gestalt. Der Mann wirkt bullig in seinem Parka, seinen Robbenlederhosen, seinen Mukluks, seinen Pelzfäustlingen, es ist ein fetter, stämmiger Hundeschlittenführer, ein Musher, seine Peitsche liegt auf dem Tisch, und sein großes Gesicht verbirgt der Pelzsaum der Kapuze seines Parkas. Ich weiß, daß er einen Bart trägt, auch wenn ich sein Gesicht nicht sehen kann. Auch ich bin von Kopf bis Fuß in Felle gehüllt. Auch ich trage Pelzfäustlinge und Parka. Außer uns ist niemand in dem Saloon, nicht einmal ein Barkeeper, und alles in diesem langen leeren Raum ist mit Eis überzogen. Die Tischplatten, die Spucknäpfe, die Kerosinlampen, die Kerzen auf kaputten Untertassen, der Spiegel und die Pyramide aus leuchtend bunten Flaschen hinter der Theke – alles glitzert in einer Haut aus Eis. Hier sitze ich auf dem Schoß des Mushers, einen meiner pelzigen Arme um seine wattierte Schulter gelegt und eine seiner bepelzten Hände auf meinem Oberschenkel. Seine lange schwarze Peitsche liegt auf dem Tisch zusammengerollt wie eine gefrorene Schlange.

Komm schon, French Camille, sagt der Musher, gib uns 'n Kuß! Aber ich bin nicht French Camille, und der Musher will sein Gesicht nicht zeigen.

Sunny, ruft er wieder, ich bin steifgefroren!

Von draußen, wo der Schnee zwischen den Zelten zu einer Art Gasse festgetreten ist, gellt Gelächter herein, das Gebrüll von Männern ohne Frauen, von Männern, die sich gegenseitig helfen und auf dem Treck ihre eigenen Hunde verspeisen, wenn es sein muß. Wieder gellt das Gelächter, und eine Eisscherbe blättert von der Decke und zerschellt auf dem Boden der Bar.

Na schön, French Camille, sagt der bullige Musher und versucht mich von seinem Schoß zu schieben, sehn wir mal nach.

Wir sind groß wie Bären, der Musher und ich, und wir bewegen uns wie Bären, die aus dem Winterschlaf gerüttelt wurden. Langsam entschränken wir uns, die eine plumpe Masse löst sich von der anderen. Ich ziehe meinen Parka glatt, der Musher nimmt seine Peitsche. Die Tür vom Saloon lassen wir weit offen.

Wir gesellen uns zu der kleinen Schar lachender Männer in Pelzmützen, die uns den Weg freimachen, sich anstupsen und kopfschüttelnd auf den Gegenstand ihrer Belustigung zeigen.

Die Zelte zu beiden Seiten des Trampelpfads im Schnee, Holzgerüste mit durchhängenden Planen drüber, stehen leer und sind dick mit Schnee bepackt. Kein Feuer brennt, kein Essen duftet. Der Himmel ist klar, das Licht schmerzt in den Augen wie die Luft in den Lungen.

Ein Neuer in der Stadt, sagt einer der lachenden Zuschauer und zeigt in die Gasse.

Blöder Idiot, sagt ein anderer.

So war der jetzt den ganzen Tag, sagt ein dritter.

Ist heut morgen hier angekommen, sagt der erste, und will nicht mal von seinem Schlitten runter.

Hockt einfach die ganze Zeit so da, sagt ein vierter. So ein blöder Idiot.

Und da ist er, kerzengerade sitzt Uncle Jake hinten auf dem Lastschlitten. Er trägt seine Wolfsfellmütze, seine Pelzfäustlinge und ist in Bärenhäute gehüllt. Seine Hunde kauern verloren in ihren Zugriemen, ihre Blicke sind seltsam unterwürfig. Sie sind abgezehrt, trotz ihrer ungeschlachten Größe, und plötzlich begreife ich ihre Geduld und ihre seltsame Unterwürfigkeit. Die Hunde haben Angst.

Sunny, sagt er, ohne mich anzusehen oder seinen Mund aufzumachen oder die Lippen zu bewegen, mir ist kalt!

Von Uncle Jake abgesehen ist der Schlitten leer. Er steht, wie er stehengeblieben ist, in seiner Spur festgefroren. Die Hunde beobachten uns mit verkniffenen Augen.

Der sieht vielleicht aus, sagt der Musher und beginnt zu lachen.

Verrückt ist der, sagt der erste Zuschauer. Vierzig unter Null und einfach so dazusitzen.

Worauf wartet der? fragt ein anderer. Auf 'ne Blaskapelle?

Vielleicht auf French Camille hier, sagt der Musher.

Sie lachen.

Der wird noch lange warten, wenn er nicht auf sich aufpaßt, lacht ein gedrungener Gaffer, der wie ein Pelzball gegen mich stößt.

Na, Leute, sagt der Musher, was seid ihr so zurückhaltend? Gehn wir zu ihm rüber und sagen guten Tag!

Der Musher schiebt mich vor sich her, und im Nu drängen wir uns um den stummen Besucher, der Musher stellt sich vor, und die anderen Männer lachen. Der Musher beugt sich nieder, ich halte mich zurück.

Moment mal, sagt der Musher.

Zu spät, sagt der erste Zuschauer.

Durch und durch gefroren, sagt der zweite.

Schon die ganze Zeit tot, verdammt, sagt der erste.

Und jetzt? fragt der dritte.

Den Padre holen, sagt der erste.

Ist nicht nötig, sagt der Musher. Ich hab am Klondike schon manche Beerdigung abgehalten. Überlaßt das nur mir.

Tja, sagt der erste Zuschauer, erst mal müssen wir ihn auftauen.

Stimmt, sagt der Musher. Sonst kriegen wir ihn nicht in die Kiste.

Sie ziehen die steifen Bärenhäute weg, sie heben ihn aus dem Schlitten und lassen ihn fallen. Er liegt auf der Seite wie eine umgestürzte Statue. Er ist so schwer, daß sie alle gemeinsam an ihm reißen und zerren müssen, bis er endlich aufrecht im Schnee sitzt, und dann, halb schleppen, halb schleifen sie ihn die Gasse runter zu einer leeren, schneebedeckten Stelle hinter dem Saloon.

Leute, sagt der Musher, jetzt einen Drink, und weg sind sie, lassen mich mit Uncle Jake allein.

Sunny, sagt er, mir ist kalt.

Er ist größer als der Schlitten, in dem er gefahren, und schwerer. Kerzengerade sitzt er, die Beine ausgestreckt und die bepelzten Hände im Schoß. Seine Fellmütze sieht aus wie eine Mitra. So groß wie er sollte ein Mann nicht sein. So wie er jetzt sollte ein Mann nie im Schnee sitzen – unnatürlich, aber vollkommen bequem. Wenn ich seine Schulter berühre, wird er wieder auf die Seite kippen.

Also dann! brüllt der Musher, und die anderen stolpern hinter ihm um die Ecke des Saloons, wärmen wir ihn auf!

Geht nicht! brüllt der erste Zuschauer.

Sicher geht das! brüllt der Musher.

Kerosin drüberschütten! brüllt ein anderer.

Neinnein, sagt der Musher. Wir wollen die Leiche ja nicht verbrennen. Bloß auftauen.

Wir müssen ihn gradebiegen, sagt der erste Zuschauer.

Geh zur Seite, French Camille, sagt der Musher. Mach uns Platz!

Der Musher sagt ihnen, wo sie das Reisig aufhäufen und wo sie die Holzscheite hinlegen sollen, dann bückt er sich und zündet das Feuer an.

Das müßte wohl reichen, sagt der erste Zuschauer.

Zwei Fliegen mit einer Klappe, sagt der Musher. Taut mit der Leiche auch gleich den Boden auf!

Es gibt keinen Rauch. Die Flammen sind unsichtbar. Die Zuschauer befolgen eifrig die Anweisungen des Mushers und bringen mehr Gestrüpp, brechen Äste, spalten Holzklötze. Der Halbkreis aus Hitze beginnt den Schnee zu schmelzen. Irgendwo hämmert einer schon dicke Bretter zusammen.

Seht nur, sagt der Musher. Dauert nicht mehr lang.

Teufel, ist der am Triefen! sagt der erste Zuschauer.

Leute, sagt der Musher, kommt alle her.

Das lächelnde Gesicht schwitzt. Der Pelz ist naß. Das Blau der Augen ist sanfter.

Sunny, sagt er, mir ist immer noch kalt!

Also, sagt der Musher, bringen wir die Sache hinter uns. Na kommt schon!

Alle zusammen! sagt der erste Zuschauer.

Aus dem Weg, French Camille, sagt der Musher. Das ist nichts für Frauen.

Haltet seine Beine fest, sagt der erste Zuschauer.

Setzt euch drauf, sagt der Musher.

Und jetzt?

Ziehen natürlich, verdammt. Packt ihn um die Brust und zieht.

Biegt ihn grade.

Gar nicht so einfach!

Trinken wir noch einen.

Nein, sagt der Musher, jetzt oder nie.

Er gibt nicht nach!

Wie eine Meute Hunde sind sie auf ihm, knurren und lachen, halbbetrunken und von der gegenwärtigen Aufgabe ernüchtert, zwei von ihnen sitzen auf den ausgestreckten Beinen, und einer hockt rittlings über seiner Brust und drückt, und zwei weitere versuchen ihn von hinten zu packen. Die mitragleiche Mütze liegt im Schnee. Der Musher steht daneben und dirigiert.

Wie weit ist er denn überhaupt?

Außen aufgetaut, innen noch steifgefroren.

Kann nicht mal die Arme bewegen.

Kann nicht den Kopf drehen.

So ein verdammter sturer Chechaqua. Ich geb's auf.

Ich auch.

Verrückt. Total verrückt.

Der blöde Idiot will sich gar nicht begraben lassen. Das ist sein Problem. Wir haben getan, was wir konnten.

Teufel auch, sagt plötzlich der Musher. Ich sag euch was, Leute. Es hat keinen Zweck. Warten wir bis zum Frühjahr damit!

Das ist ein Wort! schreit der erste Zuschauer.

Zurück in den Saloon! schreit ein anderer. Wir trinken auf ihn!

Komm, French Camille, sagt der Musher. Gehn wir rein und knutschen was.

Ja, sage ich, und wir gehen los. Aber gerade, als ich um die Ecke des Saloons biegen will, höre ich seine Stimme.

Sunny, sagt er, den ganzen Weg hab ich nur für dich gemacht. Verlaß mich nicht!

Dann war es Morgen – heute morgen –, und ich erwachte in Sitka Charleys Bett in der Dachwohnung über dem Modewarengeschäft, das schon seit langem an die Stelle von Waffen-Kleider-Zubehör getreten ist. Meine Fäuste waren geballt, meine Augen brannten, alles tat mir weh, ich war völlig erschöpft. Wie üblich. Von unten drang das Lachen zweier Frauen herauf. Ich hatte eine Gänsehaut, war nackt, und ich konnte Frauen nicht mehr ausstehen. Ganz im Gegenteil. Ich versuchte mir vorzustellen, wie die zwei da unter mir sich aus Versehen auf ihre albernen Hüte gesetzt hätten, aber das half auch nichts. Ich versuchte, sie zu überhören, aber ihre Stimmen waren so fröhlich, daß sie ebenso unfehlbar durch den Boden drangen wie die Stimme eines spielenden Kindes zum Migränekranken. Weiblicher Flitterkram, dachte ich, und haßte mich selbst. Am anderen Ende des Zimmers machte Charley das Frühstück auf dem Drei-Platten-Herd, und ich roch den starken schwarzen Kaffee.

»Charley«, versuchte ich zu sagen.

»Steh auf«, sagte er.

»Ich schaff's nicht«, sagte ich. »Heute schaff ich's nicht.«

»Du langweilst mich«, sagte er. »Steh auf.«

»Ich habe geträumt, Charley. Mir ist schlecht.«

Nie bin ich in Charleys Bude aufgewacht, ohne daß der Duft von Schinkenscheiben auf dem Ofen – er briet immer so viel, daß das gelöste Fett einen halben Zoll hoch in der Pfanne stand, worin er dann Spiegeleier machte – und der herzhafte Geruch des Kaffees im eisernen Topf mir in die Nase zogen. Heute morgen empfand ich die Gerüche von Charleys Kocherei als ebenso aufdringlich wie die Stimmen der Frauen. Und es war Februar und finster und kalt.

»Ich will weg von hier«, sagte ich, noch immer in die Armeedecken gekuschelt, das rauhe Kopfkissen an meiner Wange – Charley hatte was gegen Bettbezüge –, und war gegen meinen Willen Zeuge der Fröhlichkeit dieser Frauen.

»Wie schön«, sagte Charley.

Eine der Frauen hatte zu lachen aufgehört und sprach jetzt von einem Mann namens Bob, während die andere weiterlachte. Ich verstand nicht, was die erste sagte, nur dieser Name hüpfte ständig zu mir rauf wie ein Jojo, und nur um diesem Bob zu entgehen, gelang es mir schließlich, die Decken wegzuschieben und mich auf die Bettkante zu setzen. Da saß ich, nackt und wohlgeformt, fest wie Dosenthunfisch, und haßte den armen Bob, wer auch immer das sein mochte, während ich ihm gleichzeitig dafür dankte, daß er mich aus Sitka Charleys Bett vertrieb. Ich zitterte, biß mir auf die Lippen, ich preßte meine kalten Schenkel mit gespreizten Händen.

»Charley«, sagte ich, »was soll ich machen?«

»Steig in deine Kleider«, sagte er. »Zieh dich an.«

»Ich bin nicht Herrin meiner selbst«, sagte ich.

»Du bist niemandes Herrin«, sagte Sitka Charley.

Ich stand auf und begann, absichtlich nackt bleibend, in dem Dachzimmer herumzugehen. In meiner Kindheit war ich hier oft mit Charley und Frank Morley zusammengewesen; hier war mir endlich aufgegangen, daß Uncle Jake nie mehr zurückkommen würde; hier hatte ich Frank Morley, verkrümmt auf der Seite liegend, sterben sehen; hier hatte ich das Glück gehabt, Sitka Charleys harte dünne klumpige Matratze und seine Decken mit ihm teilen zu dürfen. Seine Bude bestand aus einem langen kahlen Raum, die eiserne Bettstatt an einem Ende, die Kochstelle am anderen, und war jetzt noch leerer als selbst zu Frank Morleys kargen Zeiten. Doch früher konnte ich im Dunkeln liegen und meine Hände über Sitka Charleys bloße Rippen gleiten lassen, die von ihm selbst aus Holz oder Elfenbein hätten geschnitzt sein können, und ungestört neben ihm schlafen. Aber das war vorbei. Traumlosen Schlaf für Sunny, das gab's nicht mehr.

»Zieh dich an«, sagte er mürrisch.

Ich trat an eins der Vorderfenster und spähte so lange in das Fenster des Baranof genau gegenüber, bis der haarige Oberkörper eines Mannes darin erschien – Bob, dachte ich –, und dann ging ich zu dem verstaubten Geweih hinüber, auf dem Sitka Charley die Vierhundertfünf aufbewahrt. Vorsichtig, und wie ich's in den letzten Wochen schon mehrmals getan, hob ich die kalte schwere Winchester herunter und wog sie, wägte sie, wiegte sie an meiner Nacktheit. Sie setzte Rost an, und Munition dafür wurde schon lange nicht mehr hergestellt.

»Was ist los mit dir?« fragte er, wie ich vorausgesehen.

»Ich muß hier weg«, sagte ich und legte die alte Büchse wieder auf das Geweih.

»So kannst du nicht gehen«, sagte er.

»Ich kann überhaupt nicht gehen«, sagte ich.

Er trocknete sich die Hände und durchmaß den Raum, ein sehniger Einundsechzigjähriger in engen Bluejeans und Khakihemd; er hob mein Wollhemd und meine Hose auf und hielt sie mir hin. »Du willst ja bloß den alten Charley verlassen«, sagte er und wartete, bis ich ihm die Kleider abnahm.

»Bloß weg«, sagte ich.

»Keine Frau setzt sich nackt an meinen Tisch«, sagte er.

»Ich habe nicht vor, mich an deinen Tisch zu setzen.«

Als ich keine Anstalten machte, mir Hemd und Hose anzuziehen, keine Anstalten, den armen Charley mit meiner Nacktheit zu verschonen und mich zur Rückfahrt nach Gamelands in meinem umgebauten ehemaligen Armeejeep fertigzumachen, dem einzigen, was außer dem Gewächshaus, das er mir an meine Blockhütte baute, von Hank Laramie noch übrig ist, zog Charley eine der Hudson Bay-Decken vom Bett und legte sie mir mißmutig, wortlos um die Schultern. Dann nahm er mir Hemd und Hose wieder ab und warf sie aufs Bett.

Wieder ging ich in dem Zimmer umher, blieb an der Werkbank stehen, an der Charley früher seine Gürtel und Messer gemacht hatte – das Schnitzen und die Lederarbeiten hatte er nach Frank Morleys Tod aufgegeben –, blieb am Fenster auf der anderen Seite des Raums stehen, von wo ich den Yachthafen mit seiner Flottille blitzblanker Hobbyflugzeuge sehen konnte, in dem früher, zur Zeit meiner Kindheit und Jugend, nur Rex' Fairchild und Chippys Curtis gelegen hatten und ab und zu einmal die morsche kleine Aeronca irgendeines Buschpiloten, der über Nacht in Juneau haltgemacht hatte. Jetzt schaukelte da draußen im Geniesel ein ganzes Geschwader nagelneuer Wasserflugzeuge.

Ich roch den Schinken, den Kaffee, das Sauerteigbrot, das Charley noch immer selbst in einem kleinen rostigen tragbaren Ofen buk, der auf einen der Brenner aufgesetzt werden konnte; ich hörte ihn sechs Eier in die Pfanne schlagen; ich hörte ihn nachlässig die üblichen Blechmesser und Gabeln und Löffel auf den Tisch legen.

Gegen meinen Willen setzte ich mich zu ihm, verbarg meinen Körper jetzt ebenso hartnäckig, wie ich ihn noch kurz zuvor zur Schau gestellt hatte, und blickte auf den fast rohen Schinken und die drei sich auf meinem Teller aneinanderschmiegenden Spiegeleier hinunter. Ich streckte eine Hand aus den Falten meiner Decke, hob den schweren Becher brühheißen Kaffees halbwegs an meinen Mund, zitterte und stellte den Becher dann wieder mit leisem nervösem Geklapper auf die Untertasse zurück. Ich starrte das Fett auf Charleys Lippen an, sein Haar, das noch viel schwärzer war als das von Uncle Jake und genauso ordentlich geschnitten, sein Gesicht, das knochig war und kantig, anders als die Gesichter anderer Siwash-Indianer. Aber daß Charley noch immer ein ansehnlicher Mann war, änderte für mich nichts. Und es änderte für mich auch nichts, daß ich von der Tätowierung auf seinem rechten Unterarm wußte und daß diese Tätowierung einen altmodischen Flugzeugpropeller darstellte, gekreuzt von einem flatternden Band, auf dem in schwungvoller Schrift mein Name prangte – Sunny. Seit gut sechs Monaten bereiteten mir seine Schönheit, seine Stärke, die Tätowierung, die ihn früher mit schüchternem Stolz erfüllt hatte, kein Vergnügen mehr.

Ich konnte nicht essen. Kaum konnte ich ertragen, ihm beim Essen zuzusehen. Ich hatte niemanden auf der Welt als Charley, und ich wollte ihn nicht mehr, trotz all der Nächte, die ich in seinem Bett verbracht hatte.

»Himmel noch mal«, sagte ich plötzlich und für uns beide überraschend, »ich will meiner alaskanischen Kindheit nicht treu sein. Ich hasse sie. Bist du dir hier oben noch nie wie im Gefängnis vorgekommen? Wolltest du noch nie von hier weg, woandershin? In Alaska ist Endstation, Charley. Als ob man einen alten Gummistiefel aus einem Forellenbach gefischt hätte. Ich habe es immer gehaßt. Wenn ich diese verrückten Träume nicht hätte, würde ich noch morgen von hier weggehen.«

»Du wirst nie von hier weggehen«, sagte er, hielt die gesprungene und dampfende Tasse in beiden Händen und starrte mich über den Tisch hin an.

»Ach komm, Charley« sagte ich, »muntere mich was auf.«

Er schüttelte den Kopf, und die Frauen unter uns wurden immer alberner mit ihrem Bob dies und Bob das, obwohl ich nicht verstehen konnte, was sie sagten.

»Was dir fehlt«, sagte Charley auf einmal, »ist ein Baby.«

»Fang nicht davon an«, sagte ich.

»Als ich ein Junge war – vielleicht fünf oder sechs Jahre alt –, in Sitka«, sagte Charley, »habe ich mal was Wunderbares erlebt. Zauberkunst des weißen Mannes. Ich war von einer Chilkat-Familie aufgenommen worden – hauptsächlich Frauen – und wußte weder, wo ich hergekommen war, noch, was aus mir werden sollte. Aber es gefiel mir, mit so vielen Frauen zusammenzuleben. Eine junge Frau mit ihrem Mann, die Mutter der jungen Frau und zwei kleine Schwestern, die alte Mutter ihres Mannes und ich. Wir alle in einer zweiräumigen Hütte –«

»Charley«, unterbrach ich ihn, »willst du mir etwa eine Geschichte erzählen? Da sitze ich hier, mit nichts anderem im Kopf, als von Alaska wegzugehen, und du erzählst mir eine alaskanische Geschichte?«

»Ja«, sagte er.

»Bitte«, sagte ich, »laß es bleiben.«

»An diesen Abschnitt meines Lebens habe ich seit Jahren nicht mehr gedacht«, sagte er. »Es ist eine gute Geschichte.«

»Als ob ich nicht schon genug eigene Geschichten hätte«, sagte ich.

»Also«, fuhr Charley ungerührt fort, »was mir an all diesen Frauen am besten gefiel, war der Bauch der jungen Verheirateten, der aufgeschwollen war wie ein Fesselballon. Die Mutter und die Schwiegermutter und die beiden kleinen Schwestern hatten nichts anderes im Kopf als das Baby im Bauch dieser jungen Frau ...«

»Himmel noch mal«, unterbrach ich ihn wieder, »ich mag Kinder nicht und kann keine bekommen, das weißt du so gut wie ich, und ich habe keine Lust, mir irgendwas von einer Indianerin und ihrem Baby anzuhören.«

»Hör einfach zu«, sagte er. »Ich erzähl dir was.«

»Außerdem«, sagte ich, »mag ich es nicht, wenn du wie ein Indianer redest und mir leutselig mit kilometerlangen moralischen Zaunpfählen winkst.«

»Ein bißchen Moral könntest du schon brauchen«, sagte er. »Im übrigen hast du mich gebeten, dich aufzumuntern.«

»Erzähl weiter«, sagte ich, ohne es zu wollen.

»Tja«, sagte Sitka Charley, »alles wartete also auf das Kind, das schon im Bauch der Mutter strampelte, nur der Mann nicht. Der war nämlich meistens mit seinem Boot unterwegs, während wir übrigen die ganze Zeit zusammen mit der werdenden Mutter in den zwei Räumen der Hütte verbrachten. Die Mutter der jungen Frau war eine fette alte Glucke und wartete mit täglich zunehmender Ungeduld auf die Ankunft ihres ersten Enkelkindes. Die andere alte Frau, die Mutter des Mannes, lauerte mit gleicher Gier auf den Tag der Geburt. Die kleinen Mädchen wichen ihrer Schwester nicht von der Seite und streichelten ihr unaufhörlich den Bauch. Und auch ich nahm Anteil an der Freude und den Geheimnissen, die in dieser Hütte herrschten, obwohl ich nur ein kleiner Junge war und obwohl Männer traditionell nicht an den Riten und Vorbereitungen, die ausschließlich Sache der Frauen waren, teilnehmen durften. Jedenfalls widmeten sich die Frauen glücklich ihren Aufgaben, sammelten riesige Haufen von Lumpen und Decken und machten den kleinen, mit Fellen ausgelegten Korb fertig, in dem das Neugeborene dann an der Wand hängen sollte. Ich sehnte mich so sehr danach, den Bauch der jungen Frau zu berühren, der schließlich so dick wurde, daß sie kaum noch gehen konnte – aber ich war ja nur ein Waisenjunge von fünf oder sechs Jahren und verstieg mich nie dazu, meinen Wunsch zu äußern, sondern kauerte statt dessen neidisch in einer Ecke, während die kleinen Mädchen den jetzt gigantischen Bauch streichelten und sich sogar lachend darauf wälzten und das Kind da drinnen stupsten.

Endlich setzten die Wehen ein, und keine Sekunde zu früh, wenn ich bedenke, wie prall die arme junge Frau inzwischen war und was für besorgte Gesichter die beiden Alten zuletzt gemacht hatten. Das lang herbeigesehnte Ereignis trat jetzt also plötzlich ein, und die junge künftige Mutter überließ sich, abwechselnd strahlend und Grimassen schneidend, der Fürsorge der beiden Alten. Eilends kamen die alten Frauen den Weisungen ihrer geheimen Wissenschaft nach, sperrten den Ehemann aus der Hütte aus, ermahnten die Mädchen, schweigend zuzusehen, und scheuchten mich aus dem Zimmer, als sie mich in meinem Winkel gewahrten. Sobald sie mir jedoch den Rücken zugekehrt hatten, kroch ich in die Ecke zurück, in der jetzt die kleinen Mädchen hockten, und in den Stunden und, wie sich ergab, in den Tagen, die nun folgten, kam und ging ich nach Belieben, aufmerksam und privilegiert und von den beiden Alten glücklich übersehen.

Als erstes zogen die alten Frauen der künftigen Mutter das runde halbe Dutzend zusätzlicher Röcke an, die für das Gelingen einer Geburt unerläßlich sind. Dann legten sie die junge Frau auf den Boden, richteten ihr die Knie auf, stellten ihre Füße so, daß sie gegen eigens zu diesem Zweck am Boden befestige Holzklötze stießen, und bepackten sie mit den zahllosen, zuvor gesammelten Decken. Einen der Lumpen drehten sie zusammen und steckten ihn ihr zwischen die Zähne. Dann warteten sie, hockten lächelnd neben der jungen Frau, die bald das Kind hervorbringen würde, dem wir alle entgegenharrten. Die junge Frau stöhnte, die Alten hielten freudig miteinander Rat, ich starrte durchs Dunkel den mächtigen Haufen an, der da mitten auf dem nackten Boden lag.

Doch nichts geschah. Die beiden Alten begannen zu murren, die Stirnen zu runzeln, auf den Bauch der jungen Frau zu drükken und bedrängten sie dabei unablässig, sich ordentlich auf das Ausstoßen des Kindes zu konzentrieren. Doch nichts geschah. Der ersehnte glorreiche Moment, soviel begriff ich, war bereits dagewesen und verstrichen, und noch immer war kein Baby da. Die beiden Alten sprachen heftig auf die künftige Mutter ein. Sie warteten. Dann entschieden sie, fest entschlossen, wie sie waren, ihr Enkelkind trotz der Widerspenstigkeit der werdenden Mutter auf der Stelle in Empfang zu nehmen, der Niederkunft nachzuhelfen. Zu beiden Seiten drückten sie und sangen dazu die Zauberformeln, die nur denen bekannt sind, die selbst einmal ein lebendiges Kind zur Welt gebracht haben. Bisweilen langten sie tief in den Berg aus Röcken und Decken hinein, schnitten finstere Gesichter, schüttelten die Köpfe und legten noch mehr Inbrunst in ihre Gesänge. Nach einer Zeitspanne, die ihnen angemessen dünkte, zogen sie die inzwischen feuchte Masse von Röcken und Decken beiseite. Darauf umschlangen sie den Bauch der jungen Frau mit dem traditionellen festen Tuchstreifen, den sie dann verknoteten und mit dem traditionellen Holzstab wie eine riesige Aderpresse langsam strammzogen. Die junge Frau kreischte, die beiden Alten nickten sich zuversichtlich zu, die kleinen Mädchen verbargen ihre Gesichter, ich verfolgte das Ganze mit dem aufmerksamen Blick eines Fuchsjungen in seinem Bau. Ich vertraute den alten Frauen. Ich glaubte, der gewaltige Bauch würde dem Druck der Aderpresse nachgeben. Doch ich irrte mich. Immer weiter drehten sie den Stab herum, immer weiter sangen sie, und noch immer kam das Baby nicht heraus, und der Bauch blieb prall und rund.«

»Charley«, sagte ich, und zog meine Decke fest, »um Himmels willen.«

»Warte«, sagte er, »es wird noch besser. Es ist über fünfzig Jahre her, aber ich sehe es so deutlich vor mir wie alles andere, was seither geschehen ist. So ein Glück wie ich hat noch kein anderer Junge gehabt.

Na, schließlich gaben's die beiden Alten auf, wie du dir denken kannst. Sie warfen den Stab beiseite, entfernten das breite Tuchband, überzeugten sich, daß die Wehen weitergingen, begruben die junge Frau dann wieder unter ihren Decken und schickten nach dem Medizinmann. Sie waren verzweifelt, diese alten Frauen, und ich war's auch. Nie zuvor hatten ihre geheimen Wissenschaften sie im Stich gelassen, und nur deshalb wagten sie es jetzt, einen Schamanen hinzuzuziehen und damit das Tabu zu verletzen, das die Gegenwart jedes männlichen Wesens, auch die eines Medizinmannes, am Ort der Niederkunft einer Frau verbietet. Der alte Kerl gab sich großspurig und sah verächtlich auf die armen alten Frauen herab, die jetzt verängstigt waren und gedemütigt von dem schrecklichen Schicksal, das sie ereilt hatte, dem stöhnenden Weib jedoch, dem es einfach nicht gelingen wollte, Wasser zum Fließen zu bringen und das Kind herauszudrücken, widmete er sich mit Würde und mit ganzer Seele. Er schüttelte prächtige Rasseln, sang Zaubersprüche, die die zwei Alten noch nie gehört hatten; er goß einen Trank in den Mund der künftigen Mutter, dann einen zweiten Trank und noch einen dritten. Er fütterte sie mit Wurzeln und Rinden und Tabakstreifen, die er selbst vorgekaut hatte, während die beiden Alten an ihrer Seite hockten und demütig Zustimmung nickten. Und als er mit dem Gehörn einer Hirschkuh über ihren Bauch hin und her strich, zweifelte nicht einer von uns in diesem abgedunkelten Zimmer, daß nun sogleich der Schrei des Babys unter dem Haufen von Decken hervortönen würde. Aber es kam kein Schrei, der Bauch blieb, wie er war, nichts geschah, bis schließlich der Schamane ausgerechnet die armen alten Frauen beschuldigte, sie hätten sich verschworen, die Geburt zu vereiteln. Wütend ging er und ließ uns wieder allein mit den Schatten, dem Stöhnen, dem noch immer ungeborenen Kind.

Nach drei Tagen der Qual blieb den zwei Alten keine andere

Wahl mehr, als nach dem jungen weißen Arzt zu schicken, der vor kurzem nach Sitka gekommen war. Du mußt bedenken, das war 1908 oder 1910, da trauten die Indianer noch keinem weißen Arzt über den Weg. Jedenfalls schickten sie eine der kleinen Schwestern los, den Mann zu holen, der unsere letzte Hoffnung war.

Zunächst verweigerten sie ihm den Eintritt in die Hütte und verlangten, er solle seinen Zauber draußen aufführen. Dann verweigerten sie ihm den Zutritt zu dem abgedunkelten Raum, gestatteten es ihm aber, murrend und einander umklammernd, schließlich doch. Ich habe ihn noch gut in Erinnerung, er war ein großer junger weißer Mann, gekleidet wie alle anderen in Hemd und Hose und Stiefel, und trug eine Ledertasche in der Hand. Sein Gesicht war in dem Halbdunkel schlecht zu sehen, aber seine Stimme klang freundlich. Er stellte den beiden Alten zahllose Fragen und zerstreute ihre Befürchtungen. Doch als er sich neben die eingemummte Gestalt auf den Boden kniete und Anstalten machte, seine Hand unter die Decken zu schieben, schrien die beiden Alten auf und schlugen es ihm rundweg ab, die Dekken oder irgendeinen Körperteil der kreißenden Frau zu berühren. Kein Mann dürfe eine solche Frau anfassen, sagten sie. Nicht einmal der Schamane habe das gedurft.

Aber der junge Arzt blieb knien, wo er war, und sprach lange auf die zwei Alten ein. Nicht nur überzeugte er sie mit seiner Geduld und seiner freundlichen Stimme davon, daß er die Erlaubnis brauche, um das Leben der jungen Frau zu retten, ein ernster Gedanke, der den Alten noch gar nicht gekommen war, sondern es gelang ihm allmählich auch, ihren Glauben an die bevorstehende Geburt ihres Enkelkindes wieder aufzurichten. Das alte Tabu war überwunden, der Doktor lächelte, die Freude der zwei alten Frauen empfand ich mit. Nun also schickte der junge Arzt sich an, die Röcke und Decken zu heben und unser Baby zu holen.

Vollkommene Stille herrschte in dem Raum, bis auf das Stöhnen der jungen Frau, deren Durchhaltevermögen bald erschöpft sein mußte. Dann hörten wir die Tasche des Arztes aufklicken. Dann sahen wir seine Hand tief unter die Decken eindringen, was den zwei Alten einen Augenblick des Entsetzens bereitete, dann sahen wir ihn die Hand herausziehen und langsam und sachte Schicht um Schicht der Röcke und Decken entfernen, bis er den geschwollenen Bauch vollständig freigelegt hatte. Wir warteten. Die alten Frauen atmeten auf und rieben sich die Hände. Auch ich begriff, daß das Kind im Innern dieses nackten Bauchs riesig sein mußte.

Aber wo blieb es?

Dann, nach nur ganz kurzem Zögern, fällte der junge Arzt seine Entscheidung. Er griff in seine Tasche, zog eine kleine Flasche und ein Stück Tuch hervor, öffnete die Flasche, goß etwas von der darin enthaltenen Flüssigkeit auf das Tuch, und dann hielt er der jungen Frau den feuchten Lappen behutsam vors Gesicht. Ein gräßlicher Gestank erfüllte den Raum, wie mit Benzin getränktes Eis. Und dann sahen wir bestürzt und voller Grauen, wie der Bauch der jungen Frau von unseren Augen zu schrumpfen begann. Konnte man das glauben? Ein fiel er, der Bauch der armen jungen Frau, entgeistert sahen es die alten Chilkat-Frauen mit an. Noch ehe sie sich rühren oder entsetzt aufschreien konnten, war der große nackte Bauch so flach wie nur was. Und kein Baby war da!«

Ich beugte mich vor, überrumpelt von Charleys triumphierendem Schweigen, und starrte ihn an. Seine Augen waren dunkel und golden; draußen sprang der Motor von einem der Privatflugzeuge an.

»Kein Baby?« sagte ich.

»Kein Baby.«

»Das Ganze war ein Flop?«

»Allerdings«, sagte Sitka Charley. »Das Zeug auf dem Tuch war Chloroform. Der junge Arzt hat die arme junge Frau mit seinem Chloroform einfach eingeschläfert. Und als ihre Muskeln sich entspannten, wurde ihr Bauch wieder normal. Sie war überhaupt nicht schwanger, und genau das hatte der Arzt vermutet. Wer weiß, wie lange sie ohne das Chloroform noch auf ihr Baby gewartet hätte? Schlimm war nur, daß die zwei Alten um ihr Enkelkind gekommen waren. Erst hatte sie der Schamane beschuldigt, sie wollten die Geburt des Kindes hintertreiben, und jetzt hatte der weiße Arzt ihnen ihr Baby weggenommen – einfach so! Von einem Extrem ins andere. Die Augen traten ihnen aus dem Kopf, und wütend waren sie, diese armen alten Chilkat-Weiber. Sie begriffen nicht, was geschehen war, so freundlich und geduldig der junge Doktor es ihnen auch erklärte, obwohl sie schließlich untereinander einig wurden, daß sie, die da jetzt friedlich auf dem Boden schlief, halt noch mal von vorne beginnen und das nächste Mal mehr Erfolg haben müsse. Und dann würde kein weißer Arzt im Zimmer sein. Was mich betraf, war das Wunder, das ich gesehen hatte, fast so gut, wie wenn das Baby selbst gekommen wäre. Im übrigen, nachdem das Ganze vorbei war, fiel ich dem Doktor auf, und er nahm mich mit zu sich nach Hause. Zwei Jahre lang lebte ich bei dem weißen Arzt und seiner schönen Frau. Dann tauchte Frank Morley auf und nahm mich mit nach Juneau.«

Charley schwieg. Er nippte an seinem kalten Kaffee.

»Mit einem Wort«, sagte ich und griff nach meiner Tasse, »die Frau mußte auf ihr Baby verzichten, aber du bekamst ein neues Leben.«

Er nickte.

»Tja«, sagte ich dann und empfand plötzlich Hunger auf meine drei kalten und fest gewordenen Eier, »ich schätze, nun werde ich mir die Moral der Geschichte anhören müssen, Charley.«

»Ja«, sagte er. »Es ist eine gute Geschichte, aber ich bin noch nicht fertig.«

»Erzähl weiter«, sagte ich und machte mich an die kalten und gummiartigen Eier, ohne mich um die Decke zu kümmern, die sich jetzt gelöst hatte, »was kommt noch?«

»Du wirst es nicht glauben«, sagte Charley, »aber diese junge Chilkat-Frau freundete sich mit der Frau des Arztes an. Sie gingen zusammen angeln. Du mußt wissen, der Arzt und seine Frau lebten in einer Hütte auf einer kleinen Plattform draußen überm Wasser, und an diese Hütte war ein Schuppen gebaut, wie ich noch nie einen gesehen hatte. Der Doktor war ein ziemlich schlauer junger Bursche, der viel von Hygiene hielt und es gern bequem hatte. Er schuf eine Verbindungstür zwischen Hütte und Schuppen, installierte Fenster und ließ eine Klappe in den Boden des Schuppens ein. Dann baute er eine tragbare Toilette, die er in einer Ecke aufbewahrte. Es war bloß eine Kiefernholzkiste ohne Boden und oben mit einem Loch drin, aber wann immer der Arzt und seine Frau ihre Toilette benutzen wollten, tja, dann machten sie nur die Klappe auf und stellten die Kiste auf das Loch im Boden. Und bei schlechtem Wetter konnte die schöne Frau auch ihr Spülwasser einfach durch dieses Loch draußen in ihrem Schuppen ausgießen. Sie hängte Gardinen in die Fenster, installierte einen Ofen und auf einem Tisch eine Kerosinlampe. Das machte im Winter natürlich einiges aus. Das Loch in der Kiste hatte die Frau des Doktors mit Pelz umsäumt –

kannst du's glauben? –, und ich werde nie vergessen, in welchem Luxus ich als Kind da draußen auf der pelzgepolsterten Toilette des Doktors gesessen habe!«

»Charley«, unterbrach ich ihn lachend, »kann es sein, daß du Frank mal von diesem schicken Örtchen erzählt hast?«

»Keine Ahnung«, sagte er.

»Ich nehm's aber an«, sagte ich. »Und dann hat Frank es Jake erzählt. Weil ich nämlich mal eine ziemlich gute Nachbildung dieses Häuschens gesehen habe, nur der Pelzbesatz fehlte.«

»Der Pelz war das beste daran«, sagte Charley. »Jedenfalls haben die Arztfrau und die junge Chilkat-Squaw bei schlechtem Wetter dort geangelt.«

»Die haben durch dasselbe Loch geangelt, durch das sie ihren Darm entleert und das Spülwasser gekippt haben? Dieser Arzt«, sagte ich, »hatte seltsame Vorstellungen von Hygiene.«

»Da unten war eine starke Strömung«, sagte Charley, »und es angelte sich gut da. Jedenfalls wohnte ich zwei Jahre bei ihnen und hielt mich so eng wie möglich an die Frau des Arztes, hing an ihren Kleidern und an ihrer Hand und half ihr, wo immer ich konnte. Ich war ihr Schoßkind, wie sie der jungen Chilkat-Indianerin ständig versicherte, und wann immer die beiden in dem Schuppen angelten, war ich dabei. Ich machte die Köder an die Haken, ich säuberte die Fische ebenso schnell, wie sie sie heraufzogen, an mir lag es, daß die Fische fortwährend anbissen, wie die Arztfrau immer zu ihrer Freundin sagte. Es gab Tage und Wochen, die die beiden jungen Frauen ausschließlich in diesem Schuppen mit Angeln verbrachten – die Arztfrau zum Spaß, die Chilkat-Frau, um sich und ihren Mann und ihre kleinen Schwestern und die zwei Alten mit den gefangenen Fischen zu versorgen. Tag für Tag am selben Loch aus unterschiedlichen Gründen. Ich habe dabei eine Menge gelernt. Und jetzt kommt die Pointe. Nach ungefähr vier Monaten Angeln begann der Bauch der jungen Chilkat-Indianerin anzuschwellen, und diesmal attestierte der weiße Doktor, daß alles in Ordnung sei. Na, ein glücklicheres Trio als uns drei da in dem Schuppen hast du noch nicht gesehen, wenn die zwei jungen Freundinnen über das bevorstehende Ereignis sprachen und ich, mit meinem Messer hantierend, daneben hockte und zusah und lauschte, obwohl ich noch immer nur ein kleiner Junge war. Als dann Frank mich in der Hütte des Arztes entdeckte und Gefallen an mir fand und mich hierher nach Juneau mitnahm, hatte die hübsche junge

Chilkat-Squaw bereits nicht einem, sondern zwei fetten Babys das Leben geschenkt und war der Stolz aller Beteiligten, besonders des Arztes. Na, ich denke, diese junge Squaw hat ihre Lektion gelernt und nie wieder jemandem eine Enttäuschung bereitet.

Was sagst du dazu?«

»Ich finde«, sagte ich lachend, stand auf und ließ die Decke auf den Boden gleiten, »du bist genauso schlimm wie Jake. Aber hättest du dieses Kindheitserlebnis nicht Jake erzählen können, Charley? Na, immerhin hast du einer unglücklichen Frau eine Freude gemacht – das muß ich zugeben.«

»Wenn das alles ist«, sagte er, den Blick von meinem jetzt ganz schön nackten Körper wendend, »dann hast du nicht zugehört.«

»Ich verstehe deine Indianerrätsel schon«, sagte ich. »Keine Sorge.«

»Vielleicht werde ich dir helfen«, sagte er. »Vielleicht auch nicht.«

»Brauche ich deine Hilfe denn?«

»Was weiß ich.«

»Charley«, sagte ich, »ich bin keine Chilkat-Squaw.«

»Du wirst noch dahinterkommen«, sagte er. »Kein Baby.«

»Ich gehe«, sagte ich, schritt um den Tisch, beugte mich zu ihm und drückte mich an ihn. »Willst du mitkommen?«

»Nein.«

»Ich könnte es mir anders überlegen und bleiben.«

»Kein Sex«, sagte er, und damit war die Unterhaltung beendet.

Als ich den untersten Absatz der dunklen wackligen Treppe erreicht hatte, blieb ich stehen und horchte nach den lachenden Frauen, hörte aber nichts. Draußen warf ich einen Blick in Millie's Modewarengeschäft, wie sich das nannte, und drückte die Klinke. Aber es war niemand da. Nichts. Zu Bob gegangen, dachte ich, alle beide. Dann stieg ich in den Jeep und sorgte dafür, daß Charley das Quietschen meiner Reifen hörte, das Tuten meiner Hupe, das Aufröhren meines aufgemotzten Motors mit seinem Doppelvergaser und der obenliegenden Nockenwelle.

Zurück hier in Gamelands, ging ich in das Gewächshaus und besah, die Hände auf den Hüften, die zerwühlte Erde, die zerbrochenen Glasscheiben, die erbärmlichen Überreste jenes Tages vor einem Jahr, an dem Hank wegging und ich das Gewächshaus zertrümmerte, den ganzen Dschungel blühender Marihuanapflanzen herausriß und zerstampfte.

Dann ging ich zu meiner Hütte und stellte mir vor, wie ich mich des Schädels Seiner Unheiligkeit entledigen und Sitka Charley befehlen würde, unseren berühmten Totempfahl umzuhacken. Ich stellte mir vor, wie Charley die Kettensäge an den Fuß des Totempfahls ansetzte, ich sah mich den Bärenschädel wie einen Fußball unterm Arm tragen. Ich hörte das verzweifelte Jaulen, sah den Totempfahl umkrachen, sah mich auf dem Landesteg neben der Cessna knien, den Hammer schwingen, ihn niedersausen lassen und den alten Schädel mit einem Schlag in tausend Stücke zerschmettern. Warum nicht?

Hier bin ich also an einem Spätnachmittag Mitte Mai 1965, und ich bin ruhiger als heute morgen. Ich bin allein, in drei Monaten werde ich vierzig und habe Alaska nicht verlassen, nichts hat sich geändert, es sei denn zum Schlechteren. Aber ruhiger bin ich.

Was ist nur mit Uncle Jake geschehen?

Wo bist du, Pascal?

44

Ich wachte auf – die träge lüsterne Sunny im Bett neben Hank – und wußte sofort, daß es Morgen war und jemand in der Tür unseres Schlafzimmers stand. Ich lag und lauschte, spürte Hanks spitzen Hüftknochen und die Wärme seines Körpers und war seltsamerweise nur überrascht, aber nicht erschrocken. Mann oder Frau, fragte ich mich, und so schwer und wohlig war mir von der vergangenen Nacht, daß es mir vollkommen gleichgültig war. In Hanks Schulter zuckte ein Muskel. Ich seufzte. Dann rollte ich herum und hob den Kopf. Es war eine Frau.

Eine große Frau. Eine Frau, wie ich noch nie eine gesehen hatte. Eine elchgroße Frau in einem glatten grauen Overall, rosa Seidenhalstuch und Perlenkette. Eine große schwarze Kameratasche hing an einem Riemen von ihrer Schulter. Mit ihrem Haar – schwarz und toupiert und lockig und strubblig und kraus und stürmisch – hätte man einen ganzen Korb füllen können. Ihr

Gesicht war hart und hübsch wie das eines Mannes, und irgend etwas stimmte damit nicht.

»Nun«, sagte ich und stützte mich auf einem Ellbogen hoch, ohne mir die Mühe zu machen, mein zufriedenes Fleisch zu verhüllen, »kann ich etwas für Sie tun?«

»Keine Ahnung«, sagte sie und sah nicht mich an, sondern Hank. »Können Sie?«

»Was wollen Sie?« fragte ich und freute mich, obwohl dazu kein Anlaß bestand, daß Hanks Gesicht auf dem Kopfkissen mir zugewandt war und die Fremde sein gebräuntes Profil betrachtete, sein rotbraunes Haar, sein hageres schönes Äußeres.

»Warum wecken Sie ihn nicht?« fragte sie schließlich, sah mich an und drehte einen langen Finger um eine der Perlenschnüre.

Sechs Fuß groß war die Schönheit, die da unsere Tür versperrte und in unser Schlafzimmer eindrang, ohne der hier noch nachwirkenden Atmosphäre der Nacht zu achten, die wir für jeden sichtbar gehabt hatten. Ihr breiter Mund begann zu lächeln – nicht über mich, wie ich sofort sah, und nicht über den schlafenden Hank –, und dieses matte Lächeln ließ mich erkennen, was mit diesem Gesicht nicht stimmte. Es war achtunggebietend, klassisch geformt, gelassen. Aber es war von einer vernarbten Kruste überzogen, wie Krähenfüße oder winzige Schuppen. Wer hätte ihrer Größe, ihrer Selbstsicherheit, ihrer Kleidung, ihren Narben, ja der Farbe und Masse all ihrer Widersprüche etwas entgegenzusetzen vermocht? Ich nicht. Hank nicht. Ich begann mich zu fragen, was unter dem Overall verborgen war; das schiefe narzißtische Lächeln gefiel mir.

»Wer sind Sie?« fragte ich und legte einen federleichten Nachdruck in meine Stimme. »Was haben Sie in meinem Schlafzimmer zu suchen?«

»Bin wohl in die falsche Hütte geraten. Wie heißt er?«

Ich lachte, stützte mich auf meinem Ellbogen höher und war mir meines straffen Körpers bewußt, meiner makellosen Nacktheit, Hanks Geschmack in meinem Mund. Ich war kleiner als sie und jünger, fühlte mich aber zum erstenmal in meinem Leben unsicher. Ich war gleichzeitig belustigt, unruhig, bereit, ihr jeden Gefallen zu tun. Ich hielt sie für launisch und glaubte, meine schöne schreckliche Besucherin könnte sich mit einer einzigen Lippenbewegung plötzlich in eine große übellaunige Wölfin verwandeln. Ein einziger Blick dieser grauen Augen, und ich, die harte Sunny, verschwände. Ich mochte ihr freilich auch gewachsen sein. Die harte Sunny.

»Hören Sie«, sagte ich dann, »wer sind Sie? Wo kommen Sie her? Aus Alaska jedenfalls nicht.«

Sie lehnte sich an den Türpfosten, schlug einen Fuß über den anderen, spielte mit ihren Perlen und der in ihrem schwarzen Lederetui baumelnden Kamera. Das Licht hinter den Fenstern war von der Farbe einer Graugans im Regen.

»Alaska«, sagte sie mit ihrer strengen, doch nicht unfreundlichen Stimme, »hieß ursprünglich Alaksha. Das Große Land. Seine Fläche macht ein Fünftel der Vereinigten Staaten aus. Die Länge seiner Küste beträgt fast siebentausend Meilen. Auf seinem Gebiet befinden sich elf der zwanzig höchsten Berge Nordamerikas, einschließlich Mount McKinley. Der Yukon ist neunzehnhundert Meilen lang. Der Malaspina-Gletscher ist größer als der Bundesstaat Rhode Island. Alaska beherbergt vierzig Prozent des Süßwassers der Vereinigten Staaten. Es bietet Anglern und Jägern schier unerschöpfliche Möglichkeiten ...«

»In Ordnung«, versuchte ich sie zu unterbrechen, »ich heiße Sunny Deauville.« Aber sie war nicht zu bremsen und sagte mir nicht ihren Namen, wie ich eigentlich gedacht hatte.

»Aus einer Chechaqua wird eine erfahrene Goldsucherin«, fuhr sie fort, indem sie Hanks Hemd und Hose und Unterhose auf dem Boden ansah, »wenn sie das Eis im Yukon frieren sieht, das Eis im Yukon schmelzen sieht, einen Bären schießt und mit einem Eskimo schläft.«

»Sie sind keine Goldsucherin«, sagte ich lachend. »Und ich auch nicht.«

»Was wissen Sie schon, was ich bin?« sagte sie und sah mich immer noch nicht an. »Sie sagen einfach das erste beste, was Ihnen in den Kopf kommt, was?«

»War nicht so gemeint«, sagte ich schnell.

»Schon gut«, sagte sie. »Sie verdrehen mir das Wort im Mund.«

»Was?« sagte ich und wurde rot – Sunny wurde rot –, empfand aber noch heftigere Bewunderung für ihre Stimme, die ebenso merkwürdig kräftig und anziehend war wie die ganze Frau.

»Sie wissen vermutlich nicht einmal, wie Juneau zu seinem Namen gekommen ist«, sagte sie.

»Großer Gott«, sagte ich, »der Name stammt natürlich von

Joe Juneau. Weiß doch jeder, daß er und Richard Harris hier in der Gegend Gold gefunden und den Ort nach Joe Juneau benannt haben.«

»Nein«, sagte die in unserer Tür lehnende Frau, »Sie irren sich. Ursprünglich benannte Dick Harris die Siedlung nach sich selbst, Harrisburg. Er war ein schlauer egoistischer Bursche. Doch als die Stadt größer wurde, kam Joe Juneau über ihren Namen ins Grübeln, und das war ja kein Wunder, bis er eines Tages in Meier's Roadhouse Lokalrunden spendierte. Die Einwohner Harrisburgs tranken den ganzen Tag. Gegen Abend stieg Dancut Peterson, Juneaus engster Gefährte, auf ein umgedrehtes Whiskeyfaß und stellte den Antrag, die Stadt umzubenennen. Joe sei der eigentliche Gründer der Stadt, nicht Dick Harris, und Joes Name springe mehr ins Auge, wie er sich ausdrückte, als der von Harris. Der Antrag wurde mit einem lärmenden volltrunkenen Hurra angenommen. Das war 1884.«

»Trotzdem ist es nach Joe Juneau benannt«, sagte ich unbehaglich. »Ich lebe hier. Sie nicht.«

»Die Männer Alaskas«, sagte sie, schlug ihre Füße neu übereinander, fuhr über ihre Perlen und musterte den immer noch schlafenden Hank, »haben harte Hände, riechen nach verbranntem Holz und haben einen typischen steifbeinigen Gang.«

»Hank ist kein Alaskaner«, sagte ich schnell, während er im Schlaf zu lächeln begann – über sie, dachte ich – und leise pfeifende Schnarchtöne von sich gab, einen nackten Arm ausgestreckt auf meiner Taille.

»Von Cap Lathrop oder dem heldenhaften Buschpiloten Carl Ben Eielson werden Sie wohl noch nichts gehört haben«, fuhr sie fort, »oder von dem dreiundzwanzig Jahre alten John Ledyard, der als erster Amerikaner nach Alaska gekommen ist.«

»Ich bin selbst Pilotin«, sagte ich, um nicht ganz das Gesicht zu verlieren.

»Wenn ich noch Kinder hätte bekommen können«, sagte sie, während ich merkte, daß ich schon wieder rot wurde und wütend zu schwitzen begann, »hätte ich ohne weiteres einem eigenen halb weißen, halb Eskimo-Töchterchen ihr Mickinni Kow-Kow in Top Kick bei Nome geben können. Mickinni Kow-Kow«, fügte sie gleichgültig hinzu, »bedeutet warmes Essen zu allen Tageszeiten.«

»Ich habe auch keine Kinder«, sagte ich und starrte ihr kantiges Kinn an, den rosa Schal, das arrogante Haar.

»Ich habe nichts davon gesagt, daß ich keine Kinder habe«, sagte sie. »Sie verdrehen mir schon wieder das Wort im Mund. Können Sie denn nicht zuhören?«

»Das hier ist meine Stadt«, sagte ich lahm. »Meine Hütte, mein Schlafzimmer, mein Freund. Wieso sollte ich Ihnen zuhören?«

»Ich hätte Lathrop gern eine Tochter geboren«, fuhr sie fort, »oder Eielson oder Georg Steller. Besonders Georg Steller. Das waren Alaskaner, so sehr sie sich auch voneinander unterschieden. Cap Lathrop hat das Lichtspieltheater nach Alaska gebracht und den ersten alaskanischen Film gedreht, *The Cheechakos*, die Greenhorns, mit wunderbaren Hundeschlittenjagden und jener genialen Szene, wo sie den Schurken auf einem Gletscher, groß wie der Malaspina, in eine tiefe Spalte zu Tode stürzen lassen. Das Wort *›mush‹*, mit dem der Hundeschlittenführer seine Hunde antreibt, kommt von dem französischen *marche*, ausgesprochen ›marsch‹, ein Imperativ, der soviel heißt wie ›los!‹. Und Ben Eielson, der war der größte alaskanische Pilot aller Zeiten. Noel Wien, Bob Reeve, Sam White – das waren ausgezeichnete Flieger. Aber Ben Eielson war ein alaskanischer Pilot von Weltruf. Der Absturz, der ihn das Leben kostete – 1930 in Sibirien –, war der Anlaß der ersten internationalen Luftsuchaktion der Geschichte.«

»Ich hatte einmal eine Bruchlandung«, sagte ich und empfand ein unerklärliches Unbehagen, »als ich auf dem Kalukna landen wollte. Es ist gar nicht einfach, ein Wasserflugzeug auf einem Fluß zu landen.«

»In Alaska«, fuhr sie mir ohne einzuhalten grob über den Mund, »gibt es einhundertsechzehnmal so viele gewerbliche Flugzeuge wie in allen anderen Bundesstaaten zusammen, werden achtzigmal so viele Flugmeilen zurückgelegt, dreißigmal so viele Flugpassagiere befördert, über tausendmal so viele Pfund Fracht auf dem Luftweg transportiert. Und diese enorme Leistung verdanken wir den tapferen Männern, die diese Flugzeuge fliegen.«

»Nun«, sagte ich, »ich bin eine Frau.«

»Wenn in Top Kick«, sagte sie mit ihrer festen gleichgültigen Stimme, »einem Eskimokind die Nase läuft, saugt die Mutter ihm einfach den Schleim aus den Nasenlöchern und spuckt ihn aus.«

»Großer Gott«, sagte ich und lachte, ihr zum Gefallen.

»Jedes Mädchen bleibt so lange Jungfrau«, sagte sie, »bis sie ihr erstes Kind geboren hat.«

»Also Moment mal«, sagte ich und legte meine Hand auf Hanks goldbraunen Unterarm, »ich bin nicht einverstanden –«

»Würde Georg Steller noch leben«, sagte sie, straffte ihre Schultern und lächelte, als ob Hank sie im Schlaf sehen könnte, »und wäre ich physisch dazu in der Lage, dann würde ich noch einmal, und zwar mit Vergnügen, Mutter werden wollen. Jede Frau, die auch nur die leiseste Ahnung von Alaska hat, träumt nur von Georg Steller.«

»Pah«, sagte ich finster, »hab noch nie was gehört von dem.«

»Die Stärke des alaskanischen Mannes, ob eingeboren oder von außerhalb, kann gar nicht hoch genug gepriesen werden«, fuhr sie fort. »Zahllos sind die Geschichten ihrer Heldentaten. Als Ed Peelo, dessen vierte Frau ich in Top Kick für kurze Zeit war, einmal in einem Blizzard festsaß, rettete er sich und seinem Hund das Leben, indem er dem Hund den Schwanz abschnitt und daraus eine nahrhafte Brühe bereitete. Ed verdankte sein Leben der Brühe, der Hund seins seinem eigenen Schwanzknochen, den Ed ihm zum Abnagen zurückgab. Welche Frau würde einem solchen Manne nicht mit Freuden eine Tochter gebären?«

»Diese Geschichte«, sagte ich, wider Willen belustigt, »stammt aus dem Jahre 1898. Ganz bekannt.«

»Stimmt«, erklärte sie schlankweg und zog die Perlenkette um ihre Kehle stramm wie ein Halsband. »Aber von allen Helden Alaskas steht Georg Steller am höchsten im Pantheon, das sage ich Ihnen, trotz aller Ed Peelos und Ben Eielsons und Berings und Cooks. Niemand hat mehr geleistet als Steller oder ist auch nur an sein Format herangekommen. Es war Steller«, sagte sie und sah wieder auf Hanks Unterhose, »der Berings zweiter Fahrt an unsere alaskanische Küste ihren Platz in der Geschichte sicherte. Das war natürlich 1741. Wie auch immer, während Bering schon dem Tod ins Auge sah und seine gesamte Mannschaft am Skorbut dahinsiechte, gab Georg Steller sich dem Taumel wissenschaftlicher Entdeckerfreuden hin. Von der geschwächten Mannschaft wegen seiner wunderbar arroganten Art verabscheut, verlacht wegen seiner kleinen Statur und seiner durchaus berechtigten Mißbilligung ihrer kindischen Zockerei, gerügt noch von dem sterbenden Bering selbst, trug Georg Steller gewissenhaft die neuen, der Wissenschaft bis dahin unbekannten Vögel, Pflanzen und Säugetiere in sein Tagebuch ein und tat alles, was er vermochte, um die Fahrt zu verlängern. Dank Stellers sorgfältiger und liebevoller Beschreibung der Robben begannen die Russen mit dem, was sich wenig später zum alaskanischen Pelzhandel ausweiten sollte. Begleitet vom Stöhnen Berings und dem Flehen der Mannschaft, die Segel zur Heimreise zu setzen, sezierte Steller – Georg Steller, der deutsche Arzt und Naturforscher von Weltruf – mit unendlicher Akribie eine Sehkuh von vier Tonnen Gewicht –«

»Eine was?« rief ich aus und wünschte gleich darauf, ich hätte nichts gesagt.

»Die Seekuh, die es nur auf den Kommandeur-Inseln gab«, sagte sie, »schmeckte so köstlich, daß sie einzig wegen ihres Fleischs leidenschaftlich gejagt und bald ausgerottet wurde. Doch Stellers brillante Zeichnungen von ihr haben überdauert. Wenn Sie die nicht studiert haben, können Sie von Stellers Charakter gar nichts wissen. Ich brauche mir nur Stellers Arbeiten anzusehen, um mir ein Kind von ihm zu wünschen.«

»Na«, sagte ich schnell, »und was wollen Sie dann von dem armen Hank hier?«

»Sie haben nicht zugehört«, sagte sie. »Sie haben nicht verstanden, was ich gesagt habe.«

»Ich habe zugehört«, sagte ich.

»Das Entscheidende ist«, sagte sie, »daß jeder alaskanische Mann – jeder richtige alaskanische Mann – eine Legende ist. Nur sind einige legendärer als andere.«

»Das Entscheidende ist«, sagte ich, »daß Sie jetzt lange genug geredet haben«, und in diesem Augenblick erwachte Hank.

Eben noch hatte er, tief in seinen jungenhaft unbekümmerten Schlaf versunken, neben mir gelegen, jetzt saß er kerzengerade im Bett, nackt und gebräunt, und zog ein langes langsames Lächeln, das Ungläubigkeit und Willkommen ausdrückte. Sein rotbraunes Haar war zerzaust, seine Augen auf unsere Besucherin geheftet, seine Gespanntheit – seine zweifellos legendäre Gespanntheit – war nicht zu verkennen.

»Guten Morgen, meine Damen«, sagte er. »Wen haben wir denn da?«

»Sie ist einfach reingekommen, Hank«, fing ich an, aber es war sinnlos.

Ihre Größe, ihre Gestalt und die Narben, die Kamera, der Overall, der ohne weiteres aus der Haut der Seekuh selbst hätte gemacht sein können – als ob das noch nicht genug gewesen wäre, ihn für jede andere Frau auf immer zu verderben, hob sie langsam ihre Arme, legte sich die Finger an die Stirn und schob sie dann, Kinn hochgereckt, Ellbogen nach außen und Brust deutlich zur Schau gestellt, in die enorme glänzende schwarze Masse ihres Haars, lüftete es von ihrem Kopf und hielt es so fest, hochgerauft und wild. Eine abgedroschene theatralische Geste, ein schamloser Akt. Doch selbst ich begriff, daß dies eine Einladung war, die kein Mann – kein legendärer Mann – ausschlagen konnte. Sie wartete, lächelte Hank schief an und ließ dann ihre Hände sinken.

»Also«, sagte er, »ich bin Hank Laramie.«

Sie neigte den Kopf zur Seite, hob die Augenbrauen, musterte ihn spöttisch, geheimnisvoll, dreist.

»Laramie?« sagte sie. »Laramie?«

»Genau wie die Stadt«, sagte er lachend, leckte sich die Lippen, rieb sein unrasiertes Kinn und sah sie an.

»Der Name der Stadt ist mir bekannt«, sagte sie mit plötzlich abweisender Stimme und verkniffenem Gesicht. »Ihre Erklärungen habe ich nicht nötig.«

Ich lachte, obwohl keiner der beiden Notiz von mir nahm, und genoß diesen einen Augenblick lang Hanks klägliche Miene.

»War nicht so gemeint«, sagte er, und wieder lachte ich und redete mir zu, daß ich nicht die einzige verletzliche Person war in diesem Raum. Doch der Tadel, den er verdiente und mit dem ich rechnete, blieb wider Erwarten aus. Ganz im Gegenteil.

»Hank Laramie«, sagte sie mit ihrer wärmsten Altstimme, »mögen Sie Champagner?«

»Hm, sicher«, sagte er vorsichtig.

»Dann wollen wir zusammen Champagner trinken«, sagte sie. »Heute abend. Im Baranof. Um zehn Uhr.«

»Ja, gut«, sagte er. »Und mit wem habe ich die Ehre?«

»Fragen Sie nach Martha Washington«, sagte sie sachlich und lächelte jetzt nicht mehr.

»Martha ...« fing Hank an und unterbrach sich noch rechtzeitig, so sehr ich auch wünschte, er möge ins Stolpern geraten, vom Seil herunterfallen, den unverzeihlichen Fehltritt begehen, sich von ihrem Namen unbeeindruckt zu zeigen. Doch er bemerkte die plötzliche Härte in ihrem hübschen Gesicht und den Blick in ihren grauen Augen. Er war gewarnt, Pech für mich, und riß sich zusammen. »Zehn Uhr«, sagte er. »Im Baranof. Freut mich, Sie kennengelernt zu haben, Martha Washington.«

»Sie kennen mich nicht«, gab sie zurück, bloß um ihn auf Zack zu halten, wie ich dachte, »aber Sie dürfen Marty zu mir sagen.«

Dann glotzte Hank den leeren Türrahmen an, und sie war weg. »Das ist vielleicht eine«, sagte er nach einer Pause.

»Ohne mich«, sagte ich so heiter, wie es mir möglich war, »wirst du nicht ins Baranof gehen.«

Wir fragten nach ihr. Wir würden erwartet. Aber gewiß doch. Wenn wir kurz Platz nehmen wollten, würde er bei ihr anläuten und sie wissen lassen, daß wir da wären. Nicht nötig. Bestimmt? Hundertprozentig. Na dann, erster Stock vorne. Wir fänden's schon.

Als wir auf die Treppe im Hintergrund des Foyers zugingen, war ich einen Augenblick lang davon überzeugt, daß sie uns jetzt gleich genau in dem Zimmer begrüßen würde – beziehungsweise Hank begrüßen und mich reinlassen –, in dem ich als begeistertes Kind wachgelegen und meine erste Nacht in Juneau genossen hatte. Würde man ihr nicht eben dieses Zimmer zugewiesen haben? Würde ich es nicht wiedererkennen, obwohl ich seit über dreißig Jahren nicht mehr oben im Baranof gewesen war? Das eiserne Bettgestell? Mein Kinderbettchen? Sieht mir ähnlich, dachte ich, roch die Vergangenheit und sah mich nach den Spucknäpfen und dem Billardtisch um, die aber nicht mehr da waren.

Hank ging mir auf der Treppe voran, und während ich ihm nacheilte, dachte ich, daß es noch keinen Mann, ob Willie oder sonstwen, derart offensichtlich zu einer Frau hingezogen hätte wie Hank in diesem Augenblick. Nur ein einziges Streben erfüllte das schwarze Seidenhemd, die engen Jeans, die bestickten Stiefel, die Hirschlederjacke, den alten, tief in die Stirn gedrückten Hut – und was konnte gleichzeitig amüsanter und aufreizender sein als der Anblick eines großen, dürren, gutaussehenden Mannes, der nichts anderes im Kopf hatte als Sex mit einer neuen Frau? Doch dann gestand ich mir ein, daß mich das nicht amüsierte.

Auch ich hatte mich für diese Gelegenheit in Schale geworfen. Ich wußte, was seiner harrte, Patzer hin, Patzer her, und hätte mich, wäre ich ein Mann gewesen, ganz genauso verhalten wie er jetzt. Und kam ich, die man am Morgen ausgeschlossen hatte, jetzt am Abend – zu ungewöhnlicher Abendstunde – nicht wieder, um genauso oder schlimmer behandelt zu werden? Und hegte ich nicht noch immer die Hoffnung, mich ihr gewachsen zeigen, ihren Beifall erringen, Hank behalten zu können? Ich Närrin!

Ich vernahm ihre Stimme, als ich um die Ecke bog und mich vor der offenen Tür des Zimmers fand, das Hank bereits ohne mich betreten hatte.

»Marty«, sagte er, während ich unbemerkt, ungegrüßt hinter ihm reinzuckelte, »wenn du Champagner sagst, dann meinst du auch Champagner.«

»Ich meine immer, was ich sage«, gab sie erwartungsgemäß zurück.

»Ich auch«, sagte ich, obwohl ich, wenn es nach ihnen gegangen wäre, ebensogut draußen im Flur mit mir selber hätte reden können. Beim Klang meiner Stimme mühte Hank sich hastig, meine Einmischung zu überspielen, indem er rasch zwischen mich und Marty Washington trat, während Marty uns beiden den Rücken zukehrte und die Tür zuzog. Diesmal trug sie einen pflaumenfarbenen Overall, einen lindgrünen Schal, rosa Ballettschuhe – an Füßen, die zweimal so groß waren wie meine – und die Perlenkette natürlich. Ihr großer schimmernder schwarzer Haarschopf war noch stolzer und struppiger als am Morgen; ihre Narben sahen aus der Nähe bläulich und frisch aus und entstellten nicht allein ihr hübsches Gesicht, sondern auch ihre Handrücken und das, was ich von ihrem Hals sehen konnte. Von oben bis unten voller Narben, begann ich zu denken, und riecht nach absichtlich ungewaschenem Haar und Gesundheitsseife.

»Also dann«, sagte Hank nervös, »da sind wir.«

Sie sah ihn kaum einmal an und schritt, ohne einen von uns zum Platznehmen aufzufordern, zu dem niedrigen Bett hinüber, das groß genug für viere war, schob die Kissen beiseite und placierte sich buddhamäßig am Kopfende, Rücken gerade, Knöchel gekreuzt, Knie auseinander. Da saß sie, lässige Herrscherin über uns, das Zimmer, die Zeit, und ich war natürlich, wie ich auf den ersten Blick gesehen hatte, noch nie zuvor in diesem Raum gewesen, und natürlich war es das beste Zimmer des Baranof und, was der arme Hank und ich nicht hatten vorhersehen können, vollgestopft mit all dem paradoxen Krempel, der für Marty stand. Ihre Kamera vom Morgen hatte nicht ahnen lassen, was wir jetzt zu Gesicht bekamen: ein halbes Dutzend andere Kameras, die in schwarzen Futteralen im Zimmer herumlagen; ein glasäugiges automatisches Biest, nackt auf einem Stativ; ein Wald schwanenhalsiger Stehlampen, allesamt eingeschaltet, tauchte das Zimmer in erbarmungslose Weißglut. Und war dies das Licht für eine Verführungsszene? Dies das Licht für eine Frau, die über und über mit frischen Narben bedeckt war? Beim Anblick des armen blinzelnden Hank mußte ich innerlich grinsen und empfand Erleichterung, Unbehagen, Verschüchterung, als ich mich an eins der auf die Straße gehenden Fenster verzog und plötzlich merkte, daß ich durch den nächtlichen Aprilregen direkt in die erhellten Fenster von Sitka Charleys Dachbude starrte. Knapp unterhalb meiner Sichtlinie mußte Charley wie üblich über seinem Abenteuerroman oder Jagdmagazin sitzen, Brille auf der Nase, schaukelnd und lesend.

Ich kehrte mich wieder dem Licht und Schweigen zu und sah den armen Hank erst Marty anblicken und ihre weit gespreizten Schenkel – und wie pflaumenfarben sie ihn anklafften! – und dann die Flaschen und Kisten Champagner, die überall auf dem Teppich zwischen den Flutlichtern verstreut und an den Wänden gestapelt waren. Eine bauchige grüne Flasche lehnte zum Kühlen in einem Eiskübel auf dem Nachttisch, daneben ein Schwarm von Gläsern, einige sauber, einige nicht.

Schließlich ging Hank auf den Nachttisch zu und packte, plötzlich den Entschlossenen spielend, die dicke grüne Champagnerflasche bei ihrem goldenen Hals und zog sie aus dem Eiskübel – aber zu hastig. Tropfen flogen, er stammelte etwas, sie blinzelte weder, noch tupfte sie ihre Wange ab, und wieder nahm Hank sich zusammen – leichtfertige Entschuldigungen waren in Martys Zimmer nicht gestattet –, trat zurück, die Flasche wie ein kaltes nasses dickes grünes Baby an seine Brust gedrückt, holte tief Luft, pulte mit den Fingernägeln an der goldenen Folie und riß sie ab. Er starrte den nackten Hals der Flasche an, den drallen umdrahteten Korken; behutsam, gefaßt auf die fällige Explosion, drehte er den Draht auf und lockerte ihn. Er sah zu Marty hinüber, wurde rot – und das bei seiner ohnehin gesunden Hautfarbe und seiner Unbeschwertheit –, biß die Zähne zusammen, verkniff das hagere Gesicht und begrub den Korken in seiner Faust. Er hielt den Atem an, packte die Flasche, rang mit seiner Mutlosigkeit, drehte sich dann mitten im Zimmer einmal um sich selbst und schien jetzt zum erstenmal die Lampe an der Decke wahrzunehmen, die fragilen Birnen der Flutstrahler, die gerahmten alaskanischen Szenen hinter dünnem Glas an den

Wänden. Wohin zielen? Wie das unverzeihliche Zerprasseln getroffnen Glases vermeiden? Wie die Schande? Aber auf einmal begann die Flasche von ihm wegzustreben. Er umkrallte sie mit beiden Händen, bog den Rücken, klemmte geistesgegenwärtig eine Hand über den Korken, aber noch immer schwenkte die Mündung der Flasche hierhin und dorthin, beschrieb sie eigensinnig ihre unberechenbaren, unkontrollierbaren Kreise. Sie visierte Hanks linken Fuß an, die Deckenlampe, die Gläser auf dem Nachttisch, die hilflos von ihrem Dreifuß gaffende Kamera. Dann machte sie einen Satz in die andere Richtung, zerrte Hank mit sich herum und richtete einen schrecklichen prekären Augenblick lang ihren kaum noch verstöpselten Lauf direkt auf Marty Washingtons strenges und leicht verwirrtes, leicht verächtliches Gesicht.

»Nein!« schrie er und riß sie, gerade als die Lunte zu britzeln aufhörte, nach oben, und der Korken fuhr los. Ein Knall, Hanks verstörter Blick und rings das ungehemmte Sprudeln und Schäumen und Strömen des Champagners. Hoch stieg er aus dem Hals der Flasche, spritzte durch Hanks verzweifelte Finger, durchnäßte sein Hemd, durchsprühte das Zimmer. Martys Augen wurden groß, dann schmal und gehässig. Der Champagner brodelte aus der bodenlosen Buddel. Dann hörte es auf, und der arme Hank stand da mit dem triefenden Ding in seinen nassen Händen, Marty starrte ihn an, und ich lachte in meiner Ecke in mich hinein. Entmannt, noch ehe er angefangen hatte, dachte ich, das geschah ihm recht.

»In der Badewanne liegen noch ein paar Flaschen auf Eis«, sagte sie mit einer Gelassenheit, als spreche sie einen Gemeinplatz aus.

Hank entfloh. Doch kaum hatte er die Badezimmertür zugeschlagen, schallte auch schon der zweite Schuß, lauter und hallender als der erste, und Hank kam wieder zu uns reingestürzt, die zweite Flasche unbeholfen in ein pfirsichfarbenes Frotteehandtuch gewickelt, und goß, verzweifelt und ohne zu wissen, was er tat, sämtliche Gläser auf dem Nachttisch voll, ob sauber oder nicht. Er wurde blaß und schüttelte den Kopf. Und jetzt gab Marty unerklärlicherweise nach, streckte eine Hand aus, zog ihr schiefes Lächeln und nahm das hastig angebotene Glas entgegen. Schwächlich gab Hank ihr Lächeln zurück, stieß die Flasche in den Eiseimer, griff sich ein Glas und trank es aus.

»Hank«, sagte ich, »ich möchte auch etwas Champagner.«

Er fuhr herum, von meiner Stimme erschreckt, und brachte mir gehorsam ein Glas, obwohl er mich weder zu sehen noch auch nur zu wissen schien, daß ich ihn zum Baranof begleitet hatte, obwohl sich unsere Finger berührten und er mir voll ins Gesicht sah. Wir waren jetzt kaum zehn Minuten in Martys Zimmer. Der späte regnerische Abend war noch jung.

»Du konntest nicht wissen«, sagte sie, als Hank mit zwei weiteren Flaschen vorsichtig an den Nachttisch tappte, »daß ich dich kenne.«

Ich runzelte die Stirn, sie lächelte. Sie nahm ein zweites mit Champagner gefülltes Wasserglas entgegen und deutete an, daß Hank sich auf einen steifen und wackligen Leiterstuhl neben dem Bett setzen sollte. Sie tranken zusammen. Ihre plötzlich vertrauliche Stimmung machte mich wütend, und ich fragte mich, was wohl als nächstes käme. Sie war eine abscheuliche Frau.

»O ja«, fuhr sie fort, »ich war heute morgen wirklich sehr erfreut, als du mir deinen Namen nanntest.«

»Laramie«, sagte er, ehe er sich unterbrechen konnte, doch sie lächelte nur reserviert und streckte die Hand nach dem nächsten Glas aus, das er ihr hastig reichte.

»Das muß man sich mal vorstellen, treffen wir uns einfach hier in Alaska«, sagte sie.

»Ist mir ein Vergnügen«, sagte er in offenbarer Verwirrung.

»Kann man so einen Zufall für möglich halten?«

»Glaube ich kaum«, sagte er blöde.

»Der Zufall ist der«, sagte sie und legte ihre freie Hand auf ein Knie von der Größe eines Neugeborenenkopfes, »daß deine Sandy mit meinem George zusammenlebt.«

»George ...« hob er an und unterbrach sich.

»George Starling«, sagte sie kühl. »Ich habe meinen Mädchennamen behalten.«

»Großer Gott«, platzte ich heraus, obwohl ich mir geschworen hatte, daß ich nur trinken und zuhören würde, und obwohl ich wußte, daß jetzt nicht die geringste Aussicht bestand, Hank zu erreichen, »glaub ihr nicht, Hank. Sie kann von Sandy gar nichts wissen.«

»Du meinst ...?« stammelte er.

»Genau das meine ich«, sagte sie. »Mein Mann und deine Sandy.«

»Hank«, sagte ich mit einem Kloß im Hals, »sie ist nicht verheiratet. Unmöglich.«

Zum erstenmal seit unserer Ankunft sah sie mich an, sie wandte ihr massiges Haupt und richtete durchs ganze Zimmer hindurch einen langen beleidigten Blick auf mich.

»Ich habe mit zwanzig geheiratet«, sagte sie. »Und bin noch immer verheiratet.«

»So was«, sagte Hank, »deswegen hat sie mich also verlassen. Wegen deinem Mann.«

»Ich glaube kaum, daß sie die richtige Wahl getroffen hat«, sagte Marty, »aber ich fürchte, ich kann sogar nachvollziehen, wie es dazu kommen konnte. George ist ein ungeheuer attraktiver Mann.«

»Ein Lehrer«, sagte Hank.

»Spezialist für Asiatik«, sagte Marty.

»Ich erinnere mich«, sagte Hank.

»George hat nicht viel von einem Gelehrten an sich«, sagte Marty, »aber männlich ist er, das kann ich dir sagen. Groß, blond und männlich.«

»Hank ist auch ganz schön männlich«, sagte ich in die grellweiße Lichterflut des Zimmers, aber er hörte mich nicht.

»Man wird George nie verbeamten«, sagte Marty und stieß mit Hank an, »aber beliebt ist er. Er ist so ausnehmend männlich und dabei, was seine Anziehungskraft auf Frauen betrifft, so bescheiden, daß seine Kollegen, die als Männer nicht viel wert sind, untereinander mit seinen Heldentaten herumprahlen. Er ist ihnen ein Vorbild, das sie bewundern können, ohne ihm nacheifern zu müssen. Alle machen sie über die Asiatikfrauen Witze – ihre eigenen Ehefrauen – und nennen sie Georges Mädchen.«

»Und das läßt du dir gefallen?« fragte Hank.

»Ich lebe schon seit einiger Zeit nicht mehr mit George zusammen. Natürlich hatte ich meine Wutanfälle, aber ich konnte auf seine anderen Frauen nie lange eifersüchtig sein. Wie stark er war. Was für ein wunderbarer Mann. Welche Frau konnte ihm schon widerstehen? Wenn ich es nicht konnte, wer dann? Außerdem hat er mich ständig auf andere Männer gehetzt, nur um herauszufinden, ob sie so gut wären wie er selbst.«

»Hank«, sagte ich, überrascht von der Lautheit meiner Stimme, »noch etwas Champagner!«

»Du meinst«, sagte Hank, »er hat von dir verlangt, daß du mit seinen Freunden ins Bett steigen sollst?«

»Mit Freunden. Mit Fremden. ›Inspizier mal den Großen da am anderen Ende des Zimmers‹, sagte er zum Beispiel. Oder:

›Inspizier mal den dicken Deutschen da unten auf dem Felsen.‹ Oder: ›Vielleicht solltest du jetzt mal den alten Stanislaus inspizieren.‹ Ich hatte nie Lust, sie zu inspizieren, um mich Georges Ausdruck zu bedienen, und doch blieb es nicht aus, daß ich mich durchs Gedränge schob oder zu irgendeinem bulligen Kerl auf einem Felsen hinausschwamm – wir sind immer viel gereist, George und ich –, um ihm danach zu berichten, daß dieser oder jener Mann nicht sonderlich aussähe. Jedenfalls nicht im Vergleich zu ihm.«

»Ach«, sagte Hank, »das war schon alles?«

»Ich hatte natürlich«, sagte Marty, »meine schwachen Momente. Wie auch nicht? Einige von ihnen, auch Stanislaus, erwiesen sich bei der Inspektion als sehr tauglich.«

»Ich selbst habe nie Schwierigkeiten gehabt«, sagte Hank.

»Von dir rede ich ja auch nicht«, sagte Marty.

»Ich weiß«, sagte Hank und fuhr sich über die Stirn.

»Eins solltest du am besten gleich wissen«, sagte Marty. »Ich bin Feministin.«

»Siehst du«, sagte ich und erschrak über meinen Mangel an Stolz, »du kannst ihr nicht trauen!«

Der Champagner. Seine hilflose Miene. Ihr wütendes Gesicht. Die beiden, die in der Lichtflut der Scheinwerfer wie Wachsfiguren aussahen. Der Geruch meines Schweißes, der den Duft meines Cachet Noir zu überwältigen begann. Und warum kam sie nicht zur Sache? Warum ging ich nicht aus dem Zimmer und aus dem Hotel und über die Straße zu Charley und ließ die beiden machen, was sie wollten? Dabei fühlte sich keiner von ihnen durch meine Anwesenheit gehemmt, wie ich von Anfang an bemerkt hatte, und eilig hatte es Marty Washington offenbar nicht. Außerdem, gestand ich mir ein, wollte ich auch bleiben, sie wenn möglich auseinanderhalten, ihnen notfalls zusehen, mich zu ihnen gesellen, falls es dazu käme.

»Jedenfalls weiß ich«, sagte Marty wieder gedämpfter, »wie gut du kochst und reitest – wie ein Cowboy – und wie gut du dich um Kinder kümmern kannst. Ich liebe diese Kinder. Und ich weiß auch, daß George zum erstenmal in seinem Leben eifersüchtig ist – auf dich.«

»Auf mich?« sagte Hank. »Er hat mir Sandy ausgespannt und ist eifersüchtig auf mich?«

»Sandy ist nicht so verschwiegen wie ich«, sagte Marty. »Und daher hat George, seit Sandy bei ihm eingezogen ist, keine Minute mehr Ruhe vor dir, obwohl ihr euch nie begegnet seid.«

»Also hören Sie mal«, sagte ich, »Hank hat alle Frauen, die er will, einschließlich die hier vor ihm steht. Sie können uns viel erzählen.«

»Dazu kommt noch«, fuhr sie fort, »daß George von Alaskas legendärer Wirkung auf die Potenz keine Ahnung hat. Der arme George ist also schlimmer dran, als er ahnt.«

Sie lachte, Hank lachte, sie wedelte mit ihrem leeren Glas und sagte ihm, er solle diesmal nicht zwei, sondern drei Flaschen mitbringen. Wir hörten ihn hinter der verschlossenen Tür – endlos in die Toilette plätschern, sich die Hände einschäumen, seinem Bild im Spiegel ein Kompliment machen, mit dem Eis in der Wanne rappeln und klappern. Sie drehte ihren Kopf in meine Richtung. Ich ließ mich von ihrem Blick nicht einschüchtern. Hank pfiff im Badezimmer vor sich hin.

»Sie sind eine Unschuldige«, sagte sie schließlich. »Ich bin Feministin.«

»Ha«, sagte ich, »sehr witzig. Da hab ich mein ganzes Leben hier Flugzeugen und Männern und Fischen und Bären gewidmet, und Sie nennen mich unschuldig.«

»Eine Unschuldige«, sagte sie. »Das ist etwas anderes.«

»Ich mag Sex genauso wie Sie«, sagte ich.

»Ich spreche nicht von Sex mit irgend einem«, sagte sie.

Im Badezimmer knallte die nächste Champagnerflasche, aber sie sah nicht nach der Tür. Das Pfeifen hörte auf.

»Eine Unschuldige«, sagte sie fest, »ist eine Frau, die nicht leidet. Sie hat weder Verpflichtungen noch Probleme. Sex fällt ihr leicht. Ihr Leben ist ohne Dramatik und daher außer für sie selbst für niemanden von Interesse.«

»Eine Menge Männer haben Interesse an mir«, sagte ich. »Und Frauen auch.«

»Viele Leute fühlen sich zum Vulgären hingezogen«, sagte sie. »Aber das meine ich nicht.«

»Nach meiner Erfahrung«, sagte ich, »laufen Frauen nicht herum, um andere Frauen zu beleidigen oder ihnen die Männer wegzunehmen.«

»Ihre Erfahrung«, sagte sie kalt, »ist ein Dreck.«

»Also Moment mal ...« versuchte ich zu sagen.

»Ein Dreck«, wiederholte sie. »Sie treten die Rechte der Frau mit Füßen. Sie leben von der Ausbeutung der Frauen.«

»Gamelands«, sagte ich, »ist eine Genossenschaft.«

»Eine Frau, die kein Kind geboren hat«, erklärte sie auf ihre distanzierte, demütigende Art, »hat überhaupt keine Ahnung davon, was es heißt, Frau zu sein, und kann gar nicht verstehen, was ich meine.«

»Ich glaube nicht, daß Sie ein Kind haben«, sagte ich. »Ich glaube nicht, daß Sie verheiratet sind.«

»Susanna«, sagte sie, »ist einundzwanzig Jahre alt. Sie ist keine Unschuldige.«

Im Badezimmer fielen kurz hintereinander zwei Schüsse, die Tür ging auf, und heraus kam Hank, zwei dampfende Flaschen an ihren Hälsen tragend wie ein Paar tote Gänse. Er schwankte, er schwenkte, mit seinem Fang protzend, die Flaschen rauf und runter und durchquerte dann den Raum, als wollte er sich zu Marty auf die Bettkante setzen, kurvte aber, als er ihr Gesicht sah, auf den klapprigen Leiterstuhl zu. Wieder füllte er die Wassergläser auf dem Nachttisch; großzügig ließ er ihren trefflichen Champagner in die Gläser schwappen, auf den Tisch, den Teppich, Martys vorderes Knie. Er lachte sie verschmitzt an, offenbar überzeugt, daß er keinen Tadel mehr zu befürchten hatte.

»Hank«, sagte ich, näherte mich den beiden und hielt ihm mein Glas hin, »wird Zeit, daß wir gehen.«

Er goß ein und versuchte dabei, wie ich sah, Martys Gesicht nicht aus den Augen zu verlieren, trank aus seinem Glas, beugte sich ernsthaft, neckisch vor und leckte sich die Lippen. Ich schob einen Haufen ihrer Unterwäsche aus einem überladenen Sessel und setzte mich.

»Marty«, sagte er und prostete ihr mit erhobenem Glas zu, »was treibst du hier oben?«

»Da ist noch etwas, was du wissen mußt«, sagte sie, während sie ihm ihr Glas zum Nachfüllen hinstreckte. »Keine persönlichen Fragen. Ich bin sehr empfindlich gegen persönliche Fragen.«

Ich schnaubte, schenkte mir Champagner nach, ließ mich in die Polster sinken, die nach einem fremden Parfüm rochen.

»Was soll das ganze Zeug?« fragte er und wies fuchtelnd auf die blendenden Lampen, das Chaos von Kameras. »Bist du Photographin?«

Ich glaubte es in ihren grauen Wolfsaugen aufblitzen zu sehen, aber dann entschied sie sich nach einer langen Pause anscheinend doch dafür, ihre Prinzipien preiszugeben und Hank zu willfahren.

»Genaugenommen«, sagte sie, »gilt diese Reise hauptsächlich den Indianern Alaskas. Von den kleinsten Jungen bis zu den ältesten Männern. Ich will die Männervarianten in den einzelnen Stämmen darstellen. Kakes, Chilkats, Thlingets, Stickeens und so weiter.«

»Tja, hm«, sagte Hank, lachte und schlug sich auf die Schenkel. Auch ich lachte auf, als ich an den einen Indianer dachte – genau auf der anderen Straßenseite –, dessen Porträt Marty Washington, wenn es nach mir ginge, niemals in ihrer Sammlung ausstellen würde.

»Warum lachst du?« fragte sie Hank.

»Frauen nicht«, sagte er kopfschüttelnd und rutschte glücklich auf seinem Stuhl herum.

»Ist es denn notwendig, daß ich die Frauen in meine Untersuchung einbeziehe?«

»Schätze nein.«

»Gibt es irgendeinen Grund, warum ich diese Untersuchung nicht auf die Männer beschränken sollte?«

»Ist mir ja bloß so aufgefallen.«

»Dann überleg dir lieber, was du redest.«

Dicke Luft. Glas auf Glas. Kühles Perlen. Helles Licht. Dann erlebte Marty sichtlich wieder einen ihrer Stimmungswechsel, von den rosa Ballettschuhen aus Satin bis zu den ungewaschenen Haarspitzen. Der glänzend violette Overall geriet in Wallung; frei schwang die Perlenkette vor ihrer Brust, als sie sich zu Hank vorbeugte; sie steckte die Finger ihrer freien Hand schamlos zwischen ihre weit gespreizten Schenkel. Sie hob ihr Glas hoch, bog den mächtigen Arm, so daß er dem Horn eines Zebu glich; sie zog ein plötzlich zärtliches Lächeln, jedenfalls so etwas Ähnliches; sie atmete langsam, als könne Hank jeden einzelnen warmen Hauch auf seinem Antlitz spüren.

»Ich will dir von Carl Ben Eielson erzählen«, sagte sie mit glutvoll vertraulicher Stimme.

»Schieß los«, sagte Hank.

Aber was kam da für ein vertrautes Geräusch? Hörten die das denn nicht? Ich blickte von Hank zu Marty, von Marty zu Hank, grinste mein anzüglichstes Grinsen, lauschte glücklich und aufmerksam dem leisen, aber unverkennbaren Ächzen eines Betts, das über uns langsam zum Leben erwachte. Wie konnte sie dieses Knarren nur überhören? Dies Knacken einer Sprungfeder? Dies jähe heftige Knarzen, das durch die Decke zu uns drang?

Jetzt sollte sie Ben Eielson aber wirklich vergessen, dachte ich, und sich das Stichwort von dem geben lassen, was da in dem dunklen Zimmer direkt über uns vor sich ging. Wie konnte sie sich dem verschließen, dachte ich, während sich die vereinzelten Geräusche zu einem Rhythmus verdichteten.

»He«, sagte Hank und sah grinsend zur Decke hoch, »was haben wir denn da?«

Die Decke begann zu beben. Der unsichtbare Bettrahmen krachte laut auf, noch hielt er. Das Grunzen des Mannes war gedämpft, aber deutlich hörbar, ebenso die Seufzer der Frau. Und noch immer nahm Marty keine Notiz von dem anonymen Paar in dem jetzt stampfenden Bett.

»Ben Eielson«, sagte sie, während Hank, hin- und hergerissen zwischen Marty und dem anonymen Paar, in seiner Tasche wühlte und sein Marihuana hervorzog, »Ben Eielson ist das perfekte Beispiel für die Wirkung Alaskas auf die männliche Potenz. Natürlich verstehe ich dieses Wort im weitesten Sinne und unter der Voraussetzung, daß es sich auf Männer wie Frauen gleichermaßen anwenden läßt.«

Hank nickte, stopfte seine Pfeife, zündete das Streichholz an. »Die da oben«, sagte er, »machen genau das richtige. Rauchen wir was?«

»Nein«, sagte sie prompt, und ihre Stimme klang wieder etwas gereizt. »Dein Marihuana rauchen wir morgen abend. Heute nicht.«

»Ich rauche mit dir«, sagte ich, indem ich auf die Situation reagierte, wie jede normale Frau es tun würde. Doch Hank blies einfach das Streichholz aus, steckte sein Plastiktütchen weg und machte sich an der nächsten triefenden Flasche zu schaffen, bis der Korken senkrecht an die Decke schoß.

»Keine Angst«, sagte er zu dem Paar über unseren Köpfen, »ist bloß ein Korken.«

»Sie werden schneller«, sagte ich. »Hörst du?«

Irgend etwas, vielleicht ein Wecker, krachte auf den Boden. Die Frau stöhnte.

»Ben Eielson«, sagte Marty, »gehörte zu der Sorte Männer, die noch einer Toten ein Kind machen, wie seine rauheren Kumpane sich auszudrücken beliebten. Und noch jede Frau, die mit Eielson geflogen ist, hat sich in seinen Armen vor dem Flugzeug – einer berühmten alten Lockheed Electra – knipsen lassen, und zahlreich sind die Kinder, eingeborene oder sonstige, die Eielson in zehntausend Fuß Höhe zur Welt bringen half. Alaskanische Mütter schweigen sich über so was gerne aus, mußt du wissen. Er war ein großzügiger Vater und ein treuer Ehemann, auch wenn seinerzeit von jedem Indianer die Behauptung zu hören war, unser alaskanischer Himmel sei voller Vögel, die Carl Ben Eielson gezeugt habe. Er beförderte Hunde, Schlitten, Bergbaumaschinen, Goldsäcke, Nahrungsmittel halbtonnenweise durch ganz Alaska. Die Postversorgung zahlloser kleiner Ortschaften hing von Eielson ab. Er hatte auch nichts dagegen, ab und zu eine Leiche zu transportieren, obwohl er, wenn ihre Verwesung bereits über ein akzeptables Maß hinaus fortgeschritten war, der Leiche einen Platz in der Kanzel verwehrte und sie draußen, an die Verstrebungen geschnürt, beförderte. Einsame Männer auf Eisschollen winkten ihn runter; er war kühn, aber nicht tollkühn; häufig reparierte er, nach einer Bruchlandung irgendwo in der Wildnis, seine Electra mit Seilen und Gerten. Einmal, als ihm eine Ölleitung geplatzt war, erlegte er einen Elch und kochte sich aus dem Fett ein provisorisches Maschinenöl –«

»Ich hatte nur eine Bruchlandung«, unterbrach ich sie mit undeutlicher Stimme, aber klarem Kopf. »Das war auf dem Kalukna River. Motorschaden. Kein Wasser im Umkreis von zweihundert Meilen, bloß dieser seichte Strom mit seinen scharfen Biegungen und engen Windungen, und nirgends ein grades Stück in Sicht. Kein Wunder, daß ich da eine Bruchlandung hingelegt habe.«

Ein Stück Gips fiel von der Decke. Die Frau stöhnte. Abrupt unterbrach das Bett sein unerbittliches Krachen und verfiel in einen sanfteren, regelmäßigeren, weniger dringlichen Rhythmus. Atempause, sagte ich mir und lachte.

»Eielson«, fuhr sie fort und verschlang Hank mit ihrem Atem, ihren Blicken, ihrem intimen Tonfall, »hat sich nie eine Fehleinschätzung geleistet. Keiner außer ihm durfte den Motor seiner Electra anfassen. Er wurde nie durch einen Motorschaden zur Landung gezwungen. Damals starb noch jeder Buschpilot unausweichlich in seinem Flugzeug – wenn man nur lange genug flog, mußte es schließlich einmal zu einem tödlichen Absturz kommen –, doch Eielson hätte es schaffen können, einen natürlichen Tod zu erleben, wenn nicht auch er ein einziges Mal sich in seiner Einschätzung geirrt hätte, und wäre da nicht Dorblandt gewesen, das Enfant terrible der alaskanischen Luftfahrt –«

»Es war nicht meine Schuld, daß ich abgestürzt bin«, unterbrach ich sie wieder, weil ich dachte, endlich sei sie auf etwas von dem, was ich gesagt hatte, eingegangen. »Ich bin immer meine eigene Mechanikerin gewesen. Immer. Nichts hätte verhindern können, daß mein Motor an diesem Tag streikte. Es war Frühling, klarer Himmel, ich war auf dem Rückflug zu zwei Fischern, die ich am Purgatory Lake abgesetzt hatte. Vor mir lag ein völlig ruhiger Flug, und ich folgte gelangweilt dem Kalukna, der sich unter mir dahinquälte, als plötzlich der Motor einen Schuß abfeuerte, knurrte, stotterte, würgte und starb. Ich trat wie wild aufs Gas. Zwecklos. Fluggeschwindigkeit auf sechzig Meilen pro Stunde gesunken. Also schaltete ich alles aus, stellte die Höhenflosse ein, schwenkte um, senkte die Nase und begann mich nun doch für den Kalukna zu interessieren. Ein Schwimmerflugzeug auf einem Fluß zu landen – besonders auf einem Fluß, der so seicht, so turbulent und gewunden ist wie der Kalukna –, ist gar nicht so einfach. Aber ich glitt mit der Cessna noch steiler runter, um mir die Sache mal anzusehen –«

»Ben Carl Eielson«, fing Marty an, aber ich war jetzt endlich in Fahrt gekommen, hatte endlich angefangen, sie niederzureden, und jetzt konnte mich nichts mehr aufhalten. Die Frau über uns stieß spitze glockenhelle Schreie aus. Das Bett knirschte wie eine Steinzerkleinerungsmaschine. Ich nutzte meinen Vorteil.

»Die Cessna«, haspelte ich mit erhobener Stimme weiter, »sank mit einer Geschwindigkeit von dreihundert Fuß pro Minute, und ich hatte nur noch weniger als tausend Fuß zwischen mir und dichtbewaldeten Hängen, meilenweitem Buschland – keine Gegend, in der man ein Flugzeug ohne oder auch mit Fahrgestell landen konnte – und einem Haufen dürrer Bäume, die an beiden Ufern des Flusses Spalier standen, und natürlich dem Fluß selbst, der meine einzige Hoffnung war. Auf sechshundert Fuß erkannte ich, daß der Kalukna hauptsächlich aus Steinen, Felsbrocken, Gischt und Sandbänken bestand. Überall lagen dicht unter den Stromschnellen die Sandbänke versteckt. Und nirgends ein grades Stück Wasser – nicht mal trügerisches Wasser – in Sicht. Aber mir blieb keine Wahl, und daher glitt ich von meinem Rest Höhe runter, senkte die Nase, um schneller zu werden, versuchte auf fünfzig Fuß ein halbes Dutzend dicht aufeinanderfolgender Kurven und Kehren nachzuvollziehen und setzte dann hart auf, geblendet von diesem in der Sonne gleißenden schäumenden Wasser, durchgerüttelt von dieser holprigen felsübersäten Oberfläche. Einen Augenblick lang glaubte ich, eine fehlerlose Landung hingelegt zu haben, aber dann schlug die Spitze des linken Schwimmers gegen eine Sandbank, die ich nicht hatte sehen können, und hoch stieg der Schwanz, runter sackte die linke Tragfläche, bis die Cessna schließlich, nachdem sie so was wie ein halbes Rad geschlagen hatte, hochkant in sechs Zoll tiefem Wasser auf dieser Sandbank stand und ich erschöpft, aber unversehrt in meinen Gurten hing. Na, ich wand mich heraus, nahm einen Schluck aus der Flasche Hudson Bay-Rum, die ich für solche Gelegenheiten unterm Sitz aufbewahre, und sah mir dann, knöcheltief in dem eiskalten Wasser, den Schaden an. Propeller kaputt? Flügelspitze abgebrochen? Schwimmer eingedrückt –«

»Schlitzen Sie den Bauch auf«, unterbrach Marty mit monotoner Stentorstimme, redete mich also endlich an, den Blick aber immer noch auf Hank gerichtet, »und wenn Sie irgendwelche geknickten oder gebrochenen Teile entdecken, unterlassen Sie jeglichen Flugversuch. Überprüfen Sie die Holme durch die Inspektionsluken. Ist die Flügelspitze abgebrochen, versuchen Sie nicht, sie zu reparieren –«

»Aber ja«, sagte ich munter und entschlossen, während Hank den nächsten Korken knallen ließ und der Mann und die Frau im Chor zu stöhnen begannen, »ich bin völlig korrekt verfahren, keine Bange. Ich habe die Cessna aufgerichtet – zum Glück war's windstill –, den Reservepropeller eingebaut, den Schwimmer mit einem Stück Leinwand geflickt und die Nacht in meinem Schlafsack im Flugzeug verbracht. Kurz nach Sonnenaufgang fand ich den Schaden: Ein Auspuffventilschaft war zwischen den Ringen gebrochen, wodurch der Ventilteller weggekippt war und sich im Kolbenboden eingenistet hatte. Das war vorher unmöglich zu erkennen gewesen, daß dieser Ventilschaft defekt war. Na, ich baute einen neuen ein, und zwei Tage später, als der Kalukna plötzlich anschwoll, ließ ich den Motor an, steuerte gegen den Wind, umkurvte Felsen und Baumstümpfe und Sandbänke, schlitterte, mal auf dem einen, mal auf dem anderen Schwimmer, um etliche Kurven und Kehren herum und zog dann im allerletzten Augenblick die Cessna sicher hoch in die klare Luft, stieg auf, kreiste und flog zum Purgatory Lake, wo ich meine Leute abholte – zwei so glückliche Jungs habt ihr noch nie gesehen – und nach Juneau zurückbrachte. Landung und

Start damals auf dem Kalukna waren die schwierigsten Flugmanöver meines Lebens.«

Schweigen. Widerwilliges Schweigen. Bis auf den stöhnenden Mann, die leise wimmernde Frau und das Bett, das mal wieder ruhiger geworden war.

»Hank!« sagte ich. »Champagner!«

Keine Antwort. Zwischen seinen Knien eine halbleere Flasche. Das seufzende Paar. Die balzende Marty.

»Carl Ben Eielson«, sagte sie, am Ende ihrer Geduld, und drangsalierte Hank wieder mit ihrem undurchsichtigen Lächeln, »hätte nicht so sterben müssen, wie er es tat. Er hatte einen hübschen roten Haarschopf, einen hübschen roten Schnurrbart – ich habe eine Schwäche für rotes Haar, muß ich gestehen – und einen ausgeprägten Verstand. Er hätte nicht auf Dorblandt hören müssen, aber er tat's. Eielson mit seiner Electra und Dorblandt mit seiner großen Hamilton wollten gemeinsam eine äußerst wertvolle Pelzladung aus einem Schiff bergen, das vor Tin City in der Beringstraße vom Eis eingeschlossen war. Eielson und Dorblandt fanden das eingefrorene Schiff, landeten problemlos auf dem Eis, beluden die Kanzeln ihrer Flugzeuge mit Pelzen – es blieb kaum noch Platz in diesen Kanzeln für die Piloten – und machten sich zum Abflug bereit. Die Mannschaft stand an der Reling des im Eis festsitzenden Schiffs; der Kapitän sah von der Brücke aus zu. Doch bevor Eielson und Dorblandt auch nur ihre Motoren anwerfen konnten, waren plötzlich das Schiff, das Eis, die wartenden Flugzeuge in den dichtesten Nebel gehüllt, den Eielson in seinen über dreißig Fliegerjahren je erlebt hatte. Die beiden Piloten kletterten aus ihren Kanzeln und berieten sich. Eielson meinte, es sei unmöglich, bei solchem Nebel zu fliegen, und drängte darauf, daß sie warten sollten, bis er sich gehoben hätte, aber Dorblandt lachte verächtlich und sagte, über fünfhundert Fuß würden sie klaren Himmel vorfinden. Und hier nun beging Eielson seinen tödlichen Fehler, indem er dem Enfant terrible der alaskanischen Luftfahrt zustimmte. Sie schüttelten sich die Hände, winkten den Männern an Bord des festliegenden Schiffes zu und kletterten wieder in ihre Flugzeuge. Die Motoren brausten auf, sie lösten die Bremsen, Dorblandt stieg als erster in den Nebel auf, dicht gefolgt von Eielson – Carl Ben Eielson.

Das Brummen der Motoren war für die Männer auf dem Schiff noch nicht verklungen, als eins der Flugzeuge plötzlich kehrtmachte, aus dem Nebel auftauchte und landete. Es war Dorblandt mit seiner großen Hamilton. Er schaltete seine Motoren aus und wartete auf Eielson, doch der kam nicht zurück. Kaum waren sie nämlich aufgestiegen, da erkannte Dorblandt, daß der Nebel tatsächlich so gefährlich war, wie Eielson gesagt hatte, weshalb er – Draufgänger hin, Draufgänger her – einfach umkehrte und landete, in der Annahme, Eielson würde ihm folgen. Aber Eielson konnte die Hamilton nicht sehen und flog – größter aller Helden unserer alaskanischen Luftwege – weiter im Vertrauen darauf, daß er sicher einem Flugzeug folge, das er nicht sehen konnte, und einem Piloten, dem, wie er wußte, nicht zu trauen war.

Wochen später, nachdem die berühmte alte Electra an der sibirischen Küste geortet worden war, fand man Ben Eielson, unter Pelzen begraben. Ein seltsamer Anblick bot sich jenen internationalen Rettern: unbeschädigt, von dem abrasierten Landegestell und einer fehlenden Tragfläche abgesehen, lag die Electra in einem Fichtenwäldchen – ihrem letzten Ruheplatz –, die Kanzel war vollgestopft von hinten bis vorne und vom Boden bis zur Decke mit über tausend Pfund Robbenfellen, und Carl Ben Eielson selbst war nirgends zu entdecken. Er war natürlich in dieser halben Tonne Pelze begraben, und als sie schließlich zu ihm vorgedrungen waren – so lautet ihr Bericht –, lächelte er sie noch warm aus all diesen Fellen an. Sobald sie aber das letzte Fell von ihm weggezogen und seinen Körper freigelegt hatten, gefror er auf der Stelle. Er starb nicht durch den Aufprall. Man fand keine Knochenbrüche. Keine Quetschungen. Keine inneren Verletzungen. Carl Ben Eielson starb durch Ersticken. Aber wenigstens ist es ihm bei diesen sechzig Grad unter Null warm geblieben, wie sein Lächeln bezeugte, und er starb in Frieden, gepolstert und gewärmt von den Pelzen. Er war einfach zu sehr Mann, um weiter zu leben und zu fliegen, das sagten sie alle, und manche Nacht habe ich davon geträumt, ihm eine Tochter zu gebären auf zehntausend Fuß Höhe, und er selbst würde, nachdem er das Steuer festgestellt hätte, sie zur Welt bringen helfen, und wenn es möglich gewesen wäre, in Carl Ben Eielsons Armen inmitten dieser ungeheuren Pelzmasse in der alten Electra zu sterben, ich hätt's mit Vergnügen getan, kann ich dir sagen.«

Eine lange Pause. Das neben ihr auf dem Bett rollende leere Glas. Der Haufen der grauen glasigen Perlen in ihrem Schoß. Schwitzen. Gesichtsnarben, die in dem gnadenlosen Licht glitzerten. Wie sie langsam den lindgrünen Seidenschal wegzog. Oben die leisen Geräusche von knarrendem Holz und quietschenden Sprungfedern.

»Als Mädchen«, sagte ich, leckte mir die Lippen und fragte mich, wie lange sie und Hank es wohl noch aushalten mochten, »habe ich die Leiche des Mannes bergen helfen, der allgemein als größter alaskanischer Pilot aller Zeiten anerkannt war. Rex Ainsworth.«

Hank, der sich von seinem Stuhl erhob und einen Schritt auf Marty zu machte. Flaschen, die unter seinen Füßen rollten. Der unermüdliche Mann und die dankbare Frau, die plötzlich auf Teufel komm raus loslegten. Wieder etwas, das auf den Boden krachte – ein zweiter Wecker? –, und wieder die Stimmen, deren Losschreien vom Erscheinen neuer Risse in der Decke und rieselndem Verputz begleitet wurde.

»Von einem alaskanischen Piloten dieses Namens habe ich noch nie gehört«, sagte Marty Washington.

Wütend, unruhig, ungeduldig und mit aller Vulgarität, die ich aufbringen konnte, stand ich auf und grinste die beiden schwankend an.

»Zeit zu gehen«, sagte ich. »Du kannst gerne bleiben, wenn du willst. Aber ich verziehe mich jetzt.«

Hank begann sein Hemd aufzuknöpfen. Er hob lachend sein Gesicht zur Decke und grüßte den Mann da oben mit wölfischem Geheul. Der Mann heulte zurück. Und für nichts Schlimmeres – so kapriziös war Martha Washington – bekam der arme Hank einen Korb.

»Gerne bleiben?« sagte sie kalt. »Gerne bleiben? Die Einladung bezog sich auf Champagnertrinken. Und weiter nichts.«

Der arme Hank wartete, die Stiefel bereits ausgezogen, die Hose bereits herunter – zumindest im Geiste –, und dann offenbarte er mehr Geduld und Gutmütigkeit, als selbst ich an ihm je erlebt hatte, und sprach. »Nun«, sagte er mit einem leisen bedauernden Lächeln, »das haben wir ja wohl auch getan.«

»Großer Gott«, sagte ich, »das ist doch keine Art, einen anständigen Mann zu behandeln!«

»Morgen abend«, sagte sie. »Zehn Uhr.«

»Ohne mich«, sagte ich.

»Geht klar«, sagte Hank.

Auf dem Weg zur Tür bemerkte ich, daß die Fenster von Sitka Charleys Dachbude dunkel waren. Ich brachte Hank aus dem

Zimmer, kehrte dann noch einmal kurz um und sah sie von der offenen Tür aus an.

»Spaß am Leben«, sagte ich. »Niemand ergeben.«

Sie sagte nichts. Das Paar im Zimmer über ihr würde seine Hundeschlittenfahrt offensichtlich bis zum Morgengrauen fortsetzen. Ich ließ sie mit deren Musik allein.

Ich wachte davon auf, daß jemand stöhnte. Ich selbst, dachte ich. Champagner, dachte ich. Alles gewonnen, alles verloren, alles vorbei. In Pelzen begraben. So lag ich noch abwartend und tastete dann ein bißchen mit einem kalten Fuß, einem spitzen Knie, einer kalten Hand. Aber seine Bettseite war leer.

»Hank?« fragte ich beklommen, nur um das Schweigen so schmerzlich ich konnte zum Klingen zu bringen. »Hank?«

Wie, fragte ich mich, hatte er sich heraus und auf und davon schleppen können? Wie konnten die beiden glücklich beim Brunch im Baranof sitzen, falls sie das wirklich taten? Warum konnte ich mich nicht bewegen? Warum bei mir der bittere Geschmack im Mund, die Benommenheit, warum pochte mir noch jetzt der Kopf im Rhythmus der Hundeschlittenfahrer vom Abend zuvor, wo es doch Hank gewesen war, mit dem ich nach unserer Rückkehr in der Dämmerung nicht mehr hatte anfangen können als mit einem verfaulten Stückchen Holz im Wald?

Warte, sagte ich mir plötzlich. Da stimmt was nicht. Nicht bloß der Champagner. Nicht Hank. Ich lauschte, und durch die Stille und meine Betrübnis drang klein und glänzend ein nadelspitzer Stachel Wachsamkeit: Irgend etwas stimmte nicht. Nicht bloß ein Brunch im Baranof. Nicht bloß die beiden, die auf der Suche nach fotogenen Indianern zu den Docks runterbummelten. Da war noch etwas. Etwas, das speziell mit mir zu tun hatte. Was führte sie im Schilde? fragte ich mich, glitt aus dem Bett, langsam, und suchte meine Hose, ein Sweatshirt und die Mokassins zusammen.

Ich trat nach draußen in die Stille und das augenzerschlitzende Licht, eine fiebrige Frau mit käsigem Teint, die in Zeitlupe einer dringenden Sache nachtaumelte. Uncle Jake schwebte auf der Spitze des Totempfahls; krampfhaft mühte sich eine Möwe auf seinem Kopf, nicht das Gleichgewicht zu verlieren. Ich schirmte meine Augen, zog mir die Hose hoch, stapfte grimmig zur Empfangshütte. Drinnen waren ein paar Willies – weniger, als es eigentlich hätten sein sollen – und kein Mädchen und keine Frau außer Spooky Ruth, die an der Bar Bier zapfte. Ihr Haar war mit einem Halstuch hochgebunden, sie trug ein T-Shirt, dessen roter Aufdruck vor der Brust verkündete: *Bei uns ist der Kunde König.*

»Was ist los?« fragte ich.

»Sunny«, sagte sie, »schau dich nur mal an.«

»Ruth«, sagte ich, ausnahmsweise gleichgültig gegen jemandes Arm um meine Schultern, »was geht hier vor?«

»Personalmangel«, sagte sie und strich den Schaum von einem Glas.

»Was?« sagte ich.

»Sie war eben hier draußen, diese Photographin. Hat die Hälfte der Willies vergrault – aber Joe hier nicht – und Jenny und die beiden neuen Mädchen – Marion und Beth – überredet, mit ihr zum Lunch in die Stadt zu fahren. ... Halt. Deinen Jeep hat Hank. Nimm den Campingwagen.«

Spooky Ruths Campingwagen und ich schossen schaukelnd vom Parkplatz – Spinnweben, hängende Äste, eine verschreckte Krähe – und den Glacier Highway runter und am Flughafen vorbei – schlaffer Windsack, verwischte Reihen schmetterlingsbunter Kleinflugzeuge – und immer weiter durch den Tag, die Stille, die feuchten Schatten, einen zweiten Fichtenwald auf Juneau zu. Hinter mir hing eine fette Fahne blauschwarzer Auspuffgase; ich fuhr mitten auf der Trennlinie, die Augen zusammengekniffen, das Steuer gepackt. Zehn Minuten von Gamelands entfernt sah ich ihn kommen – den Jeep mit seiner erhöhten Karosserie, die oben in der Farbe reifer Birnen und unten pechschwarz lackiert war –, riß wie er den Wagen zur Seite, bremste, legte den Rückwärtsgang ein, sah, daß er dasselbe machte, ließ den Motor aufheulen, fuhr rückwärts – rücksichtslos, verzweifelt –, bis ich es mir anders überlegte und voll auf die Bremse trat, tief durchatmete und wieder vorwärts davonjagte und ihn verdutzt am Straßenrand zurückließ.

»Sie ist nicht oben«, sagte der Empfangschef abwehrend, derselbe kiebige Kerl, der schon am Abend zuvor Dienst gehabt und jetzt noch immer Dienst hatte. Ich glaubte ihm.

Der renovierte Speiseraum des Baranof. Der neu hinzugekommene Coffee Shoppe des Baranof. Und Doug's. Der Red Dog Saloon. Two Girls' Luncheonette. The Only Second Class Saloon in Alaska. Senate Saloon. Bonanza. Heiße Krapfen. Heißes Fett. Kopf. Bauch. Kein Glück.

Schließlich, nachdem ich die Runde beendet hatte und an einem der Totempfähle gegenüber dem Modewarengeschäft und Charleys Dachbude lehnte, schließlich ging mir auf, daß sie natürlich doch die ganze Zeit da oben gewesen war, und ich schoß zurück ins Foyer und stieg noch einmal die Treppe hoch, die wir am Abend zuvor hochgestiegen waren, und stahl mich durch den Korridor, blieb stehen und lehnte mich an die Wand. Zu spät, natürlich, und um die Ecke kam ihre selbstsichere akademische Stimme, klar und kräftig wie kaltes Wasser. Eine von ihnen hatte schon die Tür aufgemacht. Das Treffen war gelaufen.

»Der Mann in seiner Gier«, schloß sie gerade, »hat lange genug dieses ganze Problem des Geschlechtsverkehrs geregelt. Jetzt laßt die Mutter der Menschheit, deren Recht und Pflicht es ist, seiner Leidenschaft Grenzen zu setzen, sich erheben und der sexuellen Ausbeutung der Frau ein Ende machen, in der Ehe, beim Ehebruch, beim Rendezvous und, was das Schlimmste ist, in den langen Nächten der Prostitution. Nie, niemals frönt dem Sex für Geld, Schutz oder Sicherheit. Gewährt niemals Sex, wenn ihr keine Lust dazu habt. Zudringliche Mannswesen weist aus Prinzip ab, auch wenn ihr euch zuweilen selbst verleugnen müßt. Auch ihr seid Teil der Allmutter. Seid loyal zu euren Schwestern. Erobert das Bett zurück. Helft mit, der allgemeinen Vergewaltigung ein Ende zu machen ...«

Ihre Rat und Mut gebenden Auslassungen verklangen. Sie schwieg. Ich sank an die Wand. Ich hörte ihre ernsten Stimmchen, dann ihre Goodbyes, dann das Zuklappen der Tür und das Wischeln ihrer kleinen Füße auf dem Teppichboden. Ohne einen Blick, ohne ein Wort gingen sie an mir vorbei – die drei. Selbst Jenny, die mich neun Monate zuvor zu Jimmy und Hank geholt hatte, zögerte jetzt, sah weg, ging weiter. Ich blieb noch in dem stillen Flur. Von oben kam jemand die Treppe herab. Sie bemerkten mich – eine einsame, zerzauste, entmutigte Frau, die im Korridor ihres ehrbaren Hotels herumlungerte –, sie runzelten bei meinem Anblick die Stirn und beschleunigten ihre Schritte, gingen ins Foyer hinunter und in den jungen Tag hinaus.

Die Fahrt zurück, langsam, erregt, unsicher, zweifelnd. Ich fand Hank auf der Veranda, Stuhl nach hinten gekippt, Füße auf dem Geländer.

»Kaffee«, sagte er und brachte mir eine Tasse.

»Weißt du eigentlich, was sie macht?« fragte ich, ließ mich auf die rustikale Chaiselongue sinken und schloß die Augen.

»Allerdings«, sagte er.

»Woher?« fragte ich.

»War vor ihrem Zimmer. Hab an der Tür gelauscht. So lange, wie ich's aushalten konnte.«

»Sie wollte dich nicht reinlassen?«

»Männer unerwünscht.«

»Nun, Marion und Beth werden wir verlieren. Vielleicht auch Jenny. Und sie wird wiederkommen, um noch mehr zu holen.«

»Jenny nicht.«

»Ich geb's auf. Soll diese Frau doch machen, was sie will. Soll sie unsere Mädchen doch bekommen. Soll sie dich haben. Soll sie Uncle Jake abholzen. Mir reicht's.«

Er lachte.

»Jedenfalls«, sagte ich, »ist sie keine Pilotin. Ist mir schnuppe, was sie behauptet oder was sie uns von Carl Ben Eielson und all den anderen erzählt. Eine Pilotin ist sie nicht.«

Schweigen. Tasse auf Untertasse. Stühlerücken. Stiefeltrampeln.

»Komm«, sagte er, als er da stand und sich reckte, »ich zeig dir was.«

Ich folgte ihm. Ich ließ ihn fahren. Wir parkten bei dem halben Dutzend Autos und Lieferwagen am Terminal. Der Windsack hing noch immer schlaff. Wir hörten Bob Stitts, den Flutlotsen, mit einem in zwanzig Minuten zur Landung fälligen Piloten von den Alaskan Airways hin und her reden. Hank ging voran. Ich ihm nach. Und da am Ende der Reihe klappriger Schmetterlinge stand eine zweimotorige, achtzehnsitzige Lockheed Electra mit glänzendem Aluminiumrumpf und schwarzen Reifen, die mir, das wußte ich, bis an die Taille reichen würden. Sie sah aus wie ein riesiger Delphin oder ein Miniaturbomber, den ein Rudel Mechaniker den ganzen Vormittag lang per Hand poliert hatte. Ernst näherten wir uns dieser funkelnden Electra, feierlich standen wir daneben, zwergenhaft in ihrem Gleißen. Wie hatte ich ihr stählernes Blitzen übersehen können? Den schrecklichen Glanz ihrer bedrohlichen Üppigkeit?

»Ihres?« sagte ich.

Er nickte.

»Aber sie fliegt es nicht«, sagte ich. »Sie fliegt weder dies noch irgendein anderes Flugzeug. Sie hat einen Piloten, der gebaut ist wie ihr Mann. Irgendeinen hübschen Piloten, der sie in diesem Ding herumkutschiert.«

»Nein«, sagte Hank, »sie reist allein.«

»Großer Gott«, sagte ich. »Woher weißt du das?«
»Stitts«, sagte er sachlich.

Dunkel. Schlaftiefen. Hanks Stimme.
»Es ist zehn Uhr«, sagte er. »Zeit zu gehen. Das heißt, falls du mitkommst.«
Er war irgendwo in dem abgedunkelten Zimmer. Hatte er meine Schulter berührt? Aber was war passiert? Wieso lag ich mit dem Gesicht nach unten auf dem ungemachten Bett in Jeans und Sweatshirt und in meinen Mokassins, die steif und kalt an meinen nackten Füßen steckten?
»Wir hätten schon vor zehn Minuten fahren müssen«, sagte er. »Aber vielleicht solltest du einfach hierbleiben und weiterschlafen.«
Er roch nach Hirschleder, billigem Kölnischwasser, Pomade, wie ein Mann, der lang und heiß geduscht und sich eine erfrischende Rasur gegönnt hat. Wo war er? Auf welcher Seite des Betts, Hut in der Hand, Stiefel voller Ungeduld?
»Es macht ihr bestimmt nichts aus, wenn ich allein aufkreuze«, sagte er. »Ich werde dich bei ihr entschuldigen.«
Die stummen Schatten begannen zu murmeln. Die dunklen Formen funkelten finster. Ich horchte, fühlte meine furchtbare Schwere, versuchte die Augen aufzumachen, mich herumzudrehen.
Sie? dachte ich. Entschuldigen?
Es rasselte wütend in meiner Kehle, ich hatte das Gefühl, in das staubige Fell einer alten Bärin in einer Höhle gehüllt zu sein, und dann dachte ich an Bob Stitts, und alles fiel mir wieder ein: der Anflug der Maschine der Alaskan Airways, mein Schweigen während der Rückfahrt im Jeep, das unordentliche Bett, in das ich wortlos zurückstieg. Es gibt nichts Beschämenderes als unbeabsichtigt einzuschlafen, dachte ich, und war nun endlich wach.
»Tja«, sagte er, »der alte Hank muß los. Willst du wirklich nicht mitkommen?«
Ich spürte seine Unaufrichtigkeit. Ich setzte mich im Dunkel auf.
»Wo bist du?« fragte ich. »Mach das Licht an.«
»Also, Sunny«, sagte er.
»Wieviel Uhr ist es?« fragte ich und riß einen Arm vor meine Augen.

»Ziemlich spät«, sagte er.

»Schon gut«, sagte ich, »ich weiß es ja.«

Ich senkte meinen Arm und blinzelte verkniffen. Er hatte sich an die Tür zurückgezogen, Hut in der Hand, nicht auf dem Kopf. Sein rotbraunes Haar voller Pomade – noch nie hatte er sich irgend etwas in sein schönes Haar getan –, seine Stiefel poliert, die Hirschlederjacke attraktiv locker um seinen schmukken Körper. Er sah so strahlend aus und geschrubbt und abmarschbereit wie Uncle Jake auf seinem Totempfahl, genau wie ich es mir gedacht hatte.

»Wirklich prima«, sagte ich, »mich so verschlafen zu lassen.«

»Also«, sagte er, »ich dachte, du wolltest sie heute abend sowieso nicht sehen. Du mußt ja auch nicht.«

»Toller Freund«, sagte ich.

»Ist ja noch Zeit«, sagte er. »Steh auf, dusch dich, zieh dich an, mach deine Haare, trink einen Kaffee. Kein Grund zur Hektik. Laß dir ruhig Zeit. Wartet sie eben.«

»Hank«, sagte ich, während ich meine Füße auf den Boden schwang und er zu grinsen anfing, »gehen wir.«

»Und ob!« sagte er lachend, und als nächstes ließ er auch schon den Motor warmlaufen, und ich stieg zitternd neben ihm ein. Er fuhr mit heruntergelassenem Fenster, einen Ellbogen in die dunkle Nacht gestreckt, nur zwei Finger am Steuerrad, den anderen Arm auf meiner Rückenlehne, er pfiff und legte ab und zu die freie Hand auf meine Schulter. Und waghalsig? Noch nie war er mit einem solchen Affenzahn gefahren, so entschlossen, so gleichgültig gegen den Wind, das Heulen des Motors, meine krampfhaften Versuche, mich festzuhalten, als er uns hin und her schleudernd durch die Dunkelheit jagte. Er riß uns um eine enge schwarze Kurve, eine Schnee-Eule sauste über die Straße in Sicherheit. Hank lachte. Ich sah das Stachelschwein, wartete, daß Hank auswich, spürte nichts. Dann rollten wir nach Juneau hinein, und Hank pfiff und drückte meine Schulter, Laternen brannten, ein Radio spielte, schwer und schwarz roch der Kanal.

Das Foyer war leer. Niemand hinterm Empfangstisch. Hank ging mit langen Schritten auf die Treppe zu, klapperte mit den Absätzen seiner Westernstiefel, und keine Frau der Welt hätte die Beschwingtheit seines Gangs oder den leicht femininen Schwung dieser schmalen Hüften mißverstehen können. Erst wollte ich ihn noch einholen, seine Taille umklammern, ihn anflehen, wieder zu gehen. Aber dann konnte ich nur den Kopf hängenlassen, stillbleiben, ihm die Treppe hinauf folgen, als wäre er der alte Alaskaner und ich die halb weiße, halb Metlakatla-Frau, die er, wie man so sagt, auf dem Treck geheiratet hatte.

Er klopfte an. Sie öffnete die Tür.

»Das verstehst du unter zehn Uhr?« sagte sie ohne Vorrede und versperrte uns den Weg.

»Verzeihung«, sagte er, Hut in der Hand. »Sunny hier hat verschlafen.«

»Ich hasse Ausreden«, sagte sie, trat aber zurück und zur Seite, schloß hinter uns die Tür und ging – falls man das so nennen konnte – zu ihrem riesigen Bett.

»Na dann«, rief der arme Hank, und ich hätte wissen sollen, daß das Bett nicht gemacht sein würde, und so war es auch, und daß sie Perlen, Ballettschuhe und Seidenhalstuch abgelegt und nichts anderes am Leib haben würde als eine Art schwarzen Overall aus einem hauchdünnen Stoff, der in dem grellen Licht wie Katzen- oder Narrengold glitzerte. Da saß sie auf dem zerwühlten Bett, nackt bis auf diesen unheimlichen Overall – rabenschwarz, pechschwarz –, und ganz offenbar hatte auch sie lang und heiß geduscht und das Bett absichtlich ungemacht gelassen. Für Hank.

»Champagner«, sagte sie kalt, Nüstern gebläht, Rücken gerade, Hände auf den Knien, das weiße Gesicht zur Decke gekippt, und er spurtete grinsend los, warf seinen Hut hin, kickte die leeren Flaschen fort, die überall am Boden lagen. Ich warf ihr einen kurzen Blick zu und vergewisserte mich dann, daß das Licht in Sitka Charleys Zimmer noch brannte. Ich sah sie wieder an – ich in Sweatshirt und verschossenen Jeans – und setzte mich in den vollgestopften Sessel, in dem ich schon am Abend zuvor gesessen hatte. Der Haufen ihrer Unterwäsche lag noch immer da, wo ich ihn hingeworfen hatte. Sogar übers ganze Zimmer hinweg roch sie nach Seife. Meine Ungewaschenheit, mein jukkender Skalp, der Geschmack in meinem Mund, all das begann mir langsam zu gefallen.

»Marty«, rief er aus dem Badezimmer, »wo bist du her?«

»Aus dem Osten«, sagte sie, ohne mich zu beachten und noch immer Ungehaltenheit heuchelnd.

»Osten wie weit?« rief er.

»Connecticut«, sagte sie ungeduldig. »Ich bin aus Connecticut.«

»Ich auch«, sagte ich.

»Dachte ich mir, daß du eine Oststaatlerin bist«, rief er.

»Noch so ein Zufall«, sagte ich und lachte.

Sie fand das gar nicht komisch. Ja, sie sah mich jetzt mit einer solchen Verachtung, so rundheraus verneinend an – selbst für ihre Verhältnisse –, daß ich plötzlich dachte, ich hätte das alles womöglich falsch verstanden. Geburtsort falsch. Name falsch. Alles falsch. Wer war ich überhaupt? Ich wurde rot. Ich versuchte zu lachen.

»Also«, sagte Hank, der, Flasche in der Hand, aus dem Badezimmer auftauchte, »ich bin in Utah geboren und habe als Mormone angefangen.«

Sie lächelte. Ich runzelte die Stirn.

»Ja, wirklich«, sagte er. »Ich bin ein ehemaliger Mormone. Da hab ich meine Gutmütigkeit her.«

Die dicke grüne Flasche rauchte leise – kein Korkenknallen? Keine Überschwemmung? Experte nach nur einer Nacht? –, und jetzt schlenderte er an den Nachttisch und füllte, die Flasche in einer Hand, gewandt ihre Gläser. Ich stand auf und goß mir selbst ein. Er setzte sich neben sie auf seinen dürren Stuhl, so daß seine Knie an die Matratze stießen – sie lächelte, als sie die Knie bemerkte –, er krümmte sich nach vorn, zog seine Pfeife, sein Marihuana, sein Gasfeuerzeug hervor. Er paffte, saugte, hielt den Atem an, reichte ihr die Pfeife weiter. Der Raum war voller Rauch. Sie bat um mehr.

Erst sah ich zu, dann ging ich zu ihm rüber und kniete mich neben seinen Stuhl. Ich fing die Pfeife ab und behielt sie für mich, neben ihm kniend, eine Hand auf seinem Oberschenkel, bis er mir die Pfeife wieder abnahm, sie aufs neue stopfte und paffte und saugte, Rauch trieb durchs Zimmer, das grelle Licht ließ seine Zähne, seine braune Haut, sein rotgoldenes Haar überdeutlich erscheinen. Ich spannte meine Finger, sie ließen die Pfeife zwischen sich hin und her wandern. Gestern blau, heute high, dachte ich und lachte, obwohl ich spürte, wie er meine Hand wegschob. Ich versuchte meinen Kopf auf seinen Oberschenkel zu legen, aber er zog ihn weg. Wo war die Pfeife?

Ich hockte mich auf meine Fersen. Das Feuerzeug blitzte auf. Ich konnte vor Rauch weder sein noch ihr Gesicht sehen. So angestrengt und lange ich auch horchte, aus dem Zimmer über uns war nichts zu hören. Am Nachmittag abgereist. Keine Hundeschlittenfahrten mehr im Baranof. Ich kicherte.

»Du solltest dich vorsehen«, sagte ich plötzlich, schwankte vor und versuchte mein Kinn auf seinen Schenkel zu legen. »Sie will das Bett zurückerobern!«

Und dann kroch ich durchs Zimmer zwischen den leeren Flaschen herum und suchte Hank, suchte die Pfeife, schleppte mich in den vollgestopften Sessel und beobachtete, wie Marty Washington mit der vermißten Pfeife herumwedelte, anerkennend daran paffte und sie schließlich an Hank weitergab.

». . . die Sehnen vom Rückenmark eines Elchs?« sagte Hank.

Sehnen? Rückenmark? Hatte er das gesagt? Ich spürte eine Hand in meinem Sweatshirt und seufzte, wurde wach und entdeckte, daß die Hand mir gehörte.

»So was«, sagte Hank, »du machst Witze.«

»Ganz und gar nicht, das weißt du«, sagte sie.

Ich lachte.

»Was meinst du denn, woraus man sich die Riemen für seine Schneeschuhe sonst machen soll?« sagte sie. »Und vermutlich hat dir auch noch niemand erzählt, wie man aus dem Geweih eines Elchs Butter macht.«

»Butter?« sagte er.

»Was dagegen, wenn man im Winter auf dem Treck Butter braucht?«

»Türlich nicht«, sagte er hastig.

»Wenn du dich bei siebzig Grad unter Null«, sagte sie, »vor einem Blizzard in eine verlassene Hütte – oder Innie, wie die Indianer sagen – gerettet hast und die Hunde draußen im heulenden Sturm unterm Schnee begraben liegen, dann brauchst du nur das gefrorene Geweih eines Elchbullen in kleine Stücke zu brechen und in einem Topf Wasser überm Feuer aufzusetzen. Das Wasser gewinnst du natürlich durch Schneeschmelzen. Du kochst das Gehörn mehrere Tage lang, nimmst dann den Topf vom Feuer, entfernst die Geweihstücke und läßt den Topf abkühlen. Nach kurzer Zeit kannst du annähernd zwei Zoll der besten Butter, die du je gegessen hast, abschöpfen.«

»Was du nicht sagst«, sagte Hank.

»Pah, den besten Plumpudding der Welt«, sagte sie, ihn kalt anstarrend und die Pfeife verschmähend, »macht man aus dem Talg von Elchbullen. Stets trägt man eine Flasche Hudson Bay-Rum bei sich, um den Teig damit zu würzen.«

Ich horchte auf. Sie klang unangenehm vertraut. Ich hörte, wie er sie bat, ihm mehr zu erzählen. Ich riß mich zusammen.

Schlug die Augen auf. Er kam aus dem Badezimmer, Flasche in der Hand, und fragte sie nach Ed Peelo. Sie runzelte die Stirn, hob das Kinn und zog dann zum erstenmal an diesem Abend ihr schiefes Lächeln und geruhte, Hanks Hand zu halten, als er ihr Glas füllte. Sie strahlte, als ob sie mitten im Winter auf dem Aas eines toten Wolfs Fliegen gesehen hätte, so zufrieden war sie mit sich und mit der unverhüllten Absicht, die in Hanks Frage steckte.

»Wenn das Eis auf dem Yukon zurückgeht«, sagte sie lächelnd, starrte die Decke an und machte Hank ganz wirr, »bemerkt man als erstes Wasser. Bevor es zu bersten beginnt, erstreckt sich das Eis auf dem Yukon, soweit das Auge reicht, und hat eine kompakte Dicke von zehn Fuß. Aber an irgendeinem kalten stillen Morgen überzieht auf einmal eine dünne Schicht unbewegten Wassers das Eis. Tag um Tag steigt das Wasser, klettert an den gefrorenen Ufern des Yukon empor, stumm schwebt darunter die mächtige Platte des Eises und färbt sich violett. Das Eis selbst beginnt sich unter dem Wasser zu heben. Die Jahreszeit hat gewechselt, eine schwache Sonne bescheint die Riesenfläche flachen Wassers. Von ferne kommt ein Rumpeln, ein häßliches Scharren von weit her, und alle Männer und Jungen laufen an die Flußufer und schauen und lauschen.

Jetzt ist das Geräusch lauter. Die Erwartung auf den weißen Gesichtern der Männer und Jungen läßt einen schaudern. Flußaufwärts kracht eine unsichtbare Stadt zusammen. Man hört ein Poltern, wie wenn Eisenbrücken auseinanderbrächen, Lokomotiven zusammenstießen, große Gebäude gesprengt würden und zu Schutt zerfielen. Wir lauschen, irgendetwas explodiert in der unsichtbaren Stadt, Schreie schallen durch die Luft. Dann beginnt sich flußab, flußauf und von Ufer zu Ufer das flache Wasser zu kräuseln, es schwappt, es wütet, wird wild und verwandelt sich vor unseren Augen in einen gewaltigen brausenden Strom. Die Männer und Jungen brechen in Jubel aus, der im nächsten Augenblick in dem furchtbaren Tosen untergeht, das plötzlich um die Biegung des Flusses auf uns zugerauscht kommt. Eistafeln, groß wie ganze Wohnblöcke, stehen hochkant, krachen zusammen und zerstieben zu Splittern. Verendete Karibus scheinen ans andere Ufer zu schwimmen, und wir alle, die Männer, die Jungen und die einsame Frau, stehen winzig und betäubt vor dieser wunderbaren Zerstörung der eisigen Welt Alaskas.

Dann kommt um die Biegung ein Schiff auf uns zugerast, das

weiter flußauf einfältigerweise an einem kleinen Pier vertäut und gleich vom ersten Eis eingeschlossen worden war. Nun saust das noch unbeschädigte Schiff mit seinem kleinen Pier im Schlepptau an uns vorbei. Dann wird es zerschmettert. Noch ehe wir Luft holen können, erhebt sich eine geborstene Mauer aus Eis unmittelbar vor dem rostigen, so schmachvoll losgerissenen Dampfschiff und walzt es nieder.

›Die *Emmy Lou*‹, schreit mir ein großer Junge ins Ohr. ›Die haben sie den ganzen Winter über als Kühllagerraum benutzt. Diese verdammten Idioten.‹

Weit platzt sie jetzt auf, die *Emmy Lou*, und sie entlädt ihre Fracht. Fleisch. Gefrorenes Fleisch. Schulterstücke und Rippchen und Keulen und Hälften geschlachteter Rinder aus dem fernen Seattle. Zerstückelte Kadaver, die wie Schrot durch die Luft spritzen. Zerfetzte Gliedmaßen. Blutige Delikatessen. Zwanzigtausend Pfund rohen Fleischs schießen und schlittern über das Eis. Dann nichts mehr. Kein einziger Rettungsring. Kein bißchen von ihrer kostbaren Fracht. Keine Planke, kein Pfahl des kleinen Piers. Nichts als das Toben und Tosen des mächtigen Yukon, der sich an einem Apriltag von seinem Eis entrümpelt.

Natürlich«, sagte sie nach einer Pause, sie hielt den Pfeifenstiel zwischen ihren Fingern, füllte ihre Lungen und atmete aus, »natürlich kann nicht jeder so ein Glück haben wie ich, als ich das Eis auf dem Yukon zurückgehen sah. Nicht jedesmal ist, wie bei mir, in diesem Schauspiel ein Dampfschiff inbegriffen oder ein großer junger männlicher Begleiter, der das Erlebnis mit einem teilt. Er war ein Tena vom Pelly River und viel älter, als seine fünfzehn Jahre mich anfangs glauben machten. Der arme George könnte noch auf einen zweiten Mann eifersüchtig sein, kann ich dir sagen, wenn er von Sumdum Billy wüßte, aber er weiß natürlich nichts. Morgen zeige ich dir ein Photo von Sumdum Billy. Es ist eins der besten, die ich gemacht habe.«

Hank nickte. Ich trieb flußabwärts, lümmelte mich kichernd in dem vollgestopften Sessel und fragte mich, wie es nur möglich war, daß das Marihuana sie weder erschöpfte, was bestimmt nicht der Fall war, noch irgend erschütterte, wie es den Anschein hatte. Ich spürte den Schweiß in meinem Sweatshirt rinnen, schüttelte meine Mokassins ab.

»Der alaskanische Indianer«, sagte sie, »bringt das Geweih oder den Schädel eines Tiers über der Tür seiner Hütte an, um sich fortwährenden Erfolg bei der Jagd auf dieses Wild zu sichern. Die Weißen sind für den Indianer die Söhne des Wolfs. Sumdum Billys Mutter hat mich auch, wie sie es ausdrückte, auf den Geschmack an Schnee-Eule gebracht.«

Ich wachte auf und erkannte an Martys Schweigen, daß Hank im Badezimmer war und sie und ich alleine waren. Eins der Flutlichter lag umgestürzt, noch brennend, auf dem Boden. Ich zitterte, konnte mich nicht aufraffen, sie anzusehen, wartete. Dann kam ihre, wie sich herausstellte, letzte und kurze Salve.

»Ich habe den Flugschein einer Luftverkehrsgesellschaft«, sagte sie kalt. »Ich bin Mutter. Ich bin Berufsphotographin. Ich bin Goldsucherin. Ich habe die größten und gefährlichsten Tiere Alaskas geschossen. Meine Möse ist, wie Ed Peelo einmal bewundernd ausrief, so groß wie ein Kummet –«

»Wie bitte?« fragte Hank grinsend, als er ins Zimmer zurückgestolpert kam, »was hast du gesagt?«

»Meine Narben«, fuhr sie ohne zu stocken und mit plötzlich freundlichem Tonfall fort. »Ich erzähle dir, wie ich zu meinen Narben gekommen bin.«

»Waren mir noch gar nicht aufgefallen«, sagte Hank konfus.

»Ich hasse es, wenn man meine Gefühle schont«, sagte sie. »Ich hasse verlegenes Getue. Weshalb solltest du so tun, als ob du meine Verletzungen nicht bemerken würdest?«

»Bin halt so erzogen worden«, sagte er.

Sie lächelte.

Eule, dachte ich. Billy. Connecticut. Kummet. Jetzt also die Narben. Und mußte ich nicht lachen, die Hände ringen, verzweifelt vor mich hin murmeln? Nicht starr werden, kichern, in meinem Sessel herunterrutschen und gegen meinen Willen – ach, gegen meinen Willen! – die Augen aufschlagen und sie durch den Rauch genauso ehrfürchtig anstarren wie ein Hank oder Ed Peelo oder Georg Steller und all die anderen? Da saß sie, unser aller kolossale, glitzernde, schwarzgewandete Mutter, und während ich sie ansah und Hank gluckerte, zog sie den Reißverschluß ihres Overalls so weit auf, daß ihr hübsches Dekolleté und die breite, von frisch verheilten Schnittwunden glänzende Brust zum Vorschein kam, spreizte dann ihre Schenkel noch weiter auseinander und begann, zum letztenmal an diesem Abend – was ich gewußt haben muß –, noch einmal zu sprechen.

»Wie jede Frau, die auf sich selbst gestellt ist«, sagte sie und wies die Pfeife ab, »bin auch ich nicht gegen Irrtümer gefeit. Das stimmt, unterbrich mich nicht! Jedenfalls war es ganz natürlich, daß ich auf die Insel Kodiak rübersetzte, um meinen ersten alaskanischen Braunbären zu schießen –«

»Hank!« schrie ich, aber es war zu spät, und ich konnte nur noch zuhören.

»Und doch«, fuhr sie fort, »hätte ich die Begleitung durch einen Führer ja nicht ausschlagen müssen, aber genau das tat ich. Tja, jede Menge vortrefflicher Männer hatten mir angeboten, mich nach Kodiak zu begleiten. Doch ich habe sie alle abgewiesen. Das war ein schlimmer Fehler, kann ich dir sagen.

Jedenfalls heuerte ich einen jungen Mann namens Matt Hall an, der mich nach Poverty Bay an der Westküste der Insel fliegen sollte. Matt war zwar kein Ben Eielson, aber doch ein annehmbarer Pilot und ein freundlicher junger Mann. Im letzten Augenblick flehte er mich an, ihn nicht zurückzuschicken, obwohl er vom Jagen natürlich keine Ahnung hatte. Aber ich blieb standhaft und erklärte ihm lachend, er solle in zwei Tagen wiederkommen, und ließ ihn abziehen. Armer Kerl. Doch wie sich herausstellte, wäre es besser – viel besser – für mich gewesen, wenn ich Matt Hall erlaubt hätte, in meinem Lager herumzulungern, während ich auf der Jagd war. Zumindest hätte er Hilfe herbeifunken können, als ich nicht zurückkehrte.

Wer kann mir vorwerfen, daß ich die Einsamkeit suchte? Nur in der Einsamkeit, wie man sie in Alaska findet, fühlt eine Frau sich wirklich wohl in ihrer Haut.

Nun, mir blieben noch etliche Stunden Tageslicht, und nachdem ich Zelt und Propangaskocher aufgebaut hatte, entschied ich, daß ich eigentlich an den Strand spazieren und mir ein Reh schießen könnte. Mein Bär hatte noch Zeit bis zum nächsten Morgen, dachte ich mir jedenfalls. Ich steckte ein paar Patronen in meine Hemdtasche, hängte mir die .375-Magnum um die Schulter – das deutsche Gewehr ist meiner Ansicht nach jedem anderen bei der Bärenjagd überlegen, obwohl für Rotwild etwas schwer – und zog los. Die Sonne glitzerte auf dem Wasser, ich roch das warme dichte Gewirr von Bruchholz und turmhohen Bäumen, das sich still und gewaltig bis an den Rand des schmalen Strandes erstreckte. Einige hundert Yards vom Lager entfernt traf ich auf frische Losung, die mich über einen kaum wahrnehmbaren Wildpfad durch das feuchte Düster und zu einer Lichtung im Dickicht führte, auf der mich an einer sonnigen Stelle ein stattlicher junger Bock erwartete. Er bot einen prachtvollen Anblick, kann ich dir sagen, das stolze Haupt in meine

Richtung gewandt, den Wedel aufgerichtet. Die Botschaft in seinen klaren Augen war unmißverständlich, und dabei schob ich, nach kurzem Widerstreben, eine Patrone in die Magnum, hob sie langsam, legte sie fest an meine Schulter und schoß. Ich wankte, er fiel. Mein Schuß hallte für keines Menschen Ohr denn meines. Als ich neben ihm niederkniete, bebte sein warmes Fleisch unter meiner Hand, obwohl er natürlich schon tot war.

Respektvoll weidete ich ihn aus, ohne im geringsten zu ahnen, daß ich diesem toten Wesen schon bald mein Leben verdanken würde, dann band ich seine Beine zusammen und warf ihn mir über die Schultern, die einzige Möglichkeit, ein Reh in der Wildnis zu tragen, wenn man allein ist. Er wog einhundertundfünfzig Pfund, wie mir Matt Hall später erzählte, doch ging ich leichten beschwingten Schritts, als ich zum Lager aufbrach. Ich war noch keine Stunde auf Kodiak, die Sonne stand hoch, und schon hatte ich mir ein Reh erlegt. Keine Frau konnte zufriedener sein, als ich es war.

Dann stürzte ich. Eben noch schritt ich fürbaß und dachte, wie wohl ich mich fühlte mit der Magnum in der Linken und der warmen Last auf meinen Schultern, und jetzt strauchelte ich über einen dicken bemoosten Baumstamm, den ich übersehen hatte. Mein Schienbein stieß an den Stamm, ich kippte vornüber, niedergedrückt vom Gewicht des toten Bocks, und fiel, die Magnum fahrenlassend, der Länge nach ins Unterholz.

Tja, Hank, ich hörte ein Gebrüll, und schon waren sie über mir. Bären. Eine große Bärin mit ihren zwei teuflischen Jungen. Ich lag eingeklemmt unter dem Reh, die Magnum außer Reichweite, auf mir trampelten kaum unterscheidbar und lärmend die Bären herum. Ich war genau am Eingang ihrer Höhle hingeschlagen, weißt du, und der Zorn der mit ihren Jungen überraschten Bärenmutter ist sprichwörtlich. Aber merkwürdigerweise – und dieser Gedanke kam mir noch mitten während des Spektakels – waren die Jungen nicht weniger boshaft als die Alte selbst. Sie stürzten sich auf mich, Hank, die drei, und durch ihr Gebrüll und Geknurre roch ich sie, spürte ihr Gewicht, sah das Blitzen ihrer Zähne, ihrer Klauen, ihrer kleinen schwarzen Augen, hart und feucht vor Wut. Mann, waren die wütend. Außer sich vor Zorn. Und ob du's glaubst oder nicht, Hank, in diesen ersten Augenblicken unserer Begegnung mußte ich mir eingestehen, daß es, wenn ich mich schon so tolpatschig von alaskanischen Braunbären angreifen ließ, immerhin kein schlechter Witz war, daß ich den Zorn des Weibchens und nicht den des Männchens zu ertragen hatte. Das Weibchen ist, mit oder ohne seine Jungen, bei weitem gefährlicher und somit für eine Frau der würdigere Gegner.

Da lag ich also – überrascht, benommen und doch geistesgegenwärtig genug, mich so ruhig wie möglich zu verhalten, in der Hoffnung, meine Angreifer davon zu überzeugen, daß dem Körper ihres Opfers das Leben bereits entwichen sei. Es war nicht einfach, kann ich dir sagen. Sie knufften mich, sie prügelten mich, und erst das Geräusch reißenden Stoffs brachte mir die Schmerzen zu Bewußtsein – jedenfalls verstandesmäßig, wie wenn man mit dem Messer abrutscht und das Längerwerden des Schnitts betrachtet. Als nächstes vernahm ich das Reißen von Fleisch, das Krachen von Knochen, und da begriff ich, was ich meinem jungen Bock zu verdanken hatte. Er lag über mir und schützte mir so Hinterkopf und Nacken, und die Bären fraßen sich jetzt nicht an mir, sondern an dem Bock satt. Was für ein Glück, daß ich mir ein Stück Wild geschossen hatte!

Nach einer Weile, und gerade noch rechtzeitig, wurde das Knurren leiser. Wogen von Schmerz überliefen mich, und ich wußte, daß mein rechter Arm gebrochen war. Hätten die Bärin und ihre zwei mörderischen Jungen ihre erste Attacke noch etwas länger fortgesetzt, würde ich nicht überlebt haben. Ich wartete, ich lauschte und wagte es schließlich, meine Augen einen Schlitz weit zu öffnen. Die Magnum lag etwa drei Fuß von meiner linken Hand, aber es wäre natürlich tollkühn gewesen, danach zu greifen, da die alte Bärin sich im schwindenden Licht der Sonne neben dem Eingang ihrer Höhle ausgestreckt hatte und mich nicht aus den Augen ließ. Sie brummte leise, noch immer erregt, noch immer nicht vollkommen sicher, daß ich ohne Leben war. Hätte ich die kleinste Bewegung gemacht, würde sie mich auf der Stelle getötet haben. Trotz meiner Schmerzen mußte ich innerlich lachen, als die Jungen den Schutz der Mutter verließen und zurückkamen, um mich von oben bis unten zu beschnüffeln. Eins von ihnen ging so weit, mir das Blut von den Händen und meiner Wange zu lecken und mit seinem Kopf meinen bestiefelten Fuß anzustupsen. Und dann begannen die beiden, unter den Augen der murrenden Bärin, und während ich mich mühte, nicht zu atmen, genau im Schatten meiner hingestreckten Gestalt herumzutollen wie die jungen Hunde.

Den ganzen Nachmittag lang tat ich mein möglichstes, still zu liegen und nicht das Bewußtsein zu verlieren, und wartete auf eine Gelegenheit, nach der Magnum zu greifen. Bei Einbruch der Dunkelheit glaubte ich es schließlich riskieren zu können, meine linke Hand unbemerkt vorzuschieben, ich spannte mich, wartete und spreizte die Finger meiner linken Hand weit auseinander. Das war alles. Bloß die Finger gespreizt. Aber die alte Bärin stieß ein Gebrüll aus, das man noch auf der anderen Seite von Kodiak hätte hören können, falls da jemand gewesen wäre, und war mit einem Satz wieder auf mir, grunzte und geiferte und betatzte mich mit ihren entsicherten Krallen. Keine Ahnung, wie ich es geschafft habe, nicht zu schreien, aber ich schrie nicht, und es gelang mir sogar, gerade noch lang genug bei Bewußtsein zu bleiben, um zu erkennen, wie die alte Bärin sich auf ihren Hintern zurücksetzte und in der absoluten Überzeugung auf mich herabsah, daß sie diesmal den endgültigen Schlag gelandet hätte und ich mich nicht mehr rühren würde. Sie war die Allmutter selbst, dachte ich voller Bewunderung, und wurde ohnmächtig.

Einmal in dieser ersten Nacht wachte ich auf und, kannst du's glauben, fand diese zwei Teufelsjungen in aller Unschuld nicht an ihre Mutter, sondern an mich gekuschelt! Sie wußten, daß ich eine Frau war, Hank, und zogen mich in dieser Nacht aus irgendeinem Grund ihrer Mutter vor. Die hatte aber offenbar nichts gegen diesen kindlichen Wankelmut, denn während ich, dankbar für die Wärme ihrer Jungen, im Dunkeln lag, tapste das alte Tier herüber und riß sich einen dicken Bissen aus dem schlanken Hals des Bocks, nur wenige Zoll von meinem eigenen Hals entfernt. Dann zog sie sich brummelnd und schnaufend wieder an den Eingang ihrer Höhle zurück, legte sich alleine hin und schlief ein.

Am nächsten Morgen regnete es, ich war völlig durchnäßt und von dem Blutverlust entkräftet. Ich lauschte, hörte nichts und kam zu dem Schluß, daß meine alte Widersacherin bestimmt mit ihren Jungen unterwegs war, auf der Suche nach Beeren oder silbrigen Fischen in einem Bach. Meine Aufgabe bestand darin, mich von dem toten Bock zu lösen und auf die Magnum zu stürzen. Und dann wollte ich, gebrochener Arm hin, gebrochener Arm her, die Magnum mit drei Patronen laden, die Bärin und ihre Jungen aufspüren und kaltmachen. Rache ist die halbe Frau, kann ich dir sagen, mindestens.

Aber wieder hatte ich mich getäuscht, und kaum versuchte

ich, den halbzerfressenen Bock von mir abzuwälzen, als auch schon eins der Jungen in panischer Angst aufquiekte und die Alte mit einem Satz wieder auftauchen ließ. Wollten die denn nie mehr gehen? Hatte die alte Bestie die ganze Zeit über sprungbereit außerhalb meines Sichtfeldes gelauert? Jedenfalls verpaßte sie mir einen wahren Knochenbrecher von Schwinger an die Schläfe, und ich verlor das Bewußtsein. Und das war früh am Morgen, Hank, und Matt Hall kam erst am nächsten Tag, und bis dahin wäre ich, dachte ich, als mir die Sinne schwanden, schon so tot wie der Bock.

Als ich wieder zu mir kam, zerfleischt und gefoltert von Qualen, die ich nur als köstlich beschreiben kann, Hank, erkannte ich sofort, daß die Magnum sich verschoben hatte und jetzt nur noch ein paar Zoll von meiner linken Hand entfernt war, als ob die alte Matriarchin ihr einen ordentlichen Stoß versetzt hätte, nur um mit mir zu spielen und meine Bedrängnis in dieser schlimmen schmerzhaften Lage zu steigern. Ich hörte die Jungen einander knuffen und im Regen herumkugeln, wonach die alte Bärin nicht weit weg sein konnte, und ich wußte nur das eine, daß ich es mir kein zweites Mal leisten konnte, mein Unglück herauszufordern. Naja, irgendwie überlebte ich diesen ersten ganzen Tag in der Gewalt der Bären, reglos lag ich und hörte das alte Untier am Eingang seiner Höhle vor sich hin murmeln. Manchmal glaubte ich das Brummen von Matt Halls Flugzeug herankommen zu hören, verdrängte diese Idee aber jedesmal aus meinem Kopf und fand mich aufs neue in die Gegebenheiten dieser verstreichenden Stunden. Gegen Abend wurde mir dann aber der bloße Gedanke an eine zweite Nacht unerträglich. Ich war ganz klar im Kopf, ich würde mich der Herausforderung stellen, ich würde mir die Genugtuung verschaffen, diese Bärin zu erschießen, obwohl es inzwischen so dunkel war, daß ich kaum noch den Kolben der Magnum erkennen konnte.

Noch ehe ich mich bewegt hatte, so glaubte ich jedenfalls, hörte ich unter mir einen Zweig knacken. Ich stöhnte leise und wartete, machte mich so gut ich konnte auf die allerletzte Attacke gefaßt. Jetzt würden sie mir mit Sicherheit das Leben aus dem Leibe quetschen, ein für allemal. Ich wartete. Voller Ungeduld, ihre Wut zu spüren zu bekommen. Ich überließ mich einem Augenblick der Hoffnung. Ich begann mich zu entspannen. Ah, sie war unberechenbar, kann ich dir sagen. Unberechenbar und unheimlich. Soll ich dir sagen, daß sie absolut lautlos zu mir herübergewatschelt war? Und das bei ihrer Masse, ihrer Plumpheit, ihrem Ungestüm? Knackende Zweige gab's für die nicht, kann ich dir sagen. Stell dir vor, eine Bestie von ihrer Größe und ihrem Temperament, die sich wie ein Schatten und mit der Neugier eines kleinen Mädchens bewegen kann. Stell dir das mal vor.

Also, ich hörte sie atmen. Sonst nichts. Ich machte die Augen auf, und wieder hockte sie neben mir, und diesmal so nah, daß ich ihren Atem nicht bloß hören, sondern auch fühlen konnte. Sie war verwirrt, Hank. Selbst jetzt, da ich die schlimmste Angst meines Lebens ausstand – ich gestehe meine Angst offen ein, Hank –, erkannte ich am Ausdruck ihres bösen alten Gesichts, daß sie argwöhnte, ich sei noch gar nicht tot, und daß sie überlegte, wie sie diese große Frau, die da in ihr Reich eingedrungen war, wohl am besten ins Jenseits befördern könnte. Aber die Zeit zum Schmunzeln war lange vorbei. Nur noch Sekunden, dachte ich, als mein Blick ihre gehässigen kleinen Augen traf, und sie würde ihre Überlegungen abgeschlossen haben und ihre tödliche Tücke endgültig zum letzten Mal an mir auslassen.

Aber sie verlor nicht die Beherrschung. Überhaupt nicht. Zu meiner Überraschung begann sie, in Regen und Dunkelheit, sich mir mit einer matronenhaften Ruhe aufzudrängen. Behutsam, mit einer Pranke groß wie ein Schaufelblatt, wälzte sie mich herum und befreite mich so zwar von dem Bock, setzte damit aber auch mein Gesicht, meinen Hals und meine Brust ihrer Vergeltung aus. Sie verlagerte sich auf alle viere, senkte den Kopf und begann an meiner Schulter und dem bereits gebrochenen Arm herumzukauen. Sie experimentierte mit einer ihrer rasiermesserscharfen Krallen, kratzte mir kleine Wunden ins Gesicht und in den Oberkörper, so wie jemand vielleicht an den Saiten einer Gitarre herumzupft. Mit derselben Kralle schlitzte sie mir vorsichtig den Skalp auf. Wie eine alte Schönheitspflegerin bürstete sie mir das Haar zurück und entdeckte mein Ohr. Schließlich konnte sie dem Geruch und Geschmack meines Bluts nicht länger widerstehen und geriet plötzlich, während ich sie noch stumm anflehte, mir den Garaus zu machen, und zwar schnell, in eine ihrer vertrauten Rasereien und zerfetzte mir Hemd und Hose und – kannst du's glauben? – hob mich auf ihren beiden Armen hoch und preßte mich langsam an ihre große feuchte zottige Brust. Selbstredend wurde ich ohnmächtig – mit dem Gedanken, daß ich meinen Meister gefunden hätte, und in der Erwartung, das Bewußtsein wohl nie mehr wiederzuerlangen.

Nun, natürlich wachte ich wieder auf, von Schmerzen gepeinigt und dem Tode so nah, wie man nur sein konnte, aber noch immer unverzagt. Es dämmerte, die Sonne war schon aufgegangen, ich lebte und war, wie ich fest glaubte, allein. Konnte ich mich bewegen? Konnte ich mich vielleicht bewegen? Aber wozu sonst als zur Rache war ich verschont worden? Als dazu, den Willen einer Frau am Willen einer Bärin zu messen? Also streckte ich meine Hand nach der Magnum aus, umfaßte endlich ihren kalten Verschluß, stemmte mich hoch, taumelte, lud die Magnum und machte mich, blutüberströmte Erscheinung, die ich war, meinem instinktiven Richtungssinn folgend, auf den Weg.

Kaum zwanzig Yards weiter entdeckte ich sie auf einer anderen, kleineren Lichtung. Die alte Teufelin rieb sich hin und her an ihrem Scheuerbaum – bis zu einer Höhe von acht Fuß hatte sie diesem Baum alle Äste abgerubbelt, Hank! –, und während sie sich so hingebungsvoll wiegte, warf sie mir bloß einen friedlich gleichgültigen Blick zu. Da stand ich, zermürbt und die Kleider in Fetzen, mein gebrochener Arm praktisch nicht zu gebrauchen, und erwiderte ihren Blick. Und dann schoß ich ihr zwischen die Augen. Sie fiel wie eine traurige alte Frau und wälzte sich herum. Ohne eine Sekunde zu zögern schoß ich dem ersten Jungen zwischen die Schulterblätter, zerschmetterte sein Rückgrat. Das zweite, dessen Quieken mich tags zuvor verraten hatte, griff an. Ich wartete, bewunderte den ingrimmigen Mut dieser kleinen verwaisten Bestie, dann hob ich die Magnum, zielte auf den Kopf und drückte ab. Keine Jagdwaffe hat ein größeres Kaliber als die Magnum, Hank, und der Anblick dessen, was meine Magnum mit dem Kopf des Bärenjungen anstellte, hat mir ein einmaliges Vergnügen bereitet, kann ich dir sagen.

Jedenfalls kam Matt Hall pünktlich am Nachmittag zurück und fand mich, wie er mir in der Indianer-Krankenstation drüben in Kake erzählte, flach hingestreckt am Eingang meines Einmannzeltes. Wenn er mich nicht zu dieser Station geflogen hätte – bloße zehn Flugminuten entfernt –, wäre ich natürlich nicht am Leben und meine Arbeit über die Indianer Alaskas unvollendet geblieben. Aber Matt Hall war klüger, als ich dachte, und geriet nicht in Panik. Sein Gesicht war das erste, was ich sah, als ich zu mir kam, und es war ein hübsches, junges, ansehnliches Gesicht, wie deins, Hank, ein sehr willkommener Anblick.«

Sie hörte auf. Stieg aus dem Bett. Stellte ihr halbvolles Glas ab. Schritt zur Badezimmertür. Drehte sich um. Zog den Reißverschluß ihres Overalls ganz herunter. Streifte ihn mit einer lässigen Gebärde ab, wie jemand, der nach einem Negligé greift. Posierte in der Badezimmertür, Hände im Haar, splitternackt.

»Siebenundsiebzig Stichwunden«, sagte sie und zog ihr schiefes Lächeln, als Hank sich von seinem Stuhl hochkämpfte. »Sechzehn tiefe Kratzwunden. Verband auf jeder einzelnen. Jeweils fünf bis acht Nähte für die Kratzwunden. Über zweihundert kleinere Risse und Abschürfungen. Die Wunden waren entzündet. Man stellte fest, daß ein Knochen meines gebrochenen Arms völlig zersplittert war. Die amtliche Krankenschwester – einen Arzt gab es nicht in Kake – frotzelte herum, die Bärin müsse den Instinkt eines Chirurgen gehabt haben, da sie mir beinahe den Blinddarm entfernt hätte, und das mit einem Schnitt, auf den jeder Chirurg stolz gewesen wäre. Aber nach zwei Wochen war ich aus diesem kleinen Ein-Zimmer-Hospital raus und mit Matt Hall nach Fairbanks unterwegs. Nach drei Monaten saß ich wieder am Steuer der Electra, auf dem Weg in den Norden, um eine von Ed Peelos Frauen zu werden.

So bin ich also zu meinen Narben gekommen, Hank. Und kannst du's glauben, daß ich noch immer mit Rührung an diese alte Bärin denke?«

Irgendwie fand ich meine Mokassins, fand zur Tür. Ich wandte mich um, und das letzte, was ich von ihr sah durch den Rauch und das grelle Licht, war, wie sie ihre langen nackten Arme dem ehemaligen Mormonen entgegenstreckte, der schon für immer hinter der halbgeschlossenen Tür verschwunden war. Dann war ich fort.

Den Rest dieser dunklen Stunden verbrachte ich in Sitka Charleys Bett. Am nächsten Morgen tauchte ich mein Gesicht in Charleys Waschbecken, trank eine Tasse von seinem brühheißen Kaffee, ging zu dem Jeep runter, kalt und leer stand er da, wo wir ihn gelassen hatten, und fuhr zum Flugplatz raus, um mir zu bestätigen, was ich doch schon wußte. Rollbahn leer. Keine Electra. Sogar die grellbunten Kleinflugzeuge waren verschwunden. Nichts.

Eine halbe Stunde später saß ich mit Spooky Ruth an der Bar unserer Empfangshütte, wir lehnten eng aneinander und stießen mit unseren Gläsern an.

»Ruth«, sagte ich, »ich habe eben meinen Freund an meinen eigenen in Gestalt einer Frau wiederauferstandenen Vater verloren. Ich habe meinen Meister gefunden. Deine Prophezeiung hat sich erfüllt. Ich werde Alaska verlassen.«

An diesem Nachmittag, gleichzeitig betrunken und stocknüchtern, zertrümmerte ich unter Ruths Augen das Gewächshaus und zerstörte die Marihuana-Anpflanzungen. In dieser Nacht fingen die Träume an. Drei Wochen später öffnete Sitka Charley in meiner Gegenwart jenen braunen, in markanter Handschrift an ihn adressierten und per Luftpost aus Seattle geschickten Umschlag und zog das zehn mal zwölf Zoll große Photo daraus hervor, das ihn neben einem der Totempfähle vor dem Baranof zeigt. Rache ist die halbe Frau, dachte ich, gab dann aber doch nach. Das Photo, das Charley bei Jack Edwards rahmen ließ, hängt noch heute in seinem Dachzimmer.

Und verabscheue ich, um eins ihrer Lieblingswörter zu gebrauchen, Marty Washington wirklich? Nein. Mein Entschluß hatte nichts mit ihr zu tun, selbst wenn sie nur zwei Tage brauchte, um mit Hank abzutauchen. Sogar an jenem Nachmittag vor dreizehn Monaten lauschte und nickte ich in völlig betrunkener Übereinstimmung, als Spooky Ruth die einzige Feministin, die wir je kennengelernt hatten, mit einer überaus poetischen Rede bedachte. Trotz ihrem ganzen Feuerwerksorgasmus, sagte Ruth, glichen Martha Washingtons Einsichten dem harten Klacken von Billardkugeln und ihre Weisheiten dem Kollern, wenn die Kugeln ins Loch rollten. Ein größeres Kompliment konnte Spooky Ruth niemandem machen. Hoffentlich sagt sie eines Tages dasselbe von mir.

Wo bist du, Jake?

Und du, Pascal?

45

Den Eiffelturm werde ich nicht besuchen. 1892, mit zwölf Jahren, bestieg Uncle Jake zusammen mit seinen Brüdern Doc und Granny und ihrem Vater und dessen Lieblingsdienerin dieses jüngste Weltwunder, damals gerade drei Jahre alt, wie er immer gern erzählte, während unter ihnen seine Mutter, den kleinen Billy Boy auf den Armen, unwirsch auf und ab schritt. In meiner Kindheit beschwor Uncle Jake oft und vergnügt das endlose Meer der, so drückte er sich aus, kleinen Kamintöpfe von Paris im Licht des Sommers unter ihnen. Aber ich bin keine Touristin auf dem Weg zu einem Familientreffen. Ich werde nicht einmal in die Nähe des Eiffelturms kommen. Und ich werde auch keinen Ausflug nach Chantilly und zu dem nahegelegenen Château der Deauvilles unternehmen, dem Schauplatz des Familientreffens von 1892. Laut Uncle Jake war in diesem Château ein ganzer Raum – und zwar ein großer Raum – ausgestopften Vögeln und Tieren vorbehalten, von winzigen Spatzen bis zu ausgewachsenen Falken, von Kaninchen und Füchsen bis zu Hirschen und Keilern, die allesamt, mit Riemen um Füße oder Hälse, in geschmackvoller Anordnung an den Wänden aufgehängt waren. Dieser Trophäensaal war der Lieblingsaufenthalt des Alten Herrn, des Großvaters von Uncle Jake, der jeden Tag des Treffens damit eröffnete, daß er gemeinsam mit seinen neun rotbefrackten Söhnen der ganzen Versammlung ein Ständchen auf Jagdhörnern brachte, die schlimmste Kakophonie, die er je gehört habe, wie Uncle Jake sagte, obwohl der Trophäenraum ihm noch mehr Angst als die Jagdhörner einjagte.

Doch auf das kleine Château bei Chantilly kann ich verzichten. Desgleichen auf den widerlichen Beweis für den Kunstsinn meines Urgroßvaters und seinen unwürdigen Umgang mit Vögeln und Viehzeug, der für die Dekadenz des alten Mannes kennzeichnend war. Den Trophäensaal, falls er noch existiert, überlasse ich mit Vergnügen den Touristen.

Ich werde mit dem Zug direkt in den Süden Frankreichs fahren. Anhaben werde ich meine kalkigen enganliegenden Blue jeans, mein weißes, mit der *fleur-de-lis* bedrucktes T-Shirt, meine getönte Fliegerbrille. Keinen Hut. Keinen Mantel. Meine alaskanischen Mokassins an den bloßen Füßen. Eine Flugtasche aus Vinyl fürs Gepäck. Kein Wunder, daß drei französische Soldaten – ganz junge – mich in ihr Zweiter Klasse-Abteil einladen werden, um ihr Brot, ihre Wurst, ihre Flaschen billigen Weins mit mir zu teilen. Alte Männer werden neben ihren Fahrrädern stehen und uns an ländlichen Bahnübergängen zuwinken, die großen braunen Fleckenmuster auf den weißen Kühen werden grob gemalten Landkarten Frankreichs ähneln. Ich werde mich an der Knoblauchwurst satt essen. Ich werde mehr Pappbecher des billigen Rotweins trinken, als ich sollte. Ich werde lauter lachen als nötig mit diesen jungen Soldaten. Ich werde mich ihnen sogar auf den Schoß setzen. Aber mehr auch nicht.

Dann der fast ganz verlassene Bahnhof, die drei mir nachwinkenden Jungen – Köpfe und Schultern und Arme aus dem herabgeschobenen Abteilfenster in das orangene Licht der Provence herausgestreckt –, dann der entschwindende Zug, das Gellen seiner Pfeife, ein Wetterhahn auf einem Kirchturm, das rougefarbene Dorf mit seinen Trauerweiden, dem Marktplatz, Kriegerdenkmal, Hotel. Ich werde über den Platz zum Hotel gehen, meine Flugtasche schwenken, die Fliegerbrille blitzt in der Sonne, und vor dem Hotel werden im Schatten pfirsichfarbener und himmelblauer Sonnenschirme ein paar wacklige weiße Metalltische und Stühle stehen, und hinter dem staubigen Schaufenster eines kleinen Ladens neben dem Hotel werden offene Konfektschachteln und Vögel in Korbkäfigen feilgeboten.

Ich werde mich auf das weiße Blatt des Gästebuchs eintragen. Ich werde in mein Zimmer hinaufgehen und meine Flugtasche ans Ende des messingnen Bettgestells hängen. Ein Holzstuhl, ein Spiegel, weiße Wände, eine frische Rose in einer Vase, das schmale Bett, weißes Linnen, hohe Türen zu einem Balkon, von dem aus man den Dorfplatz überblickt – und ich werde auf dem Balkon stehen, in den Spiegel sehen, auf dem Bett sitzen, das hart und weiß genug für eine Nonne sein wird. Was will ich mehr? Nur eine Schachtel der leicht geschmolzenen Pralinen und drei Vögel in einem Käfig.

Kein Schatten kriecht über das Rund der Sonnenuhr an der Kirchenmauer. Die Glocken schweigen. Kein Mädchen singt. Nichts regt den Staub auf der Straße, die zwischen Platanen sich aus dem Ort zieht. Ich durchwandre die Felder, sehe den Schwalben zu, lehne am Geländer einer kleinen, flechtenüberzogenen Steinbrücke am Rand des Dorfs. Ein alter Mann in schwarzer Schürze schenkt mir Roséwein aus irdenen Krügen ein. Ich trage eine gestärkte weiße Bluse, einen langen schieferblauen Rock, die Abende verbringe ich alleine im Gesellschaftsraum. Mein schmales Bett riecht nach Seife und Sonne. Die Vögel zwitschern, ich liege im Bett und esse meine Pralinen. Die Brise, die durch die stets offenen Balkontüren zu mir hineinweht, ist so warm und kühl wie die Oberfläche meiner dunkler werdenden Haut.

Heiterkeit. Gelassenheit. Die schlaftrunkene Sunny im Süden Frankreichs. Nicht Jacqueline Flowers. Sunny.

Aber wo ist Pascal?

Was ist nur mit Uncle Jake geschehen?

46

Sunny, ruft er, kannst du das Ding fliegen?

Im kalten Licht des Traums erwache ich, und nicht Uncle Jake steht da am Eingang des Zeltes, in dem ich mich befinde, sondern ein Indianer. Das Zelt ist groß. Es ist aus grauer Leinwand, die schlaff auf einem Rahmen aus ausgetrockneten schlanken Hölzern hängt. Die Mittsommersonne brennt durch die Zeltwand. Ich rieche die Hitze, den Staub, die abblätternde Borke der Hölzer. Ein Eisenofen, umgekippt in einer Ecke, ein alter, halb mit Sand gefüllter Kessel. Ich schwitze, meine Stiefel sind halb aufgeschnürt und so trocken und grau, als sei ich durch Aschenfelder gewandert. In meinem Haar sind Käfer und Zweige; die Äste, auf denen ich liege, sind tot und braun; ich spüre die kratzigen Nadeln in meinem Hemd, in meiner Hose. Außer dem Indianer und mir ist niemand hier, und ich begreife sofort, daß ich in einem verlassenen Lager bin.

Keine Hunde. Kein Geruch von Holzrauch. Kein Schlagen von Äxten. Kein Lachen, kein Stiefeltrampeln. Wo sind sie alle?

Sunny, ruft er, kannst du das Ding fliegen?

Der Indianer gibt nicht zu erkennen, daß er die Stimme hört. Aber ich höre sie in all ihrer vertrauten sinnlosen Fröhlichkeit, und ich weiß, daß außer dem Indianer und mir niemand in dem verlassenen Lager ist, und plötzlich klappern mir die Zähne, prickelt mir die Haut, mir schaudert, als läge ich nicht hier in diesem warmen Zelt auf meine Ellbogen gestützt, sondern in tiefem Schnee. Wie kann ich Uncle Jakes Stimme hören, ohne ihn zu sehen? Wie kann der Indianer Uncle Jakes Stimme nicht hören und mich dennoch, wie ich genau weiß, zu ihm führen?

Der Indianer trägt ein verschossenes Khakihemd, ein Paar zerrissene fadenscheinige Hosen, die lose von seinen kindhaften Hüften schlottern. Um seine Taille ein Seil, an dem ein Messer in einer Scheide hängt; seine Augen funkeln bedrohlich wie Angelhaken. Er sagt etwas in einer Sprache, die ich nicht verstehe. Er wendet sich ab, ich wälze mich herum, komme auf die Beine und folge ihm aus dem Zelt in die warme Sonne. Draußen sind noch mehr andere Zelte gleich meinem, ausgebleicht und verfallend. Im Zentrum der überwucherten Lichtung erhebt sich ein Haufen kalkig weißer Elchgeweihe bis zu meinem Kopf. Eine rostige zweihändige Schrotsäge lehnt aufrecht an dem Knochenberg. An einem der tückischen Sägezähne hat sich ein Stück blaues Tuch verfangen. Insekten summen in den Schädeln, aus denen die mächtigen Hörner sprießen wie Palmwedel aus porösem Gebein. Wieder schwitze ich, prickelt mir die Haut.

Sunny, ruft er, kannst du das Ding fliegen?

Der Indianer geht voran, ich folge. Schatten, Felsenbassins, stumme Krähen, harzende Baumstämme im Dunkel des Waldes. Die Gräser, die Blätter, die Spinnweben, die hängenden Zweige – nichts regt sich, und doch höre ich das Geräusch des Winds. Mir ist warm, und doch ist es feucht und kühl im Wald. Wir sind im Dickicht, verborgen unter hohem Farn, umgeben von einer dichten, schweflig riechenden Wildnis ohne Weg und Steg, in der es keine anderen verlassenen Lager gibt außer dem, welches der Indianer und ich jetzt weit hinter uns gelassen haben. Und doch rieche ich das Meer.

Gerade noch rechtzeitig läßt mich die Stimme des Indianers anhalten. Vor meinen Füßen liegt eine verrostete Wolfsfalle, Schnappmaul weit aufgerissen. Der Indianer wartet, ich trete vorsichtig um die Falle herum, schwitzend und zitternd, und der Geruch des Meeres wird stärker. Dann geraten wir plötzlich wieder ins Helle und steigen über steile und moosbedeckte Felsbänke auf den Strand einer kleinen stillen Bucht hinunter, die an drei Seiten von Wildnis und an der vierten von der offenen See begrenzt ist. Keine zehn Yards vom Strand entfernt liegt halb im seichten Wasser eingesunken ein Flugzeug.

Sunny, ruft er, sieh nur, ich sitze in der Patsche. Kannst du das Ding fliegen?

Keine Prospektoren. Keine Jäger. Keine Lager. Keine Trapperhütten. Nichts. Und doch liegt da nicht weit vom Strand das fast unversehrte Wrack eines Flugzeugs. Ein Hochdecker, einmotorig, altmodisch. Es ist aus einem matt glänzenden Metall gebaut, das schon vor langem zu rosten begonnen hat. Sein Rumpf ist lang und schmal, sargförmig, und seine enorme staksige Schwanzkonstruktion ragt hoch in die stille Luft. Windschutzscheibe, Türen, Fenster – alles ist zerschmettert, herausgerissen, zerstört. Lange schleimige Strähnen schwarzgelben Tangs hängen wie Schlangen von den Streben, von der Schwanzkonstruktion, von den mächtigen rostigen Zylindern des geschwärzten Motors. Auf dem Seitenruder hockt eine Möwe. Ein kurzes Stück weiter am Strand liegt ein zerbeulter Schwimmer. Ein Flugzeug an einem solchen Ort. Ein gestrandetes Flugzeug. Und kerzengerade und lebensgroß im Sitz neben dem des fehlenden Piloten thront dunkel und schattenhaft die Gestalt Uncle Jakes.

Ich bin erhitzt, zerzaust, verzweifelt. Die Sonne flammt und flackert auf dem Wrack; die Kanzel ist halb unter Wasser. Es geht der dunklen Gestalt Uncle Jakes bis zur Hüfte. Über meine Schulter sehe ich den Indianer auf einem Felsblock ruhen und eine Zigarette rauchen. Ich spreche ihn an. Ich versuche meine Stimme zu bezwingen. Wo sind wir? Hat diese versteckte Bucht einen Namen? Wann ist das Flugzeug abgestürzt? Wer hat es gefunden? Wo sind die Passagiere und der Pilot? Warum gab es keine Rettungsaktion? Wieso keine Bemühungen, die Leichen zu finden und das havarierte Flugzeug zu bergen oder wenigstens sämtliche Spuren davon für immer von diesem trostlosen Ort zu entfernen? Wer war so verantwortungslos, der Welt den Verbleib dieses vermißten Flugzeugs zu verheimlichen?

Der Indianer sagt nichts. Entweder versteht er keine Sprache außer seiner eigenen, oder ihm sind Fragen wie die meinen gleichgültig, oder er weiß, was sogar ich weiß, daß sie nicht zu beantworten sind. Er denkt nicht gering von mir, wie er da eingesunken auf seinem Felsblock sitzt und raucht; bloß daß er mir weder Trost noch Beruhigung, noch Erklärungen gibt. Ihn bringt das Ungereimte nicht aus der Fassung. Zerschellte Flugzeuge und verzweifelte Frauen gehen ihn nichts an. Und doch beobachtet er mich, während ich hilflos das Wrack anstarre, den abrasierten Schwimmer untersuche, die Wipfel der Bäume mustere, den Fehler des Piloten und die jäh abwärts schwenkende Bahn der abstürzenden Maschine zu ergründen suche. Aber es ist aussichtslos. Es geht nicht. Uncle Jake da in dem Flugzeug macht mir angst.

Sunny, ruft er, kannst du das Ding fliegen?

Dann merke ich, daß die Flut hereinkommt. An den Wänden des metallenen Rumpfs steht das Wasser sichtbar höher, es steigt an den Stützstreben der Flügel. Es bedeutet irgend etwas Schreckliches, das steigende Wasser, aber was?

Hilflos trete ich in die schwarzen Fluten, gehe steifbeinig auf das Flugzeug zu, platschend und stolpernd, bis ich schienbeintief, dann oberschenkeltief im Wasser bin, auf dem kein Öl schwimmt. Ein Fisch springt. Die Möwe schwingt sich von dem Seitenruder auf, schwebt von dannen. Durch eins der zerschlagenen Fenster auf meiner Seite des Flugzeugs – noch immer bin ich nicht nah genug, das rostige Metall, die Nieten, die Glassplitter zu berühren – kann ich aus dem Fenster gegenüber auf einen trüben wäßrigen Horizont blicken. Ich komme näher. Ich strecke meine Hand aus, fasse an nichts. Das schwarze Innere der Kanzel ist ein feuchttriefendes Chaos von Seegras, Tang und leeren Sitzen mit verquollenen Polstern. Ich rieche den Gestank, ich sehe ein Gewirr von verhedderten Gurten, und plötzlich stehe ich fast bis zu den Achselhöhlen in der steigenden Flut – ich, die nur wieder zu dem Indianer an Land zurückwill –, und jetzt erkenne ich endlich, was an diesem abgestürzten Flugzeug so besonders entsetzlich ist. Nämlich dies: daß bald, in wenigen Minuten, das alte, salzüberkrustete, noch vor mir aufragende Flugzeug vollständig unter Wasser sein wird. Mit jeder Flut sinkt das metallene Wrack außer Sicht, geht unter. Was fliegen soll, ruht unterm Meeresspiegel. Wenn dann die Flut zurückgeht, erscheinen die Spitze des Seitenruders, die Spitze eines Flügels, die Spitze des hölzernen Propellers, und langsam und triefend taucht das abgestürzte Flugzeug auf, bedeckt mit frischen Krebsen. Tagein, tagaus, mit jedem Steigen und Fallen der Flut muß das Flugzeug aufs neue versinken. Es wird rosten, aber nicht zerfallen. Kein Sturm wird es in Stücke schlagen. Nie wird es verschwinden.

Geh zurück, rede ich mir zu, während ich mich zur Vorderseite des Flugzeugs voranquäle. Geh zurück. Sieh nicht hin. Aber ich kann nicht anders.

Es ist Uncle Jake. Groß. Bullig. Triefend. Gesichtslos.

Sunny, sagt er, kannst du das Ding fliegen?

Dann bin ich wieder an Land, sitze durchnäßt und zitternd auf einem Felsen neben dem Indianer. Dämmerung. Zu sehen ist jetzt nur noch der lange Flügel, der auf der Flut zu schwimmen scheint, und das mächtige, vom Salz ganz weiße Seitenruder. Das Licht schwindet, das schwarze Wasser schwappt an den Kanten der Tragfläche, ein Rabe fliegt aus dem Wald hinter uns. Dann beginnen die Querruder zu schwanken. Das Seitenruder schwenkt um. Langsam, schwerfällig, auf und nieder gehen die Querruder, hin und her knarrt das Seitenruder.

Jake! schreie ich. Jake!

Dann ist er weg. Nichts stört mehr das jetzt kabbelige Wasser der Bucht.

Charley? Charley? Doch er grunzt nur und dreht sich weg.

Sunny, sagt er, dieser verfluchte Hund ...

Irgendwie habe ich den Blizzard überlebt, und obwohl ich meinen Schlitten, mein Gespann, meine Vorräte verloren habe, brauche ich doch weder Feuer, Haferschleim, Wasser noch Dörrfleisch. Der Blizzard ist vorüber. Kein Wind mehr. Nichts als reinster Schnee und hellstes Licht, wohin ich auch sehe, außer einer fernen Weidengruppe, meinem Ziel. Es herrschen stille siebzig Grad unter Null, und doch spüre ich kein Brennen in meiner Lunge. Ich bin in seidige Felle eingehüllt, rasch gleite ich auf meinen Schneeschuhen zu der Weidengruppe hin. Das Licht schmerzt mir nicht in den Augen. Ich bin unverletzt. Ich bin fit genug, den ganzen Yukon entlangzuziehen, ohne zum Schlafen oder Ausruhen anzuhalten, bei bester Laune locker zweitausend Meilen zurückzulegen, falls es nötig sein sollte. Was besagt schon eine Schneeschuhfahrt zu einer kleinen Weidengruppe für einen Menschen mit meiner Ausdauer? Überhaupt nichts.

Doch nicht jeder durchreist die Wüsten des Nordens mit solchem Glück wie ich. Ein Unglück harrt meiner – davon bin ich überzeugt – in dem schnell näherkommenden windgebeugten Wäldchen. Das Unglück von jemand anderem, nicht meins. Was ist los? Wer braucht meine Hilfe?

Sunny, sagt er, dieser verfluchte Hund ...

Ich beschleunige mein Tempo, ich bin ganz klar im Kopf, die unheilvolle Insel kahler, verknäulter Weiden rückt bedrohlich näher. Gespannt halte ich nach ersten Anzeichen für tragisches Geschehen Ausschau.

Ich komme an. Ich fahre einmal um den Weidenhain herum. Nichts. Kein Hinweis auf Unordnung. Dann dringe ich, auf das Schlimmste gefaßt, langsam ins Zentrum des stillen Hains, und dort, ich hätte es wissen sollen, finde ich die bis zur Kante ihres Grasdachs im Schnee begrabene Holzhütte. Und hinter der Hütte finde ich den Schlitten. Was auch immer er an Fracht getragen haben mag, ist fort; offenbar ist er früher im Windschatten der Hütte abgestellt worden; das lederne Zaumzeug ist leer. Wo sind die Hunde? Falls irgendein einsamer und halbverhungerter und erfrorener Wanderer diesen Hain gerade noch rechtzeitig entdeckt und vor dem grimmigsten Blizzard, der je über die Wüsten des Nordens hinweggefegt ist, in dieser Holzhütte Schutz gesucht haben sollte, dann hätte er seine Hunde draußen gelassen und sich allein in der Hütte verschanzt. Niemand, der noch bei Verstand war, würde seinen Hunden erlaubt haben, mit in die Hütte zu kommen. Er hätte sie ausgeschirrt, sie von der offenen Tür zurückgeprügelt, sie sich tief in den Schnee eingraben und das Ende des Sturms abwarten lassen. Wo sind sie? Und was ist mit dem Wanderer in der Hütte? Der leere Schlitten, die stille Hütte, die fehlenden Hunde sind untrügliche Zeichen für das, was ich schon die ganze Zeit vermutet habe: ein tragisches Geschehen.

Ich umschreite die Hütte, lege meine Schulter an die niedrige Holztür. Sie ist von innen verriegelt. Ich kehre zu dem Schlitten zurück, untersuche ihn mit größerer Sorgfalt. So was, hat der arme Teufel doch seine Axt vergessen! Mit einem Hieb schlage ich die Tür auf, trete zurück, ziehe die Schneeschuhe aus, spähe in die Hütte und trete ein.

Das vom Schnee hinter meinem Rücken reflektierte Gleißen erfüllt das Innere der Hütte mit hellem Licht. Der Boden mit Grasnarben ausgelegt; eine primitive, geschwärzte Herdstelle, daneben ein Tisch; im Raum verstreut die Trümmer von zwei zerschlagenen Stühlen und mehreren Holzkisten. Der arme Teufel hat versucht, seine Möbel und die Fracht zu verbrennen, die er vom Schlitten hereingeschleppt hat. Er fürchtete sich zu sehr vor dem Sturm oder war zu erschöpft, nehme ich an, um wegen der Axt noch einmal hinauszugehen. Es ist ein Schauplatz des Scheiterns, und doch überfliege ich ihn nur mit einem raschen Blick, der mir deutlich genug enthüllt, was selbst ich, vertraut wie ich bin mit den Tragödien des hohen Nordens, nicht habe vorhersehen können. Knochen. Mit einem Blick registriere ich die Knochen, die zwischen den rostigen Dosen, den blechernen Eßgerätschaften, den zersplitterten Holzteilen in dem Raum herumliegen. Doch so verwirrend und unheilvoll diese Knochen auch sind, vermag ich ihnen doch nicht viel Aufmerksamkeit zu widmen. Ich habe Augen für nichts oder fast nichts anderes als die scheußliche Bestie, die mich aus einer Ecke anlauert. Ich habe keine Angst. Ich bin zu selbstsicher, um mich zu fürchten. Aber ich bin auf der Hut.

Es ist ein Hund. Bastard, Timberwolf, sibirischer Husky – er scheint von allen drei Tierarten abzustammen und doch von keiner. Es ist eine Neuzüchtung, das einzige lebende Exemplar einer furchtbaren neuen Spezies des alaskanischen Hundes. Sein Kopf geht mir bis an die Brust, seine Nackenhaare sind gesträubt, seine Augen blutunterlaufen. Welcher arme Teufel wäre so töricht, so unwissend, so sentimental, zusammen mit einer solchen Bestie Zuflucht vor einem Blizzard zu suchen?

Aber wo ist der arme Teufel hin?

Ich warte, starre den Hund an, und allmählich wird mir klar, daß ich nicht in die Verlegenheit kommen werde, die Axt, die ich noch immer mit beiden Händen halte, gegen dieses fürchterliche Tier anwenden zu müssen. Seine Größe und Wildheit sind unbestreitbar. Wenn es angriffe, würde es meine ganze Kraft erfordern, es aufzuhalten; unser Kampf würde der blutigste, der je zwischen Hund und Frau geführt wurde. Aber er wird nicht angreifen. So riesig er in seiner Ecke steht, so schwach ist er auch; bei all seiner Größe ist er ausgemergelt, wie ich jetzt sehe, und er schwankt leise. Unverwandt sieht er mich mit seinen blutunterlaufenen Augen an; sein mächtiger Kiefer ist geschlossen. Seine Fangzähne sind nicht zu sehen. Seine Nackenhaare sträuben sich, aber er kann sich nicht bewegen. Er ist halb verhungert.

Ich seufze. Ich lasse die Axt sinken. Ich schiebe die Kapuze meines Parkas zurück. Ich gestatte mir eine längere und genauere Untersuchung der in diesem Raum auf eine Untat hinweisenden Indizien. Nachdenklich betrachte ich den umgestürzten Tisch, die zerhauenen Kisten und leeren Jutesäcke, die einzigen Überreste der Vorräte, die der gestrandete Wanderer von seinem Schlitten hereingezerrt hat, und die Knochen. Mein Blick verweilt auf den Knochen. Große und kleine, gerade und krumme, trockene und weiße oder dunkel gefleckte – überall liegen sie in dem Raum herum, sauber abgeleckt. Knochen irgendeines Tiers, das der Wanderer vor Ausbruch des Sturms geschossen hat? Aber es sind zu viele Knochen, und zu viele, die sich exakt oder nahezu exakt gleichen, als daß sie zu einem einzigen Tier gehört haben könnten. Ich runzle die Stirn. Dann fällt mir etwas auf, das ich vorher nicht bemerkt habe: Fell. Kleine Fellbüschel, die an diesem oder jenem Knochen kleben. So was, hat der arme Teufel sein ganzes Gespann in seinen Unterschlupf gelassen, sein Feuer, seine Vorräte zu teilen, und das ist das Ergebnis! Nicht bloß den Leithund, sondern das komplette Gespann! Und der Leithund hat sie alle nacheinander aufgefressen!

In der Stille höre ich ihr Jaulen, ihre wilden Schreie, ihr Knurren in qualvoller Enge, ihr Schmerzensgeheul – genau wie der gestrandete Wanderer es gehört haben muß. Ich sehe die zuckenden Körper, die gekrümmten Gestalten, die eins nach dem andern tot umfallenden Opfer – so wie er sie gesehen haben muß. Was aber hat er getan? Ist er auf dem Höhepunkt des Getümmels an die Tür gesprungen und in den Schneesturm hinausgetaumelt? Hat er den sicheren Tod im Blizzard diesem Chaos hündischen Gemetzels vorgezogen?

Langsam wende ich meinen Blick wieder dem Hund zu. Mit neuem Respekt sehe ich ihm in die blutunterlaufenen Augen. Wie ruhig sie sind. Wie fest. Welch tragische Intelligenz leuchtet aus diesen blutunterlaufenen Augen. Sechzehn Hundegenossen verschlungen! Kein Wunder!

Dann sehe ich den Pelzfäustling.

Nein, flüstere ich. Nein! Der arme Teufel! Aber die Axt im Schlitten vergessen? Die Tür von innen verriegelt? Und jetzt der Handschuh?

Ich hebe die Axt. Ich halte sie quer vor meiner Brust. Ich bin zum Zuschlagen bereit. Ich sehe mich nach beiden Seiten um, trete einen Schritt zurück. Noch einen. Der zweite Fäustling liegt nicht weit von dem ersten. Ich bin ganz klar im Kopf, umsichtig, mein Skalp kribbelt. Was mich nicht losläßt, ist die Majestät – ach, was für eine monströse Majestät ist das jetzt! – dieser blutunterlaufenen Augen.

Langsam, Schritt für Schritt bewege ich mich rückwärts aus der Hütte. Dann schleudere ich die Axt fort, stürze zur Tür, ziehe sie zu, stehe und gewinne im sonnenhellen Schnee allmählich meine Fassung wieder.

Sunny, sagt er, dieser verfluchte Hund ...

Dann fahre ich flott auf meinen Schneeschuhen über die jungfräuliche Wüste dahin, um den Behörden einen ausführlichen Bericht von dieser schlimmsten aller je bekanntgewordenen alaskanischen Tragödien zu präsentieren.

Wo bist du, Charley?

47

In dem Zeitraum zwischen Sissys Tod im Jahre 1935 und Uncle Jakes Verschwinden 1940 hing Sissys Handtasche unangetastet am Knauf meiner Schlafzimmertür, während ihre Unterwäsche und die paar persönlichen Habseligkeiten so, wie sie sie zurückgelassen hatte, in den drei Kommodenschubladen lagen, die ihr gehört hatten und die in diesen fünf Jahren unberührt und ungeöffnet blieben. Uncle Jake ist nie vollständig über Sissys Tod hinweggekommen. Trotz seiner Entschlossenheit, mich mit seiner Niedergeschlagenheit zu verschonen; trotz seiner erfolgreichen Bemühungen, sich in den ersten Wochen und Monaten, da er und ich uns erstmals allein befanden, zusammenzureißen, wie Frank Morley es ausdrückte; trotz seinem Einfallsreichtum, seinen spontan in Angriff genommenen Abenteuern, seiner oft lang anhaltenden Begeisterung; trotz dem ständigen Aufwand, den Frank Morley und Hilda Laubenstein betrieben, um ihn zu loben, ihn zu trösten, ihn abzulenken, seinen Kummer auf jede ihnen mögliche Weise zu lindern – war Sissy doch immer irgendwo in seinen Gedanken, mit welcher Bemerkung er oftmals ihre Gespräche unterbrach, und kehrten seine Tage des Trübsinns, wie er sie nannte, doch immer wieder. Drei Monate nach Sissys Tod rief er, und zwar mit seiner ganzen alten Pedanterie und grimmigen Begeisterung, die McGinnises von Olos Insel zurück, beauftragte Rex Ainsworth, sie nach Juneau zu fliegen – Rex erzählte, er habe noch nie zwei Leute gesehen, die in einem Flugzeug solche Angst gehabt hätten wie die McGinnises an diesem Tag –, buchte, unter Verwendung des von seiner Mutter für diesen Zweck zur Verfügung gestellten Geldes, ihre Überfahrt nach Seattle und schickte sie zurück nach Connecticut, wo sie, wie er sagte, hingehörten. Frank Morley und Hilda Laubenstein versuchten ohne Erfolg, Uncle Jake davon abzubringen, die McGinnises auf so grobe und unbillige Weise zu behandeln, und bedauerten ihren Fortgang ebensosehr wie ich. Doch Uncle Jake blieb fest und war bis zu dem regnerischen Tag, da wir sie winkend verabschiedeten, bei bester Laune. Danach begann er, wie Hilda Laubenstein bemerkte, zu verfallen. Er lehnte es ab, sich noch irgendwie mit Olos Insel zu befassen; er lehnte es ab, sie zu verkaufen; er lehnte es sogar ab, den Jahresertrag an Blaufuchspelzen zu bergen, lieber gehe er vor die Hunde, wie er sagte, als daß er die Beute eines taubstummen Oststaatlers akzeptieren würde, der in Alaska nie etwas zu suchen gehabt hätte. Und was die Füchse anbetraf, die da unten noch am Leben wären, tja, die könnten, wie er Frank Morley beschied, von ihm aus allesamt verhungern. Zu dieser Zeit war Uncle Jakes Melancholie beinahe ebenso tief wie in der Nacht, da Sissy gestorben war. Danach fing er sich auf unerklärliche Weise wieder.

Schließlich wurde auch wieder zweimal die Woche Herzen gespielt, wobei ich Sissys Platz einnahm, und während ich sorgsam darauf achtete, Uncle Jake nie wieder am Gewinnen zu hindern, gab Hilda, die uns vier an unseren Spielabenden bekochte, ihre Schummeleien auf. Hilda verfiel auf die Idee, das kleine Haus in der High Ridge Street könnte zum Teil, wenn nicht allein die Schuld daran tragen, daß Uncle Jake immer wieder einmal zusammenklappte. Sie bedrängte Uncle Jake und mich, in eine kürzlich freigewordene Wohnung in dem Holzgebäude umzuziehen, in dem sie selbst jetzt lebte und wo, gab sie uns zu bedenken, Doc Haines seit langem ansässig war und noch immer seine Praxis unterhielt. Was könnte günstiger sein, argumentierte sie, als wenn Uncle Jake und ich sie selbst und noch einen Zahnarzt zu Nachbarn hätten? Uncle Jake lehnte mit einer Erregung ab, die uns alle verblüffte und sogar Hilda nervös machte, er sagte, so lange er lebe, werde er mich nicht des Heims berauben, das Sissy für ihn und mich geschaffen habe, und damit war jeglicher Gedanke an einen Umzug ausgeschlossen.

Angespornt von Frank Morley und ermutigt von Hilda, stellte Uncle Jake eine neue Mannschaft für die *Prince of Wales* zusammen. Er ersetzte French Pete durch einen taugenichtsigen polnischen Arbeiter, der zwar noch nie in seinem Leben auf einem Schiff gearbeitet hatte, dafür aber ein Experte im Umgang mit Sprengstoffen war, was ihn, sagte Uncle Jake, eines kommenden Tages, wenn sie ihre Mine fänden, unschätzbar machen würde. Wesley Pitts ersetzte er durch einen Mann namens Densmore – Billy Densmore –, das genaue Ebenbild des verstorbenen

Kochs. Seinem neuen Maat gab Uncle Jake den Spitznamen Dynamite Pete, nach seinem Vorgänger und als Verbeugung vor seinem Ruf, während Densmore unser zweiter Bauchbandit wurde. Dynamite Pete, von Uncle Jake bald mit dem zusätzlichen Spitznamen »der Polacke« belegt, hatte, wie wir noch erfahren sollten, die Angewohnheit, sich die kleinen, patronenähnlichen, hochexplosiven Sprengkapseln, mit denen er seine Dynamitstangen zündete, zwischen die Zähne zu stecken, weshalb Uncle Jake ständig herumwitzelte, der blöde Polacke werde sich noch eines Tages den Kopf oder wenigstens das halbe Gesicht wegsprengen, eine Prophezeiung, die mich zu unserem neuen Maat nur noch stärker hinzog als zu dem ursprünglichen French Pete. Billy Densmore erwies sich als würdigere Zielscheibe für Uncle Jakes gefühlvollen Spott, als Wesley Pitts es gewesen war; laut Uncle Jake war er ein bei weitem besserer und schmutzigerer Koch als der tote Bauchbandit.

Obwohl Hilda Laubenstein Frank Morley unterstützt hatte, Uncle Jake zur Aufstellung einer neuen Mannschaft zu ermuntern, erhob sie unerwartet Einspruch gegen etwas, das von Uncle Jake für selbstverständlich erachtet wurde: meine Anwesenheit an Bord der *Prince of Wales*, wann immer das alte Boot im Dienst irgendeines neuen Vorhabens in See stach. Ein junges Mädchen wie ich, sagte Hilda – ich war damals zehn Jahre alt –, habe nichts auf einem alten Kahn zu suchen, der ausschließlich mit Männern bemannt sei, besonders mit solchen Männern wie Dynamite Pete und dem Bauchbanditen, selbst wenn Uncle Jake das Kommando führte und Frank Morley meist mit von der Partie wäre. Der Tag, an dem Hilda meine aufkeimende Weiblichkeit vor solchen Typen wie dem linkischen neuen Maat und dem dicken kleinen Koch zu schützen versuchte, bot den ersten von insgesamt zwei Anlässen im Leben Uncle Jakes, mein Geschlecht offen zur Kenntnis zu nehmen. Er starrte Hilda Laubenstein an, sein Gesicht verzog sich in Verblüffung und Zorn, und erklärte ihr dann klipp und klar, daß kein Mitglied seiner Mannschaft mich je als etwas anderes als einen Jungen betrachten würde. Auf der *Prince of Wales* sei ich platterdings ein Junge, sagte er, und schon die bloße Idee, daß ich irgend etwas anderes sein könnte, sei grotesk. Und so genoß ich von Anfang 1936 bis zum Frühjahr 1940, in dem Uncle Jake endgültig verschwand, die freundlichen Aufmerksamkeiten von Dynamite Pete und dem Bauchbanditen, wann immer Uncle Jake und seine Männer die *Prince of Wales* unter Dampf setzten und sie aus ihrem Heimathafen Juneau hinaussteuerten. In der Kombüse half ich Billy Densmore bei der Zubereitung von Uncle Jakes Baked Beans, und auf Deck war ich ein geschickterer Matrose als Dynamite Pete. Hilda, der es immer gelang, uns zum Abschied zu winken, warnte Uncle Jake vor jeder Fahrt, er mache einen Fehler, doch Uncle Jake lachte bloß und sagte, sie solle nur bei ihrer Krankenpflegerei bleiben und die Vaterpflichten ihm überlassen.

Noch immer trauerte er, noch immer riß er sich wieder zusammen.

Ende Frühjahr 1936, als selbst der fatalistische Frank Morley sich vernehmlich über den unerhört dauerhaften Regen zu beklagen begann, ereigneten sich plötzlich nicht nur einer, sondern gleich zwei Bergstürze, die in den folgenden Tagen das ganze untere Drittel von Juneau unter Tonnen fast flüssigen Schlamms begruben. Es handelte sich um den ärmeren Teil der Stadt, der sich am Ufer entlang, am Fuß des Mount Roberts, zwischen den Docks der Alaska Steamship Company und den hohen häßlichen Halden zerkleinerten Gesteins hinzieht, die von der Alaska-Juneau-Minengesellschaft ständig in den Gastineau Channel gekippt werden. Hier, sieben Monate nach Sissys Tod, gab es Ablenkung genug für Uncle Jake. Es regnete, die Luft war von prasselnden und reißenden Geräuschen erfüllt, und der Schlamm, der den Hütten bis an die Dachkanten stand und dem hölzernen Verwaltungsgebäude der Alaska-Juneau-Minengesellschaft bis zum zweiten Stockwerk, war ebenso tödlich wie ein reißender Strom heißer Lava oder eine meilenlange Schneelawine. Stellenweise ragten nur noch die Spitzen von Telephonmasten aus dem Schlamm; die engen Straßen lagen im günstigsten Fall nur schienbeintief unter dem eindickenden kaffeefarbenen Schleim. Die Rettungsmannschaften waren verzweifelt und erschöpft, und unter ihnen, ahnungslos überrascht in dem Straßenanzug, den er normalerweise trug, wenn er nicht mit der *Prince of Wales* herumfuhr, war Uncle Jake, der Tapferste und Unentwegteste von allen. Über achtundvierzig Stunden und ungeachtet seiner ungeeigneten Kleidung trotzte er den Elementen, wie er es nannte, und begab sich nach jeder der kurzen Viertelstunden, die er schlammtriefend und Frank Morleys schwarzen Kaffee hinunterstürzend in Waffen-Kleider-Zubehör verbrachte, ohne zu essen oder zu schlafen in das Katastrophengebiet zurück, indem er das nächstbeste Auto anhielt und ihn dort hinzubringen befahl.

Achtundvierzig Stunden lang schuftete er wie ein Irrer, wie er selbst später meinte, und danach habe ich jene Mischung aus Sorge und Stolz, die so typisch für ihn war und einzig und allein von Ereignissen katastrophaler Art hervorgerufen wurde, nur noch einmal auf seinem langen stattlichen Antlitz leuchten sehen, und zwar als wir zum Schauplatz von Rex Ainsworths tödlichem Absturz aufbrachen.

Die beiden Schlammlawinen trugen ihn mit sich bis zum Herbst, als er unerklärlicherweise wieder an Sissy zu denken und zu verfallen begann. Er durchlitt drei schreckliche Tage des Trübsinns, aus dem Frank Morley ihn nur mit einem allerletzten Mittel reißen konnte: Er schlug nämlich vor, daß sie mal wieder einen Jagdausflug zu der Kenai-Halbinsel machen sollten, ein Unternehmen, das seinen Zweck erfüllte, auch wenn sie mit leeren Händen davon zurückkehrten. Im Frühjahr 1937 fuhren wir mit der *Prince of Wales* in die William Henry Bay, die Uncle Jake auf seiner Jungfernfahrt nicht erreicht hatte, und dort verbrachten wir sechs Wochen mit dem Versuch, zwei verrostete Tausend-Gallonen-Heizkessel und die Überreste eines Kompressors zu bergen, drei Maschinenteile, die andere Unverzagte, die in der William Henry Bay Gold vermuteten, dort vor Jahren zurückgelassen hatten. Wieder einmal bärtig und verlottert, trug Uncle Jake eine Doppelaxt mit langem Stiel über seiner Schulter – eine gefährliche Angewohnheit, wie Frank Morley warnte – und zeigte Frank Morley und Dynamite Pete, wie der Flaschenzug zu montieren sei, um den Kompressor auf Schienen aus den Stämmen junger Bäume, die Uncle Jake gefällt hatte, an den Strand hinunterzuziehen. Der Kompressor und die zwei Heizkessel befanden sich über eine Meile vom Ufer, vor dem, in hundert Yards Entfernung, die *Prince of Wales* vor Anker lag. Die Tage zogen sich hin. Jeden Morgen sahen wir das hohe Gras von einer Familie Braunbären plattgewalzt, die schlau genug waren, wie Uncle Jake sagte, ihm aus dem Weg zu gehen, da er seine Vierhundertfünf immer in Reichweite hatte. Wir schliefen in Holzhütten, die jene anderen Weitsichtigen leer zurückgelassen hatten, und lebten von wilden Erdbeeren und den Bohnen des Bauchbanditen. Uncle Jake verachtete die Leute, die damals den Kompressor und die Heizkessel nicht mitgenommen hatten, denn, sagte er, die seien ein Vermögen wert, und stillgelegte Bergwerke, in denen man solche Maschinenteile manchmal finden und somit umsonst haben könne, wären reichlich dünn gesät, obwohl er selbst schon mit dreien seine Zeit vergeudet hatte. Er beabsichtigte, in einem der Lagerhäuser, die von den Schlammlawinen des letzten Frühjahrs beschädigt, aber nicht zerstört worden waren, einen Raum anzumieten und die Maschinenteile dort einzulagern.

Als es dann soweit war und sie ihr Floß gebaut hatten, riß sich der erste Heizkessel aus seiner Vertäuung, rollte vom Floß und versank fünf Faden tief in dem schwarzen Wasser. Den zweiten Kessel hievten sie glücklich an Bord der *Prince of Wales*, wobei sie freilich das tapfere alte Boot fast zum Kentern brachten. Diesen einen Kessel schaffte Uncle Jake im Triumph nach Juneau, von wo er dereinst zu der Mine befördert werden sollte, die er und Frank Morley noch immer zuversichtlich zu finden hofften. Den Kompressor ließen sie verärgert am Strand zurück, da Uncle Jake auf rätselhafte Weise errechnet hatte, daß er zehnmal soviel wog wie die beiden Heizkessel zusammen und ohnehin, wie er schließlich feststellte, nicht mehr zu reparieren war.

Im nächsten Frühjahr, im Mai 1938, stach unsere Crew wieder in See, diesmal in Richtung Kuiu (sprich: kju-ju) Island, auf der Suche nach Zink. Diesmal, sagte Uncle Jake, würden sie ihre Mine finden. Vor uns hatte noch niemand auf Kuiu nach Zink oder irgend etwas anderem gesucht; verlassene Holzhütten, die wir bewohnen konnten, gab es dort nicht. Aber Uncle Jake hatte ein halbes Dutzend ausgemusterter Armeezelte aufgetrieben, die dann später von drei schachtelhaften Holzgebäuden abgelöst wurden, errichtet aus grünem unbehandeltem Holz, das in mächtigen Stößen an Deck der *Prince of Wales* zu der kleinen Bucht transportiert worden war, die wie eine Kerbe in die dunkle Küste Kuius hineinschnitt. Füchse seien gar nichts im Vergleich zu Zink, sagte Uncle Jake, und Olos Insel sei gar nichts im Vergleich zu Kuiu. Die Hämmer klopften, eine neue Motorkreissäge zerkreischte die verdrossene Stille, und nach drei Wochen standen die kahlen Flachdachkaten, die erst der Anfang wären, wie Uncle Jake sagte. In sechs Monaten, verhieß er, hätten wir eine komplette Stadt und einen ansehnlichen, stabilen, weit ins Wasser ragenden Pier mit Platz für etliche nagelneue Frachtschiffe, die in stetem Hin und Her direkt zwischen der Kuiu-Zinkmine, wie er sie schon getauft hatte, und Seattle verkehren würden, von wo aus ihre Erzladung dann per Eisenbahn zu den Schmelzhütten gelänge. Er beschloß, daß ab sofort eine feste Mannschaft auf der Insel bleiben müsse, um, sobald er in

Juneau eine zweite Quelle für billiges Bauholz aufgetan habe, weitere Gebäude zu errichten und neue Claims abzustecken und die bereits abgesteckten Claims zu erschließen. Drei kleine Schächte wurden kraft der üppigen unrhythmischen Detonationen von Dynamite Petes Sprengsätzen in Erde und Felsen gesenkt.

Gutachten des amtlichen Laboratoriums in Juneau über die jedem der Schächte entnommenen Gesteinsproben überzeugten Uncle Jake, daß er und Frank Morley tatsächlich auf ein Zinklager von einer Ausdehnung und Qualität gestoßen waren, die das größte Bergbauprojekt Alaskas aller Zeiten rechtfertigten. Der Zinkanteil des Gesteins war ohne Beispiel; das Lager befand sich, soweit sie aus ihren ersten drei Schächten schließen konnten, in einer dicken ebenen Felsschicht, die sich über ganz Kuiu und vermutlich noch meilenweit ins Meer erstreckte. Uncle Jake heuerte also drei weitere Männer an – Jim McNear, A. L. Wells und Fred Stokely –, die mit Dynamit Pete und dem Bauchbanditen den Winter auf Kuiu Island verbringen sollten, und er hoffte nur, daß Regen, Schnee und Frost ihre Arbeit nicht behindern würden. Er überredete die örtliche Bank, ihm zusätzlichen Kredit zu geben, wie er es nannte, um die langsam zu Ende gehenden Reserven der Deauville-Morley-Partnerschaft wieder aufzufüllen. Regelmäßig fuhren Uncle Jake, Frank Morley und ich sowie ein jüngerer Aushilfsmaat mit der *Prince of Wales* die Mannschaft besuchen – inzwischen ein ungewaschener, unrasierter, übellauniger Haufen –, und brachten ihnen frische Vorräte und Dutzende alter Ausgaben der *Midnight Sun*, Juneaus einziger Zeitung. Anfangs blieben wir immer nur wenige Tage oder gerade so lange, wie Uncle Jake brauchte, um das Entladen der in Tücher gewickelten Schinken und der neuen Kisten mit verbeulten Bohnenbüchsen zu überwachen und die Stimmung seiner verdreckten Truppe mit langatmigen schwülstigen Verheißungen baldigen Reichtums wieder aufzubessern.

Als dann die Mittel wieder einmal knapp wurden, machte Uncle Jake den einzigen ehrlichen Anwalt von Juneau ausfindig und ließ sich fünf Exemplare eines Dokumentes anfertigen, das seinen Inhaber mit je fünfzig Aktienanteilen an der Kuiu-Zinkmine ausstattete. Auf diese Weise machte Uncle Jake die fünf Mitglieder seines Trupps zu stimmberechtigten Aktionären der Gesellschaft, deren Vorsitzender er selbst war. Befeuert von Uncle Jakes Fakten und Zahlen und seiner Begeisterung, überrascht und dann höchlich erbaut von seiner Großzügigkeit, begann die Mannschaft – eifriger und fröhlicher, als selbst Uncle Jake erwartet hatte – zu arbeiten, und zwar ohne Lohn, was wiederum unseren Aufenthalt bei der Mine auf mehrere Wochen ausdehnte, damit Uncle Jake, wie er sich ausdrückte, mit anpakken und seinen Teil der bevorstehenden mühsamen Arbeit ableisten konnte. Er schwang die Spitzhacke und schaufelte Abraum wie die anderen, härtete die Spitzen von Stahlbohrern in der glühenden Kohle einer Schmiedeesse aus – und ich war es, die die eiserne Kurbel der Esse drehte, während Uncle Jake mit bloßem Oberkörper über dem erhitzten Stahl schwitzte. Jeden Abend erwarb er sich aufs neue die Bewunderung seiner unternehmungslustigen Truppe mit Geschichten aus seiner privilegierten Jugendzeit in Connecticut, wovon kaum die Hälfte seines Publikums etwas begriff. In diesen Wochen und Monaten war es übrigens, daß Dynamite Pete, der immerzu mit einer schlaffen schwarzweiß gestreiften Eisenbahnermütze herumlief, seinen Mut in Szene setzte, indem er die Sprengkapseln zwischen seinen gelben Zähnen zubiß, so daß Uncle Jake schließlich dem Polacken befahl, er solle seine verrückte Kauerei, wie er es nannte, draußen im Wald, in sicherer Entfernung von uns anderen veranstalten. Gar manches Mal hockte ich, ohne daß Uncle Jake davon wußte, neben Dynamite Pete im Geniesel und schüttelte in meinen hohlen Händen die kleinen Kupferstäbchen, die er, ebenfalls ohne Uncle Jakes Wissen, immer in seinen Taschen bei sich trug.

Aber nicht Dynamite Pete erlitt einen Unfall, wie Uncle Jake vorausgesagt hatte, sondern Uncle Jake selbst. Während er die glühende Spitze eines Bohrers auf dem Amboß hämmerte – er hatte sich geweigert, die in der Schmiede an einem Nagel bereithängende Schutzbrille überzustreifen –, flog ihm ein winziger heißer Stahlsplitter ins Auge. Dieser Vorfall brachte Rex Ainsworth und die Fairchild gehörig auf Trab, wie Uncle Jake, seine frische weiße Klappe auf dem Auge, ein paar Tage später prahlte, und er brüstete sich auch noch damit, daß er ohne Hilda Laubenstein und ihren Magneten sein Auge verloren haben würde. Kurz nach seiner Rückkehr zog die Mannschaft den Tausend-Gallonen-Heizkessel an Land, der bis dahin in Juneau gelagert hatte.

Uncle Jake wäre vielleicht zu seiner Stadt, seinen Docks, seinem Reichtum gekommen, was alles er zu Sissys Andenken und zur Sicherung meiner Zukunft haben wollte, hätte es sich nicht herausgestellt, daß die gigantische, derart stark zinkhaltige Felsplatte einen Fehler hatte, wie der Geologe in Juneau sich ausdrückte. Uncle Jake und seine Leute hätten nur die Spitze eines Eisbergs entdeckt, führte der Geologe aus, weiter nichts. Bis zum Sommer 1939 hatten die Aktionäre der Kuiu-Zinkmine unzählige neue Schächte gegraben, gesprengt und abgesenkt – vergebens. Nach elf Monaten stellten sie einstimmig fest, daß das wahrscheinlich Quadratmeilen große Hauptlager des zinkhaltigen Gesteins bei seiner Entstehung zerbrochen und auf eine solche Weise abgesackt sein müsse, daß es, wie sie sich eingestanden, niemals gefunden werden könne – jedenfalls nicht von ihnen. Die kleine Oberflächenschicht, die sie anfangs entdeckt hatten, war nichts wert.

Groll und Wut, Enttäuschung und Verzweiflung. Sehr gegen Frank Morleys Empfehlung – die Männer, die auf Kuiu gearbeitet hätten, seien sich der damit verbundenen Risiken durchaus bewußt gewesen, sagte er, ganz gleich, was Uncle Jake ihnen vorerzählt habe – ging Uncle Jake noch einmal zu der Bank und schwatzte dem Direktor ein weiteres Darlehen ab, stattlich genug, jedem Mitglied seiner Truppe den entgangenen Lohn auszuzahlen. Dann schrieb er ihnen in einem förmlichen Brief, obwohl Dynamite Pete und zwei andere gar nicht lesen konnten, er lehne es ab, die Kuiu-Minengesellschaft aufzulösen, denn immerhin sei es möglich, daß sie später einmal an irgendeine renommierte Firma verkauft werden könnte, und ihre Aktienanteile lauteten auch weiterhin auf ihre Namen und seien so gut wie neu, so daß der Reichtum, in dessen Erwartung sie das ganze Jahr hingebracht hätten, ihnen vielleicht doch noch einmal zufließen würde.

Der Kollaps, der auf Uncle Jakes letzten Einsatz für seine Männer folgte und der das Unternehmen Kuiu ebenso unwiderruflich beendete wie vor langer Zeit das Unternehmen auf jener anderen Insel in der Disillusionment Bay, dieser Kollaps war vollständiger und anhaltender als alle anderen, die Uncle Jake vorher erlebt hatte. Er war schlimmer als die Nachwirkungen des Mordes von White Eye 1930; er war schlimmer als die Tage des Trübsinns, die ihn noch fünf Jahre nach Sissys Tod immer wieder befielen. Einzig diese Tatsache, von Frank Morley eines Nachmittags beiläufig in Uncle Jakes Hörweite erwähnt – daß nämlich Uncle Jake den Verlust einer Mine mehr betrauerte als den Tod seiner Frau –, durchdrang schließlich das Dunkel und führte Uncle Jake wieder zu Frank, zu Hilda, zu mir und seinem Glauben an Alaska zurück.

An diesem Abend hob er seinen Kopf, sah jedem von uns in die Augen, dann lächelte er und fing an, den Stuhl zu schaukeln, in dem er während all dieser Tage des Trübsinns ohne die leiseste Bewegung gesessen hatte. Er begann zu sprechen. Sein Gesicht, seine Stimme belebten sich wieder. Er probierte ein kurzes Lachen. Noch eins. Und dann sprach er, trotz seiner Schwäche und Erschöpfung, zum ersten und einzigen Mal in seinem Leben von seinem geliebten kleinen Bruder Billy Boy und von dem tragischen Tod, den er 1929 in Connecticut auf dem Tennisplatz gefunden hatte. Billy Boy, sagte Uncle Jake grinsend und schlug die Beine übereinander, sei nicht nur der Liebling der Familie, sondern auch der Sissys gewesen. Natürlich habe Sissy Doc gern gehabt, obwohl das Rückgrat des armen Doc damals schon nur noch aus Wünschelknochen und nicht mehr aus Wirbelknochen bestanden habe, wie Uncle Jake sich ausdrückte, doch Billy Boy habe sie geliebt. Sie habe ihn geliebt mit der ganzen Reinheit einer Schwester, als ob er der Bruder gewesen wäre, den sie sich statt ihrer beiden Schwestern immer gewünscht habe.

Tja, sagte Uncle Jake, Sissy selbst hatte sich zu ihrer Hochzeit den armen Doc als Trauzeugen, aber Billy Boy als Brautführer gewünscht, eine Aufteilung, der Uncle Jakes schon unwilliger Vater anstandslos zugestimmt hatte. Sissy schritt also an Billy Boys Arm zum Traualtar, und in der Zeit danach war sie eine fast ebenso eifrige Tennispartnerin von Billy Boy wie von Uncle Jake. Billy Boy schloß sich Sissys und Uncle Jakes abendlichen Bummeln um das Deauvillesche Anwesen in Connecticut an. Und nach meiner Geburt war es Billy Boy, der Uncle Jake auf seinem ersten Besuch in die Entbindungsklinik begleitete, war es Billy Boy, der zusah, wie Sissy mich zum ersten Mal Uncle Jake zum Halten gab, war es Billy Boy, in dessen wiegende Arme sie mich legte, unmittelbar nachdem sie mich von Uncle Jake zurückgenommen hatte. Tja, sagte Uncle Jake, Billy Boy sei praktisch mein zweiter Vater gewesen, trotz seiner Jugend, und von allen Deauville-Söhnen der ausgeglichenste, der entgegenkommendste, der aufmerksamste gegenüber den Wünschen und Bedürfnissen seiner Mutter – nach Uncle Jake natürlich. Uncle Jake sagte, Billy Boy hätte in seinem Leben keinen Schlag gearbeitet, abgesehen davon, daß er nach dem Rasenmähen die riesige wassergefüllte Eisenwalze über das Gras zu schieben und mit dem Stutz Bearcat endlose Besorgungsfahrten für ihren undankbaren Vater zu unternehmen pflegte. Billy Boy sei der großzügigste Mensch, den Uncle Jake je gekannt habe – Frank Morley natürlich ausgenommen –, ein Bruder, der stets bereit gewesen sei, ihm das letzte Hemd hinzugeben, und der Uncle Jake sofort den Stutz Bearcat zur Verfügung gestellt habe, als er Sissy den Hof zu machen begann, genau bis zu dem Abend vor jenem schrecklichen Morgen, an dem sie den weißen Wagen und seinen leblosen Insassen mitten auf einem der leeren und noch taufeuchten Tennisplätze fanden.

Und jetzt kam die Pointe von Uncle Jakes sonderbarer Erzählung: daß nämlich Billy Boys freiwilliger Tod nicht unehrenhaft gewesen sei. Im Gegenteil, Billy Boy starb mit sanftem Nachdruck und wohlüberlegt. Er fuhr den geliebten Wagen auf den geliebten Tennisplatz und starb rein und schlicht. Er hatte keinen Grund, es zu tun, und eben das Rätselhafte seiner Tat machte den Schmerz um seinen Tod erträglich und den Tod selbst zum Zeugen seines edlen Geistes. Gefunden wurde er von Uncle Jake und Sissy, die Frühaufsteher waren, nur leicht im Sitz des langen weißen glänzenden Wagens eingesunken, die Morgensonne in seinen toten Augen, die eine große Hand an dem hölzernen Lenkrad und die andere noch erhoben, den Revolver auf seine Schläfe gerichtet. Kein Blut. Tja, sagte Uncle Jake, noch nicht mal ein Einschußloch, zumindest keins, das er und Sissy je gesehen hätten. Nur sein von ganzem Herzen geliebter Bruder, gebannt in ein unvorstellbares Tableau, das niemand als Billy Boy selbst hätte ersinnen können und das zu ersinnen kein Mitglied der Familie ihn für fähig gehalten hatte. Die Sonne, der Tau, die Stille, die Position des weißen Wagens auf dem Rechteck aus rotem Sand, der schwarze Revolver, mit bedachter Hand emporgehoben – es war nicht einfach Wahnsinn, wie die örtliche Zeitung behauptete, es war atemberaubend. Es war unfaßbar. Es war ein Anblick, den niemand, der ihn gesehen hatte, je vergaß.

Am Ende jenes klaren Abends Ende August 1939 begriffen Frank Morley und Hilda Laubenstein, so verblüfft sie gewesen waren, als Uncle Jake von seinem jüngeren Bruder zu sprechen begonnen hatte – er hat es nie wieder getan –, und so unruhig sie sich bei manchen Stellen seiner nostalgischen Erzählung gezeigt hatten, daß Uncle Jake sich an diesem Abend gleich zweifach mit sich selbst ausgesöhnt hatte, und stellten erleichtert fest, daß er durch die Rechtfertigung seines Bruders nicht nur seinen Kummer über den Verlust der Kuiu-Zinkmine, sondern auch den über Sissys Tod wieder einmal überwunden hatte. Hilda umarmte ihn, Frank Morley berührte seines Partners Arm. Sie gingen. Ich machte das Klappbett zurecht – mit vierzehn war ich eine fleißigere und tüchtigere Hausfrau als Sissy – und horchte hinter meiner geschlossenen Tür, wie Uncle Jake sich schlafen legte.

Einige Tage darauf bemerkte Hilda Laubenstein in meiner Gegenwart zu Frank Morley, jene wehmütige Geschichte habe für Uncle Jake offensichtlich Wunder gewirkt, und Frank Morley stimmte ihr zu. In einer bei ihr seltenen Verträumtheit fuhr Hilda fort, sie verstehe einfach nicht, wie Morbidität eine Depression überwinden helfen könne, wie es bei Uncle Jake doch offenbar der Fall sei, und ihr habe seine Geschichte neulich abends ganz und gar nicht gefallen. Allerdings, sagte sie, wenn das – Morbidität – erforderlich gewesen sei, Uncle Jakes freien Großmut wiederherzustellen, wäre sie die letzte, die sich darüber beklagen würde. Frank Morley nickte und steckte sich eine an.

Wir lebten alle in Frieden.

Und so verbrachten Uncle Jake und ich unsere letzten sieben gemeinsamen Monate in dem Haus an der High Ridge Street. In unserer Waldläuferkluft bestiegen wir den Mount Roberts, wanderten ans Ende der Silver Bow Basin Road, wo ich jetzt mit einem sechsschüssigen Revolver mit Holzgriff vom Kaliber .45 Zielschießen übte, saßen in den blauen Schatten um den warmen Eisenofen bei Waffen-Kleider-Zubehör, genossen einmal wöchentlich Hildas Abendessen, das sie in Sissys Küche zubereitete, und einmal wöchentlich ein Abendessen bei Doug's. Wir sagten nichts zu Frank Morleys immer gelber werdender Haut und seiner Auszehrung, gemeinsam freuten wir uns an der zunehmenden Menge und Vielfalt dessen, was Uncle Jake für Hildas unschuldige Aufmerksamkeiten hielt. Wir unternahmen zwei weitere ergebnislose Fahrten mit der *Prince of Wales*. Dynamite Pete verletzte weder sich selbst noch jemand anderen. Hilda hätte für meine junge Weiblichkeit nichts zu fürchten brauchen. Sissys Handtasche hing noch immer an ihrem Türknauf, gelegentlich blieb Uncle Jake davor stehen und starrte sie an. Dann wandte er sich um und stand nachdenklich vor der Kommode mit den drei ungeöffneten Schubladen, die dazu beitrugen, das Haus an der High Ridge Street zu ihrem Heiligtum zu machen. Wir lebten alle in Frieden.

Wir warteten, und wir warteten nicht. Wir wußten, daß einmal der Tag kommen mußte, an dem Uncle Jakes Phantasie wieder aufflammen würde und wir drei gezwungen wären, uns auf unsere verschiedenen Weisen der Zukunft und Uncle Jakes fanatisch selbstauferlegtem Schicksal zu unterwerfen. Vorläufig aber war sogar Uncle Jake froh darüber, mit dem Kommenden noch verschont zu werden, und genoß die friedliche Zwischenzeit. Sie dauerte sieben Monate, und nichts trübte sie außer einer Episode, die mir vorübergehend Schmerz bereitete und Uncle Jake höchst seltsam agieren ließ. Es war eine einzige flüchtige Episode, und Hilda Laubenstein legte die Sache schnell genug bei. Dennoch hat sie unseren Frieden kurzfristig getrübt.

Zahnschmerzen. Meine Zahnschmerzen. Wie sich ergab, ein eiternder Weisheitszahn, der wie bei Sissy über Nacht zum Ausbruch kam, und das trotz der Tatsache, daß meine Zähne damals wie heute immer genauso beschwerdefrei waren wie die von Sissy und Uncle Jake. Doch eines Morgens war's passiert: Mein halbes junges Mädchengesicht war geschwollen und brannte vor Schmerz. Und wieder befiel Uncle Jake plötzlich dieses seltsame Verhalten, das uns alle so entnervte. Er bestritt, daß mit meinem Zahn irgend etwas los sei. Er bestritt meine Zahnschmerzen den ganzen Vormittag bis in den Nachmittag hinein. Er marschierte zu Waffen-Kleider-Zubehör und sagte die Herzenpartie für diesen Abend ab. Dann kam er verzweifelt und voller Mitgefühl wieder zu mir zurück, bettelte um Vergebung und schickte sich ohne weiteren Aufschub an, eigenhändig meinen Zahn zu heilen. Ich bat ihn, mich zu Doc Haines zu bringen. Er wand sich in Ausflüchten, erfüllte das Haus an der High Ridge Street mit seiner zärtlichen Aufgeregtheit. Er sagte, seine Mutter und auch Sissy seien Experten im Umgang mit schmerzenden Zähnen gewesen, und er selbst beherrsche ihre Heilkünste ebenfalls. Kompressen, sagte er. Und dann legte er sie mir stundenlang auf: heiße und kalte, endlos, tauchte seine Taschentücher aus irischem Leinen in Lösungen aus Salz oder Jod und Wasser, einmal so heiß, wie ich es gerade noch ertragen konnte, dann wieder so kalt, wie der Kühlschrank, der unseren hölzernen Eisschrank ersetzt hatte, sie nur machen konnte. Am nächsten Morgen ließ er Frank Morley draußen auf unserer Veranda stehen, statt ihn zum Kaffee hereinzubitten, behauptete, ich sei an irgendeinem Fieber erkrankt, und schickte ihn weg.

Wintergrünöl, sagte er. Die ganzen letzten vier Jahre hatte eine staubige Flasche von Sissys Lieblingselixier ungeöffnet auf ihrem Badezimmerbord gestanden. Jetzt hielt er die Flasche ans Licht und drehte sie auf; er band mir einen behelfsmäßigen Latz um den Hals. Er betupfte den Zahn und das umgebende Zahnfleisch mit dem dicken brennenden Öl; er wartete, schwitzte und kämpfte gegen den Glanz in seinen Augen an, und dann wiegte er meinen Kopf und bat mich sanft, den Mund aufzumachen, und versuchte es noch einmal. Keine Linderung. Er sah die Tränen, die ich partout nicht hatte vergießen wollen. Ich bat ihn, mich zu Doc Haines zu bringen. Und da gab er endlich auf, schob das noch immer mit der durchweichten Masse seiner ruinierten Taschentücher gefüllte Waschbecken beiseite – sie waren blaß jodfarben getönt –, ging aus dem Haus und kam mit Hilda zurück.

Hilda schnüffelte den noch immer schwer in der Luft hängenden Geruch des Wintergrünöls und runzelte die Stirn. Sie sah mich an, das Waschbecken, Uncle Jake, und schritt wortlos aus der Tür. Wir ihr nach. Auf unserem Weg bergab versuchte Uncle Jake einmal zu erklären, was er sein Zaudern nannte, doch als er sah, wie Hilda mit den Schultern ruckte, brach er mitten im Satz ab und wappnete sich für den Schmerz, der mich durchfahren würde, des war er gewiß, sobald Doc Haines mich in seinem Stuhl hätte. Im Wartezimmer verlor Uncle Jake noch einmal die Beherrschung und versuchte Hilda zu überreden, mich in Doc Haines' Praxis nicht allein zu lassen, bis die Sache erledigt wäre, was Hilda natürlich rundweg ablehnte. Als ich dann endlich bei Doc Haines in Sicherheit war, ließ sich Hilda, wie ich am Klang ihrer Stimme hinter der geschlossenen Tür erkennen konnte, offenbar doch dazu herbei, Uncle Jake über das lange Martyrium hinwegzutrösten, und beging nicht den Fehler, wie ich später folgerte, ihn dabei zu verletzen, so wie es die unglückselige Nancy bei jener früheren, ganz ähnlichen Gelegenheit getan hatte.

So war ich mutterseelenallein in meiner Stunde mit Doc Haines, der, was niemand außer mir wußte, denkbar unauffällig den Argwohn rechtfertigte, den Uncle Jake weder hatte zugeben noch ausdrücken können, zumindest nicht offen, weder jetzt noch damals, als er ihn zum erstenmal hegte. Es war Doc

Haines, der mich ohne eine einzige in irgendeiner Weise standeswidrige Berührung an jenem Tag, in der Mitte meines fünfzehnten Lebensjahrs, auf den Pfad des Vergnügens brachte. Auch Sissy muß auf seine schmalen und sanften Hände angesprochen haben, auf seinen kupferfarbenen Bart, seinen Humor, seine ewig jungen Augen, seine Art, sich ganz dicht über jede Frau zu beugen, die hilfesuchend zu ihm kam. Jedenfalls hoffe ich das. Ich hoffe, daß Doc Haines ihr dieselben Geschichten erzählt hat wie mir – die von dem viel älteren Zahnarzt, einem Freund von ihm, der in seiner Anfangszeit in Alaska einen Zahnarztstuhl, noch schwerer und antiquierter als der in Doc Haines' Praxis, in die Kanzel eines alten Flugzeugs einbaute und damit im Territorium herumflog, um in all den abgelegenen Orten, wo er dem Vernehmen nach gebraucht wurde, Zähne zu ziehen und zu flikken –, und ich hoffe, daß Sissy von Doc Haines' besänftigender Stimme ebenso berührt wurde wie ich.

Mehrere Tage lang herrschte Befangenheit zwischen Hilda und Frank Morley und Uncle Jake. Die Zahnschmerz-Episode wurde von ihnen nicht diskutiert. Uncle Jake erlangte seine Selbstachtung rasch wieder und gewann binnen kurzem die abgöttische Zuneigung seines angeschlagenen Partners und der besten Freundin seiner toten Frau zurück. Und wer kann sagen, daß Uncle Jakes seltsamer Ausbruch in der Mitte meines fünfzehnten Lebensjahrs mich nicht um so stärker auf die plötzlich nicht mehr zu leugnenden Gefühle und erotischen Vorstellungen vorbereitete, die bei mir so lange auf sich warten ließen, in Doc Haines' Stuhl aber so prompt und nachdrücklich geweckt wurden? Uncle Jake behauptete hartnäckig, daß es keinen zweiten Zahn in meinem Kiefer gäbe, der mich noch einmal zwingen würde, diesen mickrigen Zahnarzt aufzusuchen, wie er sich ausdrückte, und er behielt recht. Wir lebten alle in Frieden.

Uncle Jake begab sich zum zweiten Mal auf Molybdänitsuche.

Und dann spürte Sitka Charley den Lincoln-Totempfahl auf.

Und so geschah es. Unausweichlich geschah es.

48

An einem niesligen Morgen Ende März 1940 lagen wir in der Rodman Bay vor Anker. Und wir, der Bauchbandit und ich, fütterten die Männer – das heißt Uncle Jake und Frank Morley und Dynamite Pete und A. L. (Al) Wells, der Uncle Jake das Gerücht von Molybdänitvorkommen am Rainy Pass über Rodman Bay gemeldet hatte. Dieses Molybdänit, hatte Al Wells gesagt, könnten wir einsacken, wenn es uns nur gelänge, dem Trupp von Oststaatlern zuvorzukommen – um wen es sich da genau handelte, dürfe er nicht sagen –, die felsenfest davon überzeugt seien, sich die kürzlich am Rainy Pass gemachte Entdekkung gesichert zu haben. Uncle Jake und Frank Morley hatten sich, trotz Uncle Jakes Zweifeln an A. L. Wells' Rechtschaffenheit, beraten und ihren Entschluß gefaßt und die *Prince of Wales* dann so unauffällig wie möglich für eine dreiwöchige Erkundungsfahrt in die Rodman Bay vorbereitet. Hilda Laubenstein hatte uns am Hafen verabschiedet; in völliger Dunkelheit und ohne Lichter waren wir aus dem Gastineau Channel geglitten. Niemand an Bord zweifelte am glücklichen Gelingen unserer Fahrt; nie waren die Erwartungen an Bord der *Prince of Wales* so hochgespannt wie an jenen langen Tagen, bevor wir die Rodman Bay erreicht hatten.

Die Einfahrt in die Bucht war knifflig, eine Tatsache, der jeder einzelne von uns sich dank Uncle Jakes Beschäftigung mit diesem Thema voll und ganz bewußt war, und noch kniffliger war sie bei Nacht. Genau wie er erwartet hatte, blieb Uncle Jake keine andere Wahl, als uns um vier Uhr morgens hineinzusteuern – doch war ihm dies unter verkrampftem Grinsen meisterhaft gelungen, und als wir auf dem nassen Deck in der kalten und niesligen Dunkelheit von vier Uhr morgens den Anker niederrasseln hörten, atmeten wir alle erleichtert auf über unsere glückliche Ankunft und gaben uns der ersten berechtigten Freude über die Aussichten hin, den arglosen Oststaatlern zuvorzukommen.

Zwei Stunden klamme Kojen, Herumwälzen und Schnarchen, Plätschern des Wassers an die Wände der *Prince of Wales*, und dann servierten der Bauchbandit und ich auch schon das Frühstück, und die Stimmung war weg. Das Feuer im rostigen

Kohleofen brannte lichterloh; in den zwei Riesenpfannen brutzelten die Schweinekoteletts; der Java, wie auch ich den Kaffee inzwischen nannte, zog bereits in den zwei großen angeschlagenen Emailletöpfen, und der Bauchbandit, der mich nur wenige Minuten vor den Männern wachgerüttelt hatte, hatte einen schönen Schub goldbrauner, fester, säuerlich schmeckender Brötchen gebacken. Und doch war die Stimmung weg. Die zwei Stunden Schlafsuche hatten gereicht, sie zu zerstören. Uncle Jake und Frank Morley und Dynamite Pete und Al Wells saßen um den dick lackierten ovalen Tisch im Speiseraum und sahen aus, als ob sie den Aufstieg zum Rainy Pass und die üblichen Torturen und ihr übliches Scheitern schon hinter sich hätten. Sie schwiegen. Ihre Augen waren gerötet. Sie rieben ihre Handrükken an ihren stoppligen Backen und fuhren sich mit den Fingern durch die zerzausten Haarschöpfe. Uncle Jake nahm keinen Anstoß, wie er es sonst immer tat, an dem Anblick Dynamite Petes, der auch bei Tisch seine Eisenbahnerkappe trug. Al Wells, der aus Biloxi in Mississippi stammte und der jüngste unserer Mannschaft war, von massiger Gestalt und mit dem Gesicht einer Putte, hatte das, was Uncle Jake seinen Schwung nannte, offensichtlich verloren. Frank Morley zitterte trotz der Hitze, die aus der Kombüse in den Speiseraum strömte, seine Schultern waren eingesunken, laut pfeifend ging sein Atem. Die Kerosinlampe hing reglos, aber qualmend von ihrem Haken über unseren Köpfen; an den Bullaugen wich die Dunkelheit dem Licht. Der Speiseraum roch nach Schlagwasser und Kerosinrauch und Küche. Und da saßen wir nun.

Ich füllte ihre Becher, trug Koteletts und Brötchen herein, Bohnen und Dosenaprikosen, und setzte mich zu ihnen, während der Bauchbandit wie immer mit seinem Teller in der Hand im Türrahmen stand – klein und dick und schmutzig und jetzt offenbar um unsere Männer besorgt. Sein Gesicht war runder als das von Al Wells, und wie der tote Bauchbandit trug er eine schwarzgeränderte Brille, die er niemals putzte, und ständig hatte er Angst, er könnte sie zerbrechen. Seine Augen hinter den kleinen fettigen Gläsern waren nicht zu sehen. Ich mochte ihn, wenn er wie eine dicke skrofulöse Eule dreinschaute, und wünschte mir, daß er nicht so besorgt wäre.

Uncle Jake nahm einen Schluck von seinem Java, einen Bissen von seinem Kotelett, einen Mundvoll heiße Bohnen, und dann legte er Messer und Gabel hin und warf mir über den Tisch einen seiner selten gewordenen vorwurfsvollen Blicke zu. Ich wußte, was das heißen sollte, hatte ich ihn doch diesen speziellen Vorwurf Sissy gegenüber oft genug in Worte fassen hören. Ein Haar. Ein Haar in seinem Essen. Wenn es irgend etwas Schlimmeres gab als Blut in seinem Fleisch – besonders Blut in den Gelenken von gegrillten Hähnchen –, dann war es ein Haar in seinem Essen, und obwohl ich es zu einer größeren Fertigkeit gebracht hatte als Sissy, die fast unsichtbaren Attribute unserer Weiblichkeit aus seinem Essen herauszuhalten, rutschte mir doch gelegentlich eins durch. Ich lächelte bedauernd, und er streifte, ohne die Zuschauer zu beachten, das glänzende Haar am Rand seines Tellers ab und begann weiterzuessen.

Al Wells machte dem Bauchbanditen in seinem gutmütigen Südstaatler-Tonfall, der Uncle Jake seit dem Augenblick auf die Nerven ging, da die beiden sich kennengelernt hatten, ein Kompliment zu seinen Brötchen. Uncle Jake, der niemanden mit einem Spitznamen anredete, den er, Uncle Jake, nicht selbst erfunden hatte – daher sein A. L. für Al –, und den jedes Kompliment beleidigte, auf das er nicht selbst gekommen war, erstarrte und hob sein Kinn. Der Bauchbandit warf Uncle Jake einen Blick zu und wischte sich mit einem von Fettspritzern schimmlig grün gefleckten Ärmel den Schweiß aus dem Gesicht. Dynamite Pete zog an seiner schlaffen Kappe und langte sich, halb stehend, das nächste Kotelett von der Tischmitte. Uncle Jake sah Frank Morley an, als teilte er mit seinem Partner das Bedauern darüber, daß sie, also sie beide, mit einer so schäbigen und elenden Crew geschlagen seien. Frank Morley hustete und schob seinen Teller fort. Die *Prince of Wales* krängte mehr als gewöhnlich, und von oben drang ein trippelndes Geräusch zu uns, als ob irgendein kleines Tier auf unserem Deck hin und her laufen würde. In diesem Augenblick füllten sich unsere Steuerbordbullaugen, die nach Osten gingen, plötzlich mit dem unverkennbaren Licht des Sonnenaufgangs, Geniesel hin, Geniesel her.

»Also, Frank«, sprach Uncle Jake mit abruptem Lächeln unmittelbar seinen Partner an, um uns übrige auszuschließen, »Rodman Bay ist so ziemlich die übelste Gegend, in die man geraten kann.«

Frank Morley nickte.

»Eine tote Welt«, sagte Uncle Jake glücklich, »tot wie ein Stein. Tja, die Gletscher, die hier durchgerauscht sind, haben alles umgebracht – Tiere, Vögel, Fische, Bäume, Vegetation –, alles außer Flechten, Moos und ein paar Farnen. Von Rodman Bay habe ich in Alaska immer wieder gehört. Wollte da schon immer mal hin. Und der Rainy Pass, tja, der Rainy Pass ist die reinste Hölle, habe ich jedenfalls gehört. Nichts als Gipfel und Grate, dunkle Schluchten und senkrechte Wände und das ganze Jahr über kalt und klitschnaß, wenn es nicht gerade schneit. Du weißt ja, wie das ist, Frank, auf dreitausend Fuß.«

Frank Morley zog sein blaues Halstuch hervor und hustete, seine traurigen Augen unverwandt auf Uncle Jake gerichtet, hinein.

»Nun«, sagte Uncle Jake, der Frank Morley in meinem Beisein bereits verraten hatte, daß er A. L. Wells kein bißchen über den Weg traute, auch wenn der Mann auf Kuiu sein Geld wert gewesen sei, »unser junger Freund hier aus Biloxi hat uns von wegen Rainy Pass hoffentlich nichts vorgeflunkert. Das wird eine harte Sache, da raufzukommen, kann ich dir sagen.«

Al Wells behauptete mit seiner Stimme, die Uncle Jakes Ohrläppchen knallrot anlaufen ließ, seine reichen Oststaatler hätten sich bestimmt nicht geirrt.

»Frank«, sagte Uncle Jake lachend und versuchte Al Wells zu übergehen, der auf dieser Fahrt nicht nur der jüngste Mann an Bord der *Prince of Wales* war, sondern auch, von Uncle Jake abgesehen, der größte, und dem es offenbar nichts ausmachte, ob er von dem Anführer unserer Expedition übergangen wurde oder nicht, »am Rainy Pass gibt's nicht mal was zum Jagen. Ha, ab und zu verirren sich vielleicht ein paar Schneeziegen aus der Umgebung dorthin, aber die hauen schnell genug wieder ab, sobald sie nur ein einziges Mal die tote Atmosphäre da oben geschnuppert haben.«

»Hört sich ja verdammt reizend an«, sagte Dynamite Pete, für welche Ausdrucksweise ihm Uncle Jake einen kurzen mißbilligenden Blick verpaßte.

»Die Gezeiten in Rodman Bay«, sagte Uncle Jake, immer noch allein an seinen Partner gewandt, »sind die tückischsten von ganz Alaska. Die Nebel sind berüchtigt. Die Stürme tükkisch. Wer hier eine Stadt erbaut oder Frachtschiffe in diese Gewässer bringt, wird's schwer haben. Aber wir werden es machen, wenn's auch nur halbwegs möglich sein sollte.«

Wieder trippelte es über unseren Köpfen, das Heck der *Prince of Wales* schaukelte sachte, das goldene Licht fiel durch die Bullaugen, und, wie sogar Dynamite Pete erkannte, Uncle Jake hatte sich selbst, wenn auch nicht seine Mannschaft, jetzt endlich muntergeredet.

»Also, Frank«, sagte er abrupt, »sehen wir's uns mal an!«

Sie gingen die Kajütstreppe rauf, Uncle Jake und Frank Morley, ich ihnen nach, wie es von mir erwartet wurde, während Al Wells und Dynamite Pete, die sich nie gut verstanden hatten, am Tisch sitzen blieben. Unten klapperte der Bauchbandit mit seinem Abwasch herum. Uncle Jake, Frank Morley und ich gelangten ins Freie.

Wir lagen in Sonnenschein, Stille, ruhigem Wasser. Es war Dämmerung, aber es hätte Mittag sein können. Kein einziger Fisch sprang, kein einziger Vogel ließ sich blicken, sogar das Deck der *Prince of Wales* wirkte unvertraut, fremd, und einen Augenblick standen wir drei beieinander, sogen tief die nach dem neuen Tag riechende Luft ein und blinzelten in das merkwürdig grelle Licht, das von sämtlichen feuchten Oberflächen der *Prince of Wales* widerspiegelte – von dem Mast, den Stags, der Reling, den Steuerhausfenstern, dem geneigten Deck. Unser Ankerplatz war sicher; kein anderes Boot außer unserem, so schien es, hatte je in der riesigen Sichel der Rodman Bay gelegen. Niedrige Hügel und Felsbänke und Vorsprünge erhoben sich in zerklüfteten Schichtungen über dem Bogen der Küste, nackt und abgeschliffen und hier und da von Flecken und Flächen übriggebliebenen Schnees glitzernd. Schatten gab es keine. Wir lagen nah am Ufer. Das Ganze entsprach genau Uncle Jakes Wünschen, und Frank Morley und ich freuten uns nicht zuletzt daran zu sehen, wie großmächtig Uncle Jake die Landschaft betrachtete und wie sehr er selbst jetzt eine reine Lichtgestalt war.

»Da, Frank«, sagte er stolz, »Rodman Bay.«

»Soweit hatten wir Glück«, sagte Frank Morley.

»Heute laden wir aus und richten alles her«, sagte Uncle Jake. »Morgen früh werden Sunny und Dynamite Pete und A. L. und ich zum Rainy Pass aufbrechen. Du bleibst mit dem Bauchbanditen an Bord, damit ihr, falls das Wetter umschlägt, das Boot weiter draußen in Sicherheit bringen könnt.«

Frank Morley nickte und sagte, Uncle Jake brauche sich keine Sorgen zu machen.

Dann änderte sich Uncle Jakes Miene. Sein Gesicht wurde ausdruckslos, hart, rot, noch röter, erbebte vor Gefühlen, auf die er nicht gefaßt war und die zu offenbaren er sich fürchtete. Seine aufgerissenen Augen waren auf die fast senkrechte Felsenwand des hohen Bergrückens gerichtet, der die unmittelbar hinter dem Strand aufsteigenden Hänge und Vorsprünge mächtig überragte.

»Frank«, sagte er, »siehst du das?«

Frank Morley schirmte seine Augen und spähte in die von Uncle Jake gewiesene Richtung. Er schüttelte den Kopf.

»Grün«, sagte Uncle Jake und zwang sich, ruhig zu sprechen. »Grün.«

»Tja«, sagte Frank Morley bedächtig, »kann schon sein. Aber nur Moos, meinst du nicht?«

»Kupfer«, sagte Uncle Jake, sich bezwingend. »Eindeutiger Hinweis auf Kupfer.«

»Das möchte ich bezweifeln«, sagte Frank Morley schmerzlich, da sein Partner ihn zum Widerspruch nötigte. »Kann ich mir nicht denken. Das hier ist keine Kupfergegend.«

»Frank«, sagte Uncle Jake, »wenn das da oben Kupfer ist, brauchen wir keinen Schritt weiterzugehen. Sieh doch nur, wie groß das ist! Mann, wenn das Kupfer ist, verzichte ich mit Vergnügen auf den Rainy Pass. Von mir aus können A. L.s Oststaatler den Rainy Pass mitsamt dem ganzen Molybdänit haben. Was meinst du?«

Sie drehten sich um und starrten Seite an Seite zu der fünf- oder sechshundert Yards entfernten Felswand hin, Uncle Jake in seinem schwarzgrün karierten Hemd und Wollhose und Lederstiefeln, Frank Morley unter seinem alten schwarzen Hut in Entenjägermantel und Hosen und den unterm Knie umgeschlagenen Gummistiefeln.

»Sunny«, sagte Uncle Jake, ohne sich umzuwenden.

»Ich bring's dir«, sagte ich rasch und ging nach achtern zum Steuerhaus, nahm das schwere Lederfutteral mit dem Fernglas – dem Glas, wie Uncle Jake es meist nannte –, hängte es mir an seinem Riemen über die Schulter und ging zurück. Das Lederfutteral war so groß wie das Halfter meines Smith&Wesson-Revolvers vom Kaliber .45, der ebenfalls im Steuerhaus hing.

Wortlos griff Uncle Jake nach dem Fernglas. Er hob es, studierte den grünen Klecks an der Felswand, dann reichte er es an Frank Morley weiter, der es, nachdem er lange daran herumgestellt und durch das Okular gespäht hatte, wieder an Uncle Jake zurückgab.

»Es ist möglich«, sagte Uncle Jake, ließ das Fernglas sinken und hob es dann wieder, um die grüne Verfärbung hoch oben auf dem Fels noch einmal lange und eingehend zu mustern.

»Ich habe noch immer meine Zweifel«, sagte Frank Morley.

»Genauso war es damals im Prince William Sund auch«, sagte Uncle Jake. »Man war davon überzeugt, daß das, was wie kupferfarbene Flecken aussah, nur Moos wäre, aber man wollte sicher sein und hat also nachgesehen. Das größte Kupfervorkommen der Welt, Frank. Das größte überhaupt. Von der Kennecott Copper Company für ein Vermögen aufgekauft.«

»Also«, sagte Frank Morley, »was hast du vor?«

»Ansehen!« rief Uncle Jake, gab mir das Fernglas zurück, packte seinen Partner am Arm und schüttelte ihn.

»Soll das heißen, du willst da oben raufklettern?« fragte Frank Morley und starrte Uncle Jake entgeistert an.

»Selbstverständlich«, sagte Uncle Jake. »Wie sollen wir sonst herausfinden, was wir da oben haben?«

»Pete«, sagte Frank Morley, »oder Al Wells.«

»Pete und A. L. können nicht mal übern Zaun klettern, das weißt du genau«, sagte Uncle Jake.

»Es ist gefährlich«, sagte Frank Morley. »Du hattest mit Bergsteigen auch noch nie etwas zu tun, Jake. Wieso jetzt so ein Risiko eingehen?«

»Höhen machen mir gar nichts aus«, sagte Uncle Jake, schirmte seine Augen und grinste die Felswand an, die er, wie Frank Morley und ich wußten, zu erklettern versuchen würde, ganz gleich, was Frank Morley sagte oder dachte. »Wenn es ums Klettern geht, bin ich der reinste Ziegenbock. Pah, 1917 auf der alten *Powhatan* haben mich Offiziere und Mannschaften durch die Bank um die Furchtlosigkeit beneidet, mit der ich noch im schlimmsten Wetter in die Takelung gestiegen bin. Und da stand ich dann immer in meiner Glorie hoch oben im Krähennest – hundert Fuß hoch überm Deck, Frank –, während der alte Kahn rollte und stampfte, was das Zeug hielt. Ich bin zum Klettern geboren, wahrhaftig. Je höher, desto besser.«

»Mir gefällt das nicht«, sagte Frank Morley.

»Laß mich noch ein letztes Mal durch das Glas sehen, Sunny«, sagte Uncle Jake, und nachdem er die Felswand abgesucht und seine Route festgelegt hatte, lachte er und sagte, der Aufstieg sei kinderleicht, und er und Frank Morley würden ihre Antwort – ob Moos oder Kupfer – noch vor Ende dieses Tages haben.

»Rauf und runter in zirka zwei Stunden, Frank«, sagte er. »Du wirst sehen.«

Die Besorgnis des Bauchbanditen nahm zu, als Uncle Jake seinen Plan verkündete, wohingegen Dynamite Pete und Al Wells die Abwechslung als genau das begrüßten, was sie von Uncle Jake erwartet hätten, zumal sie dann nicht zu arbeiten brauchten. Doch Uncle Jake bestand darauf, daß die Vorbereitungen für den Treck anderentags zum Rainy Pass abgeschlossen sein müßten, ehe er zu seiner Erkundungstour aufbräche, und befahl Dynamite Pete und Al Wells, sich auf der Stelle an die Arbeit zu machen und sie so schnell wie möglich zu erledigen. Je früher sie fertig wären, desto früher bräche er auf, sagte er, und desto früher käme er mit dem Ergebnis zurück.

War es nicht widersprüchlich, daß ich ebenso wie Frank Morley wußte, daß Uncle Jake seinen gesunden Menschenverstand gebrauchen und dem Drang, etwas zu tun, was kein Mensch getan haben würde, hätte widerstehen sollen, und mir doch gleichzeitig wünschte, daß er eben dies tun möge? Hatte ich mit vierzehn – Uncle Jake war sechzig und Frank Morley achtundsechzig – seine gebrochenen Rippen, den heißen Stahlsplitter in seinem Auge, die Zeiten, in denen er vermißt gemeldet war, schon vergessen, und konnte ich mir nicht eingestehen, daß er ständig darauf aus war, sich persönlich in Gefahr zu begeben, nur um seine eigenen Pläne zu durchkreuzen und die Sicherheit und das Wohlergehen von uns wenigen, die von seiner Liebe und Arbeit abhängig waren, aufs Spiel zu setzen? Hätte ich mit vierzehn nicht alles versuchen müssen, ihn zurückzuhalten? Und war es nicht widersprüchlich, daß ich Dynamite Pete willig zur Hand ging, obwohl er sich wie sein Vorgänger offen über Uncle Jake lustig machte? Al Wells' finstere Liebenswürdigkeit hatte mich eingenommen, wenn man das so nennen kann, und nicht ein einziges Mal habe ich Uncle Jake in ihrer Gegenwart verteidigt. Wie kam es, daß ich fröhlich Partei ergriff für ihre kaum verhohlene Illoyalität gegen Uncle Jake, obgleich es für mich selbstverständlich war, daß der primitive Polacke und der scheinheilige Südstaatler weit unter ihm standen? Ja, mein Verhalten mit vierzehn war widersprüchlich. Ja, ich hätte Uncle Jake gehörig einschätzen und mich abwenden sollen von dem Pöbel, wie er den Polacken und den leichtfertigen jungen Welsfischer aus Biloxi insgeheim zu bezeichnen pflegte. Aber ich war mit vierzehn nicht besser als mit fünf oder zehn. Uncle Jake zuliebe hatte ich mir selbst meine Regel lange verleugnet, obwohl Hilda Laubenstein ihr Bestes getan hatte, mir das Jungmädchendasein nahezubringen und schmackhaft zu machen. Mit vierzehn war ich kaum anders als Sissy, trotz meiner jungenhaften Art. Anders als Frank Morley und Sitka Charley hatte ich ja niemanden als Uncle Jake. Kein Wunder, daß es für mich nichts anderes gab auf der Welt als die Vaterliebe dieses Mannes. Aber immerhin war ich mit Al Wells und Dynamite Pete auf der richtigen Spur, dank meinem ersten Besuch in Doc Haines' Sprechzimmer.

So konnte ich es kaum erwarten, die Arbeit erledigt und Uncle Jake abmarschieren zu sehen. Frank Morley führte die Aufsicht an der Winde; Dynamite Pete und Al Wells hatten es eilig. Ich saß im Heck des Beiboots und bediente den Außenbordmotor, während der Bauchbandit so gut, wie seine Gesundheit es zuließ, mit Hand anlegte und uns trotz seiner Besorgnis anerkennend von der Reling aus beobachtete. Uncle Jake machte auch mit und schwang Säcke mit Trockenfrüchten und Bohnen vom Deck in die wartenden Hände der Männer im Beiboot. Die Sonne stieg höher. Rodman Bay war unser. Uncle Jake beglückwünschte seinen Ersten Maat und den jungen Südstaatler zu ihrer guten Arbeit; unsere Vorräte lagerten am Strand in ordentlichen Stapeln, bedeckt mit sorgfältig festgesteckten Planen.

Uncle Jake rief zur Essenspause. Er sprach ausführlich von den Kennecott Copper-Aktivitäten im Prince William Sund. Dynamite Pete streckte sich zu seinem Mittagsschläfchen aus, wie Uncle Jake es nannte. Al Wells ging runter, seine Handleine holen, und begann von der Bordwand herab zu angeln, obwohl Uncle Jake ihm erklärte, die einzigen Fische in der Rodman Bay seien Fossilien. Frank Morley saß zusammengekrümmt in der Sonne, rauchte und hustete und hegte seine Befürchtungen um Uncle Jake, wie er mir später erzählte. Ich sah Uncle Jake das Steuerhaus betreten und verlassen und folgte ihm an den Bug der *Prince of Wales*, wo wir uns am Fernglas abwechselten und er mir die Tücken seines baldigen Aufstiegs auseinandersetzte.

Zurück an die Arbeit. Ärger mit dem Außenbordmotor. Uncle Jake, der ihn ungeduldig auf dem Lukendeckel wieder zusammenbaute. Merkliches Ansteigen der Flut. Eine Veränderung im Licht.

Dann sagte Uncle Jake, es sei Zeit aufzubrechen, und Pete und ich sollten ihm zum Strand übersetzen und bis an den Fuß der Felswand begleiten. Frank Morley erwiderte mit Nachdruck, es sei für Uncle Jakes Klettertour schon zu spät, sie müsse auf den nächsten Morgen verschoben werden. Aber Uncle Jake meinte, bis zum Sonnenuntergang seien es noch mindestens drei Stunden, und er habe jetzt lange genug darauf gewartet, seine Neugier auf diese verräterischen grünen Flecken da an der Felswand zu befriedigen.

»Du machst einen Fehler, Partner«, sagte Frank Morley.

»Partner«, sagte Uncle Jake lachend, »mein Herz hängt daran.«

Frank Morley wartete, gab Uncle Jake schweigend nach, wie er es fast ein Jahrzehnt lang getan hatte, und dann sagte er mit seiner gekränkten und treuen Stimme, daß er und ich ihn bis zum Beginn des Aufstiegs begleiten würden und Dynamite Pete zur Bewachung der *Prince of Wales* zurückbleiben solle. Nach einer Pause willigte Uncle Jake ein und erklärte sich, nur eine bescheidene Seilrolle in der Hand, für abmarschbereit, woraufhin Frank Morley ihm empfahl, meine sechsschüssige Smith & Wesson mitzunehmen und eine zusätzliche Jacke, einen Pullover oder so was. Uncle Jake lachte und wollte wissen, wozu denn bloß? Der Aufstieg würde ihm schon warm machen, und wozu um alles in der Welt sollte er wohl meinen Revolver brauchen? An der Rodman Bay gebe es nichts zu schießen, wie er bereits gesagt habe, und selbst falls doch, würde ein Messer ihm besseren Schutz bieten als diese Schußwaffe. Frank Morley sagte, man könne nie wissen, und wenn Uncle Jake wirklich noch gehen wolle, sollten wir uns beeilen. Uncle Jake zog eine verschossene blaue Windjacke über, ganz steif vor Salz, schnallte sich die Smith & Wesson um, Halfter und breiten Patronengürtel, der in der sinkenden Sonne ein dunkles Rotbraun annahm, und schwang sich über die Bordwand. Der Bauchbandit, Al Wells und Dynamite Pete standen an der Reling, um uns zu verabschieden; und Uncle Jake, aufrecht im Bug des Beiboots, sagte dem Bauchbanditen, er solle zum Abendessen ein dickes Gelage organisieren, wie er sich ausdrückte.

Wir setzten das Beiboot auf den Strand.

»Siehst du«, sagte Uncle Jake, als er uns rutschend und knirschend über die Kiesel und auf die feste Moräne des ersten Hügels vorausging, »alles tot, Frank, leergefegt. Nichts als Schrammen, die das Eis hinterlassen hat. Das Komische ist, daß man den kalten Hauch dieser Gletscher noch immer spüren kann, oder? Und das Eis donnern hören? Und was ist mit den turmhohen

Tannen und den hausgroßen Mastodons? Deren Vernichtung macht sie nur um so realer, findest du nicht? Etwas Unsichtbares kann man leichter sehen als etwas, das einem direkt vor der Nase steht! Es geht doch nichts über eine tote Welt, die vor Leben strotzt, habe ich mir oft gedacht.«

Frank Morley gab keinen Kommentar dazu, und dann bemerkte er, gekrümmt und keuchend, falls irgend etwas schiefgehen sollte, könne Uncle Jake uns mit dem Revolver ein Zeichen geben.

»Was würdest du denn«, fragte Uncle Jake sanft, »in diesem Fall tun? Mir Pete und A. L. und Billy Densmore nachschicken? Tolle Rettungsmannschaft, was, Frank?«

Frank Morley sagte dazu nur, daß das Licht abnehme. Das Deck des Schiffs unter uns war leer. Der Anstieg steil. Felsen und Firste warfen Schatten. Links und rechts von uns verschwanden die Spitzen der Sichel der Rodman Bay in dem dunkelnden Blau von Meer und Himmel. Weiter konnten wir nicht mitgehen.

Vor uns eine Rinne, eine flache Felswand, ein Sims, ausreichend breit, daß ein Mann darauf stehen konnte, ohne das Gesicht der Wand zukehren zu müssen. Wie Uncle Jake ermittelt hatte, zog sich der Sims so weit und in einem solchen Winkel nach oben, daß er damit knapp zwei Drittel der Wand gut überwinden würde. Dahinter kam, soweit jeder von uns der Reihe nach im Fernglas sehen konnte, nichts als eine senkrechte Felsmasse, so steil und glatt wie sonstwas. Noch weiter oben erstreckte sich jener Teil der Wand, dessen Oberfläche, wie wir jetzt sahen, mit dem unverkennbaren Grün korrodierten Kupfers bedeckt war. Wir ließen das Glas noch einmal herumgehen, und dann schlang Uncle Jake sich die Seilrolle über den Kopf, einen Arm und die Schulter, und Frank Morley und ich setzten uns nebeneinander auf Felsblöcke, die noch warm von der Sonne waren. Uncle Jake wandte sich der Rinne zu. Frank Morley beugte sich vor, das Fernglas in beiden Händen, bereit, jeglichen Schritt von Uncle Jakes Aufstieg zu verfolgen.

Wir warteten. Wir beobachteten. Einmal machte Uncle Jake halt und winkte, aber auch ohne Fernglas konnten wir erkennen, daß er an uns eigentlich gar nicht dachte, sondern seine ganze Aufmerksamkeit auf den massiven Fels und das leere Licht seines Aufstiegs gerichtet war. Wir winkten nicht zurück. In der Mitte des Simses hielt er plötzlich an, lehnte sich lässig an den körnigen Fels, verschränkte die Arme und genehmigte sich einen langen Blick zum Horizont und in die untergehende Sonne.

»Sieh dir das an«, sagte Frank Morley, bestaunte Uncle Jake und reichte dann das Fernglas mir, »er bewundert die Aussicht!«

Ich beruhigte meinen Atem, stützte die Ellbogen auf die Knie, hob das Fernglas, und wie ein Spion oder Jäger fand ich ihn, erkannte den Kolben der Smith & Wesson, die blitzende Schnalle des Patronengürtels, einen in die Brusttasche der Windjacke geklemmten Drehbleistift, ein Ohr, das schwarze Haar, das volle Gesicht in der Sonne. Er war in einen Anblick verloren, den noch keiner vor ihm gehabt hatte – aus dieser Höhe, von genau diesem Aussichtspunkt über einer Landschaft, die, wie er gesagt hatte, für Vögel, Tier und Menschen nicht geschaffen war. Dann drehte er sich, und an der Art, wie er das tat – langsam, vorsichtig –, konnte ich erkennen, daß der Sims schmaler geworden war und daß seine Lage da oben, wenn schon das leblose Panorama, das er betrachtet hatte, atemberaubend sein mußte, jetzt plötzlich lebensgefährlich war.

Wir warteten, verfolgten ihn mit bloßem Auge – die winzige Gestalt auf ihrem Zickzackkurs nach oben – und dann wieder durch die dicken grünlichen Linsen des Fernglases. Ich sah die Fingerspitzen einer großen wächsernen Hand in einer Spalte kleben, eine Stiefelkappe in einem Riß. Doch wurden die Bilder kleiner, undeutlicher; er entglitt uns bei seinem Aufstieg, als ob das schwindende Licht selbst Schwerkraft ausübte und er ein Metallpartikelchen wäre, das diesem Sog unmöglich mehr entkommen konnte.

Frank Morley und ich seufzten beide auf, als Uncle Jake auf einen unerwartet breiten Spalt im Felsen stieß und mit jäher Leichtigkeit Hand über Hand darin emporstieg. Wir beide verfielen in banges Schweigen, wann immer Uncle Jake in seinem Vordringen plötzlich aufgehalten wurde. Einmal murmelte Frank Morley kopfschüttelnd und mit angehaltenem Atem, Uncle Jake sei wirklich einzigartig, und wir müßten das einfach anerkennen. Ein paarmal zwangen Frank Morley und ich uns in gegenseitigem Einvernehmen, auf das Fernglas zu verzichten und den Blick überhaupt von der Felswand, dem Garten dunkelnden Kupferleuchtens unterm Gipfel, der plötzlich von der Sonne beschienenen Gestalt des kämpfenden Kletterers abzuwenden. Mit Erleichterung sahen wir auf der *Prince of Wales* jemanden rauchen; wir gönnten uns eine Ruhepause; wir ließen unsern Blick nach Westen wandern, wo das ersterbende Licht noch immer trügerisch golden strahlte.

Von hinten und unten drangen die leisen, nicht unterscheidbaren Worte Dynamite Petes zu uns, der offenkundig auf Al Wells wütend war; das ersterbende Licht grellte unerträglich auf. Frank Morley und ich bemerkten, daß Uncle Jake seine Seilrolle verloren hatte. Wir runzelten die Stirnen.

Stille, verhaltenes Licht und das, was Frank Morley und ich beide wußten und uns doch nicht eingestehen wollten. Uncle Jake bewegte sich nicht. Seit langen, verzweifelten Minuten hatte er sich nicht mehr bewegt. Hoch über uns hielt er alle viere von sich gestreckt wie ein kleiner Seestern auf der Felsenwand.

»Er hängt fest«, sagte Frank Morley schließlich. »Sieh dir das an.«

Frank Morleys Hände zitterten, als er mir das Glas reichte, seine langen krummen arthritischen Finger waren ganz kalt. Wir standen auf. Ich setzte das schwarze Okular an meine Augen und blickte hindurch, ohne den Fokus nachzustellen. In den schummrigen schwankenden Kreisen sah ich Uncle Jake auf einer Felskante stehen, die nicht breiter war als seine Hand, er hatte die Arme über seinem Kopf, die Finger in flache Ritzen gekrallt, Brust und Wange an der Wand. Er war unscharf, aber ich sah ihn, Uncle Jake, vier- oder fünfhundert Fuß über uns festgeklammert an nichts. Seine Größe, seine Muskulatur, seine Energie, Erfindungsgabe, Spontaneität, Ausdauer, all das war auf einen einzigen Zweck gerichtet: sich nicht zu bewegen, zu bleiben, wo er war.

Natürlich hatte ich Uncle Jake schon gramgebeugt gesehen; hatte ich ihn tagelang hoffnungslos niedergeschlagen gesehen; hatte ich ihn sich gegen das Unglück aufraffen gesehen, ihn furchtsam gesehen. Doch keine der Kalamitäten, in denen er jemals gesteckt hatte, war so kraß und unabweislich gewesen wie diese. Ich hatte nie geglaubt, es je mitansehen zu müssen, daß Uncle Jake tatsächlich einmal von denen da oben, wie er das manchmal nannte, für ein unbeirrbar seinen Lauf nehmendes Unglück tödlicher Art auserwählt werden würde. Kein einziges Mal seit Sissys Tod hatte ich damit gerechnet, mich als bloße Zeugin eines Ereignisses zu sehen, das niemand von uns überhaupt für möglich hielt. Uncle Jake war unfähig sich zu bewegen, Frank Morley und ich waren unfähig zu handeln. Er war lahmgelegt, wir waren hilflos. Unsere Hilflosigkeit war das unselige Maß seiner Lähmung. Wie konnte Uncle Jake den Absturz verhindern? Wie lange konnte er sich bis dahin noch festhalten? Was konnten wir tun? Zum ersten und einzigen Mal in meinem Leben hatte ich Angst um Uncle Jake. Aber selbst dann noch glaubte ich, er würde sich wieder bewegen, seinen Weg finden, herabklettern, sich retten, sich Frank Morley und mir zurückgeben.

»Sieh dir das an«, stöhnte Frank Morley. »Er hat sich umgedreht. Er hat sich wahrhaftig umgedreht. Das ist das Schlimmste, was er hätte tun können. Jetzt kommt er nie mehr runter.«

Ich nahm das Glas, und zum letztenmal fand ich Uncle Jake auf seinem verlorenen Posten in der Wand. Da stand er, genau wie Frank Morley gesagt hatte, mit dem Rücken zum Fels, das Gesicht zum Himmel, zum Meer, zum aufleuchtenden Licht. Irgendwie hatte er da oben seine Stellung umkehren können, wo es kaum einen Halt für seine Füße gab und nichts, nicht einmal ein Büschel Gebirgsgras, sich daran festzuklammern. Er hatte alles gewagt und es geschafft, sich umzudrehen, ohne abzurutschen, ohne abzustürzen, und jetzt befand er sich genau in der Situation, die jeder Bergsteiger fürchtet und jedes Kind, wie Frank Morley sagte, klug genug ist zu vermeiden. Die Kappen seiner Stiefel ragten ins Leere; für seine Hände hatte er kümmerliche Felsnischen gefunden, und mit steifen Armen stützte er sich ab und trug einiges von seinem Gewicht. Er sah in den Abgrund und grinste.

Jäh verlosch das Licht, und weg war er. Die Schatten sanken die goldene Felswand herab, die Wand wurde tiefdunkelblau. Frank Morley und ich standen zitternd in der dunkelnden Nacht der Rodman Bay und und reckten noch immer die Hälse nach einem letzten Blick auf Uncle Jake. Wir schwiegen. Aber wir wußten, er war allein da oben, wagte weder Hand noch Fuß zu bewegen, Franks Partner und mein Vater, gefangen am Rand des Nichts und bestrebt, durch verbissene Untätigkeit die Nacht zu überleben.

Wir tappten zum Beiboot, fuhren zur *Prince of Wales* zurück und wußten, Uncle Jake würde den Außenbordmotor hören und die Lichter auf der *Prince of Wales* sehen. Aber würden diese Lichter ausreichen? Würde er die ganze Nacht lang auf sie hinunterstarren und an Frank und mich denken? Oder würde er nur an die schwarze Nacht denken und zu irgendeiner späten Stunde schließlich springen oder stürzen? Wie Frank Morley sagte, würde nicht einmal der Mond scheinen.

Der Bug des Beiboots stieß an die Bordwand der *Prince of Wales.* Wir machten fest und gingen runter, wo wir die drei bereits über dem von Uncle Jake bestellten Festmahl antrafen, beziehungsweise Pete und Al Wells gebuckelt an dem fettigen ovalen Tisch sitzen und den Bauchbanditen hastig aufstehen, seinen Teller schnappen und in die Kombüse stürzen sahen, denn der Bauchbandit setzte sich immer nur in Uncle Jakes Abwesenheit zu den Männern an den Tisch und aß abgesondert von uns anderen im Stehen, wann immer Uncle Jake an Bord war.

Schweigend nahmen wir Platz. Der Bauchbandit kam wieder zu uns, bebend sah er Frank Morley an, dann mich und schob seine Riesenportion von dem Fisch beiseite, den Al Wells trotz Uncle Jakes Ausführungen über die Unbelebtheit dieser Gewässer gefangen hatte. Es war dunkel um den Tisch; der Geruch nach Fisch und Fett, Kerosin und Maschinenöl, Schlick und Salz war stärker denn je zuvor.

»Wo ist er?« fragte der Bauchbandit. »Was ist los?«

»Tja«, sagte Frank Morley, »er hat Schwierigkeiten.«

»Was?« sagte der Bauchbandit hastig. »Was für Schwierigkeiten?«

»Er sitzt in der Klemme«, sagte Frank Morley. »Er kann weder rauf noch runter klettern.«

»Verfluchter Mist«, sagte Dynamite Pete.

»Das Schlimmste daran ist«, sagte Frank Morley, »daß er jetzt irgendwie mit dem Rücken zur Wand da oben steht. Und wenn er vorher keine Höhenangst gekannt hat, jetzt hat er welche. Ich verstehe einfach nicht, was in ihn gefahren ist. Ein Mann mit seiner Erfahrung und seinem Verstand.«

»Soll das heißen«, fragte Al Wells, »er bleibt die ganze Nacht da oben?«

»Ja«, sagte Frank Morley nach einer Pause, »wenn wir Glück haben.«

»Und dann?« fragte Dynamite Pete.

»Tja«, sagte Frank Morley, »es gibt nur eine Möglichkeit, ihn runterzukriegen. Sobald es hell genug ist, müßt ihr ihm nachsteigen. Ihr müßt ihn wieder rumdrehen. Dann müßt ihr Grifflöcher für seine Hände und Füße schlagen und ihn packen und ihm langsam Hände und Füße führen, bis ihr ihn auf festen Boden gebracht habt. Und dann werden wir ihn wahrscheinlich zum

Beiboot tragen müssen. Ich habe von Männern gehört, die an Berghängen vor Angst erstarrt sind. Ihr müßt ihm bloß ruhig zusprechen und tun, was ich gesagt habe.«

Dynamite Pete und Al Wells sahen sich trotz ihrer Feindschaft schweigend und doch vielsagend an und machten sich wieder an ihr Essen. Der arme Bauchbandit konnte Frank Morley nur anstarren und die Hände ringen.

»Wenn Jake hier wäre«, erklärte Frank Morley, »würde er sagen, daß wir alles Menschenmögliche unternehmen müßten, um einer derart üblen Situation abzuhelfen. Und das werden wir auch. Falls er sich nur bis Tagesanbruch festhalten kann.«

Al Wells und Pete blieben stumm. Wenig später stiegen Frank Morley und ich, ohne unser Essen angerührt zu haben, wieder an Deck, um die Nacht durchzuwachen. Frank Morley machte im Steuerhaus sämtliche Lichter und Lampen an und kam dann mit meiner .30-30-Winchester zurück, die zusammen mit der Vierhundertfünf auf einem Holzgestell über den Seekarten aufbewahrt wurde. Nebeneinander saßen wir auf einem feuchten Lukendeckel, gegen die Kälte in Decken gewickelt. Eisiger Nebel stieg aus dem Wasser, kein Stern war zu sehen. Frank Morley hielt mein Gewehr auf dem Schoß, rauchte und hustete. Schließlich sagte er, daß er Uncle Jake jede Stunde signalisieren werde, damit er wisse, daß wir Wache hielten. Ein Büchsenschuß, sagte Frank Morley, sei ein gebräuchliches Zeichen und persönlicher als ein Signal mit der Schiffspfeife. Wir warteten, und dann lud Frank Morley die Winchester, zielte nach Steuerbord und drückte ab. Der Knall rollte in die Finsternis, löste sich jäh in Stille auf. Wir lauschten. Und dann kam durch das Dunkel und aus der Richtung, in die unser Bug zeigte, endlich ein matter Schuß als Antwort.

»Er hält durch«, sagte Frank Morley, legte seinen Arm um meine Schultern und drückte mich an sich. »Es gibt noch Hoffnung. Wir werden ihn da runterholen.«

Noch zweimal schoß Frank Morley in die schwarze Nacht, und noch zweimal hörten wir den matten Knall der Smith & Wesson antworten. Dann, gegen Mitternacht, gab er seinen vierten Schuß ab, und so lange und angespannt wir auch horchten, es kam keine Antwort. Tapfer feuerte Frank Morley die Winchester die ganze Nacht hindurch ab, die so kalt und bedrohlich sein mochte wie die finstern Nächte über Rodman Bay zu den Zeiten der Gletscher, die uns nichts als die Bergketten und Felswände zurückgelassen hatten, von denen wir zwar wußten, daß sie da waren, die wir aber nicht sehen konnten. Tapfer, weil keine Antwort mehr kam. Zwischen seinen vergeblichen Signalen versuchte Frank Morley uns beide eine Weile mit Geschichten abzulenken: Wie er als junger Mann, eben in Alaska angekommen, einmal eine ganze Woche lang von Bannocks leben mußte, einer Art Gebäck aus Mehl und Gletscherwasser, das auf einem flachen Stein vorm Feuer gebacken wurde, und wie diese Bannocks immer mit einer beträchtlichen Menge von etwas gefüllt waren, das wie die kleinen braunen Rosinen aussah, die seine Mutter in seinen Lieblingskuchen einzubacken pflegte. Tatsächlich waren es aber Kriebelmücken. Wie er einmal am Cleary Creek, in der Mittagssonne, in der rauhen Umgebung eines neuen Schürflagers, in der fast noch ungebrochenen Wildnis geholfen hatte, die erste weiße Frau zu begraben – die Frau eines jungen Bergarbeiters –, die jemals in Alaska das Zeitliche gesegnet hatte. Oder wie einmal ein Prospektor, den er gekannt hatte, von seiner jungen Frau, die in Massachusetts noch immer auf seine Rückkehr wartete, einen Babystrumpf geschickt bekam, und wie er, Frank Morley, und ein paar seiner Kumpels, als der arme Kerl wenig später starb, den Kinderstrumpf mit Goldstaub füllten und der jungen verwitweten Mutter zurückschickten. Dann drückte mich Frank in der Dunkelheit wieder an sich und sagte, er fange an, wehmütig zu werden, und sollte wohl besser aufhören zu reden, und das tat er dann auch.

Und schießen. Und zittern. Die *Prince of Wales* knarrte und krängte wie ein alter Seesarg in diesen Gletschergewässern. Endlich spähten Frank Morley und ich zu der Felswand hin, die blaß hinter unserem Bug in dem Dämmerlicht aufschien, das so feucht und grau war wie der sich jetzt auflösende Nebel. Das graue Licht überschwemmte die ganze Rodman Bay. Dämmerung, die Wand war wieder die feste und deutlich sichtbare Felsmasse, die wir fast zehn endlose Stunden lang nicht gesehen hatten. Frank Morley ließ sich soviel Zeit wie möglich, als er die Linsen des Fernglases mit seinem blauen Halstuch putzte. Er wischte sich das Gesicht ab. Er sah mich einmal kurz an – ich roch seinen Tabakatem in der Meeresluft – und hob dann das Fernglas an seine Augen.

Schließlich sagte Frank Morley: »Er ist weg. Er ist nicht mehr da.«

Er bot mir das Glas nicht an. Ich hatte nicht das geringste

Verlangen, mit eigenen Augen die Leere auf dieser toten Wand vergrößert zu sehen. Und doch hatten wir noch nicht aufgegeben, Frank Morley und ich, trotz seiner tristen Geschichten und der Schwermut der Rodman Bay und der Nutzlosigkeit unserer nachtlangen Wache. Wir standen auf, warfen unsere klammen Decken ab, sahen einander an. Frank Morley erklärte, daß Uncle Jake noch am Leben sei. Verletzt und zerschunden vielleicht, aber noch am Leben. Und ich glaubte ihm.

Frank Morley sagte mir, was ich im Beiboot verstauen sollte – die Erste-Hilfe-Ausrüstung und sämtliche Decken und Seile, die ich auftreiben konnte, eine Axt und ein Beil und eine Flasche Hudson Bay-Rum –, ging runter und weckte Dynamite Pete und Al Wells, die beide herumschimpften, daß sie zu so verrückter Stunde keinen Dienst hätten. Aber Frank Morley trieb sie aus ihren Kojen und an Deck und in das Beiboot. Billy Densmore sollte zurückbleiben und auf die drei Schüsse achten, die Frank Morley an Land abfeuern würde, falls wir Uncle Jake noch am Leben fänden, was Frank Morley für ausgemacht erklärte, und dann um Hilfe funken, obwohl Billy unser Funksprechgerät noch nie bedient und überhaupt in der ganzen Zeit, seit er auf der *Prince of Wales* arbeitete, noch nie einen Fuß in das Steuerhaus gesetzt hatte.

Rodman Bay war ein glasiger Bogen aus dunkelgrauem Licht und umspringenden Strömungen und derart befremdenden Felsformationen, daß Frank Morley auf halbem Weg zwischen der *Prince of Wales* und der kiesligen Küste den Kopf schüttelte, das Fernglas sinken ließ und mit einer Stimme, die kaum kräftig genug war, das Geräusch unseres Außenbordmotors zu übertönen, bemerkte, er könne jetzt nicht einmal mehr die Felswand ausmachen, geschweige denn die Stelle, an der wir Uncle Jake zum letztenmal gesehen hätten. Aber während ich das Boot gegen die Strömung ausrichtete, sahen wir es wieder – im anbrechenden Licht dieses verhängnisvollen Tages das hohe steile Felsmassiv und ganz oben jenes höllische Grün, wie Frank Morley es mit einem für ihn derben Ausdruck bezeichnete.

Es gelang uns, trotz der Strömung zu landen und das Boot weit den Strand hinaufzuschleifen, obwohl es diesmal glatt aus Eisen hätte sein können, so schwer war es und so mühsam aus dem Wasser zu ziehen. Und kaum hatten wir Stiefel auf Kiesel gesetzt, als die Stille und das Dämmerlicht der Rodman Bay plötzlich rätselhaft kalt wurden. Es wehte kein Wind, aber wir atmeten Gletscherluft, zitterten in unseren Kleidern aus Segeltuch und Wolle, die nicht den geringsten Schutz dagegen boten. Frank Morley hatte einen langen Hustenanfall, vornübergekrümmt auf das Dollbord des am Strand liegenden Bootes gestützt. Pete und Al Wells fluchten, als ich Frank Morley einen Schluck Hudson Bay-Rum einflößte, der ihn dazu brachte, sich einmal kurz und krampfhaft und furchterregend zu schütteln, aber der Husten war vorbei. Dann teilten wir die Ausrüstung auf – und ich wußte so genau wie die anderen, daß die Seile und Decken ebensogut eine Leiche wie einen Mann, der noch atmete, befördern konnten – und bildeten Zweiergruppen: Al Wells und Frank, der das eine Gewehr trug, Dynamite Pete und ich, die das andere trug. Wir trennten uns und schwärmten aus. Wir stolperten, holten uns blaue Flecken, wünschten und fürchteten zugleich, ihn zu finden. Wir trafen uns wieder am Beiboot, wechselten die Partner – und mein Gewehr wurde nach einigem Zögern Frank Morleys doch lieber dem stillen Südstaatler als dem reizbaren Polen anvertraut. Wieder schwärmten wir aus.

Fanden wir ihn zerquetscht, Gesicht nach unten, zwischen Felsbrocken? Hielten wir eine ferne bräunliche Masse aus Stein und Moräne für Uncle Jake? Entdeckten wir ihn verkrümmt, flach auf dem Rücken, die blauen Augen offen, zerschmettert und tot? Knieten wir endlich neben ihm, eingekeilt am Fuß der Felswand, verletzt, blutend, aber noch am Leben? Wurde wenigstens am Mittag von Frank Morley oder Al Wells ein Schuß abgefeuert, der uns vier zum Schlimmsten zusammenrief, das in der Nacht passiert sein konnte? Oder drei Schüsse zum Zeichen, daß er noch lebte?

Nichts. Kein Schuß. Kein Fetzen Kleidung. Keine Smith & Wesson, die fehl am Platz in dieser Ödnis lag, um Zeugnis von der Hand abzulegen, die in der Nacht schwach geworden war und sie hatte fallen lassen. Nichts. Keine Spur von ihm. Für immer von der Rodman Bay verschlungen.

Ein drittes Mal – außer Atem, schwitzend, bleich – trafen wir uns am Beiboot. Selbst Dynamite Pete und Al Wells schienen die schlimme Bedeutung dieses Tages zu erfassen. Pete zog seine Eisenbahnermütze ab und drehte sie in beiden Händen; Al Wells' glattes Gesicht war ausnahmsweise einmal ernst. Frank Morley stieg in das Beiboot, setzte sich auf eins der breiten Sitzbretter und ruhte sich aus. Schweigend reichte ich Frank Morley noch einmal den Hudson Bay-Rum, und er hob die tröstende Flasche, wischte sich seufzend den Mund an seinem Ärmel und gab die Flasche dann an Pete und Al weiter, die, verblüfft über diese Einladung, Frank Morleys Kummer – und schließlich auch meinen – brüderlich zu teilen, wie er einen Schluck nahmen, wie er sich die Münder abwischten, wie er erschöpft seufzten. Frank Morley drehte und rauchte eine Zigarette, gekrümmt im Beiboot hockend und nach Luft ringend. Es wurde kälter. Wir wußten, daß wir in dem unermeßlichen grauen leeren Licht der Rodman Bay bloß eine Handvoll Eindringlinge waren, verurteilt zu Bedeutungslosigkeit und Leid.

»Und jetzt?« fragte Dynamite Pete schließlich.

»Tja«, sagte Frank Morley, während er langsam aus dem Beiboot kletterte, »wir versuchen es noch ein Mal. Und zwar dort, wo Sunny und ich gestern waren. An dieser Rinne, in der Jake seinen Aufstieg begonnen hat.«

Und da fanden wir ihn. Im Gänsemarsch folgten wir Frank Morley die Moräne hoch, die einem gefrorenen Brei aus zermalmten Knochen glich, um Felsen von der Größe der ausgestorbenen Mastodons herum, für die Rodman Bay berühmt war, und direkt zur Mündung jener Rinne, in die Uncle Jake verschwunden war.

Wir sahen den Eingang der Rinne vor uns und die nicht mehr sonnenwarmen Felsblöcke, auf denen Frank Morley und ich gesessen und den Aufstieg des Kletterers verfolgt hatten. Und dort, an eine schmale Granitmauer gepreßt, sahen wir Uncle Jake. Wir blieben stehen. Wir waren nicht fähig, uns der großen starren Gestalt zu nähern, die, von Haltung und Gesichtsausdruck abgesehen, in eben diesem Augenblick ihren Aufstieg anzutreten schien.

»Jake«, sagte Frank Morley leise, das offenbar lebende und unverletzte Ziel unserer Suche anstarrend.

»Uncle Jake«, sagte ich und packte Frank Morley beim Arm.

»Jesses«, sagte Dynamite Pete, »was hat er denn?«

»Irgendeinen Schock«, meinte Al Wells.

»Verrückt«, sagte Dynamite Pete. »Diese verdammte Wand hat ihn verrückt gemacht. Zwanzig verdammte Stunden lang in dieser verrückten Wand.«

»Nein«, sagte Frank Morley ruhig. »Er ist verängstigt.«

»Versteinert, meinst du«, sagte Dynamite Pete.

Noch immer warteten wir. Selbst ich konnte mich nicht bewegen, die kurze Strecke nicht überwinden, die uns vier von meinem Vater trennte. Wie hatte der legendäre Uncle Jake, der Uncle Jake, den ich liebte, der Mann, den nie in seinem Leben etwas eingeschüchtert hatte, in eine solche Lage geraten können? Er war zu voller Länge ausgestreckt und haftete vom Hinterkopf bis zu den Stiefelabsätzen an der Granitmauer. Seine Finger waren gespreizt, Handflächen und Finger beider Hände gegen den Stein gepreßt. Jeder Muskel seines großen Körpers war angespannt; er schien rückwärts in den Granit einzusinken, als ob er versuchte, sich selbst mit jeder noch lebenden Faser zum Fossil unter all den andern Zeichen früheren Lebens zu machen, die in die mächtige Erdkruste der Rodman Bay eingeprägt oder versenkt waren. Seine Augen waren weit aufgerissen, ohne Blick. Das Halfter am Patronengürtel um seine Hüfte war leer.

»Und jetzt?« fragte Dynamite Pete. »Uns auf ihn stürzen, ihn in die verdammten Decken packen, fesseln und zu dem verdammten Boot runterschleppen? Ohne mich. Da mach ich nicht mit. Verdammich.«

»Er hat bloß Angst«, sagte Frank Morley. »Da oben in der Wand hatte er Angst abzustürzen, und die hat er noch immer. Aber gehen kann er. Er wird mit Sunny und mir zum Beiboot runtergehen.«

»Fesselt ihn«, sagte Dynamite Pete. »Verdammich.«

»Pete«, sagte Frank Morley geduldig, »du und Al geht zum Boot zurück und wartet auf uns. Wir kommen dann nach.«

Wir gaben ihnen Zeit, bis sie außer Sicht- und Hörweite waren, Frank Morley und ich, und dann nahten wir uns langsam und sachte Uncle Jake. Sein Blick war wild, er stand, als stünde er noch immer am Rand des sechshundert Fuß tiefen Abgrunds in der Nacht. Wir redeten ihm zu, berührten ihn, lösten behutsam seine Hände von dem Stein. Frank Morley nahm seinen linken Arm, ich seinen rechten, und obwohl er sich zunächst weigerte, auch nur einen Schritt zu tun, kam er doch endlich von der Felswand los und schlurfte, so gut es ging, hölzern, mechanisch, zwischen uns beiden zum Strand und dem wartenden Beiboot runter.

Das graue frostige Licht schwand bereits, als wir das Beiboot erreichten und Uncle Jake – noch immer sprachlos, stieren Blicks und bleich – auf einen Sitz in der Mitte des Boots manövrierten und ihm eine der khakifarbenen Decken um die breite Brust und den Rücken schlangen.

»Soll das heißen«, sagte Dynamite Pete, »daß wir das verdammte Boot mit dem da drauf ins Wasser ziehen sollen? Wo wir das Scheißding schon kaum bewegen konnten, als es noch leer war?«

Keiner sagte etwas, und ohne auf Dynamite Pete zu achten zogen wir Uncle Jake wie eine betäubte Gottheit den Strand runter und in das jetzt schwarze und kabbelige Wasser, das so kalt war, als ob sich ganze Schwärme in Eis verwandelter kleiner prähistorischer Fische darin tummelten. Wir vier wateten bis zu den Schienbeinen in dieses Wasser hinein und stiegen dann in das Boot. Der Außenbordmotor knallte und qualmte, wir kämpften gegen die Strömung und erreichten die *Prince of Wales* beim letzten Licht. Frank Morley warf dem Bauchbanditen eine Leine zu. Wir machten fest.

»Frank«, sagte der Bauchbandit und rieb sich seinen fettigen kleinen dicken Leib vor Erleichterung, Anhänglichkeit, Erregung, »er lebt. ... Er ist nicht abgestürzt.«

»Warum, weiß der Teufel«, sagte Dynamite Pete.

Kaum eine halbe Stunde später, um uns erhoben sich die Gerüche der Nacht und der See, lag Uncle Jake in seiner schmalen Koje flach auf dem Rücken bis zum Kinn unter vier Decken, stumm umsorgt von Frank Morley und mir. Al Wells und Dynamite Pete verschlangen lachend ihre Bohnen mit Speck und forderten den Bauchbanditen lauthals auf, sich zu ihnen zu setzen.

Irgendwann im Lauf dieser Nacht, ganz still war's auf der *Prince of Wales*, nur die gewöhnlichen leisen Geräusche eines nachts vor Anker liegenden Schiffs und das Schnarchen des schlafenden Trios, von Crew und Koch, waren zu hören, berührte mich Frank Morley, der im Dunkeln neben mir auf einer kleinen Holzkiste saß, die einmal Büchsenfleisch enthalten hatte, an der Schulter und sagte mit gedämpfter Stimme, er sollte doch besser nach oben gehen und den Rest der Nacht auf dem Feldbett verbringen, auf dem sonst immer Uncle Jake schlief, wenn die *Prince of Wales* unterwegs war. Auch wenn wir sicher vor Anker lägen, und das sei gewiß der Fall, sollte immer jemand im Steuerhaus sein.

Dann war ich mit Uncle Jake allein.

Er schlief nicht – um das zu erkennen, genügten mir seine offenen Augen –, und auch in all den restlichen dunklen Stunden erlöste ihn der so nötige Schlaf nicht von seinem Entsetzen. Seine Koje war schmal, aber ich saß auf der Kante bei ihm, um ab und zu seine Decken zu richten, obwohl er sich während dieser meiner zweiten Nachtwache nicht ein einziges Mal bewegte.

Über der Koje befand sich ein kleines Bullauge, und auch ohne Mond, ohne Sterne drang noch ein düsterer Dämmerschein durch die kleine dicke Milchglasscheibe in ihrem angelaufenen Messingrahmen zu uns hinein. Ich konnte die Gestalt Uncle Jakes erkennen, das lange Gesicht, die Wachsamkeit der reglosen Augen. Immer wieder richtete ich seine Decken, fühlte mit kalter Hand das stetig schlagende Herz tief in seiner Brust und fragte mich, ob er sich wohl je wieder bewegen oder sprechen würde. Ich wünschte, wir hätten es ihm bequem machen, ihm wenigstens die Stiefel ausziehen können. Aber Frank Morley hatte davon abgeraten, da es das beste wäre, ihn so wenig wie möglich zu behelligen. Und so lag Uncle Jake jetzt da wie ein lebender Toter und doch gekleidet wie einer, der zuversichtlich und tapfer und mit der ganzen selbstgefälligen Macht seiner Unschuld voranstürmt. Einmal fielen mir die Worte ein – Sitka Charley hatte sie mir gesagt –, mit denen die Indianer früherer Zeiten sich alles Gute wünschten: Möge dein Totempfahl lange stehen im Land, und möge immerdar aufsteigen der Rauch deines Lagers. Wieder tastete ich nach Uncle Jakes Herz, das noch immer schlug in den Tiefen seiner Angst. Und eben da überkam mich zum erstenmal die böse Ahnung, daß der Rauch aus Uncle Jakes Lager keineswegs immerdar aufsteigen würde.

Schatten um Schatten zog sich zurück. Ich sah das rasche Auf und Nieder der breiten Brust, sah den grauen Stoppelbart – mit sechzig hatte Uncle Jake noch immer Haare so schwarz wie polierte Kohle, während sein Bart, wann immer er ihn einmal etwas wachsen ließ, grau war – und sah den gequälten Ausdruck in seinen unverwandt starren Augen. Dämmerung. Ich wußte, nur noch wenige Minuten, und Frank Morley käme mit Uncle Jakes erster Tasse Kaffee wieder zu uns. Wir würden Kopf und Schultern meines Vaters hochstützen und ihn zwingen, wenigstens einen kleinen Schluck von dem Kaffee zu trinken.

Frank Morley kam tatsächlich nach wenigen Minuten. Aber ohne den Kaffee. Regen hatte wie Nagelköpfe auf die *Prince of Wales* herabzuprasseln begonnen, so laut, daß er fast sogar das Schnarchen von Koch und Crew übertönte.

»Jake«, sagte Frank Morley und ignorierte meine offenkundige Freude, ihn wiederzusehen. Aber warum? Was war los?

Warum hatte Frank Morleys Gesicht jetzt, da die Gefahr vorüber war, plötzlich die Farbe der regendurchweichten Asche eines erloschenen Feuers angenommen? Warum trug er lediglich sein Leibchen und die wollene Hose – die Träger hingen herab – und die hastig angezogenen Gummistiefel? Was sollte sein mühsam unterdrücktes Gezitter? Wieso blickte er entsetzter drein als Uncle Jake? Wozu die Autorität und Strenge, die er auf sein aschfahles Antlitz zwingen wollte? Und was hatte die Feuchtigkeit in seinen entgeisterten Augen zu bedeuten?

»Jake«, sagte Frank Morley leise und beugte sich vor, daß Uncle Jakes starrer Blick in seine Augen fallen mußte, »ich habe eine schlechte Nachricht.«

Uncle Jake regte sich nicht. Frank Morley beugte sich näher heran und legte ihm eine lange dünne Hand auf die Schulter. Ich glaubte Krebse in einem schaurigen Unterwassergarten auf unserem Schiffsrumpf wachsen und weit draußen auf See das Heulen eines Timberwolfs zu hören.

»Es geht um Rex«, sagte Frank Morley und senkte sein Gesicht noch dichter über das von Uncle Jake. »Er ist tot, Partner. Die Nachricht ist eben von Juneau durchgekommen. Er ist gestern nacht auf dem Weg nach Haines mit drei Passagieren abgestürzt. Ist voll umgeschlagen, Partner, und abgestürzt. Rex Ainsworth, ganz hier in der Nähe. Oben am Rainy Pass. Jedenfalls nimmt die Küstenwache das an. Sie wollen, daß wir da oben raufgehen, Jake. Und mal nachsehen.«

Ich erwartete nicht, daß Uncle Jake sich bewegen, daß er Frank Morleys Mitteilung verstehen würde. Wie sollte er? Nicht einmal der Tod des Buschpiloten, den er am meisten bewunderte, vermochte zu dem alten Jake durch die lebendige Totenstarre des neuen Jake durchzudringen. Aber wenn Frank Morleys Augen naß waren, warum dann meine nicht? Mit vierzehn hatte ich doch Gefühle, verborgene und offene. Warum also empfand ich keinen Schmerz, als ich Frank Morleys Nachricht hörte? Vielleicht, weil Rex' Tod mehr als Schmerz verlangte. Wie hätte gewöhnlicher Schmerz Tausende und Abertausende von Flugmeilen durch den alaskanischen Traum vergelten können? Vielleicht war es auch einfach so, daß der Schmerz, den ich jetzt um Rex Ainsworth empfand, keine gewöhnliche Ausdrucksform verlangte, sondern irgendeine andere – etwas, das überhaupt nicht als Schmerz zu erkennen war.

»Partner«, sagte Frank Morley mit seiner sanftesten und traurigsten Stimme, »sie wollen, daß wir das Wrack suchen und die Leichen bergen. Aber ohne dich schaffen wir das nicht. Na, Partner, ich komm gleich noch mal wieder.«

Wieder war ich mit Uncle Jake allein, und jetzt auch allein mit Rex – dem toten Rex – in meinen Gedanken. 1940 in Alaska war das Geräusch einer einmotorigen Maschine fernab jeglicher Siedlung von Männern und Frauen noch immer etwas ganz anderes als irgendwo sonst auf der Welt. Ich hörte Rex über mir hinfliegen, ich sah die gelbe Fairchild in dem von Rex selbst erkundeten Alaska verschwinden. Aber warum hatten wir den Absturz eigentlich nicht gehört? Wenn er sich während meiner dunklen Stunden bei Uncle Jake und während Frank Morleys schlaflosen Stunden oben im Steuerhaus ereignet hatte und wenn Rex tatsächlich nur vier oder fünf Meilen von der *Prince of Wales* am Rainy Pass abgestürzt war, wieso hatten wir dann dies laute und furchtbare Geräusch in der Nacht nicht gehört?

Das Knarren der *Prince of Wales*. Das graue widerwillige Licht der Dämmerung. Und noch immer waren allein Uncle Jake und Frank Morley und ich wach, und nur Frank Morley und ich hatten, wie ich annehmen mußte, die Meldung der Küstenwache wahrgenommen, die diese beiden seit zehn Jahren befreundeten Männer – Uncle Jake und Rex – jetzt so vereinigte, daß die Lähmung des einen der Spiegel war, in dem sich der Tod des anderen offenbarte. Das also, dachte ich, war das Ende der zwei Abenteurer und das Ende jener letzten Passagiere, die Rex vertraut hatten, und irgendwie auch das Ende von uns beiden, die wir dem jetzt nicht wiederzuerkennenden Uncle Jake treuer ergeben waren denn je.

Ich wußte weder, wie lange, noch warum Frank Morley uns alleine ließ. Ich wußte nicht, wann Billy Densmore den Kombüsenofen anmachen würde. Ich wußte nicht, was wir unternehmen könnten oder wer von uns zu der Fairchild hochklettern sollte oder wann wir jemals wieder Dampf aufmachen und mit der *Prince of Wales* Rodman Bay und Rainy Pass entkommen würden. Ich dachte, ich hörte Frank Morley oben im Steuerhaus herumgehen, ohne seinen Partner, ohne einen Plan, unfähig, zu rauchen oder sich die Augen zu trocknen. Er, der seit fast fünfzig Jahren in Alaska lebte, war krank vor Kummer und, wie er mir später erzählte, völlig am Ende.

Dann hörte ich die Stimme.

»Sunny«, sagte Uncle Jake, so schwach, so heiser, so unvermutet, daß ich es gar nicht glauben konnte, daß er meinen Namen ausgesprochen hatte. Mich fröstelte, ich beugte mich wie Frank vorhin über ihn und starrte in seine noch immer blicklosen Augen.

»Sunny«, sagte er wieder, als ob sein Mund voller Schlick wäre. Ich beugte mich noch näher heran, spürte einen seiner starken Unterarme unter den Decken und wartete darauf, daß er mir sagte, was Frank tun sollte.

»Sunny«, sagte er, und langsam kehrten seine Stimme, die noch nicht ganz die alte war, und die ersten Spuren von Leben auf sein Gesicht zurück, »so was Verflixtes aber auch. Da klettre ich in meiner Glorie diese Wand aus Kalkspat hoch – das war es nämlich, Kalkspat, wie sich herausstellte –, so leichtfüßig wie damals immer ins Krähennest der alten *Powhatan*, und auf einmal hing ich fest, es ging einfach nicht mehr weiter, nichts zu machen. Ich hatte ungefähr eine Stunde bis dahin gebraucht, und ich wußte natürlich, daß du und Frank mir durch das Glas zusaht, und als es jetzt so schien, als wenn ich nicht mehr weiterkäme, beunruhigte es mich daher vor allem, daß du und Frank euch meinetwegen Sorgen machen würdet. Aber soll ich dir was sagen, Sunny, selbst in dieser Situation ging mir eins nicht aus dem Kopf, daß nämlich dieser Kalkspat zum großen Teil mit Moos bewachsen war. Es war nicht bloß nackter Fels, wie ich gedacht hatte. Sondern mit Moos bewachsen, und zum ersten Mal in meinem Leben freute ich mich wie ein Schneekönig, daß ich einmal nicht recht behalten hatte.

Und dann«, fuhr er fort, rollte sich zu mir herum und stützte sich auf einen Ellbogen, »verfiel ich auf die Idee, Gefahr hin, Gefahr her, von dort oben, wo ich auf der Klippe klebte, einen Blick auf das ganze, von keiner Karte verzeichnete Gebiet der Rodman Bay zu werfen. Es war eine einmalige Chance, die ich mir nicht entgehen lassen konnte. Und da habe ich mich herumgedreht. Ich weiß zwar nicht, wie ich das geschafft habe, aber es ging. Bei meiner Größe brauchte es dazu eine Menge Geduld und Atemanhalten und Millimeterarbeit, aber schließlich stand ich mit dem Rücken zur Wand, und die ganze Rodman Bay lag ausgebreitet zu meinen Füßen. Es sah aus, als ob die Nacht aus diesen schwarzen Fluten aufsteigen würde, anstatt, wie es sich gehört, vom Himmel herabzusinken. Es war ein einzigartiger Anblick, Sunny, einzigartig.«

Er schwieg. Er leckte sich die Lippen. Blau dämmerte auf in

seinen aufgerissenen erfrorenen Augen. Ich glaubte, daß er mich jetzt durch sein blickloses Starren zu sehen beginne. Er räusperte sich. Seine Augenbrauen gingen rauf und runter. Ein Lächeln? Er begann zu lächeln, wie immer im Angesicht von Gefahren, Katastrophen, Enttäuschungen? Es sah mir danach aus.

»Tja«, sagte er, »und dann stellte ich fest, daß ich da ohne Augen in den Zehen nicht mehr runterkommen würde. Sicher, wenn ich mich ein zweites Mal hätte umdrehen können, ein doppelt schwieriges Kunststück unter diesen Umständen, und wenn ich es nur noch dreißig Yards weiter nach oben geschafft hätte, was ich für unmöglich hielt, dann hätte ich mich mit Hilfe einiger Erlenbüsche, die ich jetzt erst entdeckte und deren Gedeihen an der Rodman Bay ich für ausgeschlossen gehalten hatte, in einen Einschnitt herablassen können. Aber inzwischen war es dunkel. Und das ganze Unternehmen hatte seinen Zweck und Zauber gründlich eingebüßt, kann ich dir sagen.

Ich weiß nicht mehr, wie ich es geschafft habe, mich wieder zurückzudrehen, aber es ging. Und ich weiß auch nicht mehr, wie ich, fast nur meinem Gedächtnis folgend, die dreißig Yards zu diesem Einschnitt hochgekommen bin, nur um dort anstelle eines Wegs nach unten – ich hatte da im Dunkeln irgendwie so was wie eine Lücke ausgemacht, Sunny – einen Absturz zu entdecken. Bis dorthin hatte ich eine weitere Stunde gebraucht, und alles umsonst. Meine Seilrolle hatte ich natürlich längst verloren, wie du und Frank bestimmt gesehen habt. Dann hörte ich durch die Finsternis einen Büchsenschuß, und ich wußte, der alte Frank da unten versuchte mir damit Mut zuzusprechen, womit ich auch gerechnet hatte. Also klammerte ich mich mit einer Hand an den Hang, zog mit der anderen deine Smith & Wesson und schaffte es, Frank einen Schuß zur Antwort zu geben. Hätte ich zuerst geschossen, dann hätte er geglaubt, ich rufe um Hilfe, und Hilfe war mir inzwischen natürlich unmöglich nachzuschicken. Und dann sah ich auf einmal die Lichter auf der *Prince of Wales*. Guter alter Frank.

Nun, mir blieb noch eine hauchdünne Chance, nämlich zu versuchen, auf den Rücken dieses Vorsprungs zu kommen; obwohl ich den weder sehen konnte noch wußte, wo er war. Außerdem wurde es jetzt kalt, kann ich dir sagen. Jedenfalls, ohne das Moos, das da wie Haarbüschel aus allen möglichen Ritzen wuchs, hätte sich kein Mensch auch nur eine Minute an diesem Absturz festhalten können. Allmählich kam ich mir vor wie eine

Eidechse mit verbundenen Augen, Sunny, und wie ein Idiot obendrein. Ich weiß nicht, was ich getan haben würde, wenn Frank nicht in eben diesem Augenblick seinen zweiten Schuß abgefeuert hätte, den ich mit einem Schuß beantwortete, der als Gruß an meinen alten Partner gedacht war, der da unten das Ende der ganzen Sache mit mir gemeinsam abwartete.

Irgendwie – frag mich nicht, wie, Sunny – kletterte ich noch eine Stunde weiter. Und kannst du's glauben? Nach all dem, was ich durchgemacht hatte, konnte ich es mir doch nicht verkneifen, diesen kleinen schimmernden Lichtern der *Prince of Wales* einen Blick zuzuwerfen. Und dabei kam es über mich, das elendeste Gefühl, das ich je in meinem Leben gehabt habe. Keine Ahnung, warum es sich diesen Augenblick ausgesucht hat, aber so war's. Auf einmal hatte ich Angst. Ich hatte Angst, so hoch oben zu sein und abzustürzen. Immerhin wußte ich, daß ich nicht springen wollte. Immerhin diesen Vorteil hatte ich.

Naja, die da oben müssen es sich anders überlegt und mich an ihren unsichtbaren Fäden bis etwa zwölf Fuß unter den Gipfel hochgezogen haben, um mich dort meinem Schicksal zu überlassen. Ich hörte einen Büchsenschuß, ich schoß zurück, und dabei ließ ich dummerweise die Smith & Wesson fallen. Ich bekam sie einfach nicht mehr in das Halfter zurück – so taub war meine Hand –, und weg war sie. Ich horchte, aber ich hörte sie weder irgendwo anstoßen noch schließlich aufprallen. Nur Stille, und dieser an schieres Grauen grenzende Höhenkoller, der, wie ich selbst da wußte, ziemlich unvernünftig von mir war.

Ich holte mein Taschenmesser heraus. Ich hackte mir Griffe und Tritte. Ich raffte mich auf, falls man das so nennen kann, und kletterte weiter, zog mich an dem Felsen hoch, der unter dem Druck meiner Füße zerbröselte und in furchtbaren Brocken ins Leere wegstürzte. Tja, Sunny, da klammerte ich mich denn in meine Spalten und versuchte Fuß um Fuß hochzubekommen, ehe es zu spät war, Hoffnung und Leben über mir, sicheren Tod tausend Fuß tief unter mir. Ab und zu hörte ich Frank schießen, aber – ich gestehe es ungern – es bedeutete mir nichts mehr.

Eine Erle zum Festhalten, ein schmaler Sims, darunter noch ein Überhang und oben eine zerklüftete Wand. Ich robbte an der Wand entlang, kam auf einen Grat, stieg einen weiteren Vorsprung hinab – schwang mich in der Finsternis von einer Erle zur nächsten und dachte nur an eins: daß keinem anderen gelungen wäre, was ich da tat, falls ich überlebte und die Geschichte erzählen könnte.

Ich arbeitete mich heraus. Ich kletterte rauf, kletterte runter. Ich konnte nichts sehen. Mein Schweiß war kalt. Dann überkam es mich, daß ich das niemals überleben würde, nie diese Geschichte würde erzählen können. Und dann ging es nicht mehr weiter. Nach meiner Schätzung hatte ich noch etwa zweihundert Fuß abzusteigen, aber ich konnte nicht mehr. Ums Leben nicht, Sunny. Und so stand ich da, die Sohlen meiner Stiefel auf irgend etwas Festem und meinen Rücken an der Wand. Ich stützte mich gegen den Fels und wartete auf den Absturz. Mein Kopf war leer. Ich dachte an nichts, an niemand. Nicht einmal an Mutter.

Das Komische daran ist, daß ich beim ersten Licht – ich spürte dieses graue Licht eher, als daß ich es sah – und auch bei Franks ersten Rufen noch immer nicht merkte, daß ich längst unten war.

Aber jetzt weiß ich es. Und ich weiß noch etwas: daß ich um alles in der Welt nie mehr auf irgend etwas steigen werde, das höher ist als ein Stuhl.«

Er unterbrach sich, stützte sich höher und sah mich offen an. Er versuchte zu lachen, dieser große, wettergegerbte Mann, und sah aus, als wollte er sich aus dem Sterbebett seiner schmalen Koje erheben.

»Na, Sunny?« fragte er, »freust du dich, deinen alten Vater wiederzuhaben?«

Ehe ich antworten konnte, ehe ich ihm einen Kuß auf die Wange geben konnte, fiel er plötzlich zurück, ein erschöpfter und immer noch verschreckter Mann. Aber ich freute mich, ihn wiederzuhaben. Freute mich so sehr, daß das seltsame Entsetzen, das mich während seiner Erzählung gelegentlich beschlichen hatte, von meiner innigen Liebe zu diesem heldenhaften Mann zumindest fürs erste weggeschwemmt wurde.

Dann steckte Frank Morley seinen Kopf durch die Kabinentür.

»Frank«, sagte Uncle Jake, wieder reglos, ohne den Kopf zu wenden, »wir gehen sie suchen.«

»Aber, Jake«, sagte Frank Morley schnell und offenkundig entzückt vom bloßen Klang der Stimme seines Partners, »du weißt doch, wir können es unmöglich wagen, zum Rainy Pass aufzusteigen, wenn du uns nicht den Weg zeigst und die ... Arbeit überwachst, die da oben zu tun ist.«

»Keine Bange«, sagte Uncle Jake. »Ich zeig euch den Weg.«

»Aber, Jake«, sagte Frank Morley, »du hast fast vierundzwanzig Stunden unter Schock gestanden. Bist beinahe gestorben. Und daran war nur die Höhe schuld. Das wissen wir doch beide.«

»Frank«, sagte Uncle Jake, »der Rainy Pass mag ja steil sein, aber es ist ein Paß, keine Felswand. Und darauf kommt es an: Es ist ein Paß zwischen Felswänden, aber selbst keine Wand.«

Frank Morley wartete.

»Du machst jetzt folgendes«, sagte Uncle Jake. »Funke nach Juneau, daß wir unterwegs sind. Sag ihnen, sie sollen ein Flugzeug runterschicken, das die Leichen nach Juneau zurückbringen kann. Sag Pete und A. L. und dem Bauchbanditen, was passiert ist und was wir machen werden. Sag dem Bauchbanditen, daß er an Bord der *Prince of Wales* zu bleiben hat. Es wird anstrengend, Frank, aber dich brauch ich bei der Sache.

Und nun, Sunny«, sagte er lachend und stützte sich wieder auf einem Ellbogen hoch, »gib mir die Hand und hilf mir hier raus. Schluß mit Uncle Jakes Krankenlager.«

Stimmen. Tumult. Billy Densmores Pötte und Pfannen und Topfdeckel und Schöpfkellen. Aus irgendeinem Grund ein kurzes übermütiges Signal der Schiffspfeife.

Frank Morley kam zurück, und während ich draußen im Korridor wartete, half er Uncle Jake beim Rasieren und Waschen, half ihm in ein frisches Hemd und eine frische Hose. Dann führten wir ihn an den ovalen Tisch, wo er alleine saß – Billy hatte es sich verbeten, daß diesen Morgen irgend jemand außer Uncle Jake an seinem, Billys, Tisch Platz nehme –, und sahen Billy Densmore dabei zu, wie er Fisch und Brötchen und Baked Beans und ein halbes Dutzend Spiegeleier in Schüsseln und Schalen um Uncle Jake herum aufhäufte, der an dem ansonsten leeren Tisch thronte, sich satt aß und einmal mehr seine Lebenskräfte wiederherstellte.

Dann Decken. Seile. Ein paar alte Zeltplanen. Und die Arzneikiste. Brecheisen. Eine der Tragen mit Essen und Trinken beladen, für den Fall, daß wir länger da oben bleiben müßten, als Uncle Jake berechnet hatte.

In letzter Minute, Pete und Al Wells und Frank Morley waren bereits auf ihren Plätzen in dem vollgeladenen Beiboot, Billy Densmore stand zum Abschied bereit, in diesem Augenblick höchster Bereitschaft bei kaltem Geniesel, packte Uncle Jake mich plötzlich, als ich gerade über die Bordwand ins Beiboot steigen wollte, beim Arm.

»Sunny«, sagte er, Stirn und Augenbrauen gerunzelt, »findest du ... oder wäre es nicht besser, wenn du ... ich meine, Bill könnte noch einen zweiten an Bord gebrauchen. Das heißt, was wir da oben wahrscheinlich zu sehen bekommen und was wir da zu tun haben, ist nichts für ein ... Du weißt, daß Sissy es nicht erlauben würde, wenn sie jetzt hier wäre. Irgendwo muß auch mal Schluß sein, würde sie sagen.«

So kurz davor war Uncle Jake noch nie gewesen, mich offen ein Mädchen zu nennen und mich, als Mädchen, vor Schrecken zu beschützen, die nur den Männern vorbehalten waren. Als ich keine Antwort gab, sah er auf mich hinab, lächelte beruhigt, weil ich im Grunde doch ein Junge sei, wie er sich immer eingeredet hatte, und nickte mir ernst und männlich zu. Ich stieg ins Beiboot hinunter, und damit hatte sich's. Von meinem Geschlecht, ebenso wie von der ausgedehnten kupfergrünen Verfärbung auf jener Felsenwand, die Uncle Jakes Phantasie so sehr gefesselt hatte, war nie mehr die Rede.

Wir setzten das Boot auf den Strand. Wir bepackten uns mit der Ausrüstung, die schon Geruch und Konsistenz und Farbe geronnenen Blutes angenommen hatte. Wir folgten Uncle Jake in das rieselnde enge Bachbett, das uns seiner Meinung nach geradewegs auf den Rainy Pass führen würde. Das Geniesel wurde zu rauschendem Regen. Die steilen Wände links und rechts waren naß und glänzten dunkel. Wir stiegen zum Scheitelpunkt des Passes empor, umhallt von Petes Gemurre und Al Wells' aufgekratztem Gejammer. Uncle Jake versuchte unser Tempo nach dem mühsamen Keuchen seines Partners einzurichten.

Die Rucksackgurte brannten auf unseren Schultern. Die Steigung des Bachbetts nahm zu. Der Regen ließ nach, an seine Stelle traten dünne Nebelfahnen. Der Bach umrieselte unsere Stiefel. Uncle Jake ordnete eine kurze Verschnaufpause an. Wir waren barhäuptig, bis auf Frank Morley, und naß und farblos, vom Karomuster unserer Wollhemden abgesehen: schwarzrot bei Uncle Jake, schwarzgrün bei Al Wells, schwarzblau bei Frank Morley, grünrot bei mir, dunkelblau bei Pete.

»Wir sind bald da, Frank«, sagte Uncle Jake, als wir wieder unsere Bündel schulterten und weiterzogen.

Dann kamen wir an die Steilwand.

Wir bogen in dem engen Paß um eine scharfe Kurve, auf einer von Uncle Jake geschätzten Höhe von zweitausend Fuß, und da war er. Der Steilhang. Ein schmales senkrechtes Stück Felsen, das gut siebzig Fuß hoch und mit den soliden Felswänden zu beiden Seiten verbunden war. Das Wasser, das unseren Weg, wie Uncle Jake sich scherzend ausdrückte, so schlüpfrig gemacht hatte, kam aus irgendeiner unsichtbaren Quelle am Fuß dieser Wand.

Kein Ausweg. Drei Stunden von der *Prince of Wales* entfernt steckten wir in einer Sackgasse.

»Hör mal«, sagte Al Wells liebenswürdig, »diese Mannschaft tut ja eine ganze Menge umsonst.«

»Jake«, sagte Frank Morley, keuchend vornübergebeugt die Hände auf den Knien abgestützt, »sieht aus, als wäre das nicht zu schaffen. Ich weiß, was das für dich bedeutet, aber es ist nicht zu machen.«

»Frank«, sagte Uncle Jake, »da ist doch nichts dabei. Pah, ich spring nur schnell den Hang da rauf und werfe Sunny und A. L. ein Seil runter. Und du wartest hier und nimmst ... das in Empfang, was wir runterlassen.«

»Mr. Deauville«, sagte Al Wells, »ich tu praktisch alles für jeden, für den ich arbeite. Und einen ausgeglicheneren Mann als mich werden Sie nirgendwo finden, das wissen Sie. Aber Al Wells wird nicht an diesem Felsen raufklettern und sich den Hals brechen, bloß um vier Leichen zu bergen. Nein, Sir. Was Al Wells betrifft, so werden diese Leichen bleiben müssen, wo sie sind – falls sie überhaupt da oben sind. Und wo wir schon mal dabei sind, sag ich noch etwas. Soll keine Beleidigung sein. Aber das Ganze ist scheußlich. Einfach scheußlich. Und nichts für einen jungen Menschen. Am allerwenigsten für ein Mädchen.« Pete pflichtete ihm bei.

Schweigen. Regen. Uncle Jake groß und schwärzlich beleuchtet und naß wie die hohen Felsen, die uns einschlossen.

»Außerdem, Partner«, sagte Frank Morley bei dieser einzigen anderen Gelegenheit, bei der er so etwas wie offene Illoyalität riskierte, »hast du Höhenangst. Du hast Schlimmes durchgemacht, Jake. Sobald du diesen Felsen auch nur anrührst, wird es wieder über dich kommen: Höhenangst. Und falls du es doch schaffen solltest und dann wieder mitten in der Wand hängenbleibst, was dann? Tu's nicht. Das soll die Küstenwache machen.«

Wir warteten. In dieser feuchten Stille wußte ich plötzlich, was Uncle Jake dachte und an wen er dachte: an mich. Er bewahrte seine Fassung, schluckte Al Wells' schockierende Äußerung ohne Zorn, als wären jene Worte gar nicht gefallen, nahm sich in acht, die Gefühle und die Logik seines besorgten Partners nicht anzuzweifeln. Er wollte da hoch, das begriff ich, und zwar mit mir.

»Sunny«, sagte er, indem er sich mit zwei Seilrollen behängte – eine um seine Taille, die andere um Kopf und Schulter –, »wenn ich oben bin, werde ich dir eins dieser Seile runterwerfen. Dann bindest du es dir um die Hüfte, stellst deine Füße unten gegen den Fels, lehnst dich zurück und gehst, sozusagen, die Wand hoch. Ich zieh dich rauf. Ich werde mein Ende des Seils so festhalten, als ob es zehnmal um einen Felsen gewickelt oder an einer Erle festgebunden wäre. Genauso fest. Genauso sicher. Es ist ganz einfach, Sunny. Wir zwei schaffen das schon.«

Er lächelte, wandte sich von uns ab, trat an die Steilwand, hob langsam den Kopf, musterte eingehend die ganzen siebzig Fuß von unten bis oben, zog dann sein Taschenmesser, klappte es auf, schickte sich an, Grifflöcher zu schlagen. Bevor er damit anfing, sah er noch einmal über die Schulter zu uns zurück, und für diesen einen Augenblick flackerte in seinen klaren Zügen jenes Entsetzen auf, das ihn erst tags zuvor so viele Stunden lang entstellt hatte. Er zauderte. Er haßte Höhen, sagte seine Miene. Er hatte Angst.

Aber er wandte sich wieder dem Steilhang zu, und ohne weiteres Zögern schlug er die Grifflöcher, suchte sich Spalten und Sprünge, erkletterte, nach Frank Morleys Eisenbahneruhr, diese siebzig Fuß in fünfundvierzig Minuten, ohne eine einzige falsche Bewegung und ohne auch nur einmal nach oben oder unten zu blicken. Augen in den Zehen, dachte ich. Nie versagende Kraft. Aber uns allen da unten war klar, was diese Anstrengung ihn gekostet hatte.

»Sunny!« rief er, und er lag da oben nicht etwa auf dem Bauch und spähte vorsichtig über die Kante, sondern er stand in voller Größe und so nah am Rand des Abgrunds, wie es nur möglich war ohne abzustürzen. »Sunny!« rief er zu mir hinunter, »das Seil kommt«, und schon kam sie angesaust, meine Verbindung mit Uncle Jake. »Also dann«, rief er, »hinauf mit dir!«

Ich band mir das Seil um, ich folgte Uncle Jakes Anweisungen. Als ich das Seil ergriff, meine Stiefelsohlen flach auf den senkrechten Fels zu stellen versuchte, mich zurücklehnte und langsam, einen nach dem anderen, meine Füße bewegte, spürte ich Uncle Jake am anderen Ende des Seils – mir schwindelte, aber Angst hatte ich nicht. Nach hinten gelehnt, blickte ich an dem Steilhang hoch und in den grauen nassen Himmel über uns; ich schwankte, ich bewegte mich, ohne Bewegung zu spüren, ich sah die kleinen Griffe, die er in den Stein geschnitten hatte; ich wußte, daß ich hoch in der Luft hing und daß dieses Unterfangen, Uncle Jake zu gehorchen – sich seiner würdig zu erweisen, ihm auf die Höhe des Steilhangs zu folgen, den nur er und ich bezwungen hätten –, ein höchst gefährliches Wagnis darstellte und dazu mein erstes. Aber Angst hatte ich nicht. Ich befand mich in den Händen meines Vaters.

Als ich mich über die Kante schwang, fing er mich auf, half mir hoch und drückte mich lachend mit beiden Armen an sich. Unsere Kleider waren durchnäßt, der Nebel wurde dichter, wir waren allein auf einem engen, umschlossenen Plateau auf dem höchsten Punkt des Rainy Pass. Felsbrocken. Blöcke. Eisige Rinnsale. Noch mehr von den unerwarteten Erlen. Die seltsame Würde dieser offenbar zeitlosen Düsternis.

»Frank«, rief Uncle Jake schließlich nach unten, »wir gehen sie jetzt suchen. Falls wir sie finden, werde ich ein Seil runterlassen, damit wir die nötigen Sachen raufziehen können.«

Wir brachen auf, Uncle Jake und ich, und um uns war nichts als Stille, Regen, den wir nicht empfanden, Düster. Noch bevor wir auf die ersten Spuren des Absturzes stießen, wußten Uncle Jake und ich, daß wir sie finden würden. Uns allein war die Entdeckung der Fairchild und ihrer Insassen vorbehalten. Wir waren kaum hundert Yards weit gegangen, als wir an einem Erlenzweig einen gelben Stoffetzen flattern sahen. Wir sagten nichts und gingen weiter. Ein Lederhandschuh – ob der eines Mannes oder einer Frau, war nicht zu erkennen – lag auf dem Boden. Dann eine der gelben Türen der Fairchild, die unbeschädigt an der steilen Felswand lehnte.

Und hinter einem Felsblock sahen wir sie dann: die gelbe Fairchild, stumm, teils unversehrt, teils zerschmettert, ihr Wrack glich einer Statue, die ewig dort unter den Felsen stehen würde. Sie war leicht auf die Seite gekippt, ihr Schwanz ragte nach oben, die Schwimmer waren noch dran. Schon von weitem konnten Uncle Jake und ich erkennen, daß der geschwärzte Motor dauerhaft mit der schwarzen Felsplatte, auf die er aufgeschlagen, verschmolzen war. Und ebenso, wie wir die eine abgerissene Tür an der steilen Felswand lehnend gefunden hatten, bemerkten wir jetzt, daß der hölzerne Propeller, bevor das Flugzeug mit der Nase auf den ewig unnachgiebigen Fels geprallt war, sich irgendwie vom Motor getrennt haben mußte und jetzt aufrecht am Rumpf des Flugzeugs lehnte. Es war, als hätten wir nicht als erste die Unglücksstelle entdeckt, als hätte jemand anders schon vor uns bescheiden sein Bestes getan, den Schauplatz, so gut es ging, aufzuräumen.

Der strenge Geruch von hochoktanigem Benzin hing noch immer in der Luft. Durch die zertrümmerten Fenster erkannten wir dunkle Formen, verkrümmte, unkenntliche Figuren, den Piloten und mindestens einen Passagier, umgeben von der Aura eines Flugs, der niemals enden würde, bereits beendet war.

»Sunny«, sagte Uncle Jake ruhig, »vorläufig gehen wir nicht näher da ran. Wir kehren um und sagen dem armen Frank, daß wir sie gefunden haben. Du hilfst mir, die nötige Ausrüstung raufzuziehen.«

Als wir an den Rand des siebzig Fuß tiefen Absturzes kamen, beugte Uncle Jake sich vor, sprach Frank Morleys Namen und ließ eins unserer Seile hinab. Mehr war nicht nötig. Frank Morley begriff. Gemeinsam zogen Uncle Jake und ich viermal unser Seil herauf, bis wir weitere Seile, vier Planen, die Axt und das Brecheisen um uns versammelt hatten, die wir dann zu dem Wrack trugen.

»Sunny«, sagte Uncle Jake schließlich, »ich möchte, daß du bleibst, wo du bist. Ich will nicht, daß du näher herangehst. Verstanden? Ich hole die da raus. Ich verschnüre sie in die Planen. Und dann kannst du mir helfen, sie zurückzuschleppen und über die Felskante hinunterzulassen.«

Doch als er nach der Axt griff, griff ich nach dem Brecheisen, und er machte keinen Versuch, mich aufzuhalten.

Langsam. Schweigend. Schritt für Schritt. Als hätten wir kein Recht, hier einzudringen, kein Recht, hier zu sein, kein Recht, irgend etwas hier zu berühren. Mit der Stiefelspitze stieß Uncle Jake eine ziemlich neu aussehende Hirschlederhandtasche beiseite und ein halb aus seiner zerrissenen Seidenpapierverpackung ragendes kleines Elfenbeinwalroß, das direkt aus dem Kuriositätenladen von Juneau hierhergeraten zu sein schien. Und dann standen wir in dem feuchten Düster unter der gelben Tragfläche. Zwangen uns, in die Kanzel der Fairchild hineinzusehen. Schatten. Glassplitter der Windschutzscheibe, die wie Glimmerblättchen überall im Innern der dunklen Kanzel glitzerten.

»Sunny«, sagte Uncle Jake, während er die Gestalt im Straßenanzug anstarrte, die da in ihren Gurten vor den erloschenen Armaturen hing, »das ist er. Das ist Rex. Aber ... sieh nicht hin. Sieh weg ... Da stimmt doch was nicht – großer Gott, was haben sie mit Rex gemacht?«

Wir entfernten die feste feuchte gelbe Verkleidung der halben Kanzel, wir schlugen den halben Stahlrohrrahmen des Rumpfs heraus. Zum Öffnen der Kanzel nahmen wir das Brecheisen. Die Meldung der Küstenwache hatte von vier Todesopfern in der Fairchild gesprochen. Aber Uncle Jake und ich fanden nur zwei.

»Wo sind sie?« fragte Uncle Jake, stieg noch einmal in die Kanzel, kam wieder heraus, schickte mich in eine Richtung und ging selbst in eine andere. Wir suchten so lange, wie wir es uns leisten konnten, nach den beiden Verschwundenen und fanden nichts, kein weiteres Kleidungsstück außer dem Handschuh, nichts. Die Sitze, in denen sie gestorben sein mußten – der neben Rex und der neben der Gestalt hinter ihm –, waren leer. Die Stoffgurte, die sie an ihren Sitzen hätten festhalten sollen, waren einfach weg. Wir konnten weder die beiden noch irgendeinen Hinweis darauf finden, daß sie überhaupt je existiert hatten.

»Wir müssen aufgeben«, sagte Uncle Jake. »Der Bursche von der Küstenwache in Juneau muß sich geirrt haben. Äußerst merkwürdig, Sunny. Und ist es nicht seltsam, daß sie nicht in Flammen aufgegangen ist? So ein Absturz, und die Fairchild hat kein Feuer gefangen? Mir wär's lieber gewesen, kann ich dir sagen.«

Dann blieb uns keine andere Wahl, als sie herauszuholen, die Leichen Rex Ainsworths und des Passagiers, der hinter ihm geflogen war und der sich, sobald wir uns an die Arbeit begaben, als eine Frau entpuppte. Ihre Körper waren noch in der sitzenden Haltung eingefroren, in der sie gestorben waren, und wir legten sie zugedeckt ein gutes Stück von der Fairchild ab, wickelten sie dann in Planen und verschnürten sie mit Seilen an Knöcheln, Knien, Hüfte, Brust und Hals. Die Frau konnten wir an den Rand des siebzig Fuß tiefen Abhangs tragen, aber Rex war so schwer, daß wir ihn mit zwei kurzen Seilen zu der Leiche jener Person hinschleifen mußten, die, wie Uncle Jake leise und verbittert sagte, Rex' letzter Gefährte gewesen war und eine Frau obendrein.

Weiße Gesichter, die zu uns hochstarrten. Uncle Jake und ich, die zu ihnen hinabspähten. Uncle Jake und ich bei den Vorbereitungen zum Abseilen der Leichen. Die langen Taue anbringen. Am Rand des Abhangs sitzen und festhalten. Die erste Leiche über die Kante stoßen, gemeinsam das Seil laufen lassen und das massige Bündel schaukeln, anstoßen, mit unruhiger Eile zu Frank Morley und Al Wells hinabgleiten spüren. Dann dasselbe mit der zweiten. Erst die Frau und dann Rex Ainsworth.

»Frank«, rief Uncle Jake am Rand des Abgrunds und fuhr sich mit dem Ärmel übers Gesicht, »das war's. Wir kommen runter.«

Uncle Jake drehte sich zu mir herum, und plötzlich waren seine ganze finstere Stimmung, seine zerschlagenen Hoffnungen – er hatte tatsächlich damit gerechnet, Rex Ainsworth noch am Leben zu finden – wie weggeblasen, als ob, nachdem die Leichen einmal außer Sicht waren, er und ich jetzt wieder allein vereint wären in jenem besonderen Gefühl der Privilegiertheit, das uns immer verband.

»Sunny«, sagte er lächelnd und stolz, wie ich wußte, auf meine Rolle bei der schwierigen Unternehmung, die wir soeben beendet hatten, »bergab steigen ist etwas ganz anderes als bergauf. Die einzige vernünftige Art runterzukommen ist das, was die Bergsteiger Dülfern nennen. Dazu sind zwei Seile erforderlich. Eins binden wir an diese Erle da, und das andere hier brauchst du zum Dülfern. Du führst das Seil hinten um einen Oberschenkel, dann hoch über deinen Rücken, ziehst es über die entgegengesetzte Schulter und über deine Brust. Dann mußt du dich vom Felsen abstoßen und dabei das Seil durch deine Faust gleiten lassen, so daß du, wenn deine Stiefelsohlen den Felsen berühren, so etwa fünf oder sechs Fuß tiefer landest. Du mußt Vertrauen zu dir haben, Sunny. Es ist nicht einfach, aber du findest den Dreh schnell genug heraus. Wegstoßen, runtersegeln, den Fall durch Verstärkung deines Griffs am Seil abbremsen, wieder wegschwingen, runtergehen, bremsen, abstoßen und fallen. So machst du das. Nur mit einer Hand und viel rhythmischem Gefühl. Und das zweite Seil, das binden wir dir um die Hüfte. Ich nehme das andere Ende und lasse es schön stramm ablaufen, während du runtergehst. Falls du also zufällig das Dülferseil loslassen solltest – was du natürlich nicht tun wirst –, habe ich dich noch immer an dem Sicherungsseil, um deinen Sturz abzufangen, und du kannst dich wieder aufrappeln und dann weiter abwärts dülfern. Alles verstanden?«

Ich nickte, wir bereiteten die Seilrollen vor, Uncle Jake knotete mir das Sicherungsseil um die Hüfte, ich verhedderte mich, wie mir schien, in dem Gewirr des Dülferseils und sagte Uncle Jake, ich sei bereit. Falls er mit all dem beabsichtigte, mich das Wrack der Fairchild vergessen zu machen und den Anblick der Absturzstelle aus meinen Gedanken zu vertreiben, war sein Erfolg vollständig. Ich dachte an nichts anderes als siebzig Fuß senkrechten Fels und freien Fall.

»Frank«, rief Uncle Jake, »Sunny kommt jetzt runter. Und drück sie mir tüchtig, wenn sie unten ist!«

Ich ließ mich behutsam über den Rand der Steilwand, lehnte mich zurück – ins Nichts – und lockerte schnell, ehe ich zu denken anfing, meinen festen einhändigen Griff um das Dülferseil und stieß mich, Augen aufgerissen und Körper kalt, nach hinten ab und machte mit jähem Hochgefühl meinen ersten Bogen, fiel frei, und wie ein Fallschirmspringer, dem einfällt, die Reißleine zu ziehen, übte ich auf das durch meine geschlossene Faust schießende Seil genau den erforderlichen Druck aus, meinen Sturz zu verlangsamen und kurz den Kontakt zwischen dem Felsen und meinen Sohlen herzustellen und mich praktisch ohne Unterbrechung wieder abzustoßen und weiterzufallen. Abwärts ging's. Ich fühlte die kalte Luft, erfuhr mit jedem flüchtigen Anprallen meiner Füße an den Felsen die Wonne der Erleichterung, empfand mit jeder neuen Hingabe an die Leere das Glück einer offenbar grundlosen Furcht. Über mir schwankte der nasse Himmel. Ich war die beste Dülfer-Schülerin – Expertin gleich beim ersten Mal –, die Uncle Jake jemals haben würde.

Dann, nach der Hälfte des Wegs, eine Veränderung. Das Sicherungsseil. Mitten in meiner Wonne und Konzentration spürte ich, daß irgend etwas anders war, sah das Sicherungsseil lose neben mir baumeln, fühlte meine Hüfte plötzlich nicht mehr umgürtet. Der Knoten, erkannte ich, hatte sich gelöst. Allein meine linke Faust an dem Dülferseil hielt mich noch fest. Wenn ich auch nur für einen Augenblick der Angst und der damit verbundenen Verwirrung Raum gab, wenn ich die Beherrschung verlor und mit beiden Händen nach dem Dülferseil griff, wenn ich den Rhythmus, den Uncle Jake mir einzuhalten aufgetragen hatte, durcheinanderbrachte, dann würde ich mich keine Minute lang mehr oben halten können, würde auch noch das Dülferseil verlieren und runterstürzen. Jetzt konnte Uncle Jake mich nicht mehr retten. Nichts. Doch dann gelang es mir gleich mit viel Glück, durch Willenskraft und die Freude, die mir mein Abstieg im Grunde ja machte, mein geistiges Auge gewissermaßen zuzukneifen und mein Denken auszuschalten, ich vergaß meinen Vater und das andere Seil, glitt weiter hinab und in Frank Morleys wartende Arme.

»Ich hab's gesehen«, sagte er leise und hüllte mich in den tröstenden Tabakrauch sämtlicher Bars und Lager und Hüttenkneipen, die je irgendwo in Alaska an Flüssen und auf eingeschneiten Pässen existiert hatten. Und als ich mich so an Frank Morley drückte, sah ich seitlich die beiden in Planen gewickelten Leichen verkrümmt in dem eisigen Wasser liegen, das aus seiner verborgenen Quelle am Fuß des Steilhangs rieselte und uns vieren um die Stiefel plätscherte.

Nach einer langen Pause erschien Uncle Jake in eigenartig kniender Haltung am Rand der Steilwand.

»Sunny«, rief er, »alles in Ordnung?«

»Alles in Ordnung«, rief Frank Morley zu ihm hoch.

Eine noch längere Pause. Uncle Jake dülferte in Zeitlupe herunter, eine große Gestalt, die bei jedem Abstoßen aussah wie jemand, der von einer Brücke springt. Nachdem ich nur einmal kurz hingesehen hatte, wie er da oben hing mit seinem Seil und seiner Angst, mußte ich den Blick von ihm abwenden.

Dann war er unten.

»Sunny«, sagte er bleichen Gesichts, am ganzen Körper zitternd, »kannst du dir vorstellen, was ich durchgemacht habe, als dein Sicherungsseil auf einmal locker war? Erst lief es prächtig, und ich war noch nie so stolz auf dich, und dann ging plötzlich die ganze Spannung aus diesem verflixten Seil. Kannst du dir das vorstellen? Da stand ich und wußte, daß nun nichts mehr deinen Tod verhindern konnte, falls du, womit man bei jedem Anfänger rechnen muß, die Nerven verlieren solltest. Und durch meine Schuld. Ganz durch meine Schuld. Dieser verflixte Knoten, dachte ich, während ich allein da oben saß und nicht einmal über den Rand zu blicken wagte, um nachzusehen, wie es dir erginge. Das einzige, woran ich denken konnte, war dieser verflixte Knoten und wie ich ihn falsch oder nachlässig geknüpft hatte – dein eigener Vater, Sunny, der größte Knotenknüpfer von Alaska – und daß ich dich wieder da oben bei mir haben und noch eine einzige Chance – nur eine noch – bekommen wollte, dir dieses Seil um die Hüfte zu binden. Und fest diesmal. Du wirst es niemals wissen, Sunny. Aber es war die Hölle.«

Köpfe hingen. Hände am Kinn. Augen himmelwärts. Die Leichen saugten sich mit Eiswasser voll. Schweigen.

»Jake«, sagte Frank Morley leise, »Sunny ist ein Held. Wir alle verstehen, wie du dich gefühlt hast. Aber Sunny hat es geschafft, und das ist das Entscheidende.«

»Ich weiß, Frank«, sagte Uncle Jake niedergeschlagen. »Das brauchst du mir nicht zu sagen.«

»Na, dann Kopf hoch«, sagte Frank Morley. »Wir haben unseren Auftrag erledigt. Ohne Verletzte oder Schlimmeres. Also komm, Partner, wir müssen diese ... Leichen ... zum Strand runtertragen.«

Und das taten wir dann. Uncle Jake trug Rex Ainsworth am oberen Ende, Al Wells am unteren; Dynamite Pete schleppte die Frau an Kopf und Schultern, Frank Morley und ich taumelten außer Tritt dahin und mühten uns, ihre Knie und Knöchel nicht fahrenzulassen. Sie war leicht, und ich hätte sie mit Pete alleine tragen können. Aber wir wußten, daß wir vier unsere Rolle bei diesem letzten Teil der Reise gemeinsam spielen mußten, und weder Frank noch ich waren bereit, unnütz hinter diesem stumm dahinstolpernden Leichenzug dreinzuzuckeln. Das Geniesel schwoll wieder zu Regen an. Der Nebel senkte sich.

Nach Frank Morleys Uhr erreichten wir den Strand um vier, und kaum hatten wir das Beiboot ins Wasser geschoben und die Leichen hineingelegt, als wir das Motorengeräusch eines Flugzeugs herankommen und dann über uns kreisen hörten.

»Das nenne ich Timing«, sagte Frank Morley.

»Aber wie soll es denn hier landen?« sagte Uncle Jake. »In dieser Waschküche.«

Plötzlich war das Motorengeräusch ganz nahe, lauter, das Flugzeug jagte unmittelbar über unsere Köpfe, so schien es jedenfalls, kam aus dem Rainy Pass herabgestoßen, als ob die Fairchild, die wir schon aufgegeben hatten, lebendig geworden wäre und es überhaupt keinen tödlichen Unfall gegeben hätte.

»Hey«, sagte Al Wells, als keine hundert Fuß über uns die aus Juneau geschickte Maschine aus dem Nebel auftauchte, »was ist das denn für ein Kasten? Hat ja nicht mal Schwimmer!«

»Großer Gott«, sagte Uncle Jake, »Chippy Smith!«

»Das ist ein Flugboot«, sagte Frank Morley zu Al Wells. »Ein altes.«

»Da schicken die uns Chippy Smith«, sagte Uncle Jake, »zu einem solchen Anlaß!«

»Besser als gar nichts, Partner«, sagte Frank Morley.

»Warum er?« fragte Uncle Jake mit soviel Schmerz und Zorn in seiner Stimme, daß selbst Al Wells unangenehm berührt war. »Warum er, Frank? Begreifst du nicht? Rex müßte dieses Flugzeug da steuern und dieser verflixte Chippy Smith tot in dem Beiboot da liegen. Chippy hatte das schon immer zu gewärtigen. Aber nicht Rex, Frank. Rex nicht.«

Das Flugboot zog einen Kreis, so tief und steil geneigt und leichtsinnig, daß es kurz danach aussah, als müßte eine seiner Flügelspitzen in dem kabbeligen Wasser hängenbleiben und dem Flugboot ein Ende bereiten, das ebenso unwiderruflich wie das der Fairchild wäre. Wir sahen das alte Flugboot schon an einen schäumenden Wellenkamm prallen, ein halb Dutzend Räder schlagen, zersplittern und Feuer fangen, vor unseren Augen verbrennen und in dem eisigen Wasser versinken. Statt dessen landete es, gehüllt in Gischtwolken und die vertrauten grellen Stichflammen aus seiner Motorgondel. Der Motor erstarb, sprang wieder an. Das Flugzeug wendete, steuerte landwärts, trieb bis in Rufweite auf unseren Standort am Strand zu. Die Luke klappte auf. Chippy Smith stieg heraus, begab sich zum Bug und warf einen Anker, der die Maschine festhalten würde, bis wir unsere Fracht aus dem Beiboot in die kleine Kanzel befördern konnten, in der es, wie Uncle Jake und ich wußten, nach Bier oder bei dieser Gelegenheit vielleicht auch nach Whiskey stinken würde.

Uncle Jake machte den Vorschlag, daß er und ich die Leichen zu dem Flugboot überführen sollten. Niemand erhob Einspruch. Wir legten ab, ich warf den Außenbordmotor an, bedrückt erreichten wir Chippy Smiths altes Flugzeug und machten fest. Chippy war, das sahen wir sofort, nicht der lachende unbekümmerte Schelm wie sonst. Er war, sahen wir, halb betrunken. Mehr als halb betrunken.

Trotz dem Wetter in Hemdsärmeln, stand er – nur sein Oberkörper war zu sehen – in der offenen Luke und roch, wie Uncle Jake später meinte, wie eine Brennerei, die von ihren eigenen undestillierten Schnäpsen überschwemmt worden ist, Flugzeug und Beiboot schwankten im Takt. Wir drei schwiegen durchnäßt. Chippy grüßte uns nicht und wir nicht ihn. Ein kleines Stück westlich beobachtete uns der arme Billy Densmore hilflos vom Deck der *Prince of Wales*, das traurige Trio, Frank Morley und Al Wells und Dynamite Pete, sah vom Strand aus zu. Der

Nebel hob und senkte sich, umfing uns alle mit seinen feuchten grauen Knäueln.

Es war passend, daß Uncle Jake und ich, die diese Leichen schon aus der Fairchild gezerrt hatten, uns nun auch damit abquälen sollten, sie zu Chippy Smith hochzuwuchten, der sie dann noch so gut es ging in die Kabine ziehen und kippen mußte. Erst die eine, dann die andere. Ganz gleich, was Uncle Jake gesagt haben mochte, Whiskey war es, was Chippy auf seinem Flug von Juneau zur Rodman Bay getrunken hatte, wie ich an einer der halbvollen Flaschen auf seinem leeren Sitz erkannte. Das Flugboot hatte einen Anstrich nötig. Ein Stiefelabsatz hatte in das dünne Holz des Rumpfs unter der Windschutzscheibe ein Loch getreten, und Chippy hatte sich noch nicht mit der Reparatur aufgehalten. Es sah aus, als sinke es unter dem furchtbaren Gewicht seiner Ladung bereits bedenklich tiefer ins Wasser.

Wir legten ab. Chippy holte den Anker ein, kletterte in seine kalte Kanzel zurück, schloß die Luke. Eben, als der Bug des Beiboots den Strand berührte, brach der Motor des Flugboots in ein prasselndes Getöse aus, und als ich mich von meinem Posten am Außenbordmotor umdrehte, sah ich die alte Maschine über das kabbelige Wasser jagen, steil aufsteigen und im Nebel verschwinden.

»Na dann viel Glück«, sagte Uncle Jake bitter, ohne der abfliegenden Maschine auch nur einen einzigen Blick nachzuwerfen.

Keine Stunde später, Uncle Jake schmerzerfüllt und schweigsam am Ruder, tastete sich die *Prince of Wales* mit Viertelkraft voraus durch Nebel und Regen und Dunkelheit aus der Rodman Bay.

49

Uncle Jake erstarkte wieder. In High Ridge Street erzählte er Hilda Laubenstein tagelang von unseren Abenteuern in der Rodman Bay, während Frank Morley und ich atemlos lauschend danebensaßen, als ob wir nicht selbst dabeigewesen wären. Alles war gut.

Dennoch gab es etwas, das Uncle Jake weder vergessen noch einfach übergehen konnte: die beiden Passagiere nämlich, die wir vergeblich bei der Fairchild gesucht hatten. Und so warf er sich eines Nachmittags in seinen Straßenanzug und einen neuen leichten Überrock, den er sich zu unserer Rückkehr nach Juneau genehmigt hatte, setzte seinen Filzhut auf und begab sich zur Küstenwachstation, um, wie er sagte, den Dingen auf den Grund zu gehen. Uncle Jake erzählte uns nicht, wie viele Leute von der Küstenwache er in diesen drei Stunden, die er in der Stadt verbrachte, befragt hatte. Aber als wir uns an diesem Abend wieder einmal zum Essen in unserem Haus an der High Ridge Street versammelt hatten, meinte er, seine quälenden Gedanken hätten sich als richtig erwiesen. Mit zunehmender Energie und aufleuchtenden Augen berichtete er uns, was er da erfahren habe, übertreffe noch seine allerschlimmsten Befürchtungen. Ja, sagte er, Rex Ainsworth habe bei diesem fatalen Flug tatsächlich drei Passagiere befördert. Und wer die beiden Vermißten seien? Niemand anders, schrie er, als Jim McNear und Fred Stokely, diese braven Arbeiter, die er mit nach Kuiu genommen habe und die er, sagte er, statt des Polacken und A. L. Wells auf die *Prince of Wales* hätte anheuern sollen. Hätte er mehr Verstand walten lassen, sagte er, wären diese zwei Männer nicht tot, wovon man jetzt ja ausgehen müsse. Er unterbrach sich. Er nahm das große Glas mit Vanilleeis und Ginger Ale, das Hilda ihm in diesem strategischen Augenblick reichte. Das Eis, eine kürzlich von Hilda hinzuerfundene Finesse, machte diesen Drink zum besten der Welt, wie Uncle Jake zu schwärmen pflegte. Und was, fragte er schließlich, meinten sie dazu? Sei er nicht verpflichtet, so schnell wie möglich zur Rodman Bay zurückzukehren und dort zu suchen, bis er ihre Leichen gefunden habe, wie die der anderen auch? Jedenfalls, sagte er, könnten sie ja wohl kaum in den Himmel geschleudert und da oben hängengeblieben sein.

Frank Morley sah seinen Partner entsetzt an, und dann stand Hilda Laubenstein auf, zog Sissys Schürze aus, und während auf dem Herd etwas anfing anzubrennen, sagte sie Uncle Jake genau das, was er hören wollte: daß sie etwas derart aufreizend Törichtes ihr Lebtag noch nicht gehört habe und daß Uncle Jake ja schon so manche ganz schön wüste Ideen gehabt habe, aber das sei nun der Gipfel. Uncle Jake lachte und sagte Hilda, sie solle die Schürze wieder umbinden und an den Herd zurückgehen. Später gestand er Frank Morley und mir, er bedaure den Tod von McNear und Stokely zwar sehr, habe aber mit seiner Geschichte und seiner Frage hauptsächlich nur Hilda in Harnisch bringen wollen, die wiederum, was Uncle Jake verborgen geblieben war, seinen Vorschlag, zur Rodman Bay zurückzufahren, überhaupt nicht ernstgenommen, dafür aber, wie sie mir später einmal anvertraute, schnell begriffen hatte, wie man Uncle Jake eine Freude machen konnte.

Es war Mitte April 1940. Das Wetter war ungewöhnlich warm und trocken. Und in dieser Zeit nun erklärte Uncle Jake, es liege etwas Neues in der Luft, das wieder einmal die Dienste der *Prince of Wales* erfordern würde, wenn auch nicht im Umkreis von fünfhundert Meilen um Rodman Bay. Irgend etwas Außergewöhnliches stehe bevor, erklärte er, das spüre er in den Knochen. Die Zerberusse der Zukunft, das heißt die da oben, würden sich für diesmal als wohlwollend erweisen. Das Problem sei, die *Prince of Wales* vorzubereiten. Also schritt Uncle Jake jeden Morgen in seiner Bürokleidung durch die erstaunlich milde Luft den Hügel zur *Prince of Wales* hinunter. Im Steuerhaus zog er Straßenanzug und Halbschuhe aus und Overall und Gummistiefel an und machte sich an die Arbeit. Er gestattete niemand, ihn zu begleiten, ihm zu helfen, nicht einmal mir. Allein überholte er den Dieselmotor, allein verpaßte er sämtlichen Innenräumen des Schiffs mit dicker weißer Farbe zwei neue Anstriche. Ganze Arme voll unnützen Gerümpels, wie er sich ausdrückte, schaffte er aus dem alten Boot, schraubte Beschläge fest, polierte das Messing, besah sein Werk mit Wohlgefallen.

Doch in Wahrheit gehörten diese letzten Apriltage mir. Uncle Jake war immer seltener in unserem Haus an der High Ridge Street, das – eine Tatsache, die er vollständig ignorierte – Reparaturen weitaus nötiger hatte als die *Prince of Wales*. Wenn er nicht auf dem Boot war, dann war er unten in Waffen-Kleider-Zubehör oder stand allein an den Docks bei Patsy Ann, die damals noch lebte. Während seiner Abwesenheit wandte ich mich ein wenig von Frank Morley und Sitka Charley ab und Hilda Laubenstein zu. Ich begleitete sie zu ihren kranken Indianerkindern; manchen Nachmittag aßen wir bei Doug's; manchen Abend weilte ich in ihrer Wohnung unter Doc Haines' Praxis und Privaträumen, bis Hilda auf ihre Uhr sah und sagte, es wäre Zeit, in die High Ridge Street zurückzugehen und den Jungs, wie sie sie jetzt nannte, das Abendessen zu machen. Hilda hatte sich zwischen meinem zehnten und meinem herannahenden fünfzehnten Geburtstag verändert. Mit jedem weiteren dieser fünf Jahre – sie war jetzt vierzig, genau wie Sissy, wenn sie noch gelebt hätte – war Hilda älter, aber auch jünger geworden. Sie war jetzt eine ernstlich erwachsene Frau mit den Attributen wahrer Jugend – Energie und Frische und Leichtigkeit –, die bis dahin in ihr nur geschlummert hatten. Ihre jüngsten Jahre in Alaska hatten sie ihrer Jugend beraubt, wie sie mir in ihrer Wohnung erzählte, denn sie war so beeindruckend gebaut und verströmte als amtliche Krankenschwester eine solche Autorität, daß bisher noch jeder Mann vor ihrem kräftigen Körper, der schwarzen Tasche voller Pillen und Nadeln und Spritzen und dem nie fehlenden Rot-Kreuz-Abzeichen auf ihrer Brust zurückgescheut war. Von Anfang an kam sie jedem Mann attraktiv vor, wohl wahr, aber auch matronenhaft, und dieses Bild hatte sie nicht mehr abschütteln können. Jetzt war sie ein reifes, junges, als Juno herausgeputztes Mädchen. Diese Verbindung, so sagte sie damals gerne, würde sich bald als unwiderstehlich erweisen.

Abend um Abend redeten Hilda und ich in ihrer Wohnung, sie mit ihrem Highball und ich mit meinem Bier – ich brauchte nicht Hildas Ratschlag, um Uncle Jake zu verschweigen, daß ich jetzt eine routinierte Biertrinkerin geworden war –, und ab und zu drang das Jaulen und Brummen von Doc Haines' Bohrern in unsere Gespräche. Er war da oben mit seinen neuen Apparaten und dem alten Zahnarztstuhl, den zu ersetzen er nicht über sich gebracht hatte, und je mehr Hilda mir von ihren eigenen fleischlichen Trieben – ein Ausdruck, den sie vornehmlich zu ihrer Belustigung gebrauchte – und von den intimen Erlebnissen anderer Frauen erzählte, über denen wir beide lachend erröteten und die Gläser hoben, desto öfter hielten wir unwillkürlich inne und lauschten den Geräuschen Doc Haines' über uns. Dann endlich sprach Hilda offen mit mir über Doc Haines und seinen Ruf bei Frauen. Sie erklärte mir, wer die jetzt alternde Nancy eigentlich war und warum Uncle Jake einen solchen Abscheu vor Doc Haines hatte. Sie selbst war nie mit Doc Haines gegangen, wie sie es ausdrückte, aber sie kannte eine Menge Frauen, die es getan hatten und noch taten, allesamt unter der Ägide der noch immer attraktiven und großzügigen Nancy. Hilda hörte gar nicht mehr auf, sprach von Petting, Entkleiden, Erliegen, beschwor unverhohlene oder klammheimliche Begegnungen, und mit jeder ihrer Geschichten – von dankbaren Frauen und Doc Haines' schier weiblicher Potenz und der Unterwäsche dieser Frauen und davon, wie sie Doc Haines jede einzelne seiner Frauen hatte küssen und befriedigen hören, nur einmal oder so oft, wie sie wollten – gab Hilda den Flammen ihres und meines Verlangens immer neue Nahrung. Alles, was eine Frau aus Leidenschaft mit sich selbst oder einem Mann machte oder einem Mann mit ihr zu tun erlaubte, fand Hilda in Ordnung, wie sie mir einen angeregten Abend nach dem anderen anvertraute. Doc Haines, pflegte sie zu sagen, und dann seufzten wir beide und lachten uns an. Aber wenn wir dem lauschten, was da über unseren Köpfen vor sich ging, wurden wir ernst.

Nur mir allein erschloß sich, wie Uncle Jake halb unbewußt dies kaum verhohlene Aufblühen von Hildas innersten Gefühlen zu erkennen begann – meins hat er sicher nie erkannt –, und wie er eben darum unablässig und mit immer größerer Zuversicht und Vehemenz von jenem neuen Abenteuer redete, das auf uns alle zukomme und praktisch schon vor unserer Tür stehe. Hilda und ich hingegen versuchten, wenn wir den Hang hinaufstiegen, die Gefühle, die wir genossen hatten, zu verbergen und unseren Atem mit Dentyne-Kaugummi zu tarnen. Dennoch hielt Uncle Jake sich immer mehr von Hilda zurück.

Eines Abends erzählte sie mir unter Umarmung, Wangenkuß und Lachen, Doc Haines halte nach einem Mädchen Ausschau, das bei ihm arbeiten solle. Er brauche ein junges Mädchen, sagte Hilda, das Botengänge und Schreibarbeiten erledigen und später Zahnpflege-Fertigkeiten erlangen und am Ende sogar eine richtiggehende Zahnarzthelferin werden solle. Nun brauche Doc Haines sein junges Mädchen aber nur ein paar Stunden am Tag, so daß dies glückliche Mädchen ich sein könnte, ohne daß Uncle Jake irgend etwas davon mitbekäme. Und so geschah es. Im nachhinein, nicht lange nach meiner letzten Fahrt auf der *Prince of Wales*, erzählte mir Hilda dann, natürlich sei sie selbst es gewesen, die Doc Haines eingeredet habe, daß er eine Hilfe brauche und daß ich genau das Mädchen für diese Arbeit sei. Spontan habe Doc Haines zugestimmt. So kam es, daß ich bereits zwei Wochen für den kleinen drahtigen Zahnarzt arbeitete und allein aus seinem Verhalten klar zu verstehen begann, wovon Hilda die ganze Zeit gesprochen hatte, als Uncle Jake die erfreulichste Nachricht seines Lebens vernahm und kühner und begeisterter als je zuvor seine Ankündigung machte.

Die Ankündigung lautete, daß wir auf der Stelle zur Goodnews Bay aufbrechen würden. Sitka Charley hatte es Frank Morley erzählt, der wiederum hatte Uncle Jake zu Waffen-Kleider-Zubehör bestellt, damit er die Nachricht von Sitka Charleys eigenen Lippen vernähme. Nach all den Jahren hatte Sitka Charley endlich entdeckt, was Uncle Jake am allermeisten interessierte: den Verbleib des Lincoln-Totempfahls.

50

1. Mai 1940. Eingang der Goodnews Bay. Frühmorgens. Sonnenschein. Ruhiges Wasser. Jake am Ruder. Prächtiger Laune. Die Chance meines Lebens, sagt Jake. Welche Wonne, an seiner Seite zu sein.

Die Stimme meiner Mutter.

Doch Dynamite Pete, nicht Uncle Jake, hielt am frühen Morgen dieses ersten Mai das Ruder, und ich war es, nicht Sissy, die zusammen mit Frank Morley und Sitka Charley an meines Vaters Seite stand, als wir mit weniger als Viertelkraft voraus durch den schmalen Eingang der Goodnews Bay fuhren. Wir drängten uns beim Ruderhaus an der Steuerbordreling; das Licht des Tages ließ jeden von uns von innen leuchten; die dichtbewaldeten und felsübersäten Küsten, zwischen denen wir dahinglitten, waren so nah, daß Uncle Jake, wie er lachend meinte, ohne weiteres eine Apfelsine vom Schiff an Land hätte werfen können. Aber es bestehe keinerlei Gefahr, sagte er, denn das Wasser am Eingang der Goodnews Bay sei fünfzig Faden tief und die Ufer an Back- und Steuerbord fielen so steil ab, daß es völlig ausgeschlossen sei, daß wir an ein Riff stoßen oder auf Grund laufen könnten. Uns konnte nichts passieren, und nach Uncle Jakes unfehlbaren Berechnungen befanden wir uns weniger als eine Stunde vor unserem Ziel.

Gefrühstückt hatten wir schon. Frank Morley und Uncle Jake und sogar Sitka Charley waren frisch rasiert. Unsere Hemden waren am Hals offen, die Ärmel aufgekrempelt. Der stille strahlende Morgen duftete süß nach wilden Pflanzen, die unsichtbar tief verborgen in den Schatten der lebenden und verfaulenden Bäume blühten. Schaufeln, Äxte, dazu die Spezialausrüstung zur Bergung des Lincoln-Totempfahls – ein Flaschenzug, ein starkes Netz, ordentlich zu einem großen rechteckigen Bündel gefaltet, ein Stapel Werkzeuge, die Uncle Jake von einer Holzfällerei in Juneau geliehen hatte, riesige sichelförmige Eisenteile mit langen Holzgriffen, die zum Manövrieren gefällter Bäume verwendet wurden –, all diese Spezialgeräte lagen in Reih und Glied einsatzbereit auf unserem frisch abgeschrubbten Deck. Immer wieder, einen Fuß auf eine Sprosse der Reling gestützt, erlaubte sich Uncle Jake, der im übrigen, auch wenn er ruhig mit Frank Morley oder Sitka Charley sprach, die vorbeiziehende Küste beobachtete oder den klaren Himmel musterte, einen raschen und zufriedenen Blick auf all diese handgreiflichen Gegenstände, die die Überführung des Lincoln-Totempfahls zur *Prince of Wales* und auf das lange Holzgerüst, das Uncle Jake als Spezialanfertigung zum Transport des einzigen Exemplars eines vom größten aller Amerikaner inspirierten indianischen Kunstwerks in Auftrag gegeben hatte, so gut wie sicherstellten.

»Frank«, sagte Uncle Jake, als die Goodnews Bay sich fast vollständig vor uns ausbreitete, »sieh dir das nur an! Hast du je was Prachtvolleres gesehen? Dieses Wasser, glatt und glänzend wie ein Silberdollar. Und diese bewaldeten Hänge und rosa Spiegelungen – das Ganze gleicht einem Juwel in zauberhafter Fassung. Und wir dürfen auch nicht vergessen: Gewässer und Küste der Goodnews Bay unterscheiden sich kein bißchen von denen an ihrem Eingang. Erde und Felsen fallen schnurgerade fünfzig Faden tief ab, so daß wir praktisch überall anlegen können, wo wir wollen, und Mr. Lincoln im Netz mit dem Ladebaum an Bord holen. Die Verhältnisse könnten nicht günstiger, die Aussicht nicht herrlicher sein.« Dann drehte Uncle Jake seinen Kopf zu der offenen Tür des Steuerhauses hinter uns und sagte: »Weiter so nach Steuerbord, Pete. Fahr einfach so weiter, dicht an der Küste entlang.«

Frank Morley und Sitka Charley und ich teilten seine Gefühle, waren ebenso empfänglich wie er für den anheimelnden schimmernden Anblick um uns her. Ein weißes Schneehuhn flog von einer Baumgruppe zu einer anderen; ein kurzes Aufblitzen weit hinten in der Bucht kündete vom Leben eines Fischs, der in all dieser Wasserherrlichkeit niemals am spitzen Haken eines Fischers enden würde.

»Das Komische an diesen Schneehühnern«, sann Uncle Jake, »sind ihre vollständig befiederten Füße. Was sagst du dazu, Sunny?«

Wir warfen keinen Schatten.

Al Wells, der sich schon längst für das entschuldigt hatte, was er auf dem Höhepunkt unserer letzten Fahrt, ein Thema, das für uns alle tabu war, zu Uncle Jake gesagt hatte, und der inzwischen mit dem Polacken eine feste Freundschaft geschlossen hatte, stand pfeiferauchend im Bug bei dem Bauchbanditen, der seinerseits, noch in Schürze, das Panorama der Goodnews Bay keines Blickes würdigte.

»Also, Charley«, fragte Uncle Jake zum zigsten Mal seit unserer Abfahrt aus Juneau, »du bist dir da wirklich ganz sicher?«

»Bin ich«, sagte Sitka Charley.

»Tja, ich weiß nicht«, sagte Uncle Jake, teils um seinem üblichen verqueren Sinn für Humor zu frönen, denn er hatte Sitka Charley von Anfang an geglaubt, teils um Sitka Charley zu veranlassen, noch einmal zu erzählen, was er ihm seit jenem ersten Bericht in Waffen-Kleider-Zubehör nun schon so oft erzählt hatte, »diese Suslota-Indianer kommen mir reichlich seltsam vor.«

»Sie sind nicht seltsam«, sagte Sitka Charley, dem seine Fähigkeit, Uncle Jake immer wieder zu bestätigen, was er im Grunde gar nicht bestätigt haben mußte, nie auszugehen schien, »sie sind nur anders.«

»Sechs Fuß groß«, sagte Uncle Jake, »buschiger Haarwuchs, bärtig und fast ausgestorben – für mich klingt das mehr als nur seltsam, Charley. Es klingt wie ein Märchen.«

»Es ist kein Märchen«, sagte Sitka Charley. »Es ist wahr.«

»Aber wer hat schon mal von einem Stamm ohne Geschichte gehört?« fragte Uncle Jake. »Und Nachfahren der japanischen Ainus? Ziemlich verdächtig, würde ich sagen. Für mich hört sich das nach einer reinen Legende an.«

»In alten Zeiten ein wunderbarer Stamm«, sagte Sitka Charley. »Sie waren anders als die anderen Indianer. Sie waren majestätisch.«

»Aber die Völker Japans sind klein«, sagte Uncle Jake, »und diese Burschen sind groß. Wie erklärst du mir das?«

Sitka Charley zuckte die Schultern.

»Vielleicht haben sie ja auch etwas russisches Blut«, sagte Uncle Jake.

»Nein«, sagte Sitka Charley. »Die Ainus waren weiße Wilde, nicht dunkelhäutig. Daher haben die Suslotas ihre Ähnlichkeit mit dem weißen Mann.«

»Na, Hauptsache, sie haben sie«, sagte Uncle Jake.

Sitka Charley erwiderte nichts. Einen Moment lang schwiegen die beiden, während die *Prince of Wales* ein langes unregelmäßiges Stück der Küstenlinie zu umfahren begann, das niemand von uns erwartet oder bis jetzt bemerkt hatte. Der Hauptteil der Goodnews Bay lag auf unserer Backbordseite; was unseren Blicken jetzt steuerbords verborgen war, blieb abzuwarten.

»Also, dieser Suslota John«, fragte Uncle Jake, der das Ende von Sitka Charleys Geschichte noch einmal hören wollte, »der lebt hier an der Goodnews Bay?«

Sitka Charley nickte.

»Und er und sein Bruder sind die letzten männlichen Überlebenden des Suslota-Stamms?«

»So habe ich es gehört«, sagte Sitka Charley und starrte in die regenbogenbunte Wildnis, die wir umfuhren.

»Bloß zwei alte Männer noch«, sagte Uncle Jake.

»Wunderbare Männer«, sagte Sitka Charley. »Und ihre Frauen. Außerdem, alt ist nur Suslota John. Sein Bruder Eselota ist erst sechzig. Dein Alter. Suslota Johns Frauen sind alle gestorben, aber er lebt mit der Tochter seiner jüngsten Frau zusammen. Der Mann der Tochter seiner jüngsten Frau wurde von einem Bären getötet. Eselota ist besser dran. Er ist verheiratet. Er ist verheiratet mit Suslota Johns einziger Enkelin, und die ist kaum fünfzehn Jahre alt, wie Sunny.«

Uncle Jake verkniff sich einen Kommentar zu Eselotas Frau und machte mit seinem Arm eine langsame Geste zur Küste hin. Wir sahen einen Hirsch, noch ein Schneehuhn, hörten den Gesang winziger Vögel in den Bäumen.

»Ist das nicht schön, Frank«, sagte Uncle Jake. »Was wollen wir mehr?«

Frank Morley nickte lächelnd.

»Also, Charley«, fragte Uncle Jake und kam wieder einmal zu der entscheidenden Frage, »und dieser Suslota John kann uns zu dem Totempfahl führen? Bist du sicher?«

»Ja«, sagte Sitka Charley. »Ich sage nie etwas Unwahres.«

»Frank«, sagte Uncle Jake, »hast du so was schon mal gehört? Selbstverständlich, mein Freund in Washington hat mir erzählt, daß es einen so außergewöhnlichen Totempfahl durchaus geben könnte. Aber die Vorstellung, daß es ihn tatsächlich gibt! Ich kann's kaum glauben. Und die Vorstellung, daß ausgerechnet solche komischen Käuze wie diese Suslotas als einzige begriffen haben, welche Freiheit ihnen und allen ihresgleichen in Alaska gewährt worden ist, und ihre Dankesschuld gegenüber Mr. Lincoln anerkannt und ihn auf diese Weise geehrt haben! Ich sage dir, Frank, das fesselt meine Phantasie wie nichts anderes, das steht mal fest.«

Dann waren wir um die Ausbuchtung der Küstenlinie herum und erblickten direkt vor uns unser Ziel. Wir verstummten. Uncle Jake nahm seinen Fuß von der Sprosse, packte die Reling mit beiden Händen, pflanzte seine bestiefelten Füße fest aufs Deck, sein Lächeln erlosch, und er starrte auf das Terrain der kleinen Bucht, in die wir eingefahren waren.

»Charley!« rief er, ohne den Kopf zu wenden. »Großer Gott, alles verbrannt!«

Wir warteten, Frank Morley und ich, während Uncle Jake sich dem gegenüber sah, was er für seine letzte und brutalste Enttäuschung hielt.

»Charley!« schrie er, »alles verbrannt! Dort hat ein Waldbrand gewütet. Siehst du nicht? Und wenn all dieses Holz verbrannt ist, was glaubst du wohl, ist dann mit diesem verflixten Totempfahl passiert – falls er je dagewesen ist. Er war aus Holz, Charley, aus Holz. Ein Raub der Flammen!«

Uncle Jake umklammerte die Reling, nicht imstande, Sitka Charley anzusehen, nicht imstande, den Blick von dieser Meile verkohlter und verkrümmter Baumstümpfe und geschwärzter Erde, dem einzigen in Sichtweite, was die alles verzehrenden Flammen zurückgelassen hatten, abzuwenden.

»Nein«, sagte Sitka Charley mit seiner tonlosen Stimme, »er ist noch da. Nicht verbrannt. Er ist in einem heiligen Hain mit alten Totempfählen. Der Wind hat sich gedreht.«

»Siehst du«, sagte Frank Morley, »kein Grund zur Unruhe, Jake. Charley weiß, was er tut.«

»Na«, sagte Uncle Jake, noch nicht überzeugt, »das war der Schreck meines Lebens, kann ich dir sagen.«

»Nichts kann den heiligen Hain der Totempfähle der Suslotas versehren«, sagte Sitka Charley.

»Aber du hast doch gesagt, sie hätten keine Familiengeschichte«, meinte Uncle Jake.

»Nur das, was der heilige Hain erzählt«, sagte Sitka Charley. »Nur ein paar alte Totempfähle, die das Ende ihrer unbekannten Geschichte verkünden. Sogar Suslota John hat die Bedeutung der meisten von ihnen vergessen.«

»Das hättest du mir auch früher erklären können, Charley«, sagte Uncle Jake einlenkend, lockerte seinen Griff um die Reling und stellte seinen rechten Fuß wieder auf die eiserne Sprosse. »Jedenfalls will ich hoffen, daß Suslota John noch weiß, was Abraham Lincoln für sein Volk getan hat.«

»Das hat er nie gewußt«, sagte Sitka Charley. »Das ist ihm gleich. Von Lincoln hat er noch nie gehört.«

»Großer Gott«, sagte Uncle Jake. Und dann nach einer Pause: »Schade, daß du mir das gesagt hast.«

»Er versteht gar nicht, warum du diese ganze Mühe auf dich nimmst«, sagte Sitka Charley, »aber er ist bereit, dir zu helfen.«

»Gut«, sagte Uncle Jake, »ich schätze, wenn er uns zu dem Lincoln-Totempfahl führt, dürfen wir dem armen Alten seine Unwissenheit verzeihen.«

»Er ist nicht unwissend«, sagte Sitka Charley.

»Jake«, rief Frank Morley lachend, »dein Freund da in Washington kann sich auf eine Überraschung gefaßt machen!«

»Ein nationales Denkmal«, sagte Uncle Jake. »Es wird für immer im Smithsonian-Museum stehen!«

Glaube und Hoffnung erfüllten uns alle wieder, als Uncle Jake sich zum letztenmal an die Inspektion der Ausrüstung machte, die ihrem lang erwarteten Einsatz entgegenharrte. Er zerrte an den Seilen, er blieb vor dem dreißig Fuß langen Transportgerüst stehen und bewunderte das helle Kiefernholz, die glänzenden Köpfe der Bolzen, die es zusammenhielten, legte eine Hand ehrfürchtig auf den Rand, als ob das Gerüst seine kostbare Fracht bereits tragen würde. Wir nahmen an seinem Glück teil, Frank Morley und ich, und das Licht war heller als je und die Luft bis jetzt noch unbeeinträchtigt von dem Geruch des Rauchs, der uns, ganz gleich, wann der Brand zu schwelen aufgehört hatte, an Land empfangen würde.

»Nun, Charley«, fragte Uncle Jake, als er an die Reling zurückkam, »wann sollen wir beidrehen?«

»Jetzt«, sagte Sitka Charley.

»Hier?« fragte Uncle Jake. »Für mich sieht das alles gleich aus. Bist du sicher, daß wir hier vor Anker gehen sollen?«

»Genau hier«, sagte Sitka Charley.

Uncle Jake richtete sich auf, hob seine Stimme, erteilte die Befehle, die uns in der Goodnews Bay zum Halt brachten. Der Motor verstummte, vorn und achtern rasselten die Ankerketten, Uncle Jake erklärte, er und Frank Morley und ich würden die ersten Weißen sein, die den Lincoln-Totempfahl zu sehen bekämen. Dynamite Pete und Al Wells sagten, daß sie mitgehen wollten, doch Uncle Jake erwiderte nur lachend, auf unserem zweiten Treck zu dem heiligen Hain dürften sie uns begleiten. Er sagte ihnen, sie müßten ihre Ungeduld schon noch zügeln und sich bis zu unserer Rückkehr so gut wie möglich selbst beschäftigen, sie könnten ja zur Sicherheit noch mal die Tiefe dieser Gewässer ausloten und die kleineren Teile der Ausrüstung zur Verladung in das Beiboot vorbereiten.

Unser Landeplatz war eine Granitbank, die brusthoch vor uns aus dem Wasser ragte, als wir im Beiboot standen und Uncle Jake nach dem Felsen griff und uns festhielt.

»Charley«, sagte er, »greif Sunny unter die Arme.«

Und dann standen wir vier auf der Felsbank und wandten uns landeinwärts, um einen ersten Blick aus der Nähe auf die dunklen Aschenhänge vor uns zu werfen, die dichter, als wir gedacht hatten, mit dem schauerlich zugerichteten Wald verbrannter Bäume bedeckt waren, durch den wir uns nun hindurchwinden sollten. Der Geruch des erloschenen Feuers war kräftig, kein Schweigen hätte nachhaltiger oder tiefer sein können. Doch Uncle Jake brach es nur zu gern, als wir, mit Sitka Charley vornweg, uns auf den Weg machten.

»Großer Gott«, rief er aus, »was sagst du dazu, Frank? Überall wimmelt es hier von neuem Leben! Wie ist das möglich? Tz, sieh dir bloß diesen königsblauen Eisenhut an, wächst da auf diesen verkohlten Zweigen wie faustgroße violette Schmetterlinge. Und diese ganzen Büschel von Zwerg-Hartriegel, der schon fast seine volle Höhe von acht Zoll erreicht hat. Und diese ganzen Preiselbeeren mit ihren eisigen Früchten und diese Massen von Karibuhorn-Flechten. Hast du jemals eine so reizende knochengelbe Farbe gesehen, Frank? Und du kannst auch sehen, woher die ihren Namen haben, denn sie sehen genau aus wie winzige Nachbildungen der Geweihe von Karibuhirschen. Und diese blütenüberladenen Kätzchen und diese ganzen gelben Striche und Streifen, heiter wie Gänseblümchen. Und Feuerkraut. Hast du jemals solche Riesenflächen von Feuerkraut gesehen, und ist es keine Ironie, daß es ausgerechnet hier so üppig wuchert? Also, in ganz Alaska habe ich noch nichts gesehen, was dem hier an Schönheit und schierer Unfaßbarkeit gleichkommt. Phantastisch. Anders kann man das nicht nennen.«

Und so redete er immer fort, während wir durch die Asche stäubten und unvermeidlich an die schwarzen Stümpfe und schiefen Skelette junger Bäume streiften. Unausweichlich wurden auch wir mit Ruß geschwärzt, während wir Sitka Charley folgten und Uncle Jake fortfuhr, lauthals dieses post-infernale Paradies, wie er es jetzt nannte, zu bewundern.

Wir kamen auf den Kamm des Hügels, machten halt, und da, keine zwanzig Fuß unter uns auf dem abwärts führenden Hang, stand unser uralter Führer.

»Großer Gott«, rief Uncle Jake. »Suslota John!«

»Gut und gern neunzig Jahre alt«, murmelte Frank Morley.

»Der König der Indianer«, sagte Uncle Jake.

»Nein«, sagte Sitka Charley, »nur ein Suslota, der am Ende seiner Tage mit seiner Tochter statt mit einer Ehefrau zusammenlebt.«

»Naja«, erwiderte Uncle Jake, »freut mich, ihn zu sehen.«

Langsam und wortlos stiegen wir zu dem ebenen Fleck verbrannter Erde hinunter, auf dem reglos der Alte stand, als ob er aus dem Nichts gekommen wäre und nie mehr weichen wollte. Wir umringten ihn taktvoll und schweigend im Halbkreis; Sitka Charley trat vor und machte ein Zeichen, das der Alte mit einem für uns unverständlichen Wort oder Satz erwiderte. Natürlich waren Uncle Jake und Frank Morley und ich voller Erwartung gewesen, Suslota John zu sehen, und zwar ebensosehr des geheimnisvollen Mannes wegen wie der Art und Weise, mit der er Uncle Jake für seine im großen ganzen glücklosen Jahre in Alaska endlich entschädigen würde. Und doch hatte niemand von uns, auch Uncle Jake nicht, auf diesen ersten Anblick gefaßt sein können.

Es war der erste Tag im Mai, warm und klar; Uncle Jake und Frank Morley und ich hatten unsere Hemdkragen geöffnet und die Ärmel aufgerollt, waren naß vom Schweiß, der den Ruß auf unseren Unterarmen und Händen und Gesichtern aussehen ließ, als wäre er von einem Aquarellmaler aufgetragen, der nur zwei Farben benutzt hat, schwarz und rot. Und vor uns stand Suslota John, größer und mächtiger von Gestalt als Uncle Jake und gleichmütig für den Winter gekleidet. Er trug eine weitmaschige Wollmütze à la weißer Mann tief über seinen massigen Kopf herabgezogen; um seinen Hals einen langen Schal aus derselben Wolle und mit demselben Muster wie die Mütze; und in seiner Hose aus ranzigem Seehundleder steckte ein längsgestreiftes, aus einer Decke genähtes Hemd. Die Hose wurde von Hosenträgern gehalten, so breit und feuerrot wie die von Frank Morley; seine Stiefel waren aus schwerem, rissigem, durchscheinendem Leder. Buschiges schwarzes Haar umrahmte sein großes längliches Gesicht vom Mützenrand bis zum Schal. Sein Schnäuzer und Stutzbart waren gelblich weiß. Seine Nase war lang und gerade, die

Augenbrauen buschig und schwarz wie das Haar, die Augen so hart und schwarz und unfreundlich wie die jedes jungen Indianers, der nur je einen Weißen im Territorium ermordet hatte. Zwischen seinen Zähnen stak eine kleine, ziemlich neu aussehende Tonpfeife, aus der unablässig kleine lebendige Rauchwölkchen in den allgegenwärtigen Geruch des toten Rauchs ringsumher aufstiegen.

Selbst Uncle Jake verkniff sich eine Bemerkung zu der nur zu wirklichen und doch schemenhaften Erscheinung Suslota Johns, der aussah wie ein unverkennbar als Indianer geborener Weißer. Selbst Uncle Jake ließ sich von den Augen dieses alten Mannes einschüchtern, so sehr er auch den ältesten Überlebenden jenes Indianerstammes bewundern mochte, den Sitka Charley als den edelsten bezeichnet hatte, der je in Alaska gelebt habe.

Sitka Charley blieb noch einen Augenblick vor Suslota John stehen, machte mit der rechten Hand noch ein paar Zeichen, die, soweit wir erkennen konnten, unbeantwortet blieben, und dann zogen der junge Siwash und der alte Suslota Seite an Seite los. Schwermütig, schweigend folgten wir ihnen den wüsten aschebedeckten Hang hinunter an den Rand eines ausgedehnten, vor Gesundheit nur so strotzenden Nadelwaldes. Steigender Laune flüsterte Uncle Jake Frank Morley und mir zu, der Anblick dieser gedeihenden Bäume sei noch phantastischer als das paradoxe Gemisch von Tod und Wildpflanzen, das wir nun hinter uns gelassen hatten.

Im Gänsemarsch und hierarchisch geordnet – Suslota John vorneweg, gefolgt von Sitka Charley, der wiederum gefolgt von Uncle Jake und Frank Morley und mir – drangen wir auf einem geraden Pfad in den kieferndurchdufteten Wald, bis endlich Sitka Charley den Arm hob und wir drei hinter ihm abrupt stehenblieben. Das Sonnenlicht vor uns konnte nur eins bedeuten: eine Lichtung. Suslota John und Sitka Charley traten hinein. Uncle Jake wartete und führte Frank Morley und mich dann langsam weiter, bis er wieder stehenblieb. Und so stand Uncle Jake als erster von uns an der Schwelle der sonnenüberfluteten Lichtung.

Man ließ uns warten. Dann rief uns Sitka Charley einen nach dem anderen in den heiligen Hain.

Die kreisrunde Wand aus Nadelbäumen. Hohes gelbes Gras. Eine gelbe Kurzohreule, über dem Hain in einer schattigen Höhlung der fächerartigen Äste gerade noch sichtbar. Unsichtbar kreuz und quer überall durch das hohe Gras wuselnde Wesen, die von Uncle Jake bald als braune Lemminge identifiziert wurden, jene kleinen Mäuse, die, wie er sagte, gegen Ende des Sommers angeblich im erstbesten offenen Gewässer Massenselbstmord begingen. Und dann schließlich die Totempfähle.

Mehrere Totempfähle standen noch, hoch und mächtig und so verwittert, als wäre ihr nacktes graues Holz nie mit jenen dicken glänzenden Farbschichten bedeckt gewesen, die mindestens hundert Jahre vor diesem Tag, da wir sie anstaunten, den riesigen Augen blaue Intensität, den gewaltigen Schnäbeln ein strahlend drohendes Gelb, den Federn der weit ausgebreiteten Flügel rote und orange und grüne Zackenmuster verliehen hatten. Nur zwei dieser farblosen Giganten standen jetzt noch fast senkrecht, während ihre Brüder sich hierhin und dorthin neigten, schmerzlich bereit, jederzeit umzustürzen. Die wenigen, die schon umgefallen waren, lagen flach oder fast flach im Gras, hier ragte ein Schnabel, dort ein Flügel oder der Bauch irgendeines Monsters mit verschränkten Armen hölzern aus dem gelben, duftenden, flauschigen Boden des heiligen Hains empor. Und auf diesen liegenden Totempfählen rannten die kleinen braunen Lemminge hin und her, ehe sie sich wieder in die schützenden Tiefen des goldenen Grases stürzten.

Schweigend, reglos standen wir vor den Überbleibseln dessen, was die Krieger-Künstler der Suslotas auf der Höhe ihrer Macht geschnitzt und gehauen hatten.

Dann, »Charley«, sagte Uncle Jake mit einer Stimme, die er kaum dämpfen konnte, »Charley ...«

»Sprich nur«, sagte Sitka Charley, »er hat nichts dagegen, wenn du sprichst.«

Tatsächlich war mit Suslota John, der sich ein Stück von uns entfernt auf den größten der umgestürzten Totempfähle gesetzt hatte, eine Veränderung geschehen. Er hatte die Pfeife aus dem Mund genommen und sah Uncle Jake aufmerksam an, lächelte ihn an mit einem unheimlichen und unschuldigen Kinderlächeln. Doch Uncle Jake bemerkte weder den Alten, noch sah er sein Lächeln.

»Charley«, sagte Uncle Jake, ließ noch einmal den Blick über den Hain schweifen und wandte dann sein plötzlich verkrampftes Gesicht Sitka Charley zu. »Wo ist er? Wo ist Lincoln?«

»Partner«, sagte Frank Morley, »er muß hier sein.«

»Ich sehe ihn nicht«, sagte Uncle Jake.

»Schau dir Suslota John an«, sagte Sitka Charley.

»Was hat der denn damit zu tun?« fragte Uncle Jake und sah flüchtig zu dem alten Indianer hin. »Und was grinst der so? Ich traue ihm nicht. Er hat mir von Anfang an nicht gefallen.«

Zu Uncle Jakes Verblüffung hob Suslota John, der ihn noch immer mit konzentrierter Neugier und einem jetzt milderen Lächeln beobachtete, seine freie Hand und begann, die Handfläche nach oben gekehrt und den langen Zeigefinger ausgestreckt, zu winken.

»Also, was sagst du dazu?« sagte Uncle Jake laut und doch nur zu sich selbst. »Der alte Teufel.«

»Geh zu ihm«, sagte Sitka Charley.

»Tu, was Charley sagt«, sagte Frank Morley.

Uncle Jake sah uns drei der Reihe nach an, zuckte die Schultern und entschritt durch das hohe gelbe Gras auf den langsam winkenden Suslota John zu.

Plötzlich, ein halbes Dutzend Schritte vor dem Alten, der trotz seiner schweren Winterkleidung bereit schien, in aller Ruhe den ganzen Tag in der Sonne sitzen zu bleiben, stolperte Uncle Jake, fing sich wieder, blieb stehen. Suslota John ließ die Hand sinken, das Funkeln seiner Augen wurde weicher, sein Lächeln so breit, daß seine Zähne hervortraten, und er begann zu nicken. Eine Lappland-Spornammer, ein winziger Vogel in Frühlingsfarben, flog quer durch den heiligen Hain und verschwand wieder in den Schatten, aus denen die Eule auf uns herabstarrte.

Langsam beugte Uncle Jake sich vor, griff in das hohe Gras und bog es mit Armen und Händen sachte auseinander. Er ging ein paar Schritte nach links, wiederholte das Ganze. Noch ein paar Schritte. Dann zurück zu der Stelle, wo er gestolpert war, tastete sich, noch immer langsam, nach rechts, blieb stehen, teilte das Gras, ging weiter. Schließlich richtete er sich auf und wandte sich um.

»Frank«, sagte er.

Hinter seinem Rücken nahm Suslota John, jetzt nicht mehr lächelnd, die Pfeife wieder in den Mund und paffte heftig.

»Frank«, sagte Uncle Jake noch einmal, »ich muß mich wohl bei dem Alten entschuldigen. Er hat uns nicht reingelegt.« Er stemmte die Hände in die Hüften, straffte die Schultern, entspannte sich und sagte: »Kommt euch das ansehen!« Sitka Charley blieb, wo er war, während Frank Morley und ich uns unverzüglich zu Uncle Jake begaben. Er sagte, wir sollten nichts anrühren, nicht einmal das Gras, sondern ihm bloß folgen und uns ansehen, was er uns zu zeigen hätte. Er begann am Fuß des Totempfahls – rechts von ihm – und schritt daran entlang auf die Spitze zu, drückte behutsam das Gras auseinander, ließ geduldig Frank Morley und mich uns bücken und Stück für Stück den flach auf dem Rücken liegenden Totempfahl bestaunen, der zwar etwas schlanker, ansonsten aber, soweit wir sehen konnten, nicht anders war als die übrigen Totempfähle dieses heiligen Hains.

»Wie ihr seht«, erklärte Uncle Jake jedesmal, wenn wir stehenblieben, »nichts Besonderes. Genau wie die anderen.« Diese wiederholte Bemerkung schien sein Vergnügen nur noch zu steigern. »Genau die gleichen Flügel, wenn auch etwas stummeliger als bei den anderen – nicht stolpern, Sunny –, und die gleichen aufgeblähten Frösche mit diesen gräßlichen Gesichtern. Die gleichen Vögel und Bären. Die gleichen Schnäbel, die den von den Suslotas verehrten Geistern die Bäuche hätten aufschlitzen können.«

»Aber wir wissen, was kommt«, sagte Frank Morley, dessen sonst meist trauriges Gesicht das Vergnügen seines Partners widerspiegelte.

»Abwarten«, sagte Uncle Jake.

Dann lachte er triumphierend auf, und wir erblickten die Unterschenkel und Füße. Ein Stück einer gerade und konventionell geschnittenen Hose, im Laden gekauft, wie Frank Morley bemerkte, und die zwei langen Schuhe, ähnlich denen, die Frank Morley in Juneau zu tragen pflegte, eng und spitz und genau rechtwinklig von dem mächtigen Biberkopf abstehend, auf dem die Absätze ruhten. Dann der Saum eines Gehrocks, dann die Arme, die zu kurzen Ärmel, die langen hölzernen Hände, an die dünnen Schenkel gepreßt, die von dem streng anliegenden Rockschoß bedeckt waren. Die schmale Hüfte. Die Brust, der Stutzbart, das Gesicht. Und der Hut. Der berühmte Zylinderhut mit der flachen runden Krempe und der langen Röhre von exakt demselben Durchmesser wie der Kopf und drei Fuß hoch. Nur war dem Auge des Künstlers irgendwie ein Fehler unterlaufen, denn der Zylinderhut war ihm im Gegensatz zu der ansonsten tadellosen überlebensgroßen Figur ein wenig windschief geraten.

Lange und eingehend betrachteten wir das bemerkenswert ähnliche Bildnis.

»Tja«, sagte Uncle Jake und ließ das Gras wieder hochschlagen, »da haben wir ihn. Mr. Lincoln in Alaska. Aber eins verstehe ich nicht, Frank, nämlich die Farbe. Wie ist es nur möglich, daß diese Schuhe und Hosen, Rock und Hut noch immer leichte Spuren der kohlschwarzen Farbe aufweisen, die noch jahrelang, nachdem dieser Totempfahl errichtet wurde, auf ihnen geglänzt haben muß? Wieso ist das Schwarz noch da, während in dem ganzen Hain sonst keine Spur von Farbe mehr zu sehen ist? Physikalisch unmöglich, und doch ist es so. Das ist das Erstaunlichste von allem hier!«

»Keine Ahnung«, sagte Frank Morley. »Wüßte nicht, woran das liegen könnte. Vielleicht ist es einfach so, daß wir die dunkelste Farbe als einzige nie ganz loswerden können.«

»Frank«, sagte Uncle Jake, der den raren poetischen Gedanken seines Partners überhörte, »laß mich dir die Hand schütteln!«

Er tat es, und dann zogen wir uns zurück, steckten die Köpfe zusammen und überließen den Lincoln-Totempfahl den kleinen braunen Lemmingen. Uncle Jake und Frank Morley berieten sich umgehend.

»Nun«, sagte Frank Morley, »was machen wir jetzt?«

»Als erstes«, sagte Uncle Jake energisch, »werden Pete und A. L. unter Charleys Führung einen ordentlich breiten Weg vom Landeplatz des Beiboots bis an den Rand dieses Hains freimachen müssen. Danach sehen die beiden bestimmt wie die Schornsteinfeger aus. Dann holen wir die Geräte – eine harte Arbeit, aber das schaffen wir. Dann fällen wir eine – nur eine – der größten dieser schönen Fichten hier, behauen sie und zersägen die untere Hälfte in fünf Stücke von je drei Fuß Länge und mit einem Durchmesser von mindestens acht bis zehn Zoll, die als Rollen dienen werden. Das Gras um Mr. Lincoln herum entfernen wir natürlich nur soweit, daß wir Platz zum Arbeiten haben, und schneiden dann noch einen vernünftigen Verbindungsweg zu dem Pfad hinein, den Pete und A. L. durch den Wald gelegt haben werden. Wir wollen diesen heiligen Hain so wenig wie möglich beschädigen. Wenn wir fertig sind – ich denke, das wird rund vier Tage dauern –, breiten wir neben Mr. Lincoln die Plane aus, schieben ihn drauf, auf dem Rücken, und wickeln ihn so gut es geht da rein – Gott sei Dank sind die Flügel relativ kurz. Dann heben wir ihn natürlich einfach an Kopf und Schultern auf die erste Rolle, schieben ihn ein Stück vor, legen die nächste Rolle drunter und so weiter. Wenn dann der hinterste Rollklotz unter ihm rausgleitet, bringen wir ihn nach vorn, schieben ihn wieder unter die Schultern, und das Ganze so lange, bis wir die Küste erreicht haben. Der eigentliche Transport dürfte ziemlich einfach sein. Nur langsam. Und vorsichtig müssen wir sein. Der Wert dieses Totempfahls läßt sich in Geld nicht ermessen. Also, Frank ...«

Hier nun unterbrach sich Uncle Jake mitten im Satz, als wolle er auf etwas lauschen, das er durch das Klingeln seines Denkens und Planens, seiner Lieblingsbeschäftigungen auf allen seinen Expeditionen hindurch, schon die ganze Zeit über wahrgenommen hatte. Frank Morley und ich sahen ihn an und horchten. Ein verdutzter Ausdruck gesellte sich zu Uncle Jakes Lächeln. Langsam, Frank Morley und ich folgten Uncle Jakes Bewegung, drehten wir drei uns zu dem umgefallenen Totempfahl um, auf dem Suslota John gesessen hatte. Er war nicht mehr da.

»Also«, sagte Uncle Jake, »wie findet ihr das nun? Gerade als ich ihm danken wollte, verschwindet er. Ohne ein einziges Wort oder Zeichen.«

Wie der alte Indianer sich so still verdrückt hatte, sollten wir nie erfahren. Aber die von ihm hinterlassene Leere war so intensiv wie das Funkeln unsichtbarer Augen. Es war, als habe er bei seinem unerklärlichen Verschwinden auch alles andere von der Lichtung fortgenommen, außer uns vieren und unserem umgestürzten Totempfahl. Die braunen Lemminge hatten aufgehört, sich zu bewegen. Die gelbe Eule war nicht mehr zu sehen.

»Charley«, sagte Uncle Jake, der sich von einem alten Indianer weder seine Freude verderben noch weiter in seinem Vorhaben stören lassen wollte, »es ist Zeit zu gehen. Führe uns zurück.«

Uncle Jake ließ die Hoffnung auf ein letztes, wenn auch noch so kurzes Treffen mit Suslota John nicht fahren. Doch während unserer vier verbleibenden Tage an der Goodnews Bay – Uncle Jake hatte die für die Arbeiten erforderliche Zeit exakt vorausgesagt – bekamen wir den alten Indianer nicht mehr zu Gesicht. Schließlich meinte Uncle Jake, wahrscheinlich sei es sogar besser so. Er war der Meinung, Suslota John sei trotz allem nicht zu trauen.

Die Arbeit begann. Al Wells und Dynamite Pete hackten und schwitzten von morgens bis abends, schimpften und fluchten und sahen nicht so sehr wie Schornsteinfeger aus, wie Uncle Jake lachend prophezeit hatte, sondern eher wie ungewaschene

Kohlenhauer. Der Weg über die höllischen Hänge war fertig, der Weg durch den grünen Wald erweitert. Die verdammten Zwerg-Hartriegel oder wie das Zeug hieß und die verdammten Knospen und Blüten, an denen sich der Mann, der sie den ganzen Tag herumkommandierte, ohne selbst einen Finger zu rühren, so sehr erfreute, waren Al Wells und Dynamite Pete völlig schnurz und schnuppe, wie sie Uncle Jake oft genug hören ließen.

Die Ausrüstung für die Vorarbeiten wurde zu dem heiligen Hain gebracht, die Fichte gefällt und entrindet und in die von Uncle Jake geschilderten Rollen zersägt, das Gras in einem sauberen Streifen um Mr. Lincoln herum geschnitten und gestutzt. Alles war bereit. Und dann geschah es.

Bei Sonnenaufgang unseres vierten Tages an der Goodnews Bay standen Uncle Jake und Frank Morley und Sitka Charley und Pete und Al – inzwischen gewaschen und beschwichtigt – und ich um den seltsam nackt aussehenden Lincoln herum. Keine braunen Lemminge. Keine Eule. Mit höchsten Hoffnungen beladenes Schweigen. Das erste klare warme Licht fiel über den Kreis der Bäume und füllte den heiligen Hain.

»Pete und A. L.«, sagte Uncle Jake, während das Sonnenlicht sein Gesicht aufleuchten ließ, »ihr breitet die Plane aus, wie ich es euch gezeigt habe. Laßt sie gut überstehen. Und schiebt sie, so weit ihr könnt, unter den Rand des Totempfahls, von oben bis unten.«

Erledigt. Auf Händen und Knien heischten sie mit Blicken Uncle Jakes Einverständnis.

»Nun denn, Frank«, sagte Uncle Jake, »jetzt müssen wir ihn herumwälzen. Sachte. Ich übernehme Kopf und Schultern, du und Pete und A. L. postiert euch in gleichmäßigen Abständen an dem Totempfahl entlang. Auf mein Kommando heben wir ihn ein wenig an und drehen ihn so behutsam wie möglich aufs Gesicht. Haltet ihn bloß fest und laßt ihn nicht fallen. So, wie er aussieht, muß er stabil sein wie ein alter Anker. Aber ich habe so ein komisches Gefühl, daß er ziemlich mürbe ist.«

Uncle Jake stellte sich rittlings über die Schultern, Frank Morley und die beiden anderen nahmen ihre Plätze ein. Das Licht wurde stärker, der Morgen duftete frisch nach Nadelbäumen und den in der Ferne auf ihren Aschebeeten blühenden Wildpflanzen. Sitka Charley und ich rückten näher heran, um zuzusehen. Uncle Jakes Gesicht glänzte.

»Also«, sagte er und suchte seine Unruhe zu meistern, »seid ihr bereit? Dann packt ihn. Aber sachte. Ich will nicht, daß er den leisesten Schaden davonträgt. Seid ihr bereit? Also dann, heben wir ihn – nur ein winziges Stückchen – und kippen ihn vorsichtig rüber. Los.«

Sie zogen an. Sie spannten sich. Langsam verzerrten sich ihre vier Gesichter.

»Teufel auch«, sagte Dynamite Pete.

Uncle Jake schien ihn nicht zu hören. Al Wells holte tief Luft, Frank Morley sah Uncle Jake verzweifelt an.

»In Ordnung«, sagte Uncle Jake, und es klang beinahe wie Stöhnen, »laßt los.«

»Jake ...«, sagte Frank Morley, noch immer gebückt in Uncle Jakes Richtung aufspähend.

»Auch du, Frank?« sagte Uncle Jake.

»Ich sage es nicht gern«, erwiderte Frank Morley, »aber wir haben ein Problem.«

»Nein«, sagte Uncle Jake, »wir versuchen es noch einmal.«

»Überleg dir das lieber, Partner«, sagte Frank Morley.

»Nein«, sagte Uncle Jake. »An die Plätze. Alle. Zugleich!«

Sie mühten sich. Sie taten ihr Bestes, das Holz zu bezwingen, das in dieser Form fünfundsiebzig Jahre alt war. Sie ächzten. Sie senkten die Blicke. Ich packte Sitka Charley beim Arm. Ein leises Knacken kam aus dem Totempfahl. Wieder ließen sie los, obwohl Uncle Jake kein Kommando gegeben hatte, und reckten sich hoch.

»Es hat keinen Zweck, Jake«, sagte Frank Morley und wischte sich die Hände an der Hose ab, »er zerbröckelt, Partner. Er fällt auseinander.«

Schweigen. Alle vier, sogar Uncle Jake, versuchten die Splitter und Späne zu ignorieren, die sie unabsichtlich von dem Totempfahl abgesprengt hatten.

Dann sah mein armer fassungsloser Vater sie einen nach dem anderen an, und nicht einer von ihnen konnte seinem Blick standhalten. Dann wandte er sich mit stummem Flehen zu Sitka Charley und mir.

»Partner«, sagte Frank Morley, »der läßt sich nicht bewegen. Wir müssen die Sache aufgeben.«

»Der halbe Fuß von diesem verdammten Frosch ist mir in der Hand abgebrochen«, gestand Dynamite Pete.

»Frank«, sagte Uncle Jake bestürzt, »sieh nur, was ich getan habe. Sieh dir seine Schulter an. Als ob ihm irgendein verflixter Wolf ein Stück rausgebissen hätte.«

»Jeder von uns hat den Totempfahl beschädigt«, sagte Frank Morley. »Es war nicht unsere Schuld.«

»Aber warum?« schrie Uncle Jake, unfähig, das Offenkundige zu akzeptieren, »wie ist das möglich?«

»Er ist morsch«, sagte Frank Morley, zog langsam sein Messer heraus und klappte es auf, »er ist durch und durch morsch. Von oben bis unten.«

»Warte, Frank«, sagte Uncle Jake, »stoß mir bloß nicht die Klinge in Lincoln.«

»Aber nein«, sagte Frank Morley.

Der geschwungene Griff des Messers, sechs Zoll lang, war aus altem Elfenbein von der Farbe des Elchszahns, den Frank Morley an der goldenen Kette vor seiner Weste trug. Ausgeklappt maß die Klinge ebenfalls sechs Zoll, ein geschwungenes schmales Stück Stahl, so poliert, daß es wie Silber in der Sonne gleißte, und so scharf geschliffen, daß Frank Morley damit ohne weiteres ein Menschenhaar zwischen seinen Fingern spalten konnte. Frank Morley beugte sich vor, den Griff locker umfaßt, und stellte die Spitze des Messers ganz sachte auf die Stirn des Bibers, der – jedenfalls hatte der alte Bildschnitzer diese Illusion hervorgerufen – Lincoln auf seinem Kopf trug. Vor unseren Augen sank die Klinge langsam und leicht bis zum Heft in das verrottete Holz. Frank Morley hatte auf das Messer nicht den leisesten Druck ausgeübt. Mühelos, aber unglücklich zog er die Klinge heraus und wiederholte den Test in Abständen von vier Fuß an dem ganzen Totempfahl, bis er demonstriert hatte, daß das Holz sich in seiner gesamten Länge durchbohren ließ wie weicher Lehm und so trocken war, daß es auf der Stelle zerbröselte, wo immer und ganz gleich wie leicht man es berührte.

»Tut mir leid«, sagte Frank Morley, klappte das Messer zusammen und steckte es ein, »er läßt sich nicht wegbringen.«

»Aber die anderen!« schrie Uncle Jake. »Sieh sie dir an! Riesengroße verflixte primitive Dinger, in die man keinen Schienennagel auch nur ansatzweise reinbekommt, nicht mal mit einem Vorschlaghammer. Warum? Warum sind die jetzt zäher und härter als die lebenden Bäume, aus denen sie gemacht wurden? Warum muß der eine, hinter dem wir her sind, der einzige sein, der durch und durch von Fäulnis befallen ist?«

Es gab eine Pause.

Dann: »Keine Ahnung«, sagte Frank Morley schlicht.

»Dieser verflixte Suslota John«, sagte Uncle Jake. »Ich wußte ja, daß dem Mann nicht zu trauen war.«

Niemand sprach.

»Na schön«, sagte Uncle Jake schließlich. »Na schön. Dann bleibt uns nur noch eins. Wir sägen ihn auseinander. Wir sägen diesem Biber den Hals durch und trennen den kompletten Lincoln mitsamt dem Biberkopf von dem übrigen. So wird's ja wohl zu machen sein. Dann können wir ihn in einer Leinwandtrage abtransportieren. Auf diese Weise retten wir wenigstens noch Lincoln selbst.«

»Hör mich an«, sagte Frank Morley. »Verstümmle diesen Totempfahl nicht noch mehr, als wir es schon getan haben. Wenn du irgendeinen Teil davon ans Smithsonian schickst, wird bei denen nichts als eine Kiste voll Sägemehl ankommen. Zusammenzuleimen gäb's da nichts mehr. Warum gehst du nicht mit Sunny zum Boot zurück, Partner? Wir andern kümmern uns um die Ausrüstung. Immerhin hast du deinen Lincoln-Totempfahl gesehen, Jake. Das ist doch auch schon was, wenn man's recht bedenkt.«

Doch Uncle Jake weigerte sich zu gehen. Er bat Frank Morley, ihm bloß die Ausrüstung aus den Augen zu schaffen. Nachdem sie sie unter die Bäume geschleppt hätten, wünsche er weder Transportgeräusche noch auch nur ihre Stimmen zu hören. Er sagte, er wolle in dem heiligen Hain mit mir allein sein, bis er bereit sei nachzukommen.

Nach einer Stunde wies außer dem um unseren Schatz in das goldene Gras gemähten Streifen nichts mehr darauf hin, daß jemals irgendwer den heiligen Hain betreten hatte. Nach einer weiteren halben Stunde waren die letzten Geräusche unserer Helfer in der Ferne verklungen, und als wir nun auf demselben Totempfahl saßen, auf dem vier Tage zuvor Suslota John gesessen hatte, störte die ursprüngliche Stille des Hains nichts mehr. Im restlichen Verlauf des Morgens und bis weit in den Nachmittag hinein stand Uncle Jake immer wieder auf, schritt ein halbes dutzendmal den Durchmesser der Lichtung ab und setzte sich dann wieder zu mir. Die Ruine seines letzten Traums würdigte er keines Blickes mehr.

Schatten umfingen uns. Das Licht nahm eine Farbe an, die wir nie wieder sehen würden.

Endlich stand Uncle Jake auf und ging an den Eingang des

Weges zwischen den Bäumen. Den Rücken mir zugewandt, blieb er stehen und wartete. Ich folgte ihm, bis wir aus dem dunklen Leben des grünen Waldes gelangten und das verbrannte Land besahen, das wir noch zu durchqueren hatten. Wieder blieb er stehen. Er drehte sich zu mir um.

»Tja, Sunny«, sagte er, indem er mich forschend ansah und lächelnd meine Augen mit seinen hielt, »Frank hatte recht. Immerhin haben wir ihn gefunden.«

Dann machten wir uns auf den Weg zur *Prince of Wales*.

Um elf Uhr an diesem Abend weckte mich Uncle Jake und bedeutete mir flüsternd, ich solle ihm auf einen Imbiß und einen Becher heißen Kaffees – er sagte nicht Java – nach oben ins Steuerhaus folgen.

Gedämpftes Licht aus nur zwei Quellen, der Kompaßbeleuchtung und der kleinen zahnartigen Flamme der Kerosinlampe in einer Ecke. Duft der warmen dunklen Luft, die durch eine der halboffen stehenden Türen des Steuerhauses hineinströmte. Zwei hohe Stühle, auf denen wir in dem wonnigen Wissen hockten, die einzigen zu sein, die noch wach waren. Er hatte sich ein frisches Hemd und frische Hosen angezogen. Er hatte sich die Stiefel eingefettet. Sein schwarzes Haar war in der Mitte gescheitelt und mit seinem Gel, wie er gern zu sagen pflegte, lackiert. Er hatte zwei Teller mit Cornedbeef-Scheiben und dikken, üppig mit Butter und Senf bestrichenen Brotschnitten für uns vorbereitet. Der Kaffee war so heiß, daß man ihn kaum halten konnte.

»Weißt du«, sagte er mit gewohnt lauter und heiterer Stimme, während er seinen Teller auf einem breiten Oberschenkel balancierte, »seit Jahren habe ich nicht mehr an Granny gedacht und daran, wie ich in diesem kleinen Friedhof in Frankreich auf sein Grab gestoßen bin. Das war gut fünf Monate vor dem Ende des Großen Krieges. Aber jetzt ist es mir wieder in den Sinn gekommen, Sunny. Der arme Granny und sein schmuckloses Holzkreuz. Es ist eine gute Geschichte.«

Ein paar Minuten lang aßen wir und schlürften unseren Kaffee. Ich glaubte, er sei wehmütig, wie Hilda Laubenstein es genannt hatte, als er das letztemal von einem seiner Brüder sprach, und doch begriff ich, wie sehr er mir diese Geschichte erzählen wollte.

Vergessen waren die schrecklichen Stunden, die wir an Land

verbracht hatten. Vergessen sein Scheitern. Hier war mein sechzigjähriger Vater, so alterslos, wie er immer gewesen war. Und hier war ich, endlich seine einzige Zuhörerin.

»Tja«, sagte er, in die Schatten aufblickend, »damals war ich bloß ein kleiner Gefreiter bei der U.S.Navy. Ich hätte Offizier sein können, entschied mich aber dafür, meinem Land als gemeiner Matrose zu dienen. Ich war kein Junge mehr, Sunny. 1917 war ich siebenunddreißig. Kannst du dir das vorstellen? 1880 bin ich geboren. Wie auch immer, und als ob es nicht schon schlimm genug gewesen wäre, daß ich dazu neigte, mich von den anderen gemeinen Soldaten auf der *Powhatan* abzuheben, entstand bald eine Situation, die mir den Neid und Zorn auch sämtlicher Offiziere an Bord eintrug.

Du mußt wissen, die *Powhatan* war ein Truppentransporter, der immer zwischen Hampton Roads in Virginia und diversen Ausschiffungshäfen an der französischen Küste hin und her fuhr. Ich weiß nicht, was ohne die Stürme und die Bedrohung durch U-Boote und unsere Pokerpartien aus mir geworden wäre. Die eigentliche Besatzung der *Powhatan* wurde so klein wie möglich gehalten. Die ganzen anderen Männer, mit denen der alte Kahn vollgestopft war, waren Soldaten – dreitausend, und die meisten davon Neger, die ich immer gern unten im Schiffsbauch besuchen ging. Die konnten gute Geschichten erzählen.

Jedenfalls, als wir zum erstenmal in Le Havre anlegten – nach unserer dritten Überfahrt –, und noch bevor unser Landesteg herabgelassen war, bestellte mich ein überaus arroganter Fähnrich zu sich und gab mir den Befehl, mich unverzüglich bereitzumachen, mit meinem Seesack an Land zu gehen. Du kannst dir meine Verblüffung vorstellen, als ich an die Reling kam und man die Gangway runterließ – für mich! Und weißt du, was mich am Ende dieser Gangway erwartete? Eine Limousine. Eine große schwarze Limousine mit schwarzen Jalousien, hinter denen sich ein Passagier verbarg, und mit einer kleinen französischen Flagge an einer kurzen Stange vorne auf dem rechten Kotflügel. Tja, das war der Anfang meiner ungewöhnlichen Freundschaft mit einem der jüngsten weiblichen Mitglieder des französischen Geheimdienstes. Und es gab nicht viele Frauen in dieser Organisation, kann ich dir sagen.«

Das restliche Brot. Das restliche Cornedbeef. In unseren noch warmen Bechern nur noch Kaffeesatz. Das grünliche Licht, das ihn zu einer Gestalt aus einem Film machte. Das Gefühl, friedlich bei Nacht auf dem Meer zu treiben. U.S.S. *Powhatan* oder *Prince of Wales*? Wo waren wir?

»Woher meine französische Geheimagentin von mir wußte«, sagte er in die anregende Stille der Nacht, »habe ich nie ganz begriffen. Oder warum sie sich so für mich interessierte. Oder woher sie nur jedesmal ganz genau wußte, wo und wann wir in Frankreich eintrafen. Immerhin fuhren wir unter versiegelter Order, und selbst der Kapitän erfuhr unseren Zielort immer erst im allerletzten Augenblick. Und doch stand die schwarze Limousine jedesmal am Kai und erwartete uns beziehungsweise mich. Du siehst also, welche Macht diese junge Frau besaß.

Ich werde ihren Namen nicht verraten, Sunny. Das wäre indiskret, auch wenn selbstverständlich nichts zwischen uns gewesen ist, außer ihrer Jugend, ihrem Lachen, dem bezaubernden Akzent ihres Englisch und jener Eleganz, mit der sie mich in die Restaurants von Paris oder in kleine verbarrikadierte Hotelgaststätten zum Essen ausführte, in Dörfern, die mir fast ganz zerstört vorkamen. Ich habe keine Ahnung, woher sie von diesen Landgasthöfen wußte oder wie diese Gasthöfe es fertigbrachten, mitten im Krieg weiterzuexistieren. Keine Ahnung, wie die das gemacht haben. Manchmal glaubte ich, daß meine fröhliche junge Begleiterin etwas von mir wollte, aber was, das habe ich nie herausbekommen. Ich erinnere mich noch an ihre kleine Gestalt, ihr lockiges Haar, die schwarzen Kleider, die sie trug.

So ging es weiter, eine Überfahrt nach der anderen, bis sie mich zum letzten Mal – da wußte ich noch nicht, daß es das letzte Mal war – vom Schiff zu einem Ausflug in die verwüstete Landschaft Frankreichs abholte. Sie war so gesprächig wie immer und doch anders. In ihren Augen glänzte es, und ihr Lächeln hatte etwas seltsam Hartes. Den kleinen Oberkörper so kerzengerade wie ein Mädchen zu Pferd, saß sie mir in der entferntesten Ecke der lederbezogenen Sitzbank gegenüber, was ungewöhnlich war. Ich fragte sie, ob irgend etwas nicht stimmte. Aber nein, sagte sie. Es sei einfach nur so, daß sie mir etwas zeigen wolle, sagte sie, für das ich ihr gewiß dankbar sein werde.

Bei Sonnenuntergang hielten wir wieder einmal in einem dieser fast leeren und halb zerstörten Dörfer an. In der Ferne konnte ich Artilleriefeuer hören, so nah an die Front hatte sie mich gebracht. Und weißt du, wohin sie mich geführt hat, Sunny? Auf den Dorffriedhof.

Mutter hatte inzwischen das offizielle Telegramm mit der Mitteilung erhalten, daß Granny vermißt werde. Das war alles, was wir wußten. Granny, der ganz anders war als die anderen Flieger, die, wie ich leider feststellen muß, bevor sie losflogen, Champagner tranken und bekanntermaßen weibliche Unterwäsche von den Tragstreben ihrer Flugzeuge flattern ließen, als ob sie sich für alte Ritter hielten. Nichts war denen heilig, diesen Fliegern. Ganz anders Granny. Er lebte immer allein in einem Zelt neben seinem Flugzeug, auf jedem Landeplatz, zu dem seine Schwadron für kurze Zeit hinbeordert worden war. Während seine Kameraden die Nacht durchzechten, saß er vor dem Zelt neben seinem Flugzeug und spielte Geige. Der gute Granny. Er war bei den schneidigen Burschen seiner Schwadron herzlich unbeliebt.

Nun, auf diesem Friedhof, bei verlöschendem Sonnenlicht und umtost von jenem fernen Donnern, fand ich ihn. Meine Geheimagentin ging voran. Ihre hohen Absätze wackelten auf dem Kies dieses kleinen ummauerten Friedhofs hinter der winzigen Kirche. Die wenigen traurigen Grabsteine für die örtliche Zivilbevölkerung sahen aus, als ob sie dort für immer stehen oder schlimmstenfalls leicht geneigt liegen würden, Krieg hin, Krieg her. Dann hielt sie an. Wies mit einer Schwenkung ihres wohlgeformten Arms. Und schwang nicht eine Spur von Gehässigkeit in ihrem Lächeln? Ich war mir nicht sicher, und außerdem kniete ich auch schon vor Grannys Grab. Sein Rang und unser Familienname waren auf das Holzkreuz gekritzelt, an dessen einen Arm man seine pelzbesetzte Fliegerbrille gehängt hatte.

Als ich, den Hut in der Hand, vor Granny kniete, hob meine Begleiterin zu sprechen an. Mein Bruder, sagte sie – sie stand dicht hinter mir und sprach in einem Tonfall, der mir übrigens für diesen Anlaß merkwürdig heiter vorkam –, sei ein lieber, aber sonderbarer Bursche gewesen. Welchem Flieger, fragte sie, zumal einem Amerikaner, würde es gelingen, sein manövrierunfähiges Flugzeug mitten in einen armen französischen Dorffriedhof und nicht, wie all die anderen jungen Piloten, irgendwo draußen auf freiem Feld abstürzen zu lassen? Aber genau das habe er getan, sagte sie, und dabei auch noch den herrlichen alten Wetterhahn abrasiert, der fünfhundert Jahre lang auf jenem Kirchturm gestanden habe.

Ich hörte zu. Ich stellte mir Granny vor, wie er an den ausgefallenen Instrumenten zerrte, um dem Dorf, dem Kirchturm, dem Friedhof auszuweichen. Ich sah ihn heldenhaft ringen, selbst dann noch, als die aus Tuch und Holz gebaute Spad runterstürzte und zwischen den Grabsteinen zerschellte. Ich trauerte um Granny.

Ich vernahm ihre Stimme erst wieder, als das Donnern seiner Maschine verklungen war. Die Dörfler seien angerannt gekommen, sagte sie, und über seine Tat bestürzt gewesen. Gleichwohl hätten sie das Wrack respektvoll von ihrem Friedhof geräumt und Granny die Ehre angetan, ihn bei ihren eigenen Toten zu begraben. Sie werde den amerikanischen Geheimdienst in Kürze über das Schicksal meines Bruders informieren. Aber erst einmal hätte ich ihn sehen sollen.

Um Mitternacht saßen wir in dem feudalsten Restaurant, das ich je mit ihr in dem verdunkelten Paris besucht hatte. Ich konnte nichts essen, war aber glücklich, daß ihre frühere freundliche und charmante Art wieder durchgebrochen war. Danach gingen wir in ein typisches Pariser Tanzlokal, rauchgeschwängert und erfüllt von den schrillen Stimmen der Frauen und Mädchen und dem Gebrüll der Offiziere, wo sie mich zum Tanzen überreden wollte. Ich war der einzige gemeine Soldat in diesem Lokal. Aber ich brachte es nicht über mich, mit meiner Geheimagentin zu tanzen. Also saß ich an einem Tisch neben der Tanzfläche und sah sie mit einem Mann nach dem anderen wirbeln und walzen, und allesamt trugen sie, wie ich bemerkte, Pilotenabzeichen auf ihren Waffenröcken.

Am nächsten Morgen fuhr sie mich zum Schiff zurück, ich dankte ihr und sah sie nie wieder. Wenn das keine gute Geschichte ist?«

Er unterbrach sich, stand auf und reckte sich, trat an die offene Steuerhaustür, lehnte sich an den Pfosten, holte tief und lange Luft und starrte dorthin, wo in der Finsternis die verbrannte Küste lag. Schließlich kam er zu mir zurück, hob sanft mein Kinn und blickte mit einer Liebe auf mich nieder, wie ich es noch nie zuvor bei ihm erlebt hatte.

»Wenigstens konnte ich Mutter berichten, daß Granny tot war und wo er begraben lag«, sagte er. »Wenigstens konnte ich sie aus ihrer Ungewißheit erlösen. Und es half ihr, daß sie die Wahrheit durch mich erfuhr. Die offizielle Nachricht traf erst nach Monaten ein. Und ist es nicht seltsam, daß dein alter Vater in seiner Jugend eine so interessante Französin gekannt hat?«

Wir lächelten uns an, mein Vater und ich, und ich stieg unaufgefordert von meinem Stuhl und wartete, bis er mich in seine Arme nahm und mir einen Kuß oben auf den Kopf drückte. »Na, Sunny«, sagte er, »Zeit, schlafen zu gehen.«

51

Am nächsten Morgen erschien er nicht zum Frühstück. Frank Morley verließ den Tisch. Als er zurückkam, verkündete er so beiläufig er konnte, er habe überall nach Uncle Jake gesucht und ihn nicht finden können. Frank meinte, er sei vielleicht zu einem letzten frühmorgendlichen Besuch in dem heiligen Hain. Aber das Beiboot war, wie wir gleich darauf feststellten, noch am Heck der *Prince of Wales* vertäut. Frank sagte, bei Uncle Jake sei alles möglich, und er und ich würden an Land gehen und einmal nachschauen. Wahrscheinlich fänden wir ihn, sagte Frank, grübelnd auf dem alten Totempfahl, auf dem wir Suslota John zum letztenmal gesehen hatten.

Die Lichtung erwies sich als ebenso leer, wie sie von Uncle Jake und mir tags zuvor zurückgelassen worden war.

Wieder auf der *Prince of Wales*, sagte Frank, Uncle Jake müsse seine Morgenwanderung in irgendeine andere Richtung eingeschlagen haben, und Pete und Al Wells sollten mit ihm und mir mitkommen und uns wie schon an der Rodman Bay nach ihm suchen helfen. Es könne zwar nichts Ernstes sein, sagte Frank, aber es werde sonst noch zu spät. Es war nicht Uncle Jakes Art, sich so zu verspäten. Der Bauchbandit hatte sich auf den Rand seiner Koje gesetzt und den Kopf in beide Hände gestützt, als Frank seiner Besorgnis um Uncle Jakes Ausbleiben zum erstenmal Ausdruck verliehen hatte, und war zu keinem Wort und keiner Bewegung zu veranlassen. Frank sagte ihm, er solle tapfer sein, aber der Bauchbandit war unfähig, sich aufzuraffen, und schüttelte bloß den Kopf.

Wir gingen an Land. Wir schwärmten aus. Nach zwei Stunden begannen wir nach ihm zu rufen. Doch kam keine Antwort, und wir fanden ihn nicht.

Am späten Nachmittag forderte Frank per Funk die *Haida* an, aber die konnte, wie er so stoisch wie möglich berichtete, frühestens in acht Tagen in Goodnews Bay eintreffen.

Am nächsten Morgen suchten und riefen wir weiter. Aber es

gab keine Spur von ihm. Schließlich entschied Frank, daß wir nach Juneau zurückfahren und die *Haida* so bald als möglich eine größere Suchaktion durchführen lassen sollten.

Frank sagte mir, Uncle Jake werde nicht lange vermißt bleiben. Das verspreche er mir.

52

Am 17. August 1940, meinem fünfzehnten Geburtstag, luden Frank und Hilda und Sitka Charley mich zum Essen ins Baranof Hotel ein. Die Einstellung der Öffentlichkeit Indianern gegenüber hatte sich inzwischen ein wenig geändert, und Charley trug, wie Frank, ein weißes Hemd mit Krawatte. In den drei Monaten seit unserer Rückkehr nach Juneau hatte ich meine Nächte unschlüssig schwankend mal bei Hilda in ihrer jetzt erotisch geladenen Wohnung und mal bei Frank und Charley in der Dachstube über Waffen-Kleider-Zubehör verbracht.

Es gab Kerzen, fünfzehn Rosen, eine Flasche Champagner, die der Anlaß erheische, wie Frank sagte. Er unterhielt uns, das heißt, er versuchte es, mit Geschichten, an denen, wie er meinte, Uncle Jake Gefallen gefunden hätte, und mit Geschichten über Uncle Jake, die keiner von uns bis dahin kannte. Charley erzählte ein paar Geschichten. Hilda erging sich in einer langen lebhaften Schilderung der enttäuschten Liebe, die sie – vor zu vielen Jahren, als daß eine Frau sie eingestehen konnte – veranlaßt hatte, nach Alaska zu gehen, und machte sich ausgelassen über den kleinen Weststaatler lustig, der sie ohne ein Wort hatte sitzenlassen. Sogar Frank lachte, wenn auch unbehaglich, über Hildas Erzählung.

Mitten in der Torte, kaum die angemessene Zeit, ein solches Thema in die Festlichkeiten einzuführen, hörte ich mich plötzlich unbewegt eine Entscheidung bekanntgeben, über die ich mehr oder weniger bewußt seit Wochen nachgedacht hatte. Ich eröffnete ihnen, daß ich unsere Habseligkeiten aus dem Haus an der High Ridge Street holen wollte. Ich sagte, daß ich gleich am nächsten Morgen zu dem Haus – es war seit unserer Abfahrt zur Goodnews Bay verschlossen geblieben – raufgehen wollte. Nach einem langen Schweigen erklärte Frank, daß wir Charleys neuen Lieferwagen nehmen könnten und daß sie beide mir helfen würden. Hilda merkte, daß Frank sie hatte ausschließen wollen, und sagte, sie werde um acht Uhr früh vor Waffen-Kleider-Zubehör auf uns warten.

Ein Ring mit einem winzigen Klümpchen Sardonyx, meinem Geburtsstein, von Frank. Ein neuer verzierter Ledergürtel von Charley. Eine flache Schachtel in rosa Seidenpapier und mit einer üppigen rosa Schleife, die ich, wie Hilda sagte, erst bei ihr in der Wohnung oder in meiner abgeschirmten Ecke in der Dachstube auspacken sollte. Die Männer, sagte sie lachend, würden das schon verstehen.

Am Morgen wartete Charley hinterm Steuer seines Lieferwagens oben am Berg, wo er auch blieb, bis Frank beim Beladen des Wagens seine Hilfe brauchte. Hilda und Frank und ich standen auf der ungestrichenen baufälligen Veranda, während Frank den Schlüssel in dem rostigen Schloß herumdrehte. Bevor wir eintraten, schlug er vor, Hilda solle im Fahrerhaus bei Charley warten, aber ich sagte ihm, Hilda und ich würden uns alleine um Sissys Sachen kümmern, nachdem er und ich, ebenfalls alleine, Uncle Jakes Habseligkeiten eingepackt hätten. Also erkühnte sich Hilda, seitwärts auf dem Geländer der Veranda Platz zu nehmen, ließ ein Bein baumeln und bewunderte das sommerliche Morgenlicht auf den Hängen des Mount Roberts, während Frank und ich ins Haus gingen und die Rolläden hochzogen und Fenster und Küchentür zum Lüften aufmachten. Wir fanden die schweren ledernen Reisetaschen, die fast den ganzen Wandschrank ausfüllten, in dem Uncle Jake sie nach unserem Einzug in das Haus an der High Ridge Street verstaut hatte. Sie waren angeschimmelt, aber die Messingschlösser, nachdem Frank mit seinem Ärmel darübergefahren war, glänzten noch so hell wie damals, als Uncle Jake die Koffer im teuersten Lederwarengeschäft, das er im Osten hatte finden können, erstanden hatte.

Wir packten den Kamelhaarmantel ein, den leichten Überzieher, den alten eleganten Filzhut. Frank meinte, es sei ein Jammer, Uncle Jakes Lieblingshut zerknautschen zu müssen, nur um ihn in einen Koffer zu stopfen, aber ich bestand darauf. Wir brauchten dann noch vierzig Minuten, um vier weitere Koffer mit allem zu füllen, was wir von den östlichen und alaskanischen Kleidern meines Vaters finden konnten, und was noch übrigblieb, einschließlich seines zweiten Paars Stiefel, sollte dann so zum Wagen getragen und an Charley abgetreten werden, falls er es haben wollte, und er wollte. Dann trug Frank die Koffer einen nach dem anderen auf die Veranda, wo er rauchend stehenblieb, während Hilda mit mir hineinging.

Zwei kleine Lederkoffer mit Monogramm standen noch in der Mitte des Wohnzimmers auf dem Boden. Sissys. Ich öffnete sie. Dann nahm ich, was ich, wie ich plötzlich begriff, schon seit Jahren hatte tun wollen, Sissys verstaubte Handtasche von dem Türknauf ab und legte sie, ohne mir den Inhalt anzusehen, in den ersten Koffer. Hilda kniete sich hin, ich brachte ihr Sissys bescheidene Garderobe – die Kleider, ihren Mantel, den Schottenhut –, ihre Notenblätter und die kleine Kollektion von Kosmetikartikeln. Dann entleerte ich die drei Kommodenschubladen. Behutsam reichte ich Hilda Sissys Unterwäsche, die letzten altmodischen Pfänder ihrer Weiblichkeit, die noch immer nach dem von ihr so geliebten Lavendel dufteten. In der letzten Schublade machte ich einen verblüffenden Fund: eine alte pelzbesetzte Fliegerbrille. Ich hob sie auf und stopfte sie in eine der Hüfttaschen meiner Jeans. Hilda schwieg dazu. Später wurde die Fliegerbrille mein Talisman.

Auf Händen und Knien vor den zwei Koffern, erklärte Hilda schließlich, daß sie die letzten fünf besten Jahre ihres Lebens auf Uncle Jake gewartet habe, und was jetzt geschehen sei, könne sie kaum ertragen. Wir fielen uns in die Arme, sie gebrauchte ihr Taschentuch. Ich dankte ihr für ihre Hilfe und bat sie, die beiden Koffer anzunehmen und damit nach ihrem Gutdünken zu verfahren. Ich sagte, daß ich meine Wahl getroffen und mich entschieden hätte, bei Frank und Charley zu wohnen, da gehörte ich hin. Die wöchentlichen Abendessen bei Doug's würden ihr und Frank und Charley und mir ja bleiben, nur mit den Herzenpartien wäre es vorbei. Und bleiben würden ihr und mir auch unsere gemeinsamen Abende in ihrer Wohnung. Nichts würde sich ändern.

Frank freute sich, als ich ihm erzählte, daß ich angefangen hatte, für Doc Haines zu arbeiten und jetzt zu meinem Unterhalt beitragen konnte, was er aber für überflüssig erklärte. Hilda setzte mir mit nächtlichen Fragen über unseren kleinen hübschen romantischen Zahnarzt zu.

Schon wenige Wochen, nachdem ich begonnen hatte, ganztägig bei Doc Haines zu arbeiten, durfte ich ihm beim Bohren und Ziehen von Zähnen assistieren und seine männlichen Patienten mit meiner weiblichen Jugend von ihren Schmerzen ablenken, so wie er es, sagte er, von Anfang an von mir erwartet hatte. Ich begann auf die Wirkung zu achten, die ich auf die alten Männer mit ihren aufgerissenen Mündern und ihren verzweifelt auf mich gerichteten Blicken ausübte. Ich begann am eigenen Körper zu spüren, was diese alten Männer, trotz ihrer Schmerzensschreie und Ächzer, an den ihren empfanden.

Durch Doc Haines lernte ich mich selbst erkennen – als echte Tochter jener Frauen, die in den Tagen meiner Kindheit im Baranof-Hotel so vielen Männern solche Freuden bereitet hatten. Und Doc Haines war es, der mich bereitmachte, durch Charley meine Unschuld zu verlieren an jenem Tag, da er auch seine verlor, während Frank am anderen Ende der Dachwohnung ein Nickerchen machte. Und schließlich war es auch Doc Haines, der mir vier Jahre später, wie die Alten zu sagen pflegten, die Claims abstecken half, aus denen zu guter Letzt das voll etablierte Alaska-Yukon Gamelands werden sollte.

Frank blieb bis zum Tage seines Todes dabei, daß Uncle Jake irgendwie, irgendwann zu mir zurückkommen werde. Wie recht er hatte.

53

Ich gehe hinaus, fröstelnd, tief schlafend. Es überrascht mich nicht, die Gamelands-Lichtung leer zu finden, der Wohnwagen, der Empfangshütte, des Totempfahls beraubt. Kein Holztor ins Vergnügen mehr, kein Trinkbrunnen, kein Hinweis auf Gamelands. Die Lichtung ist in ihren alten Zustand zurückgefallen, ist überreift, in Nebel gehüllt, hier und da sind Rehspuren zu sehen. Sie ist leer bis auf ein langes niedriges rauchgeschwärztes Blockhaus mit Stützwänden aus Lehm und einem dick mit wilden Gräsern bewachsenen Dach. Die vor dem Eingang versammelten Männer sind Indianer vom Stamm der Sundowns; sie schweigen bedrohlich, sind mit irgendeiner finsteren Absicht hier zusammengekommen, die ich in der kalten Luft geradezu riechen kann. Im Innern der gedrungenen Hütte wimmert eine Frau, und solche Laute habe ich noch nie gehört. Und doch ist dies alles vertraut – die Männer, das Wimmern, die dünne Rauchfahne, die aus einem Loch im Dach aufsteigt, das Gestell mit getrockneten Fischen neben der Hütte. Mag sein, daß ich es in einem anderen Traum gesehen habe, in dem die Indianer Kakes oder Skoots oder Wrangels oder Sticks aus dem Yukongebiet waren. Vertraut, jedoch nur aus irgendeinem früheren und jetzt vergessenen Traum von Uncle Jake unter den Indianern.

Ich gehe furchtlos auf die schweigenden Indianer zu, ich fühle, das muß ich tun, auch wenn ich weiß und eine Frau bin. Tief gebückt betrete ich die niedrige Hütte. Mir gegenüber am anderen Ende des Lehmbodens mit dem kleinen Feuer zu seinen Füßen und der wimmernden Frau neben ihm in einer Ecke, hockt Uncle Jake, barhäuptig, im Schneidersitz, hellen Augs und lächelnd. In der Hütte ist es gleichzeitig kalt und warm, riecht es muffig und ranzig nach angebranntem Fett, ist es stickig, als drängten sich hier Körper dicht an dicht, obwohl wir drei uns allein in diesem niedrigen Raum befinden. Sein kariertes Hemd steht am Hals offen, seine Stiefel sind halb aufgeschnürt, sein schwarzes Haar ist lang und filzig. Da sitzt er, geraden Rückens, Hände auf den Knien, königlich und selbstzufrieden im Schein des Feuers. Ich trete zurück in die Schatten; meine Augen brennen.

Sunny, sagt er, wie findest du das? Sie wollen mich begraben – bei lebendigem Leib!

Er ist ihr Adoptivsohn, erklärt er, der einzige weiße Mann, der je von den Sundowns adoptiert wurde, und seit Wochen verspricht ihm der alte Otter, der Häuptling des Stammes, man werde ihn lebendig begraben. Dem Otter zufolge ist dies ihre höchste Ehrbezeugung, diese Zeremonie, bei der ein Mensch bei lebendigem Leibe in seinen Tod begraben wird. Nur Fürsten unter den Menschen sind würdig, lebendig begraben zu werden, wie der alte Otter sagte, als er vor Wochen den weißen Mann als seinen Sohn und Sohn des Stammes annahm und ihn vor der Versammlung und gegen den Rat des Schamanen zum Fürsten unter den Menschen ausrief.

Sunny, sagt er, ich will die Reise antreten!

Er sieht mich an, doch er sieht mich nicht. Das Wimmern der Frau, die alt ist und in ihr langes schwarzes Haar gehüllt, ist genau das, was er hören möchte. Sie ist zu seiner Adoptivmutter ernannt worden, erklärt er, weshalb ihr herber und schwermütiger Kummer ihm wie strömende Wasser, wie Wind über Eis in der Sonne klingt.

Ich denke nicht daran, um dich zu weinen, Uncle Jake, sage ich. Er hört mich nicht, und wieder einmal ist es die alte Frau, die wehklagt, und nicht ich, obwohl ich mir die Ohren vor ihrer häßlichen Hoffnungslosigkeit verstopfen würde, wenn ich könnte. Bei all ihren Zeremonien, scheint sie zu sagen, sind es immer nur die Frauen, die wehklagen. Ohne uns gäbe es kein Wehgeschrei. Ich will nicht die alte Frau werden, dabei bin auch ich von Schmerz erfüllt.

Schau, Sunny, sagt er, sie kommen!

Zottelhaar tritt als erster ein, geht halb geduckt zu Uncle Jake, der hinter dem Feuer sitzt, beugt sich vor und stellt ein Paar Mokassins vor das Feuer.

Sunny, ruft er, siehst du das? Ich werde diese Mokassins durch die frostigen Forste des Wolfs an den Fluß der Bösen Wasser tragen. Sie sind neu, Sunny, die alte Frau hat sie selbst genäht. Gut geschützt und ohne Geräusche werde ich gehen!

Dann kommt das Messer, er bringt die Waffe, die Uncle Jake an seiner Hüfte tragen wird, und legt sie behutsam vor das Feuer. Der Begrabene wird es in der Frostnacht blitzen lassen, doch nie mit diesem Messer Blut vergießen.

Während Zottelhaar und das Messer in die verräucherten Schatten an die schiefen Wände aus Grassoden treten und während die alte Frau die Asche von dem Totenwachtfeuer hochschaufelt und ihr Gesicht in ihre gewölbten Hände taucht, ihr verschrumpeltes Gesicht in Asche badet wie in Wasser und aus ihrer aschenen Maske hervorwimmert, kommen einer nach dem anderen die übrigen: Nimmersatt tritt ein mit dem Eichhörnchenfell-Parka und der Wolfspelz-Mütze und dem Robbenhaut-Mantel; und Fleischtöter bringt des toten Mannes Speer und Bogen, groß wie ein Bäumchen, und die Pfeile, gerade wie des Jägers Weg; und der Bär trägt auf seinen Armen die Decken herbei, in die sie den Toten für seine niemals endenden Nächte in den frostigen Forsten wickeln werden; und schließlich schaffen des Otters eigene zwei Söhne zwischen sich das schwarze Kanu herein, das ihn den ewigen Fluß der Bösen Wasser hinabtragen soll. Und auch diese Indianer, unter den stolzesten vom Stamme der Sundowns, ziehen sich in den Schatten an den Wänden zurück.

Sunny! schreit er, die geben einem Toten all diese Sachen nicht ohne Grund! Denk an die Stürme! Denk an die bösen Geister! Die wissen, welch grimmer Weg mich erwartet; die wissen, daß ich für diese Reise von allem das Beste brauche. Stell dir vor: lebendig begraben!

Er schaufelt die Luft mit seinem großen Kinn, lächelt erhaben seine Sterberequisiten an, die in schlichtem Halbkreis um das Feuer angeordnet sind, wendet sich dankbar der alten Frau und ihrem Klagelied zu. Für ihn? All das für ihn? Nichts ist so schrecklich, als daß er es nicht preisen müßte in seinem kindlichen Entzücken, seiner grenzenlosen Unschuld. Opfer seiner selbst, Opfer eines halben Dutzends Indianer in einem dunklen und stickigen, nach toten Fischen stinkenden Loch. Doch ich bin da, ob er mich sieht oder nicht und ob er zu mir spricht, ohne mich wahrzunehmen, oder nicht. Auch ich bin eine Komplizin seiner Selbstverherrlichung.

Sunny, flüstert er glücklich, das Ende ist nah!

Dann tritt der alte Otter selbst mit dem unwirschen Schamanen in die Versammlung. Sie stehen vor dem Toten, der zu ihnen aufsieht, das Gesicht vor Eifer verzerrt, und der Otter hält seine Ansprache. Keinem weißen Mann ist diese Ehre je widerfahren, sagt der Otter, aber kein weißer Mann hat sie auch je so verdient. Sogar der Schamane, sagt er, hat zugegeben, daß dieser Mann, dem jetzt das Privileg zuteil wird, im Tode lebendig zu sein, die Geheimnisse der Seelenreise als Lebender zu erfahren, des heutigen Ereignisses würdig ist, denn er ist ein weißer Gott mit der Seele eines Sundown-Kriegers. Sie sind stolz auf ihn, sie beneiden ihn, er geht dorthin, wo nur wenige Lebende je gewesen. Und niemals wird er wiederkommen, sondern unter den Schatten leben, solange die Bösen Wasser im Innern der Erde fließen. Und nun, sagt der Otter, beginnt die Reise.

Er macht eine Geste. Die alte Frau heult auf, der Schamane schüttelt seine Rassel, und Zottelhaar und das Messer und Nimmersatt und der Bär und der Fleischtöter und die zwei Königssöhne treten aus den Schatten vor und umringen den Fürsten unter den Menschen, umschweben ihn, machen sich flink, langsam an ihm zu schaffen und sind dann fertig.

Und da sitzt er, hochgestützt im hinteren Ende des Kanus, von den Füßen bis zum Hals fest in Decken gewickelt, auf dem Kopf die Wolfspelz-Mütze, die mir bekannt vorkommt, und umgeben von seinen Waffen, seinen Mokassins, seinem Parka. Seine Arme sind in die Decken eingebunden; er kann sich nicht bewegen. Aber den Kopf kann er drehen, und das tut er, hin und her, langsam, läßt prahlerisch den dichten Silberpelz der Mütze und das Funkeln in seinen Augen sehen.

Ich bin tot! ruft er aus, unfähig, sein Glück zu fassen. Ich bin tot!

Dann aber rührt sich Zottelhaar. Er kommt zu mir, die ich außerhalb ihres Kreises stehe und mich, so gut ich kann, in Rauch und Schatten verborgen halte, und als er mir seine Hand entgegenstreckt, braun und rauh wie Borke, ergreife ich, was er mir hinhält. Ich bin kein Sundown-Indianer, und ich bin eine Frau, und doch nehme ich den kleinen Lederbeutel an. Sie alle machen mir Platz, und als der alte Otter zeigt und winkt, weiß ich, daß ich ihnen gehorchen muß. Der Lederbeutel enthält einen Feuerstein, ein Stück Stahl, Zunder. Ich bin auserwählt, ihm das Feuer mitzugeben. Doch das Feuer, das ich ihm gebe, wird nicht brennen, obwohl er Nacht um Nacht danebenkauern und Licht sehen wird, wo kein Licht ist, und seine Hände wärmen wird, wo keine Flammen sind.

Ich zwinge mich, den Kreis der Sundown-Krieger zu durchschreiten und an ihn heranzutreten, mich dem Kanu zu nähern, das über die Wasser gleiten, aber nicht schwimmen wird, mich neben die gewaltige wächserne Gestalt zu stellen, die größer ist, als irgendein Mensch überhaupt sein kann, und nie habe ich mich ihm so nahe und zugleich so fern gefühlt. Sein mächtiges Haupt geht stolz und grinsend hin und her. Die entblößten Zähne schimmern, seine Augen leuchten. Langsam strecke ich die Hand aus und lege den Lederbeutel auf den Hang seiner Brust; er wird sein Feuer haben. Ich starre die Häute und Felle und Hölzer seiner Beigaben an, die sie um ihn aufgehäuft haben. Ich höre das Rauschen der eisigen Wasser. Und noch immer geht sein mächtiges Haupt mit der aus dem dichten Pelz des Wolfs gearbeiteten Mütze hin und her, dieweil er die rasch und still vorbeiziehenden dunklen Gestade betrachtet.

Sunny, sagt er einmal in die schwarze Nacht.

Aber dann ziehen sie mich von ihm weg, der Otter auf der einen Seite und der schlaue Schamane auf der anderen, und wir alle, einschließlich der alten Frau, die jetzt nicht mehr wehklagt, drängen uns aus der finstren und raucherfüllten Hütte, die sein Grab ist.

54

Vor drei Tagen – am Morgen des 17. Oktober 1965, genau zwei Monate nach meinem Vierzigsten – rüttelte Charley mich rauh aus diesem Traum, riß mich grob aus der Nacht. Wir lagen zwischen frisch gewaschenen Laken und unter einer meiner rotschwarz karierten Hudson Bay-Decken – mehr erforderte die Jahreszeit nicht –, und ich lag, mit dem Rücken zu ihm, zusammengerollt wie der Fötus, den ich nie austragen werde. Es war noch dunkel, er zerrte schmerzhaft an meiner Schulter und stieß mich sogar mit einem Knie, wo er nur konnte.

»Schluß jetzt«, hörte ich ihn sagen, »wach auf.«

Vage vernahm ich ihn; ohne zu wissen, was ich tat, versuchte ich seiner Hand, seinem Knie zu entkommen.

»Schluß«, sagte er, »auf der Stelle. In meinem Bett gibt keine Frau solche Töne von sich.«

Ich drehte mich herum. Ich versuchte mich zu verteidigen.

»Das ist mein Bett«, brachte ich schließlich heraus, »und nicht deins.«

»Wenn ich drin liege, ist es meins«, sagte er.

»Charley«, sagte ich, »sei vernünftig. Lieg doch mal eine Sekunde still.«

»Du hast mich die ganze Nacht nicht schlafen lassen«, sagte er.

Ich wartete. Er schwieg, meiner überdrüssig.

Ohne zu denken, ohne es zu wollen, schilderte ich ihm nun im Dunkeln meinen Traum. Kein einziges Mal in dieser ganzen Zeit hatte ich irgend jemandem einen meiner furchtbaren Träume beschrieben. Aber jetzt erzählte ich Charley von Uncle Jake und den Sundowns. Als ich fertig war, überrascht von dem, was ich gesagt, und aufs neue überwältigt von dem, was ich im Traum empfunden hatte, roch ich das fast erloschene Feuer im Kamin nebenan, roch es klamm und feucht durch das offene Fenster hereindämmern, versuchte mich an Charley zu kuscheln. Draußen nieselte es.

»Also«, sagte er schließlich, mit noch immer barscher Stimme, »steh schon auf.«

Er schwang sich aus dem Bett, gleichgültig gegen seine Nacktheit und die Eiseskälte des Zimmers, und begann sich anzukleiden. Diesmal war ich klug genug, keinen Streit anzufangen, nicht um irgendwelchen Trost zu bitten, und es gelang mir, seinem Beispiel zu folgen, zitternd suchte ich Hemd und Hosen, Socken, Stiefel und Pullover zusammen und zog mich an.

»Nimm einen Mantel«, sagte er, »es wird kalt sein.«

»Warum?« fragte ich. »Wo gehen wir denn hin?«

»Raus, mit dem Boot«, hörte ich ihn sagen, als er aus der Hütte stolzierte und die Tür hinter sich offenließ.

Er fuhr den Jeep – meinen Jeep –, ohne erst groß die Scheinwerfer anzumachen und mit einem waghalsigen Tempo, schneller noch, als Hank ihn bei der Verfolgung Marty Washingtons gefahren hatte. Wir hielten an dem neuen Hafen, sahen niemanden, gingen weit hinter die langen Reihen von Vergnügungsbooten und Privatflugzeugen. Dämmerlicht wanderte an der Flanke des Mount Roberts zu unserer Linken herab, das Geniesel wurde feiner. Unter uns änderte sich der Pegel des schwarzen Brackwassers, maß wie immer die Zeit, die immer dieselbe war, so oder so.

Unsere Stiefel hallten auf dem feuchten Holz. Wir gelangten zu den baufälligen verrufenen Docks, an denen einige Indianer, darunter auch Charley, noch immer ihre Motorboote liegen hatten. Wir stiegen die steile schlüpfrige Leiter hinab und sprangen die letzten paar Fuß in das offene Heck von Charleys Boot, wo kaum Platz zum Stehen war in all dem Wirrwarr aus verhedderten Netzen, Köderdosen, verrotteten Taurollen, Blecheimern, einer alten Autobatterie und einem Reifen. Charley versuchte den Motor anzulassen, fluchte, blickte finster, als er dann ansprang und uns in blauen Rauch und Benzingestank hüllte. Er machte uns los, trat in das türlose Steuerhaus, in dem gerade Platz für zwei Leute war, und steuerte uns in den Kanal hinaus.

Wir waren allein auf dem kleinen Boot, das tief in dem kabbeligen Wasser lag und Kurs nach Süden durch Nieselregen und Morgenlicht auf das tausend Meilen entfernte Seattle zu nahm. Es war kalt. Ein schmutzigeres oder weniger sicheres Boot als Charleys konnte es nicht geben. Die Abgase im Steuerhaus waren trotz der fehlenden Tür so undurchdringlich wie die Gischtwolken, die regelmäßig gegen das verdreckte Fenster klatschten. Wir fuhren langsam, der Motor donnerte, wir rollten und stampften immer stärker. Wir hatten noch nichts gegessen, keinen Kaffee, nichts.

»Er saß auf einer Kiste an der Reling«, sagte Charley plötzlich durch den Lärm.

»Wer?« fragte ich zitternd. »Von wem redest du?«

»Jake«, sagte Charley. »Damals in der Goodnews Bay.«

»Ich verstehe nicht«, sagte ich.

»Als er mit diesem verdammten Totempfahl nicht zu Rande gekommen ist.«

»Soll das heißen«, fragte ich, »daß du mich so weit hier herausgefahren hast, bloß um mich an etwas zu erinnern, das fünfundzwanzig Jahre her ist? Wozu die Mühe? Darüber habe ich schon lange genug nachgedacht.«

»Es war noch dunkel«, fuhr Charley unbeeindruckt fort, »zwei Stunden, bevor es hell wurde. Er saß auf einer Kiste an der Reling, zu seinen Füßen einen Reserveanker – er war ein starker Mann –, eine leichte Kette, zwanzig Fuß lang, und eine neue Taurolle. ›Charley‹, sagte er, ›ich wußte, daß du mir zu Hilfe kommen würdest.‹«

»Warte mal«, sagte ich, »was erzählst du da?«

Ich verlor das Gleichgewicht, fiel gegen ihn.

»Ich wußte, was er wollte«, sagte Charley, »und ich half ihm. Er hatte ja immer irgendeinen Plan, und jetzt auch. Unfehlbar, sagte er. Wir würden ihm einfach die Kette um die Hüfte schlingen und mit U-Bolzen festmachen – sogar die Bolzen hatte er schon in der Tasche – und das andere Ende auf die gleiche Weise an dem Anker befestigen. Dann würden wir ein zwanzig Fuß langes Stück von dem Tau abschneiden, es doppelt nehmen und ihm schön eng um die Brust wickeln, unter seinen Armen durchführen und hinten hochziehen. Wir würden die beiden freien Enden des Seils an der Reling festbinden, und ich würde ihn runterlassen, bis er, wie er es nannte, in seiner Schlinge baumelte, nur noch den Kopf über Wasser, den Anker an die Brust gedrückt, damit es nicht zu hören wäre, wenn er ihn losließe. Sobald er meinen Namen ausspreche, was bedeuten sollte, daß der Anker die Kette spannte und an ihm zöge, würde ich ein Ende – nur ein Ende – des Seils durchtrennen, so daß es durch seine Achselhöhlen glitte und er unterginge. Geräuschlos. Dann würde ich das Seil hereinziehen und es zusammen mit seinem viel kürzeren Partner von der Reling abschneiden. Ich würde die Taurolle wieder zurückbringen – er sagte mir, wohin – und die beiden Stücke, das lange und das kurze, das größtenteils nasse und das vollständig trockene, im Laderaum verstecken. Genial, sagte er. Unfehlbar. Niemals würde man ihn finden.

Und genauso haben wir's gemacht, er war also nicht bloß verschwunden. Er war tot. Da hast du nun wirklich was, worüber du weinen kannst.«

Ich starrte ihn an. Meine Augen brannten. Ich glaubte in den Benzinabgasen zu ersticken. Wieder verlor ich das Gleichgewicht, griff nach einer der Speichen des elenden kleinen Eisenruders. Er schob meine Hand weg.

»Du bist verrückt«, sagte ich dann. »Sein Leben lang hat er

sich über Schwächlinge lustig gemacht und Selbstmörder ausgelacht. So was Verrücktes.«

»Er war kein Schwächling«, sagte Charley.

»Wie nennst du es dann?« schrie ich. »Sein Leben lang hat er allen in seiner Umgebung nur weh getan – er hat meine Mutter getötet –, aber ein Schwächling war er nicht. Er war nicht Schwächlings genug, sich selbst umzubringen und mich im Stich zu lassen, ohne uns das unter die Nase zu reiben. Und warum hast du uns nichts davon erzählt? Warum hast du diese feige Tat – und deine Rolle dabei – all die Jahre für dich behalten?«

»Er hat mich darum gebeten«, sagte Charley.

»Und warum erzählst du's mir dann jetzt? Glaubst du vielleicht, das hilft mir, ihm zu verzeihen, meine Träume hören auf, und ich komme von Alaska los?«

Wieder ein Gischtschwall. Charley, der das Steuer losläßt und mich ansieht.

»Jetzt weißt du, was passiert ist«, sagte er, und die See wurde rauher, der überforderte Motor setzte einen Taktschlag aus. »Mit Stärke oder Schwäche hatte das nichts zu tun. Er sah sich vor eine Entscheidung gestellt, und er traf sie. Er wußte, was das für dich bedeuten würde. Aber er glaubte, er hinterließe dir Alaska.«

»Hörst du jetzt auf?« schrie ich. »So was Idiotisches habe ich ja noch nie gehört!«

»Er war nicht verrückt«, fuhr Charley fort, »es tat ihm leid. Aber er hatte sich entschieden. Und ganz wie zu erwarten, scherzte er sogar noch darüber. ›Charley‹, sagte er, während ich ihn zurechtmachte, ›laß mich dir erzählen, was ich mal von einem alten Goldgräber gehört habe. Dies waren seine Worte: *Merke, die Achsschmiere, die deinen Antrieb ölt und die Runzeln deines Hirns glättet, wird nicht in dickem Strahl in deinen Stutzen eingefüllt, sondern sickert als sonniger luftiger Stoff langsam und nach und nach durch deine Poren ein. Nimm deinen Schießprügel und deine Angel und mach dich ran, so oft du kannst. Und dann wird es erstaunlich lange dauern, bis du untergehst.* Das hat er gesagt. Ist das nicht toll?‹«

Irgendwie kam ich aus dem Steuerhaus und ans Heck, wo ich mich, die Knie an die Brust gezogen und die Arme überm Kopf, zusammenkauerte. Dann spürte ich, daß wir herumschwenkten, wendeten. Und wir fuhren geradenwegs nach Juneau zurück.

Schließlich wurden wir langsamer. Charley würgte den Motor ab, machte uns fest und wartete auf mich. Über uns auf dem Dock sprachen zwei Indianer.

»Eins sollst du wissen«, sagte Charley, als er mir hinaufhalf, »wenn eine Frau von Alaska genug hat, hat sie vom Leben genug. Alles Leben, das es gibt, ist in Alaska.«

55

Dad?

Er antwortet nicht.

Dad?

Keine Antwort.

John Burne Deauville. Cecily Flowers. Sunny.

Da bin ich nun, eine Alaskanerin, die sich wohl fühlt in ihrer Haut in Alaska.